Buch

Als er im frühen Morgennebel seinen Hund ausführt, entdeckt ein junger Mann im Gebüsch am Straßenrand eine Leiche. Es handelt sich um den Orthopäden Christer Nyberg, der mit elf Messerstichen brutal ermordet wurde. Kommissarin Eva-Britt Bixe, Mitte fünfzig, geschieden und mit beiden Beinen fest im Leben stehend, macht sich auf die Suche nach dem Mörder. Erste Ermittlungen führen sie zu der Klinik, in der Nyberg arbeitete. Hier erfährt sie von einem Skandal, der mit ihrem Fall zusammenhängen könnte: Vor etwa einem Jahr hatte sich Maria Äng, eine von Nybergs Patientinnen, einen Tag vor einer einfachen Routineoperation mit einer Überdosis Schlaftabletten das Leben genommen. Hatte Nyberg etwas damit zu tun? Wenig später wird eine zweite Leiche gefunden, ermordet auf dieselbe brutale Weise. Und was anfangs wie ein einfacher Fall aussah, entwickelt sich langsam zu einem komplizierten Geflecht aus Betrug, Eifersucht und Rache. Ein Geflecht, das Eva-Britt nur zu entwirren vermag, indem sie sich ganz auf ihren Instinkt verlässt …

»Nebel über dem Fluss« – ein vielschichtiger, äußerst atmosphärischer Roman von Skandinaviens neuer Krimihoffnung.

Autorin

Marianne Berglund wurde 1960 in Skåne geboren. 1989 debütierte sie mit dem Roman »Grusvägsmilen«. »Nebel über dem Fluss«, ihr erster Kriminalroman, sorgte international für großes Aufsehen.

Marianne Berglund

Nebel über dem Fluss

Roman

Aus dem Schwedischen
von Gabriele Haefs

GOLDMANN

Die Originalausgabe erschien 2001
unter dem Titel »Den Förlista«
bei Wahlström & Widstrand, Stockholm.

Umwelthinweis:
Alle bedruckten Materialien dieses Taschenbuches
sind chlorfrei und umweltschonend.

Deutsche Erstausgabe 10/2002

Published by arrangement with Linda Michaels Limited,
International Literary Agents
Umschlaggestaltung: Design Team München
Umschlagfoto: Wolf Huber
Satz: deutsch-türkischer fotosatz, Berlin
Druck: Elsnerdruck, Berlin
Titelnummer: 45276
TH · Herstellung: Sebastian Strohmaier
Made in Germany
ISBN 3-442-45276-7
www.goldmann-verlag.de

3 5 7 9 10 8 6 4 2

Der Wind war stärker geworden, und es fiel ein leichter Regen. Zitternd klappte er seinen Mantelkragen hoch. Er hatte es nicht weit bis nach Hause, aber die Dunkelheit schien den Weg bis zur Unendlichkeit auszudehnen.

Als er sich an diesem Abend gegen acht auf den Weg in die Stadt gemacht hatte, hatte er sich wegen des Heimwegs keine Sorgen gemacht. Dass er nicht mehr zurückfahren konnte, bedeutete, dass der Wagen über Nacht in der Stadt bleiben musste. Er würde außerdem zu Fuß nach Hause gehen müssen, aber das war nicht das erste Mal, und so schrecklich weit war es nun auch wieder nicht, nur eben dunkel und unangenehm. Doch als sich die Tür der verräucherten Kneipe in der Storgata hinter ihm schloss, fühlte er sich plötzlich unbeschreiblich müde. Kalt war es noch dazu. Er schaute zum pechschwarzen Himmel hoch und hörte die Kirchturmuhr halb elf schlagen; wie immer ging sie zwei Minuten nach.

Er lief zum Stora Torg, wo er atemlos feststellen musste, dass er den letzten Abendbus verpasst hatte; der verschwand soeben in Richtung Karl XI. väg. Natürlich hätte er ein Taxi heranwinken können, nur tauchte leider keins auf. Es war überhaupt seltsam leer und still an diesem Montagabend. Der ohnehin schon dunkle Himmel war von noch dunkleren Wolken bedeckt, die wie zerrissene Fetzen weiterjagten, während Windstöße wie durchsichtige Schleier durch die Straßen fegten und Kieselsteine und trockenes Laub mit sich rissen.

Er fuhr sich mit der Hand durch die Haare und ging durch die Brogata. Dieser Spaziergang war wirklich die pure Zeitverschwendung. Es war überhaupt idiotisch von ihm gewesen, diesen Abstecher in die Stadt zu machen. Einige Sekunden lang bereute er das zutiefst. Wie viel war das alles überhaupt wert? Was brachte ihm das eigentlich? Er verfluchte sich und seine infantile Dummheit. Vor ihm lag ein hektischer Tag und er brauchte allen Schlaf, den er bekommen konnte. Er hätte es zumindest aufschieben sollen, statt einfach übereilt loszustürzen.

Er nahm eine Abkürzung durch einige kleine Gassen und hatte schon bald Timmermannsleden erreicht. Der Wind pfiff durch die Bäume und bog die Zweige zur Seite. Ein Wagen kam mit eingeschaltetem Fernlicht auf ihn zu, für eine Sekunde hoffte er auf ein freies Taxi, doch dann bog der Wagen in eine Querstraße ab, ehe er ihn erreicht hatte. Immerhin musste er jetzt nur noch einige Blocks hinter sich bringen. Bei der tickenden Ampel überquerte er die Skeppargata. Die sonst so viel befahrene Straße lag wie ausgestorben vor ihm.

Hinter dem Supermarkt entdeckte er zwei besoffene Penner auf einer Bank und fuhr zusammen. Er beschleunigte seine Schritte und hatte schon bald die Västmansgata erreicht. Als er auf dem schmalen Bürgersteig nach links abbog, wurde er vom scharfen Licht eines weiteren Wagens geblendet und überlegte sich, dass das nun schon das zweite Mal war, seit er die Einbahnstraße passiert hatte.

Er konnte jetzt die moosgrüne Fassade erkennen, die im Dunkeln ebenso grau aussah wie die der anderen Häuser der Straße. Ein plötzlicher Windstoß fegte über den Boden, fauchte an den Mauern vorbei, sang heftig und metallisch in den Regenrinnen, ließ die Straßenlaternen ruckhaft hin- und herschaukeln und die Blechdächer ächzen. Er lief wieder schneller, der Wind blies durch seinen dünnen Mantel, legte sich dann aber wieder, fast als habe es ihn nie gegeben, und er verlangsamte sein Tempo und dachte, es sei doch dumm, sich dermaßen zu verausgaben. Er hatte ja nur noch wenige Meter vor sich.

Aber etwas verunsicherte ihn, machte ihm fast schon Angst. Er hatte das Gefühl, nicht allein zu sein. Er fing an, eine Melodie zu summen, die er früher an diesem Abend im Radio gehört hatte. Sang im Rhythmus seiner Schritte. Aber dieses seltsame Gefühl wollte sich nicht legen. Er schob die Hände in die Manteltaschen und ging noch schneller.

Er lief an den vielen parkenden Wagen vorbei, deren Lack im Laternenlicht mit einem starren Blitzen aufglänzte. Automatisch schaute er durch die Wagenfenster, um festzustellen, ob vielleicht jemand darin saß und ob das der Grund für sein Unbehagen sein könne. Für manche wäre es doch ein Kinderspiel, in einer leeren nächtlichen Straße einen gut gekleideten Vierzigjährigen mit dicker Brieftasche auszurauben. Aber alles, was er sah, waren leere schwarze Sitze.

Erst als er den Gartenzaun erreicht und gerade die Schlüssel aus der Tasche gezogen hatte, hörte er das Geräusch. Ein leises Klappern, wie von einer rollenden Blechdose oder einem verlorenen Schlüssel. Es war ein eiliges Geräusch, das fast sofort wieder verstummte, und er war sich nicht sicher, ob er es überhaupt gehört hatte. Aber als er dann die Hand nach der Torklinke ausstreckte, hörte er es wieder, wenn es jetzt auch anders klang. Es waren Schritte, ja, da war er sich sicher. Klappernde, harte Schritte.

Als sich die Gestalt aus dem Dunkel beim Zaun löste, war es sein erster Impuls zuzuschlagen. Doch wie ein Zuschauer bei einem Film, der ihn in Wirklichkeit nichts angeht, beobachtete er, wie die Gestalt auf ihn zukam. Sie hielt etwas Blankes, Glitzerndes in ihrer erhobenen Hand. Seine eigene Hand war unbeweglich.

Danach ging alles sehr schnell. Die erhobene Hand landete irgendwo unterhalb seiner Schulter, er verspürte ein Brennen, und der Asphalt schien ihm auf seltsame Weise entgegenzukommen, als sei der Boden lebendig geworden und bäume sich auf. Erst als der Bürgersteig über seine rechte Wange schrammte und er ein seltsames Scheppern hörte wie von Tonscherben, setzte der Schmerz ein – im Nacken und am Brustkorb, gefolgt von dem stechenden Brennen im Rücken. Den Blick auf einen schwarzen Schuh gerichtet, der in einer sich ausbreitenden Blutlache stand, die vorher nicht da gewesen war, konnte er noch denken, dass diese Art zu sterben für den Mann im Film doch überaus wahnwitzig und unnötig sei.

☆

Es war ein dunstverhangener Morgen gewesen. Der Wind hatte sich gelegt, und erst gegen sechs hatte der Regen eingesetzt.

Carl Lindén erwachte wie immer um fünf Uhr und konnte danach nicht wieder einschlafen, obwohl er sich immer wieder im Bett hin und her drehte, das Laken glatt strich und die Decke anders legte. Er schaute auf den Wecker und seufzte gereizt. Er war alles andere als ausgeschlafen, und sein Körper fühlte sich schwer an. Trotzdem blieb ihm nichts anderes übrig als aufzustehen. Er hüllte sich in seinen Morgenrock und stellte nach einem Blick aus dem Fenster fest, dass der Herbst offenbar unwiderruflich seinen Einzug gehalten hatte. Es war bereits der 3. Oktober, und die Morgen waren so kalt und trübe, dass er kaum die Fenster auf der anderen Straßenseite erkennen konnte.

Carl Lindén schlurfte auf Pantoffeln in die Küche, warf einen feindseligen Blick auf den Papierstapel, der auf dem Küchentisch lag, und ging gähnend weiter zur Kaffeemaschine. Er hörte das vertraute Geräusch von Pfoten, die über den Plastikboden klapperten.

»Hallo, Pia. Kannst du auch nicht schlafen?«

Er bückte sich und gab dem weißen Terrier einen kräftigen Klaps auf den Rücken. Der Hund bellte vor Freude und rannte zu seinem Fressnapf, während zugleich die Kaffeemaschine mit asthmatischem Keuchen den letzten Dampf ausstieß.

Carl Lindén wischte gerade so viel Papier beiseite, dass auf dem Tisch Platz für seine Kaffeetasse war. Er hatte bis spät in der Nacht hier gesessen, und seine Augenlider hatten wie Samtportieren nach unten gehangen, als er dann endlich den Blick vom Text losgerissen und den Stift hingelegt hatte. Sein Aufsatz war fast fertig, er musste nur einige Details korrigieren und die

Fußnoten nummerieren. Viel klüger war er jedoch noch nicht geworden. Von der ganzen Kettentheorie verstand er im Grunde noch weniger als zuvor. Sein Verständnis glich den heimtückischen Partikelchen – je eifriger man versuchte, sie zu fangen, um so geschickter entzogen sie sich.

Ja, er hatte die Sache inzwischen ziemlich satt, und in der letzten Zeit hatte er sich immer häufiger bei dem Wunsch ertappt, sein Leben doch einer anderen Aufgabe gewidmet zu haben, einer einfacheren oder zumindest konkreteren, wie Elektronik oder Brückenbau. Denn dann könnte er sich in aller Ruhe von acht bis fünf in der Welt der Ziffern tummeln und dann nach Hause gehen, vielleicht zu einem normalen Familienleben. Nicht dass er schon uralt gewesen wäre, er war gerade neunundzwanzig geworden, aber trotzdem. Er hatte eine Entscheidung getroffen, hatte seinen Weg eingeschlagen, und jetzt war es zu spät zur Umkehr.

Er trank einen großen Schluck Kaffee. Plötzlich fühlte er sich wohler. Das belebende Gift des Koffeins strömte in seine Adern. Die Müdigkeit wich, die Papiere vor ihm stellten keine unüberwindliche Aufgabe mehr dar. Er würde sich gleich nach dem Morgenspaziergang mit Pia ans Aufräumen machen. Und mit der frischen Morgenluft in der Lunge würde er sich dann noch einen Kaffee kochen und loslegen.

Nachdem er die leere Tasse ins Spülbecken gestellt hatte, pfiff er nach dem Hund. Pia rannte in die Diele, riss bellend die Leine vom Haken und schleifte sie über den Boden zu ihrem halb angezogenen Herrchen, das soeben eine graue Acrylsocke über seinen rechten Fuß streifte.

»Nachher müssen wir waschen.«

Als Antwort wedelte der Hund mit dem Schwanz und wuselte um seine Beine.

»Und was zu essen müssen wir auch einkaufen.«

Vor der Haustür entdeckte Carl Lindén, dass es angefangen hatte zu regnen. Seine Stimmung sank wieder, und die übliche Schlaflosigkeit der Morgenstunden zeigte sich als leichtes Pochen hinter einer der Schläfen. Vielleicht würde es ihm gut tun, aus dem Haus zu kommen und ein paar Menschen zu treffen. Quarks und alles zu vergessen, was damit zu tun hatte. Aber wohin sollte er gehen, und vor allem, wen sollte er treffen? In seinen Studienjahren hatte sein Leben eine wirklich seltsame Wendung genommen. Natürlich hatte er auch früher nicht über Heerscharen von Freunden verfügt, aber jetzt waren auch die wenigen verschwunden, die er gehabt hatte. Nils war nach Uppsala gezogen, Bernt hatte sich verliebt und sein Forschungsprojekt aufgegeben, um in Norrland Rentiere zu züchten. Übrig waren nur noch er und natürlich Pia, der Hund, den er sich in dem verzweifelten Versuch zugelegt hatte, der Einsamkeit zu entkommen. Außerdem rief fast jeden Abend seine Mutter an, um sich nach seinem Befinden und dem Fortschreiten seines Forschungsprojektes zu erkundigen. Das ging ihm immer nachdrücklicher auf die Nerven, und immer gab er dieselbe Antwort: »Das findet sich schon.« Jedes Mal staunte er über seinen schroffen Tonfall.

Es regnete also, und ein trügerischer Wind fegte durch die kahlen Baumkronen. Deshalb beschloss Carl Lindén an diesem Morgen, eine andere Strecke zu nehmen als sonst. Statt dem windigen Spazierweg am Hafen zu folgen, ging er, nachdem er Slottsbron passiert hatte, weiter in Richtung Timmermansleden. Das war zwar kein toller Weg, aber egal.

In der Skånegata wurde gebuddelt, der Asphalt war aufgebrochen, der Kies war feucht und klebrig. Das Gras am Straßenrand war nass und gelb. Das braune Laub, das den Bürgersteig wie ein platter, glänzender Brei bedeckte, roch eigentlich ziemlich gut.

Pia wühlte begeistert in den knisternden Laubbergen, ihre kurzen Beine jagten über Grashalme und knackende Zweige dahin. Carl Lindén genoss den Spaziergang nun doch, und er beschloss, auch in Zukunft diese Strecke zu laufen, nicht mehr die um den Hafen. Er fühlte sich jetzt eigentlich recht wohl in der kalten Morgenluft, die in seine Wangen kniff, und erst als er vor einem der kleineren Wohnblocks in der Västmansgata stand, wurde er aus seiner Gedankenverlorenheit gerissen.

Pia stand nun schon zu lange an derselben Stelle, und es half nicht, dass er immer wieder nach ihr rief. Sie stand da wie angewachsen, ihre Nase klebte am Kies unter den Sträuchern, die vor einem ramponierten Zaun wuchsen. Als Carl Lindén ungeduldig an der Leine riss, fiel ihm plötzlich unter den Zweigen etwas Seltsames auf. Etwas Vertrautes und doch Fremdes. War das nicht eine Menschenhand? Mit dieser nackten, gelbweißen Haut? Er beugte sich vor, um besser sehen zu können. Doch, das, was da unten lag, war eine Menschenhand. Nicht mehr und nicht weniger. Zur Hälfte verborgen in einem Wirrwarr aus braunen Zweigen.

Erst jetzt meldete sich die Angst zu Wort. Nach den ersten Sekunden oder Minuten, das wusste er nicht genau; sie dehnten sich wie ein Gummiband und kamen ihm so lang vor wie Stunden, ja, wie Tage. Als seine Augen jedes Detail langsam, dauerhaft und unnötig klar registriert hatten. Denn den Anblick, der sich Carl Lindén nun bot, hätte er in seinem Gedächtnis lieber nicht gespeichert.

Mit dem wütend kläffenden Hund an der straffen Leine rannte er über die Straße zurück. Es ging nicht gerade schnell, und er keuchte und schnappte immer wieder nach Luft. Er wusste, was er gesehen hatte, konnte es aber nicht begreifen. Er ahnte nur, dass er sich jemandem mitteilen musste, um mit diesem Wissen nicht mehr allein zu sein.

Es war gerade einmal halb sieben, doch beim Slottsfjordväg entdeckte er einen Mann mit einem dunkelgrauen Mantel und einer schwarzen Aktentasche in der Hand, der gerade in ein Auto steigen wollte. Carl Lindén stürzte ihm entgegen und zog den Hund wie einen widerstrebenden kleinen weißen Ball hinter sich her.

»Verzeihen Sie …«

Der Mann bedachte ihn mit einem eiskalten Blick. Er schien lieber einsteigen und die Tür schließen zu wollen, und vielleicht würde er es auch tun. Carl Lindén musste sich beeilen.

»Verzeihen Sie … Ich habe gesehen … Wir müssen anrufen …«

Der Mann schüttelte resigniert den Kopf, warf seine Aktentasche auf den Rücksitz und setzte einen Fuß ins Auto.

»Herrgott« war alles, was Carl Lindén jetzt noch herausbrachte. Mager, in seiner weiten Jacke und seiner lockeren beigegrauen Hose, wirkte er noch jünger, als er war. Und neben ihm heulte wütend der Hund.

»Was ist denn los?«, fragte der Mann gereizt, so als habe er plötzlich eingesehen, dass er diesem verwirrten jungen Mann helfen müsse. Auf irgendeine Weise. Und sei es nur, um ihn loszuwerden.

»Da hinten liegt eine Leiche«, keuchte Carl Lindén und zeigte in die Richtung, aus der er gekommen war.

»Eine Leiche?«, wiederholte der Mann. Sein Mund stand offen.

Carl Lindén nickte eifrig.

»Ja, in der Västmansgata, ich habe jemanden gesehen ... Da liegt jemand unter einem Busch, gleich hinter dem Zaun.«

Der Mann machte den Mund zu und kniff die Augen zu schmalen Schlitzen zusammen, so als täten sie ihm weh. »Was erzählen Sie da? Eine Leiche?«, fragte er misstrauisch.

»Ich habe die Hand gesehen, zuerst nur die Hand. Aber dann ... Das war sicher Blut, und ...«

»Ist das Ihr Ernst?«

Carl Lindén nickte.

»Wo genau, haben Sie gesagt?«

Der Mann ließ seinen Blick die Straße entlang wandern, als könne er aus dieser Entfernung Einzelheiten der Stelle, auf die Carl Lindén gezeigt hatte, erkennen.

»Und diese Person ist tot?«

Wieder nickte Carl Lindén, mit fest zusammengekniffenen Lippen.

Der Mann im grauschwarzen Mantel durchbohrte ihn mit seinem eisigen Blick, beugte sich dann ins Auto, grunzte kaum hörbar und riss das silberfarbene Mobiltelefon aus seinem Halter neben dem Lenkrad.

I

1

Im Spiegel sah ihr Gesicht anders aus. Das wusste sie, obwohl sie es ja nie wirklich außerhalb eines Spiegels gesehen hatte. Alle Gesichter sehen im Spiegel anders aus, verzerrt, schief, mit entstellten Zügen an den wichtigen Stellen wie Augen, Nase und Mund. Und dann der Blick – wie andere den erlebten, konnte sie sich nicht vorstellen. Sie sah sich ja immer mit demselben Ausdruck an, mit einem gewissen Zweifel, forschend, skeptisch und immer auf der Suche nach neu dazugekommenen Falten, grauen Haaren in den Augenbrauen oder der ganz allgemeinen Erschlaffung, die das Altern mit sich bringt.

Das Altern. Sie war noch keine siebenunddreißig, und manchmal hieß es, sie sehe kaum aus wie dreißig, mit ihren bescheidenen eins vierundsechzig, und so flachbrüstig und schmal, wie sie war. Aber sie konnte ja nichts dafür, dass sie niemals zunahm, egal wie viel Kuchen sie in sich hineinzwängte, wie viele dick mit Majonäse bestrichene Brote sie sich in den Mund stopfte – sie nahm nie auch nur einen Millimeter zu. Und trotzdem, als sie nun hier stand und jede Pore in ihrem Gesicht untersuchte, kam sie sich vor wie eine alternde Frau: schlaffe Haut an Kinn und Hals, tiefer werdende Furchen auf der Stirn und um die Augen, waagerechte Falten, wenn sie den Mund entspannte und sich dieses hysterische Lächeln ersparte. Und nicht zuletzt war da noch ihr Blick, dieser traurige, dieser schwere, düstere Ausdruck, der tief unten in den Pupillen ruhte. Dieser ständige Ernst, als belaste eine tiefe Trauer ihre Seele.

Sie kämmte ihre Haare nach hinten, tuschte sich rasch und mit geübten Bewegungen die Wimpern und trug dann noch eine dicke Schicht glänzenden Lippenstift auf.

So, ja, jetzt sah sie richtig gut aus. Das redete sie sich jedenfalls ein, und mit dieser Überzeugung würde sie sicher auch ein wenig munterer und fröhlicher aussehen, als wenn sie das Gegenteil geglaubt hätte.

»Was machst du?«

Sie nahm zwei Treppenstufen auf einmal, als sie ins Wohnzimmer hinunterrief.

Keine Antwort.

»Was zum Teufel treibst du da? Hättest du nicht schon längst unterwegs sein müssen?«

Noch immer keine Antwort. Sie zog ihre Jacke um sich zusammen, wickelte sich einen Wollschal um den Hals und stieg rasch in ihre Stiefel. »Bist du da?« Sie duckte sich unter den aufgehängten feuchten Laken und den Frotteehandtüchern hindurch. Eins fiel auf den Boden, aber sie machte sich nicht die Mühe, es aufzuheben. »Herrgott, bist du etwa noch gar nicht aufgestanden?«

Sie riss an seinem Arm, und er drehte sich grunzend um, schlug die Augen auf und schaute mechanisch aus seinen rot unterlaufenen Augen den Wecker an.

»Ja, verdammt! So spät ist es schon? Warum hast du mich nicht geweckt?«

»Das habe ich doch gerade getan.«

Mühsam kam er auf die Beine, fuhr sich mit den Fingern durch die Haare, schnallte den Gürtel seiner Jeans zu und blieb dann mit hängenden Armen stehen. »Ich schaff es ja doch nicht.«

»Das hättest du dir früher überlegen müssen. Wieso hast du übrigens auf dem Sofa geschlafen?«

Er packte ihren Arm und zog sie zu sich. »Hättest mich ja auch wecken können. *Du* warst schließlich wach.«

»Ja, es gibt hier im Haus noch Leute, die wissen, was sich gehört.«

Sie wusste sofort, dass sie besser den Mund gehalten hätte. Sie biss sich auf die Lippe und zog automatisch den Kopf zurück. Danach ging es sehr schnell, wie immer.

Sie merkte, wie ihre Wange brannte; dann folgte eine sekundenlange Betäubung, die allmählich in ein brennendes Feuer überging. Wenn es nur nicht zu sehen war, das war jetzt einfach nicht drin, sie konnte sich nicht schon wieder krankmelden, und wenn doch, welche Entschuldigung sollte sie diesmal vorbringen?

Er hatte noch immer ihren Arm gepackt. Vorsichtig schaute sie in sein Gesicht, doch das war glatt und ausdruckslos, wie immer danach, und sie konnte den schmalen braunen Augen oder den zusammengekniffenen Lippen nichts entnehmen. Im Schlaf waren ihm die dunklen Haare in die Stirn gefallen, und der dünne schwarze Pullover, der jetzt zu einem Teil seiner Amtskleidung geworden zu sein schien, spannte über der Brust und warf Falten.

»Scheiße, ich hasse dich«, murmelte sie durch zusammengebissene Zähne. Sie spürte, wie etwas über ihre Wange lief, wischte es mit dem Handrücken ab und sah Blut. Einen zähen Blutstreifen, vermutlich aus der Nase. Was für ein Glück, das würde bald wieder aufhören.

»Was hast du gesagt?«

Seine ruhige, dunkle Stimme. Er sprach mit einem anderen Akzent, wenn er wütend war. Vielleicht mit dem seiner Mutter. Oder dem des Vaters? Sie konnte sich kaum an dessen Stimme erinnern, so lange hatte sie nicht mehr mit ihm gesprochen. Er hatte vor ewigen Zeiten jegliche Verbindung zu seinen Eltern gekappt, und wenn sie ein seltenes Mal anriefen, dann stammelte immer die Mutter abgehackt in den Hörer.

Sie registrierte, wie eine schleichende Angst über jeden Millimeter ihrer Haut kroch. Wie sie sich in ihrem Nacken verbiss und dann zum Kopf weiterwanderte. Dort musste sie sie aufhalten, musste schlucken und die Augen zusammenkneifen und einfach alles versuchen, um den Irrsinn daran zu hindern, wie eine hässliche Blume Wurzeln zu schlagen.

»Was zum Teufel hast du gesagt?«

»Dass du dich beeilen sollst. Das habe ich gesagt.«

Er ließ sie los. Genauer gesagt, er zwang sie durch eine plötzliche Verdrehung ihres Handgelenks zu Boden, sie stürzte und landete gleich neben dem feuchten Frotteehandtuch. Sie spürte Tränen, Tränen der Erleichterung, weil sie glimpflich davongekommen war, aber auch Tränen der Demütigung. Sie schluckte, rappelte sich verhältnismäßig rasch wieder auf, strich ihre weiße Bluse glatt und hoffte noch einmal, dass nichts darauf zu sehen sein würde. War ja wohl typisch, dass sie sich gerade an diesem Tag die weiße Bluse ausgesucht hatte, doch auf den ersten Blick waren keine Flecken zu sehen. Das Nasenbluten hatte wohl aufgehört, nur ein Nasenloch schien noch ein wenig zugeschwollen zu sein. Sie strich sich die Haare nach hinten, genau wie vor dem Spiegel. Er war die Treppe hochgelaufen, unter lautem Fluchen, weil es schon so spät war, und sie stand vor dem Spiegel in der Diele. Der hatte nicht so viel Licht wie der oben, aber es musste reichen. Für mehr hatte sie keine Zeit.

Sie beugte sich so dicht über das Glas, dass ihre Nase einen Abdruck hinterließ. Jetzt sah sie wieder dieses Graue, dieses Kranke, Unterwürfige tief unten in ihrer Pupille. Dort war zu lesen, was sie mitgemacht hatte, was sie sich immer wieder, immer aufs Neue gefallen ließ. Ansonsten gab es nichts zu sehen. Keine blauen Flecken, keine Beulen, nicht einmal eine Blutspur. Nichts außer ein wenig zerlaufener Wimperntusche, die sie mit dem Zeigefinger verrieb. Und dann dieses Verwirrte in der Pupille, was aber nur sichtbar wurde, wenn man wirklich genau hinschaute. Und wer würde das schon tun!

Sie warf sich ihre Tasche über die Schulter und hörte, wie er lärmend im Obergeschoss hin und her lief. Sicher suchte er nach einem Hemd, in dem schwarzen Pullover, in dem er geschlafen hatte, konnte er ja wohl auf keine Beerdigung gehen. Ihm blieben nur zehn Minuten, das wusste sie, und er würde für den Weg zum Friedhof mindestens die doppelte Zeit brauchen. Aber das war nicht ihr Problem, auch wenn es ihr manchmal so vorkam. Plötzlich tat er ihr ein wenig Leid, aber wirklich nur ein wenig. Vielleicht hätte sie ihm helfen oder zumindest ein Taxi rufen sollen, dafür sorgen, dass er ohne Falten in der Kleidung aus dem Haus gehen konnte, mit geputzten, blanken Schuhen. Vielleicht wäre alles besser, wenn sie sich gegenseitig helfen könnten, statt sich immer nur zu streiten.

Aber das Geräusch seiner schweren Schritte, die den Boden zum Ächzen brachten, ließ sie an diesem Morgen ohne ein weiteres Wort die Haustür öffnen. Noch einmal fuhr sie sich mit der Hand durch die Haare, als könne sie sich damit endgültig davon überzeugen, dass ihr nichts, wirklich rein gar nichts anzusehen war.

»Hallo«, rief sie. »Ich geh jetzt.«

Aber er gab keine Antwort, vielleicht stand er im Badezimmer und mühte sich mit Zahnbürste oder Rasierapparat ab. Na ja, das war wirklich nicht ihr Problem, obwohl sie noch immer tief im Hinterkopf ein vages Schuldbewusstsein verspürte, als sie die Tür zuknallte und zu ihrem Fahrrad ging, jetzt langsamer, obwohl sie es eilig hatte, als wäre sie im Grunde lieber bei der Haustür stehen geblieben, hätte auf ihn gewartet und das alles noch einmal durchlebt.

☆

Ein absolut scharfer Typ, dachte Eva-Britt Bixe und lenkte ihren hustenden alten VW auf den Parkplatz. Flacher Bauch, breite Schultern, schmaler Hintern und lässiger, schlaksiger Gang in kurzer Lederjacke und eng sitzenden Jeans. Im sonnengebräunten Gesicht einige markante Lachfältchen. Durch und durch perfekt, dachte sie, da passte wirklich alles. Abgesehen vielleicht von der Tatsache, dass er sich nicht umgeschaut hatte, nach ihr nämlich, aber dafür konnte sie andererseits, wenn auch widerwillig, einen Hauch von Verständnis aufbringen. Dass vierzigjährige Männer sie inzwischen wie ihre eigene Mutter ansahen statt als die attraktive Frau, für die sie selber sich hielt, war trotzdem nicht ganz leicht zu akzeptieren. Noch vor kurzer Zeit war sie selber doch um die vierzig gewesen – doch damals war sie vollauf damit beschäftigt gewesen, den Alltag mit Kindern und Karriere und einem, wie sie im Nachhinein eingesehen hatte, schlaffen und trägen Gatten in den Griff zu bekommen, und deshalb hatte sie keine Kraft mehr gehabt, um sich nach Männern mit dezenten Hintern und Waschbrettbäuchen umzusehen. Und jetzt, wo ihre Zeit das endlich gestattete, war es zu spät. Offenbar, denn der Mann mit der schwingenden Lederjacke und den schwarzen Jeans verschwand hinter der Hausecke, ohne sie auch nur eines flüchtigen Blickes gewürdigt zu haben, was noch vor zwei Jahren unvorstellbar gewesen wäre und ihr danach tagelanges Kopfzerbrechen eingebracht hätte.

Na ja, so war es nun eben. Durch und durch ungerecht, fand sie. Sie dachte an Gösta, der trotz seiner schütteren Haare und seines weit über den Gürtel hängenden Bauches noch immer eine junge Blondine nach der anderen abschleppte. Sie hätte gern gewusst, was die an ihm fanden. Sie selber war niemals glücklicher gewesen als an dem Tag, an dem sie ihn losgeworden war. Gösta, ein wirklicher Teufel von Mann. Seit er es zu etwas gebracht hatte und Abteilungsleiter geworden war, klebten die Frauen in Trauben an ihm. Ungerecht, dachte sie noch einmal. Auch sie war nach oben gekommen, aber was half das? Es machte die Sache eher noch schlimmer.

Sie stieg aus dem Wagen und verpasste der warmen Motorhaube einen Klaps, das machte sie jeden Morgen, wenn sie den VW auf dem Parkplatz allein ließ. Als halbherzige und versöhnliche Geste, die ihn dazu bringen sollte, ein weiteres Mal anzuspringen, obwohl er hustete und keuchte und die Heizung schon seit langem nicht mehr funktionierte. Aber schließlich hatte sie ihn für nur zweitausend beim lokalen Autohändler erstanden, und der hatte ihr versprochen, dass die Karre noch einen Sommer halten würde, aber nicht einen Tag mehr. Das war inzwischen über drei Jahre her, dass sie dem Mann die Tausender in die Hand gedrückt und lachend gesagt hatte, sie wäre froh, wenn er auch nur den nächsten Monat überlebte. Nach Göstas verdammten überkandidelten Sportwagen kam es ihr wie eine Befreiung vor, in einem Wagen zu sitzen, der wie eine defekte Kaffeemaschine blubberte, und nicht zu wissen, ob er noch einmal sein Ziel erreichen oder auf halbem Weg zusammenbrechen würde. Das Leben hatte damit einen gewissen Hauch von Unvorhersagbarkeit angenommen, und Eva-Britt Bixe fand das nur gut.

Sie überquerte den riesigen Parkplatz, der an diesem Tag von dunklen Wolken verhangen war. Das Leben, eine gerade graue Strecke. Sie versteckte ihr Gähnen mit der Hand und hörte ihre Absätze über den feuchten Asphalt klappern. Das Leben. Ab und zu hatte sie das Gefühl, keinen einzigen Tag mehr durchhalten zu können. Manchmal biss sie aber auch die Zähne zusammen und zwang sich dazu, nicht mehr zu denken. Einfach auf der grauen Strecke weiterzulaufen. Ein absolut scharfer Typ, dachte sie und riss die Tür zum gesichtslosen, braun gestrichenen Polizeigebäude auf, das in den vergangenen fünfundzwanzig Jahren ihr Arbeitsplatz gewesen war, vielleicht könnte so ein Mann den Grauton aufhellen. Andererseits aber gab es in ihrer Reichweite offenbar keine mehr von der Sorte. Sie würde sich wohl damit begnügen müssen, was gerade zu haben war, also einem nicht übermäßig lebendigen Mann. Denn das hatten sie gesagt, als sie sie um acht Uhr angerufen hatten: Unter einem Busch war ein Toter gefunden worden.

☆

»Was hast du denn da, Katrin?«

Sie lachte und merkte, dass sie in diesem Moment nicht die kleinste Spur von diesem Spiegelblick an sich hatte, nichts von diesem Graubekümmerten, das sich am Morgen wie ein Plastikfilm über ihr Gesicht gezogen hatte. »Ach, nichts.«

Es war ihr gelungen, den Schlag mit ausgestrecktem Arm abzuwehren, so dass er genau da getroffen hatte, wo sie wollte, unten auf der Wange, gleich unter dem Ohr. Ein klassischer Schlag, im Film hätte er nicht besser aussehen können.

»Aber du hast da doch Blut, auf der Bluse.«

Ohne dass sie es wollte, starrte sie jetzt ihren Kollegen an. »Was sagst du da?«

»Was hast du denn gemacht?«

»Wie meinst du das? Wieso denn Blut?« Sie drehte sich auf ihrem Stuhl um, starrte die Wand an, und – zitternd, das merkte sie – zog sie einen Briefumschlag in die altmodische Maschine ein. Sie hatte noch immer nicht begriffen, wie man mit dem Laserdrucker Umschläge beschriftete. Und auf diese Weise ging es schneller, als wenn sie jemanden um Hilfe gebeten hätte.

»Zwei Idioten sind mit dem Messer aufeinander losgegangen«, sagte sie und starrte die Tasten an. »Sicher ist es dabei passiert. Sie trieften nur so vor Blut, haben das ganze Auto versaut. Der Rücksitz muss bestimmt desinfiziert werden. Und ich habe vergessen, mir eine andere Bluse anzuziehen.«

»Ach was?« Jan Ring starrte nachdenklich seine Papiere an und hatte die Kaffeetasse halbwegs zum Mund gehoben. »Davon habe ich noch gar nichts gehört.«

Seine Stimme wurde heller, und er schaute zu ihr auf. Sie registrierte seine erhobenen Augenbrauen und die albern aussehenden neugierigen Furchen auf der Stirn.

Katrin schrieb langsam die Adresse fertig, die Tastatur kam ihr ungewohnt vor. Sie verspürte eine vage Irritation, die ihr wie ein Schauer über das Rückgrat zu laufen schien. Warum musste Ring die ganze Zeit um sie herumscharwenzeln? Warum konnte er sie nicht in Ruhe lassen? Aus dem Augenwinkel ahnte sie seinen tristen Dackelblick, der wie so oft an ihr haftete. Meistens betrachtete er sie schweigend, nur einmal hatte er gefragt, ob sie nicht nach Feierabend eine Kleinigkeit mit ihm essen wolle, ein Sandwich oder so. Er hatte seinen Vorschlag mit heiserer Stimme und reichlich überstürzt vorgebracht. Obwohl er vorher bestimmt jede Silbe eingeübt hatte. Sie hatte einfach eine Absage gemurmelt und dann das Zimmer verlassen. Ein andermal hatte er einen Zettel auf ihrem Tisch hinterlassen, mit albernen, schräg gestellten Buchstaben, als habe er sich alle Mühe gegeben, langsam und deutlich zu schreiben, sicher hatte er vorher mindestens fünfzehn Entwürfe in den Papierkorb geworfen. Ja, so war er, und das gehörte zu den Dingen, die sie an ihm so abstießen.

Mit Jan Ring hätte sie sicher ein Leben in Geborgenheit führen können, stabil wie in einem Heft mit Rechenkästchen, Tag und Nacht Objekt seines bewundernden Blicks. Was für eine schreckliche Vorstellung. Bei diesem Gedanken schnürte sich ihr die Kehle zusammen. Sie begriff einfach nicht, warum sie so etwas dachte. Das war doch die pure Selbstquälerei!

Katrin klebte den Briefumschlag zu. Die graue Plastikhaube keuchte wie ein Blasebalg, als sie sie über die klobige Schreibmaschine stülpte. Das Telefon dagegen klingelte auf eine neue, freche Weise, irgendwie wütend und erbost, was bisweilen sehr gut zu ihrer Stimmung passte. Oder sie vielleicht eher ausglich. Sie ließ es klingeln und faltete gleichgültig ein Stück Papier zusammen.

»Willst du nicht rangehen?«

»Doch, gleich.«

Seine langweilig seriöse Hose, aus irgendeinem nüchternen blauen Qualitätsstoff, warf um seine Hüften Falten, als er sich auf die Tischkante setzte. Was wollte er eigentlich? Warum war er zu ihr herübergekommen? Das würde sie vermutlich nie erfahren. Jedenfalls nicht, wenn sie ans Telefon ging, und das musste sie schließlich, es gehörte doch zu ihrer Arbeit, diesen blöden Hörer abzuheben und darauf zu warten, dass sie hin und her kommandiert wurde.

Zwei betrunkene Jugendliche, die auf dem Marktplatz Autofenster einschlugen. Ein Ladendieb im Kaufhaus Ahléns. Eine Frau, die ein Besuchsverbot erwirkt hatte und nun fürchtete, dass ihr Exmann trotzdem vor der Haustür auf der Lauer lag, ein Verdacht, der leider in den meisten Fällen der Wahrheit entsprach.

Von den vielen gestohlenen Autos ganz zu schweigen.

Gutenachtgeschichten für Erwachsene, die nicht sonderlich aufregend waren. Erst wenn sie durch die Mangel der Lokalpresse gedreht worden waren, wirkten sie prickelnd und ab und zu sogar ein wenig glamourös. Aber erst dann. Falls sie es so weit brachten; zumeist schien der Zufall zu entscheiden, was in die Zeitung kam und was nicht.

Jan Ring wollte gerade zum Hörer greifen, doch sie kam ihm zuvor. Sie wollte ihn durchaus nicht in ihren Machtbereich eingreifen lassen. Seine verwirrte Miene amüsierte sie.

»Ja?«

Eine knisternde Stille am anderen Ende der Leitung. Katrin starrte mit leerem Blick die Wand an, nur um *ihn* nicht sehen zu müssen, während sie darauf wartete, dass das Schweigen ein Ende nähme.

Es knisterte noch einmal, dann war sie plötzlich zur Stelle. Bixe.

»Ein Toter«, sagte sie.

Dann hustete sie. Typisch Bixe, nichts von Anfang an zu erzählen. Und dann dieser verdammte Raucherhusten.

»Wo denn?«

Katrin hatte den Stift über ihr Protokollbuch erhoben, obwohl das unnötig war, sie würde sich auch so an alles erinnern.

»In einem Gebüsch. Erstochen.«

»Ermordet?«

Ihr Atem und Rings Blick, wie ein frisch aufgegangener Augustmond. Ring saß noch immer auf der Schreibtischkante, hielt die Tasse gefährlich schräg in der Hand und hatte den Mund auf dämliche Weise offen stehen.

»Aber deshalb rufe ich nicht an.«

»Ach?« Sie ließ ihren Kugelschreiber fallen. Der landete klappernd auf der wütendgrünen Schreibunterlage.

»Oder ... Doch.«

Ach, Herrgott. Es war ein Wunder, dass diese Frau es auf der Hühnerleiter bis ganz nach oben geschafft hatte. Wirklich ein Mysterium. Falls es nicht einfach am Alter lag. Aber sie konnte doch allerhöchstens sechzig sein. Und das war ja wirklich noch zu früh.

»Oder *was?*«

Katrin Wedholm kritzelte zerstreut mit ihrem Kugelschreiber herum, den sie wieder in die Hand genommen hatte. Sie spürte Rings scharfen, nervösen Blick. Was würde der jetzt mit seiner bibbernden Unruhe anstellen, wo er doch weder rauchte noch trank oder mit Frauen ins Bett stieg? Vielleicht würde er sich in ein Dünndruckbuch vertiefen, eine moralphilosophische Betrachtung über das Wesen des Verbrechens. Er trug oft zerlesene Bücher in seiner braunen Aktentasche mit sich herum, vergrub sich in der Mittagspause darin und kaute dazu auf einer biodynamisch gezüchteten Gurke herum.

Es war zum Kotzen.

»In zehn Minuten haben wir eine Besprechung.«

»Ach, und deshalb rufst du an?«

»Sicher. Ist Ring gerade bei dir?«

»Ja.«

Woher konnte Bixe das wissen? Wer klatschte und lachte sich da auf ihre Kosten vermutlich scheckig? Der Dynamische mit der Gurke bei Katrin mit dem Katzenfell.

»Bring ihn mit«, sagte Bixe und legte auf.

»Bring ihn mit.« Er war doch wohl kein kleines Kind? Und sie war einwandfrei weder seine Mutter noch seine Geliebte. Was wahrscheinlich auf dasselbe herauskommen würde.

»Besprechung in zehn Minuten«, murmelte Katrin eintönig, wie ein Echo von Bixe.

Sie stand auf, schob die Füße in die hochhackigen Stiefel, zog den innen angebrachten Reißverschluss hoch und strich ihre schwarzen Jeans glatt. Die waren so eng, dass sie ihr vorkamen wie eine zweite Haut. Dann glitt sie mit der Jacke über den Schultern auf den Flur hinaus und ließ Ring im Zimmer mit dem kalt werdenden Kaffee stehen. Sie lachte den Boden an. Hoffte, dass er sich die ganze Tasse über seine schrecklich ordentlich gebügelte Hose kippen würde.

☆

»Nackt? Wirklich?«

»Was? Wer hat das denn behauptet? Nein, aber der ganze Rücken seines Mantels war zerfetzt und dermaßen mit Blut verschmiert, dass der Stoff aussah wie eine zweite Haut.«

Eva-Britt Bixe schaute über ihre dünne Lesebrille hinweg – auch das ein Zeichen des Alterns, das sie erst nach Monaten akzeptiert hatte. Erst, als sie die Augen dermaßen zusammenkneifen musste, dass ihr die Augenlider wehtaten, war sie bereit gewesen, auch in der Öffentlichkeit eine Brille zu tragen, also bei Besprechungen und Terminen, und nicht nur hinter geschlossener Tür im Schutze ihres Schreibtisches.

»Wer hat behauptet, er habe keine Kleider mehr am Leib gehabt?«

Katrin Wedholm, die bisher in der Ecke gesessen und gleichgültig ihre Nägel betrachtet hatte, schaute mit fragender Miene auf. Ihre Haare fielen in Strähnen über ihre bleichen Wangen.

»Bestimmt Wunschdenken«, murmelte Erik Sander und gähnte zerstreut.

Er sah müde aus, sicher war wieder ein Kind krank, dachte Bixe. Andererseits war es ja nur lobenswert, dass es Männer gab, die sich um ihre Kinder kümmerten, statt mit einer in aller Eile gepackten Tasche loszustürzen und eine Dienstreise vorzuschützen, sowie sie eine triefende Kindernase sahen. Und dabei hauste er mit seiner Familie in einer winzigen Zweizimmerwohnung im sechsten Stock in Andersberg. Was nicht gerade eine begehrte Wohngegend war. Und da hatte er ja wohl das Recht, morgens zu gähnen.

»Niemand war entkleidet«, sagte Bixe und schaute noch einmal über den Brillenrand, jetzt ein wenig gereizt. »Ich weiß wirklich nicht, wovon ihr hier redet. Vor einem Wohnhaus in der Västmansgata 13 ist ein Mann gefunden worden. Mit elf Messerstichen im Rücken. Der letzte Stich war vermutlich der tödliche.«

»Scheiße«, murmelten Ring und Sander wie aus einem Munde.

»Nein, das sah wirklich nicht schön aus«, sagte Bixe und machte sich an der Zigarettenpackung zu schaffen, die zusammengeknüllt in der Tasche ihrer, das musste sie zugeben, allzu eng sitzenden Jacke steckte. Sie starrte die Tischplatte an, wo sich das Licht der Neonröhre an der Decke im glatten Lack spiegelte.

»Ein junger Mann hat ihn gefunden, heute früh, als er mit seinem Hund unterwegs war. Der Anruf kam um sechs Uhr dreiundvierzig. Der Mann lag mit dem Gesicht nach unten da und war ziemlich gut versteckt, es scheint dem Mörder also wichtig gewesen zu sein, dass er nicht zu sehen war. Er hatte weder Ausweis noch Brieftasche bei sich. Aber als wir die Hausbewohner befragt haben, stellte sich ziemlich schnell heraus, dass er einer von ihnen war. Genauer gesagt, hat er genau unter der Frau gewohnt, die ihn identifiziert hat.«

»Raubmord?«, fragte Jan Ring, der auf seine Beförderung wartete und zu glauben schien, dass der Grad seines Scharfsinns an der Menge seiner tiefen Stirnfurchen abzulesen war.

»Bisher können wir keine Möglichkeit ausschließen.«

Schweigen senkte sich wie eine schwere Decke über den Tisch. Nur Katrin Wedholms tiefes Seufzen war zu hören. Sie hatte ihre Jacke fest um die Schultern zusammengezogen.

»Wir haben um zehn vor sieben Alarm gegeben. Spuren konnten wir nicht sichern, es hat ja die ganze Zeit geregnet.«

Ja, das ließ sich nicht abstreiten. Über die Fenster liefen die Tropfen, die sich schon seit dem frühen Morgen wie eine zusätzliche Glasschicht auf die Scheiben gelegt hatten.

»Ich war vor ein paar Stunden dort, und der Garten sah aus wie ein Schlammfeld. Und bisher ist meines Wissens noch kein Zeuge gefunden worden. Im Haus gibt es sechs Wohnungen, in den meisten wohnen Rentner, und selbst wenn die nicht so tief schlafen, dann ist es um ihr Gehör zumeist nicht sehr gut bestellt. Jedenfalls hat niemand etwas gehört. Und ein Motiv kennen wir auch noch nicht. Abgesehen davon, dass die Brieftasche fehlte, weist es ja auf eine gewisse Aggression hin, wenn man jemandem elfmal in den Rücken sticht.«

»Oder der Täter war schwächer als das Opfer. So rein körperlich, meine ich«, wandte Ring ein, dessen Stirnmuskeln sich plötzlich entspannten wie nach einer gewaltigen Anstrengung.

Bixe nickte, ohne ihn anzusehen.

»Der Typ, der uns verständigt hat, hatte der sonst nichts zu erzählen?«

»Nur dass er unter einem Strauch eine blutige Hand gesehen hatte. Er macht seinen Morgenspaziergang mit dem Hund sonst offenbar durch den Hafen, aber heute hat er sich für eine andere Route entschieden, um dem ärgsten Wind zu entgehen.«

»Das wird er so schnell nicht wieder tun«, sagte Erik Sander, Vater von zwei Kindern, und lachte mit leicht nach oben gezogenen Mundwinkeln.

»Er hat einen Mann gefunden, der per Handy anrufen konnte«, sagte Bixe jetzt. »Beide waren ziemlich fertig, als die Polizei eintraf.«

»Wundert mich gar nicht. Arme Tröpfe.«

Im regentrüben Vormittagslicht thronte das Polizeigebäude wie ein dunkelbraunes Viereck auf halber Höhe an einem Hang, der im Moment aussah wie ein riesiger Berg aus glitzerndem, durchsichtigem Zucker. Oberhalb des Gebäudes war der Boden unberührt, ein schmaler kurvenreicher Weg zog sich zum mit spärlichem Wald bewachsenen Gipfel. Schwarze spitze Zweige berührten einander über die engen Pfade hinweg, in die der Weg am Ende mündete und die eine Oase für joggende Alltagssportler waren. Auch Mitglieder der Polizei gehörten zu dieser Truppe. Abends brannten schwache Laternen in weiter Entfernung voneinander, sie hingen an schwankenden Leitungen zwischen den Bäumen. Auf der einzigen Lichtung gab es auch einen kleinen Spielplatz mit zwei Schaukeln, einem Sandkasten und einem Klettergerüst. Im Frühling und im Sommer tobten die Kinder auf diesem Platz herum, während die Eltern, zumeist Mütter, auf Decken im ungastlichen Gras saßen und ihr Gesicht zur Sonne wandten. Um diese Jahreszeit ließ sich jedoch höchstens ein einsamer Jogger in winddichter Kleidung sehen, die Strickmütze weit über die Ohren gezogen. Zumeist jedoch heulte der Wind einsam zwischen den schief gewachsenen Baumstämmen.

Auf dem weiter unten gelegenen alten Industriegelände, wo sich auch die Polizeiwache befand, war desto mehr los. Allerdings waren die meisten Gebäude umgewandelt worden und beheimateten eher lokale Rockbands und deren Übungsräume als vielversprechende Handwerker. Hier und dort gab es eine hoffnungsvolle Buchhaltungsfirma zwischen den rostigen und halb verfallenen Stacheldrahtzäunen, während eine Reihe weißer Fahnen mit dem Namen Hansson auf eine bekannte Markisen- und Rollofirma hinwies. Der staatliche Auktionator hatte sich ebenfalls hier niedergelassen, zusammen mit einem Gewimmel aus mehr oder weniger seriösen Second-Hand-Läden, die alles von gut erhaltener alter Festbekleidung bis zu tastaturlosen Schreibmaschinen verkauften. In der Regel überwogen Waren der letzteren Art.

Dahinter begann dann die Stadt. Oder genauer gesagt, ein Gelände, das zu ungefähr gleichen Teilen aus Villen und Mietshäusern vom Ende der dreißiger Jahre bestand. Vom Besprechungsraum der Wache hatte man einen Blick auf geräumige Villen, die jetzt zumeist grau und verfallen waren, und auf eine Anzahl von Vierparteienhäusern im Bauhausstil, errichtet aus dunkelroten Ziegeln. Wenn man dann der breiten Durchfahrtsstraße in westlicher Richtung folgte, dann landete man bald mitten im Zentrum, einem alten Ortskern, der jedoch nicht viel von seinem ursprünglichen Charakter behalten hatte. Die Häuser, die in den sechziger und siebziger Jahren der Abrissbirne entkommen waren, enthielten fast nur noch Läden und Büros. Prachtvolle alte Stadtwohnungen hatten ihre verwinkelten Innenwände gegen neue, gerade austauschen müssen, die hohen Decken waren gesenkt worden, und die prunkvollen Kronleuchter waren eisblauen Neonröhren gewichen. Das Einzige, was noch von vergangenen Zeiten kündete, war der knarzende Parkettboden, der immer noch vereinzelt im Obergeschoss eines Ladens oder einer Arztpraxis zu finden war.

Das galt jedenfalls für die um den Marktplatz gelegenen Häuser. Dort waren während der abrissfreudigsten Jahre außerdem zwanzig Ulmen gefällt worden, damit eine Tiefgarage angelegt werden konnte. Von hier aus verliefen die Straßen der Stadt wie ein vierzackiger Stern. Je weiter man sich vom Marktplatz entfernte, umso mehr von der alten Atmosphäre war erhalten geblieben. Renovierte Jugendstilhäuser standen eingezwängt zwischen Gebäuden aus den achtziger Jahren, schwarze schmiedeeiserne Balkons wurden von verglasten Wintergärten gekrönt, und es gab immer noch gepflasterte Gassen, so schmal, dass kaum ein Durchkommen war, und breitere, die Platz für Autos und Fahrräder boten.

Eva-Britt Bixe hatte Glück gehabt, als sie nach der Renovierung die Wache neu bezogen hatten. Aus ihrem Zimmer im fünften Stock hatte sie fast die ganze Stadt im Blick. Den Marktplatz mit allen daran angrenzenden kleinen Einkaufsstraßen, Kirche und Hafen. In der Ferne konnte sie sogar den rechteckigen Ziegelbau erkennen, der das städtische Krankenhaus beherbergte. Sie konnte Väster mit seinen begehrten Villen und Wohnhäusern sehen, Öster mit seinen immer breiteren, geraderen Straßen und den immer größeren und höheren Wohnkomplexen, je weiter man sich vom Zentrum entfernte. Und mittendrin den Fluss. Doch nicht er war es, der, wie man hätte glauben können, die Stadt teilte, obwohl er als offizielle Grenze galt. Erst durch die Bahnlinie wurde die Trennung zwischen den beiden Stadtteilen zur Tatsache.

Die Wache lag sozusagen auf der falschen Seite der Grenze. Obwohl man in den oberen Regionen des Hauses oft das Gefühl haben konnte, sich in beiden Teilen gleichzeitig aufzuhalten. Die Stadt sah von oben klein aus, viel kleiner, als sie es mit ihren etwas über neunzigtausend Einwohnern wirklich war. Die Eisenbahn wirkte wie ein schmaler, bedeutungsloser schwarzer Faden, das Wasser des Miniatur-Flusses glitzerte in der Dämmerung so beruhigend wie die Augen eines zutraulichen Haustiers. Das Bedrohlichste war vielleicht der Schornstein hinten beim Krankenhaus, der sich wie ein schwarzes, dampfendes Zigarillo in den Himmel bohrte.

Auf Bodenniveau war die Sache dann doch nicht so harmlos. Jedenfalls wenn man von den Ordnern mit unaufgeklärten Verbrechen ausging, die sich auf den ohnehin schon überfüllten Schreibtischen der Beamten auftürmten. Wie an den meisten anderen Orten hatte die Gewalt vielleicht nicht zugenommen, war aber auf jeden Fall sichtbarer geworden. Einbrüche und jugendliches Rowdytum wurden häufiger gemeldet, die Anzeigen wegen Vergewaltigung und Misshandlung waren in die Höhe geschossen. Ein inzwischen pensionierter Nachtwächter, den Bixe früher einmal gekannt hatte, als er mit Taschenlampe und klirrendem Schlüsselbund seine Runden drehte, hatte die Stadt als kleines Chicago bezeichnet. Damals hatte Bixe gelacht, jetzt kam ihr bisweilen der Gedanke, dass es im Grunde vielleicht doch keinen Grund zum Lachen gegeben habe.

»Wieso gibt es das Gerücht, er sei nicht bekleidet gewesen?«

»Keine Ahnung. Sicher hat die weibliche Seite dieser Arbeitsgruppe …«

»Was redest du da? Hältst du uns vielleicht für verdammte Nekrophile, oder was?«

Katrin Wedholm blaffte Ring an. Dann warf sie ihre Haare nach hinten, die sie wohl auch an diesem Tag nicht hatte waschen können. Das sah zwar nur sie selbst, beklagte sich aber so ausführlich darüber, dass Eva-Britt Bixe gereizt die Zähne zusammenbiss. Warum immer dieses überflüssige Gerede, dachte sie. Gibt es keine schonendere Möglichkeit, sich von allem Schrecklichen, was uns bei dieser Arbeit begegnet, abzuschotten?

»Wer ist er denn nun eigentlich?«

Erik Sander saß immerhin ruhig auf seinem Stuhl, musterte seine Fingernägel nicht und schleuderte auch nicht seine Haare herum. Allerdings hätte er auch nicht viel zum Schleudern gehabt. Von der Seite sah sein Kopf aus wie ein Mond, an der Schläfe waren noch ein paar Flaumhaare zu sehen. Er hielt einen Kugelschreiber in der Hand und zeigte mit der Spitze auf einen geöffneten Spiralblock.

»Er hat als Arzt im Krankenhaus gearbeitet, in der Orthopädie. Neununddreißig, geschieden, keine Kinder.« Bixe hob ihre Papiere und kniff beim Lesen so fest die Augen zusammen, dass sie es bis ins Rückenmark spürte. »Christer Nyberg hieß er. Wenn ich das richtig verstanden habe, dann wohnte er noch nicht lange in dieser Wohnung …«

Katrin Wedholms Stuhl kippte um, als sie aufsprang und die Tür aufriss. Danach verschwand sie auf den Gang, die Tür glitt langsam wieder zu und fiel mit dem üblichen Klicken ins Schloss.

»Was zum Teufel …«

Janne Ring hatte sich gerade davon überzeugt, dass es an seinem Schlipsknoten nichts auszusetzen gab, doch nun ließ er seine Finger auf die Tischplatte sinken. Er starrte zuerst die geschlossene Tür und dann Katrins Platz an, wo die Jacke noch immer über der Rückenlehne hing.

Eva-Britt Bixe zuckte verständnislos mit den Schultern.

»Ich begreife gar nichts mehr«, sagte Erik Sander. »Wer kümmert sich um sie?«

»Die Chefin natürlich«, sagte Ring.

»Zuerst ist dauernd die Rede von einer nackten Leiche, dann stürzt eine von euch davon«, seufzte Bixe. »Ihr seid schlimmer als eine Schulklasse. Da hätte ich mir auch gleich eine Stelle als Lehrerin suchen können.«

Der Flur war wie ausgestorben. Unter der Decke knackte eine Neonröhre. Bixe lief weiter zum Personalzimmer, öffnete die Tür einen Spaltbreit und sah sofort, dass Katrin Wedholm in sich zusammengesunken am Tisch saß und den Kopf in die Hände gestützt hatte. Ihre Haare hingen vor ihrem Gesicht wie ein dunkler Vorhang.

»Katrin?«

Bixe bekam keine Antwort.

»Stimmt irgendwas nicht?«, fragte sie dann.

Katrin schaute auf, mit bleichen Wangen und um die Augen verschmierter Wimperntusche. Sie holte tief Atem, dann stand sie auf wie vor dem entscheidenden Sprung ins Schwimmbecken.

»Er war unser Nachbar.«

Bixe registrierte, wie sie diesen Satz betonte. Kursiv sozusagen, wie im Theater, dachte sie. »Was? Wer war dein Nachbar? Der Tote?«

Katrin nickte.

Eva-Britt Bixe zog eine Zigarette aus der einen und ein Feuerzeug aus der anderen Tasche und nahm den ersten Zug mit einem Gefühl, das an ein schulmädchenhaftes schlechtes Gewissen erinnerte. An allen Orten im Haus, zu denen offiziell mehrere Personen Zugang hatten, herrschte Rauchverbot. »Himmel. Hast du ihn gekannt?«

Auch bei ihr klang das jetzt theatralisch. Sie fing an, um Katrin herumzulaufen, in einem Halbkreis mit drei Metern Radius, also genau so viel, wie der kleine, gelb angestrichene Pausenraum erlaubte.

»Sie haben neben uns gewohnt, sie sind erst vor einigen Monaten weggezogen.« Katrin Wedholm holte noch einmal Atem und schaute Bixe nun voll ins Gesicht. »Wie zum Teufel konnte er …«

Das Schweigen tickte im Raum wie ein Wecker. Draußen hatte nach kurzer Pause der Regen wieder eingesetzt. Die Tropfen trommelten hinter den weißen Vorhängen gegen die Fensterscheibe.

»Ist er *ermordet* worden? Ich begreife das alles nicht!« Sie schüttelte den Kopf. Ihre Gesichtsfarbe kehrte langsam zurück, auf jeden Fall war sie nicht mehr ganz so kreideweiß.

Eva-Britt Bixe stieß eine Rauchwolke aus. »Es kam offenbar ziemlich unerwartet …«

Wedholm riss ihren Kopf mit einem Blick hoch, der anzudeuten schien, dass sie seit Jahrzehnten keine so große Idiotin mehr gesehen habe wie ihre Chefin. »Herrgott, was glaubst du denn?«

»Ja, natürlich. Das war dumm formuliert …« Bixe zog ein letztes Mal an der Zigarette und warf sie dann ins Spülbecken. Als die Glut auf die Wassertropfen auftraf, war ein leises Zischen zu hören.

»Aber … Ich meine, es gibt doch Menschen, die sich in Kreisen bewegen, wo …«

»Aber er nicht«, fiel die Wedholm ihr ins Wort, legte eine kurze Pause ein und machte sich an ihren Blusenknöpfen zu schaffen. »Nicht, dass ich die beiden so gut gekannt hätte, das nun nicht. Wir waren einfach nur Nachbarn. Aber dass er irgendwelchen Dreck am Stecken gehabt haben könnte … Nein.«

»Ich kann ja verstehen, wie schlimm das für dich ist.«

»Herrgott … Nybergs waren die friedlichsten Nachbarn, die man sich vorstellen kann. Nein, so etwas Schreckliches …«

Friedlich oder nicht, dachte Eva-Britt Bixe, das kann man den Leuten ja nicht immer am Gesicht ansehen. Und nicht an den Kleidern und nicht an der Haltung. Ob jemand ehrliche Absichten hat, zeigt sich an ganz anderen Dingen. Aber woran genau, das konnte sie trotz ihrer bald fünfundzwanzig Jahre bei der Polizei noch immer nicht klar definieren.

Eva-Britt Bixe ging hinter Katrin Wedholm her, ragte hinter ihr auf wie eine schützende Wand, als sie ins Besprechungszimmer zurückkehrten. Ihre Finger machten sich ununterbrochen in ihrer Tasche zu schaffen, so dass das Futter sich um ihre Fingerknöchel wickelte, während sie mit der anderen Hand ihre streng hochgesteckten Haare zurückstrich. Ihre Füße kamen ihr besonders schwer vor, vielleicht gestattete der Boden ihnen auch keinen unbehinderten Gang mehr, sie hatte das Gefühl, durch kniehohes Wasser zu stapfen. Sie hatte Mitleid mit Katrin Wedholm, ein wenig wie mit einer Tochter. Was Katrin selbst empfand, konnte sie sich dagegen nicht vorstellen. Auf jeden Fall war es scheußlich, überlegte Bixe, auch wenn sie, wie sie sagte, nur die Nachbarin des Toten gewesen war.

»Die Sache ist also die«, teilte sie mit, als sie sich wieder gesetzt hatten, »dass der Tote bis vor kurzem Katrins Nachbar war.«

Und Katrin Wedholm, die aussah, als sei sie eben erst ohnmächtig gewesen und habe sich außerdem übergeben, hob den

Blick und sah die anderen an. Es war still wie in der Kirche an einem Herbstsonntag.

»Ja, du meine Güte«, sagte Bixe und knallte einen Stapel Papiere auf den Tisch.

Aller Augen richteten sich auf sie, sogar Erik Sander schien jetzt zu neuem Leben erwacht zu sein.

»Also«, erklärte Katrin Wedholm, »er war früher mein Nachbar. Aber das war er in letzter Zeit nicht mehr.«

Jetzt richteten die Blicke sich wieder auf sie. Es war wie eine Tennispartie.

»Hast du ihn gekannt?« Erik Sanders Stimme hob sich wie ein dünner Luftballon über die stumme Versammlung.

Wedholm zuckte mit den Schultern. »Nicht gerade gekannt. Ich habe ihn einige Male im Garten gesehen. Er kam mir nicht gerade redselig vor. Aber ab und zu habe ich mit seiner Frau ein paar Worte gewechselt. Sie arbeitet als Sprachlehrerin in der Erwachsenenbildung, und immer schleppte sie dicke Bücher- und Papierstapel mit sich herum.«

»Ist das lange her, dass ihr Nachbarn wart?«, fragte Ring.

»Sie sind erst vor einem halben Jahr umgezogen. Sie hatten noch nicht lange neben uns gewohnt, als sie sich haben scheiden lassen, ja, und …« Sie legte ein Bein über das andere, stützte die Stirn in die Handfläche und ließ ihren Blick auf der Tischplatte ruhen. Sie konnte ihn dort unten reflektiert sehen wie eine vage Spiegelung in dem glänzenden Holz. Und Pernilla, wo mochte die jetzt sein? Ihr immer ein wenig abwesender Blick, die wehmütig verzogenen Mund- und Augenwinkel. Was sie empfand, war doch nur … Aber wer hätte ihr Vorwürfe machen können? Wer hätte an ihrer Stelle anders reagiert? Obwohl ihr das alles jetzt nur noch erbärmlich und gemein vorkam und sinnlos, da Leben und Tod miteinander spielten, als ob sie achtlos in die Luft geworfene Kugeln jonglierten.

Eva-Britt Bixe drückte eine weitere Zigarette in dem durchsichtigen Aschenbecher aus, ließ sich zurücksinken und holte tief

Atem. »Du weißt ja, dass du dir überlegen musst, ob du uns nicht auf irgendeine Weise weiterhelfen kannst.«

»Meinst du? Ich stand ja nicht gerade in der ersten Reihe, als ...« Katrin Wedholms Stimme ähnelte noch immer einem fest gespannten Draht.

»Ich meine nur, dass noch das allerkleinste Detail etwas Wichtiges enthalten kann. Du hast bisweilen mit seiner Frau gesprochen, hast du gesagt ...«

»Mit Pernilla, ja. Aber ich kann nicht behaupten, dass ich sie kenne.«

Eine leichte Röte war in Wedholms Wangen gestiegen. Das fiel Bixe auf, doch sie schrieb es der Mischung aus Erschöpfung und Schock zu. Sie nahm sich noch eine Zigarette, die wievielte es an diesem Tag war, konnte sie schon längst nicht mehr sagen, hob sie in ungeduldiger Geste an den Mund. Die Fältchen um ihre rot gemalten Lippen vertieften sich, als ihr Mund sich um die Zigarette schloss, und die Wangen, die jetzt ein wenig nach unten hingen, strafften sich, während sie den grauen Rauch als dünnen Faden über den Tisch wandern ließ. Sie sollte nicht nur mit Rauchen aufhören, dachte Katrin Wedholm über ihre Chefin, sie sollte auch abnehmen.

Es war leichter, an solche Dinge zu denken. An Belanglosigkeiten. Statt sich auf die elf Stiche zu konzentrieren und sich den blutigen, zerfetzten Rücken vorzustellen, die zu Streifen zerrissenen Kleider. Den breiten Rücken, den sie so oft in der Garagenauffahrt gesehen hatte. Christer Nyberg in seinem großen, schwarzen Volvo. Als gebe er sich wirklich Mühe, wie der Arzt auszusehen, der er ja schließlich war, hatte er stets eine altmodische Visitentasche bei sich, schwarz und voll gestopft, die gegen seinen Oberschenkel schlug, wenn er ungeschickt den Schlüssel aus der Tasche fischte und die Wagentür aufschloss. Danach warf er die Tasche immer nach hinten und strich seinen langen Mantel gerade, um sich dann hinter das Lenkrad zu setzen, sich kurzsichtig zur Windschutzscheibe vorzubeugen und den Motor anzulassen.

Diese Erinnerung hielt sie sich jetzt vor Augen. Aber das war das Einzige, was sie von ihm gesehen hatte. Alles, was sie sonst wusste, waren Dinge, die Pernilla Nyberg ihr erzählt hatte, Fragmente von etwas Größerem.

»Wo ist sie jetzt?«, fragte Wedholm.

»Seine Frau?«

»Ja …«

»Zu Hause«, sagte Bixe. »Hoffentlich schläft sie jetzt. Erik sagt, sie habe ganz starr und zitternd auf ihrem Stuhl gesessen. Sie konnten kein Wort aus ihr herausholen. Sie hatte offenbar ein Beruhigungsmittel im Haus, deshalb brauchten sie sie nicht ins Krankenhaus zu fahren. Aber irgendein Kollege ist bei ihr geblieben. Sie hat hier in der Stadt keine Angehörigen.«

»Das weiß ich. Sie hat es einmal erwähnt. Ich glaube auch nicht, dass sie besonders viele Freunde hatten. Weißt du, ihr Haus war eins von der Sorte, wo am frühen Nachmittag die Rollos heruntergelassen werden. Für den restlichen Abend konnte man nur das Neonlicht ahnen, das aus der Küche sickerte, sie schienen sich in ihrer Wohnung richtiggehend verschanzt zu haben. Und da fragt man sich doch, warum eigentlich.«

»Es gibt alle möglichen Arten von Menschen. Sie wollten das sicher so.« Bixe schickte einen Rauchring zur Decke.

»Sicher, aber trotzdem. O verdammt, ich könnte mir nie vorstellen …«

»Wann war das genau?«

Noch ein Rauchring stieg zur Decke hoch, während die Zigarette wie ein zerdrücktes Wurstende im überfüllten Aschenbecher endete.

»Was meinst du?«

»Sie sind vor ungefähr einem halben Jahr aus eurer Nachbarschaft weggezogen, hast du gesagt.«

»Vor einem … Tja, es war etwas weniger, es ist fünf Monate her, um genau zu sein.« Langsam atmete sie aus. Wie bei einer Geburt, dachte Bixe. Doch das, was hier geboren werden sollte, war das Gesicht eines Menschen, der ein Messer gehalten hatte.

»Er ist zuerst weggezogen, gleich nach Neujahr, wenn ich das richtig in Erinnerung habe. Ich weiß jedenfalls noch, dass der Möbelwagen an einem frühen Morgen losfuhr, als ich noch beim Frühstück saß. Aber da war mir ja noch nicht klar, wer von ihnen auszog oder ob es beide waren. Man staunt ja doch, wenn man so etwas sieht, sie hatten doch erst seit kurzer Zeit dort gewohnt. Sie blieb dann wohnen. Einige Monate. Im April ist sie dann auch weggezogen. Ich glaube, das Haus war ziemlich leicht zu verkaufen, jetzt wohnt dort ein junges Paar mit Kindern.«

Katrin Wedholm versuchte, eine Haarsträhne wegzuzwinkern, die in ihren Wimpern hängen geblieben war.

»Und dir ist nichts an ihnen aufgefallen – irgendwas?«

»Nein, nur das mit den Rollos. Aber das war nicht wirklich seltsam oder jedenfalls nicht ungewöhnlich.«

»Und es waren kein Liebhaber und keine Geliebte im Spiel? Das ist ja auch nicht gerade ungewöhnlich.«

Wedholm zuckte mit den Schultern. »Keine Ahnung. Woher sollte ich das wissen?«

Sie wich Bixes Blick plötzlich aus und starrte die Tischplatte an.

»Fällt dir sonst noch etwas ein? Etwas, das sie gesagt hat, egal was?« Bixe seufzte und schaute kurz auf die Uhr. Es war schon halb fünf. »Egal was«, wiederholte sie.

Katrin Wedholm runzelte die Stirn. »Tja, was soll ich sonst noch sagen? Sie sind irgendwann im vorigen Frühling eingezogen. Das Haus hatte eine Zeit lang leer gestanden, die früheren Bewohner waren nach Brüssel umgezogen, offenbar sein Vetter, der ganz plötzlich dort eine neue Stelle bekommen hatte.«

»Nybergs Vetter?«

»Ja. Und dann irgendwann im Frühling sind Christer und Pernilla eingezogen. Ich weiß, dass es noch relativ früh im Jahr war, weil überall Schneematsch herumlag, als ich zum ersten Mal mit ihr gesprochen habe, und sie wie eine verhungerte Maus aussah, als sie in ihren riesigen Stiefeln angehumpelt kam. Ich hatte den Eindruck, dass sie sich einsam fühlte. Ansonsten war sie nicht gerade der gesellige Typ. Eher kam es mir so vor, als erwartete sie, dass ich mich zuerst öffnete.«

»Aber ihr habt euch auch nicht besonders gut kennen gelernt?«

»Wir haben häufiger miteinander geredet, meistens über das Wetter oder so. Über den Zaun und den Garten, und über Hecken und Blumensamen ... Nicht gerade mein Fachgebiet, weißt du, und unsere Gespräche waren auch danach. Aber ich habe mitgemacht. Hatte wie gesagt das Gefühl, dass sie auf irgendeine Weise Kontakt suchte.«

»Hast du sie dann auch besucht?«

Wedholm seufzte. »Nein, ehrlich gesagt war ich nicht gerade begeistert von ihr. Wenn ich sah, dass sie vor der Tür stand, habe ich manchmal nicht einmal geöffnet.«

»Hatte das einen besonderen Grund?«

Wedholm beugte sich weiter zu Bixe vor. »Sie war so verdammt langweilig. Und sie klammerte. Ich wollte einfach nichts mit ihr zu tun haben.« Jetzt hatte sie es gesagt, es war ein gutes Gefühl, idiotischerweise fast wie eine Rache. Sie glaubte, auch in Eva-Britt Bixes Augen ein Lächeln zu ahnen.

»Sie hatte vielleicht nichts zu tun«, fügte sie dann hinzu. »Sie waren wohl nicht das allerglücklichste Paar auf der Welt, wenn ich das richtig verstanden habe, jedenfalls kam sie mir nicht gerade glücklich vor.«

»Aber einen anderen gab es deiner Meinung nach nicht?«

»Ich habe keine Ahnung.« Wieder zwinkerte sie, und als sie aufblickte, flimmerte die weiße Wand vor ihren Augen. Sie spürte, wie müde sie war. Bixe war aufgestanden und ging auf abgelaufenen Absätzen zwischen Bücherregal und Schreibtischstuhl hin und her. Die Neonröhre unter der Decke tickte, das Licht spiegelte sich im Fenster. Draußen war es jetzt fast dunkel. Unten auf der Straße war ein fließendes Band aus Autoscheinwerfern zu sehen. Zum ersten Mal an diesem Nachmittag fühlte sie sich erschöpft.

»Sonst noch was?«

Katrin Wedholm schaute aus zusammengekniffenen Augen in das weiße Licht. »Ja, noch eins. Einmal war sie bei uns zu Hause, sie war total verzweifelt. Er war die ganze Nacht nicht nach Hause gekommen und dann auch nicht zur Arbeit gegangen. Er war rund um die Uhr verschwunden, und sie hatte keine Ahnung, wo er sein konnte. Abends tauchte er dann offenbar wieder auf und behauptete, mit den Arbeitskollegen auf einem Seminar gewesen zu sein.«

»Ach?« Bixe hob interessiert eine Augenbraue.

»Mehr weiß ich darüber nicht.«

»Hatte also sie den Verdacht, dass es eine andere gab?«

»Aber wer sollte das ...«

»Was denn?«

Wedholm legte eine kurze Pause ein, dann sagte sie: »Du hast ihn doch auf der Bahre gesehen, und, ehrlich gesagt, war er in lebendigem Zustand auch nicht viel anziehender.«

Bixe hob jetzt auch noch die andere Augenbraue, zog noch eine Zigarette hervor, ließ sie aber auf ihren Unterlagen liegen. Sie lachte leise. »Für einen Kerl reichen doch ein Titel oder eine dicke Brieftasche, oder am besten beides. Wusstest du das nicht?«

»Doch, das ist klar, aber er ...«

Katrin Wedholm schämte sich plötzlich, wie sie hier über einen armen Wicht herzog, der jetzt nur noch der Länge nach in einem Plastiksack in einem dunklen Kühlraum liegen konnte.

»Du«, sagte Eva-Britt Bixe, und Wedholm wusste, dass das Gespräch damit dem Ende entgegenging. »Geh jetzt nach Hause, Katrin. Und wenn dir noch mehr einfällt, dann ruf an. Du kannst mich gern wecken.«

»Gerade jetzt habe ich das Gefühl ...«

»Ja?«

Mehr sagte sie nicht, sie streifte ihre Jacke über und machte sich zum Gehen bereit. Bixe mochte gesehen haben, dass sie sich ihre Gedanken machte, aber mehr würde sie nie erfahren. Das fand sie beruhigend.

»Nur noch eins«, sagte Bixe.

Katrin drehte sich um, ihre Hand lag schon auf der Türklinke. »Was denn?«

»Was ist das da? Darüber zerbreche ich mir jetzt schon seit einer ganzen Weile den Kopf.« Eva-Britt Bixe tippte mit einem langen roten Nagel gegen Katrins Schulter.

»Was denn?«

»Das!«

Bixes Augen schienen sie an die Wand zu nageln, ohne dass sie sich wehren konnte. »Hast du dich verletzt? Du hast Blut an der Schulter.«

Und erst jetzt sah sie es. Es konnte nicht die Rede von leichtem Nasenbluten sein, wie sie geglaubt hatte, nicht von zwei oder drei Tropfen, sondern von einem Fleck mit zehn Zentimetern Umfang. »Igitt.«

Bixe ignorierte ihre gespielte Gleichgültigkeit. »Was hast du denn angestellt?«

»Also, von Nyberg stammt das Blut jedenfalls nicht, falls du das gedacht haben solltest.«

Ihr Versuch zu scherzen verlief im Sande.

»Hast du dich verletzt?« Bixe drehte sich um, die Asche an ihrer Zigarette war bedrohlich lang, und sie streckte sich zum Aschenbecher hin.

»Das waren die Typen, die wir gestern geholt haben, weißt du. Und ich habe vergessen, mir eine andere Bluse anzuziehen.«

»Nein, das weiß ich nicht. Aber ich kann ja auch nicht alles wissen, was hier im Haus passiert. Aber egal. Ich frag ja nur.«

Sie klopfte ihr kurz auf die Schulter. »Geh jetzt nach Hause, ruh dich aus.«

Katrin Wedholm erwiderte Bixes Blick, als sie den Raum verließ, jetzt wieder in ihrem Schutzanzug, ihrer stählernen Rüstung. Nur hatte Bixe es schon gesehen, für eine Sekunde hatte sie in Wedholms Riss gesehen, auf ihre Haut – und das, was sich dort verbarg, sollte doch kein Mensch jemals erfahren.

☆

Eva-Britt Bixe ließ sich auf dem Sofa zurücksinken. Sie zwinkerte, ließ einen Rauchring zur Decke hochsteigen und legte die Füße auf den Couchtisch.

Ihr Atem ging schwer. Sicher, sie rauchte viel zu viel, und zugenommen hatte sie auch. Als sie wieder hochblickte, sah sie die schmutzige Decke und dachte mindestens zum siebzigsten Mal während der beiden letzten Tage, dass der Raum einen neuen Anstrich brauchte. So ging das nicht mehr. Und einen neuen Lampenschirm brauchte sie auch, der alte war gelb vom vielen Nikotin, oder wovon immer er sich verfärbt haben mochte. Nur kam sie eben nie dazu, immer kam etwas dazwischen. Einmal hatte sie schon die gelben Seiten bei der Rubrik Anstreicher aufgeschlagen und fast den Telefonhörer in der Hand gehabt. Doch in diesem Moment hatte das Telefon geklingelt, und sie hatte zur Wache gemusst. Ein junges Mädchen war vergewaltigt worden, eine ungewöhnlich grauenhafte Geschichte. Und deshalb war die Decke ohne neuen Anstrich geblieben.

Sie stand auf und strich ihren grauen Rock gerade. Der Stoff war überall zerknittert. Es ließ sich einfach nicht mehr leugnen, dass er zu eng war. Sie hatte zwar schon oft vorgehabt, die zusätzlichen Kilos wieder loszuwerden, aber am Ende schob sie es doch immer wieder auf. Wickelte das Papier von einer weiteren Tafel Schokolade oder bohrte den Löffel in ein schaumiges Stück Torte, dem sie nicht widerstehen konnte. Auf dem Heimweg kam sie jeden Tag an der Konditorei Krantz vorbei, und im hell erleuchteten Schaufenster gab es immer köstliche löwengelbe Bananenkuchen und erbsengrüne Prinzessinnentorten mit grell weißer Sahne, so schön verziert wie die Spitzendeckchen, auf denen sie lagen. Und wie immer wurde sie durch die Glastür mit der Glocke gelockt und dachte dabei, nur dieses eine Mal, und nahm einen Karton mit einer dieser Köstlichkeiten mit, die ihre Taille um weitere Zentimeter zum Rockbund hin ausdehnen würden.

Aber egal, dachte Eva-Britt Bixe, als sie den Inhalt des Aschenbechers in den Mülleimer unter dem Spülbecken kippte, man lebt nur einmal, hoffentlich. Sie hatte den größten Teil dieses Lebens ja schon hinter sich, warum sollte sie sich nach einem anstrengenden Tag dann nicht ein Stück Kuchen gönnen?

Mit diesem tröstlichen Gedanken im Hinterkopf stieg sie die Treppe zu ihrem Schlafzimmer hoch und tauschte den beengenden Rock und die ebenso enge Bluse gegen einen weiten, weichen Morgenrock ein. Ihre Füße schob sie in flauschige Lammfellpantoffeln, dann lief sie wieder in die Küche, um vor dem Einschlafen noch einen letzten Schluck Kaffee zu trinken. Andere Leute konnten nach einem Kaffee nicht mehr einschlafen, bei Bixe war es genau umgekehrt. Nach einer oder besser noch zwei Tassen schlief sie wie ein Stein, zumindest bis zum frühen Morgen. Dann kam es oft vor, dass sie schon um halb sechs aufwachte und sich hin- und herwälzte, bis sie wieder einschlief, unmittelbar bevor der Wecker losplärrte und mit seinem scharfen Schnarren einen neuen Tag ankündigte.

Noch einen Arbeitstag. Und noch einen Mord. Was in dieser Stadt trotz des rauer gewordenen Klimas nicht üblich war. Sie schlürfte den heißen Kaffee so rasch, dass er in ihrer Brust brannte. Nein, Alltagskost war ein Mord nun wirklich nicht. In ihren fünfundzwanzig Jahren bei der Polizei hatte sie alles Mögliche klären müssen, aber zu behaupten, sie sei an kaltblütig niedergestochene Männer gewöhnt, wäre eine Lüge gewesen.

Sie ging mit ihrem Kaffee zur Balkontür, öffnete sie und ließ die kalte Luft ins Schlafzimmer strömen. Es war schön, ein Schlafzimmer mit Balkon zu haben. Dass sie noch einen weiteren besaß, war durchaus kein Nachteil. Nein, es könnte wirklich schlimmer sein, dachte sie zerstreut, als sie sich über das Geländer beugte und in den Hof hinunterblickte. Ihr gegenüber stand ein Baum, rechts gab es einen Schuppen, der als Fahrradabstellplatz und Müllsortieranlage diente. Nicht, dass sie sich die Mühe des Sortierens gemacht hätte. Sie stopfte allen Abfall in einen Plastiksack und warf ihn in den erstbesten Müllschlucker. Und bisher hatte sich niemand bei ihr beklagt.

Der Mord, ja. Etwas sagte ihr, dass die Ermittlungen auch

diesmal lange dauern würden. Und Eva-Britt Bixes innere Stimme hatte meistens Recht. Oft gab es von Anfang an klare und offensichtliche Motive – einen eifersüchtigen Ehemann oder einen Jugendlichen, der auf die schiefe Bahn geraten war und um jeden Preis in einer nachtdunklen Straße eine Brieftasche an sich reißen wollte und der dann mit zitternden Händen auf die Wache geschlichen kam, um sich zu stellen. Aber im Fall Nyberg schien viel mehr dahinter zu stecken, auch wenn sie bisher nicht einmal eine hauchdünne Spur hatten. Oder vielleicht war es auch gerade das, dieses vollständige Fehlen von Spuren, was sie überzeugte. Vorsätzlich, dachte sie, bleibt eben vorsätzlich.

Und dann war da auch noch Katrin Wedholm. Das Mädel – na ja, sie zog sich eben noch immer an wie eine knapp Zwanzigjährige – benahm sich seltsam. Sie hatte sich mehrere Male krankschreiben lassen, und jetzt das. Blutflecken an der Bluse. Etwas ging da nicht mit rechten Dingen zu, auch wenn Bixe die Sache bisher nicht durchschauen konnte.

Fröstelnd ging sie wieder in die Wohnung, und ihre Zehen versanken im Teppich. Sie zog die schwarzweiße Tagesdecke von dem breiten Doppelbett, dem einzigen Möbelstück, das sie nach der Scheidung mitgenommen hatte. Darin konnte sie liegen, wie immer sie wollte, und ab und zu dachte sie, dass das Beste an der Aufteilung der gemeinsamen Güter gewesen sei, dass sie nun endlich ihr eigenes breites Bett hatte, in dem sie sich nach Lust und Laune herumwälzen konnte. Viel mehr konnte sie zu Gunsten der Trennung nicht anführen, abgesehen natürlich von der Tatsache, dass sie dadurch von Gösta befreit worden war.

Gösta Bixe, geborener Andersson, der Mann, der an jenem ungewöhnlich windigen Tag vor vierunddreißig Jahren, als sie eine erst einundzwanzigjährige Braut in einem schrill orangefarbenen Brautkleid gewesen war, ihren Namen angenommen hatte. Diesen Mann würde sie nicht für alle Butter von Småland zurücknehmen, da würde sie lieber ins finsterste Jukkasjärvi übersiedeln. Und das, obwohl sie Kälte und Schnee doch hasste.

Noch im Morgenrock kroch sie zwischen die kühlen Laken. Sie hatte vergessen, das Licht in der Diele auszuschalten, der schwache Dimmer ließ seinen matten Schein durch die Schlafzimmertür sickern. Aber das spielte jetzt keine Rolle, denn der Kaffee tat seine Wirkung. Mit schläfrigem Lächeln drehte sie sich zum Nachttisch um und nahm das Bild der beiden rosigen Mädchen in die Hand. Im Laufe der Jahre war das Glas von den vielen Gutenachtküssen schon ziemlich trübe geworden.

»Gute Nacht, Klara.«

Während sie einen Kuss auf den länglichen und ein wenig schmollenden Mund pflanzte, überlegte sie sich, was ihre ältere Tochter in diesem Moment wohl machte. Sie war zwar schon längst kein Kind mehr, aber Eva-Britt brauchte eine gewaltige Selbstüberwindung, um auch nur vage zu akzeptieren, dass Klara inzwischen zweiunddreißig war und sich um zwei eigene Kinder kümmern musste. Ja, das war schwer zu verstehen, aber so war es nun einmal. Wenn sie nur etwas näher gewohnt hätte. Was wollte die Kleine denn eigentlich in London? Die Mutter wagte gar nicht, sich all die schrecklichen Dinge vorzustellen, die ihr dort widerfahren könnten.

»Und gute Nacht, meine kleine Fia.«

Eva-Britt drückte einen weiteren weichen Kuss auf das Glas. Ein feingliedriges, blonderes und nicht ganz so rotwangiges Mädchen, das auf dem Foto zwölf war, in Wirklichkeit aber bald neunundzwanzig sein würde. Fia wohnte in der Nähe, nur zwei Blocks weiter, und sie war noch immer allein stehend und kinderlos. »Du arbeitest zu viel«, sagte Bixe immer, wenn Fia spät aus dem Krankenhaus kam und über Schmerzen in Armen und Beinen klagte, weil es auf der Station immer so viel zu heben gab. Für die meisten Aufgaben gab es dort durchaus Apparate, aber die setzten sie wohl nicht in ausreichendem Maß ein. Aus Trägheit vielleicht, so wie sie selbst ja auch nichts für ihre Figur tat. »Du hast gut reden«, war Fias ständige Antwort. Und dem war gewissermaßen nichts hinzuzufügen.

Sie stellte das Bild zurück und knipste die Lampe aus. In der

Dunkelheit sah sie das Bild der jüngeren Tochter vor sich. Die kleine Fia, als Kind schmächtig und bleich und in erwachsenem Alter ihrem Vater so ähnlich, dass Eva-Britt sich peinlicherweise bisweilen dabei ertappte, dass Fia ihr Leid tat.

Danach legte sie sich auf den Rücken und schlief ein. Ihr letzter Gedanke war, dass sie mit dem Anstrich der Decke vielleicht doch noch eine Weile warten müssen würde. Falls sie nicht die Schlüssel einem vertrauenswürdigen Anstreicher überlassen und ihn bitten könnte, sich um alles zu kümmern. Vor ihrem inneren Auge stieg sie über klebrige Farbeimer, die überall auf dem Boden herumstanden, sah, wie der grüne Teppichboden verdorben war und wie ein Maler mit elf Stichwunden im Rücken ihren Morgenrock rot anstrich. Danach verschwand auch dieses Bild, und sie glitt in das Grenzland zwischen Wachen und Schlafen hinüber, um dann in jenen totenähnlichen Schlaf zu fallen, den zwei Tassen glühend heißer Kaffee bei ihr immer bewirkten.

2

Er war als Erster aufgebrochen. Obwohl es ziemlich spät gewesen war. Die Uhr hatte fast schon elf gezeigt, als er mit offenem Mantel die graue Steintreppe hinuntergeschlendert war.

Als er vor der Haustür stand, hörte er die Kirchturmuhr auf dem Marktplatz elfmal schlagen. Er knöpfte den Mantel zu und schlug fröstelnd den Kragen hoch. Ein kalter Wind jagte über den Boden, wirbelte Sand und trockenes Laub hoch und raschelte munter zwischen den kniehohen Sträuchern. Er schaute sich um, wie um seine Augen an die Dunkelheit zu gewöhnen, und ging über den Kiesweg zum Tor.

Es knirschte unter seinen Schuhsohlen. Ansonsten war nur sein Atem zu hören. Er war ganz allein, sogar die breite Durchfahrtsstraße ein Stück weiter war leer. Und das war ja auch kein Wunder. Wer ging schon an einem Montagabend im Oktober freiwillig aus dem Haus? Bei diesem Wetter! Die Leute hatten Besseres zu tun, zum Beispiel zu schlafen. Auch er selber hatte Sehnsucht nach seinem weichen, neu gekauften Luxusbett. Der Schlaf schien an Bedeutung gewonnen zu haben, seit sie diese Betten angeschafft hatten. Vorher war Schlaf etwas gewesen, an das sie nicht sehr viel gedacht hatten, jetzt aber nahm er nicht nur einen größeren Teil ihrer Nächte als zuvor ein, sondern auch eine ansehnliche Menge der über den Tag verteilten Stunden. Sie sprachen über den Schlaf und bereiteten sich darauf vor wie auf ein stetig wiederkehrendes Ritual. Vielleicht steckte dahinter ganz einfach die schweigende Übereinkunft, dass sie so viel wie möglich für den Scheck haben wollten, den sie der Möbelfirma überlassen hatten.

Obwohl er eben erst die Kirchturmuhr gehört hatte, warf er einen Blick auf seine Armbanduhr. Das machte er sehr oft, in seiner Position war er dazu gezwungen. Elf Uhr null vier. Verdammt, wieso jagte die Zeit dermaßen dahin? Was sollte er zu Rose-Marie sagen? Sicher hatte sie es sich jetzt schon bequem gemacht, lag mit ihren Lockenwicklern auf dem schweineteuren weichen Kissen und hatte die ebenfalls schweineteure Decke über ihr rosa Nachthemd gezogen. Vielleicht war sie auch schon eingeschlafen. Trotz der späten Stunde fragte sie sich wohl kaum, warum er so spät kam. Dass eine Besprechung ihre Zeit erforderte, war doch nur natürlich. Genau das hatte er ihr außerdem gesagt, ehe er gegangen war.

»Heute Abend kann es spät werden«, hatte er gesagt.

»Gibt es einen besonderen Grund?«

»Nur das Übliche. Aber es ist eine wichtige Besprechung, wir müssen einen Gang zulegen, wenn alles gut gehen soll.«

»Ich verstehe.«

Sie hatte allerdings gar nicht ausgesehen, als ob sie verstanden hätte. Oder als ob das für sie überhaupt eine Rolle spielte. Vielleicht hatte sie die Sache einfach satt.

Ein einsames Auto fuhr weiter oben über die Straße. Die Scheinwerfer blinkten in der Dunkelheit und schienen kaum die

Kraft zu haben, den Asphalt unmittelbar vor dem Wagen zu beleuchten. Danach war alles wieder leer, und erneut konnte er nur den Widerhall seines eigenen leicht keuchenden Atems hören.

Er hatte fast den Zaun erreicht – durch die Dunkelheit sah er die Zweige der Sträucher, die sich am Zaun hochreckten, kahl und gespreizt –, da hörte er es: Schritte. Zuerst war er unsicher. Es konnte doch auch etwas sein, das vom Wind bewegt wurde, der Deckel einer Mülltonne, ein vergessenes Stück Papier, das raschelnd über den Asphalt wanderte. Dann hörte er es wieder, es war einwandfrei das Geräusch von Schritten. Aber er konnte niemanden sehen.

Er wich automatisch vom Weg in den Garten ab und blieb im Dunkeln unter einem Baum und neben einer verrosteten Teppichstange stehen. Mit der Hand stützte er sich auf den kalten Stahl. Etwas riet ihm, nicht weiterzugehen, ein rein intuitives Gefühl. Er konnte sich nicht erklären, woher es stammte.

Später bereute er, diesem Gefühl gehorcht zu haben. Denn sonst wäre ihm vielleicht alles erspart geblieben. Er war sonst keiner, der seinen Gefühlen nachgab. Er vertraute mehr auf reine und eiskalte Vernunft – die hatte ihn doch zu der viel beneideten Position geführt, die er heute bekleidete. Wenn er der tränenseligen Symphonie seiner Gefühle nachgegeben hätte, dann hätte er es wohl kaum so weit gebracht. Und anderswo wollte er nicht sein.

Abgesehen vielleicht an diesem Abend.

Aber er hatte nun einmal an dieser Stelle innegehalten, und das ließ sich jetzt nicht mehr ändern. Er konnte sich unmöglich auch nur einen Zentimeter in irgendeine Richtung bewegen. Und noch unvorstellbarer war es, einfach wegzulaufen.

Er sah, wie der Mann die Straße entlangging. Mit raschen Schritten, die trotzdem seltsam schwer und hart wirkten, kam er auf den alten Holzzaun zu. Der Mann trug einen weiten hellen Mantel, der zu dünn für diese Jahreszeit war, und hatte die Hände in die Taschen gebohrt. Er schaute sich um, mit flackerndem, nervösem Blick. Das Rascheln stammte nicht von diesem hell gekleideten Mann, dieses Knistern, das ihn dazu gebracht hatte, stehen zu bleiben, vor der blödsinnigen Teppichstange wie irgendein Hanswurst in der Dunkelheit.

Und nun sah er einen Dritten, der plötzlich wie eine Erscheinung aus der Dunkelheit an den Zaun herantrat.

Es ging so schnell, dass er es kaum begriff. Er hörte einen gedämpften Schrei oder eher ein Keuchen. Danach passierte das Entsetzliche, das, was er nicht richtig sah, obwohl er doch in der Nähe stand. Eine Hand, die sich hob, immer wieder, und der Mann, den er zuerst gesehen hatte, war plötzlich verschwunden, von der Dunkelheit verschlungen, während der andere, oder die andere, immer weiter zuschlug.

Ein leises Rascheln ertönte aus den Büschen vor dem Zaun, wie Laub, das sich bewegte, oder Kies. Zweige knackten leise, einige brachen, aber diese Geräusche wurden fast sofort wieder von der regendurchweichten Dunkelheit verschluckt. Dann war alles wieder still. Der Bürgersteig kam ihm plötzlich einsam und verlassen vor. Obwohl dort doch jemand liegen musste, dachte er. In derselben Sekunde entdeckte er, dass er seine Lederhandschuhe verloren hatte. Seine Hände waren nackt, die kalte Teppichstange lag kühl in seinen Handflächen.

Er hielt Ausschau, aber es war zu dunkel. Dann beugte er sich vor und fing an zu suchen, fuhr mit der Hand über das uneben gewachsene Gras. Er war sicher, dass er die Handschuhe vorhin noch getragen hatte. Die Kirchturmuhr schlug einmal, es war Viertel nach elf.

Er suchte fieberhaft, mit keuchendem Atem, er musste sie finden, die teuren Lederhandschuhe, er hatte sie erst seit Freitag, Himmel, was würde Rose-Marie sagen? Aber es half alles nichts. Auf dem Boden gab es so wenig Handschuhe, wie es in einer Wüste Wasser gab. Er erhob sich und öffnete den obersten Mantelknopf, spürte die kalte Luft an seinem Hals, konnte wieder atmen.

Ganz unerwartet hörte er dann erneut Schritte. Sie kamen näher. Er sah nur zwei oder drei Meter weiter, wie ein hastig vorüberhuschendes Bild, mehr geträumt als wirklich, die Gestalt, die wie ein Windhauch am Zaun vorübereilte, ein dünnes schwarzes Wesen, dessen langer Mantel hinter ihm herflatterte. Die raschen Sohlen schrammten über den Kiesweg. Er hatte eine weiße Wange gesehen, die im Schein der trüben Laterne kurz aufgeleuchtet hatte. Die Augen waren unter einem tief in die Stirn gezogenen Hut oder unter einer Schirmmütze verborgen.

Das alles hatte er gesehen, deutlich und nah, und doch so weit entfernt wie in einem Film.

Weiter unten auf der Straße wurde ein Wagen angelassen. Die Scheinwerfer leuchteten auf, und er drückte sich gegen den rauen Baumstamm. Er stand zwanzig Meter von dem Wagen entfernt, der Motor dröhnte auf, und der Lichtschein glitt als langsamer Kegel über den Boden und beleuchtete Gras, Zaun und Teppichstange. Dann war er plötzlich verschwunden, das Motorengeräusch verhallte am Ende der Straße.

Zwanzig Sekunden blieb er ratlos stehen, wusste nicht, ob er hingehen und nachsehen sollte, wer dort lag – falls dort überhaupt jemand lag –, oder ob er in seine Wohnung zurückkehren und die Polizei informieren sollte. Dann fasste er seinen Entschluss, rasch, er knöpfte seinen Mantel wieder bis zum Hals zu und setzte den Weg fort, den er vorhin begonnen hatte. Er zitterte, konnte sich kaum auf den Beinen halten, die Knie drohten unter ihm nachzugeben, und er schwankte wie auf dem regennassen Deck eines schaukelnden Schiffes.

Am Zaun angekommen, krümmte er sich zusammen. Er lehnte sich an das morsche Holz, packte mit seiner bloßen Hand zu, konnte noch denken, wie verdammt rau und eiskalt es sich anfühle, dann sah er den Arm, der sich hob und senkte. Eine Sekunde darauf ergoss sich sein Erbrochenes als stinkender Strahl über seine blanken schwarzen Schuhe. Ehe er sich aufrichtete, spürte er zu seiner Verärgerung, dass der letzte zähe Spritzer aus seinem Mund an seinem hellen Mantel klebte. Er kam schwankend wieder auf die Beine und verfluchte sich in Gedanken, weil er an diesem Abend kein Taschentuch bei sich hatte. Er hatte ja nicht einmal einen Handschuh, mit dem er sich abwischen konnte.

3

»Offenbar gibt es keine Menschenseele, die ihn betrauert.«

»Armer Tropf.« Das war Erik Sanders stehender Ausdruck. In seinen grüngrauen Augen gab es viele, die man als arme Tröpfe bezeichnen könnte. Und vielleicht stimmte es ja auch, vielleicht gab es eine Unmenge davon, einen niemals versiegenden Strom, der dem gewaltigen Ozean der Menschheit entgegeneilte.

»Keine Kinder und zwei alte Eltern, die siebenhundert Meilen entfernt von hier wohnen ... Aber die trauern wahrscheinlich trotzdem.« Eva-Britt Bixe fuhr sich mit der Handfläche über die grauen Haare, eine Gewohnheit, die im Grunde keinen Sinn hatte, ihre Haare waren selbst dann ungebärdig, wenn sie sie in einen straffen Knoten zwang. »Offenbar keine nahen Freunde«, sagte sie dann. »Und die Wohnungsnachbarn haben ihn auch kaum gekannt. Abgesehen von dieser Frau, die immer am Küchenfenster sitzt und über das Kommen und Gehen fast schon Buch führt.«

»Die Ordnungswache des Hauses. Aber am Montagabend hat sie nichts gesehen?«

»Die Alte ist nach den Nachrichten um halb acht schlafen gegangen. Das tut sie offenbar immer.«

»Gesunde Lebensführung also. Aber ein wenig früh für einen selbst ernannten Blockwart. Wir dagegen könnten uns vielleicht ein Beispiel daran nehmen?«

Als Antwort auf Sanders Bemerkung fischte Bixe eine Zigarette aus der zerknüllten Packung auf dem Tisch und gab sich, mit einem Seitenblick auf den Kollegen, Feuer. »Außerdem«, sagte sie, den Mund voller Rauch, »hätte die Gattin sich auch dann nicht zu Tode getrauert, wenn sie noch verheiratet gewesen wären.« Sie stieß mit einem einzigen Atemzug den Rauch aus. »Jedenfalls dann nicht, wenn Katrin Recht hat.«

»Aber was ist mit den Arbeitskollegen? Hatte er denn keinen Kontakt zu ihnen?«

»Das weiß ich noch nicht.«

»Und was hat er am Montagabend gemacht? War er da auch allein unterwegs?«

»Wir wissen bisher nur, dass er abends nicht mehr gearbeitet hat. Er hat gegen fünf Uhr Feierabend gemacht und dann wie immer das Krankenhaus verlassen.«

»Ist sein Wagen schon gefunden worden?«

Eva-Britt Bixe schüttelte den Kopf.

»Und die Nachbarn konnten also auch nichts erzählen?«

»Der Mann in der Wohnung gegenüber von Nybergs glaubt, früher an dem Abend jemanden auf der Treppe gehört zu haben.«

»Na, das hilft uns ja großartig weiter.« Erik Sander stieß ein leises Lachen aus und schüttelte den Kopf. »Dass jemand über die Treppe geht, kommt sicher nicht jeden Tag vor.«

»Offenbar dort nicht, zumindest nicht abends.«

»Trauen die sich nicht aus dem Haus, oder was?«

»Vergiss nicht, dass da vor allem ältere Leute wohnen, und die treiben sich nachts ja nur selten in der Stadt herum. Auf jeden Fall gibt es ja offenbar jemanden, der Nyberg nach dem Leben getrachtet hat. Und der dann vermutlich auch ein Motiv hatte.«

»Motiv, ja, das gibt es doch immer«, bemerkte Sander mit einem Seufzer, der das dünne Papier in seiner Hand hochflattern ließ.

☆

Die Treppe stank nach Abfällen. Die Stufen zwischen den kurzen Absätzen waren morsch und brüchig. Die gemeinsame Toilette im Erdgeschoss hatte nicht einmal eine Tür.

»Wie kann man bloß so wohnen?« Katrin Wedholm hielt sich die Hand vor Mund und Nase, eher demonstrativ als wirkungsvoll. Den Gestank konnte sie doch nicht aussperren.

»Du kennst doch die Redensart. Der Geschmack ist wie der Hintern, geteilt eben.« Erik Sander holte durch die Nase tief Atem.

»Mmm …«

»Sei nicht albern.«

»Nein, hier ist natürlich nicht von Geschmack die Rede, sondern von Geld.« Er rieb Daumen und Zeigefinger aneinander.

»Aber dass Nyberg so gewohnt hat. Dem hat es an Geld doch sicher nicht gefehlt.«

»Vielleicht hat er es für andere Dinge ausgegeben.«

»Aber was hätte das denn sein können …« Sie bewegte vage die Hand.

»Tja, wenn wir das wüssten«, sagte Sander und ging vor ihr die Treppe hoch.

Im ersten und zweiten Stock lagen jeweils zwei Wohnungen, ganz oben gab es zwei kleinere Bodenräume. Einer war an einen Studenten vermietet, der fast nie zu Hause war, der andere an eine Baufirma. Christer Nyberg hatte im ersten Stock gewohnt, mit Blick auf etwas, das eher an einen überwucherten Dschungel erinnerte als an einen Garten in einem anständigen schwedischen Wohnviertel.

In der Wohnung sah es kaum besser aus. Wenn das Treppenhaus eine Müllhalde gewesen war, dann war das hier ein Rattenloch. Oder umgekehrt. Im Vergleich mit diesem Rattenloch war das Treppenhaus das pure Schloss. Sie standen gleich vor der Wohnungstür in der stockfinsteren Diele. Sogar die Schatten sahen grau und eingestaubt aus.

»Gibt es Leute, die so was überprüfen?«

»Was denn? Ob die Vermieter sich anständig benehmen?«

»Ja, damit niemand so wohnen muss.«

»Die Mieten sind sicher nicht hoch.«

»Das wäre dann aber das einzig Positive. Sieh mal, die Tür da könnte einem Hausbesitzer glatt lebenslänglich eintragen.« Wedholm zeigte auf eine verschimmelte Türleiste, die an den Rändern schwarze Flecken aufwies.

»Wahrscheinlich machen die Leute, die hier wohnen, nicht sehr viel Wesens darum, das sind doch hauptsächlich Rentner, wenn ich das richtig verstanden habe. Sie holen sich einmal im Monat ihr Geld von der Post ab, und damit hat sich's. Die sind sicher froh, dass sie ein Dach über dem Kopf haben. In diesen Zeiten.«

»Das ist wirklich übel.«

Sie standen wie angewachsen in der Diele, auf einem dunkelgrünen, fadenscheinigen Teppich. Unsicher und mit hängenden Armen schienen sie auf etwas zu warten in dieser trotz Kälte und Feuchtigkeit stickigen Wohnung. In der Wohnung eines toten Mannes. Unberührt, heruntergekommen. Am Vortag hatte die Technik dort die Schubladen geleert, Haare und Hautfetzen gesucht und bestimmt eine Menge Wirbel gemacht, doch noch immer schien alles stillzustehen: Der Tod starrte sie von den Wänden her höhnisch an.

Langsam wanderten sie ins Wohnzimmer weiter. Die Goldkanten der Tapeten glänzten oben an der Decke wie Fossilabdrücke.

»Kann man sich auf den Balkon trauen? Was meinst du?«, fragte Wedholm und warf einen Blick auf ein rostrotes, wackeliges Metallgeländer.

»Wenn du keine Angst hast, ein Stockwerk hinunterzustürzen.«

Abblätternde Fensterrahmen, zersplitternde Fensterbänke, feuchte Streifen auf den Tapeten, Sprünge in Waschbecken und Badewanne. Das Elend wollte kein Ende nehmen.

Aber mitten in all dem erstaunlich exklusive Möbel. Wie in einem Museum. Sie waren zwar nicht topaktuell, hatten aber etwas Pompöses an sich, das zeigte, dass ihr Besitzer irgendwann einmal ein Vermögen für sie bezahlt hatte. Ganz hinten im Wohnzimmer, vor dem breiten Doppelglasfenster, von dem nur noch die innere Scheibe intakt war, thronte ein gigantisches Sofa aus dunkelrotem Leder.

»Himmelarsch ...« Sander stieß einen schrillen Pfiff aus.

»Musst du fluchen, bloß weil du ein altes Sofa entdeckst?«

»Alt, ja, aber ... Was für ein Prachtstück!«

Und dazu der Schreibtisch, aus dunklem Mahagoni mit vergoldeten Messingbeschlägen. Die Vitrine, aus dem gleichen Holz, die löwengelben Ledersessel, zwei Stück, vor einem Rauchtisch, der wirklich aussah wie eine Antiquität. Auf der anderen Seite des Wohnzimmers gab es eine Bar und hohe verchromte Barhocker mit schwarzen Ledersitzen.

»Komische Wohnung«, murmelte Wedholm.

»Typische Junggesellenhöhle, wenn du mich fragst.«

»Meinst du?« Wedholm ließ ihre Blicke langsam über die Möbel wandern.

»Und sieh dir die Bilder an! Du meine Güte!« Sander schien alles mit Haut und Haaren und Goldrahmen verschlingen zu wollen.

»Was ist denn mit denen?«, fragte Wedholm. »Nackte Weiber, Typen mit Helm auf der Birne ...«

»Das sind verdammt noch mal Kostbarkeiten.« Er hörte sich fast beleidigt an.

»Ach? Und so was erkennst du?«

»Man erkennt doch einen Zorn, zum Teufel. Oder einen Amelin.«

»Tut man das?«

»Wie gut, dass sich kein Mensch auch nur in seiner wildesten Fantasie vorstellen könnte, dass so etwas hier versteckt sein kann. Das Torschloss kann man ja aufpusten.«

Wedholm zuckte gleichgültig mit den Schultern. »Und was ist das hier, wo du doch alles weißt?«

Sie nahm eine schwere kleine Glasfigur aus dem Bücherregal. Ein dunkler Fleck war an der Stelle zu sehen, wo die Figur inmitten einer grauen Staubschicht gestanden hatte.

»Björngård.«

»Wer ist das? Den Namen hab ich noch nie gehört.«

Erik Sander verzog die Oberlippe zu einem Grinsen. »Ich auch nicht. Aber das ist doch ein Bär. Siehst du das? Man muss ihn nur richtig herum halten. Ein abstrakter Riese. Sicher ebenfalls seinen Preis wert, wenn wir an alles andere hier denken.«

»Alles?«

»Na ja.«

Vorsichtig stellte Katrin Wedholm den Bären oder was das nun war ins Regal zurück. Es war immer ein seltsames Gefühl, sich in der Wohnung eines toten Menschen aufzuhalten. Man kam sich vor wie ein Eindringling.

»Gib zu, dass ich Recht habe, das hier ist eine typische Junggesellenhöhle. Sieh doch nur mal das da!« Sander zeigte auf einige eingestaubte Kunststoffpelargonien im Wohnzimmerfenster.

»Ja, du hast Recht.« Wedholm nickte. »Er hatte zwar tolle Möbel, aber etwas fehlt.«

»Die Seele?«

»Ja, das hier sieht aus, als ob er es nach einer Skizze möbliert hätte, ohne Gefühl. Und das Ganze hat etwas seltsam Funktionales. Topfblumen, die nicht gegossen werden müssen, keine Kissen auf dem Sofa, keine unnötigen Gegenstände, abgesehen von diesen schweineteuren Stücken im Bücherregal. Hier kann man sich nicht in einem Sessel verkriechen und sich entspannen und sich zu Hause fühlen. Dafür ist es einfach nicht eingerichtet.«

»Also irgendwie«, setzte Sander an, der neben einem Sessel stehen geblieben war, »begreife ich nicht, was wir hier wollen.«

»Nein, die Technik hat ja schon alles Interessante eingesackt.«

»Aber Bixe meinte offenbar, wir sollten hier Eindrücke sammeln. Komische Ausdrucksweise.«

»Ja, sie behauptet, das sei hilfreich, eine Möglichkeit, ihm auf irgendeine Weise näher zu kommen. Sie selber war schon gestern Morgen hier. Und heute Vormittag noch einmal.«

»Ich weiß.«

»Vielleicht stimmt das ja. Er hat doch hier gesessen und geatmet und …«

»Siehst du Gespenster, oder was?«

Wedholm gab keine Antwort.

Sander ging zum Schreibtisch und zog eine Schublade nach der anderen heraus. Katrin Wedholm nahm sich die Küche vor. Typisch, dachte sie, ich am Herd und er am Schreibtisch. Sie hatten das vorher nicht so verabredet.

Die Küche war mittelgroß und länglich. Ausgeprägter Fünfziger-Jahre-Stil, weiße Fliesen und eine fettige Schnur zum Dampfabzug über dem Herd, wo auch eine Kugellampe an der Wand hing. Die Schranktüren waren blassgrün und hatten schwarz angelaufene Metallgriffe. Vor dem Fenster standen ein runder Tisch und vier gepolsterte Eichenstühle. Auf dem Tisch lag keine Decke, und auch sonst war er leer. Ein halb voller Salzstreuer stand auf der Fensterbank, daneben eine unglaublich hässliche Lampe aus zahllosen miteinander verschlungenen Glasblumen. Schließlich lag noch eine Nummer der Göteborgs Posten da, die beim Fernsehprogramm aufgeschlagen war. Die Zeitung war vom zweiten Oktober datiert, dem Tag also, an dem Nyberg ermordet worden war. Kaum vorstellbar, dass er eine von diesen Sendungen gesehen hat, dachte Katrin und war für einige Sekunden von einer düsteren Stimmung erfüllt.

Die Küchenschränke, ja. Oben lag Besteck, nicht viel und ziemlich altertümliche Teile, einige waren sogar verrostet. Wieder staunte sie darüber, dass Nyberg sich nichts Besseres gegönnt hatte. Wie die Möbel war das hier etwas anderes, als sie es bei ihren kurzen Besuchen bei Pernilla gesehen hatte, damals, als sie noch nebeneinander gewohnt hatten. Christer hatte sich dieses Besteck offenbar erst später angeschafft. Hatte Pernilla alles behalten? So, als sei er an der Scheidung schuld gewesen, wo doch in Wirklichkeit …

Sie schluckte und kniff für einen Moment die Augen zusammen, dann öffnete sie die nächste Schranktür. Bindfäden und altes Geschenkpapier. Zusammengefaltet. Warum bewahrte jemand so etwas auf? Aber eigentlich war es ja nichts Besonderes, die Leute sammelten die seltsamsten Dinge in Läden und Truhen. Das hatte Katrin in ihrem Beruf gelernt.

Die anderen Fächer waren leer, sie enthielten nur Staub und Krümel, ganz unten lagen einige Plastiktüten aus dem Supermarkt.

Erik Sander kam aus dem Wohnzimmer, blickte sich in der Küche um und stieß noch einen Pfiff aus.

»Scharfe Küche.«

»Ja, jedenfalls passt sie zu allem anderen hier. Aber ich finde, hier stimmt etwas nicht. Er kann doch wohl kaum bettelarm gewesen sein, warum also hat er so gelebt?«

»Wie gesagt, er hat seine Kohle sicher anderweitig ausgegeben.«

»Oder«, meinte Katrin, »er war geizig, solche gibt es ja auch.«

»War Nyberg ein Geizkragen?«, fragte Sander überrascht.

»Woher soll ich das wissen? Ich hab doch gesagt, dass ich ihn kaum gekannt habe, sonst wäre ich niemals hergekommen. Es ist auch so unangenehm genug.«

»Du glaubst also wirklich, dass er hier spukt.«

»Ja, ist doch klar. Er steht hinter der Küchentür oder in einem Kleiderschrank und starrt uns an. Und flucht darüber, dass wir in seinem Kram herumwühlen. Was glaubst du denn übrigens selber?«

»Dass er ein ziemlich normaler Wichser war. Ich habe im Schlafzimmer einen Stapel Autozeitschriften gefunden, und darüber lagen reichlich abgegriffene Pornos.«

»Und sonst?«

»Im Schlafzimmer? Ein verdammt ödes Feldbett, aufklappbar. Ich kapier nicht, wie er darin überhaupt hat schlafen können. Meinst du, er war vielleicht ein bisschen verrückt? Und ich frage mich, ob er nicht ganz bewusst alle persönlichen Gegenstände beiseite geschafft hat, Fotos und so. Und ob er vielleicht trotz allem Dreck am Stecken gehabt haben kann.«

Katrin Wedholm dachte kurz nach. »Nein, mir kam er verdammt normal vor. Deshalb ergibt diese Wohnung hier ja keinen Sinn. Aber er war vielleicht ein wenig ...«

»Ja?«

»Ein wenig *zu* normal. Ich hatte sogar den Eindruck, dass er sich nie mit seiner Frau gestritten hat. Und das beweist doch, dass etwas nicht gestimmt hat.«

Sander musterte sie länger, als das sonst seine Art war. »Ich bilde mir ein, dass noch etwas anderes nicht stimmt.«

Katrin ließ sich seufzend auf einen Küchenstuhl sinken. »Ja, da hast du sicher Recht«, sagte sie resigniert.

»Etwas mit dir, meine ich.«

»Das hat nichts mit diesem Fall zu tun.«

»Möchtest du darüber sprechen?«

Sie schüttelte den Kopf. »Nein, es ist nichts Besonderes.«

Wieder musterte er sie. »Deine Körpersprache ... Immer wenn seine Frau erwähnt wird, schlingst du dir die Arme um den Leib und krümmst dich zusammen wie ein Kätzchen.«

»Wirklich? Das wusste ich nicht.« Sie wand sich ein wenig.

»Jetzt weißt du's.«

»Aber Erik, ich bitte dich, er war doch mein Nachbar. Es ist ziemlich unheimlich, dass er ermordet worden ist.«

»Ja, das kann ich verstehen«, gab Sander zu.

»Und dann bildet man sich so allerhand ein.«

»Über die beiden?«

»Ja. Mir fallen Dinge ein, an die ich noch nie gedacht habe, und ich weiß nicht, ob ich mir das vielleicht ausdenke.«

»Zum Beispiel?«

»Tja, das mit ihrer Ehe.«

»Eine Projektion, was?«

Wieder schüttelte sie den Kopf. »Mir wird einfach schlecht davon.«

»Das kann ich mir vorstellen.«

Katrin stand auf, reckte sich und gähnte. Sie hatte sich aus der Klemme herausbugsiert, dieses Mal wenigstens. Die Frage war nur, wie bald sie gezwungen sein würde, darüber zu sprechen. Sie schaute zur Decke hoch, kniff die Augen zusammen und verdrängte diese Gedanken. »Wir sind wohl so weit. Gehen wir?«

Sander hob die Augenbrauen, so rasch, als sei er gerade aufgewacht. »Schön, hier wegzukommen, ins Schneegestöber.«

☆

Eva-Britt Bixe rieb gewohnheitsmäßig die Lippen aufeinander wie morgens vor dem Badezimmerspiegel, um ihren Lippenstift gleichmäßig zu verteilen, fuhr sich mit der Zunge über die Zähne, um eventuelle Lippenstiftflecken zu entfernen, und drückte danach mit dem Finger auf die Türklingel.

Wie auf dem Sprung ließ sie den einen Fuß auf der zweitobersten Treppenstufe ruhen, während der andere schon bereit war, sich in die Tür zu schieben, sobald diese geöffnet wurde. Sie schaute sich um. Von außen sah das alte Mietshaus wenig spektakulär aus, mit seiner heruntergekommenen schmutzig gelben Fassade und den schmalen Gefängnisfenstern, die auf Friedhof und Durchgangsstraße blickten. Auch der Eingang war seltsam versteckt. Von der Straße her musste man zuerst durch ein schwarzes schmiedeeisernes Tor gehen und danach zwanzig Meter über einen mit Steinplatten gepflasterten Hof zurücklegen. Die Tür zum Treppenhaus war hinter einer Hausecke verborgen.

Wie ein Labyrinth, dachte Bixe gereizt. Warum können die den Eingang nicht einfach auf die Straße legen?

Wenn das Haus von außen ein wenig heruntergekommen war, so bot sich drinnen ein ganz anderer Anblick. Gleich hinter der Tür roch es nach frischer Farbe, und sie wurde von einer breiten weißen Marmortreppe willkommen geheißen. Unter der Decke gab es Stuckverzierungen, große Kronleuchter und verschlungene rosagoldene Ranken. Bixe ließ den Fahrstuhl stehen und quälte sich stattdessen die Wendeltreppe in den fünften Stock hoch.

Kaum hatte sie geklingelt, als sie auch schon Schritte hörte und die Tür geöffnet wurde. In dem dunklen Türspalt war ein schmales Frauengesicht zu sehen.

»Pernilla Nyberg? Erinnern Sie sich an mich? Ich heiße Eva-Britt Bixe und komme von der Polizei.«

Das Gesicht der Frau war zuerst ausdruckslos, als habe sie geschlafen oder als könne sie nicht begreifen, was hier vor sich ging. Dann zwinkerte sie einige Male mit den Augen und öffnete die Tür. Ein warmer Vanilleduft strömte aus ihrer Wohnung.

»Sicher, ja, selbstverständlich. Ich weiß noch, gestern hieß es … Aber da sind Sie ja. Bitte, kommen Sie herein.«

Noch immer sah ihr Gesicht aus wie eine erstarrte Maske, mager und mit einer eintönigen Bewegung der Kiefer. Doch im Vergleich zum Vortag wirkte sie doch wie einem Jungbrunnen entstiegen. Auch die Lippen konnte sie jetzt offenbar weit genug öffnen, damit die Wörter, die sie sagen wollte, hindurchgingen.

»Verzeihen Sie die Unordnung, ich bin noch nicht zum Aufräumen gekommen.«

Bixe machte eine abwehrende Handbewegung. Sie begriff auch gar nicht, worin diese Unordnung bestehen sollte. War die über den Stuhlrücken geworfene Jacke gemeint? Ansonsten wirkte alles sauber und ordentlich. Sie folgte der Frau ins Wohnzimmer, wie sie annahm. Sie kamen durch eine schmale Diele, von der zwei Türen abgingen: Eine führte in eine große viereckige Küche, die andere öffnete sich zu einer weiteren Diele, die ihrerseits in ein Zimmer mündete, das hinter einer Ecke verborgen war.

Die Frau ließ sich auf ein breites zweisitziges und mit flauschigen Kissen belegtes Sofa aus grün kariertem Stoff sinken, ehe sie mit einer Handbewegung Bixe einen gegenüber stehenden Dreisitzer zuwies. Zwischen den Sofas stand ein Tisch mit einer ovalen rauchfarbenen Glasplatte.

»Was für eine schöne Wohnung«, sagte Bixe. Sie war einfach fasziniert von den hohen Wänden und den fast kirchenhaften Fenstern. Die waren zwar schmal, aber es gab genug davon, fünf Stück allein im Wohnzimmer, eingebettet in tiefe Nischen, die perfekt das Licht der vielen cremefarbenen Tischlampen auffingen und doch noch Platz für verschlungene Topfblumen boten. An der einen Wand stand ein alter Eichenschrank, an einer anderen hingen drei bunte Ölgemälde in breiten Holzrahmen. Vor den Fenstern hingen weiße Vorhänge. Die ganze Einrichtung zeugte von Stilbewusstsein und Geschmack.

»Ja, sie ist schon etwas Besonderes.« Pernilla Nybergs Stimme klang dünner als erwartet. »Das Haus ist eben erst umgebaut worden, und dabei wurden einige Wohnungen zusammengelegt und andere neu aufgeteilt. Deshalb habe ich zwei Dielen. Die dahinten führt zum Schlafzimmer, das früher zur Nachbarwohnung gehört hat.«

Sie saß mit geradem Rücken auf dem Sofa, ohne sich zurückzulehnen, und verschränkte immer wieder ihre Finger ineinander. Ihre dünnen, schulterlangen Haare zitterten wie elektrisiert an ihren Wangen, so als habe sie sich eben erst gekämmt.

»Möchten Sie einen Kaffee?«

»Nur, wenn Sie selbst auch einen trinken.«

Pernilla Nyberg sprang sofort auf und lief in die Küche. Bixe hörte sie mit Tassen und Tellern klappern, offenbar hatte schon alles bereitgestanden.

Als der Tisch gedeckt war, blieben sie schweigend sitzen. Bixe schaute sich um und nippte an ihrem Kaffee. Sie verkniff sich eine Grimasse, denn der Kaffee war nicht nur schwach, sondern auch fast kalt.

»Ist der Kaffee so in Ordnung? Ich kenne mich nicht so gut damit aus. Ich trinke sonst immer Tee.«

»Ja, das geht so, danke.«

Bixe stellte den roten Keramikbecher wieder hin und trommelte kaum merkbar mit den Fingern auf dem Notizbuch in ihrer Tasche herum. Jetzt war nicht die passende Gelegenheit, es herauszuziehen. Sie würde sich auf ihr Gedächtnis verlassen müssen.

»Sie wohnen hier noch nicht lange, wenn ich das richtig verstanden habe.«

Pernilla Nyberg schaute ihre Finger an. Ihre Nägel waren kurz und abgenagt.

»Mal überlegen … Das sind jetzt fünf Monate.«

»War es nicht schwer, so eine Wohnung zu finden? Bei der Lage noch dazu?«

»Das Haus war eben fertig renoviert, von innen, meine ich, die Fassade kommt im Frühjahr an die Reihe. Ja, und die Mieten sind ja nicht gerade sehr niedrig. Sechs fünf für eine Dreizimmerwohnung von achtundsiebzig Quadrat. Das ist sicher ein bisschen zu viel. Aber dann muss man eben an anderer Stelle sparen.«

Bixe nickte. Pernilla Nybergs Augen schienen sich ihr die ganze Zeit zu entziehen. Große kobaltblaue Augen in einem Meer heller Haut. Sie hatte etwas Kindliches, wie ein Schulmädchen, das nicht so recht wusste, wohin mit ihren Händen. In den verblichenen Jeans und der rosa Strickjacke sah sie nicht gerade aus wie eine Frau von vierzig Jahren. Aber das war ja oft so, Frauen wollten einfach nicht mehr altern. Das gilt auch für Eva-Britt Bixe, dachte diese und schob so hart und resolut ein Bein über das andere, dass der graue Rock in seinen Fugen ächzte.

»Aber ich bin ja nicht gekommen, um mir Ihre Wohnung anzusehen.«

Pernilla Nyberg kniff kurz die Augen zusammen und senkte den Kopf.

»Ich weiß ja, dass es schwer für Sie ist«, sagte Bixe dann. »Aber wir müssen so bald wie möglich so viel wie möglich in Erfahrung bringen.«

»Ich weiß, es ist nur, dass …«

»Wenn Sie meine Fragen jetzt beantworten können, wäre das gut, sonst komme ich ein andermal wieder.«

Pernilla Nyberg zog ein bereits viel benutztes Papiertaschentuch aus ihrer Jackentasche. Sie starrte mit leerem Blick zu Boden.

»Ich verstehe gar nichts mehr«, sagte sie in das Taschentuch.

»Es kommt mir vor wie ein böser Traum. Als ich heute Morgen aufgewacht bin, konnte ich es nicht glauben. Wer kann ihn denn so sehr gehasst haben?«

»Das wüssten wir auch gern. Sie können sich also niemanden vorstellen, der …«

Pernilla Nyberg schüttelte resigniert den Kopf.

»Er hatte keine Feinde, hat nie etwas verbrochen.«

»Sie waren geschieden …«

Pernilla Nyberg nickte.

»Ja, ich wollte das so.«

»Ihr Mann wollte es also nicht?«

»Das weiß ich eigentlich gar nicht. Ich habe die Sache zur Sprache gebracht, und er hatte nichts dagegen.«

»Aber er muss doch irgendeine Reaktion gezeigt haben? Und gesagt, was er wollte?«

»Wir haben nicht sehr viel miteinander geredet.«

Bixe nickte.

»Gab es andere?«

»Bitte?«

»Hatten Sie oder er sich anderweitig verliebt?«

Pernilla Nyberg zog ihre bleistiftdünnen, gezupften Augenbrauen zusammen.

»Ich glaube, nicht.« Zum ersten Mal schaute sie Bixe in die Augen. Für ein paar Sekunden hörte sie auf, sich an ihren Fingern zu schaffen zu machen, und endlich war etwas Erwachsenes an ihr zu erkennen.

»Sie sind sich nicht sicher?«

»Nein, aber im letzten Jahr, in dem wir zusammen gelebt haben, hat er sich ab und zu ein wenig seltsam verhalten.«

»Ach wirklich?«

»Ja, er kam mir irgendwie verändert vor. Aber das kann ja auch daran gelegen haben, dass es zwischen uns nicht mehr so gut lief. Vielleicht hatte er einfach alles satt, und … Ach, ich weiß auch nicht.«

»In welcher Hinsicht hat er sich verändert?«

Pernilla Nyberg fuhr sich mit der Zunge über die Oberlippe und schaute zum Fenster hinüber.

»Irgendetwas stimmte nicht mit ihm. Er hörte auf, seinen Almanach zu führen, und das hat ihm früher doch im Alltag Sicherheit gegeben. Ich meine, alles, was er tun musste, hatte er dort notiert.«

»Wie ein Tagebuch?«

»Nein, es ging um Arbeitszeiten und Besprechungen, um Zahnarztbesuche und so. Er war immer so ordentlich, fast schon pedantisch. Aber plötzlich schien ihm das nicht mehr wichtig zu sein. Und das sah ihm überhaupt nicht ähnlich.«

»Wann ist Ihnen das aufgefallen?«

»Irgendwann im vergangenen Frühjahr.« Pernilla Nyberg schaute noch immer zum Fenster hinüber. »Also vor anderthalb Jahren. Ich räumte auf und ...«

»Erinnern Sie sich in diesem Zusammenhang sonst noch an etwas?«

»Nein, an kein besonderes Ereignis oder so. Abgesehen davon, dass er irgendwann im Frühling anfing, abends spazieren zu gehen. Und ich weiß, dass ich das seltsam fand, denn das hatte er noch nie gemacht. Christer war eigentlich ziemlich faul, ich meine, er bewegte sich nicht mehr als unbedingt notwendig. Nahm immer den Wagen, wenn er irgendwohin musste.«

»Aber dann fing er also an, abends spazieren zu gehen.«

»Ja, zwei- oder dreimal die Woche.«

Pernilla Nyberg putzte sich die Nase und knüllte danach ihr Taschentuch zusammen.

»Hat er nie gesagt, wohin er ging?«

»Nein, und ich habe auch nicht gefragt. Unsere Beziehung war eben so, sie baute auf gegenseitigem Respekt auf. Komisch, oder?«

Bixe rutschte ein wenig hin und her. Die weichen Sofakissen gaben unter ihr nach.

»Haben Sie den Verdacht, dass er Sie hinterging? Oder können diese Spaziergänge eine andere Ursache gehabt haben?«

»Was denn zum Beispiel?«

»Haben Sie sich das nicht gefragt?«

»Natürlich habe ich mir überlegt, dass eine Frau dahinter stecken könnte.« Automatisch hob sie die Hand an die Wange, die sofort rot wurde. »Vor allem einmal, als er überhaupt nicht nach Hause gekommen ist. Als er dann am nächsten Nachmittag auftauchte, behauptete er, vom Krankenhaus aus ein Seminar besucht zu haben. Aber das stimmte nicht, ich habe dort angerufen und ... Vielleicht hatte es auf der Station ein Missverständnis gegeben. Die haben ja immer unendlich viel zu tun, meine ich.«

»Was glauben Sie denn heute?«

»Dass das einen anderen Grund hatte.«

»Was denn?«

»Sorgen bei der Arbeit, vielleicht. Und er litt wohl auch darunter, dass wir umgezogen waren.«

»Ach?«

»Ja, habe ich das nicht erzählt? Wir sind im vergangenen Winter in ein eigenes Haus gezogen, und danach fing er dann mit diesen Spaziergängen an. Vorher haben wir in einem Reihenhaus bei der Reitschule gewohnt. Es war wirklich sehr schön da. Wir fühlten uns wohl und hatten nette Nachbarn. Aber dann sagten Christers Eltern, dass ein Verwandter, Christers Vetter, verkaufen wollte, und da er es sehr eilig hatte, konnten wir das Haus für einen ziemlich guten Preis bekommen.«

»Und Sie hatten bei Ihrer Scheidung noch nicht sehr lange dort gewohnt?«

»Ein gutes Jahr in etwa. Christer ist gleich nach Neujahr in eine andere Wohnung gezogen, und ich habe diese hier im Frühjahr gefunden. Die Villa wieder zu verkaufen war kein Problem.«

»Hatten Sie ein Darlehen aufgenommen?«

»Kein hohes. Christers Eltern hatten das meiste dazugegeben, sie wollten unbedingt, dass wir dieses Haus übernahmen, und wir haben ja auch für unser Reihenhaus etwas bekommen.«

In Pernilla Nybergs Augen zeigte sich jetzt ein Funkeln.

»Ich habe das Gefühl, dass ich daran schuld war«, sagte sie.

Bixe versuchte, Pernillas Blick einzufangen, aber der glitt wieder davon und blieb an Bixes Schulter haften.

»Ohne die Scheidung wäre das alles nie passiert. So kommt mir das vor.«

»Das können Sie nicht wissen.«

»Aber Christer war nie mehr glücklich, nachdem wir die Villa übernommen hatten. Er hat so getan, aber das war ja gerade das Problem. Ich glaube, er hat zu sehr auf seine Mutter gehört und nicht gewagt, ihr zu widersprechen. Sie fand, wir sollten umziehen. Er wollte das gar nicht, und ich war zuerst auch dagegen. Aber später fand ich das Haus dann sehr schön, es war geräumig und hatte einen großen, vor fremden Blicken geschützten Garten, und ich habe sogar angefangen, Blumen und Gemüse zu pflanzen. Und ich dachte, wenn wir Kinder bekämen ...«

Sie verstummte für einige Sekunden und putzte sich wieder die Nase.

»Aber Christer fiel es schwerer, sich anzupassen, glaube ich. Vielleicht hat das dann auch zu anderen Dingen geführt ... Ach, ich weiß nicht.«

»Wann haben Sie ihn zuletzt gesehen?«

Pernilla Nyberg ließ ihren Blick von Bixes Schulter zum Teppich weiterwandern.

»Vorige Woche. Aber nur im Vorübergehen. Wir hatten schon lange keinen Kontakt mehr.«

»Kam er Ihnen da normal vor?«

»Ja, fast wie früher. Ich glaube, er ging nach der Mittagspause zurück zur Arbeit. Nein, er war wie immer.«

»Er kam Ihnen also nicht nervös oder deprimiert vor? Nichts in dieser Art? Denken Sie gut nach.«

»Das hätte er niemals gezeigt. Er wollte das nicht, seine Gefühle zeigen und so. Das wäre ihm peinlich gewesen.«

»Sehen Sie das auch so?«

Pernilla Nyberg warf Bixe einen überraschten Blick zu.

»Das weiß ich nicht.«

»Wo waren Sie selber am Montagabend?«

»Ich war hier.«

»Allein?«

»Ja. Ich war erst gegen sieben zu Hause, ich war ziemlich lange in der Schule, um Aufsätze zu korrigieren. Ich mache das immer so, dann brauche ich nicht mehr die ganzen Papierstapel nach Hause zu schleppen, und seit ich allein lebe ... Und danach bin ich dann nach Hause gegangen, oder nein, vorher war ich noch im Supermarkt. Aber danach war ich hier ... O Herrgott, wenn ich es doch bloß gewusst hätte!«

Sie schwiegen einen Moment. Dann stand Bixe vom Sofa auf.

»Danke für den Kaffee. Ich melde mich wieder. Und wenn etwas sein sollte, dann rufen Sie einfach an. Wenn ich nicht da sein sollte, dann sprechen Sie mit meinen Kollegen.«

»Danke«, murmelte Pernilla in einem Tonfall, als sei ihr ein Gespräch mit einem aufmerksamen Therapeuten versprochen worden.

Aber, dachte Bixe, so verhielten sie sich ja auch oft genug, wie Sozialarbeiter und Therapeuten und zwischendurch auch gleich wie Gott. Wenn sie endlich einen Verbrecher gefasst hatten. Das schien zum Job dazuzugehören.

Sie verabschiedete sich von Pernilla Nyberg und holte tief Atem, als die blanke, weiße Wohnungstür hinter ihr ins Schloss fiel. Ihre Absätze klapperten die Treppe hinunter. Es roch wirklich alt, nach hohen und kühlen Mauern, und zugleich stickig nach der frischen Farbe. Wobei ihr wieder die Decke zu Hause einfiel. Sie ging durch den Hof und öffnete das Tor zur Straße. Dann zog sie ihren Mantel fester zusammen und lief über den windigen Bürgersteig. Es war Hauptverkehrszeit, und ein dichtes Band aus Wagenrädern zog sich die Straße entlang, weg von der Innenstadt. Froststarres Laub wirbelte ihr um die Beine. Im mattgelben Licht der Pizzeria sah sie drei Gestalten, die sich über ihre Teller beugten. Vor dem Videoladen konnte sie einen Zusammenstoß mit einem Mann in Jeans und Hemd gerade noch vermeiden, er kam mit einem Film in der Hand herausgerannt; dann schlüpfte er in einen Wagen, dessen Motor noch lief und der sofort davonbrauste.

Als sie den Parkplatz erreichte, stellte sie fest, dass ihre Schlüssel im Wagen lagen. Sie wühlte einige Sekunden in ihrer großen Tasche, zwischen Lippenstift, Papiertaschentüchern, Brieftasche, Notizbuch und Kugelschreiber, in der Hoffnung, dort die Reserveschlüssel zu finden, aber nein. O verdammt, dachte sie, wie konnte ich nur so nachlässig sein. Das zweite Mal in zwei Wochen! Sie wusste, was die anderen sagen und vor allem denken würden, aber ihr blieb nichts anderes übrig. Sie riss das Mobiltelefon aus der Tasche und ließ ihren roten Fingernagel den Code für die Polizei eingeben.

4

Sie war müde gewesen, als sie an jenem Tag nach Hause gekommen war. Müder als sonst. Ein wütender Regen prasselte auf den Boden. Ein Winterschlaf, das wär's, hatte sie gedacht. Man sollte eine Betäubungsspritze bekommen und den ganzen Winter verschlafen können.

Als sie nach Hause kam, ließ sie sich auf einen Küchenstuhl sinken. Der Rücken tat ihr schon den ganzen Tag weh, der starre Schmerz reichte von der Taille bis in den Nacken. Würde das denn nie ein Ende nehmen? Schmerz und Steifheit, der Krampf, wenn sie morgens aus dem Bett stieg. Die bloße Vorstellung, sich aus den warmen Laken zu lösen, wenn um Viertel nach sechs der Wecker schellte, ließ sie oft davor zurückschrecken, überhaupt ins Bett zu gehen. Vielleicht wäre es besser, die ganze Nacht aufzusitzen, damit sich die Steifheit gar nicht erst festsetzen konnte.

Sie war allein an diesem Abend, und dafür dankte sie ihrem Gott.

Die Küche sah aus wie ein Schlachtfeld, überall waren Koch-

töpfe und Teller aufeinander gestapelt, auf dem Küchensofa türmte sich außerdem die ungebügelte Wäsche. Aber sie brachte es nicht über sich, sich deshalb Gedanken zu machen. Für den Moment jedenfalls nicht. Sie riss die Morgenzeitung an sich, aber schaffte es wie üblich nicht einmal, die erste Seite zu überfliegen; dann klemmte sie sich die Post des Tages unter den Arm und ließ sich mit einer dampfenden Teetasse zwischen den Kissen auf dem Sofa nieder. Die Katze, satt und verfressen, kroch neben sie. Sie vergrub die Fingerspitzen in ihrem Fell, und sofort schnurrte das Tier wie die alte Nähmaschine, die ihre Mutter früher gehabt hatte.

Anfangs sah sie ihn nicht. Einen ganz normalen Briefumschlag, weiß mit einer geraden und ein wenig unpersönlichen Schrift. Eine Briefmarke mit einer gelben Blume, eine von den ganz normalen Serienmarken.

Aber als sie sich die Post näher ansah, als sie den hohen Stapel durchging, der vor allem aus Werbung bestand, blieben am Ende noch schnöde drei Briefe übrig – zwei von der Gemeinde, und dann dieser dritte, dieser ganz normale weiße Umschlag, abgestempelt in Alvesta, wie allerdings fast alle Briefe zur Zeit. Sie dachte nicht weiter darüber nach, als sie zurückgelehnt auf dem Sofa saß und sich Mozarts einundzwanzigstes Klavierkonzert anhörte.

Schließlich sah sie sich den Umschlag ein wenig genauer an, und ihr ging auf, dass sie keine Ahnung hatte, was das für ein Brief sein mochte. Normalerweise stand auf einem Brief ja auch ein Absender, aber dieser Brief wies nicht die geringste Spur davon auf, auch die Handschrift sagte ihr nichts. Das alles beunruhigte sie auf irgendeine Weise, und deshalb zögerte sie mit dem Öffnen. Als habe sie bereits verstanden, was sie da vor sich hatte, ohne es zu genau zu wissen. Sie hatte den Umschlag in der einen Hand, ihre Finger zitterten ein wenig. Als sie ihn vor die Lampe hielt, war nichts zu erkennen.

Sie ging einen Brieföffner holen. Meistens riss sie ihre Post mit einem Finger auf, aber jetzt brachte sie das aus irgendeinem

Grund nicht über sich. Sie wollte eine glatte Öffnung im Papier, keine schlampig gezackte, sondern etwas Gerades, das sie verstecken könnte, das sie unter anderen Papieren tief in einer Schublade verstecken könnte.

Sie hatte die Sache aufschieben wollen oder sie ganz aufgeben. Sie hatte gewartet, als könne die Zeit ihr zu Hilfe kommen, so wie die Zeit angeblich immer alle Wunden heilte, auch in ihrem Fall. Aber vielleicht verlangte die Zeit jetzt ihren Lohn für das, was sie für sie getan hatte. Sie ließ den Brieföffner durch das feste weiße Papier gleiten.

War das die Handschrift? Kompakt, minimalistisch, schräg? Aber so sahen doch sicher Tausende von Handschriften aus.

Die Musik war verstummt, ohne dass sie es bemerkt hätte. Das CD-Gerät ließ seine blauen Ziffern aufleuchten. Auf dem Couchtisch stand der Becher mit dem abgekühlten Tee. So kalt wie draußen, dachte sie und schaute aus dem breiten schwarzen Fenster, vorbei an ihren Topfblumen, hinaus auf die leere Straße unten am Hang, auf die Tausende von brennenden Kerzen in der Ferne, wie eine stumme brandgelbe Wolke über dem düsteren Flecken, den die Menschen bewohnten. Der Regen klopfte gegen die Fensterscheibe, verspielter jetzt, als habe er keine Lust mehr, solche Wassermengen von sich zu geben. Sie sah im Fenster ihr Gesicht, und ihr fiel auf, wie bleich sie war. Sicher lag das an ihrem Rücken, sie hatte diese Schmerzen so satt. Als sie den Namen ihres Leidens erfahren hatte, war ihr alles leichter vorgekommen, der Feind schien identifiziert worden zu sein. Aber jetzt war alles wieder wie früher, der Schmerz war derselbe, er bohrte sich wie ein stets von neuem zubeißender Zahn in ihren Rücken und wie ein stechender Speer in den Nacken.

Es hieß bisweilen, dass Kummer sich in den Muskeln ablagere. Dass alles, was wir getan und unterlassen haben, sich wie Fossilien in unserem Körper einprägt. Aber sie wollte doch glauben, dass Schmerzen aus handfesteren Ursachen hervorgehen als aus alten, durchsichtigen Hirngespinsten.

Jetzt hatte sie Daumen und Zeigefinger in den Umschlag geschoben. Zog ein Stück Papier heraus. Es war dünn und sorgfältig, fast übertrieben genau, in der Mitte zusammengefaltet. Von der anderen Seite konnte sie die handgeschriebenen Buchstaben bereits durchscheinen sehen. Langsam faltete sie den Brief auseinander, ließ ihren Blick auf den Zeilen ruhen, auf den kleinen Buchstaben, die mit schwarzer Tinte geschrieben waren. Sie las einmal und noch einmal. Legte das Papier auf den Tisch, streckte die Hand nach dem Teebecher aus und ließ einen großen Schluck durch ihre Kehle rinnen. Der Tee war eiskalt.

Dann blieb sie sitzen, in sich zusammengesunken auf dem Sofa. Sie schloss die Hände um den Becher, wie um dem kühlen Porzellan den letzten Rest Wärme zu entlocken. Als sie den Schlüssel im Schloss hörte, knüllte sie das Papier zu einem kleinen Ball zusammen und steckte es in die Tasche.

Wie immer schimmerte von der Straße her ein schwacher Lichtschimmer durch die Rollos und malte Streifen auf die Schlafzimmerwand. Sie waren unter die kühlen Laken gekrochen und hatten die Decke über sich gezogen. Das Einzige, was in dem schlafenden Haus zu hören war, war das schwache Surren des Kühlschranks in der Küche. Nachts glitt das Licht wie ein Geborgenheit schenkendes Summen durch die Zimmer. Sie schloss die Augen und kam sich vor, als werde sie auf einer Fähre in den Schlaf gewiegt. Das Letzte, was sie vor dem Einschlafen sah, war ein Boot, ein kleines, schaukelndes Boot mit breiten Brettern, durch die das Wasser hereinsickerte. Dieser Anblick hatte etwas Beunruhigendes, nicht nur wegen des Wassers. Sie hatte dort eine Hand gesehen, eine wunderlich bekannte Hand. Die Hand hatte sich von der schmalen Reling erhoben und war auf sie zugekommen. Sie fuhr mit einem Ruck hoch, die rechte Hand zur Faust geballt. Die roten Ziffern des Radioweckers zeigten noch nicht einmal eins. Sie hatte sich umgedreht. Sie hatte seinen Rücken gesehen und hoffte bei Gott, dass es dabei bleiben werde.

5

Eva-Britt Bixe trank einen Schluck Kaffee und schnitt eine Grimasse. Der Kaffee war glühend heiß. »Hat dieser Automat schon wieder neue Macken?«

»Gestern kam nur Kakao heraus.«

»Ich habe das Gefühl, dass Pernilla Nyberg uns etwas verschweigt«, sagte Bixe, ohne zuzuhören.

»Woher weißt du das?«

Erik Sander schaute auf ihre Kaffeetasse hinunter. Alle wussten, dass Bixe heißen Kaffee liebte, aber der hier war wohl doch etwas zu heftig gewesen.

»Woher ich das weiß? So was hat man im Gefühl.«

»Und was kann das sein?«

»Da habe ich nun leider gar keine Ahnung. Die Zeit wird es zeigen.«

»Hast du denn irgendeine Vorstellung, was es sein *könnte*?«, fragte Sander.

Bixe ließ nachdenklich einen Finger über den Rand der Tasse gleiten. »Pernilla Nyberg ist ein äußerst vorsichtiger Mensch. Sie sagt nur, was sie sagen muss. Und wenn möglich, nicht einmal das.«

»Was also bedeutet, dass sie etwas weiß, was sie uns nicht anvertrauen will?«

»Ja, aber das war eben nur so ein Gefühl. Und dann hat sie mir einen grauenhaft schwachen Kaffee angeboten, es war eigentlich eher lauwarmes Wasser.«

In dem Versuch, ein erneutes Lächeln zu verbergen, erstickte Sander ein gekünsteltes Husten in seiner Armbeuge. Er schaute aus dem Fenster. Unten auf der Durchfahrtsstraße gab es um diese Tageszeit kaum Verkehr. Die mittägliche Stoßzeit war noch nicht gekommen. Die Lampen in den umliegenden Lokalen des alten Industriegeländes waren eingeschaltet, und das frisch renovierte Polizeigebäude thronte über allem wie der Hüter des

Gesetzes – ein Hüter aus Glas und Beton, mit durchscheinenden Treppen und Fahrstuhlschächten, die sich wie ein Netzwerk aus Glasröhren über die schokoladenbraune Fassade zogen. Und noch immer wurde unten im Tal bei Hagelbergs gearbeitet, die Schornsteine ragten zum Himmel hoch, und der graue Rauch wurde von den noch graueren Wolken verschlungen. Von den Industriebetrieben, die dort unten gelegen hatten, war die Gummifabrik die einzige, die überlebt hatte. Fast alle anderen Gebäude waren als Lagerlokale vermietet worden, wenn sie nicht abgerissen und durch mit Stacheldraht und Glasscherben gesicherte Baulücken ersetzt worden waren.

»Sie haben wohl nicht die harmonischste Ehe aller Zeiten geführt«, sagte Bixe jetzt. »Offenbar hatten sie einander nicht viel zu sagen.«

»Das ist ja nicht weiter ungewöhnlich«, sagte Sander, der aus seiner Betrachtung der Umgebung erwacht war.

»Nein, aber wir sollten es vielleicht im Kopf behalten. Das kann wie ein Feuer sein, das niemals wirklich auflodert, sondern immer nur weiter vor sich hinschwelt. Und am Ende kommt dann die unvermeidliche Explosion.«

Sander riss die Augen auf, wodurch sein Blick fast wild wurde – ab und zu kam das bei ihm vor. »Hast du sie in Verdacht?«

Bixe zuckte mit den Schultern. »Eigentlich nicht. Sie kam mir so harmlos vor wie eine Friedenstaube. Aber vielleicht gerade deshalb. Stille Wasser …«

»Ja, da hast du wohl Recht.«

»Aber dann frage ich mich doch, warum«, sagte Bixe. »Zum Schluss kam ihr das Verhalten ihres Mannes seltsam vor, hat sie gesagt. Nachdem seine Mutter die beiden fast zum Umzug in eine große Villa gezwungen hatte – die Alte ist offenbar reichlich statusfixiert –, hatte er sich offenbar ziemlich verändert.«

»Wollten sie denn nicht umziehen?«

»Er anfangs nicht. Und sie hatte zu der ganzen Sache überhaupt keine Meinung – wie zu allem anderen auch, offensichtlich.«

»Glaubst du? Aber wie hat sie dann die Scheidung durchgesetzt?«

»Unterdrückte Wut vielleicht. Aber sie hat gesagt, das Haus habe ihr gefallen. Sie war wohl wie ihre Schwiegermutter. Wie die Mutter, so die Gattin.«

»Zieh jetzt keine übereilten Schlussfolgerungen«, sagte Sander lachend.

»Ich ziehe die Schlussfolgerungen, die mir passen«, sagte Bixe.

»Ja, sicher, aber die Alte schien sehr nett und umgänglich zu sein, als die Kollegen mit ihr gesprochen haben. Nybergs Vater war vor allen Dingen müde, war fast ein wenig weggetreten. Brachte es nicht mal über sich, seine Frau anzusehen, die versuchte, ihre Tränen hinter einem zerfetzten Papiertaschentuch zu verstecken. Alter Staatsanwalt. Hat sicher im Leben schon genug gesehen.«

»Vermutlich. Aber noch keinen ermordeten Sohn.«

»Offenbar scheint er zu glauben, dass er zu Beginn der sechziger Jahre lebt und dass sein Sohn noch immer barfuß über den Rasen läuft und Ball spielt.«

»War es so schlimm?«

»So hat es sich angehört.«

»Na ja, wir können jedenfalls nicht ausschließen, dass Christer Nyberg irgendwelchen Dreck am Stecken hatte, und wir wissen auch nicht, ob sie nicht doch andere Affären hatten.«

»Dass er oder sie untreu war, meinst du?«

»Ja. Unmöglich ist das nicht. Ich fahre jedenfalls heute Nachmittag im Krankenhaus vorbei. Und dann werden wir ja sehen, was seine Kollegen uns zu bieten haben.«

Erik Sander gab seinen Platz am Fenster auf und setzte sich in einen von Bixes Besuchersesseln. »Und was ist mit Katrin los? Was meinst du?«

Bixe legte den Ordner Nyberg beiseite und seufzte. Sie senkte ihre Stimme, als befürchte sie, dass Wedholm in diesem Moment vor der Tür stand und horchte.

»Dir ist das also auch aufgefallen?«, fragte sie.

»Vorgestern hatte sie einen großen Blutfleck auf der Schulter.«

»Das habe ich gesehen.«

»Sie war ja dabei, als am Montagabend ein paar Schläger vor einer Kneipe verhaftet worden sind, aber Eskilsson, der auch im Einsatz war, hat kein Blut erwähnt. Und außerdem hätte sie sich dann doch sicher umgezogen.«

Sie schwiegen eine halbe Minute, während Bixe den Rest Kaffee in sich hineinschüttete.

»Was immer los sein mag, sie sollte etwas unternehmen. So oft krankgeschrieben zu sein wie sie in letzter Zeit, das ist wirklich nicht besonders förderlich.«

Nach einigen weiteren stummen Sekunden stellte Eva-Britt Bixe energisch den weißen Plastikbecher auf den Schreibtisch. Oben am Rand befand sich ihr Stempel: ein blutroter Lippenstiftabdruck. »Jetzt gehe ich mittagessen.«

Sie strich das Polohemd über ihrer Brust glatt, eine vollständig unnötige Geste, da die zahlreichen Falten sich davon nicht beirren ließen. Danach erhob sie sich und streckte die Hand nach ihrem Mantel aus, den sie gemäß ihrer Angewohnheit – oder vielmehr Unsitte – über die Stuhllehne geworfen hatte.

»Du kommst doch mit, oder?«

Sie stand schon in der Tür. Knallte ungeduldig die Absätze auf den Boden.

»Wo gehst du denn hin?«

»Weiß nicht. McDonald's?«

Sander zuckte lachend mit den Schultern, nickte nach einer Bedenkzeit von drei Sekunden und musste sich anstrengen, um auf dem Flur mit ihr Schritt halten zu können. »Was ist los?«, fragte er keuchend.

»Ich höre mit Rauchen auf.«

»O je. Seit wann denn das?«

»Seit gestern Nachmittag«, murmelte sie.

»Deshalb also.« Sein Kinn schien halbwegs auf seinen Knien zu hängen.

»Was denn?« Sie bedachte ihn mit einem gereizten Blick.

»Ja, sicher hast du deshalb die Schlüssel im Wagen vergessen?«

Sie riss die schwerfällige Tür zur Straße auf und zog fröstelnd den Mantel um sich, als sie die vielen federleichten Schneeflocken sah, die wie gerade Striche die Luft mit einem trüben Weiß einfärbten. Es war unmöglich, auch nur die Hand vor den Augen zu erkennen.

»Jetzt mach schon, du Trantüte, wir haben nicht den ganzen Tag.«

Vor dem blendend hellen Schnee sah sie aus wie ein überwinternder schwerer Schmetterling, fand er, mit einem Übergewicht, das schon an Verfettung grenzte, und doch mit energischen Schritten, verbissener Miene und Rougeflecken auf den Wangen. Nur seltsam, dass sie in ihrem zerknitterten Frühjahrsmantel und den dünnen, blassgrauen Nylonstrümpfen nicht noch viel mehr fror.

☆

Als sie nach Hause kam, nahm sie ein Bad. Lag in dem heißen Wasser und schaute zur Decke hoch. Jetzt ist es wohl an der Zeit, dachte sie, jetzt, wo sie die Glimmstengel aufgegeben hatte. Sie empfand eine bohrende Angst, etwas, das ihr stechend und tückisch in den Beinen saß. Sie hätte ihre Seele für eine Zigarette gegeben, für eine einzige Zigarette. Aber sie hatte keine mehr, sie hatte die restlichen in der offenen Packung weggeworfen und danach, als die Idiotin, die sie nun einmal war, auch noch die ungeöffnete Packung. Jetzt lagen sie wohl im Müll, den sie wie üblich nicht sortiert hatte. Sie fragte sich, was Simonsson wohl sagen würde, wenn er das wüsste. Der eifrige Umweltaktivist, der sogar im Sommer seine Strickmütze trug. Auf der Hausversammlung, auf der klargestellt wurde, dass alle Hausbewohner von nun an ihren Müll zu sortieren hatten, hatte sein spärlicher roter Bart zufrieden auf und ab gewippt. Einen Sack für Papier, einen für kompostierbare Verpackungen, einen für Essensreste und einen für alles andere. Wenn sie das richtig in Erinnerung hatte. Sie hatte an diesem Abend nicht richtig zugehört, hatte ihre bloße Anwesenheit schon als ausreichende Leistung betrachtet, schließlich brauchte der magere Aktivist seine schönen Reden nun nicht vor leeren Stühlen zu halten.

Das Wasser schwappte, als sie aufstand. Sie kam sich so schwer vor wie ein eben erst auf die Erde zurückgekehrter Astronaut. Rote, runzlige Füße auf dem weißen Teppich. Das Wasser floss gurgelnd in den Ablauf. Mit einem angestrengten Grunzen bückte sie sich, um die Kerze auf dem Badewannenrand auszublasen. Sie hatte sich eingebildet, Kerzenlicht und ein heißes Bad könnten sie beruhigen. Aber sie fühlte sich nur müde, und das heiße Wasser hatte in ihr einen seltsamen Schwindel hervorgerufen, der es ihr noch schwerer machte, sich ein wenig zu entspannen.

Falls nicht nur die fehlende Nikotinzufuhr an allem schuld war. Aber »nur« war hier sicher das falsche Wort.

In ihren Morgenrock gekleidet ließ sie sich auf dem Sofa zurücksinken und schaltete den Fernseher ein. Sie zappte durch die Kanäle, fand nur Kitschserien, Talkshows und nervige Musikvideos – das ganz gewöhnliche Abendprogramm eben – und schaltete ihn wieder aus. Blieb in der Dunkelheit sitzen, die von den hilfsbereiten Straßenlaternen draußen ebenso erhellt wurde wie von einzelnen Autos, die durch den engen Bergsläntsgränd fuhren – in dem sie eins von vier Häusern bewohnte –, und von dem roten Schild der gegenüber gelegenen Konditorei Krantz.

Ihre Gedanken irrten wie hungrige Wölfe durch ihren Kopf. Gierig und wütend, weil sie zu wenig Nahrung fanden. Selbst wenn der Nachmittag den einen oder anderen Keim gepflanzt hatte, ging es nicht weiter, da sie sich nach dem späten Bad oder wohl eher aufgrund der fehlenden Zigaretten ein wenig hoffnungslos fühlte. Noch hatten sie im Fall Nyberg nicht den kleinsten Ansatzpunkt gefunden. Ein Arzt mittleren Alters, der ein normales Leben geführt hatte und einige Monate nach seiner Scheidung vor seiner eigenen Wohnung erstochen worden war. Noch dazu mit elf Stichen. Unter einer alten, zum Haus gehörenden Teppichstange waren ein Paar Herrenhandschuhe aus braunem Leder gefunden worden, exklusiv, handgenäht, mit kariertem Futter, von auffälliger Größe – der Träger musste ungeheuer kräftig gebaut sein – und vermutlich schrecklich teuer, aber sicher hatten diese Handschuhe mit dem Fall nichts zu tun. Nichts wies jedenfalls darauf hin. Alle Welt konnte doch Pech haben und an einer Mordstätte ein Paar Handschuhe verlieren. Aber da sie nichts anderes hatten, waren auch die Handschuhe in eine schützende Plastiktüte gepackt worden. Alles andere hatte schon länger dort gelegen und war durch den Dauerregen unbrauchbar gemacht worden.

Und dann der Nachmittag. Ihr Besuch an Nybergs Arbeitsplatz war auch kein Erfolg gewesen. Sie war gegen eins hingefahren, direkt nach dem Essen. Mit dem Magen voller Cola und dem öligen Nachgeschmack eines Big Mac im Mund hatte sie eine verbotene Ecke auf dem überfüllten Gästeparkplatz des Krankenhauses belegt. Mit der Nagelspitze hatte sie einen Fleischfetzen zwischen zwei Backenzähnen hervorgepult, dann war sie voller Zuversicht über den kreideweißen Neuschnee geschritten, der jetzt eher in Mäandern zu fallen schien als in netten geraden Strichen. Die wütenden Schneekörner, spitz wie Nadelstiche, hatten sich in ihre Wangen gebohrt, als sie mit hochgeschlagenem Kragen und leisem Fluchen wegen ihrer glatten Pumps auf den Eingang zugewandert war.

Auf dem Weg zur Orthopädie hatte sie im Vorübergehen in einen Spiegel geschaut und die gigantische weiße Gestalt bestaunt, die sie dort sah und die offenbar sie selber war; anschließend hatte sie das Bild ebenso schnell vergessen, wie sie es aufgeschnappt hatte, und war die runde Treppe hochgestiegen.

Dann erreichte sie eine Tür aus Milchglas. Verschlossen. Offenbar war sie beim Personaleingang gelandet. Nach dem dritten Klopfen waren von drinnen endlich Schritte zu hören.

»Ja?«

Die Frau, die ihr öffnete, war mittelgroß, machte ein strenges, fragendes Gesicht und hielt sich auf nervöse Weise gerade.

»Polizei.«

Eva-Britt Bixe hielt ihren Ausweis hoch. Normalerweise schenkte ihm niemand besonderes Interesse, aber diese Frau hier beugte sich vor und musterte ihn fast schon schielend. Weichere Falten zeigten sich um ihre braunen Eichhörnchenaugen, als sie sich wieder aufrichtete.

»Hier laufen im Moment so viele komische Typen herum«, sagte sie zu ihrer Entschuldigung und lächelte mit schmalen Lippen. »Man kann nicht vorsichtig genug sein.«

»Es geht um Christer Nyberg, das können Sie sich ja denken«, erklärte Bixe.

Sie hatte sofort eine Abneigung gegen das schmächtige Wesen gefasst, das ihr da gegenüberstand. Nicht so sehr wegen der leichten, fast grazilen Bewegungen der anderen – obwohl Bixe in der Regel alle Frauen verabscheute, die dünner waren als sie selbst, und das waren die meisten –, sondern wegen ihres effektiven Auftretens, des in Bixes Augen so übertrieben Adretten; die raschen Schritte, die dunklen Haare, die so sorgsam frisiert waren, als seien sie mit Klebstoff an ihrem Schädel festgeklebt, der kreideweiße Kittel mit der Bügelfalte am Ärmel. Der Gürtel, der die Taille eng umschloss, und die Pantinen, die als eintöniges Klacken auf dem blankgeputzten Boden zu hören waren.

»Kommen Sie mit«, sagte die Frau dann, und Bixe kam sich wie eine unbeholfen watschelnde Ente vor, als sie hinter ihr herging.

Danach musste sie widerwillig ihre Einschätzung der Frau revidieren. Auf jeden Fall ein wenig. Sie war doch nicht so unangenehm effektiv, wie sie im ersten Moment gewirkt hatte. Ihre gerade Haltung ließ ein wenig nach, als sie sich ins enge Stationszimmer setzten, wo hohe Papierstapel jeden Moment vom Schreibtisch zu kippen drohten.

»Viel zu tun?«, fragte Bixe lächelnd.

Aus Erfahrung wusste sie, dass strenge Mienen im Gegenüber

oft Misstrauen wecken, und das regt schließlich nicht gerade zum offenen Gespräch an.

»Ja, weiß Gott. Wir müssten hier auf jeden Fall zu zweit sein, aber heutzutage ist man ja schon froh, wenn man wenigstens eine Vollzeitstelle behalten darf.«

»Müssen Sie das alles allein bewältigen?«, fragte Bixe und bedachte die Frau, die sich als Berit Glans, Stationsschwester, vorgestellt hatte, mit einem mitfühlenden Blick.

»Ja, leider. Und es gibt nicht nur schrecklich viel zu tun, auf uns lastet ja auch eine gewisse Verantwortung.«

»Ja, das ist wohl so, wenn man mit Menschen arbeitet. Man kann sich nicht einfach in eine Maschine verwandeln.«

»Aber ab und zu würde man das gern«, seufzte Schwester Berit.

»Einer von Ihren Kollegen ist tot aufgefunden worden«, sagte Bixe.

Berit Glans zuckte zusammen und schnappte nach Luft.

»Ja …« Sie nahm einen Kugelschreiber vom Tisch und schien sich Notizen machen zu wollen, doch dann ließ sie ihn wieder sinken und verschränkte auf ihren Knien die Hände miteinander.

»Das war wirklich ein Schock, wir haben uns noch immer nicht davon erholt, uns damit abgefunden. Aber das werden wir wohl auch nie tun. Das ist doch alles einfach unbegreiflich.«

»Wie gut haben Sie Nyberg gekannt?«

Sie blickte auf ihre sorgfältig gefeilten Nägel und dachte einige Sekunden nach.

»Gar nicht. Niemand hier hat ihn gekannt. Er war schweigsam und ein ziemlicher Eigenbrötler. Er war keiner, der sich ausgiebig über sein Privatleben ausgelassen hätte.«

»Alles klar. Aber er hat ganz normal gearbeitet? Keine Krankmeldungen oder so?«

Schwester Berit bohrte zwei kristallweiße Schneidezähne in ihre Unterlippe. »Moment mal.« Sie machte mit ihrem Stuhl eine halbe Drehung zu einem der Papierstapel, suchte ein wenig darin herum und zog schließlich einige karierte A4-Bögen heraus. »Das ist sein Dienstplan«, sagte sie dann mit ihrer hellen Stimme. »Hier haben wir seine Arbeitstage und seine Fehlzeiten.« Sie blätterte eifrig.

»Denken Sie an etwas Bestimmtes?«, fragte Bixe.

»Ja. Er war eigentlich Gesundheit und Pflichtbewusstsein in Person, aber trotzdem hat er sich im Herbst zweimal krankgemeldet.«

»Ach? Aber das geht doch sicher nicht so einfach ...«

»Doch, aber das Seltsame war«, erzählte Berit Glans sachlich und mit gerunzelter Stirn, »dass er normalerweise auch dann nie zu Hause blieb, wenn er krank war. Er wäre noch vom Sterbebett aus hergekommen.«

»Er hat also nur diese beiden Male gefehlt?«

»Ja, deshalb weiß ich das ja noch so genau. Hier haben wir's. Das erste Mal war der elfte Oktober, da hat er sich eine ganze Weile nach acht Uhr morgens telefonisch krankgemeldet. Nur für diesen einen Tag.«

»Und das finden Sie also auffällig?«

Schwester Berit nickte mit ruhiger, kühler Miene. Ihre Lippen waren ein wenig angespannt, weshalb sich die Haut darum herum ein wenig furchte. Ihre leicht schräg stehenden Augen zwinkerten heftig, als sie aufblickte, als rechne sie mit einer Medaille für diese Erkenntnis.

»Sie wissen offenbar noch genau, wann er angerufen hat.«

Berit hörte auf zu zwinkern und bedachte die korpulente Polizistin, die einen sehr großen Teil des winzigen Zimmers in Anspruch nahm, mit einem Blick, als sei das eine ungeheuer naive Frage gewesen.

»Natürlich weiß ich das noch. Es hat uns an jenem Vormittag ziemliche Probleme gemacht. Wir mussten eine Menge Patienten umbuchen, und er hätte auch einige Besuche auf den Stationen machen müssen. Und gerade an diesem Morgen konnten wir einfach keine Vertretung auftreiben.«

»Wie viele Ärzte arbeiten hier?«

»Zwei. Hier auf dieser Station, meine ich. Christer und Östen Sjödén. Wenn wir Cilla nicht mitzählen, aber die ist seit zwei Jahren in Mutterschaftsurlaub und hat keine Vertretung.«

»Dann läuft hier offenbar alles auf Sparflamme?«

»Ja, wie überall im Krankenhaus.« Berit stieß einen resignierten Seufzer aus.

»Und Sie finden es wirklich auffällig, dass er an diesen Tagen gefehlt hat.«

»Unbedingt. Vor allem, wenn man bedenkt, dass ...«

»Ja?« Bixe wartete gespannt auf die Fortsetzung, aber Schwester Berit zögerte.

»Ich habe nämlich ziemlich viel darüber nachgedacht«, sagte sie dann.

»Das verstehe ich nicht ganz.«

»Es war nämlich so ...« Plötzlich beugte sie sich zu Bixe vor, als wolle sie ihr ein wichtiges Geheimnis anvertrauen. »... dass am Tag davor eine Patientin Selbstmord begangen hatte.«

»Eine Patientin von hier? Aus der Orthopädie?«

»Ja, eine Frau, aus der Zwei. Das war alles schrecklich unangenehm, und ...«

»Aber was hatte das mit Christer Nyberg zu tun?«

»Sie war doch seine Patientin.« Berit Glans seufzte. »Und so viel ich weiß, hatte er Kontakt zu ihr.«

»Kontakt? In welcher Hinsicht?«

Berit Glans blickte Bixe aus ihren Eichhörnchenaugen an. »So genau weiß ich das nicht. Ich hatte einfach nur diesen Eindruck, dass sie ihm ungeheuer wichtig zu sein schien. Fast ein wenig zu wichtig.« Sie senkte den Blick, als habe sie ihre Befugnisse überschritten. »Eines Tages, als ich aus der Kaffeepause zurückkam, stand er hier und blätterte in den Papieren. Das ist natürlich nicht weiter bemerkenswert. Ich fragte, was er suchte, und er sagte, er brauche eine Telefonnummer. Ich bot an, ihm zu helfen, aber er meinte, er habe sie schon gefunden. Und ich war ja nur froh, es gab wirklich sehr viel zu tun.« Wieder seufzte sie, wie um noch einmal zu betonen, wie stressig die Arbeit war, dann sprach sie mit leiser Stimme weiter: »Aber als ich dann später zurückkam, fand ich auf dem Boden einen zusammengeknüllten Zettel. Und das war keine Telefonnummer, sondern ein Krankenblatt. Er hatte es in der Eile offenbar verloren. Was ihm auch wieder nicht ähnlich sah. Er machte eigentlich nie so viele kleine alltägliche Fehler wie wir anderen.«

Bixe glaubte, aus ihrer Stimme eine leichte Gereiztheit herauszuhören. Sie hätte gern gewusst, ob Christer Nyberg sich bei der Arbeit auf irgendeine Weise unbeliebt gemacht haben könnte, oder ob eine andere, für Berit Glans eher private, Ursache dahinter stecken könne.

»Aber er kann doch nicht ganz ohne Fehler gewesen sein«, sagte Bixe.

»Nein, natürlich nicht. Aber das war ja nicht alles. Ich wollte natürlich wissen, was das für ein Krankenblatt war und warum er es verloren hatte. Man kann doch nicht einfach wichtige Auskünfte wegwerfen. Und dann sah ich, dass es sich um einen Auszug aus dem Krankenbericht dieser Frau handelte, also der Frau, die Selbstmord begangen hatte.«

»Ist das alles vor oder nach dem Selbstmord passiert?«

»Davor natürlich. Es muss der Tag davor gewesen sein. Und das ist ja nicht so richtig lustig.«

»Wieso?«

»Na ja, weil ... Mir fiel dann ein, dass er ihr sehr viel Zeit gewidmet hatte. Mehr, als sonst üblich ist. Und als ich dann dieses Blatt sah ...«

Bixe ließ die Hand in die Tasche gleiten und kratzte mit den Nägeln über das Futter. Sie hätte alles für eine Zigarette gegeben. Aber andererseits hätte sie vor Schwester Berits Augen ja wohl kaum rauchen können. Deren sauberen weißen Kittel mit einem Rauchring anzublasen wäre wohl ebenso schlimm gewesen wie mitten in einem Hochamt ein zotiges Trinklied anzustimmen.

»Soll das heißen, dass er ein Verhältnis mit dieser Frau hatte?«, fragte Bixe und versuchte, das Bild der qualmenden Zigarette zu verdrängen.

»Das kann ich Ihnen nicht sagen. Mir kam das alles nur sonderbar vor.«

»Sie haben gesagt, er habe sich nicht wie sonst verhalten.«

Schwester Berit warf einen Blick auf den Flur, als rechne sie mit Besuch. Draußen war alles leer, trübe Lampen leuchteten über einer beigefarbenen Plastikmatte. In der Ferne fiel eine Tür ins Schloss. Bixe staunte darüber, dass auf der Station nicht mehr Betrieb herrschte. Aber das hatte sicher eine Erklärung. Es war zwei Uhr, vermutlich machte das Personal gerade Kaffeepause.

»Ja, er wirkte ab und zu ein wenig abwesend.« Berit Glans setzte sich anders, und ihre blassen Nylonstrümpfe raschelten, als sie die Beine übereinander schlug. »Er schien nie zuzuhören. Und er saß noch mehr als sonst auf seinem Zimmer und vergrub sich in seinen Papieren. Ich weiß noch, dass ich ihn ab und zu an seine Termine erinnern musste. Aber vor allem ist mir sein Aussehen aufgefallen. Er sah besorgt aus. Als mache ihm etwas zu schaffen.«

»Wann ungefähr hat das angefangen?«

»Schwer zu sagen. Vielleicht vor einem Jahr, wenn ich mich nicht sehr irre.«

»Was hatten Sie sonst für einen Eindruck von Nyberg?«

»Wie meinen Sie das? Wie gesagt, er war verschlossen, schweigsam. Es war nicht leicht, mit ihm Kontakt aufzunehmen.«

»Und niemand kannte ihn näher?«

»Nicht, dass ich wüsste.«

»Aber in der letzten Zeit hat er wie immer gearbeitet?«

»Ja. Er kam und ging pünktlich, genau wie immer. Sogar am letzten Tag.«

»Da hat er sich also normal verhalten?«

»Tja …« Berit Glans lachte auf. »So normal, wie er überhaupt konnte.«

»Wie meinen Sie das?«

»Na ja, ich meine nur, er war eben ein bisschen etwas Besonderes.«

Bixe erhob sich. Ihr Rücken und ihre Beine waren steif, nachdem sie auf dem niedrigen Stuhl gesessen hatte. Konnte auch das der schlechten Finanzlage zuzuschreiben sein? Und der fehlende Kaffee, dachte sie. Eine Tasse wäre jetzt nicht unwillkommen gewesen, aber Berit Glans schien dieser Gedanke nicht kommen zu wollen. Sie hatte bereits einen Kugelschreiber aus der Brusttasche gezogen, in der es von Stiften in allen Farben und Größen nur so wimmelte, und machte sich mit geschickten Fingern zwischen einigen ungeöffneten braunen Umschlägen zu schaffen.

»Nur noch eins, ehe ich gehe«, sagte Bixe, »könnten Sie mir den Namen dieser Patientin nennen?«

Berit Glans machte ein unschlüssiges Gesicht. »Ich weiß nicht so recht ... Wir stehen doch unter Schweigepflicht, und ...«

»Natürlich, aber in diesem Fall geht es um einen Mord, und da ...«

»Ja, klar. Verzeihen Sie. Das war unüberlegt von mir.«

Schwester Berit drehte sich mit ihrem Stuhl um, klemmte sich den Kugelschreiber zwischen die Zähne und griff nach einem gelben Ordner, in dem sie zu blättern begann. Ebenso effizient beschrieb sie dann einen kleinen Zettel. Bixe ertappte sich bei der Überlegung, ob es ein solcher Zettel gewesen war, der Christer Nyberg just an dieser Stelle aus der Hand gerutscht war.

Sie schaute auf den blanken Boden hinunter. Der war blassgelb, mit diskreten Streifen. Der Teppich sah um einiges neuer aus als der auf dem Gang. Aber auch hier war er stellenweise verschlissen und fadenscheinig, und sie konnte genau sehen, welchen Weg Berit Glans' Schreibtischstuhl zwischen dem Schreibtisch und dem niedrigen Bücherregal zurücklegte. Auf dem Boden gab es zwei parallele Spuren, die einen Halbkreis beschrieben und von einer eifrigen Schlittschuhläuferin hätten stammen können, die jeden Tag die gleiche Pirouette drehte.

»Bitte sehr.«

Eva-Britt Bixe nahm den sorgfältig zusammengefalteten Zettel entgegen und glaubte, in dem Moment, in dem ihre Hand sich um den Zettel schloss, auf Schwester Berits Lippen ein erleichtertes Lachen sehen zu können.

»Das war nett von Ihnen, und danke …«

»… für den Kaffee«, hätte sie fast gesagt. Sie biss sich in die Lippe.

»… für die Auskünfte. Und melden Sie sich, wenn Ihnen noch etwas einfällt.«

Als sie auf dem Flur stand, drehte sie sich um und sah für einen Moment, dass Berit Glans' schmale Gestalt schon in sich zusammengesunken auf ihrem Schreibtischstuhl saß. In dem dunklen Raum umgab eine grelle Lampe ihre dunklen Haare mit einem Lichtkegel. Bixe ging an einem schmalen hohen Fenster vorbei, dann erreichte sie die Glastür und die Treppe und sah zu ihrer Freude, dass es nicht mehr schneite. Der Himmel war zwar noch immer bleistiftgrau, und zerfetzte Wolken hingen wie zerrissene Handtücher über den Häusern weiter unten im Tal, aber all das war besser, als auf dem Weg über den glatten Parkplatz von eisigen Nadelstichen getroffen zu werden.

6

Schon am nächsten Nachmittag war er wieder hergekommen. Um Viertel vor zwölf war er mit dem Volvo in eine benachbarte Straße eingebogen, war ausgestiegen, hatte abgeschlossen und war dann zu Fuß zu der Stelle gegangen, die er knappe zwölf Stunden zuvor verlassen hatte. Er wollte genau denselben Weg gehen, wollte die Treppe hochsteigen und an der Tür schellen. Er wusste, dass niemand zu Hause war. Und sollte er Stig wider Erwarten doch antreffen, dann könnte er ja die Handschuhe anführen, er hatte sie immer noch nicht wiedergefunden.

Eigentlich war er ja wirklich deshalb zurückgekommen, das hatte er sich jedenfalls eingeredet, das mit den Handschuhen. Rose-Marie wäre außer sich, wenn sie es erführe. Ihr Geschenk zum einunddreißigsten Hochzeitstag. Es war zwar nur ein Paar

Handschuhe, und er hatte ja noch die anderen, die mit den Tupfen, die sie ihm zu einem anderen Fest geschenkt hatte und die er pflichtschuldig trug, obwohl er sie nie besonders schön gefunden hatte. Es würde ihr also vielleicht nicht auffallen. Aber trotzdem, wie hatte er ein Geschenk verlieren können, das sie so liebevoll für ihn ausgesucht hatte?

Am Vorabend hatte er sich die ärgsten Reste Erbrochenes von den Schuhen gewischt, ehe er die Tür geöffnet hatte. Genauer gesagt war es schon Nacht gewesen. Es war fast halb eins, als er im Frotteemorgenmantel und in flachen Pantoffeln mit einem Bier am Küchentisch gesessen hatte. Aufgrund der Schlaftabletten schlief Rose-Marie wie immer tief und fest, sie nahm dieses Mittel jetzt offenbar ständig. Er wusste nicht, warum sie damit angefangen hatte, vielleicht lag es an Busters Tod. Danach hatte sie nicht schlafen können. Sie hatte einfach die Leine an ihre Wange gedrückt und gejammert wie eine alte kranke Katze. Er drehte sich dann auf die andere Seite und presste sich das Kissen aufs Ohr, um sich dieses pathetische Schluchzen nicht anhören zu müssen.

Aber am Vorabend hatte er sich über ihren tiefen Schlaf gefreut. Er konnte Lärm machen, ohne sie zu wecken. Als er das erste Bier geleert hatte, spülte er das Glas unter einem weit aufgedrehten Wasserhahn aus. Dann setzte er sich aufs Wohnzimmersofa und schaltete das Radio ein. Zuerst gab es düstere klassische Musik, das war sicher Rose-Maries Geschmack. Er jedenfalls fand bald einen Reklamesender, der etwas fetzigere Musik brachte – für seinen Geschmack allerdings fast schon ein wenig zu jugendlich.

Doch die harten, schweren Rhythmen hatten ihm gut getan, sie umschlangen ihn und verdünnten seine Gedanken wie dahinströmendes Wasser. Er saß auf dem Sofa und fühlte sich schwerelos. Sein zweites Bier trank er sofort aus der Flasche.

Ja, die Flecken auf seinen Schuhen hatte er spurlos verschwinden lassen. Bei seinem Mantel sah das schon anders aus. Sicher war der Wein schuld, oder die rote Krabbensoße. Er würde ihn in die chemische Reinigung bringen müssen. Er hatte ihn aufgerollt und hinten ins Auto geworfen. Er fuhr ja schließlich immer allein.

Dann stand er wieder dort draußen. Am Zaun. Er schaute sich um. Er ging langsam und zögernd weiter, wollte nicht stehen bleiben, das würde Aufsehen erregen. Er bohrte mit dem Schuh im Gras. Die ausgiebige Mahlzeit, die er am Vorabend erbrochen hatte, war spurlos verschwunden. Noch den kleinsten Fleck hatte der Regen weggeschwemmt. Jetzt regnete es nicht mehr derart heftig, nur ein herbstlicher Nieselregen fiel und legte sich wie ein Film über seine Jacke.

Mit ruhigen Schritten ging er weiter, versuchte, nicht allzu auffällig nach den Handschuhen oder irgendwelchen Spuren Ausschau zu halten. Doch als er nach ein paar Metern die gestreiften Plastikbänder sah, stieg unaufhaltsam erneut dieses Gefühl in ihm auf, dass seine Beine unter ihm nachgaben. Hier war es, dachte er, genau hier hatte er gestanden, als dieser Mensch vorübergegangen war, verborgen unter seiner Hutkrempe. Es war derselbe Ort und doch ein anderer. Das Tageslicht hatte den Deckel von der Büchse des Daseins gehoben, und ohne die Schatten kam ihm alles weniger beängstigend vor. Nur die blau gestreiften Bänder dort hinten, schwer vom Regenwasser, machten die Szenerie zum Spukort und erinnerten ihn daran, was er gesehen hatte. Und damit war klar, dass ihm seine Fantasie keinen Streich gespielt hatte. Denn für einen Moment war er unsicher gewesen; der vergangene Abend hatte ja nicht gerade im Zeichen der Nüchternheit gestanden.

Doch als er nach Hause gekommen war, war er ungewöhnlich sicher auf den Beinen gewesen. Nicht einmal nach den drei zusätzlichen Bier, die er in aller Eile gekippt hatte, hatte er sich beschwipst gefühlt. Er hatte nur eine tiefe Ruhe empfunden, wie in seiner Kindheit, wenn seine Mutter ihn zwischen die kühlen Laken seines Bettes gesteckt und danach die Tür angelehnt hatte, so dass das Licht der gelben Dielenlampe wie Honig über den Boden geflossen war.

Die Handschuhe. Wenn er sie hier verloren hatte, dann waren sie aller Wahrscheinlichkeit nicht mehr da. Das ging ihm plötzlich auf. Die Polizei hatte die Umgebung doch sicher durchkämmt, hatte noch den kleinsten Grashalm abgesucht. Für einige Sekunden machte dieser Gedanke ihm Angst. Ob sie wohl feststellen konnten, dass die Handschuhe ihm gehörten? Und wie sollte er erklären, warum er hier gewesen war? Sicher, er hatte sich oben im Haus aufgehalten, in der Einzimmerwohnung mit der Kochnische, die er seit einiger Zeit gemietet hatte – aber das wollte er nun wirklich nicht an die große Glocke hängen.

Er zuckte zusammen, als hinter ihm plötzlich eine Stimme ertönte.

»Hier ist alles abgesperrt, bitte gehen Sie über den anderen Weg.«

Ein magerer Polizist stand hoch aufgerichtet vor den Büschen und hatte die Arme verschränkt, als ob ihm der ganze Park gehörte.

Er schaute auf. »Ich gehe immer hier lang.«

Der Polizist ließ die Arme sinken. »Ja, schön, aber jetzt geht das nicht.«

Er versuchte, die Augenbrauen so neutral und gleichgültig zu heben, wie das überhaupt nur möglich war. »Ist etwas passiert?«

»Ja.« Der Polizist musterte ihn mit ausdrucksloser Miene.

»Was denn?«

»Das darf ich Ihnen leider nicht sagen. Meine Aufgabe ist es lediglich, auf die Absperrung zu achten.«

»Ich verstehe.«

In diesem Moment sah er in einiger Entfernung zwei oder drei Männer, sie hockten auf dem Boden und suchten wohl etwas. Vielleicht packten sie gerade seine Handschuhe mit einer Pinzette und legten sie in eine sterile Tüte.

Er hätte fast die Hand gehoben, um sie zurückzuhalten. Dann riss er sich zusammen. Er war aus purer Neugier hergekommen, nicht, um sich auf Erklärungen und Diskussionen mit übellaunigen Polizisten einzulassen.

»Dann muss ich also einen Umweg machen?«

Der junge Polizist nickte verbissen. Jetzt hatte er die Hände im Rücken verschränkt. Wofür hielt dieser Hänfling sich eigentlich?

Mit den Händen in den Taschen ging er zu dem schmalen Kiesweg weiter, der zur Rückseite des Hauses führte. Nicht, weil er wirklich die Treppe hätte hochsteigen wollen. Um nicht aufzufallen, beschloss er, sich wirklich konsequent zu verhalten – zu tun, wie ihm geheißen, und die rückwärtige Tür zu nehmen. So überflüssig das auch sein mochte. Aber man wusste ja nie, vielleicht hielten sie ja gerade jetzt nach ihm Ausschau.

Er war gerade um die Ecke gebogen, als er schon wieder angesprochen wurde.

»Entschuldigen Sie …«

Noch einer? Durfte man hier denn überhaupt keinen Schritt mehr machen?

»Ja?« Er fuhr herum. Eine kräftige, runde, aber auch ungewöhnlich hoch gewachsene Frau mit rot geschminkten Lippen und sorgfältig zurückgekämmten grauen Haaren stand hinter ihm. Sie hielt etwas hoch, bei dem es sich vermutlich um einen polizeilichen Dienstausweis handelte. Er gab sich nicht die Mühe, genauer hinzusehen, das war nicht wichtig.

»Kommissarin Bixe. Darf ich ein paar Fragen stellen?«

Die scharfäugige Frau schaute streng, ja fast wütend zu ihm hoch. Natürlich mussten die meisten zu ihm aufschauen, er maß auf Socken schließlich seine Einsneunundachtzig, aber obwohl diese Frau ihm nur bis an die Brust reichte, erwiderte sie seinen Blick wie aus gleicher Höhe. Darüber wunderte er sich, und es ärgerte ihn auch ein wenig. Sie war nicht gerade schön in ihrem engen schwarzen Regenmantel, und doch hatte sie etwas Anziehendes. Außerdem lag in ihrer seltsam heiseren Stimme etwas Autoritäres, was die Menschen, die sie ansprach, offenbar innehalten ließ.

»Wohnen Sie hier?«

»Nein, ich bin zu Besuch. Ein Freund ...«

»Sie waren nicht zufällig auch gestern Abend oder heute Nacht hier?«

»Hier? Nein, ich wollte jetzt nur kurz ...«

»Danke. Das ist alles. Wo wohnt übrigens Ihr Bekannter?«

»Ganz oben, die Dachbodenwohnung rechts. Palmkvist. Stig.«

Die Frau zog einen Kugelschreiber aus der Tasche und schrieb etwas auf einen kleinen Block. »Sie wissen nicht zufällig, ob Ihrem Bekannten gestern irgendetwas aufgefallen ist?«

»Etwas aufgefallen?«

»Ja, ob er jemanden bemerkt hat, der hier vorüberkam oder hier stand?«

»Nein, das weiß ich wirklich nicht. Ich kam nur gerade vorbei und wollte kurz reinschauen, ehe ich zur Arbeit gehe. Ich weiß nicht einmal, ob er zu Hause ist.«

»Ach so. Wissen Sie denn vielleicht, wo wir ihn erreichen können, ich meine, wenn er nicht zu Hause ist?« Die Frau lächelte jetzt, eilig und ein wenig angespannt.

»Sicher ...« Er runzelte einige Sekunden die Stirn und suchte aus seiner Erinnerung die Telefonnummer zusammen. Wenn er sich etwas gut merken konnte, dann waren das Ziffernkombinationen. Auch das war in seiner Branche eine Voraussetzung, wie er oft mit einem gewissen Stolz dachte. Sie notierte die Nummer, und dann wanderte ihr Blick weiter, als seien ihr andere Gedanken gekommen. Danach rief jemand von der Querwand des Hauses nach ihr, und sie ließ ihn wortlos stehen.

Er bog um die Ecke und ging an der Längsseite des Hauses entlang. Als er die Giebelseite erreicht hatte, schaute er zum Fenster hoch. Die Rollos waren heruntergelassen, nein, die Gefahr, dass jemand zu Hause war, gab es nicht. Rasch, wie nach einer im Kopf eilig ausgeführten Skizze, öffnete er die schmale Kellertür, nahm auf der Treppe zwei Stufen auf einmal und klingelte kurz – nur sicherheitshalber –, um dann wieder kehrtzumachen. Draußen war die Polizei noch immer an der Arbeit, er sah jetzt nur eine Person, die in einem blauen Regenanzug auf dem Boden hockte und mit durchsichtigen Handschuhen den Boden abtastete.

Er lief weiter. Besser, er machte sich davon, ehe diese geschäftige Frau, die sich als Kommissarin bezeichnet hatte, ihn noch einmal ansprechen konnte. Er überquerte den Parkplatz vor dem Supermarkt und hatte bald sein Auto erreicht, das im strömenden Regen noch sauberer glänzte als sonst.

Erleichtert ließ er sich auf den schwarzen Sitz sinken. Er schaltete das Gebläse ein, um die beschlagenen Fenster zu klären. Als er den Zündschlüssel umdrehte, schob er die Hand in die Tasche, schloss die Finger um den kleinen Zettel und zog ihn langsam heraus. Unter dem Armaturenbrett versteckt, so dass niemand ihn sehen konnte, faltete er den Zettel auseinander und las, was er darauf notiert hatte. Die drei Buchstaben und die drei Ziffern hatten sich mit Flammenschrift hinter seiner Stirn eingeprägt. Als er die drei Bier getrunken hatte, hatte er sie vor sich gesehen, ja, und war sich wirklich sicher gewesen.

Er faltete den Zettel wieder zusammen, die Fenster waren inzwischen durch das brummende Gebläse von ihrem Beschlag befreit worden. Er ließ den Motor an und fuhr auf die breite Straße hinaus.

7

Wie ein Schatten stand Katrin vor der Haustür auf der Treppe, halb erfroren und mit vom Schnee getupfter Jacke.

»Hallo«, sagte Pernilla, als sie öffnete. »Du bist das?« Sie riss die Tür weit auf, vielleicht aus purer Überraschung, und stand dort in ihrem mit einem festen Gürtel umwundenen sonnengelben Morgenrock. Ihre frisch gewaschenen Haare waren von tiefen Kammspuren durchfurcht.

»Ich weiß nicht so recht, wie ich anfangen soll«, sagte Katrin kurz. »Ich nehme an, eine Beileidsbekundung wäre angebracht.

Aber eigentlich wollte ich nur wissen, wie – ja, wie es dir geht. Wenn es dich beruhigt, dann kann ich dir sagen, dass niemand von diesem Besuch weiß.«

Pernilla nickte langsam.

»Möchtest du vielleicht einen Kaffee? Ich kann einen kochen, auch wenn …«

»Ja, sicher, danke.«

Sie verschwand in der Küche, und Katrin musste einfach staunen, als sie sich umsah. Diese Möbel, wie in einem Einrichtungskatalog, und doch waren es viel zu viele, als hätten die Seiten nicht gereicht und deshalb aufgefüllt werden müssen. Das Ganze strotzte nur so vor Besitztümern und Geld.

Sie ließ sich unaufgefordert auf das Sofa sinken. Pernilla würde vielleicht lieber in der Küche sitzen, damit sie zum Beispiel einen großen neuen Tisch und Küchenschränke aus massivem Holz bewundern könnte, aber das war ihr scheißegal. Fast hätte sie die Füße auf den Tisch gelegt, nur hätte sie dafür die Stiefel ausziehen müssen, was sie natürlich nicht tat. Es war sicher ein Gefühl, wie durch Schnee zu gehen, wenn man den flauschigen weißen Teppich betrat.

»Lange nicht mehr gesehen«, sagte Pernilla über den Tassenrand hinweg.

»Traurig, dass es unter solchen Umständen geschehen muss.«

»Ich werde wohl nie begreifen, was da passiert ist.«

Katrin schaute den schwarzen, hin- und herschwappenden Kaffee an.

»Du hast es hier wirklich nett«, sagte sie dann.

»Findest du?«

»Ja. Du fühlst dich doch sicher wohl.«

Pernilla zuckte mit den Schultern und stellte die Tasse weg. Sie schwiegen, Katrin schaute zum Fenster hinüber. Draußen war es dunkel, es dämmerte jetzt schon am frühen Nachmittag. Sie freute sich darüber, dass sie so tief im Sofa eingesunken war, denn nun brauchte sie ihr eigenes Gesicht nicht in dem blanken Glas zu sehen.

»Hast du irgendeine Vorstellung, warum er …?« Katrin hatte das Gefühl, mit der Luft vor ihr zu sprechen.

Pernilla schaute ihre Knie an und schüttelte den Kopf.

»Du weißt also nichts?«

»Nein, ich habe nichts mehr zu sagen. Ich begreife von alledem nichts. Das kannst du ihr übrigens ausrichten.«

»Wem?«

»Der, die hier war. Bintje, Binde …«

»Bixe. Kommissarin Eva-Britt Bixe.«

»Ja, die meine ich.«

»Aber sie weiß nicht, dass ich hier bin. Das habe ich doch gesagt. Hat dir bestimmt die Bude voll gequalmt, oder?«

Pernillas Wange zuckte ein wenig, als sie den Rücken streckte. »Wie meinst du das? Sie hat nicht geraucht. Hier nicht.«

»Nein, das war blöd von mir, das ist ja verboten. Und außerdem, das hatte ich vergessen, sie hat gerade aufgehört.«

Pernilla schaute zu Boden. Ihr Morgenmantel war aufgeglitten und zeigte den Spalt zwischen ihren Brüsten. Es gab also einen, obwohl ihre Brust platt war wie eine zertrampelte Eierschale.

Katrin versuchte, sie nicht anzusehen. Es war schlimm genug, zwischen diesen vielen flauschigen Seidenkissen eingesunken zu sitzen, auf denen Gott weiß was passiert sein konnte. Und vielleicht noch immer passierte. Dort zwischen den vielen Geheimnissen zu sitzen, die sich im Stoff versteckten, und an dem grauenhaften Kaffee zu nippen und der anderen in die Augen zu schauen, als ob nichts gewesen sei.

Große scheußliche Keramikgefäße, schwer wie mit Blei gefüllte Aschenbecher an ihrem Mund, wo sie doch nur fort wollte aus diesem Haus, atmen, vergessen, die Straße in zwei Teile schneiden, wenn sie die rote Ampel überquerte und in ihre eigene Einsamkeit heimkehrte, einfach nur zum Nachbarfenster hinüberschauen, wo jetzt andere Lampen brannten, und sich fragen, ob es dort zum ersten Mal passiert war.

»Wohnst du allein hier?«

»Sicher, das siehst du doch.« Pernilla hob kurz den Arm und lachte dann.

»War ja nur eine Frage. Du hättest doch einen anderen kennen lernen können.«

»Ich sag doch, dass ich allein hier lebe«, fauchte Pernilla sie an. Ihre Wangen glühten jetzt, zwei feurige Rosen unter den bleichen Augen.

»Eine Frage kannst du mir ja wohl beantworten«, sagte Katrin. »Hat Christer jemals etwas erfahren?«

Pernilla schüttelte den Kopf. »Nein.«

»Bist du dir da ganz sicher?«

»Absolut.«

»Wie kannst du das sein?«

»Aber wie hätte er denn ...« Pernilla bedachte sie mit einem funkelnden Blick. »Nein, und auch sonst hat es ja niemand begriffen.«

Katrin spürte, wie ein Lächeln ihre Mundwinkel bewegte, aber es war kein freundliches Lächeln, und sie musste sich dazu zwingen, es nicht allzu weit auszudehnen.

»Macht dir das Probleme?« Sie konnte sich diese Frage dann doch nicht verkneifen.

»Was glaubst du denn?«

»Ja, das glaube ich. Und ich wünsche mir fast, dass es so ist, wenn ich ehrlich sein soll.«

»Denk an dich selber«, sagte Pernilla langsam. »Wie wäre es, wenn du ...«

»Nein, danke. Es einmal vor die Nase gesetzt zu bekommen, reicht wirklich. Den Rest kann ich mir ohne fremde Hilfe vorstellen.«

Pernilla strich ihre weichen Haare zurück, die in klebrigen Strähnen über ihre Schultern fielen.

»Warum machst du nicht einfach Schluss?«, fragte sie leise.

Katrin schaute ihre Tasse an. In der blanken Glasur konnte sie das verschwommene Spiegelbild ihres Gesichts sehen. Was sie da sah, gefiel ihr nicht.

»Warum tust du es nicht?«, fragte Pernilla noch einmal.

»Würde das die Sache für dich leichter machen?«

»Nein, es würde nichts ändern. Für mich nicht. Aber für dich.«

»Woher willst du das wissen?«

Obwohl sie drei Meter von ihr entfernt saß, konnte sie Pernilla schlucken hören. Sie kippte den Rest des wässrigen Kaffees hinunter, schaute auf die Uhr und stand auf.

»Ich glaube, ich gehe jetzt besser.«

»Bist du noch immer verbittert?«, fragte Pernilla.

»Ach, geht es jetzt plötzlich um die Vergangenheit?«

»Was passiert ist, ist passiert. Es lässt sich nicht ungeschehen machen.«

»Du hörst dich an wie eine schlechte Imitation meines Mannes. Danke für den Kaffee.«

Sie warf sich ihre Tasche über die Schulter und schaute zum Fenster hinüber. Dünne Regentropfen glitzerten auf der Glasscheibe.

☆

»Das ist doch lächerlich«, hatte er einmal gesagt.

»Was denn?«

»Wie du dich anziehst.«

»Was ist denn damit?«

»Diese albernen Jeans. Ist dir überhaupt klar, dass du dich anziehst wie eine Teenieschlampe? Zum Teufel, du bist fünfunddreißig. Weißt du das nicht? Vielleicht willst du es ja verdrängen.«

Es war wie ein Schlag in den Magen gewesen. Sie hatte auf dem Sofa gesessen, er ihr gegenüber. Er rauchte, ein grauer Faden stieg zur Decke hoch. Sie dachte nur, dass die Decke gelb werden würde, wenn er so weitermachte.

Es war damals gewesen, als die Sache noch nicht wirklich ernst gewesen war. Vor drei Jahren. Genauer gesagt, vor dreieinhalb. Obwohl die Zeit vielleicht nicht so wichtig war. Wichtig waren ihre Gefühle, und im Moment kam es ihr eben so vor, als gehe es schon seit einer Ewigkeit so.

Obwohl es damals noch nicht angefangen hatte.

Damals hatte er immerhin noch geglaubt. Jedenfalls war es ihr so vorgekommen. Sie hatte einen gewissen Stolz verspürt, wenn sie ihn in seinem Kragen zur Arbeit gehen sah. Ihren gläubigen Ehemann. Er glaubte eigentlich an sehr viel. Nicht nur an Gott, sondern auch an den Untergang. Ab und zu kam ihr Letzteres vor wie sein eigentlicher Glaube, als sei der Glaube an Gott erst später dazugekommen, als Rettung vor dem unausweichlichen Untergang, als Versicherung gegen das Böse. Mit der Zeit hatte sie angefangen, das zu begreifen, nicht zuletzt wegen seiner vielen Vorkehrungsmaßnahmen. Wie damals, als der Wäschetrockner seinen Geist aufgegeben hatte und er aus irgendeinem unerfindlichen Grund keinen neuen anschaffen wollte. Zuerst hatte sie sich geärgert, dann hatte sie abwechselnd gelacht und geflucht über seine Behauptung, die Technik zerstöre den Menschen. »Ach was«, hatte sie gesagt, »und sollen wir jetzt auch noch mit Holz heizen?« Aber er hatte nicht gelacht, sondern nur den Boden angestarrt und gesagt, ja, sicher, auch das sei eine Möglichkeit, dem Teufel zu entkommen.

Damals hatte sie sich gefürchtet.

Später war es dann noch schlimmer geworden, als er plötzlich, im Frühling, angefangen hatte, seine Haare wild wachsen zu lassen. Eine Zeit lang hatte sie auch in seinem Blick etwas Wildes gesehen, aber das war wohl doch nur Einbildung gewesen. Und dann diese verwaschenen Jeans unter dem schwarzen Priestergewand. Das passte einfach nicht zu ihm, der früher immer nur sorgfältig gebügelte Hosen getragen hatte, alle im selben blassbeigen Farbton.

»In dieser Hose siehst du aus wie ein Penner.«

Er hatte seine Zigarette wütend in der großen Keramikschüssel auf dem Couchtisch ausgedrückt. Und lässig ein Bein darauf gelegt.

»Diese Schüssel ist nicht als Aschenbecher gedacht.«

Und dann hatte er sie zum ersten Mal auf diese Weise angesehen. »Und wozu dann, wenn man fragen darf?«

»Meine Güte«, hatte sie gesagt.

Schon damals hatte sie gewusst, dass es keine Antwort gab.

8

Trotz der langen Nägel entging ihr kein Knopf. An diesem Tag hatte sie den Nagellack entfernt. Im Warten schob sie mit dem Daumen die Nagelhaut zurück. Dann hörte sie im Hörer einen Knall, als habe ihr Gegenüber das Telefon genau in dem Moment fallen lassen, als es sich melden wollte.

»Farben-Müller. Guten Tag.«

»Ja, hallo, ich rufe wegen eines Hausanstrichs an.«

»Bei diesem Wetter? Haben Sie noch nicht bemerkt, dass es schneit?«

»Ich meine, im Wohnzimmer.«

»Ja, das ist etwas anderes.« Der Mann lachte kurz und schien mit seinem Scherz zufrieden zu sein.

»Können Sie mir dabei helfen?«

»Was glauben Sie denn, was wir hier treiben? Gemüseanbau?«

Wieder lachte er, und Bixe ärgerte sich. Sie hatte nicht den ganzen Tag Zeit, und außerdem rief sie von der Arbeit an.

»Wann hätten Sie Zeit?«

»Ach, wir schicken Ihnen einen Kollegen, der sich die Sache erst mal ansieht. Dann wissen wir, wie groß die Fläche ist und so.«

»Das kann ich Ihnen auch sagen. Zwanzig Quadratmeter, und ich möchte weiß.«

»Weiß?«

»Ja. Was ist daran so komisch? Decken sind doch nur äußerst selten lila oder grün.«

»Wir haben durchaus schon mal violette Decken liefern müssen. Aber meistens werden wir dann noch mal bestellt, um das Ganze wieder ein wenig aufzuhellen.«

»Ach was.«

»Ja, aber dann muss ich Ihnen auch noch sagen ... Weiß gibt es in tausend Nuancen.«

»Ich möchte einen weißen Anstrich, wie gesagt.«

»Sie sollten sich die Musterkarten ansehen. Der Kollege wird sie mitbringen.«

»Geht das schnell?«

Papiere raschelten. Offenbar blätterte der Mann in einem Terminkalender. »Am Mittwoch. Ist sieben zu früh?«

»Nein, das ist sehr gut.«

»Abgemacht. Und die Adresse?«

Eva-Britt Bixe atmete auf, als sie den Hörer aufgelegt hatte. Jetzt lief die Sache in die richtige Richtung. Am Morgen wäre sie fast zu Sigge in den Zigarettenladen gelaufen, um sich eine Packung zu holen. Aber jetzt, wo die Decke weiß gestrichen werden würde, hatte sie keine Wahl mehr.

Es klopfte an die Tür.

»Ja?«

Katrin Wedholms rosiges Gesicht tauchte im Türspalt auf. Dieses Mädchen sah immer so frisch aus, selbst wenn ihre Schultern mit Blut besudelt waren, dachte Bixe.

»Hast du Zeit?«

Heute allerdings klang ihre Stimme schwächer als sonst, und ihre Schritte waren kürzer und leiser. Sie trug nicht die hochhackigen Stiefel, sondern ein Paar flache, abgelatschte Mokassins.

»Setz dich, Katrin.«

Katrin ließ sich in den Besuchersessel sinken. Bixe lehnte sich zurück, legte die Fingerspitzen aneinander und amüsierte sich damit, gegen ihre ergonomische Nackenstütze zu wippen. »Ich wollte nur wissen, wie es Pernilla Nyberg geht«, sagte Wedholm. »Du hast doch schon mit ihr geredet?«

Eva-Britt Bixe hörte auf zu wippen. »Es geht ihr ein bisschen besser. Aber in Anbetracht der Umstände nimmt sie es eigentlich recht gelassen auf.«

Wedholm ließ ihre langen, getuschten Wimpern klimpern. »Hast du etwas herausgefunden?«

Bixe erhob sich und ging ans Fenster. Ab und zu konnte sie klarer denken, wenn sie sich dabei bewegte. Sie schaute zu dem schneebedeckten Dach gegenüber. Das gehörte der Buchprüferfirma Kaspar. Offenbar eine einträgliche Branche, dachte sie, anders als ihre eigene. Vor dem Haus standen zwei nagelneue rote Volvos. Der Lack glänzte durch den frisch gefallenen Schnee. Es hatte den ganzen Morgen und Vormittag heftig geschneit. Sie war zu Fuß zur Arbeit gegangen. Sie fand es nämlich nicht sonderlich toll, Eisschaber und Schneeschaufel schwingen und den hustenden alten VW dann fast auf Knien anflehen zu müssen, doch bitte anzuspringen. Dann machte sie sich lieber zu Fuß auf die Wanderung durch das Schneegestöber.

»Ich habe gestern mit der Stationsschwester von Christer Nybergs Abteilung gesprochen«, sagte sie und schaute noch immer das weiße Dach gegenüber an. »Dabei habe ich erfahren, dass er sich im letzten Jahr ein wenig seltsam verhalten hat. Dasselbe sagt übrigens auch Pernilla Nyberg.«

»Ach. Inwiefern denn?«

»Ich weiß nicht so genau, es war wohl eher so ein Gefühl.«

»Aber Herrgott, er und Pernilla haben doch unter einem Dach gelebt. Sie muss sich doch ihre Gedanken darüber gemacht haben, was hinter diesem Verhalten steckte, wenn er sich wirklich anders benommen hat.«

»Ja, das sollte man meinen.«

»Mehr konntest du also nicht herausbringen?«

»Doch, Berit Glans, die Schwester, hat angedeutet, aber wirklich nur angedeutet, dass Christer möglicherweise eine andere hatte. Das Ganze kommt mir allerdings ein bisschen wirr vor, diese Frau war Patientin auf der Orthopädie und hat eines Nachts Selbstmord begangen, nachdem sie den Schlüssel zum Medizinschrank an sich gebracht hatte.«

Katrin Wedholm hörte für einige Sekunden mit Zwinkern auf. »Was? Eine Frau? Die auf seiner Station Selbstmord begangen hat? Und mit der er vielleicht etwas hatte? Das klingt – seltsam.«

»Wieso denn? Ich hab schon seltsamere Dinge erlebt.«

Wedholm legte den Kopf ein wenig schräg, das tat sie beim Nachdenken bisweilen. »Sicher, aber ... Er sah einfach nicht danach aus. Ein unansehnlicher Typ mit spießigem Auto, erträglicher Finanzlage und total verängstigten Augen. Sicher kann er Seitensprünge gemacht haben, es gibt bestimmt Frauen mit schlechtem Geschmack, aber trotzdem ... Er wirkte immer so verdammt bieder.«

»Stille Wasser ...«

»Ich weiß, dass du das immer sagst. Aber ich glaube trotzdem nicht, dass Christer ...«

»Was glaubst du denn dann? Du hast sie doch gekannt, ein bisschen zumindest.«

»Damals, als wir noch Nachbarinnen waren, hat Pernilla einmal dasselbe gesagt wie ich vorhin, eben dass Christer nicht der Typ ist. Als er in dieser einen Nacht nicht nach Hause gekommen war, stand sie morgens vor unserer Tür und war einfach außer sich. Und ich habe dasselbe gesagt wie du, dass sie einsehen müsse, dass er kein Heiliger sei, aber jetzt stimme ich ihr eigentlich zu. Ich meine nicht, dass er ein Heiliger war, aber er war so verdammt ordentlich und langweilig, dass ...«

»Maria Äng. Sagt dieser Name dir etwas?«

Katrin Wedholm schüttelte den Kopf.

»Das war die Frau, die im vorigen Oktober auf Nybergs Station Selbstmord begangen hat«, sagte Bixe. »Am Tag danach hat Nyberg sich krankgemeldet. Das ist sonst offenbar nie vorgekommen. Und das ist doch zweifellos ein seltsamer Zufall.«

Einige Sekunden lang schwiegen beide.

»Warum hast du übrigens gesagt, er habe verängstigte Augen gehabt?«

Wedholm stand auf und setzte sich auf die Schreibtischkante.

»Er sah immer so ängstlich aus, wenn er morgens zu seinem schwarzen Volvo ging. Er schien die ganze Welt auf seinen Schultern zu tragen und Angst zu haben, sie könne jeden Moment explodieren.«

»Wovor hatte er denn Angst?«

»Vor allem oder vor nichts«, sagte Wedholm. »Ich weiß es nicht.«

»Er war total sauber, hat nicht mal Strafzettel für zu schnelles Fahren oder Falschparken blechen müssen.«

»Erpressung?«

»Kann schon sein, vielleicht wusste irgendwer, dass er etwas mit dieser Frau hatte. Falls das denn nun der Fall war. Wer war sie eigentlich? Und warum hat sie Selbstmord begangen?«

»Und steht fest, dass es wirklich Selbstmord war?«, warf Wedholm dazwischen.

Bixe kratzte sich nachdenklich mit einem Kugelschreiber am Kinn und blickte ihre jüngere Kollegin forschend an. »Vorhin hast du ihn als zu bieder bezeichnet, um seine Frau zu hintergehen, und jetzt stempelst du ihn als möglichen Mörder ab.«

»Ich behaupte nicht, dass er ihr die Schlüssel zum Medizinschrank gegeben hat«, sagte Wedholm ernst. »Ich habe nur gefragt, ob es wirklich Selbstmord war.«

»Ja, alles weist darauf hin.«

»Wer könnte also von seinen Liebschaften gewusst haben? Wenn er denn welche hatte.«

»Nehmen wir an, dass das der Fall war. Nur, um überhaupt einen Ausgangspunkt zu haben.« Bixe ließ den Kugelschreiber zwischen ihren Fingern herumwirbeln. »Die Stationsschwester gehörte jedenfalls zu denen, die etwas bemerkt haben. Die Frage ist, ob es noch mehr gab. Wir müssen uns umhören. Was sagst du übrigens zu Christer Nybergs Wohnung?«

Katrin Wedholm seufzte resigniert. »Das pure Rattenloch. Ich begreife nicht, wie er …«

»Vielleicht war er ja doch nicht so sauber und ordentlich, wie er aussah.« Etwas funkelte in Bixes Blick, fast wie ein Lächeln, obwohl ihre Lippen sich nicht bewegten. »Aber egal«, sagte sie dann. »Jedenfalls hatte er in seinem Wohnzimmer keine Laken zum Trocknen aufgehängt.«

Wedholm verschränkte die Arme.

»Habe ich dir das erzählt? Aber jetzt kaufen wir uns doch endlich einen neuen Wäschetrockner.«

»Das freut mich.« Bixe musterte ihren einen Schuh. »Na, sind dir irgendwelche Gedanken gekommen, als du dort warst?«

»Ja, mir ist aufgefallen, dass dort rein gar nichts aus ihrem Haus zu sehen war. Offenbar hat sie alles eingesackt.«

»Du bist also in dem Haus gewesen?«

»Nur ein einziges Mal, ganz auf die Schnelle. Pernilla hatte nicht gern Besuch. Unsere wenigen Treffen haben bei mir stattgefunden. Ich weiß noch, dass es hell und luftig war, die Einrichtung war wirklich toll, man hätte auch für weniger grün vor Neid anlaufen können. Alles sah unbedingt nach Geld aus. Was man ja von Christers Wohnung nicht gerade sagen konnte.«

Wedholm verstummte. Eva-Britt trommelte mit den Fingern gegen ihre Lippen. Das lag sicher am fehlenden Rauchen. Sie schaute auf einen dicken Kalender und blätterte mit dem Daumennagel hindurch. Wedholm fand, dass dieser Nagel allmählich die Form eines gefährlich gekrümmten Neumondes annahm.

»Man braucht wirklich nur eine Prise Fantasie«, sagte Bixe, als sie dann den Blick wieder hob, »um einzusehen, dass Christer sich seiner Frau gegenüber möglicherweise mit einem tonnenschweren schlechten Gewissen abgeschleppt hat.«

»Das steht aber nicht fest.« Wedholm sah plötzlich überrascht aus. »Er hat sich vielleicht ganz einfach nicht für Einrichtungsfragen interessiert.«

»Aber für Geld doch wohl? Er hätte doch seinen Teil der Möbel aus der Villa mitnehmen und verkaufen können. Die Möbel, die er jetzt hatte, kamen jedenfalls nicht vom Sperrmüll, auch wenn sie vielleicht kein Vermögen gekostet haben.«

»Was willst du damit sagen?«

Bixe ließ sich wieder in ihren Sessel sinken und sah mit ihren kugelrunden blauen Augen aus wie soeben erwacht.

»Ich habe wirklich nicht die geringste Ahnung. Aber du musst zugeben, dass es etwas bedeuten kann.«

☆

Sie hatte nichts gegen Männer, aber ein gewisser Männertyp ließ ihr einfach die Galle überlaufen. Zu diesem Typ gehörte Östen Sjödén.

Er saß auf der anderen Seite des Tisches und prunkte mit einem so dicken Bauch, dass der dort kaum noch Platz fand.

»Ja, das ist auch eine Methode, um den Löffel abzugeben«, sagte er als Erstes, nachdem sie sich vorgestellt hatte.

Mit lautem Stöhnen ließ er sich dann wieder auf seinen Stuhl nieder, der unter ihm ächzte wie ein asthmatisches Akkordeon.

»Ich nehme an, Sie reden von Nyberg«, sagte Bixe. »Aber eigentlich hat doch jemand anders für ihn den Löffel abgegeben.«

»Aber es ist doch eine nette Umschreibung für etwas, vor dem wir uns alle fürchten, oder?«

Eva-Britt Bixe ignorierte diese Bemerkung. »Sie haben doch zusammengearbeitet. Wann haben Sie ihn zuletzt gesehen?«

Sjödén ließ sich zurücksinken, verschränkte die Hände hinter dem Nacken und schaute zu der grellen Neonröhre hoch, die an vier dünnen Leitungen über ihren Köpfen hing.

»Das kann ich Ihnen nicht sagen. Ich muss ohnehin so viel im Kopf behalten, bei all den Papieren und Unterlagen und Ziffern und Leuten, die hier durch die Gegend laufen. Tut mir Leid, aber ich weiß es nicht mehr.«

»Dann wissen Sie wohl auch nicht mehr, was Sie in der Nacht zum Dienstag gemacht haben?«

»Na, ich habe jedenfalls nicht Christer umgebracht, das wollten Sie doch andeuten. Nein, wahrscheinlich habe ich mit einem Buch zu Hause gesessen. Ich widme meine Abende der Lektüre, und zwar zu gleichen Teilen der Weiterbildung und der Entspannung.«

»Fangen wir an einem anderen Ende an.« Bixe merkte, dass ihr Ärger ihr wie ein Dorn im Fleisch steckte. Diesen Mann würde sie jetzt eine Nummer kleiner machen. »Was können Sie mir über Nyberg sagen? Ich bitte um einen spontanen Kommentar.«

»Einen Kommentar?«, fragte Sjödén lachend. »Sie wollen wissen, was Christer und ich an unseren freien Abenden getrieben haben? Hat sie geklatscht, die da draußen?«

»Ich weiß nicht, wen Sie meinen, also fangen Sie lieber an.«

»Sie hat also nicht erwähnt, dass Christer und ich an dem Morgen gefehlt haben? Es war doch eine Höllenarbeit für sie, den Tagesplan umzuschmeißen. Und am Ende hat sie das ebenso genial geschafft wie immer.«

»Verzeihen Sie, aber ich verstehe nicht so ganz ...«

»Christer und ich waren an dem Abend auf einer Kneipentour. Wir kamen mit einigen Damen ins Gespräch, und es wurde etwas spät. Das war alles.«

»Was waren das für ... Damen?«

Sjödén zuckte mit den Schultern. »Keine Ahnung. Ich würde sie wohl nicht mal wiedererkennen, wenn ich über sie stolperte. Ist das wichtig?«

»Sonst hätte ich nicht gefragt.«

»Ja, tut mir Leid, aber ich kann mich an die Namen nicht erinnern.«

»Christer und Sie haben also ...«

»... an dem Abend einen losgemacht, ja. Aber das war ein einmaliges Ereignis.«

»Ist er viel ausgegangen?«

»Das glaube ich nicht. Dazu war er nicht der Typ.«

»Wie gut haben Sie ihn gekannt?«

»Überhaupt nicht.«

»Aber Sie waren Arbeitskollegen.«

»Das muss aber nicht bedeuten, dass man einander kennt. Wir haben einige Male zusammen Mittag gegessen. Und ganz pflichtschuldig wurde ich dann auch auf ein Gartenfest eingeladen.«

»Bei Nybergs?«

»Ja, sie waren gerade umgezogen, es war im Frühsommer, wenn ich das noch richtig in Erinnerung habe.«

»Wer war sonst noch dort?«

Sjödén fuhr sich mit zwei Fingern über die Stirn.

»Also, das ist über ein Jahr her. Na ja, mal überlegen ... Vor allem Arbeitskollegen von den beiden, glaube ich. Dann ich und Lise, meine Verflossene, und dann noch Cilla, die, die jetzt in Mutterschaftsurlaub ist, und ...« Er wühlte in seiner roten Mähne. »Und Frau-alles-perfekt da draußen.«

»Wer?«

»Berit Glans, unsere Stationsschwester, und ihr Mann, und noch ein paar kleine graue Damen, sicher aus der Schule, in der Christers Frau arbeitet. Sie müssen schon entschuldigen, aber die waren nicht gerade der Typ, an den man sich nachher noch erinnert ... Ja, jetzt weiß ich's wieder, Nybergs Nachbarn waren auch da, ein jüngeres Paar, netter Mann übrigens.«

»Haben Sie sich gut unterhalten?«

»Nein, es war förmlich und öde, wie gesagt. Wir sind ziemlich früh nach Hause gegangen.«

»Um auf den Abend zurückzukommen, an dem Sie mit Christer unterwegs waren, können Sie mehr darüber erzählen?«

»Ja, ich konnte ihn dazu bringen, sich ein paar Stunden lang ein wenig lockerer zu geben. Und das war weiß Gott eine große Leistung.«

»Was ist dann passiert?«

»Ehrlich gesagt kann ich mich nicht mehr an sonderlich viel erinnern. Es war der pure Zufall, dass es sich alles so ergeben hat. Manchmal schau ich auf dem Heimweg auf ein Bier im Oxbollen vorbei. Ich gebe zu, dass ich staunte, als ich an diesem Nachmittag dort Christer entdeckte. Es ist wirklich nicht die Sorte Lokal, die man mit ihm verbindet. Aber egal, dachte ich. Es war ein düsterer Tag. Und er sah aus, als ob er die Butter vom Brot verkauft und das Geld verloren hätte, obwohl es in seinem Fall ja viel schlimmer war als Butter.«

»Ach?« Bixe holte tief Atem und setzte sich anders. »Hatte er etwas verloren?«

»Sie wissen also nichts?« Sie hatte fast das Gefühl, auf seinen Lippen ein vages Lächeln zu erkennen.

»Worüber denn?« Jetzt wurde sie langsam ungeduldig.

Sjödén verdrehte die Augen und vollführte mit dem Zeigefinger einige kleine Pirouetten in der Luft. »Wir saßen im Oxbollen, und er hatte gerade sein drittes oder viertes Bier bestellt, als …« Plötzlich unterbrach er sich und schaute sie misstrauisch an. »Oder soll ich von Anfang an erzählen?«

»Ja, bitte.«

»Na gut. Bei der Morgenbesprechung sagte Schwester Berit, dass es während der Nacht zu einem Selbstmord gekommen war. Eine unserer Patientinnen hatte die Schlüssel zum Medizinschrank an sich gebracht und sich eine richtige Überdosis verpasst.«

»Das weiß ich, ja.« Bixe nickte ungeduldig. »Und das hatte etwas mit Christer zu tun, meinen Sie?«

»Nein, das nicht gerade, aber der Tag hätte ja doch fröhlicher anfangen können. Außerdem sah Christer im Gesicht aus wie eine Mehltüte, er schleppte sich dahin, als ob er die Füße kaum heben könnte, und da habe ich gefragt, was denn los sei. Zuerst zuckte er mit den Achseln und behauptete, er sei nur müde. Aber es ist doch ein Unterschied, ob jemand einfach nur zu wenig geschlafen hat oder gerade den Verstand zu verlieren scheint. Also fragte ich weiter. Dazu gehört auch … Nein, das hat nichts damit zu tun.«

»Was denn?«

Er lachte plötzlich, und die Zähne in seinem Oberkiefer funkelten.

»Ja, zur Sache gehört, dass ich auch nicht so ganz in Form war. Ich war gerade erst nach einer Krankschreibung wieder im Dienst. Wissen Sie, manchmal ist einfach alles ein wenig zu viel, wenn Sie verstehen, und außerdem hatten Lise und ich uns getrennt. Deshalb wollte ich Christer doch dazu bringen, sein Herz auszuschütten. Es ist immer schön zu wissen, dass es anderen noch schlechter geht als einem selbst. Geben Sie zu, dass ich Recht habe, auch wenn es egoistisch klingt. Aber er ging an diesem Tag dann etwas früher nach Hause, ja, sehr viel früher. Gleich nach der Mittagspause, und darüber habe ich dann doch gestaunt, denn Christer war keiner, der wegen Kopfschmerzen Feierabend machte.«

»Und an diesem Nachmittag haben Sie ihn dann im Oxbollen getroffen?«

»Genau. Er hatte mir den Rücken zugekehrt, als ich hereinkam. Und ich hatte doch gedacht, er sei gleich ins Bett gegangen. Danach erzählte er, dass er eine Frau kennen gelernt habe und dass jetzt Schluss sei, aber ich hatte ja nicht gewusst, wie ernst das gewesen war. Und dann fügten sich die Puzzlestücke zusammen, man weiß ja, wie das ist, wenn man plötzlich ganz allein dasteht ...«

Er legte eine Pause ein und wippte auf dem Schreibstuhl hin und her.

»Nyberg hatte also eine Beziehung. Aber die war zu Ende, sagen Sie?«

Sjödén beugte sich vor und faltete auf dem großen Eichentisch die Hände. Er schaute ihr mit ernstem Blick in die Augen. Die kleinen Pupillen funkelten erwartungsvoll.

»Sie war offenbar tot.«

Bixe ließ den Kugelschreiber fallen, und der fiel klappernd auf den Tisch.

»Hab ich's nicht gesagt«, lachte Sjödén, »das finden Sie interessant. Aber an so was sind Sie doch sicher gewöhnt. Bei Ihrem Job hören Sie doch sicher häufig solche Kitschgeschichten.«

»Es kommt schon vor«, sagte Bixe. »Aber jeder Fall ist anders.«

»Sie betrachten das also als Geschichten ...«

»Wissen Sie, wer diese Frau war?«

»Nein. Das hätte er mir auch nie verraten. Und wieso auch? Wir verkehrten nicht in denselben Kreisen, und welche Rolle spielt da ein schnöder Name?«

»Hat er sonst etwas über diese Frau erzählt? Wie sie gestorben ist, zum Beispiel?«

»Er hat nur gesagt, dass er deshalb an diesem Tag so geistesabwesend gewesen sei.«

Eva-Britt Bixe nickte mit zusammengepressten Lippen.

»Und dann sind Sie an diesem Abend ausgegangen und haben – sich amüsiert?«

»Ja.«

»Ist das nicht seltsam, wenn Sie an seine Lage denken?«

»Im Gegenteil. Er musste doch auf andere Gedanken kommen. Wir haben ein paar Bier getrunken, und danach war er fast wieder ein Mensch.«

»Wo sind Sie hingegangen?«

»Jurassic Park.«

»Was?«

»Das ist dieser Laden in der Kvarngata, der wird so genannt, wegen der Kundschaft. Wussten Sie das nicht? Ich weiß nicht mehr, warum wir gerade dort gelandet sind, es wäre sicher lustiger gewesen, irgendwohin zu gehen, wo es von braunbeinigen Zwanzigjährigen nur so wimmelt.«

Bixe unterdrückte einen gereizten Seufzer. »Und dann?«

»Ich weiß nur noch, dass wir mit den Damen nach Hause gegangen sind, und dann setzt meine Erinnerung erst am nächsten Morgen wieder ein. Als ich aufwachte, war Christer schon weg. Ich ging davon aus, dass er es doch geschafft hatte, sich zur Arbeit zu schleppen, aber danach habe ich ja erfahren, dass das nicht der Fall war. Bei mir war das ganz und gar unvorstellbar. Ich bin nicht mehr an solche Ausschweifungen gewöhnt.«

Bixe erwiderte sein Lachen mit einer gleichgültigen Miene. Sie fuhr sich kurz mit der Zunge über die Lippen und stopfte Stift und Block in ihre Tasche.

»Nur noch eins, ehe ich gehe.«

»Ja?« Sjödén hob höflich seine buschigen Augenbrauen.

»War die Frau, die in dieser Nacht Selbstmord begangen hat, Nybergs Patientin?«

»Seine und meine. Wir teilen die Verantwortung. Unsere Mittel erlauben es uns nämlich nicht anders.«

»Wie sehr engagieren Sie sich für Ihre Kranken?«

Sjödén lachte leise. »Wenn Sie glauben, dass Christer wegen des Selbstmordes am nächsten Tag aussah wie ein lebender Leichnam, dann irren Sie sich. Natürlich waren wir alle erschüttert, aber wer sich alles, was passiert, zu Herzen nimmt, sollte sich einen anderen Job suchen. Und Christer war keiner, der sich alle Schuld auflud, das können Sie mir glauben. Nein, er hat mir die Wahrheit erzählt.«

»Was fehlte dieser Frau?«

»Der Patientin? Das weiß ich nicht mehr, aber es war irgendeine Kleinigkeit, ich glaube, sie sollte am Knie operiert werden.«

»Und dafür muss man im Krankenhaus liegen?«

»Ja, einen Tag vorher, weil Proben genommen werden und so.«

»Woher hatte sie die Schlüssel?«

Sjödén seufzte. »Das ist letztes Jahr wirklich ausgiebig durchgekaut worden. Sie hat sie ganz einfach gestohlen. So etwas kann leider vorkommen. Das sollten Sie wissen.«

»Wir müssen aber alles ausschließen, was sich ausschließen lässt. Können Sie mir ihre Krankengeschichte beschaffen?«

»Sie glauben mir also nicht. Na ja, die Krankengeschichte bekommen Sie von Berit Glans.«

Eva-Britt Bixe streckte ihm über den Schreibtisch hinweg die Hand hin.

»Danke, dass ich Ihre Zeit in Anspruch nehmen durfte«, sagte sie lächelnd. »Ich werde wohl noch mal auf Sie zurückkommen müssen.«

Seine Hand war kühl und groß. Er drückte energisch zu, schaute ihr in die Augen und lächelte. Tiefe Furchen zeigten sich auf seinen Hamsterbacken.

»Das Vergnügen war ganz meinerseits.«

Was für ein Arsch, dachte Bixe wütend, als sie mit klappernden Absätzen durch den grauen Gang marschierte. Ihre Schritte hallten durch die Stille, die diesmal, anders als beim ersten Besuch, durchsetzt war von fernen Schritten, klappernden metallischen Gegenständen und einem enervierenden Pfeifton, wo offenbar eine Tür hängen geblieben war. Die Sonne leuchtete matt auf den Plastikboden, Essensgeruch hing zwischen den Wänden. Bei Berit Glans leuchtete eine einsame Schreibtischlampe über dem wilden Papierhaufen. Ihr Stuhl war vom Tisch weggezogen, und das Telefon stand gefährlich schief an der Tischkante, als sei Berit gleich nach dem Gespräch davongestürzt. Bixe wartete zwei Minuten, sehnte sich dann aber dermaßen nach frischer Luft, dass sie aus der Station rannte. Schon vor der Glastür fiel das Atmen ihr leichter, und rasch ging sie die Wendeltreppe hinunter, die Tasche fest unter den Arm gepresst. Vor dem Krankenhaus war die Luft eisig und kühl, sie zog die Schultern hoch und atmete durch die Nase. Als sie die Autotür öffnen wollte, fiel ihr Blick auf Berit Glans. Die kam in ihrem dünnen Kittel und ihren flachen Pantinen angerannt und rutschte im Schneematsch aus. Bixe wollte sie zuerst ansprechen, entschied sich dann aber dagegen, die Frau schien es gar zu eilig zu haben.

Ich ruf sie lieber an, dachte sie und ließ sich auf den weichen Sitz fallen.

Mit der Sonne im Rücken fuhr sie hinunter in die Stadt, die Sonnenstrahlen brachten die Schaufenster zu einem fast frühlingshaften Funkeln und den Schnee zum Schmelzen, obwohl doch Herbst war und schon die ersten vorsichtigen Andeutungen von Julklapp und Weihnachtsfeiern zu hören waren. Im Nähladen war eine ganze Sammlung von Wandbehängen mit schneebedeckten roten Häuschen, Schlitten, die mit brennenden Fackeln zur Kirche fuhren und kleinen Weihnachtsmännern mit gelben Glaslaternen und langen weißen Bärten zu sehen.

Ja, wer bis Weihnachten mit Sticken fertig sein will, sollte jetzt anfangen, dachte sie, als sie nach links abbog und auf das südliche Industriegelände zuhielt. Die Zeit läuft schnell dahin, manchmal scheint sie sogar kleine Sprünge zu machen, damit es noch schneller geht. Im Moment fand sie das beruhigend. Vielleicht würden sie diesen Fall ja bis Weihnachten lösen. Und alle

Details einsticken, damit der Wandbehang auf der Weihnachtsfeier an der Wand hängen könnte.

9

Sie hatte einen Mann gesucht. Schon seit jenem Tag Ende der sechziger Jahre, als der breite Rücken auf dem weichen Kiesweg verschwunden war, mit den schwarzen Stiefeln und der grünen Tasche, die in seiner Hand baumelte. Mehr nahm er nicht mit, als er im Schneegestöber verschwand, vor dem dunklen Tor, das ihn dann verschlang. Abends war er nicht wieder aufgetaucht und am nächsten Tag auch nicht. Sie hatten auf ihn gewartet, Morgen für Morgen, Abend für Abend, stumm und die Nasen an das beschlagene Küchenfenster gepresst, mit Blick auf den Hof, der von eisblauen Sozialbauten eingerahmt wurde. Auch sie und ihre Mutter wohnten in einem dieser Häuser. Doch im Hof war alles leer geblieben, abgesehen von einem gelegentlichen Nachbarn mit Aktentasche oder einer Nachbarin mit Einkaufstüten und Kindern. Alle kamen und gingen, nur er nicht.

Und es brachte auch nichts, ihn zu suchen, sich lächerlich zu machen und zur Polizei zu gehen, oder sich selber im endlosen Grau auf die Suche zu machen. Natürlich schauten sie beim einen oder anderen Lokal vorbei, anfangs, Bierstuben und verräucherte Restaurants mit dunkelgrünen Filzdecken, aber schon bald sahen sie ein, wie sinnlos das war. Nach und nach verschwanden die zerknüllten Taschentücher der Mutter, ihre rot geränderten Augen, und das Leben nahm wieder seinen normalen Lauf, wenn auch anders, unter neuen Bedingungen. Mit dem Unterschied, dass seine Pantoffeln nicht mehr den Teppich vor der Haustür verdreckten. Und das schien ihr am meisten zu fehlen, der greifbare Beweis dafür, dass er da gewesen war, wenn auch oft nur halb, hinter einer verschlossenen Tür, in seinen Kleidern schlafend, schnarchend auf dem braunen Cordsofa. Damals hatte sie immerhin einen Vater gehabt.

10

Stig war am nächsten Tag wohl losgefahren, dachte er. Trotz des Zustandes, in dem er sich am Vorabend befunden hatte. Dass in seinem Kopf ein Orkan zu wüten schien, hinderte Stig normalerweise nicht daran, sich am nächsten Morgen nüchtern und munter wie ein Knabe zu erheben und sich ins feindliche Leben hinauszubegeben.

Er war rasch über die breite Durchgangsstraße gefahren. Der Weg war wie ein schwarzes Rollband unter den Reifen dahingeglitten, es war ein angenehmes Gefühl. Wenn er nur ein wenig Musik in den Lautsprechern gehabt hätte – am liebsten etwas von Wagner – dann hätte er das Gefühl gehabt, die Welt in der Hand zu halten. Was er ja auch meistens tat, nur an diesem Tag doch nicht so ganz.

Nein, so kam ihm das nicht vor. Je mehr er an den gestrigen Tag dachte, an sich selber, an diese geschäftige Polizistin und an Stig, umso größer wurden seine Zweifel. Und was, wenn Stig doch nicht auf die Beine gekommen war, wenn er das Flugzeug nach Budapest verpasst hatte? Und wenn die Polizistin sich schon bei ihm gemeldet hatte und Stig, treulos wie ein Kind – denn er hatte doch keine Ahnung? – beider Namen angegeben und außerdem erzählt hatte, wer am Vorabend noch dabei gewesen war, mit leichten Füßen und noch leichterem Kopf, froh und sorglos wie ein entlaufenes Hundebaby? »Doch«, hatte er vielleicht zu dieser zielstrebigen Wachtmeisterin gesagt, »wir waren den ganzen Abend da, und irgendwann gegen Mitternacht war dann Schluss.«

Kannten sie also schon seinen Namen? Würden sie sich bei ihm melden, sein Gesicht erkennen und aus irgendeinem unbegreiflichen Grund auch noch ahnen, dass die braunen Handschuhe ihm gehörten und keinem anderen?

O großer Gott!

Das klang eher wie eine Beschwörung als wie ein Ausruf, und

vielleicht war es ja auch eine. Er war absolut nicht religiös, und sollte es einen Gott geben, dann benahm der sich seiner Ansicht nach dermaßen idiotisch, dass der Himmel ihm auf den Kopf fallen könnte, während er nichts ahnend beim Frühstück saß. Aber an diesem Vormittag wünschte er sich doch von ganzem Herzen, dass oben jemand war, der ihm helfen konnte. Ach, lieber Gott, mach, dass Stig Palmkvist in diesem Moment im Flugzeug nach Budapest sitzt!

Er war an den Straßenrand gefahren, hatte den Motor abgestellt, kniff die Augen zusammen und umklammerte mit den Fingern das Lenkrad.

Danach riss er sich zusammen. Schlug die Augen wieder auf und nahm das graugrüne Winterlicht der umliegenden Felder in sich auf. Er sah die Häuser hinten bei Andersberg, die wie viereckige weiße Klippen in den Himmel ragten. Egal, es half ja nichts, hier blind, taub und stumm herumzusitzen, dachte er. Er machte sich in seiner Jackentasche zu schaffen, zog sein Mobiltelefon hervor und zitterte heftig, als er Stigs Nummer wählte und wartete, ob überhaupt jemand abnahm.

Aber es blieb still. Nicht einmal der Anrufbeantworter war eingeschaltet, wie sonst immer, wenn Stig auf Geschäftsreise war. Also war bis auf Weiteres alles in Ordnung. Er ließ es sicherheitshalber noch einige Male klingeln, aber als sich nach dem vierzehnten Läuten noch immer niemand gemeldet hatte, glaubte er, mit gutem Gewissen auflegen zu können. Er atmete auf. Das Leben war wieder eine lange Wegstrecke, die vor ihm lag. Routiniert und sicher fuhr er bis zur Abzweigung ins westliche Zentrum weiter. Dort hielt er im Schutz der hohen Sträucher am Straßenrand. Er fühlte sich um einiges erleichtert. Jetzt musste er nur noch Stig unten in Ungarn erreichen, aber das würde sicher kein Problem sein. Er musste sich auch überlegen, was er sagen wollte, damit Stig nicht plötzlich bieder und gesetzestreu die Nummer der Polizei wählte, um die Wahrheit zu sagen. Na ja, was hieß schon Wahrheit. Das war ja weder sein noch Stigs Problem. Er wollte nur unbemerkt aus der Sache herauskommen, und wenn er sich tausendmal am Tatort aufgehalten hatte. Marie-Rose zuliebe, redete er sich ein. Sie konnte keine Schwierigkeiten mehr ertragen. Wenn sie von der Existenz des Zimmers mit der schrägen Decke erführe, könnte doch Gott weiß was passieren.

Ach Herrgott, rief er noch einmal, aber diesmal war es keine Beschwörung, sondern einfach eine Feststellung, dass Gott ihm gefälligst aus dieser peinlichen Klemme heraushelfen sollte, wenn es ihn denn wirklich gab.

11

»Mama, vor meiner Tür steht ein Mann, der zu dir will.«

»Was?«

Hellwach drehte Eva-Britt Bixe sich im Bett um und dehnte die Telefonschnur über dem zerknitterten Laken bis zum Zerreißpunkt aus. Die roten Ziffern des Radioweckers blinkten in der Dunkelheit nullsieben nullzwei.

»Er behauptet, dass er die Decke anstreichen soll.«

»Aber was …«

Dann fiel es ihr plötzlich wieder ein. Mittwoch! Der Anstreicher! Sie sprang aus dem Bett, schnappte sich den Morgenrock, den sie nachts irgendwann abgeschüttelt hatte, und glitt in die weichen Lammfellpantoffeln.

»Mama, heute ist mein freier Tag, und …«

»Ja, aber Herzchen, dann schick ihn doch einfach her.«

»Aber warum steht er hier?«

»Das weiß ich doch nicht, kleine Fia, sicher hat er sich verlaufen.«

»Verlaufen?«, wurde am anderen Ende der Leitung geknurrt. »Wäre es nicht nett, wenn du irgendwann lernen würdest, die richtige Adresse zu nennen? Bergsläntsgränd und Gräsgränd sind durchaus nicht dasselbe, Mama.«

»Ja, ja. Ich werde versuchen, mich zusammenzureißen. Verzeihung.«

»Und jetzt solltest du dich beeilen, er ist nämlich schon unterwegs.«

»Ach, Herrgott. Ich hab offenbar verschlafen. Na dann Küsschen, Alte. Und nicht böse sein.«

»Nein, nein. Aber vergiss nicht, dich anzuziehen, ehe du aus dem Haus gehst. Bis dann, Mama.«

Bixe legte auf, schuldbewusst und wütend auf sich selber. Das hier passierte ihr nicht zum ersten Mal. Beim letzten Mal war der Schlauch der Spülmaschine undicht gewesen. Und Fia war schon zur Arbeit gegangen, als der Klempner per Mobiltelefon anrief und sich darüber erboste, dass er dort vor verschlossener Tür stand.

Sie putzte sich in aller Eile die Zähne, streifte Rock und Bluse über und hatte eben die obersten Knöpfe geschlossen, als die Türglocke ging.

Mit der flachen Hand strich sie sich die Haare zurück; sie hatte keine Zeit gehabt, sich zu kämmen oder Rouge aufzutragen, und sie fand es schrecklich, so früh am Morgen und in diesem Zustand einem wildfremden Mann gegenübertreten zu müssen.

»Guten Morgen. Bin ich jetzt richtig?«

Ein lächelnder, hochgewachsener Mann von Mitte vierzig trat in die Diele.

»Verzeihen Sie, ich habe wohl die falsche Adresse genannt, als ich angerufen habe.«

»Sieht so aus, ja. Ich bin offenbar bei Ihrer Tochter gelandet, aber die wollte keine Decke angestrichen haben.«

»Ich hoffe, sie war nicht zu grantig, sie ist manchmal ein arger Morgenmuffel, und heute ist ihr freier Tag.«

»Kein Problem«, sagte der Muskelmann lachend und streifte eine abgewetzte Lederjacke ab.

»Die können Sie da aufhängen.« Bixe zeigte auf den überfüllten Garderobenständer. »Das heißt, falls dort noch Platz ist, sonst legen Sie sie einfach dorthin.«

Sie zeigte auf den Korbsessel und sah ihre schmutzige Unterhose vom Vortag ganz oben auf einem Kleiderstapel thronen. Der Mann hatte sie vielleicht auch gesehen, denn er wandte sich ganz schnell ab und legte breit lächelnd seine Jacke über die Kommode in der Diele, um sich dann mit einem leicht fragenden Ausdruck um den Mund zu Bixe umzudrehen.

»Lars-Erik sagte, Sie wollten es weiß haben.«

»Genau. Und zwar im Wohnzimmer.«

Sie ging vor ihm her und hielt die doppelte Glastür auf. Er stieß einen Pfiff aus.

»Diese Decke hat wohl keinen Anstreicherpinsel mehr gesehen, seit dieses Haus errichtet worden ist?«

Bixe drehte sich überrascht um.

»Doch, ich glaube schon.«

»Sieht aber nicht so aus«, sagte der Mann kurz. »Na ja, es ist jetzt jedenfalls höchste Zeit, sehen Sie doch nur da oben in der Ecke!«

Er zeigte auf einen dünnen Riss, der Bixe noch gar nicht aufgefallen war.

»Wenn nichts unternommen wird, dann fällt Ihnen die Decke bald auf den Kopf.«

»Dann war es ja ein Glück, dass ich angerufen habe.«

»Ja, das ist das Mindeste, was Sie sagen können.«

Er wandte seinen Blick von der Decke ab und richtete ihn stattdessen auf Bixe. Er hatte richtig schöne Augen, tiefblau mit dünnen schmetterlingsförmigen Fältchen, die sich öffneten, wenn er lächelte. Und das schien er oft und gern zu tun. Sein breites sonnverbranntes Gesicht wies zwei füllige Lippen auf.

»Sie sind bei der Polizei, nicht wahr?«

»Äh … Ja.«

»Das habe ich in der Zeitung gelesen. Hab den Namen wiedererkannt. Schlimme Geschichte. Kommt so was oft vor?«

»Nein, nicht hier in der Stadt. Hier passiert ja auch so allerlei, aber es sind doch weniger gewichtige Angelegenheiten.«

Man sollte zwei Namen haben, dachte sie gereizt, einen für die Arbeit und einen für den Privatgebrauch.

»Ich weiß, wer er war«, sagte der redselige Anstreicher jetzt.

»Wirklich?«

»Ja, die Stadt ist doch klein, und da kennt man die meisten in seinem eigenen Alter. Christer ist früher in meine Parallelklasse gegangen.«

»Ach, Sie haben ihn also gekannt?«

»Mittlerweile wohl nur noch von Namen und Aussehen her. Damals, in der Schule, meine ich, hatten wir doch mehr miteinander zu tun. Auf Festen und so. Aber zu meinem engeren Freundeskreis hat er nicht gehört.«

»Ich verstehe. Sie können uns im Grunde also nicht weiterhelfen?«, fragte Bixe und warf damit sozusagen einen Haken aus, an dem vielleicht etwas hängen bleiben würde.

»Ich fürchte, nein«, erwiderte der Anstreicher. »Aber ich kann ja erzählen, wie er früher war. Falls das hilft.«

»Man weiß nie. Denken Sie dabei an etwas Bestimmtes?«

Er schüttelte den Kopf und zog einige Kartonbögen aus einer viereckigen schwarzen Ledertasche. »Ich kann mich nur noch an eins erinnern«, sagte er. »Nämlich daran, dass er so verdammt ehrgeizig war. Er war nicht wirklich gut in der Schule, aber er war ein Streber. So einer, der immer alle übertreffen muss, wenn Sie verstehen, was ich meine. Wir hatten Physik oder Chemie zusammen, und bei jeder Frage hob er die Hand und gab eine Antwort. Bei anderen hätte ja schon die Hälfte gereicht. Aber das war noch nicht alles; was uns vor allem ärgerte, war seine verdammte Verbindlichkeit. Er lächelte immer, wenn er etwas sagte, und er schmeichelte sich bei den Lehrern ein und sicherte sich damit gute Noten. Und bei so was läuft den meisten anderen doch die Galle über.«

»Und das passierte?«

»Was?«

»Waren Sie und die anderen sauer auf ihn?«

»Das können Sie sich doch denken. Aber solche Typen gibt es ja immer. Ja, und damit habe ich auch etwas zu den Ermittlungen beigetragen. Jetzt können Sie den Fall doch sicher lösen?«

»Sicher. Ihre Hilfe war von unschätzbarem Wert. Wir werden den Mörder heute Nachmittag festnehmen.«

»Hab ich mir's doch gedacht. Und was gibt's für eine Belohnung?«

»Die Ehre, meine Decke anstreichen zu dürfen.«

»Ach ja, deshalb bin ich ja gekommen. Das hatte ich fast vergessen.«

»Möchten Sie vorher vielleicht einen Kaffee? Ich brauche jedenfalls noch eine Tasse, ehe ich zur Arbeit davonstürze.«

»Ja, danke, das wäre nicht schlecht.«

Sie hatte es eilig, hätte schon unterwegs sein müssen, aber dieser Maler hielt sie einfach zurück. Sie goss die doppelte Wassermenge in die Kaffeemaschine und gab einen Extralöffel Kaffee dazu. Er mochte es sicher stark.

Während die Kaffeemaschine blubberte, zog sie sich fertig an und tuschte sich ein wenig die Wimpern. Auch die Wangen wurden ein wenig verschönert, und danach konnte sie sich wieder der verschneiten Welt draußen stellen. Genauer gesagt, der sonnenglänzenden, denn nun schaute sie zum ersten Mal an diesem Tag aus dem Fenster. Die Sonne brannte über den roten Dachziegeln auf dem Nachbarhaus, der Himmel war klar und blau und zeigte nur einige wenige weiße Wolkenbäusche, die dort oben umhersegelten.

»Schöner Morgen«, sagte sie, als sie einander am Küchentisch gegenübersaßen.

»Wirklich?«, fragte er überrascht und schaute aus dem Fenster. »Ja, sicher, das hab ich in der Eile gar nicht bemerkt. Man denkt irgendwie nicht so, wenn man weiß, dass man danach den ganzen Tag eine Farbrolle anglotzen wird. Verdrängt es sicher. Wenn es regnet, ist es etwas anderes …«

Er schob ihr die Kartonbögen zu.

»Und jetzt zur Farbe.«

»Aber«, sagte Bixe, »das habe ich doch schon tausendmal gesagt. Ich will eine weiße Decke.«

»Weiß gibt es nicht.«

»Gibt es doch, jetzt zum Beispiel ist sie weiß.«

Er drehte sich um und schaute ins Wohnzimmer hinüber.

»Finden Sie?«, fragte er. »Ich würde ja eher von gelb sprechen, mit einem Stich ins Braune …«

»Darf ich mir mal die Musterkarten ansehen?«, fragte sie und zog sie ein wenig gereizt zu sich herüber.

Und sie musste wirklich zugeben, dass sie vor sich eine Menge kleiner weißer Rechtecke sah – in unterschiedlichen Nuancen. Auf einem Bogen war die Farbskala von Rot bis Gelb vertreten, auf dem nächsten von Blau bis Grün. Und doch war alles weiß.

»Jetzt verstehe ich so langsam, was Sie meinen«, sagte sie.

»Gut. Und wollen Sie es jetzt eher kalt oder eher warm?«

Sie schaute zum Fenster hinüber, die Sonne würde bald ins Zimmer scheinen. Wenn sie noch eine Weile hier sitzen blieben, würde der Kaffee in ihren Tassen von einem brennenden Sonnenstreifen zum Blitzen gebracht werden.

»Wärmer«, sagte sie entschieden. »Denn das ist doch sicher das Beste?«

»Das ist eine Geschmackssache, aber ich persönlich ziehe die wärmeren Nuancen vor. Was hielten Sie von einem Hauch Rot?«

»Herrgott. Rot?«, murmelte sie.

»Wie hier, meine ich«, sagte er und zeigte auf ein kleines Viereck.

»Ja, ja, das wäre sicher gut«, sagte sie und dachte plötzlich daran, wie die Kirchturmuhr auf dem Marktplatz achtmal schlug.

Bei gutem Wetter und der richtigen Windrichtung konnte es sich anhören, als stehe der Turm in ihrem eigenen Wohnzimmer.

»Suchen Sie das Passende aus«, sagte sie und schaute wie zufällig auf ihre Armbanduhr. »Ich fürchte, ich muss jetzt los, ich komme sowieso schon zu spät.«

»Ich hoffe, ich habe Sie nicht aufgehalten.«

»Sicher haben Sie das. Aber Sie konnten doch so wertvolle Aussagen machen.«

Er lächelte, und jetzt sah sie eine ganze Reihe funkelnder Zähne.

»Woher haben Sie diese tolle Sonnenbräune?«, fragte sie.

Er hob eine Augenbraue.

»Ach, die. Von der Eriksbergsgata.« Er schien unter seinen dunklen Bartstoppeln fast zu erröten.

Sie lachte leise.

»Machen Sie sich nicht lustig über mich.«

»Das tu ich doch nicht.«

»Mitten im Schneegestöber, oder was?«

Er fuhr sich mit drei Fingern über seine kurzen, mittelblonden Haare. »Kann schon sein«, sagte er und stemmte die Hände in die Seiten. »Wollen Sie jetzt nicht gehen, damit ich arbeiten kann?«

»In drei Sekunden bin ich verschwunden.«

»Eins, zwei, drei, vier ... Aber Moment noch. Der Schlüssel.«

Sie stand schon auf der Treppe und wollte die Tür ins Schloss ziehen. »Der hängt am Haken«, rief sie. »Über dem Stuhl.«

Unten auf der Straße funkelte überall die Sonne, spiegelte sich in den Schaufenstern und tanzte über den Asphalt. Wie im Sommer, dachte Bixe. Ihr Rücken wurde wunderbar warm, als sie durch den Park zur Tiefgarage lief. An diesem Tag konnte sie immerhin fahren, ohne zu riskieren, dass sie in einer Schneewehe stecken blieb. Der Kies auf dem schmalen Weg war zwar festgefroren, aber das Einzige, was noch von der Kälte der vergangenen Tage zeugte, waren kleine Schneeflecken hier und dort, die unter Regenrinnen und an schattigen Straßenrändern vor sich hinschmolzen.

Es ist noch lange hin bis Weihnachten, dachte Eva-Britt Bixe und öffnete die Wagentür. Sie ließ sich auf den federnden roten Sitz fallen. Im Wagen war es warm und stickig wie in einem Bunker.

☆

Auf dem Gang surrte der Kaffeeautomat. Katrin Wedholm schlug aus voller Kraft mit der Faust auf ihn ein.

»Funktioniert er mal wieder nicht?«

»Doch, aber er spuckt nur Kakao aus.«

»Kakao. Ja, zum Teufel ... Schon wieder?«

Erik Sanders Löffel schabte über etwas hinweg. Obwohl er Kakao trank und keinen Zucker in den dünnen Plastikbecher gegeben hatte.

Katrin Wedholm ging auf ihr Zimmer und knallte die Jacke so energisch auf den Tisch, dass die Tastatur ächzte. Die Würfel auf dem Bildschirmschoner setzten sich in Bewegung.

Erik Sander kam hinterher und nahm ihr gegenüber Platz. Er trank einen Schluck aus seinem Becher und verzog angeekelt das ganze Gesicht.

»Bixes Besuch bei Pernilla Nyberg letzte Woche hat wohl nicht viel gebracht«, sagte er. »Willst du nicht auch mal bei ihr vorbeischauen, du kennst sie doch, vielleicht schüttet sie dir ihr Herz aus.«

»Du spinnst. Dahin setze ich keinen Fuß. Und ich kenne sie doch gar nicht gut.«

»Das sollte ein Witz sein, falls du das nicht kapiert hast. Ich glaube, das wäre nicht einmal erlaubt. Aber jedenfalls hatte sie eine tolle Wohnung. Nicht wie das Loch, das wir besucht haben.«

»Das habe ich schon gehört. Komisch, dass sie alle Möbel an sich gerissen hat.«

Sander schaute in den leeren Plastikbecher. »Ich habe zuletzt als Kind Kakao getrunken«, murmelte er. »Hab vergessen, wie süß und ekelhaft der schmeckt. Du findest das also komisch? Dass sie die Möbel an sich gerissen hat, meine ich?«

Katrin blickte überrascht auf.

»Muss ich diese Frage beantworten?«

»Woher weißt du, dass sie sie *an sich gerissen* hat? Vielleicht schuldete er ihr Geld. Und sie hat deshalb die Möbel bekommen.«

»Nein, für die Finanzen war er zuständig. Oder, genauer gesagt, seine Eltern. Die konnte sie übrigens nicht besonders gut leiden.«

»Das ist sicher nicht ungewöhnlich.«

Was gab es hier zu grinsen? Er hatte die Füße auf den Tisch gelegt, und das passte ihr überhaupt nicht. »Runter mit den Quanten, Erik.«

»Hast du Angst um den Lack?«

Wedholm seufzte und sammelte einige herumliegende Papiere auf. »In der einen Wohnung stinkt es nach Müll, die andere ist offenbar ebenso elegant wie diese Villa, wo man kaum zu atmen wagte, wenn man in so einem verdammten Lederteil versunken war.« Sie versuchte, weniger ernst auszusehen, auch wenn ein Lächeln ihr zu viel gewesen wäre. Sie verschränkte die Arme im Nacken und schaute zur Decke hoch. Dann schloss sie im Schein der Neonröhre zufrieden die Augen.

»Reg dich doch nicht so auf. Du brauchst noch was zu trinken, dann beruhigst du dich sicher. Das schaffst du vor der Besprechung noch. Bitte sehr.«

Als sie wieder hinschaute, stand vor ihr ein dampfender Becher. Sanders breiter Rücken war unterwegs zu der geschlossenen Glastür. Wedholm trank einen Schluck von der braunen Flüssigkeit. Kakao mit Kaffeegeschmack.

12

Er hatte nicht gewusst, was er mit diesem Zettel anfangen sollte. Zwei Tage lang hatte der in seiner Hosentasche herumgekratzt. Er hatte durchaus mit dem Gedanken gespielt, ihn wegzuwerfen, auf alles zu pfeifen und zu versuchen, die Sache zu vergessen. Das konnte er gut, es war eine Voraussetzung für seinen Beruf.

Aber dann saß er an einem späten Nachmittag da, das Büro war geschlossen und unbesetzt, nur er brütete noch über Unterlagen, die keinen Aufschub duldeten – er hatte dem Verkäufer versprochen, sie am nächsten Vormittag bereit zu haben –, und da ließ er den Zettel an dem glatten Futter entlanggleiten, faltete ihn auseinander und starrte die fremde Registriernummer an.

In diesem Moment wusste er ganz genau, was er tun würde; er schob die Buchführung zur Seite und lief mit dem Zettel in die Diele, um die Streichhölzer zu holen, die dort immer herumlagen. Als er dann in sein Zimmer zurückkam, schloss er sicherheitshalber die Tür ab und ließ sich mit ungewöhnlicher Leichtigkeit wieder hinter dem Schreibtisch nieder. Er riss ein Streichholz an und hielt die Flamme unter das Papier.

Die eine Ecke war schon leicht angekohlt, als er sich die Sache plötzlich anders überlegte und die kleine Flamme wieder ausblies. Er merkte, wie er zitterte. Nein, das ging doch nicht, und was, wenn der Feueralarm losgegangen wäre?

Er seufzte und schaute wieder den Zettel an. Er begriff nicht, wie er so sicher hatte sein können, als er es geschrieben hatte, benebelt vom Bier und allem anderen. Aber seine Sinne waren ganz scharf gewesen, er hatte alles mit Blicken aufgespießt, hatte es klar und deutlich gesehen, und deshalb hatte sich ihm das, was passierte, auf seltsame Weise eingeprägt.

Er schaute das Telefon und dann wieder die Ziffern auf dem Zettel an, als könnten die, jedenfalls wenn er genau hinschaute, sich für ihn öffnen und zu ihm sprechen, ihre Identität offenbaren.

Sollte er nicht lieber die Polizei anrufen?

Er hielt den Hörer in der Hand, merkte, dass er noch immer zitterte, jetzt sogar noch stärker. Er öffnete seinen Kragen und lockerte seinen Schlips.

Aber wenn er anriefe, dann würde alles an den Tag kommen, und Rose-Marie würde es erfahren, und was sollte er ihr dann sagen? Oder waren auch anonyme Anrufe möglich? Nein, die Polizei konnte sicher leicht feststellen, woher ein Anruf kam. Wahrscheinlich würde sein Name auf ihren Bildschirmen aufleuchten, ehe er auch nur ein Wort gesagt hätte.

Also musste er sich etwas anderes überlegen.

Er wusste im Grunde schon, was er tun wollte, auch wenn er noch eine ganze Weile darüber nachdachte. Er hatte das Gefühl, auf diese Weise noch enger in die Sache verstrickt zu werden, und das erschien ihm als Nachteil. Er wollte sie sich doch vom Leib schaffen. Wie alten Staub, der unter den Teppich gekehrt und versteckt wird. Aber er musste handeln, er hatte etwas gesehen, das er nicht begriff, und es war seine Pflicht, dieser Sache auf den Grund zu gehen.

13

Das Telefon schellte, als sie gerade die Haustür ins Schloss gezogen hatte. Sie ließ es noch zweimal klingeln, während sie die Schuhe abstreifte.

»Ja?«

»Hallo, ich bin's.«

»Na, Gösta, das ist aber eine Überraschung.« Eva-Britt Bixe wackelte mit den Zehen, die zusammenklebten, nachdem sie einen ganzen Tag in den engen Schuhen zusammengepresst worden waren. Ob auch die Füße sich ausdehnten, wenn man zunahm?

»Was machst du?«, fragte er.

»Sardinen putzen.«

»Machst du das immer noch? Du bist doch verrückt.«

»Aber das kann dir jetzt ja wohl egal sein.«

»Und dafür bin ich unendlich dankbar.«

»Rufst du an, um mir das zu sagen?«

Sie streckte sich auf dem Sofa aus. Ihre Zehen öffneten sich wie ein Fächer, als sie sie bewegte. Sie hörte, wie Gösta sich räusperte, bestimmt hielt er dabei die Hand vor den Mund.

»Du, wir hatten hier neulich einen Typen, der abgehauen ist, und jetzt ist ein Tipp eingegangen, offenbar treibt er sich in eurer Gegend herum.«

»Ach? Und was soll ich dagegen unternehmen?«

»Beim letzten Mal haben wir ihn in einem Loch in der Sturegata gefunden, also steckt er da sicher nicht wieder, aber die Stadt scheint ihm wirklich ans Herz gewachsen zu sein.«

»Wieso das denn?«

»Na ja, er hat aus einer Telefonzelle in der Hubertsgata angerufen.«

»Das kommt mir aber nicht gerade gescheit vor.«

»Das hat ja auch niemand behauptet.«

»Und ihr, dreht ihr derweil Däumchen? Habt ihr eure Insassen nicht unter Kontrolle?«

»Da brauchst du dir keine Sorgen zu machen. Aber dieser Typ ist ein pfiffiges Kerlchen.«

»Es wirkt aber nicht sonderlich pfiffig auf mich, an denselben Ort zurückzukehren. Und ein Anruf aus einer Telefonzelle deutet auch nicht gerade auf besondere Gehirntätigkeit hin.«

»Das ist es doch gerade«, sagte Gösta mit dieser autoritären Stimme, die sie in der Zeit ihrer Ehe immer wieder zur Weißglut gereizt hatte. »Wir haben den Eindruck, dass er gefunden werden will. Seltsamerweise. Ihm blieb nur ein Monat, seine Führung war in letzter Zeit exemplarisch, und dann schwupp, schon ist er wieder weg.«

»Ihr habt sie ja offenbar wirklich nicht im Griff.«

Gösta holte am anderen Ende der Leitung leise Luft. »Ich wollte euch nur darauf aufmerksam machen, dass …«

»Dann machst du das lieber morgen zwischen acht und fünf. Hast du die Zentralnummer von der Wache?«

»Bitte, Eva-Britt …«

»Na gut. Aber warum eilt es so sehr? Wenn er gefährlich ist, hättet ihr ihn nicht laufen lassen dürfen.«

»Nein, er ist nicht gefährlich. Aber das kann er werden, wenn …«

»Na, was jetzt? Ich hab nicht den ganzen Abend Zeit. Ich habe noch drei ungeputzte Sardinen hier liegen und schrecklichen Hunger.«

»Ach, er ist schon harmlos. Nur wenn er provoziert wird, kann er ein wenig aufbrausend wirken.«

»Das würde ich durchaus als gefährlich bezeichnen. Und weshalb sitzt er eigentlich?«

»Mord.«

»Ach, und den schickt ihr so einfach her.«

»Eva-Britt. Jetzt hör doch zu, verdammt noch mal. Er ist vor zehn Jahren nach dem Mord an einer Prostituierten verurteilt worden. Es war eine Erpressungsgeschichte, ich kann sie dir heraussuchen, wenn du willst, aber im Moment ist sie wirklich nicht weiter wichtig. Wir wollen ihn nur wieder zu fassen bekommen.«

»Alles klar. Wir werden sehen, was wir tun können. Im Moment leiden wir nicht gerade unter Arbeitsmangel, das kannst du dir ja vorstellen.«

»Ja, ich habe davon gehört. Hast du den Fall?«

»Was glaubst du denn wohl? Aber bitte, Gösta, liefer die Einzelheiten doch morgen nach. Wie gesagt, ich habe Hunger, und – hier ist die Decke gestrichen worden.«

In dem kaum beleuchteten Zimmer entdeckte sie plötzlich einen großen Farbeimer, der von der Balkontür eingeklemmt war, und einige riesige Papierrollen, die in einer Ecke lehnten.

»Streichst du etwa gerade an?«

»Ich doch nicht.«

Sie hörte ein leicht resigniertes Seufzen. »Du, ich lass von mir hören.«

»Ja, klar.«

Himmel, ihr brach der Schweiß im Ohr aus, wenn sie nur mit dem Typen reden musste. Sie erhob sich vom Sofa, schaltete die Lampe auf der Fensterbank ein und schaute sich um. Sehr gut. Das Zimmer war viel heller, als sie das gewöhnt war. Und der Anstreicher war offenbar noch nicht fertig, er hatte ja alles Mögliche dagelassen, sogar sein Kittel lag auf dem Boden.

Außer im Wohnzimmer hing überall die Dämmerung wie ein schwerer Vorhang in der Wohnung. Alles schien eine Graunuance angenommen zu haben. Das ist bestimmt so wie mit Weiß, dachte sie, auch Grau gibt es nicht. Wie bei den Menschen, überlegte sie weiter, als sie in die Küche ging. Niemand ist schlecht und niemand ist gut, es gibt nur allerlei Zwischenstufen. Na ja, meistens jedenfalls.

Sie öffnete die Kühlschranktür und konnte im heraussickernden Licht die Farbe ihrer Füße erahnen. Sie kamen ihr ungewöhnlich weiß vor, aber dieser Anstreicher würde sie wohl eher als weiß mit einem Spritzer Himmel bezeichnen. Das hörte sich doch hübsch an. Blauweiß. Wie unter der Neonröhre im Supermarkt.

Sie machte sich eine Weile zwischen den überfüllten Regalen zu schaffen, ohne wirklich zu wissen, was es dort gab, sie wusste nur, dass das meiste wohl zu alt war. Aber dann fand sie sie, die Büchse mit den Sardinen Marke König Gustaf. Sie nahm sich ein Stück Knäckebrot aus dem untersten Schrankfach, öffnete die Dose und legte die kleinen Fische in Reih und Glied auf die knusprige Scheibe.

☆

Es schneite wieder. Schwere weiche Flocken rieselten langsam zu Boden und schmolzen, sowie sie auf den Asphalt auftrafen. Der Hof war so schwarz wie immer. Nur die alten Teppichstangen glänzten ein wenig in der Dunkelheit. Eva-Britt Bixe ließ ihren Müllsack krachend in die Tonne fallen. Falls sich hinter diesen Klappen mit ihren Etiketten überhaupt Tonnen versteckten. Tonnen für Allgemeines, Haushalt, Papier und Glas. Sie hatte keine Ahnung, wie das alles funktionierte, der Sack wurde wie von einem Unterdruck angesaugt und hereingezogen. Sie hörte ein leises Brummen und stellte sich ein Fließband vor. Seltsame moderne Erfindungen, dachte sie. Und wie umweltfreundlich konnte so eine Einrichtung denn überhaupt sein?

Sie wanderte weiter über die dünne weiße Schneedecke, die sich jetzt auf den Boden legte. Es war ein Grad über Null, aber es wehte ein eisiger Wind, der nicht nur die Wangen anblies, sondern sich auch durch alle Fäden ihres Mantels zu drängen schien, so fest gewebt der auch sein mochte. Sie spürte das, als sie auf die Straße hinaustrat. Im Hof war es windstill gewesen, die kleine Oase lag geschützt zwischen den umstehenden Häusern, aber draußen jagte der Wind wie ein wild gewordener Besen über den Boden. Die Luft war grauweiß oder eher farblos, sogar der einsame gelbe Lichtschein hinter den Fenstern der Mietskasernen in der Kungsgata kam ihr an diesem Tag dunkel vor. Als traue das Licht sich nicht hinaus. Neuschnee, Freuschnee, Irrenschnee, dachte Bixe und fuhr aus der Garage heraus. Sie hatte den Wagen am Vorabend glücklicherweise dort abgestellt, und deshalb brauchte sie an diesem Morgen auch keine Viertelstunde dadurch zu vergeuden, dass sie Fensterscheiben abschabte und versuchte, das Schloss aufzubekommen und eingeschlafene Scheibenwischer zum Leben zu erwecken, ehe sie sich auf den eiskalten Sitz niederlassen, das Gebläse einschalten und die Heizung so weit wie möglich aufdrehen konnte. Sie sollte sich nicht damit begnügen, zu Hause die Decke anstreichen zu lassen, dachte sie, sie sollte sich auch ein neues Auto anschaffen. Wenn sie ihr neues rauchfreies Leben mit heilen Nerven antreten wollte.

Am Slottsfjordsleden herrschte starker Verkehr, der zwischen den schmutzig grauen Schneeresten nur langsam vorankam. Verdammter Mist, dachte sie und fuchtelte mit der Hand, als halte sie eine brennende Zigarette zwischen den Fingern. Die Ampel sprang wieder auf Rot, und vor ihr waren noch fünf Wagen. Wenn sie an diesem Morgen nicht wieder so lange mit dem Maler geredet hätte, dann könnte sie jetzt schon draußen auf dem Gut sein, und das wäre ja nur richtig gewesen. »Um acht, keine Sekunde später«, hatte der Typ am Telefon gebrüllt. »Danach muss ich mich um die Pferde kümmern.«

Jetzt beugte sie sich über das Lenkrad und fluchte, während die fünf Autos im Schneckentempo vor ihr herschlichen. Sie hielten, schlichen weiter, hielten wieder. Ach, verdammt. Sie riss das Lenkrad nach links, erreichte eine verbotene Fahrspur und wich einigen wütend hupenden Wagen aus, die im Schneematsch eine Vollbremsung hinlegen mussten.

»Ich bitte tausendmal um Vergebung«, murmelte sie, fand durch die beschlagene Windschutzscheibe, auf der noch immer mit Kies vermischter Schnee klebte, die richtige Straßenseite, trat das Gaspedal wieder durch und bog auf die kurvenreiche Küstenstraße nach Süden ab. Jetzt zeigte das Thermometer null Grad. Nicht mehr und nicht weniger.

Der Himmel hing matt und metallfarben über den verlassenen Waldstrichen, die sich im Binnenland auf den Hügeln zusammendrängten. Links dagegen war die Landschaft platt wie ein ausgewrungenes Handtuch, hier und dort lugten schmale Streifen eines hellblauen Himmels durch die Wolkendecke. Dort wollte sie hin, zum Meer. Nach sieben Kilometern bog sie auf einen schmalen Weg ab, der durch spärlichen Tannenwald führte, danach ging es ein weiteres Mal nach links, auf einen gelinde gesagt unebenen Kiesweg, der dann bald ein weitgestrecktes Feld kreuzte. Der Wagen schlingerte und huckelte durch Senken und über Schlaglöcher, die starre Schneedecke machte die Sache auch nicht besser. Das ist sicher der Todesstoß, dachte sie und wäre fast mit dem Kopf gegen die Decke geknallt, als der Wagen sich wie ein Schiff auf stürmischem Meer hin und her warf. Die Federung würde das niemals überleben.

Aber dann sah sie einen weiteren, noch schmaleren Weg, glatt und eben und am Rand in regelmäßigen Abständen mit Weiden bewachsen. Die armen Bäume sahen aus wie kahle Besen, die den tief hängenden Himmel fegten, sie waren strikt beschnitten worden und spreizten auf alberne Weise ihre Zweige.

Gut Mångårda. Der Name stand auf einem geschnitzten Holzschild, das zwischen zwei Bäumen wie ein Torbogen über dem Weg hing. Nicht schlecht, dachte Bixe. Gelb angestrichene alte Landarbeiterhütten, sicher in viel exklusivere Wohnhäuser umgewandelt, als sie das ursprünglich einmal gewesen waren, dazu ein großer, mit Steinen verkleideter Scheunenbau, der wie ein Stück Würfelzucker auf einer Anhöhe thronte, und in der Ferne das Hauptgebäude, ebenfalls senfgelb, mit einer endlosen Menge von Fenstern und einer gigantischen Holztür unter einer himmlisch großen Veranda mit gewölbtem Dach.

Sie bog auf den mit Kies bestreuten Hofplatz ab und hielt an der, wie sie fand, am wenigsten ungeeigneten Stelle. Der Wagen hörte sich an wie eine verkalkte Kaffeemaschine, als sie vor der Wand bremste.

Sie verließ ihren wogenden Sitz und blieb vor dem Auto stehen. Reckte sich und schaute zum Himmel hoch, wo immer mehr Blau zwischen den Wolkenfetzen zum Vorschein kam. Es schien ein richtig schöner Morgen zu werden, vor allem hier draußen, wo die Stille wie ein Deckel an ihrem Ohr lag und wo sie nur einen schwachen Wind hörte, der ruhig zwischen den hohen Eichenwipfeln vor sich hinsang. Mitten auf dem Hof prangte ein runder Springbrunnen, auf dem eine zierliche Steinfrau den Arm zum Himmel hochstreckte. Eine dünne Eisschicht glitzerte auf ihr. Das Gut ragte hoch und breit vor ihr auf, wie durch eine Weitwinkellinse fixiert. Kein einziger Riss war in der ebenmäßigen Steinfassade zu sehen.

Wenn man andere dazu zwingt, in einem Rattenloch zu hausen, kann man sich so ein Haus wohl leisten, dachte sie und ekelte sich noch mehr vor der Stimme, die sie am Vortag am Telefon gehört hatte. Hatte dieser Kerl überhaupt eine Ahnung davon, wie die Welt außerhalb der Mauern von Gut Mångård aussah?

Plötzlich wurde die Stille von einem Knirschen durchbrochen, und Bixe wurde wie durch göttliches Eingreifen aus ihren Gedanken gerissen. In der Ferne, hinter dem westlichen Giebel, waren Gerüste, Farbeimer und vor einem Sandhaufen ein Zementmischer zu sehen, der rhythmisch vor sich hinmahlte.

Hier konnte er sich also Renovierungen leisten, aber wie sah das anderswo aus? Verdammt, da könnte er das ja wohl auch, dachte sie und versuchte, nicht zu sehr mit den Zähnen zu knirschen, als sie mit dem Finger auf die blank polierte Messingklingel drückte.

Die Tür wurde überraschend schnell von einem Mann in grüner Cordhose, weißem Hemd und karierter Weste geöffnet.

Dem Hausherrn vermutlich.

Bixes verbissene Miene wurde rasch in ein liebenswürdiges Lächeln umgewandelt. Ab und zu musste man sich eben mit einer Faust in der Tasche begnügen, und das hier war einwandfrei so ein Fall. Sie konnte nur hoffen, dass der Mensch, der sich hinter der Kommissarinnen-Fassade versteckte, diese Gelassenheit bewahren konnte.

»Kommissarin Bixe. Verzeihen Sie die Verspätung, ich bin leider aufgehalten worden.«

Von einem charmanten jungen Anstreicher mit Lachfältchen und schräger Mähne, dachte Bixe und konnte deshalb ihre Mundwinkel auch weiterhin zum Lächeln verziehen.

»Macht doch nichts«, lachte der Mann, der sich am Telefon wie ein übellauniger alter Lehrer mit grau melierten Haaren angehört hatte, der in Wirklichkeit aber eher Ähnlichkeit mit einem in Schönheit gealterten Robert Redford hatte.

Seine üppigen schwarzen Haare zogen sich in weichen Wellen über seinen Kopf. Er hielt sich gerade, und trotz seines Alters – er hatte die siebzig schon seit geraumer Zeit hinter sich gelassen – waren seine Muskeln so gut in Form, dass sich sein Hemd an den Oberarmen spannte.

Seine hellblauen Augen waren in ein Meer von würdevollen Runzeln gebettet.

»Möchten Sie eine Tasse Kaffee? Aber kommen Sie doch erst einmal herein.«

Er zeigte aus der dunklen Diele in einen um einiges helleren Raum.

Bixe sah zu, wie ihr zerknitterter und viel zu dünner Mantel auf einen roten Lederbügel gehängt wurde, dann zeigte ihr Gastgeber abermals mit einem strahlenden Lächeln auf das neben der Diele gelegene Zimmer, das von einem breiten, dunkelroten Teppich und einem Schrank aus irgendeinem dunklen Holz geschmückt wurde. In der Diele roch es nach Holz und Wolle, und wenn es auch nicht gerade kalt war, so drang doch eine Art rauer Feuchtigkeit durch die weiß getünchten Steinmauern.

Im Salon dagegen war es warm und luftig. Das Licht fiel durch zwei hohe Glastüren, die auf eine mit Steinen bedeckte Terrasse führten. Vor dem Fenster hingen dünne weiße Gardinen. Trotz ihrer Leichtigkeit bewegte sich darin nicht ein Faden, als Ragnar Hökmark wie ein milder Frühlingswind vorübersegelte und für Bixe Platz auf einem aprikosenfarbenen Sofa vor dem Fenster machte. Er entfernte einige Zierkissen aus irgendeinem knisternden Stoff und eine große weiße Decke, die aus dünner Wolle gewebt zu sein schien.

»Meine Frau will das so«, sagte er, und Bixe glaubte, aus seiner Stimme eine leise Gereiztheit herauszuhören. »Ich sage ja immer, dass das nicht gerade sonderlich zum Sitzen einlädt, aber sie lässt sich nicht beirren.«

Bixe lächelte. »Ja, das ist alles Geschmackssache.«

Ragnar Hökmark murmelte etwas und reckte sich dann vorsichtig in seiner eng sitzenden Weste. Sein breites Gesicht dehnte sich zu einem weiteren Lächeln, und eine leichte Röte färbte seinen kurzen Bart hellgrau.

»Kaffee, wie gesagt?«

»Ja, bitte.«

Eva-Britt Bixe hatte die Hände auf den Knien gefaltet und sah zu, wie er in der Diele verschwand. Seine Bewegungen hatten etwas Unsicheres und Flüchtiges, etwas, das schlecht zu Stuckdecke und knackendem Eichenparkett zu passen schien. Obwohl er mit dem lokalen Akzent sprach, gehörte er wohl kaum zu der Art Männer, die mit gebieterischer Miene von den nachgedunkelten Gemälden an der Wand herunterblickten. Sein Mienenspiel und seine Gesten, seine Art zu reden, das alles kam ihr vor wie eine Krähe, die mit beschnittenen Flügeln in einem vergoldeten Käfig zu flattern versucht. Er passt einfach nicht hier hin, dachte Bixe.

Als habe er ihre Gedanken gelesen, lachte er, während er spröde klirrende Tassen und Teller auf den Tisch stellte.

»Ich habe keine Ahnung, wer das alles ist. Die Bilder hingen schon hier, als wir das Gut übernommen haben, und wir dachten, dann könnten sie auch hängen bleiben. Die alten Jungs würden vermutlich vor Ärger spuken, wenn wir sie herunternähmen.«

Bixe nickte als Antwort auf das, was der Mann gesagt hatte, und weil er ihr fragend eine Porzellankanne voll Kaffee hinhielt. Milchkännchen und Zuckerschale dagegen lehnte sie mit einer Handbewegung ab.

Als sie die Tasse an den Mund hob, schaute sie sich noch einmal im Zimmer um. An der Wand gegenüber stand ein dunkles Büfett, das mit orientalischen Porzellantellern voll gestellt war. Neben dem Büfett standen ein Schaukelstuhl und ein Tisch, dessen tieferer Sinn nicht zu erkennen war und der von einem gestreiften Läufer und einem großen Familienbild gekrönt wurde. Hökmark selber war in der Mitte zu erkennen, hochgewachsen und sicher fünfzehn bis zwanzig Jahre jünger als jetzt; rechts von ihm war eine kleine Frau mit markanten, schräg stehenden Augen und dunkler Pagenfrisur zu sehen, links zwei schmächtige Mädchen mit ähnlichem Haarschnitt. Bixe trank einen Schluck Kaffee.

»Ich will versuchen, mich kurz zu fassen«, sagte sie dann und ließ den wunderbaren Nachgeschmack wirklich starken Kaffees über ihre Zunge rollen.

Von einem richtigen Meister gekocht, dachte sie, und für eine Sekunde verblich das Bild der abblätternden Fensterrahmen und der rostigen Balkons, die sie in dem anderen Haus gesehen hatte. Aber vielleicht war der Kaffee ja von jemand anderem gekocht worden, auch wenn sie nicht das Gefühl hatte, dass sich außer ihr und Hökmark noch jemand im Haus aufhielt. Wobei die Dienstboten sicher auf Filzpantoffeln durch die Gegend schlichen und nicht einmal dann atmeten, wenn sie sich bewegten.

Hökmarks gerunzelte Stirn schien eine stumme Frage zu stellen.

»Ja, ich meine, Sie müssen sich doch um die Pferde kümmern.«

»Ach, das … Das findet sich schon.«

Er machte eine wegwerfende Handbewegung.

»Es geht also um einen Ihrer Mieter«, sagte Bixe jetzt mit einem Plätzchen im Mund, das ebenfalls köstlich schmeckte.

»Ich stehe ganz zu Ihrer Verfügung.«

Er lächelte sie an, und Bixe kam abermals der Gedanke, dass er wirklich keine Ahnung davon hatte, wie die Welt außerhalb seines Gutes aussah.

»Ein gewisser Christer Nyberg hatte in einem Ihrer Häuser eine Wohnung gemietet.«

»Ach ja. Das war der, der ermordet worden ist? Ich habe mir ja schon überlegt, was Sie wohl von mir wollen könnten. Unangenehme Geschichte.«

Er ließ sich auf dem Sofa zurücksinken und legte den einen Arm über die Rückenlehne. Runzelte weiterhin die Stirn und starrte den Boden an, als zähle er jetzt die Knoten im Teppich.

»Wenn ich richtig informiert bin, ist er dort zum ersten Januar dieses Jahres eingezogen.«

»Das kann schon stimmen, ja. Unangenehm, dass es gerade dort passieren musste.«

»Es ist unangenehm, wo immer es passiert.«

Er fuhr sich übers Kinn und schaute zu ihr hoch.

»Da haben Sie natürlich Recht. Aber man ist eben egoistisch. Warum gerade vor meinem Haus, denkt man.«

»Wie ist er an diese Wohnung gekommen?«

»Tja, wie? Das kann ich Ihnen leider nicht sagen.«

»Wissen Sie das nicht mehr?«

»Nein, wirklich nicht. Wenn ich mich an jeden einzelnen Mieter erinnern und wissen sollte, wann und warum er ein- oder ausgezogen ist, dann müsste ich ganze Karteikästen im Kopf haben.«

»Aber es gibt doch sicher schriftliche Unterlagen?«

»Einzugsdatum und Vertrag kann ich Ihnen natürlich vorlegen, aber ich weiß nichts darüber, wie er in Kontakt zu mir gekommen ist.«

»Wie kommen Sie denn an Ihre Mieter? Durch Zeitungsanzeigen?«

»Normalerweise geht das von selbst. Irgendwer kennt Leute, die ausziehen wollen, und wendet sich an mich.«

»Und so hat Nyberg das auch gemacht?«

Hökmark zuckte mit den Schultern. »Vermutlich. Ich weiß es einfach nicht mehr.«

»Sie besitzen mehrere Häuser in der Stadt ...«

»Ich habe auch noch zwei in Värmland. Meine Frau kommt da her ...«

»Da müssen Sie sich ja um einiges kümmern«, sagte Bixe mit leichtem Lachen.

»Ja, aber das ist auch das Mindeste, was man ...«

»Verschaffen Sie sich Informationen über Ihre zukünftigen Mieter?«

»Natürlich versucht man, sich ein Bild zu machen, aber es können sich auch in meinen Häusern sicher Banditen und Verbrecher und anderes Gesindel verstecken, falls Sie das wissen wollen.«

»Einer Ihrer Mieter wurde also ermordet, was aber nicht heißen soll, dass er ein Schurke oder Verbrecher gewesen ist. Mich interessiert nur, ob Sie etwas über ihn wissen.«

»Lieber Himmel, ich habe doch keine Ahnung, wer dieser Mann war, und noch weniger kenne ich seinen Umgang. Ich war nur sein Vermieter. Nicht sein Kindermädchen.«

Hökmark machte eine ungeduldige Handbewegung.

»Können Sie denn sonst etwas über das Haus erzählen? Irgendetwas Besonderes?«

»Ich weiß von nichts. In diesen kleinen Häusern wohnen ja viele Rentner. Und die leben ruhig und gesittet.«

»Und das galt auch für Nyberg?«

»Das kann ich Ihnen gleich sagen.«

Er erhob sich und verschwand, diesmal mit überraschend energischen Schritten, im Dunkel der Diele, um dann mit zwei großen grünen Ordnern zurückzukehren.

»Hier steht alles, was es zu wissen gibt.«

Na ja, vielleicht gibt es hinter deiner Stirn auch noch etwas, dachte Bixe.

Ragnar Hökmark blätterte nun in Papieren, die aussahen wie Verträge.

»Bewahren Sie das alles auf?«, fragte Bixe.

»Eine Zeit lang, danach werfe ich es natürlich weg. Man kann doch nicht alle Unterlagen aufheben.«

»Kommt es häufig zu Veränderungen in den Mietverhältnissen?«

»Tja, nicht in der Gegend, wo Nyberg gewohnt hat, die Alten sind treue Mieter, das können Sie mir glauben. Aber ich habe auch noch einige Häuser, die näher zur Innenstadt hin gelegen sind, und da gibt es einen dauernden Wechsel. Die jungen Leute halten es höchstens ein halbes Jahr an einem Ort aus ... Hier habe ich übrigens Nybergs Vertrag.« Er reichte ihr einen Bogen im A4-Format.

»Schreiben Sie Ihre Verträge immer mit der Hand?«

Hökmark kratzte sich verwirrt an der Nase. »Ich habe etwas gegen diesen ganzen neumodischen Kram, den es heute überall gibt«, sagte er leise und stieß mehrere Male mit dem Knie gegen das Tischbein, so dass der kalt gewordene Kaffeerest in Bixes Tasse hochschwappte.

Bixe stellte keine weiteren Fragen zu diesem Thema. Hökmark hätte wohl eine eigene kleine Untersuchung verdient, dachte sie, falls ihn noch niemand unter die Lupe genommen hatte. Aber auch wenn das ein- oder auch zweimal passiert war, so wäre doch die Chance, ihn zu fassen zu bekommen, minimal, das wusste sie. Wer könnte denn schon sagen, wie viele Firmen auf seinen Namen liefen und wie weit seine versteckte Macht wohl reichte?

Schrottreife Fensterrahmen und Fassaden, von denen der Verputz abblätterte, dachte sie und wischte sich einen Plätzchenkrümel aus dem Mundwinkel. Der Plätzchengeschmack kam ihr jetzt ekelhaft süß vor, und der starke Kaffee bereitete ihr seltsamerweise Sodbrennen, ein straffes Band, das wie eine scharfe Feile hin und her bewegt wurde, wenn sie schluckte.

»Nyberg ist also im Januar eingezogen. Zwölfhundertfünfundvierzig Kronen Miete.«

Kann sich das denn wirklich lohnen, fragte sie sich. Ja, wenn man die Häuser einfach langsam verkommen lässt. Sie dachte daran, was der Anstreicher über ihre Decke gesagt hatte, und dort hatte der Riss sich doch nur wie ein kaum sichtbarer Draht durch die Ecke gezogen. Wirklich, alles war relativ.

Kann Geld denn so viel wert sein? Sie schaute zum Kronleuchter hoch, der dort oben zu schweben schien wie ein Ballettröckchen, und sie dachte, ja, das kann es bestimmt.

»Es hängt vom Standard ab«, sagte Högmark. »Je höher der Standard, umso höher die Miete. In meinen Häusern können die Mieter das selber entscheiden. Viele ziehen ihre vergammelten alten Küchenschränke vor und verzichten auf Zentralheizung und Badezimmer mit Dusche, wenn sie dafür nur Miete sparen können. Und ich finde das gut so, oder was meinen Sie?«

Bixe nickte zustimmend. Hökmark sah zufrieden oder vielleicht eher erleichtert aus. Na ja, war auch egal, sie war ja schließlich nicht hergekommen, um einem Miethai das Handwerk zu legen. Auch wenn sie das gern getan hätte. Ragnar Hökmarks Auftreten ging ihr jetzt auf die Nerven, und sie wusste genau, warum.

»Und Nyberg wollte also weniger Miete bezahlen und sich dafür mit einem geringen Standard zufrieden geben?«

»So muss es gewesen sein, ja, sonst wäre er dort ja nicht eingezogen.«

»Hatte er denn noch Alternativen?«

»Ja, sicher. In der Innenstadt stehen Wohnungen oft monatelang leer, die Hausbesitzer begreifen einfach nicht, dass die Leute sich nicht jeden Preis leisten können. Aber bei mir ist das ja anders.«

»Hat Nyberg seine Miete immer pünktlich bezahlt?«

Hökmark drehte ein Blatt Papier um und musterte es flüchtig. »Ja, hier ist nichts anderes vermerkt. Aber in der Hinsicht gibt es bei mir nie Probleme. Die Streitigkeiten über Miethöhe und alles Mögliche andere finden eher im Zentrum statt.«

»Mit Nyberg gab es also keine Probleme?«

»Nein, dem musste ich niemals eine Nachricht schicken.«

Bixe gab den Vertrag zurück, den Christer Nyberg in einer

schmalen, spitzen Handschrift unterzeichnet hatte, vage und blass, als habe das Papier dabei auf einer weichen Unterlage geruht. Oder als habe er selber nicht so recht gewusst, ob er wirklich unterschreiben wollte.

»Und sonst können Sie mir nichts erzählen?«, fragte Bixe und nahm ihre Brille ab.

»Was sollte das denn sein?«

»Das wissen Sie doch besser als ich.«

»Als Hausbesitzer kann man ja wohl kaum alle Mieter kennen«, wiederholte Hökmark.

»Natürlich nicht«, sagte Bixe und stand vom Sofa auf. »Nur noch eins. Wo waren Sie in der Nacht zum Dienstag vergangener Woche?«

Hökmark, der sich ebenfalls erhoben hatte, verzog verärgert den Mund.

»Ich war hier«, sagte er kurz. »Zusammen mit meiner Frau. Aber ich stehe doch wohl nicht unter dem Verdacht ...«

»Das war nur eine Routinefrage«, sagte Bixe lächelnd. »Na dann danke ich für die Auskünfte.«

Sie ging vor Hökmark her in die Diele, wo ihr Mantel hing. Als sie den Gürtel band, hörte sie aus der Küche leise Schritte. Hinten im Zimmer sah sie eine Frau vorüberhuschen, lang und schmal, mit wogendem Lockenhaar, das ihr über den Rücken fiel. Hat noch einmal geheiratet, dachte Bixe, und abermals wurde damit ihre These bestätigt: Bei einem Mann reicht eine gut gefüllte Brieftasche. Wenn er auch ansonsten aussieht wie ein gemästeter Gorilla oder ein ungeschickt zusammengeschustertes Monstrum – das spielt keine wirklich wichtige Rolle.

»Wenn Ihnen noch etwas einfällt, dann rufen Sie bitte an.«

Sie streckte mit geradem Arm die Hand aus. Ragnar Hökmarks Finger waren schmal wie die eines Konzertpianisten, und seine Lippen wurden zu einem dünnen Strich, als sie sich zum Abschied spannten.

☆

»Such alles zusammen, was über diesen Arsch vorliegt!«

»Alles?«

»Alles.«

»Aber wie, zum Teufel …« Erik Sander fuhr sich mit dem Handrücken über die Stirn.

»Alles bedeutet seine Firmen, die Namen, unter denen sie registriert sind, und wie oft er von der Wohnungsbehörde vorgeladen worden ist. Und vor allem, wie oft das nicht der Fall war.«

Sander stand mit roten Wangen vor ihr, sein einer Sohn lag mit Angina zu Hause, und er selber war mit hängender Zunge zur Arbeit gestürzt.

»Er scheint ja keinen sonderlich guten Eindruck auf dich gemacht zu haben«, sagte Sander.

Bixe hatte die Lesebrille auf ihre Stirn geschoben. Vor ihr auf dem Schreibtisch waren die Unterlagen aus dem Ordner »Nyberg« arrangiert wie Schmetterlingsflügel. Die Frage war jedoch, ob diese Patience jemals aufgehen würde, im Moment hatte sie da ihre Zweifel. Aber vielleicht war sie nach dem niederschmetternden Besuch bei Junker Hökmark einfach nur pessimistisch.

»Das war nicht persönlich gemeint …«, sagte sie leise.

»Aber es ist verdammt persönlich.«

»Was denn?«

»Bloß weil du diese Sorte von Vermietern nicht ausstehen kannst, kannst du diesem Typen nicht einfach Handschellen anlegen, dazu brauchst du Zeit und Mittel. Und im Moment sollten wir doch …«

»Du hast die Schnauze voll, meinst du?«

»Das hast du gesagt.«

»Ich sage, was ich will.«

»Als ob ich das nicht längst kapiert hätte. Aber ehrlich gesagt, sollten wir uns im Moment nicht auf andere Dinge konzentrieren?«

Bixe schob sich die Brille noch höher, als habe sie vergessen, dass sie sie ja bereits nicht mehr auf der Nase hatte.

»Ich krieg hier noch graue Haare«, sagte sie.

»Du hast schon graue Haare.«

»Ich lasse übrigens gerade meine Wohnzimmerdecke streichen.«

»Grau oder wie?«

»Rot.«

»Was?«

»Du hast sehr gut gehört, was ich gesagt habe.«

»Ja, ja.«

Sander stand in der Türöffnung und schwenkte ein Bündel Papiere, um sich Luft zuzufächeln. Sein Gesicht war noch immer rot nach dem frühen Eilmarsch.

»Weißt du, was mich an ihm am meisten geärgert hat?«, fragte Bixe.

»Seine frisch angestrichene weiße Decke?«

»Nein. Und auch nicht seine handgeschriebenen Verträge.«

»Handgeschrieben?«

»Und auch nicht die kleine Anmerkung auf der Rückseite, wo die Mieter auf Ehre und Gewissen versprechen müssen, sich unter keinen Umständen jemals an einen Mieterverband zu wenden.«

»Was? Aber …«

»Am meisten hat mich geärgert, dass er Dinge verschwiegen hat, die er weiß. Nur, um sich zu schützen. Ich hätte das selbst dann eher hinnehmen können, wenn er versucht hätte, einen kaltblütigen Mörder zu decken, aber er hatte nur Angst, jemand könnte Einblick in seine Geschäfte nehmen. Und da muss dann doch irgendwo ein Hund begraben sein.«

»Da gibt's vermutlich einen ganzen Hundefriedhof.«

»Und irgendwo auf diesem Friedhof hat also Nyberg ein Dach über dem Kopf gefunden. Das klingt vielleicht seltsam, aber ich habe das ganz klare Gefühl, dass wir feststellen sollten, wie er an diese Wohnung gekommen ist.«

14

»Hast du ihn umgebracht?«

»Ich? Spinnst du?«

»Mir kannst du es ruhig sagen. Ich sage es wirklich nicht weiter, versprochen.«

»Nicht? Wer außer dir würde denn noch alles dafür geben, mich in Schwierigkeiten zu bringen? Aber wenn du wirklich glaubst, ich hätte es getan, dann bist du ganz und gar auf der falschen Fährte.«

»Ich weiß noch, einmal ...«

»Ja?«

»Da hast du gesagt, du könntest ihn umbringen.«

»Habe ich das gesagt? Großer Gott ...«

»Weißt du das nicht mehr?«

»Doch, doch, vielleicht. Ab und zu hatte ich wohl so ein Gefühl ... Du kannst dir ja nicht vorstellen, was das mit ihm für ein Leben war.«

»Ach? Was war denn so schrecklich?«

»Das weißt du doch.«

»Ich glaube nicht, dass du dir vorstellen kannst, was das Schlimmste von allem ist.«

»Aber über unsere Gefühle haben wir ja wohl keine Kontrolle.«

»Du meinst also, was mir passiert ist, sei nicht so schlimm gewesen. Oder was?«

Pernilla senkte den Blick. Wackelte unten auf dem Teppich ein wenig mit ihren nackten Zehen.

»Es ist schon lange aus, und das weißt du. Es war ein Fehler, aber jetzt ist doch alles vorbei.«

»Du lügst.«

»Warum quälst du mich eigentlich so? Reicht es nicht, dass ...«

»Wo habt ihr es gemacht? Hier auf dem Sofa, oder was?«

»Aber bitte, Katrin, ich habe doch gesagt, dass …«

»Und wo ist es zum ersten Mal passiert? O verdammt, darüber habe ich mir ja so sehr den Kopf zerbrochen. Ich habe in eure Scheißfenster geschaut und überlegt, ob es dort passiert. Und ob es gerade jetzt passierte. Verdammt, du hast ja keine Ahnung …«

Sie schleuderte die Haare nach hinten und kaute auf der linken Seite ihrer Unterlippe herum.

Pernilla senkte den Kopf. Herrgott, fängt sie jetzt etwa an zu heulen, dachte Katrin.

»Also verschwindet er noch immer«, sagte Pernilla mit belegter Stimme. »Aber zu mir geht er dann jedenfalls nicht.«

Katrin nagte noch immer an ihrer Lippe, frenetisch, als wolle sie die Haut durchbeißen und das dahinter fließende Blut erreichen.

»Wie hat Christer es eigentlich aufgenommen – als er es erfahren hat?«

»Das hat er nicht.«

»Erzähl mir das bloß nicht noch mal. Glaubst du denn, er war blind, oder was? Das musste doch allen auffallen …«

»Ich habe doch gesagt, dass er nichts wusste.«

»Aber vielleicht spielte es für ihn ja keine Rolle? Ihr hattet doch eine so schöne und auf gegenseitigem Respekt aufgebaute Beziehung, oder wie du das ausgedrückt hast.«

»Ich bereue wirklich, dir überhaupt irgendwas erzählt zu haben. Und du weißt, dass das Leben mit ihm schrecklich war. Jetzt im Nachhinein … Jedenfalls war unsere Beziehung schon zu Ende, als …«

»War sie nicht. Ihr habt noch immer im selben Haus gelebt, und ich begreife nicht, wie du das alles unter einen Hut gebracht hast, wie du das zeitlich regeln konntest, aber Christer musste sicher viel arbeiten, und du warst ja oft zu Hause, während ich manchmal den ganzen Tag im Dienst bleiben musste. Sicher habt ihr die Vormittage genutzt. So einfach wird es gewesen sein. Denn Christer hatte meines Wissens ja nie Nachtdienst.«

»Du bildest dir ein, viel zu viel zu wissen.«

»Auf jeden Fall weiß ich, dass Christer es gewusst hat.«

Pernilla schüttelte energisch den Kopf.

»Das hat er nicht. Und selbst wenn, welche Rolle spielt das für dich?«

»Ich habe mir das alles überlegt ... Aus irgendeinem verdammten unerfindlichen Grund hat er dir alles überlassen, jedes einzelne verdammte Möbelstück und jeden Teppich und jedes Bild und ... Als hätte er das Gefühl gehabt, er sei schuld an allem, und dann entdeckt er eines Tages, dass du fremdgehst, und das schon seit langem vor eurer Trennung. Und das muss doch ein scheußliches Gefühl sein. Er muss sich doch ausgenutzt vorgekommen sein, gelinde gesagt.«

Pernillas Blässe war auf ihren Wangen erstarrt wie ein vom Frost überzogener Winterbach, sie presste die Handflächen dagegen.

»Wollte er das zurückhaben, was er dir überlassen hatte? Wollte er dich zurückhaben? Eifersüchtige Männer können doch unerträglich sein, das wissen schließlich alle.«

»Hör jetzt auf. Reicht es nicht, dass er nicht mehr da ist, willst du nun auch noch ...«

»Von welchem redest du?«

»Geh jetzt endlich. Ich will dich hier nicht mehr sehen.«

»Aber die Erinnerungen kannst du nicht wegschicken. Die kannst du nicht einfach vor die Tür setzen. Wie schlimm war es eigentlich, als er es erfahren hat? Unerträglich? Hat er dich nicht in Ruhe gelassen, konntet ihr deshalb nicht weiter ...«

»Raus hier!« Jetzt fauchte sie durch zusammengebissene Zähne. Erstaunlich, welche Ausdrucks-Variationen sie zustande bringt, dachte Katrin. Sie schaute die Hand an, die auf die Tür zeigte. Der Arm in dem dünnen, eleganten Seidenärmel zitterte vor Empörung.

»Ich rufe die Polizei ...«

»Tu das. Die fahren mich vielleicht nach Hause. Aber die Mühe kannst du dir sparen. Ich will ja gar nicht hier bleiben. Ich wollte nur eins: dir die Möglichkeit bieten, dein Gewissen zu erleichtern. Nachher fühlt man sich immer besser. Ich dachte, du könntest doch wenigstens zugeben …«

Als die Tür hinter Katrin ins Schloss fiel, hielt sie einen Stiefel noch in der Hand, während ihre Jacke auf der obersten Treppenstufe gelandet war. Sie fluchte lautlos vor sich hin und sah auf dem Weg nach unten ihr Gesicht in den hohen Fensterscheiben. Dass sie immer wieder ihr Spiegelbild erblicken musste, war offenbar unausweichlich, egal in welche Richtung sie schaute.

☆

Beim Warten kam sie sich vor wie in einer stickigen Kammer eingesperrt. In den ersten Nächten hatte sie auf die frühen Morgenstunden gewartet. Dann war sie doch noch eingeschlafen, eingehüllt in ihren Morgenrock, in Embryostellung auf dem Sofa. Unter den Wäscheleinen, die Linien vor die nachtdunkle Decke zu zeichnen schienen. Sie hatte sie alle gezählt, wieder und wieder, um damit den Wahnsinn zu vertreiben und das Warten weniger unerträglich zu machen, und dann war sie eingeschlafen.

Ab und zu streichelte sie sich vorher selber und schlief ein, während ihre Hand wie ein erschöpftes Tier zwischen ihren Beinen hing, nur um dann einige Stunden darauf mit steifem, schwerem Körper zu erwachen, noch immer unbefriedigt, weil der Genuss nicht zwischen den Beinen saß, sondern im Kopf, und dort war im Moment nur Platz für Angst. Sie wurde von einer dumpfen Furcht erfüllt, wenn sie spürte, dass das Haus noch immer leer war. Sie warf einen Blick auf die Uhr, erst zwei. Noch war es nicht zu spät für ihn, um nach Hause zu kommen, um die Haustür aufzureißen, dann leise die Schuhe abzustreifen und die knackende Treppe zum Schlafzimmer hochzugehen. Um irgendeine Entschuldigung zu murmeln, einfach so ins Leere, eintönig und nicht einmal für seine eigenen Ohren überzeugend, während er sich mit einer raschen Bewegung das Hemd vom Leib riss und seinen Oberkörper den müden Duft verbrauchter Leidenschaft abgeben ließ, der seinen Leib bedeckte wie eine vertrocknete Schale. Danach könnte er sich aufs Bett fallen lassen, so plötzlich und hart, dass die Matratze bebte, und dann könnte er sofort einschlafen, tief und bewusstlos wie ein Sack voll formlosem grauem Sand.

Sie wartete, und die Nacht verschwamm mit ihrem Warten. Langsam, wie der Sand in einem verschlossenen Stundenglas. Ein Sandkorn für jede Stunde. Der warme Spätsommer war einem kühlen Herbst gewichen, mit plötzlichen scharfen Winden, die das Laub über den Boden wirbeln ließen. Die Fensterscheibe kühlte ihre Stirn ab, sie drückte ihr Gesicht nun schon so lange daran, dass das Glas zu einem Teil ihrer selbst geworden war. Sie versuchte, dort unten Schatten zu sehen, Schatten zwischen den Schatten, und hoffte, auf dem Weg Schritte zu hören. Aber die Luft war so stumm wie der Himmel und der Rauch, der jetzt nachts aus den Schornsteinen der umliegenden Häuser quoll. Wie weiße Schleier, die von einem sternenklaren Nachthimmel verschlungen wurden. Sie liebkoste sich mit einem kreisenden Finger, denn nur so konnte sie die wilde, wahnwitzige Eifersucht vertreiben, indem sie sie wie eine schwarze, anschwellende Feuerkugel in ihren Leib hineinrieb, während sie die Augen zusammenkniff, um die Bilder aus ihrem Kopf zu vertreiben.

15

Am nächsten Tag war sie nicht zur Arbeit gegangen. Sie hatte sich mit Halsschmerzen entschuldigt.

»Trink was Warmes und geh ins Bett«, hatte er morgens gesagt, ehe er auf den Weg zur Garage verschwunden war.

Sie hatte eine Weile gewartet. Man wusste ja nie. Aber nach zehn Minuten hielt sie die Luft für rein und wagte, aufzustehen.

Sie fror. Trotz Morgenrock und dicker Socken. Vielleicht war sie ja wirklich krank. Ach Gott, wie gern wäre sie das gewesen. Jede Krankheit wäre doch besser gewesen als das, was ihr bevorstand.

Sie lief hin und her, vom Wohnzimmer in die Küche und wieder zurück. Sie schaute aus dem Fenster, immer wieder, aufs Geratewohl sah sie in diese oder jene Richtung. Aber draußen blieb alles leer, sie konnte nur den Nachbarn sehen, der zur Arbeit fuhr, und die fünf Minuten später eintreffende Putzfrau. Der rote Zaun, der im Sommer frisch angestrichen worden war, zog sich wie ein Ring um das Haus, die Sträucher streckten sich starr und leblos zum klarblauen Himmel hoch. Wenn es doch wenigstens regnen würde! Dann würde sie sich nicht so hoffnungslos fühlen. Aber die Sonne schien durch die Fenster wie aus Hohn.

Aber warum zum Teufel machte sie sich eigentlich solche Sorgen? Sie schaute zum Telefon hinüber. Das stand tot und stumm in der Diele.

Sie hatte sich eine Tasse schwachen Tee gemacht. Und sich dann dabei ertappt, dass sie schon wieder wartete. Als die Uhr zehn schlug, saß sie noch immer so da, mit einem angezogenen Bein, auf dem Küchenstuhl. Der Tee war kalt geworden. Das Telefon hatte noch nicht geklingelt.

16

Nach der Scheidung von Gösta hatte Eva-Britt Bixe keine Beziehungen gehabt. Nicht einmal kurze, flüchtige. Sie hatte die Männer satt, absolut satt – zumindest die Vorstellung, mit einem unter demselben Dach zu wohnen –, auch wenn sie ab und zu die Paare beneidete, die es auf unerklärliche Weise schafften, Jahr für Jahr zusammenzuleben, ohne sich gegenseitig die Augen auszukratzen.

Wie machten die das? Es kam ihr fast wie ein Wunder vor, dass andere silberne und goldene Hochzeit feierten und dass im Leben Platz war für Ehen, die bis ganz zum Schluss hielten.

Männer waren eine grauenhafte Zeitverschwendung, fand Bixe. Als Gösta an jenem schönen Frühlingsmorgen seine Habseligkeiten zusammengepackt und das Haus verlassen hatte – er war natürlich zuerst ausgezogen, das war ihre einzige Forderung gewesen –, war ihr die Zeit plötzlich unendlich vorgekommen. Sie brauchte keine schmutzigen Socken und Unterhosen mehr aufzulesen, die aus irgendeinem Grund nicht im Wäschekorb gelandet waren, sondern die Stühle im Schlafzimmer bedeckten. Sie brauchte keine großen Töpfe mehr auszuschrubben und zu spülen; Bixe selber zog Fertigmahlzeiten vor. Und die Einkaufstaschen waren ja so viel leichter geworden, nie mehr brauchte sie Milchkartons zu schleppen, die offenbar schon geleert wurden, noch ehe sie den Kühlschrank erreichten. Keine Bierflaschen mehr, die die Taschen bleischwer machten und danach den Bauch des stillsitzenden Gatten anschwellen ließen. Das Brot reichte eine Ewigkeit und konnte außerdem in kleinere Teile zerschnitten und eingefroren werden. Und wenn sie sich einen Leckerbissen kaufte, dann wusste sie, dass der auch am nächsten Morgen noch vorhanden sein würde – keine Hausmaus stapfte nachts umher und knabberte an der Leberwurst, die sie selber zum Frühstück essen wollte, oder verschlang die ungarische Salami, die für die ganze Woche hätte reichen sollen.

Das Einzige, was sie ab und zu störte, war, dass niemand da war. Wenn sie müde war und zu viele Gedanken einander durch ihren Kopf jagten. Dann wäre es schön gewesen, sich an eine warme Schulter lehnen zu können oder im Einschlafen einen Arm um ihre Taille zu spüren. Um das, was von ihrer Taille noch übrig war, genauer gesagt.

Aber mit Gösta war es doch nie so gewesen. Gösta hatte seine verdreckten Stiefel erst im Haus ausgezogen und sich mit aus dem Mundwinkel hängender Kippe breitbeinig am Küchentisch niedergelassen, um sich in die Abendzeitungen zu vertiefen, eine nach der anderen. Sie hatte damals nicht eine Sekunde für sich, er hatte alle Sekunden auf der Welt. Vor allem, als die Kinder noch klein waren, beugte sie sich fluchend über die Töpfe und schwor jeden Morgen hoch und heilig, den Kerl vor die Tür zu setzen, sowie sie am nächsten Morgen aufgewacht war. Nur war sie dann am nächsten Morgen viel zu müde und erschöpft, um an ihren Ärger vom vergangenen Abend auch nur zu denken. Und deshalb durfte Gösta noch einen weiteren Tag bleiben. Auf diese Weise fügte ein Tag sich zum anderen, zu einer Woche, einem Jahr – und sie und Gösta teilten aus unerfindlichen Gründen noch immer Schlafzimmer, Wohnzimmer und Küche.

Bixe streckte sich im Bett aus. Die Laken auf der anderen Seite waren angenehm kühl. Es war erst sechs, und das Zimmer war dunkel, bis auf den Lichtschimmer der Straßenlaterne. In dieser Dunkelheit ruhten die Möbel an den Wänden wie schlafende Tiere; der alte Korbsessel, der noch von ihrer Großmutter stammte, versank in seinem eigenen Schatten. Alles war weich und sanft abgerundet. Sogar der Staub lag still und schläfrig da. Die Vorhänge waren zwei dunkle Bleigewichte, die gerade zu Boden fielen.

Der Abend war eine Katastrophe gewesen. Bixe seufzte innerlich, als sie daran dachte, sie schmiegte ihr Gesicht ans Kissen, als könne sie sich auf diese Weise leichter von den Erinnerungen befreien.

Nach einem hektischen Tag, an dem ihr Magen die ganze Zeit wie Feuer brannte – was nicht nur an dem starken Kaffee lag, der ihr auf dem Gutshof angeboten worden war –, hatte sie auch noch diesen Abend über sich ergehen lassen müssen. Fast hätte sie über das Elend lachen können, aber doch nur fast.

Sie war gegen fünf nach Hause gekommen, und die Farbeimer waren im Wohnzimmer wie avantgardistische Kunstwerke aufgestapelt gewesen, zusammen mit einer verdreckten Leiter, einigem Werkzeug, das auf einer auseinander gefalteten Zeitung lag, und einem blauen Arbeitskittel. Sie öffnete den Küchenschrank, um sich davon zu überzeugen, dass sie genug Kaffee hatte und nicht noch einmal aus dem Haus musste. Danach war sie gleich entspannter und freute sich auf die wohlverdiente Einsamkeit, die der Abend immer mit sich brachte. Erst als sie sich von den Kleidern befreit hatte, in einem dampfenden heißen Bad lag und sich nach einer Zigarette sehnte, fiel es ihr wieder ein. Himmelarsch, sie war ja eingeladen!

Das Wasser stob wie eine Fontäne hoch, als sie aus der Badewanne sprang. Mit nassen Füßen lief sie durch die Diele und rubbelte sich dabei wütend mit einem Handtuch ab. Rieb sich die Haut so trocken, wie das nur ging, fuhr sich dann mit dem Handtuch über die Haare, bis die langen, schlaffen Strähnen wie weiche Seilenden auf ihre Schultern fielen.

Sie war schon zwanzig Minuten zu spät. Es ging auf sieben zu, und der gemütliche Abend mit Morgenrock und Kuchen, auf den sie sich so gefreut hatte, verschwand zusammen mit dem gurgelnden Badewasser im Abfluss. Einige Schaumblasen hielten sich noch eine Weile auf dem Badewannenboden wie kleines Hohngelächter, während sie sich den Kamm durch ihre gelinde gesagt unwilligen Haare zog.

Um Punkt zehn nach sieben drückte sie auf den Klingelknopf. Ihre Haare waren noch immer halbfeucht, aber sie hatte sie hochgesteckt, deshalb fiel es nicht auf. Das Einzige, was von ihrem Kampf gegen die Uhr kündete, waren zwei feuerrote Rosen auf den Wangen, aber die konnten nur Leuten auffallen, die sie näher kannten.

Und das war hier nicht der Fall bei dem jungen Paar, das gleich aufs erste Klingeln hin die Tür sperrangelweit aufriss und sie mit herzlichem Lächeln in ein gelb angestrichenes Wohnzimmer führte.

Kerzen auf dem Tisch. Kerzen auf der Fensterbank. Kerzen auf dem Fernseher und auf der kleinen Anrichte neben der Tür.

Sie hatte nicht einmal einen Blumenstrauß oder eine billige Pflanze in einem Plastiktopf mitgebracht. Nichts. Obwohl sie die neuen Nachbarn zum ersten Mal besuchte.

Sie wohnten gleich neben ihr, waren aber so leise, dass Bixe sich durchaus schon gefragt hatte, ob dort überhaupt jemand eingezogen sei. Aber am Wochenende war ihre Türklingel gegangen, und als Bixe öffnete, stand, wie sie zuerst glaubte, ein junges Mädchen vor ihr, klein und schmal, in Jeanshemd und weißer Trainingshose.

»Hallo«, hatte das Mädchen gesagt, und Bixe hatte gedacht,

dass es ja wohl zu früh für die ersten Maiglöckchen, aber zu spät für die Weihnachtszeitungen sei. Die ja oft schon im Juli verkauft wurden. Blieben die Zeugen Jehovas. Bixe wollte die Tür schon wieder zuschlagen.

»Ich bin die neue Nachbarin«, sagte das Mädchen.

Und Bixe sah, dass sie eher Frau als Mädchen war, wenn auch eine äußerst mädchenhafte Frau.

»Hallo«, sagte Bixe und versuchte zu erraten, ob die andere Zucker oder Mehl ausleihen wollte.

Sonst kam es eigentlich nicht vor, dass eine Nachbarin einfach so klingelte, nur um hallo zu sagen. Von den anderen fünf Parteien im Haus kannte sie nur Simonsson, aber der war auch der Mann für alles im Haus. Und ihr war das nur recht so. In dem Villenviertel, in dem sie und Gösta sechzehn Jahre ihrer gemeinsamen Zeit verbracht hatten, war niemand anonym geblieben. Jede Stimme hatte ein Gesicht gehabt, und jedes Gesicht einen Namen. Keine Möglichkeit für einen kleinen Seitensprung, keine Chance, sich vor dem Unkrautjäten in den gemeinsamen Beeten zu drücken. Wer sich nicht an die Regeln hielt – selbst wenn es nur um die Farbe der eigenen Gartenmöbel oder um die Sitte ging, genau einen Tag vor dem ersten Advent die Vorhänge zu wechseln –, wurde komisch angesehen. Dass Bixe und Gösta in einem hektischen Dezember weder im Küchen- noch im Wohnzimmerfenster einen Adventskranz stehen hatten, hatte die kleine Gemeinschaft arg verdrossen. Als sie danach in einem Sommer den Rasen nicht so schnell mähen konnten, wie er wuchs, wurden sie nur noch mit kurzem Nicken gegrüßt. Bixe hatte wirklich erleichtert aufgeatmet, als dann in jenem Frühling der Möbelwagen mit ihren Habseligkeiten losgefahren war und sie ihm folgen konnte, um nie mehr zurückzukehren.

»Ich wollte nur fragen, ob du nicht mal abends zum Kaffee kommen möchtest«, hatte die junge Frau mit glockenheller Stimme gesagt.

»Ja, gern«, antwortete Bixe mit kurzem Lachen, um ihre Verwirrung zu tarnen.

»Ich heiße übrigens Lisa«, sagte die neue Nachbarin dann. »Wann könntest du denn?«

Bixe versuchte, sich ihren Terminkalender vor Augen zu führen. Sie hatte an allen Abenden frei, aber man wusste ja nie, was sich ergeben könnte.

»Schlag du was vor.«

»Wie wär's mit Freitag?«

»Das geht. Aber bei der Arbeit läuft alles im Moment ziemlich hektisch ab, es kann also sein, dass wir es dann doch noch verschieben müssen.«

»Macht doch nichts«, lachte die Nachbarin, und auf ihren Wangen waren jetzt hübsche Grübchen zu sehen. »Übrigens, bist du das, die bei der Polizei arbeitet?«

»Richtig«, sagte Bixe und wechselte durch die Frage, um welche Uhrzeit sie sich einfinden sollte, sofort das Thema.

»Sagen wir, halb sieben? Und wir heißen Haldén.«

Ja, ja, und dass sie gleich nebenan wohnten, hatte Bixe ja auch schon begriffen. Pedantin, dachte sie und konnte nicht einen freundlichen Gedanken dafür aufbringen, dass sie nun gerade zu einem Einzugskaffee eingeladen worden war. Sie schämte sich fast.

Aber dann erst der Abend! In diesem brennenden Flickenteppich aus Kerzen. Bixe hatte auf einem gelben Sofa gesessen und an ihrem Kaffee genippt, während über allerlei gelbe Phänomene gesprochen wurde, über die Sonne im Winter und den Farbton der neuen Tapeten. Und nicht einmal Bixe konnte diesem Thema entgehen, als sie von ihrer frisch angestrichenen Decke erzählte.

»Nein. Weiß gibt es ja nicht«, sagte Erik Haldén mit einer Selbstsicherheit, als sei hier die Rede von der Umlaufbahn des Mondes um die Erde oder dem Drang der Dinge, immer nach unten zu fallen.

»Gar nicht?«, fragte Bixe über den Rand ihrer großen gelben Kaffeetasse hinweg.

Erik mit seinen Lachfältchen um den Mund, seinem schütteren Bart und seinen hellblauen Augen, die sich mild und fest auf seine Gesprächspartnerin richteten. Er trug ein Holzfällerhemd und lose sitzende Jeans. An den Füßen hatte er große Lederpantoffeln, in denen sich die Jeans unten ein wenig umstülpten. Er arbeitete im Umweltamt der Gemeinde. Lisa war im Museum angestellt, machte aber gerade einen Kurs in *creative writing*, wie sie das nannte. Ihre Wohnung war sparsam möbliert, es gab weder Teppiche noch Vorhänge. Sie hatten nur einige schlichte Metalllampen und an Ziergegenständen nur Holzrahmen, die an den Fenstern lehnten und mehr oder weniger obskure Gemälde enthielten. In der Diele stand eine leere Staffelei. An den Wänden hing schwarzweiße Grafik, und an der Kühlschranktür waren mit silberfarbenen Magneten drei Landschaftsfotos befestigt.

»Nein, denn es gibt keine absoluten Werte«, sagte Erik, beugte sich vor und umschloss sein Kinn mit der Hand.

»So ist er immer.« Lisa lachte und strich über die Schulter ihres Mannes. Der seinerseits streichelte ihren Rücken und Bixe wandte sich ab.

Die beiden gurrten wie die Küken, wie sie da einen Meter voneinander entfernt auf dem Sofa saßen und sich immer wieder gegenseitig ihre Zuneigung beweisen mussten. Da wurde eine Wange gestreichelt oder ein Handrücken, ein Lächeln wurde ausgetauscht. Die ganze gelbe Wohnung kam Bixe vor wie ein Zuneigungsladen.

Der einzige frische Wind, fand Bixe, als sie dort nach diesem Meinungsaustausch über die Nuancen der Farbe Weiß in der erstickenden Stille saß, waren Jesper und Jonathan, vier und sechs Jahre alt. Sie tobten wie ein Tornado durch das unnatürlich ordentliche Wohnzimmer, sprangen umher wie schnatternder Monsunregen und stahlen Plätzchen und Rosinenbrötchen aus der Kuchenschüssel, als hätten sie seit drei Wochen nichts mehr zu essen bekommen.

Als Bixe gegen neun mit voll gestopftem Magen in ihre befreiend chaotische Wohnung zurückkehrte, blinkte ihr Anrufbeantworter. Sie ließ Jacke und Schuhe auf den ohnehin schon überfüllten Stuhl in der Diele fallen und drückte auf den Knopf, danach legte sie sich der Länge nach auf das Sofa. Sie wartete, aber niemand sagte etwas. Das Tonband lief weiter, ließ ein ungeduldiges Gurgeln hören und spulte sich dann selbstständig zurück. Bixe ärgerte sich immer über Leute, die es nicht über sich brachten, zu sagen, was sie wollten. Vielleicht war das wieder Gösta, dachte sie. Der verstummte immer, wenn so ein Pfeifton erklang. Warum, das hatte sie nie begriffen.

In der Küche stand der Karton aus der Konditorei, der Deckel war geheimnisvoll über der süßen Ware geschlossen. Aber jetzt hatte sie nicht mehr den richtigen Appetit. Sie würde ihn in den Kühlschrank stellen und hoffen, dass ihr eine Einladung für den nächsten Abend erspart bleiben würde. Aber so bald brauchte sie das wohl nicht erneut zu befürchten, selbst wenn dieses Paar nebenan den Begriff Nachbarlichkeit unbedingt mit einer blauen Schleife versehen wollte. Ansonsten konnte sie ja immer noch eine Ausrede vorbringen. Sie befreite ihre Haare, die, nachdem sie in feuchtem Zustand hochgesteckt worden waren, jetzt aussahen wie zerknülltes Papier, überprüfte noch einmal, ob die Tür abgeschlossen war, und löschte alle Lampen. Vor dem Schlafengehen trat sie auf den Balkon und schaute auf den dunklen Hof hinunter. Wind war aufgekommen, die Temperatur war auf einige Grad über null gestiegen, und der angekündigte Schnee hatte sich in einen klebrigen grauen Matsch verwandelt. Es tropfte vom Balkongeländer und aus der daneben endenden Regenrinne. Von irgendwoher war das gedämpfte Geräusch eines Fernsehers zu hören. Als sie sich vorbeugte, sah sie im Schlafzimmerfenster der Nachbarn eine einsame Kerze brennen. Aus irgendeinem Grund ärgerte sie sich darüber, machte auf dem Absatz kehrt und zog die Balkontür mit einem Knall hinter sich zu.

☆

Am nächsten Morgen wurde Bixe in aller Frühe von einem wütenden Telefonklingeln geweckt.

Wütendes Telefonklingeln bedeutet Gösta, dachte sie, drehte sich automatisch im Bett um und zog sich die Decke übers Ohr. Es war erst sechs Uhr. Hatte er denn immer noch keinen Anstand gelernt? Hatte sie ihm das nicht beigebracht, Annika, Eva, Kristina, Britt-Marie oder wie sie nun geheißen hatte, die Blondine, die er weniger als einen Monat nach dem endgültigen Schiffbruch ihrer Ehe kennen gelernt hatte? Na ja, die hatte vermutlich ihren Teil von der Hölle abbekommen.

Der Anrufbeantworter schaltete sich ein, ein lautes Stöhnen war zu hören, ein Knacken, dann wurde aufgelegt. Das Band spulte sich mit einem Klicken zurück.

Bixe schwang die Beine über die Bettkante. Selbst schuld, wenn er nichts sagte. Ein zaghaftes Morgenlicht sickerte auf den Teppich, das Zimmer war angenehm verschlafen und warm. Noch ruhte die Welt dort draußen. Und vermutlich galt das auch für die Nachbarn von nebenan. Sogar die wenigen Bewegungen der Baumzweige verliefen langsam, wie in Zeitlupe. Unter dem Gewicht der Regentropfen wiegten sie sich gelassen hin und her. Bixe hatte die Rollos hochgezogen und schaute dem grauen Licht, das wie ein dünner Schleier über dem von Feuchtigkeit gesättigten Hof hing, furchtlos ins Auge. Der Schnee war jetzt verschwunden, der Boden war kahl und nackt und schwarz. Sie ahnte eine plötzliche Bewegung dort unten, beugte sich vor und sah gleich darauf Simonsson, der mit seiner Pudelmütze auf dem Kopf und einem unförmigen Müllsack in der Hand über den Rasen stapfte. Seine Stiefel versanken bis zu den Knöcheln im weichen Gras.

Der erste Atemzug des Morgens, dachte sie. Simonsson, der mit seinen Schritten den Schleier der Dunkelheit zerreißt und den Tag wach lärmt.

Sie wollte gerade die Badezimmertür hinter sich schließen, als wieder das Telefon klingelte. Sie beschloss, nun doch hinzugehen, obwohl sie mit Gösta wirklich nichts zu besprechen hatte, schon gar nicht um diese Tageszeit.

»Ja!?«

Offenbar hatte sie sich überaus gereizt angehört, denn am anderen Ende der Leitung blieb alles still wie ein Kellergang.

»Ja?«, fragte sie noch einmal, mit einem um eine Nuance milderen Tonfall.

»Hier ist Ring.«

»Janne? Du bist das? Und ich dachte ... Bist du schon im Büro?«

»Nein, noch nicht. Aber ich hatte gestern Abend Dienst und habe auch da schon versucht, dich zu erreichen.«

»Ich habe einen Anrufbeantworter«, sagte Bixe.

»Ja ... Das weiß ich, aber es fällt mir schwer, mit solchen Dingern zu reden, vor allem über so ein Thema.«

»Was denn?« Sie seufzte. Raus mit der Sprache, Alter, dachte sie, ich hab keine Lust, den ganzen Morgen hier rumzustehen.

»Also, es hat ein Mann angerufen, der Nyberg am fraglichen Abend gesehen hat.«

Mit ihrer freien Hand zog Bixe am Gürtel ihres Morgenrocks. »Am Mordabend?«

»Ja. Er hat ihn unten in der Stadt in einer Kneipe gesehen.«

»Kannte er ihn?«

»Nein, er hat ihn einfach nur wiedererkannt. Ihm gehört offenbar eine Kneipe, die Nyberg besucht hat.«

»Und was hat er sonst gesagt?«

»Nur, dass er den ganzen Morgen in seiner Kneipe ist, falls wir mit ihm reden möchten. Je früher, desto besser, sagt er. Um die Mittagszeit ist immer viel los, sagt er.«

»Gut. Danke für den Anruf.«

Sie hatte gerade die Zahnbürste in den Mund geschoben, als das Telefon zum dritten Mal an diesem Morgen sein schrilles Signal ertönen ließ. Das war wirklich zum ....

Die Zahnpasta spritzte auf den Hörer, als sie sich meldete.

»Hallo, hier ist der Anstreicher.«

»Guten Morgen. Ich putze mir gerade die Zähne.«

»Ach je, dann verzeihen Sie die Störung. Ich wollte nur fragen ...«

»Ja?«

»Die Decke ist fertig, aber ich habe es gestern nicht mehr geschafft, meinen Kram abzuholen. Kann ich den übers Wochenende stehen lassen? Ich meine, ich will Sie ja nicht belästigen ...«

»Ach was, das stört doch nicht. Und ich hatte für heute Abend auch kein Fest geplant, falls Sie das gedacht haben sollten.« Die Zahnpasta floss ihr aus dem Mundwinkel und bildete einen weißen Fleck auf dem Teppich.

»Dann schaue ich am Montag oder Dienstag vorbei.« Der Anstreicher hörte sich seltsam erleichtert an.

Bixe legte auf und fragte sich, warum er seine Sachen nicht mitgenommen hatte, wenn er doch fertig war. Aber egal, es gab bei dieser Anstreicherei wohl einfach Dinge, die sie nicht begriff. Wie das mit dem Weiß. Sie hatten ihre Geheimnisse, diese Anstreicher. Und ihrer Ansicht nach sah die Decke so weiß aus wie der kälteste Mondschein oder wie eine unberührte Schneewehe.

☆

Um neun Uhr an diesem Morgen war es im Berrys noch dunkel. Es brannten keine Lampen, und das Licht sickerte schräg durch die roten und braunen Fenster. Wie in einer Kirche, dachte Bixe. Oder wie eine Klischeekneipe in einem miesen Kriminalroman. Nur der unrasierte Schurke fehlte noch. Aber den suchte sie ja gerade, ob mit Bart oder ohne. Sie bahnte sich zwischen niedrigen Tischen und Stahlrohrsesseln einen Weg zum Tresen. Das Lokal war sauber, roch ein wenig nach Reinigungsmitteln und erinnerte sicher nicht besonders an den vergangenen Abend, der vor ihren Augen Gestalt annahm, mit seinem Rauchgeruch, seinen überfüllten Aschenbechern, den Bierringen auf den Tischen, dem Gebrüll aus den Lautsprechern, dem Lärmen der Dartspieler in der Ecke und dem allgemeinen Geräuschteppich aus vermischtem Stimmengewirr.

Muntere, lachende Menschen, vielleicht auch einige traurige. Und hier hatte Nyberg also die letzten Stunden seines Lebens verbracht. Auf einem dieser Stühle, zwischen blutroten Samtportieren und an den Wänden befestigten Holzfiguren – alles Mögliche fand sich da, von Schiffen bis zu Gegenständen, die an altes Werkzeug erinnerten.

Sie sah jemanden hinter dem Tresen hocken. Als sie dort ankam, erhob sich ein Mann, so schnell, dass sein üppiger Schopf dabei erbebte. In der einen Hand hielt er ein weißes Geschirrtuch.

»Hallo. Ich hab Sie gleich gesehen. Sie kommen von der Polizei, nicht wahr?«

Bixe nickte dem bärtigen, hochgewachsenen Mann zu. Sie hatte mit einer fremden Aussprache gerechnet, aber er sprach waschechtes Göteborgisch.

»Eva-Britt Bixe«, sagte sie und streckte unter den frisch gespülten Gläsern hindurch, die unter der Decke hingen, die Hand aus. In derselben Sekunde bemerkte sie, dass sie um ein Haar mit dem Ellbogen einen Stapel Aschenbecher umgestoßen hätte.

»Ich bin Berry«, sagte der Mann mit tiefer Stimme. »Aber das haben Sie sich sicher schon gedacht. Eigentlich heiße ich Bernt Västö.«

Er verzog die Oberlippe zu einem Lächeln. In seinem Bart tat sich ein Spalt auf, in dem Zähne funkelten, und jetzt sah er plötzlich gemütlich und knuffelig aus, wie ein großer Teddybär, mit seiner Mähne und seinen kräftigen Armen in den bis zu den Ellbogen hochgekrempelten Hemdsärmeln. Seine Augen waren braun und umgeben von sommersprossiger Haut.

»Kommen Sie auch von einer westlichen Insel?«, fragte Bixe lachend und kletterte mit Mühe auf einen Hocker. Barhocker waren nicht so ganz ihr Fall.

»Ja, tatsächlich«, lachte der Mann. »Meine Vorfahren kamen von den Orkney-Inseln. Aber sie sind schon vor langer Zeit hierher gesegelt. Und natürlich kommt der Name nicht von dort. Der ist wohl nur ein Symbol.«

»Das macht aber doch viel mehr her. Und dann haben Sie den Ruf Ihrer Gene gehört und eine Kneipe eröffnet?«

»Ich habe sie jetzt seit drei Jahren. Vorher habe ich als Anstreicher gearbeitet. Das hier ist besser.«

»Ich habe mir eben die Decke anstreichen lassen. Die Farbe scheint nicht mehr so zu stinken wie früher. Aber das hier ist sicher lustiger, wenn man Neigungen in dieser Richtung hat.«

»In welcher Richtung denn?«

»In Richtung Nachtleben.«

»Ach so, ja.«

»Sie haben also Christer Nyberg gekannt? War der ein Kneipenbummler?«

Västö hängte sich das Geschirrtuch über die Schulter und stützte die Unterarme auf den Tresen. »Ich habe ihn nur *er*kannt, als Gast eben.«

»Als treuen Gast?«

»Das würde ich nicht gerade behaupten. Er ist einfach ab und zu mal hier aufgetaucht.«

»Wie oft denn wohl?«

Er rieb sich einige Wassertropfen vom Unterarm. »Vielleicht einige Male im Monat.«

»Ist das nicht treu?«

»Viele kommen jeden Abend her.«

»Und er war in der vergangenen Woche hier, genauer gesagt, am Montag, dem zweiten Oktober?«

»Stimmt. Er ist so gegen neun gekommen, das weiß ich noch.«

»Wissen Sie auch, wann er so ungefähr gegangen ist?«

»Gegen halb elf, tippe ich. Jedenfalls nicht später, denn dann taucht immer eine bestimmte Clique auf, ich weiß nicht, ob die von irgendeinem Kurs kommen oder so. Sie kommen jeden Montag um kurz nach halb elf. Und da war Nyberg nicht mehr da.«

»Da sind Sie sich ganz sicher?«

»Ja, sie haben sich an den Tisch gesetzt, an dem vorher er gesessen hatte.«

»Waren zu der Zeit viele Gäste hier?«

»Wie immer an einem Montagabend. Es war ziemlich ruhig, aber immerhin saß an jedem Tisch jemand. Auch wenn es nicht gerade gerammelt voll war.«

»Wissen Sie noch, ob Nyberg an diesem Abend Gesellschaft hatte?«

»Ja, aber nur für kurze Zeit. Das ist mir aufgefallen, weil er sonst immer allein war.«

»Immer?«

»Ich habe ihn jedenfalls nie mit anderen zusammen gesehen.«

»Kommen viele allein hierher?«

»Sicher, das ist ganz normal. Vor allem Männer. Sie kommen her und trinken ein Bier oder zwei. Sie brauchen nach der Arbeit einfach eine kleine Entspannung. Oder sie möchten lieber hier sitzen als vor dem Fernseher. Solche Männer gibt es in allen Altersklassen und Modellen, das kann ich Ihnen sagen.«

Er lachte kurz auf, es war ein etwas düsteres Lachen, fand Bixe. »Möchten Sie übrigens etwas trinken? Auf Kosten des Hauses natürlich.«

»Ein Mineralwasser bitte, aber ohne Zitrone.«

Västö griff unter den Tresen, eine Schranktür klickte, und dann stand vor Bixe auf dem Tresen eine Flasche Ramlösa, schon geöffnet und zusammen mit einem mit Eiswürfeln gefüllten Glas.

»Ich wünschte, wir bei der Polizei wären genauso schnell«, sagte Bixe.

»Sicher, aber das ist doch eine andere Branche, diese hier, meine ich. Wir sorgen für Unordnung, und Sie räumen dann auf.«

»Aber wenn man bedenkt, dass alles von der Ordnung zum Chaos strebt, dann haben Sie sich den Naturgesetzen besser angepasst.«

»Jemand muss doch zwischendurch auch mal für Ordnung sorgen.«

»Ab und zu frage ich mich, ob das wirklich sein muss. Aber egal, können Sie ebenso gut beobachten wie mit Gläsern jonglieren?«

»Sie meinen, ob ich Ihnen noch mehr über Nyberg erzählen kann?«

»Ja. Wissen Sie, mit wem er an diesem Abend zusammen war?«

»Leider kannte ich dieses Gesicht überhaupt nicht. Aber auf jeden Fall war es eine Frau.«

»Eine Frau? Können Sie sie beschreiben?«

Västö schüttelte den Kopf.

»Sie war ja nur kurze Zeit hier und saß mit dem Rücken zu mir, deshalb habe ich sie nicht gesehen. Ich weiß nur noch, dass sie ihren Kopf bedeckt hatte, mit einem Schal oder so.«

»Schienen die beiden sich zu kennen?«

»Das ist schwer zu sagen, vor allem jetzt im Nachhinein.«

»Wissen Sie noch, ob sie Händchen gehalten oder sich gestritten haben oder irgendwas?«

»Mir ist jedenfalls nichts aufgefallen. Aber man kann ja auch nicht alles im Auge behalten, was hier so passiert.«

»Das ist klar«, sagte Bixe und ließ die Blasen des Mineralwassers auf ihrer Zunge prickeln.

»Ich habe nie ein Wort mit ihm gewechselt, außer bei der Bestellung natürlich. Er hat auch nie etwas gesagt. Es wäre fast übertrieben, ihn nur wortkarg zu nennen.«

»Aber Sie wissen, dass er es war.«

Bixe trank noch einen Schluck.

»Es wird ja viel geredet. Ich weiß nicht, wieso, aber irgendwer hatte mich wohl mal auf ihn aufmerksam gemacht. Wir leben doch in einer kleinen Stadt. Es war einfach bekannt, dass er als Arzt im Krankenhaus gearbeitet hat. Dass er sich um die Beinbrüche kümmerte, um das mal so zu sagen. Auch wenn die meisten sich sicher nicht in seine Obhut gesehnt haben, er sah nicht gerade – Vertrauen erweckend aus, wenn Sie verstehen, was ich meine.«

»Nein, inwiefern?«

»Er wirkte so – verwirrt. Zerstreut. Und dann starrte er immer zu Boden, wenn er ging, und wenn er bestellte, starrte er entweder die Wand hinter mir oder meine Schulter an, er sah mir nie in die Augen. Ja, er wirkte immer ängstlich oder vielleicht viel zu vorsichtig.«

»Wissen Sie noch mehr über ihn?«

Västö seufzte und kratzte sich dort, wo unterhalb des Kragens sein Hemd auseinander klaffte, an der Brust. Eine dünne Goldkette schimmerte zwischen den dunklen Haaren. »Es gibt immer Gerüchte, und die Leute reden, wie gesagt. Es sind einige Geschichten über den Typen im Umlauf, aber die Frage ist doch, wie viel Wahres darin steckt.«

»Das lassen Sie doch bitte von mir beurteilen.«

»Es wird also behauptet, er habe seine Frau verlassen und sich mit einem jungen Ding zusammengetan. Einem anderen Gerücht nach handelte es sich dabei um eine Prostituierte oder um eine ehemalige Prostituierte. Einem dritten Gerücht zufolge ist sie die Tochter eines reichen Direktors, so eine richtig verrückte Person. Und angeblich hat sie Nyberg dermaßen den Kopf verdreht, dass er in die Psychiatrie gehört hätte.«

»Wirklich?«

»Ja, aber ich weiß nicht, ob irgendwas davon stimmt.«

»Erzählen Sie weiter.«

»Das war die eine Geschichte. Die andere ist, dass er mit dem Geld nur so um sich geschmissen hat.«

»Um sich geschmissen?«

»Ja, das hat Carl Brorson gesagt, der Bankdirektor, Sie wissen schon.«

»Den Namen kenne ich, aber ich weiß nicht, wie er aussieht.«

»Er gehört zu unseren Stammgästen, und wenn er genug intus hat, dann strömt ganz schön viel Dreck aus seinem Mund. Ab und zu ist das lustig, und die Leute drängen sich dann um ihn zusammen und hören zu und kichern, aber meistens ist es nur peinlich. Wie als er hier stand, genau da, wo Sie jetzt stehen, und herausposaunt hat, dass Nyberg eine Masse Geld von der Bank abgehoben hat, und das in einem so wilden Tempo, dass ihm dabei eigentlich hätte schwindlig werden müssen. Brorson fand das ungeheuer komisch, er bezeichnete Nyberg als ›kleine Ratte‹, und dann hat er noch gesagt, dass Nyberg pro Woche mehr Geld verbraucht als Sie und ich in einem ganzen Jahr. Aber das kann ja wohl kaum gestimmt haben. Auf jeden Fall hätte Brorson die Klappe halten müssen. Man fragt sich ja doch, ob er sich an alles erinnert, was er hier am Tresen von sich gegeben hat, wenn er am nächsten Morgen aufwacht.«

»Ihm zuliebe können wir ja nur hoffen, dass er es vergessen hat. Andererseits ist es für die armen Bankkunden ja nicht gerade lustig. Stellt er die Leute immer auf diese Weise bloß, oder hatte er es besonders auf Nyberg abgesehen, was meinen Sie?«

»So eine Kneipe ist nicht gerade ein Ort für Geheimnisse. Die Leute reden eben gern, wenn sie ein paar Glas getrunken haben.«

»Man sollte sich vielleicht überlegen, in welcher Bank man sein Geld lässt.«

Västö lachte und nahm das Geschirrtuch vom Tresen. »Na ja, sorgen Sie doch einfach dafür, dass Sie mit Brorson auf gutem Fuß stehen.«

»Dann danke ich Ihnen herzlich«, sagte Bixe und glitt von dem hohen Hocker. »Für das Wasser und für die Auskünfte. Und jetzt überlasse ich Sie wieder Ihrer Arbeit.«

Västö wickelte das Tuch um ein Glas. »Das war doch nicht der Rede wert. Und Sie sind immer herzlich willkommen, wenn Sie mal wieder ein Wasser trinken wollen. Auf Kosten des Hauses natürlich.«

»Danke, das werde ich mir merken.«

Sie suchte sich wieder einen Weg zwischen den Tischen, abermals kam ihr das Lokal vor wie ein Labyrinth. Erst im blendenden, stahlblanken Licht vor der Tür ließ das Bild von Berrys braunen, zwinkernden Augen sie los. Wie bei dem letzten Satz, dachte sie, jetzt mit einem Lächeln, denn da hatten diese Augen sich zwei oder drei Sekunden zu lange an ihrem Blick festgehalten.

17

Er hatte bei der Autozulassungsstelle angerufen. Nach langem Zögern. Nach Tagen, an denen er in kaltem Schweiß gewartet hatte, während die Schneeflocken groß wie Kronenstücke vor seinem Fenster vorüberrieselten.

Ja, er hatte angerufen. Beim ersten Mal hatte er noch vor dem ersten Klingeln wieder aufgelegt. Danach hatte er mit dem vom vielen Auseinander- und Zusammenfalten schon zerknitterten Zettel in der Hand dagesessen und nicht gewusst, was er damit anfangen sollte. Er konnte ihn doch nicht einfach wegwerfen, und selbst wenn, dann würden die Ziffern doch weiterhin existieren, in seinem Kopf, zusammen mit den Bildern. Er hatte einfach keine andere Wahl.

Obwohl das Ganze ein Risiko war. Es stand doch gar nicht fest, dass dieses Auto etwas mit der Sache zu tun hatte, durchaus nicht. Es hätte doch aus einem ganz anderen Grund dort stehen können, und wer immer damit weggefahren war, konnte anderswo hergekommen sein. Jemand konnte seine in der Nähe wohnende kranke Tante besucht oder mit dem Hund einen Abendspaziergang gemacht haben. Ja, es gab wirklich jede Menge Möglichkeiten.

Aber es war schon seltsam, dass der Wagen gerade in diesem Moment weggefahren war, dass er selber gehört hatte, wie er auf dem Kiesweg beschleunigte, nachdem er gerade das andere gesehen hatte, das, was er …

Zögernd hatte er die Nummer gewählt, hatte langsam und präzise auf die Tasten gedrückt. Es ging auf den Abend zu, und er wollte sich auf den Heimweg machen, nur das hier noch, dann hätte er seine Ruhe. Was geschehen war, war geschehen, und es wäre zu spät, um sich darüber Gedanken zu machen. Als sich am anderen Ende der Leitung eine Frau meldete, keuchte er vor Überraschung fast auf, so als habe er nicht erwartet, eine wirkliche Stimme zu hören. Danach riss er sich zusammen und bat so neutral und freundlich wie möglich, zum Autoregister durchgestellt zu werden.

»Einen Moment«, sagte die Frau.

Die Leitung knackte, und es dauerte gute drei Sekunden, ehe er das Umschaltsignal hörte, Sekunden, in denen er seinen eigenen Untergang deutlich vor Augen hatte.

Sie würden ihn ausfindig machen, sie hatten ihn schon ausfindig gemacht. Natürlich war auch ihnen diese Autonummer bekannt, und jetzt würden sie feststellen, wer er war. Sie würden ihn mit den gefundenen Handschuhen in Verbindung bringen, und schon …

»Autoregister.«

»Was?«

»Autoregister.«

»Ach, ja, guten Tag, mein Name ist Rub… Persson, und ich habe hier eine Nummer und wüsste gern …«

Herrgott, das hier hätte glatt in die Katastrophe führen können, wenn er sich nicht rechtzeitig zusammengerissen hätte. Das mit dem Namen war doch irrsinnig, er war ihm einfach herausgerutscht, aus Gewohnheit. In seiner Branche war Höflichkeit eben eine Tugend. Sonst kam man dort nicht weiter.

»Sie haben eine Autonummer und möchten wissen, wem dieses Auto gehört?«

Die Frau hörte sich ein wenig gestresst an, fand er.

»Ja, dieser Wagen steht immer wieder auf meinem Parkplatz, und jetzt will ich mir das nicht mehr bieten lassen.«

Das klang auf jeden Fall überzeugend. Er atmete auf, als habe er eine Zigarette in der Hand gehabt und blase jetzt einen kleinen Rauchfaden in die Luft.

»Ich verstehe. Und die Nummer lautet?«

Er nannte die drei Buchstaben und die drei Ziffern, und damit war es gesagt. Er hielt zehn Sekunden lang den Atem an, dann atmete er langsam wieder aus und hoffte, dass die Frau das nicht hören konnte. Auf der anderen Seite vernahm er das leise Klappern einer Tastatur. Er wartete.

Erst wurden Automarke und Farbe genannt. Was die Farbe anging, war er unsicher – der Wagen war offenbar rot, aber er hätte genauso gut grau sein können, fand er, die Marke aber stimmte. Dann folgten ein Name, eine Adresse und sogar eine Telefonnummer. Es war fast zu schön, um wahr zu sein.

Er legte auf, schloss die Hand um den Zettel, bereute und faltete ihn wieder auseinander, um ihn dann in kleine Fetzen zu reißen und sie wie Schnee in den schwarzen Papierkorb unter dem Schreibtisch rieseln zu lassen. Danach knüllte er das nächste Blatt des Schreibblocks zusammen und warf es hinterher. Sicherheitshalber.

18

Carl Brorson war nicht fett, aber klein und untersetzt, und unter seinem diskret karierten Jackett – das eine gewisse Tendenz zum Auseinandergleiten besaß, weshalb er es allzu eifrig mit zwei Fingern zusammenhielt – zeigte sich eine Andeutung von Bauch, als er hier zurückgelehnt in seinem Sessel saß.

»Ja, das stimmt, er hat in letzter Zeit ziemlich viel Geld abgehoben. Beträchtliche Summen übrigens. Woher wissen Sie das?« Er fuhr sich mit der flachen Hand über die schütteren buttergelben Haare, die er vom Nacken her schräg über seinen kahlen Schädel gekämmt hatte. Robin-Hood-Frisur, dachte Eva-Britt Bixe. Was wohl kaum den Unternehmungen an seinem Arbeitsplatz entsprach.

»Was verstehen Sie unter beträchtlichen Summen?«, hakte sie nach, ohne auf seine Frage einzugehen.

Brorson zog seine buschigen Augenbrauen zusammen. »Zwischen fünf- und zehntausend die Woche. Also zusätzlich zu dem Betrag, den er von seinem Gehaltskonto abhob.«

»Wissen Sie, was er damit wollte?«

Er musterte sie aus kleinen Augen. »Nein, wir fragen unsere Kunden nicht danach, was sie mit ihrem Geld anfangen.«

»Das ist klar, aber ich dachte, dass die Bankangestellten ihn vielleicht kannten und deshalb etwas wussten.«

Brorson schüttelte den Kopf.

»War er denn eigentlich wohlhabend?«

»Er hatte Fonds und Aktien und außerdem Sparguthaben. Ich kann Ihnen eine Aufstellung geben lassen, wenn Sie wollen.«

»Ja, bitte, tun Sie das. Kann ich auch eine Übersicht darüber haben, welche Beträge er abgehoben hat und an welchen Tagen?«

»Natürlich. Ich lasse das jetzt sofort ausdrucken.«

»Danke. Sie hatten selber also keinen näheren Kontakt zu ihm?«

»Wir haben ihm die regelmäßige Beratung durch einen persönlichen Sachbearbeiter angeboten, aber das wollte er nicht. Wollte sich um seine Angelegenheiten selber kümmern.«

»Ist das nicht ein wenig seltsam?«

»Vielen ist das lieber so. Die finden nur, dass wir uns einmischen. Aber wir sind ja alle unterschiedlich.« Brorson lächelte automatisch. Seine ohnehin schon breiten Wangen wurden noch mehr auseinander gezogen, und sein Gesicht sah deshalb fast viereckig aus. Die Sonne brannte durch das hohe Fenster. Die Papiere auf dem Schreibtisch leuchteten auf.

»Er hatte keine Darlehen aufgenommen?«

Der Bankdirektor warf einen Blick auf den Bildschirm und drückte auf die Tasten. »Nein, kein einziges.«

»Und niemand hier im Haus weiß, was er mit dem Geld anfangen wollte?«

»Das glaube ich nicht. Wie gesagt, wir …«

»Wie lange hat er das gemacht?«

»Was denn?«

»Geld abgehoben.«

»Lange, mindestens ein Jahr.«

»Also seit letztem Herbst?«

»Ja, ungefähr. Das steht alles in der Aufstellung.«

☆

»Zehntausend pro Woche! Das macht im Jahr ja fast eine Million!«

»Aber doch nicht ganz? Und Brorson hat gesagt, zwischen fünf- und zehntausend pro Woche. Es kann sich also auch um weniger handeln.«

»Aber trotzdem. Kleinkram ist das nun wirklich nicht.«

Erik Sander stieß einen Pfiff aus und schaute aus dem Fenster. Stellte sich vielleicht vor, was er mit diesem Geld machen würde. Es gab sicher allerlei, wozu ein Vater von kleinen Kindern mit einer viel zu engen, ungünstig gelegenen Dreizimmerwohnung eine solche Summe brauchen könnte. Sein blauer Blick strebte zum Himmel, als wolle er sich mit dem an diesem Tag noch blaueren Himmel vereinigen.

Eva-Britt Bixe dagegen lief im Zimmer hin und her. Die Nylonstrümpfe kitzelten ihre Waden, sie war verschwitzt, und ihr war unerträglich heiß. Es war zwei Uhr, die ärgste Tageszeit, jedenfalls wenn die Sonne schien und wenn es dazu noch Herbst war. Sogar der Sommer war besser; dann versteckte die Sonne sich über dem Hausdach. Jetzt floss sie über den Boden und ließ Bildschirm und Schreibunterlage aufflammen.

»Wir gehen einen Kaffee trinken«, erklärte sie energisch und schritt zur Tür.

Der Flur war kühl und dunkel. Aber er war doch so hell, dass die unter der Decke brennende Lampe kaum auffiel. Im Vergleich mit Bixes Zimmer war das hier das pure Grottendasein.

»Werden die nicht bald die Rollos anbringen?«

Erik Sander ging wie immer zwei Schritt hinter ihr. »Das hätte schon im Sommer passieren sollen, als sie die alten abgenommen haben. Aber offenbar ist irgendwas schief gegangen. Die Maße stimmten nicht oder so.«

»Hier drinnen ist es verdammt noch mal zu warm.«

Sie gingen an den Glastüren der Kantine vorbei. Eigentlich hatte die nur mittags geöffnet, aber nachmittags wurde dort aufgeräumt, und eine Tasse Kaffee ließ sich dem Kantinenpersonal immer entlocken.

Mats Hahne wischte gerade einen Tisch ab. Er schaute sich lächelnd um, als er sie kommen hörte.

»Zu Diensten«, sagte er und schwenkte sein Wischtuch, dass es nur so spritzte. »Wollt ihr Kaffee?«

»Ja, bitte.«

Bixe und Sander setzten sich an einen Tisch.

Die Lampen vor den Fenstern brannten noch immer und gaben ein hellgelbes Schimmern ab. Die Kantine lag auf der Schattenseite des Hauses, außerdem standen hohe Bäume vor den Fenstern.

»Nett habt ihr's hier«, sagte Bixe. »Bei uns ist es so heiß, dass wir uns in unseren Zimmern kaum aufhalten können.«

Hahne lächelte und verschwand in Richtung Küche. Ein leises Geschirrklappern war von dort zu hören.

Mit zwei weißen Tassen kehrte er zurück. »Ihr Armen«, sagte er und legte den Kopf schräg. Die Kapuze seines dunkelblauen Baumwollpullovers fiel ihm über die Schulter, als er mit flüchtiger Handbewegung einen Stuhl hervorzog. Trotz seines Leibesumfangs war nichts zu hören, als er sich setzte.

»Ich habe von diesem Mord gehört«, sagte er in vertraulichem Tonfall und schaute sie über sein wie ein Tigerfell gestreiftes Brillengestell hinweg an. »Scheußlich. Nichts Neues, oder?«

»Rein gar nichts«, sagte Bixe und presste die Unterlippe gegen die warme Kaffeetasse.

»Das ist sicher hart für euch. Gott sei Dank bleibt uns zwischen den Töpfen so was erspart.«

»Möglich ist alles«, sagte Bixe. »Sei dir ja nicht so sicher, bloß weil du in einer Küche stehst. Ich kann dir sagen, die meisten Fälle von Misshandlung passieren gerade in …«

»Aber bitte, Eva-Britt«, sagte Hahne lachend. »Das hier ist eine *öffentliche* Küche.«

»Und deshalb fühlst du dich sicherer?«

»Tja. Aber na gut, bei genauerem Nachdenken …«

»Denk lieber nicht zu viel nach«, sagte Bixe. »Sonst sitzt du am Ende als Kommissar da und suchst jemanden, der einen anderen von hinten erstochen hat. Und da würde ich doch deine Töpfe vorziehen.«

»Das wollte ich doch gerade sagen. Auch darin kann man Leichen verstauen. Das habe ich gelesen.«

»Ja, da hast du's. Aber egal, was macht eigentlich dein … Wie heißt er doch noch gleich?«

»Egil. Doch, danke, dem geht es gut. Wir haben übrigens eine größere Wohnung gefunden.«

»Wie schön. Und dann schafft ihr euch jetzt endlich einen Hund an?«

»Ich weiß nicht. Egil möchte das, aber ich habe so meine Zweifel. Angeblich macht ein Hund ja genau so viel Mühe wie ein kleines Kind. Was sagst du, Erik?«

Sanders Wangen färbten sich tiefrot. Sogar seine Ohrläppchen glühten wie Feuer, und Bixe musste innerlich lachen. Dass Männer Hahne gegenüber immer so verlegen waren, als fühlten sie sich durch seine Blicke in eine Beute verwandelt. »Wozu soll ich was sagen?«, fragte Sander mit leiser und leicht heiserer Stimme.

Hahne lächelte, wie immer fand er die Szene komisch. »Über Kinder und Hunde und das Leben so ganz allgemein. Über die Liebe.«

»Ach, darüber … Wartet mit dem Hund, wenn du darauf eine Antwort haben willst.«

»Danke für den guten Rat. Ich werde ihn befolgen. Und sonst? Was hast du zu diesem Fall zu sagen?«

»Das ist Eva-Britts Sache. Ich führe nur ihre Befehle aus.« Erik Sander versuchte ein Lachen, aus dem aber nichts wurde.

»Ja, nur gut, dass die Frauen die Leitung übernommen haben, dann kommt doch wieder Ordnung hier ins Land«, sagte Hahne und lachte. »Aber, ihr Lieben, jetzt muss ich weiter wienern. Damit auch in dieser Kantine hier Ordnung einkehrt.«

Bixe klopfte ihm freundschaftlich auf den Arm. »Danke für den Kaffee, Mats. Wir kommen wieder, solange die Sonne scheint oder bis diese verdammten Rollos angebracht werden.«

Hahne tänzelte davon und summte etwas, das sich wie ein italienischer Schlager anhörte.

»Was zum Teufel treibt er hier eigentlich?«

Sanders Wangen hatten wieder ihren normalen Farbton angenommen, also eine Art Grauweiß. Er war im Winter immer blass, eine Blässe, die vom dunkelblonden Flaum an seinen Schläfen noch hervorgehoben wurde.

Bixe hob eine Augenbraue. »Warum habt ihr Jungs solche Angst vor Hahne?«

Sander lachte auf. »Angst? Vor dem da?«

»Ja, ihr werdet bis an die Ohrläppchen rot, sowie er sich sehen lässt.«

»Aber nicht doch.« Er hob abwehrend die Hand, sah dabei aber nicht besonders überzeugend aus. Dementsprechend war auch sein Gesichtsausdruck, mit verspanntem, schmalem Mund und Augen, die immer noch ein wenig schreckhaft nach etwas Ausschau hielten – vermutlich nach Hahne.

»Na, wo waren wir?«, fragte Bixe.

»Das Geld«, sagte Sander.

»Das Geld, ja. Warum hat Nyberg solche Summen abgehoben? Er hätte von seinem Gehalt doch gut leben können, so gering war das schließlich nicht.«

Sander schaute sich abermals um, da Hahne gerade mit einer großen Kanne voll Wasser vorüberkam.

»Was wollte er mit dem Geld?«, fragte Bixe noch einmal. »Er hat doch wohl nicht auf Pferde gewettet?«

»Warum hätte er das tun sollen?«

»Ja, warum wettet jemand auf Pferde? Um Geld zu gewinnen natürlich. Oder weil man vom Spielteufel besessen ist.«

Sander schüttelte den Kopf.

»Nein«, erklärte Bixe. »Das glaube ich auch nicht.«

»Wem hat er dann das Geld gegeben?«

»Ja, das ist die Frage, und warum?«

»Das sollten wir uns überlegen«, sagte Sander und biss sich in die Unterlippe.

Bixe schlug die Beine übereinander. Jetzt juckten ihre Strümpfe nicht mehr. Und der Kaffee hatte die Blutbahnen in ihrem Gehirn wieder ins Laufen gebracht. »Für die Miete brauchte er sie jedenfalls nicht. Und die Kneipe hat er eher selten besucht, da hat er also auch keine großen Summen ausgegeben.«

»Aber noch andere Kneipen in der Stadt.«

»Ja, schon, aber so viel Geld …«

»Kann er vielleicht erpresst worden sein?« Erik Sander machte große Augen, als sei er aus Versehen in ein kohlschwarzes Schlafzimmer geraten. Er sah oft so aus, wenn er intensiv nachdachte.

»Wir können das ja mal annehmen«, sagte Bixe. »Nur, um überhaupt einen Ausgangspunkt zu haben. Die Frage ist dann, wer ihn erpresst hat und warum.«

»Wer und warum.« Sander seufzte. »Nicht gerade eine originelle Frage.«

»Natürlich nicht. Aber trotzdem eine wichtige.«

»Warum sind bei unserem Job nur diese blöden Fragen wichtig?«, fragte Sander.

»Damit wir dieses Chaos klären. Also, was hat Nyberg gemacht? Wie lebte er? Und diese Frau, von der die Rede war. Diese eventuelle Frau. Hat es sie gegeben? Und gibt es sie noch? Und wer war die Frau, die am Mordabend zusammen mit ihm im Berrys gesehen worden ist? Die müssen wir ausfindig machen.«

»Nyberg wirkt ja plötzlich wie ein richtiger Frauenheld. Obwohl wir bei der Frau in der Kneipe ja offenbar nicht weiterkommen. Keiner von den Gästen dieses Abends, jedenfalls keiner von denen, mit denen wir gesprochen haben, weiß, wer sie sein kann. Eskilsson hat alle befragt, und dabei ist nur das Übliche herausgekommen.«

»Gerüchte und Spekulationen? Dass sie eine von vielen Geliebten war oder eine, die er für ihre Gesellschaft bezahlte?«

»So ungefähr, ja.«

»Aber dann gibt es noch andere Fragezeichen. Warum zum Beispiel hat Berit Glans uns nicht erzählt, dass sie im vergangenen Sommer auf Nybergs Gartenfest waren?«

»Vielleicht war sie auch in ihn verliebt.«

»Und«, sagte Bixe und erhob sich seufzend, »wer hat etwas über Nyberg gewusst, mit dem er erpresst werden konnte? Also, was kann ein neununddreißig Jahre alter Arzt, verheiratet und offenbar solide, angestellt haben, das so gefährlich ist, dass er ein Vermögen dafür hergibt, es unter den Teppich zu kehren?«

»Alles zwischen Himmel und Erde«, stellte Sander fest, nachdem auch er, plötzlich mit resignierter Miene, von seinem Stuhl aufgestanden war.

☆

Östen Sjödén bewegte seine Leibesfülle so heftig, dass der Stuhl unter ihm knackte wie eine ganze Fabrik.

Das ist die Zerreißprobe, dachte Bixe. Hoffentlich hält der Stuhl; es wäre doch nicht lustig für diesen Riesenkerl, auf ihrem Boden zusammenzubrechen. Das wäre schlecht für sein Selbstbewusstsein, das bei solchen Männern ohnehin oft nicht vorhanden ist, dachte sie und verzog die Oberlippe zu einem sanften Lächeln.

»Was führt Sie also her?«

Sjödén wand sich noch einmal und wrang die Hände, er war sichtlich nervös und nicht so gesprächig wie bei ihrer ersten Begegnung. Aber die hatte ja auch in seinem Machtbereich stattgefunden. Jetzt verhielt es sich anders, auf jeden Fall was den Ort anging. Außerdem schien die Sonne nicht wie ein funkelnder Albtraum durch das Fenster, und das war doch etwas. Jetzt konnte sie immerhin denken.

»Mir ist etwas eingefallen«, sagte Östen Sjödén und warf seinen roten Schädel hin und her, so dass seine Haare wippten wie eine riesige Perücke.

»Was denn?«, fragte Bixe und drehte ungeduldig einen Kugelschreiber zwischen den Fingern.

»Ja, es ist doch nicht unmöglich, dass er etwas mit ihr hatte. Alles weist darauf hin, wenn man mal gründlich darüber nachdenkt.«

»Würden Sie das bitte etwas genauer erklären?«

Östen Sjödén lachte, was aussah, als habe jemand seine Kiefer mit einem Holzkeil auseinander gezwungen.

»Maria Äng«, sagte er dann und schaute zur Decke hoch.

Bixe drehte sich ein wenig mit ihrem Stuhl und legte ihre Beine anders.

»Sie sagen ja nicht viel«, lachte Sjödén.

Mistkerl!

»Wenn ich das richtig verstanden habe, dann wollten *Sie* etwas sagen.«

»Richtig. Und das habe ich ja auch. Maria Äng.«

»Die Frau also, die Selbstmord begangen hat«, sagte Bixe und riss sich zusammen. »Wie sind Sie auf diese Idee gekommen?«

Sie schaute dem umfangreichen Mann forschend in die Augen. Oft sagen Pupillen ja die Wahrheit, dachte sie.

Er beugte sich vor und stützte die Arme auf ihren Schreibtisch.

»Ja, ich habe nachgedacht«, sagte er mit plötzlich leiserer Stimme. »Das muss man doch ab und zu, oder nicht? Ich habe an den Tag zurückgedacht, als wir uns im Oxbollen getroffen haben und er leichenblass war. Sein Gesicht war wie weißes, unbeschriebenes Papier. Es war doch an dem Tag, an dem die Frau auf der Station Selbstmord begangen hatte, und Christer sah niedergeschlagen aus, was sehr untypisch für ihn war. Vielleicht hing das ja wirklich mit dieser Patientin zusammen. Er hat doch von einer Frau geredet, die gestorben war, und …« Sjödén wurde von einem plötzlichen energischen Hustenanfall am Weiterreden gehindert.

»Sie halten es also für möglich, dass es um Maria Äng ging?«, fragte Bixe, als er sich wieder beruhigt hatte.

»Sicher.« Er schaute sie mit glänzenden, rot unterlaufenen Augen an.

»Warum hat er es Ihnen dann nicht erzählt?«

»Der?« Sjödén lachte schallend. »Der redselige Nyberg? Nein, der Mann war verschlossen wie eine Muschel. Aus seinem Mund sickerte gar nichts. Verstehen Sie? Nichts. Er hatte schreckliche Angst. Vor allem. Verdammte Angst ... Ich frage mich nur, wie er das geschafft hat – bei ihr ...« Er verstummte, lachte noch einmal, schüttelte den Kopf und fuhr sich mit einem Finger über den Augenwinkel.

»Was ist so komisch?«

»Wenn Sie Christer gekannt hätten, dann würden Sie auch lachen.«

Für einen Moment überlegte Bixe, ob er getrunken haben könnte, aber sie nahm keinen Schnapsgeruch wahr. Vielleicht hatte er irgendwelche Medikamente genommen. Sie beschloss, das nicht weiter tragisch zu nehmen, und außerdem hieß es doch, dass Kinder und Betrunkene die Wahrheit sagen.

Inzwischen klopfte der Regen an die Fenster. Der Himmel draußen war grau. Die Wolken waren so schwer, dass sie fast über das Dach des Polizeigebäudes schrammten. Es hatte schon morgens genieselt, als der Anstreicher bei ihr geklingelt hatte. Lächelnd hatte er dagestanden, diesmal ordentlich gekämmt. Er trug eine schwarze Thermojacke und hatte keinerlei Anstreicherutensilien bei sich.

»Hallo«, hatte sie ihn begrüßt. »Sie wollen Ihre Sachen abholen?«

Er war mit dem Schlüssel in der Hand hereingekommen. Doch als sie den Schlüssel an sich nehmen wollte, zog er ihn zurück.

»Ja, dachte ich eigentlich«, sagte er, und die Lachfältchen um seine Augen vertieften sich.

»Ja?« Ihre Hand war in der Luft hängen geblieben. Sie hatte es nicht besonders eilig, aber fühlte sich doch ein wenig gestresst, irgendwie krampfte ihr Magen sich zusammen, weil sie nicht schnell genug loskam.

»Und dann dachte ich, Sie wollten vielleicht auch die Küche streichen lassen, wo wir einmal dran sind. Ich habe gesehen, dass auch dort die Decke schmutzig gelb wird.«

»Na ja, aber nicht gerade jetzt«, sagte sie und schob ihre Füße in ein Paar beigegelbe Pumps. Genauso hätte sie auch die Farbe der Küchendecke eher genannt: beigegelb. Das wäre doch ein wenig anstreichermäßiger gewesen, dachte sie. Aber was wollte er eigentlich, dieser gute Mann?

»Ich gebe natürlich Mengenrabatt«, fügte er hinzu und schaute sie hoffnungsvoll an.

»Später vielleicht«, lachte Bixe und riss den Schlüssel an sich. »Ich lasse von mir hören.«

Er blieb hinter ihr stehen, einen Fuß über die Schwelle gehoben.

Männer, dachte sie, als sie unter der grauen Wolkendecke zur Garage ging. Die wussten nicht immer so ganz, was sie taten. Malten mit der einen Hand und dachten mit der anderen. Aber vielleicht war es dumm von ihr, diese Gelegenheit auszuschlagen, noch eine Decke für einen billigen Preis anstreichen zu lassen. Und immerhin hatte er doch recht hübsche Augen.

Unter ihren Absätzen spritzte das Wasser auf. Die Garagentür knackte. Bixe glitt in den grottenähnlichen Keller der Garage und lief achtlos zwischen den Wagen weiter. Öl und andere unidentifizierbare Flecken schillerten auf dem Steinboden.

Nein, jetzt, wo sie endlich ihr Zwei-Meter-zehn-Bett für sich hatte und kein Arsch sich aufregte, wenn sie Sardinen putzte. Da gab es keinen Grund. Und die Decke, die konnte sie immer noch anstreichen lassen. Wenn sie wollte.

Wieder hustete Östen Sjödén. »Sie sehen müde aus. Haben viel zu tun, oder?«

Er besaß offenbar die angeborene Frechheit, wirklich alles zu sagen, dieser Östen Sjödén.

»Kann sonst noch jemand gewusst – oder gemutmaßt haben, was Sie da gerade erwähnten?«, fragte Bixe.

Sjödén lachte wässrig. Er hat an diesem Morgen eine Schicht Bartstoppeln zu viel, dachte sie.

»Ich habe nicht die geringste Ahnung. Wer sollte das denn sein?«

»Können Sie sich nicht irgendjemanden denken?«

»Sie können ja die Kollegen fragen.«

»Meinen Sie jemand Bestimmtes?«

Er beugte sich noch weiter über den Tisch vor. »Nur ein Tipp. Berit Glans. Sie hat eine Nase, die sich so allerlei erschnüffelt. Aber sagen Sie nicht, dass ich …«

»Haben Sie mit ihr darüber gesprochen?«

»Nein, zum Teufel.«

Plötzlich lächelte Sjödén. »Das wär's«, sagte er dann rasch. »Darf ich jetzt gehen?« Er war schon aufgestanden, und sein umfangreicher Bauch hing über den Hosenbund. Ohne seinen Kittel sah er noch gewaltiger aus.

»Sicher. Wenn Sie nicht mehr …«

»Nein. Kann ich also gehen?«

»Natürlich. Und …«

Er stand schon bei der Tür.

»… danke für die Auskünfte.«

Aber Sjödén hatte schon den halben Flur hinter sich gebracht. Bixe schaute aus der Tür und sah, wie er über den blanken Boden davonlief. Mit seltsam schlurfenden Schritten, wie schlaftrunken. Und seine Bewegungen hatten etwas leicht Schwankendes, so als sollte er sich lieber mit den Händen an der Wand abstützen, auch wenn er das nicht tat. Bestimmt wird er im Fahrstuhl wie ein Toter an der Wand lehnen, dachte Bixe und hörte im selben Moment, wie die Fahrstuhltür klappernd aufging. Als sie dann durch das Fenster auf den regennassen Parkplatz hinunterschaute, sah sie ihn auf dem schmalen Gehweg, der zur Stadt führte. Er lief im Zickzack.

»Armer Tropf«, erklärte Sander, der aus dem regennassen Fenster starrte, als könne er Sjödén noch immer sehen, obwohl der doch vor einer Ewigkeit bereits hinter der Bushaltestelle in Richtung Stadt verschwunden war.

»An denen besteht wirklich kein Mangel«, sagte Eva-Britt Bixe trocken. Sie war nicht in der richtigen Stimmung für Sanders

Überlegungen zu der Frage, wer in der heutigen Gesellschaft Mitleid verdiente und wer nicht. Und daran war der Anstreicher schuld, redete sie sich ein. Und was Sander anging, so hielt der gar zu viele Menschen für bedauernswerte Wesen. »Arm oder nicht«, seufzte sie. »Jedenfalls wissen wir jetzt von seinem Verdacht, dass Nyberg etwas mit dieser Äng gehabt haben kann.«

»Äng?« Sander riss sich endlich vom Fenster los.

»Die Frau, die auf Nybergs Station Selbstmord begangen hat. Berit Glans hat ja auch schon so eine Andeutung gemacht …«

»Dann ist also *sie* das große Geheimnis.«

»Meinst du Glans?«

»Was? Nein, ich meine natürlich Äng.«

Sander schnippte mit den Fingern, was ebenfalls eine Angewohnheit von ihm war, die Bixe gerade an diesem Tag dermaßen ärgerte, dass es ihr eiskalt den Rücken hinablief. Vielleicht sollte sie jetzt einfach nach Hause gehen, die Arbeit dieses Tages vergessen und sich auf die beruhigende Wärme in der Badewanne konzentrieren.

Scheiß auf den ganzen Kram, dachte sie, befand dann jedoch, dass auch das wohl nur ein Zeichen von Müdigkeit war.

»Aber wir wissen es ja nicht«, sagte Bixe und unterdrückte ein Gähnen. »Auch wenn es wahrscheinlich wirkt. Es wirkt jedenfalls nicht unglaubhaft.«

»Du bist müde.«

Bixe schaute ihn strafend an.

»Es ist schon nach fünf. Du solltest nach Hause gehen, ein Bad nehmen.«

Bixe schielte zu ihren beigegelben Schuhen hinunter. Sie schlug einige Male mit den Absätzen gegen das Tischbein. »Scheiß auf den ganzen Kram«, sagte sie jetzt laut und hob den Ordner mit der Aufschrift Nyberg hoch.

☆

Am Vorabend hatte sie bis nach acht Uhr an der Arbeit gesessen. Trotz ihrer Müdigkeit, oder vielleicht gerade deswegen.

Denn die Arbeit half ihr, die Müdigkeit zu bekämpfen, Kopf und Körper in Gang zu halten, so dass sie nicht in einen Erschöpfungszustand verfiel, der sie für eine Woche müde und schwerfällig machen würde.

Das konnte sie sich im Moment einfach nicht leisten.

Ihr Kopf war wach und aufmerksam. Vielleicht sollte ich anfangen zu joggen, dachte sie, als sie bei ihrem Morgenkaffee saß. Eine Runde über den Trimmpfad oben am Hang drehen. Sie verwarf die Vorstellung, noch ehe sie diesen Gedanken zu Ende gedacht hatte. Eva-Britt Bixe in lila Trainingsanzug und schwarzen Turnschuhen, wie ein schnaufender Elefant auf dem Pfad zwischen den windgebeutelten Wacholdersträuchern. Diese Nachricht würde sich im ganzen Haus wie ein Lauffeuer verbreiten, und bald würde die gesamte Belegschaft mit Taschenlampen bereitstehen, um das historische Ereignis mitzuerleben. In der Personalzeitschrift würde darüber geschrieben werden, bestimmt mit Bild, und das würde dann zum allgemeinen Gaudium an jeder Pinnwand angebracht werden. Und alle würden herzlich darüber lachen.

Die Decke war jedenfalls weiß, stellte sie fest, als ihre Finger auf der Tischplatte nach einer Zigarette suchten. Die Gewohnheit saß einfach fest, obwohl das schlimmste Bedürfnis sich bereits gelegt hatte. Jetzt konnte sie Simonsson über den Hof gehen sehen, ohne ihn dafür zu hassen, dass er den Müllsack mit ihren letzten Zigaretten weggebracht hatte.

Ja, Hass, dachte sie. Wie kann der so groß werden, dass man jemandem elf Messerstiche verpasst? Auch wenn sie einige Male geradezu mörderisches Verlangen nach einer Zigarette verspürt hatte, hätte sie Simonsson deshalb doch nie im Leben niedergeschlagen. Oder ihn in einem einsam gelegenen Gestrüpp mit einem Schlips erwürgt oder so. Nein, Spaß beiseite, welche Ursache konnte jemand eigentlich für den Entschluss haben, einen anderen Menschen aus der Welt zu räumen?

Eine Brieftasche?

Nein, die war später in einem Papierkorb in der Skånegata

gefunden worden, mit über elfhundert Kronen. Seltsamerweise.

Eine verlangte Geldsumme, die nicht gezahlt worden war, konnte die für Nybergs Ende gesorgt haben? Auch das klang nicht gerade glaubwürdig. Wer Geld sehen will, wirft ja wohl kaum eine gefüllte Brieftasche weg.

Nein, im Moment neigte sie eher zu der Annahme, dass Nyberg etwas gewusst hatte, das gar nicht gut für ihn gewesen war. Was die abgehobenen Summen damit zu tun hatten, war noch unklar. Falls es da überhaupt einen Zusammenhang gab. Wenn Nyberg etwas gewusst hätte, hätte dann nicht er sich als Erpresser betätigt?

Und wer war die Frau in der Kneipe?

Bixe seufzte.

Das konnte schließlich so ungefähr jede gewesen sein.

Die Decke war immerhin weiß. Mit einem Hauch rot, wie ihr gesagt worden war. Und Bixes Gehirn war ein Brei verwirrter Gedanken. Ihr Kopf lag auf der Armlehne des Sofas. Das Zimmer war jetzt um einiges heller. Die hellgelben Vorhänge wirkten fast dunkel. Vielleicht sollte ich mir neue Vorhänge zulegen, überlegte sie. Die zum Sofa passen, oder zum Teppich. Oder …

Ganz ruhig. Eins nach dem anderen.

Aber eine Zigarette hätte jetzt nicht geschadet.

Vielleicht sollte sie auch mit dem Kaffee aufhören. Aber das mit dem Joggen kam jedenfalls nicht in Frage.

Seufzend erhob sie sich. Mit dieser Maria Äng stimmte etwas nicht, dachte sie vage.

Ja, ihr Kopf war an diesem Morgen wirklich wie mit Brei gefüllt.

19

»Stig?«

»Ja.«

»Guten Tag, ich bin's. Ich wollte nur fragen ...«

Es knackte und rauschte wie ein ganzes Meer. Aber es lag ja auch eins zwischen ihnen, dazu Landschaften und Seen und Berge und ... Jedenfalls ziemlich viel.

»Die Verbindung ist nicht gerade gut«, sagte er mit lauter Stimme, um die Wellen zu übertönen.

»Ach? Ich kann dich sehr gut hören«, sagte Stig.

Scheiß ungarische Telefonleitungen, dachte er. Wenn Stig doch nur gescheit genug wäre, seine Handyrechnungen zu bezahlen, dann brauchte er sich hier nicht heiser zu schreien und dieses Rauschen im Ohr zu ertragen. Aber Stig hatte ja auch viel Pech gehabt. Das ließ sich nicht leugnen, und es war nicht nur seine Schuld gewesen, das Unglück hatte ihn wirklich einige Male verfolgt.

»Ich wollte nur fragen«, sagte er, »ob jemand nach dir gesucht hat.«

»Wer hätte mich suchen sollen? Wer sollte das sein?« Stigs Stimme schien aus einem alten, rauschenden Radio zu kommen, so einem mit braun karierter, zitternder Stoffbespannung vor dem Lautsprecher.

»Was treibst du denn so da unten? Ich kann dich wirklich kaum hören.« Er hörte nicht, ob Stig seufzte, ging aber davon aus.

»Wer hätte mich denn suchen sollen?«

»Du, es ist etwas nicht ganz Angenehmes passiert.«

»Was denn?«

Jetzt konnte er trotz des Geräuschpegels eine gewisse Unruhe in der Stimme erahnen.

»Das erkläre ich dir später, wenn du wieder da bist. Aber ich wollte nur sagen, sollte jemand dich suchen, dann halte dich bedeckt.«

»Wie meinst du das? Ich verstehe gar nichts mehr. Wer sollte mich denn suchen?«

»Tja, die Polizei vielleicht oder so.«

»Verdammt, die Polizei? Was hast du denn angestellt?«

Es rauschte jetzt nicht mehr, und die Verbindung war glasklar. So wie wenn die Sonne hinter einer kohlpechrabenschwarzen Wolke hervorschaut, dachte er.

Und dann kam ihm noch ein Gedanke. Sein Telefon wurde doch wohl nicht abgehört? Das Rauschen konnte doch nicht daran liegen, es konnte doch nicht sein, dass …

»Bist du noch da?«

»Ja, sicher. Du, jetzt kann ich dich besser hören.«

»Was ist mit der Polizei? Hast du irgendwas ausgefressen oder was?«

»Ich habe nichts getan.«

»Aber was ist denn bloß los?«

»Das sage ich dir, wenn du nach Hause kommst. Und es hat jedenfalls nichts mit mir zu tun. Ich habe einfach etwas gesehen. Und wenn die Polizei dich anrufen sollte, dann …«

»Was hast du gesehen?«

»… dann erwähne um Gottes willen nicht, dass wir an dem Abend da waren. Und nenn keine Namen. Du hast zu Hause vor dem Fernseher gesessen. Klar?«

»Und was hast *du* ihnen gesagt?«, fragte Stig in plötzlich spöttischem Tonfall.

»Ich habe diese Fragen noch nicht beantworten müssen. Und ich hoffe, dass das auch so bleibt. Du weißt, ich will da nicht hineingezogen werden – und das sollte auch dir am Herzen liegen.«

»Aber verdammt noch mal, ich sitze doch hier unten in Scheiß-Budapest in einem Hotel, das so langsam aus dem Leim geht, was soll ich da …«

»Tu einfach, was ich dir sage, bitte.«

Er hörte ein unwilliges Gemurmel, ein Brummen, das hoffentlich ja bedeutete.

20

Das Gesicht hob und senkte sich. Die starren bleichen Wangen, das spitze Kinn, das fast unnatürlich Magere, das sie gewesen war. Schwarzes Wasser zitterte auf ihrer Haut wie eine Geleeschicht, schön und glitzernd. Ihr Gesicht hob sich und verschwand dann, immer wieder, das Boot wiegte sich, das Wasser funkelte zwischen den Brettern, und sie fror. Ihre Jacke war triefend nass, ihre Ärmel hingen schwer über der niedrigen Reling. Es wurde dunkel. Am Horizont waren türkisfarbene Streifen zu sehen.

Das Gesicht kam nach oben, wurde wieder nach unten gesaugt. Alles war still. Die Luft war säuerlich, und das Säuerliche vermischte sich mit dem Salzgeruch des Meers. Aber dann, plötzlich, als seien die Wellen zum Leben erwacht und hätten sich erhoben, sah sie, wie das Gesicht ihr direkt entgegenkam, wütend und schnaubend, die blassblauen Augen aufgesperrt, und dann waren diese Hände wieder da – die sie so genau kannte – und zogen und drückten sie zurück. Ihr Körper richtete sich auf wie eine plötzlich aufgeblasene Plastikpuppe, steif und starr ragte sie aus dem Meer, und dann war es nicht mehr ihr Gesicht, endlich war der Eisblick erstarrt. Die Wellen schlugen höher, das Boot schlingerte, sie schrie und packte die Reling, der Wind fuhr durch ihre Haare, der Mast ächzte, und jetzt stieg das Wasser im Boot immer schneller, wirbelte um ihre nackten Füße, und sie hatte nur einen einzigen Gedanken, sie musste nach Hause, doch in diesem Augenblick kippte das Boot zur Seite, oder vielleicht hatte sich auch der Horizont verschoben, und sie hörte nur noch ihren eigenen endlosen Schrei.

II

21

Er ging den Rechenschaftsbericht ein letztes Mal durch, dann zog er schnaufend seine Jacke an, streifte den Mantel darüber, zog das klirrende Schlüsselbund aus der Tasche und schloss ab.

Nun war alles gut. Jetzt hatte er das Zimmer verlassen. Sein schallisoliertes kleines Büro, wo gerade Platz genug für alles war, was er brauchte: einen Stuhl, einen Schreibtisch, ein Bücherregal mit Ordnern, einen Computer und einen geschmackvollen Kunstdruck an der Wand.

Endlich hatte er sein Ziel erreicht. Oder na ja, zumindest fast. Natürlich war noch einiges auszurichten, er musste zum Beispiel Leute für die grobe Arbeit anstellen, für diese tristen Routineaufgaben, an die er im Moment seine Gedanken verschwendete, während seine Finger über die immer weniger werdenden Haarsträhnen auf seinem Kopf fuhren. Ja, kurz und grau wurden sie jetzt. Aber verdammt, er konnte ja auch nicht sein Leben lang jung bleiben.

Jetzt hatte er jedenfalls das Zimmer verlassen, und seine eine Hand zitterte unbehaglich in seiner Tasche. Die andere Hand hielt den Griff der Aktentasche. Einige Schweißtropfen zeigten sich auf seiner Kopfhaut, an seinem ergrauenden Haaransatz. Er schluckte und biss die Zähne aufeinander. Er hatte sich entschieden, ja, verdammt, das hatte er, er musste hin, auch wenn es keine Neugier war, die ihn antrieb, sondern etwas Größeres.

Das Wissen, dass er über ein unschätzbares Geheimnis verfügte. Falls man das nun als »etwas Größeres« bezeichnen konnte. Sehr viel nobler konnte es jedenfalls nicht sein.

Es war fünf nach zwölf an diesem Dienstag Mitte Oktober, als er mit entschiedenen Handgriffen sein Auto aufschloss. Es nieselte ein wenig. Wie immer, dachte er. Würde dieser verdammte Regen denn nie aufhören? Noch vor wenigen Tagen hatte es geschneit, aber jetzt war die Verheißung von Winter wie weggeblasen, stattdessen erstarrte die Welt nun in einem offenbar ewig währenden Herbst, dachte er und verstaute zuerst seine Aktentasche und dann sich selber in dem großen weißen Volvo mit den Ledersitzen. Auch der Wagen war eine Neuanschaffung, genau wie die Betten, in denen Rose-Marie derzeit wie eine Tote schlief.

Er schaltete die Scheibenwischer ein, und ein leises Rauschen füllte das Auto, als der Motor ansprang.

Ein beruhigendes Geräusch. Er glitt auf die Svarvaregata hinaus und fuhr durch das alte Industriegelände, wo sich der Neubau mit seinem Büro befand. Das Verkaufslokal lag auf der anderen Hofseite, von seinem Platz am Schreibtisch aus konnte er das flache schwarze Dach sehen.

Mit seinem angenehmen Summen bog der Volvo auf die Pilfältsgata ab, und bald darauf erreichte er die Hauptstraße. Er hatte sich vorher auf dem Stadtplan orientiert. Sein Ziel war ein unscheinbares Straßenende, das wohl kaum verzeichnet gewesen wäre, wenn es nicht zu einem größeren Neubaugebiet gehört hätte. Es gab hier viele von diesen kleinen Straßen. Wäre sicher nett, hier zu wohnen, dachte er, in einer der Klinkervillen, die wie viereckige braune Scheißhaufen in dem alten Schrebergartenbezirk lagen.

Er war vorsichtig gewesen. War nicht gleich nach seinem Anruf bei der Zulassungsstelle hingefahren, sondern hatte eine Weile gewartet. Nur als zusätzliche Vorsichtsmaßnahme. Damit niemand ihn mit der Stimme am Telefon in Verbindung bringen könnte. Es galt jetzt, so still sitzen zu bleiben wie der eigene Schatten und auf den richtigen Moment zu warten, dachte er. Wie in der Geschäftswelt. Die richtige Zeit aussitzen. Irgendwann kam die immer, wenn man nur nichts übereilte.

Er hatte die Zeitungen gelesen. Genauer gesagt, er hatte sie überflogen. Er hatte mit ausdrucksloser Miene Rose-Marie ge-

genübergesessen und beim Frühstück mit den Zeitungsseiten geraschelt, während er das suchte, worum es ihm ging: Neues über den Fall. Denn jetzt wusste er, was er gesehen hatte. Begriff es nicht, aber wusste es. Es war kein Albtraum gewesen, keine zufällige Gemütsverwirrung, was ja durchaus möglich gewesen wäre bei den Alkoholmengen, die er an diesem Abend beim Essen konsumiert hatte. Zuerst hatte er tief Luft geholt, als könne er es nicht glauben, dann hatte er dieselbe Zeile wieder und wieder gelesen. Rose-Marie, die die Kaffeekanne in der Hand hielt, hatte immer wieder gefragt: »Möchtest du noch Kaffee, Liebling?«, aber er hatte nicht richtig zugehört. Und sie hatte gesagt, ja, schrecklich, was da passiert war, und *ausgerechnet hier in der Stadt,* aber trotzdem brauche der Mensch doch Kaffee und Frühstück, und er hatte gedacht, sie habe gut reden, wo sie doch nicht dabei gewesen war, sie hatte sich nicht alles aus nächster Nähe ansehen müssen wie einen makabren Film.

Aber das konnte er ihr natürlich nicht sagen, nicht jetzt. Vor zwanzig, ja, vor fünfundzwanzig Jahren wäre das möglich gewesen, aber nicht jetzt, und schon gar nicht unter diesen Umständen. Er hatte immer schon den Verdacht gehabt, dass ihr Herz nicht besonders stark war.

Er bog in den Maratonväg ab, folgte der geraden Häuserreihe, den schmutzig grauen Zuckerwürfeln, die er vor langer Zeit, jung und naiv, grün vor Neid angestarrt hatte. Jetzt hatte sein Geschmack sich doch um einiges gebessert, er hatte es zu etwas gebracht, wie es hieß, und die Erinnerung an jenen Abend lag ihm nicht mehr wie ein spitzer Stein im Bauch, sondern war eher zu einer Feststellung geworden: Er hatte etwas gesehen. Und jetzt wusste er, was.

Wenn er es auch nicht verstand, wie gesagt.

Die Reihenhäuser lagen dicht an dicht, aber er brauchte sie nicht mehr anzusehen, denn nun bog er nach links ab, in Richtung Müllabladeplatz und technischer Überwachungsdienst, die angeblich beide irgendwo hier lagen. Das Gras klebte gelb und feucht am Straßenrand. Weiter hinten waren die Häuser von Andersberg zu sehen, dieses verdammte Ghetto, dachte er, und empfand eine vage Angst, wie immer, wenn die Blocks wie halb gerauchte Zigaretten vor ihm aufragten – auch er hätte dort landen können, aber so durfte man nicht denken, jetzt musste er einfach weitermachen.

Gas geben. Er erreichte das Villenviertel, das Bonzenparadies, und Andersberg verschwand hinter den Bäumen, den kleinen frisch gepflanzten Wäldchen, die im Frühjahr sicher vor Fliederdolden und japanischen Kirschblüten nur so strotzen würden.

Seine Lippen zuckten, er näherte sich seinem Ziel, er hatte den Stadtplan im Kopf und folgte den roten Linien, die auf dem Papier mit schwarzen Ziffern für gerade und ungerade Hausnummern versehen gewesen waren, auch die hatte er in seinem Kopf gespeichert. Er bog ein letztes Mal ab und sah zu seinem Entsetzen, dass er sich in einer Sackgasse befand. Im Trumpetgränd, mit seinen niedrigen, immergrünen Wintersträuchern, den auf schwarzen Pfeilern angebrachten Briefkästen – sollte das vielleicht elegant aussehen? – und den Messingschildern an den schweren braunen Haustüren.

Alles in allem gab es in der kleinen Straße acht Häuser. In der Mitte spielten einige Kinder, zwischen herumliegendem Spielzeug, einem umgekippten Fahrrad und einer Schubkarre oder was immer das sein mochte.

O verdammt, jetzt würde er in diesem unbesuchten, unansehnlichen Straßenstummel auffallen. Die Kinder würden vermutlich nach Hause stürzen und etwas über fremde Männer brüllen, die in weißen Volvos angefahren kamen, er bückte sich, als suche er etwas. Ob die vielleicht auch sein Nummernschild lesen konnten? Würden sie ihn später identifizieren können?

Glücklicherweise gab es weiter vorn eine Wendestelle, ein winziges Rondell mit einer kleinen Grünfläche in der Mitte, auch hier wuchs starres gelbes Gras, zwischen den leeren schwarzen Fenstern, die ihn von den braunen Fassaden her anglotzten.

Langsam fuhr er dann wieder durch die Straße, und noch einmal wichen die Kinder mit ihrem Spielzeug aus, als er vorüberkam. Er fluchte im leichten Motorenrauschen vor sich hin und biss die Zähne zusammen. Und da, in diesem Moment, sah er es. Das Auto. Es war rot. Der Lack funkelte stolz im Regen. Eingezwängt auf der schmalen Auffahrt zu einer Garage. Die Zweige der Wacholderbüsche streiften flüsternd über den Kofferraum.

Er sah es, und wie aus dem Augenwinkel heraus las er das Nummernschild. Und war am Ziel.

Seine Ahnung wurde bestätigt.

Er fuhr weiter, auf die etwas breitere Straße hinaus, wo die Häuser zwar ähnlich aussahen, aber nicht ganz so dicht gedrängt standen, wie ihm schien.

Er zitterte. Er schnappte nach Luft und merkte, dass er nicht richtig atmen konnte. Dass er viel zu schnell vorging. Sein Herz hämmerte wie besessen los. Die Frage war, was er jetzt machen sollte. Ob er überhaupt etwas machen sollte. Aber er hatte das Gefühl, handeln zu müssen. Er bog nach rechts ab, sah, dass er fast die Straße zur Innenstadt erreicht hatte. Es war fünf vor eins, seine Mittagspause war zu Ende.

☆

Eigentlich hatte er ja nichts mit der Sache zu tun gehabt. Es hatte sich einfach nur so ergeben.

Aber zuerst war natürlich alles andere passiert, sozusagen als Einleitung.

Dass er im Pianosväng gestanden hatte, der in den Fiolgränd führte, der wiederum in der Trumpetgata endete. Der Sackgasse.

Er hatte in einer Parklücke gehalten, zwischen einem dunkellila Mercedes und einem grün-metallic Nissan. Verdammt fesche Autos, alle beide, nagelneu, mit Zentralverriegelung und Ledersitzen und schweineteurer Anlage mit vier Lautsprechern. Er ließ sich auf seinem Sitz zurücksinken, wie schon an den vergangenen drei Abenden, an denen er in dieser gottverlassenen

Gegend auch nicht eine Menschenseele gesehen hatte. Tja, abgesehen von einem einzelnen buckligen alten Kerl mit einem wütenden kleinen Dreckshund an der gespannten Leine. Aber der wohnte sicher nicht hier. Der war wohl eher auf der anderen Seite des Wäldchens zu Hause, das diese Wohngegend hier von der sonstigen Welt trennte.

Hier saß er nun und hatte sogar schon mit dem Gedanken gespielt, wieder mit Rauchen anzufangen, hatte sich jedenfalls mit den Zahnstochern – die er seit dem Tag vor drei Jahren, als er die letzte Zigarette geraucht hatte, immer bei sich trug – zwischen zwei Zähnen herumgestochert, hatte wütend darauf herumgekaut, als könne er damit jemanden aus den bewegungslosen Winkeln der Umgebung herauskauen.

Der schwarze Asphalt glitzerte. Er war gleich vor der Dämmerung hergefahren, vorgestern, gestern und heute. Die Fenster im Haus leuchteten gelb und trübe. Hier und dort war auch eine knallrote oder blaue Lampe zu sehen. Blumen und Ziergegenstände auf schmalen Fensterbänken. Damit niemand hineinschauen konnte. Man konnte nur Fernsehschimmer und Fernsehsofas und Fernsehnachrichten erahnen. Es war jetzt halb acht, ein normaler Freitagabend, feucht, aber nicht verregnet. Ein wenig grau, wie es fast den ganzen Tag gewesen war, als er auf das flache schwarze Dach hinausgesehen und sich gefragt hatte, was sich dort weiter hinten wohl bewegte, in einer Straße, mit der er durch einen unglücklichen Zufall in Berührung gekommen war.

Er wusste eigentlich nicht, worauf er wartete, als er zurückgelehnt auf dem Vordersitz des Wagens saß und durch die beschlagenen Scheiben starrte, mit dem immer kälter werdenden Sitz im Rücken und der rauen Luft, die die Wärme des Gebläses vertrieb. Er fror und klapperte mit den Zähnen und versuchte, sich etwas vorzustellen – eine Gestalt, die in dem roten Wagen auf ihn zukam, den Wagen, den er einmal an einem anderen Ort gesehen hatte. Und das, was diese Gestalt ausmachen könnte, einen Menschen aus Fleisch und Blut, ja, sicher, aber was hatte dieser Mensch, der ganz normal war, wie er selber und alle anderen, an sich, das zu einem Ereignis führen konnte wie in jener Nacht vor ... Mal überlegen, fast drei Wochen war das jetzt her.

Der Himmel da oben war ein Netz, das manchmal ein wenig Mondschein durchsickern sah, wenn der Mond ein seltenes Mal zwischen den Wolkenfetzen hervorlugte. Wir sind hier unten ausgesetzt worden, um zu sterben, dachte er. Früher hatte er in Gegenden wie dieser immer an den Tod gedacht, wenn Gardinen wie Trauerflor in den Fenstern hingen und die Türlampen Grableuchten ähnelten, und Gott weiß, was er noch alles ...

In diesem Moment bog der Wagen um die Ecke. Hinter ihm, dann war er vor ihm. So schnell ging das. Er konnte kaum noch reagieren, obwohl er darauf gewartet hatte, und registrierte auch nicht, wer hinter dem Lenkrad saß und so rasch wie möglich durch die leere Straße fuhr, vorbei an den toten Häusern, in denen nur die Lampen brannten, um den Tod abzuwehren, der nicht näher kommen sollte.

Er schaute aus zusammengekniffenen Augen in die Dunkelheit wie ein Kurzsichtiger. Wollte schon aussteigen, überlegte sich die Sache dann aber anders. Herrgott, was hätte das denn gebracht? Und womit hätte er diesen Spaziergang erklären sollen? Andererseits – wer sollte ihn in diesem tristen öden Vorort, oder wie er das nun nennen sollte, denn überhaupt beobachten? Wer, hinter den vorgezogenen Vorhängen? Und, noch weniger vorstellbar, wer würde ihn ansprechen und Fragen stellen? Und außerdem lebten sie doch in einem freien Land. Also aussteigen, dachte er. Steig jetzt aus, zum Henker, und renn hinter ihm her.

Er gehorchte seiner inneren Stimme, rannte jedoch nicht gleich los. Stattdessen zog er seinen Mantel fester um sich zusammen und ging langsam und würdevoll die Straße entlang, in die Richtung, in der das Auto verschwunden war. Ja, er hatte noch zwei Straßen vor sich, aber das waren schließlich keine Boulevards, sondern Gassen, in denen die Häuser wie Pfannkuchen zusammengepresst wurden, um Platz zu haben.

Er war ein einsamer Flaneur, ein Abendwanderer, der vielleicht bald seinem Hund pfeifen würde. Ein Schwiegervater, Großvater, Onkel zu Besuch in dem gediegenen Villenviertel, er war zum Kiosk gegangen, um eine Zeitung zu kaufen, und hatte sich ein wenig verirrt, war der falschen Querstraße gefolgt und deshalb in einer Sackgasse gelandet. Aber das war ja auch kein Wunder, hier sahen schließlich alle Straßen gleich aus.

Bald würde er sein Ziel erreicht haben. Seine Schläfen pochten, ja, sein ganzer Kopf pochte. In einer seltsamen Erwartungsfreude. Als könne er mit einer Offenbarung rechnen, oder mit einem Spuk. Er ging immer weiter die Straße hinunter, bog in den Fiolgränd ab, legte noch an die zwanzig Meter zurück und hatte die Trumpetgata erreicht. Leer und würdevoll lag sie vor ihm, einzig der Mond wagte für drei Sekunden einen Blick auf den schwarzen Asphalt. Die Lampen glühten wie schwarze Augen in den Hauseingängen.

Er war gerade dort angekommen, vor der Nummer drei, als er das Geräusch hörte. Eine Autotür, die ins Schloss fiel. Stille, dann Schritte.

Er trat hinter einen der Sträucher am Zaun. Ballte die Fäuste in den Taschen. Er sah eine Gestalt, die sich zwischen Wagen und Tür bewegte, etwas entlangging, bei dem es sich vermutlich um einen schmalen Plattenweg zur Haustür handelte. Er hatte zu Hause auch so einen. An dem Weg war nichts auszusetzen.

Er starrte gespannt in die Dunkelheit. Ein Mann. War das dieselbe Gestalt? Ein ganz normal gewachsener Mann, mittelgroß und mitteldick ... Nein, von hier aus konnte er nichts sehen. Aber es war ein Mann, das sah er jetzt, und diesmal trug dieser Mann keinen Hut. Er erinnerte vage an den, den er mit einer Kopfbedeckung gesehen hatte.

Mit breiten Schritten ging der Mann auf die Haustür zu. In der Hand hielt er eine Tüte oder vielleicht eine dicke Aktentasche. Ein Schlüsselbund klirrte, und dann wurde die Tür geöffnet. Ein gelber Lichtkegel fiel auf die Treppe. Für einen Moment ahnte er einen Spiegel, ein Hutregal und links vermutlich eine Treppe. Alles in demselben gelblichen Farbton.

Dann wurde die Tür ins Schloss geknallt. Er blieb noch einen Moment hinter dem Strauch stehen, er wagte nicht, auch nur einen Finger zu rühren. Seine Füße versanken im feuchten Kies auf dem Bürgersteig. Erst nach einer Ewigkeit, wie es ihm schien, löste er sich aus seiner Erstarrung, mit steifen Beinen und schmerzenden Armen. Vom Haus konnte er nur das trübe gelbe Fenster sehen. Er machte sich auf den Rückweg. Er hatte gesehen, was er sehen wollte, zumindest einen ersten Teil davon, Kapitel eins. Er lief sehr schnell, der Mantel schlug ihm um die Beine. Er schloss den Wagen auf und ließ sich mit erleichtertem Seufzer auf den kalten Sitz sinken.

☆

Er wusste nicht, wann, und zuerst wusste er auch nicht, warum seine Wut dermaßen gewachsen war. Vielleicht lag es am Anblick der mittelgroßen Gestalt, die an jenem Abend das ganze Karussell in Bewegung gesetzt hatte. Es war fast schon Hass, der wie zähflüssiges Stearin in ihm aufquoll. Dieser Hass bohrte und brannte, und er konnte seinen Abscheu nicht einmal abends vergessen, wenn er unter der teuren Decke in dem teuren Bett lag, diesen Hass oder wie er nun dieses Gefühl nennen sollte, das ihm dermaßen zu schaffen machte, dass er sich bei der Arbeit kaum noch konzentrieren konnte.

Stig war inzwischen aus Ungarn zurückgekehrt. Das war eine Gabe Gottes. Endlich. Er brauchte sich keine Sorgen mehr darüber zu machen, ob jemand versuchte, Kontakt zu ihm aufzunehmen, in dem – wie Stig selber gesagt hatte – grottenhässlichen Hotelzimmer, auf dieser Geschäftsreise, die ihn ein Vermögen gekostet und keinerlei Profit gebracht hatte. Der arme Stig. Aber das sah ihm mal wieder ähnlich.

»Sag den Ärschen nichts«, hatte er gesagt.

Stig hatte seine buschigen Augenbrauen zusammengezogen und ihn angeschaut, mit einer Skepsis, die leicht die Mauer hinter ihm hätte umwerfen können. »Wie zum Teufel meinst du das?«

»Genau so, wie ich es sage. Wenn dich jemand fragt, dann weißt du nichts über diesen Abend. Du warst zu Hause, ich war zu Hause. Verstanden?«

Stig hatte im Besuchersessel gesessen, und der Kunstdruck hatte wie eine Krone über seinem Kopf gehangen. Es hatte lustig ausgesehen, aber er konnte den Besuchersessel nun mal nirgendwo anders hinstellen, das Zimmer war eben eng. Aber mit dem Stoff war er zufrieden – klein kariert in gelb und lila.

»Wenn du aufhörst, in Rätseln zu reden, dann begreife ich vielleicht irgendwas«, schimpfte Stig. Er geriet nur selten aus der Fassung, aber nun war es so weit.

»Ja, ja, ich werde ...« Er seufzte leise. »An diesem Abend, du weißt schon, als ich gegangen war und ihr noch immer da oben saßt ...«

»Jetzt komm schon zur Sache.«

»Da habe ich etwas gesehen.«

»Ach.« Stig hatte ihn angestarrt. Mit einem Blick, in dem sich Ungeduld und Gleichgültigkeit die Waage hielten.

»Ich habe etwas verdammt Scheußliches gesehen. Einen Mann, der erstochen wurde, verstehst du ...«

»Was zum Teufel redest du da? Hast du den Verstand verloren?«

»Nein.«

»Aber was zum ... Das hast du gesehen? War das der ... Das was da passiert ist ... *Dieser verdammte Mord?* War es das? An dem Abend?«

Er nickte. Stigs Gesicht überzog sich zuerst mit roten Flecken, dann wurde es so weiß wie seine Fingerknöchel, die die Armlehne umklammerten. Herrgott, der würde doch jetzt wohl nicht in Ohnmacht fallen? Oder gleich tot umsinken? Der auch noch!

»Ja, das ist da passiert. Wusstest du das nicht? Und ich hab den ganzen Dreck gesehen.«

»Aber dann musst du doch die Polizei anrufen!«

»Und da reingezogen werden? Nie im Leben!«

»Aber du hast es doch gesehen, es ist doch deine Pflicht, zu …« Jetzt war sein Gesicht wieder rot gefleckt. »Das war das also? Das ist ja grauenhaft. Aber wie zum Teufel? Das ist das Übelste …« Stig schien Flüche gegen seine schmalen Knie zu murmeln.

»Wie lange wart ihr noch da?«

Gereizt schaute Stig hoch. »Wie meinst du das?«

»Wie lange seid ihr noch geblieben? Nachdem ich gegangen war, meine ich.«

»Das weiß ich nicht mehr. Aber als ich gegangen bin, war alles ruhig, da bin ich mir immerhin sicher.«

»Er muss aber noch dort gelegen haben.« Er sah, wie Stig zusammenfuhr. »Hör mal«, fuhr er fort. »Weder du noch ich möchten auf irgendeine Weise auffallen, oder? Und das, was ich gesehen habe, kann nun wirklich nichts mehr ändern. Außerdem würde Rose-Marie …«

Stig schnaubte. »Du hast ihr also nichts erzählt?«

»Nein, warum sollte ich?«

Jetzt lachte Stig. »Na gut, ich gebe zu, dass das nicht günstig für uns wäre, für keinen von uns. Diese verdammte Reise nach Ungarn ist ja zum Teufel gegangen, und natürlich würde die Sache nicht besser, wenn sich irgendwelche Aufmerksamkeit auf diese Angelegenheit richtete.«

»Nein, genau.«

»Was also soll ich tun?« Stig setzte sich gerade hin, hob die Nase, schaute ihn gelassen an.

Scheißdespot, dachte er. »Halt einfach die Klappe«, sagte er.

»Und um welchen Preis?« Plötzlich waren Stigs nikotingelbe Zähne unter seiner hochgezogenen, fettglänzenden Lippe zu sehen.

»Ach, Scheiße. Geh jetzt lieber.«

Er zeigte mit ausgestreckter Hand auf die Tür. Stig grinste noch immer mit hochgezogenen Mundwinkeln, als er mit schlurfenden Schritten das Zimmer verließ.

Und jetzt war er wütend. Wirklich wütend.

Ein viertes, fünftes und sechstes Mal hatte er wie angeklebt in dieser Parknische bei der Pianogata gesessen und ein ganzes Paket Zahnstocher mit Pfefferminzgeschmack zerkaut. Er hatte sich immer nachhaltiger davor gefürchtet, aufzufallen, entdeckt zu werden, nicht von den Anwohnern, die hockten ja nur verschüchtert hinter ihren Vorhängen, sondern von diesen Scheißkötern, die an jedem verdammten Baum stehen blieben. Die konnten ihn ja bestimmt sehen.

Doch trotzdem kam die Angst erst an zweiter Stelle, war versteckt hinter einem Vorhang aus dermaßen wütendem Zorn, dass er nicht wusste, wie er damit umgehen sollte.

Nachts hatte er geträumt; von einer lange zurückliegenden Zeit, die bisher so sicher verschlossen gewesen war wie in einer zugeklebten Plastiktüte.

Er war in kalten Schweiß gebadet erwacht, hatte gegen den Brechreiz angekämpft, Marie-Roses dünnen Rücken angesehen und sich gefragt, ob auch sie sich erinnerte und wie sie das ertragen konnte. Sie sprachen nie darüber, sie konnten nicht mehr darüber sprechen. Und gerade deshalb war ihr Rücken so schrecklich dürr wie ein Strich; deshalb nahm sie ihre Schlaftabletten und drückte bisweilen nachts noch immer die alte Hundeleine an ihre Wange. War das so? Als Ersatz? Er selber hatte keinen. Er trat die Decke weg, sie brannte und stach an seinen Beinen wie ein verdammtes Feuer.

Danach war er eingeschlafen oder eher eingedöst, weg von der Unerklärlichkeit, und als er eine Stunde darauf erwacht war, hatte das Zimmer wieder seine normalen Konturen angenommen. War nicht mehr bedrohlich und schwarz mit zu scharfen Kanten, wie vorher, mitten in der nächtlichen Zeitlosigkeit. Jetzt waren die Blumen auf der Fensterbank wirklich und greifbar, waren keine schwebenden schwarzen Ungeheuer mehr, mit Augen, die drohten, ihn zu verhexen. Der Sessel, auf den er am Abend ordentlich seine Kleider gelegt hatte, war kein prähistorisches Tier mit einem Rachen, der ihn verschlingen konnte. Und

Marie-Roses Seite des Bettes war leer, und er hörte, wie sie sich unten in der Küche mit Kaffeemaschine und Tassen zu schaffen machte, und nahm den Kaffeeduft wahr, der in beruhigenden Wolken ins Schlafzimmer sickerte, bis zu den geblümten Vorhängen und der kleinen weißen Stofflampe unter der Decke.

Alles war wie immer.

Bis auf das: seinen Traum. Ein Druck in seinem Kopf, der einfach nicht verschwinden wollte. Er spürte ihn auch später noch, als er sich an den gedeckten Frühstückstisch gesetzt hatte, und an diesem Morgen konnte er die Zeitung nicht einmal heben, um die Überschriften auf der ersten Seite zu überfliegen. Und er spürte Rose-Maries Blick wie eine Tätowierung auf seinem Gesicht, konnte ihr aber weder eine Erklärung liefern noch sich normal verhalten. Er führte Kopfschmerzen und eine wichtige Besprechung an. Sie winkte ihm vom Küchenfenster aus hinterher und machte ein besorgtes Gesicht.

Jetzt konnte er ja nicht einfach wie ein Idiot hier sitzen bleiben und die Häuser anglotzen, in einer stummen Pianogata und – falls möglich – einem noch stummeren Saxofongränd, das wusste er. Aber was sollte er tun? Weiter warten? Worauf? Darauf, dass ihm eine brauchbare Methode einfiel, um seiner Wut zum Ausbruch zu verhelfen, der bohrenden, brennenden Wut, die ihn so klein wie ein Staubkorn machte, mitten im Wohngebiet des Todes.

Er schaltete die Anlage ein. Vielleicht könnte ein wenig Musik seinen Gedanken wieder auf die Sprünge helfen. Er kam sich an diesem Tag alles andere als normal vor. So war ihm zuletzt an jenem Tag zu Mute gewesen, als ... An jenem Tag ... An dem Tag ...

Er beugte sich vor, stützte die Stirn in die Hand und wusste nicht, ob er kotzen oder weinen wollte oder beides. Danach riss er sich zusammen, das konnte er immerhin, holte schnaufend durch die Nase Luft und packte das Lenkrad mit beiden Händen, wie um loszufahren.

Aber er blieb sitzen. Sah Bilder mit unklaren Konturen. Schob sie weg, bis die Konturen scharf wurden. Verdammt, warum stellten sich diese verdammten Bilder plötzlich wieder ein? Nach all den Jahren? Nach Jahrzehnten. Er sollte jetzt im Büro sitzen, sich über Zahlen und Tabellen beugen, statt hier in einem regennassen Wohngebiet am Stadtrand schluchzend über dem schwarzen Lenkrad zu hängen. Er sollte auf den ganzen Dreck pfeifen, ihn ging das doch alles nichts an, er sollte das Gaspedal durchtreten und machen, dass er fortkam.

Regen tropfte aus den Bäumen. Graue Wolken glitten über den Himmel. Zweige fegten über den weiß angestrichenen Holzzaun. Braunes Laub lag hier und dort auf dem schmalen Bürgersteig. Ein Mann in grauem Mantel kam mit einem schwarzen Labrador angelaufen.

War er das?

Der Mann bog um die Ecke und zog zerstreut und gleichzeitig ein wenig gestresst an der Leine, so dass der Hund auf widerstrebenden Pfoten über den schwarzen nassen Asphalt rutschte.

Es könnte jeder sein.

Es könnte jeder gewesen sein. Sie würden niemals jemanden festnehmen. Dieser Teufel würde ungeschoren davonkommen. Trotz Fußspuren und Fingerabdrücken konnten sie ihn nicht ausfindig machen.

Sicher lief er noch immer frei herum, wohnte in einem anständigen Wohngebiet wie diesem hier. Mit gelben Vorhängen und roten Topfblumen und einer kleinen karierten Lampe im Fenster. Fuhr in einem Grün-metallic-Mercedes mit Zentralverriegelung zur Arbeit und wieder nach Hause. Und niemand ahnte auch nur, was er getan hatte.

Er drehte den Zündschlüssel um. Es hatte keinen Zweck, hier noch stehen zu bleiben, es war zehn Uhr morgens. Idiotische Zeit, das war doch klar.

Sein Kopf kam ihm plötzlich klarer vor, als sei ein Unwetter vorübergezogen und habe einen plötzlich blauen Himmel hinterlassen.

Blau mit lila Streifen.

Als er nach rechts abbog und auf einen seiner Ansicht nach

grauenhaften Park mit beschnittenen Wacholdersträuchern zufuhr, wusste er nicht nur, dass er etwas unternehmen musste, sondern er wusste auch, was.

22

Im Traum blickte sie in seine Augen. Eher hell- als dunkelblau, nicht wie der Himmel, sondern wie die Wolken am Himmel, und die waren weißblau. Der Blick war so durchsichtig, dass sie das Gefühl hatte, hineingesogen zu werden.

Eva-Britt Bixe erwachte auf der falschen Seite des Bettes, mit dem Gesicht zur Wand. Das passierte ihr sonst nie. Normalerweise lag sie beim Erwachen auf dem Rücken und schaute zum Fenster, während der Morgen durch die dunklen Streifen des Rollos hereinsickerte. Sie drehte sich um und starrte schlaftrunken zur Decke hoch. Aber jetzt war sie wach. Und sie wusste, von wem sie geträumt hatte.

Unter dem Blick hatte es eine schwarze Thermojacke gegeben. Sie hatte nur diese beiden Dinge gesehen: ein Paar hellblaue Augen und eine schwarze Thermojacke. Eine hervorragende Kombination. Ein bisschen klischeehaft, aber hervorragend. Das dachte sie widerwillig und schwang die Beine über die Bettkante.

Eine Tasse schwarzen Kaffee. Das würde sicher helfen. Die Bilder der Nacht verjagen. Den Tag und den Kopf klären.

Aber als sie vor der weißen Tasse saß, fragte sie sich doch, wie der restliche Körper aussehen mochte. Der Hals unter den blauen Augen, der Brustkorb und – ja, der Rest. Der war in ihrem Traum nicht vorgekommen. Jedenfalls konnte sie sich nicht daran erinnern.

Über ihrem glühend heißen Kaffee wurde ihr bewusst, dass sie sauer war. Ja, sie war wirklich auf der falschen Bettseite aufgewacht. Ihre Verärgerung hatte sie geweckt. Ihre Wut hatte sich mit den vielen verworrenen Gedanken eingestellt. Der Vorabend:

ein Chaos. Ihr Gehirn hatte nicht zu arbeiten aufhören können. Das kam oft vor, zu oft, fand sie. Sie hatte auf dem Sofa gesessen und versucht, sich zu entspannen. Aber je mehr sie das versuchte, umso intensiver arbeitete ihr Gehirn – zuerst dachte es an die Arbeit, dann versuchte es, die Arbeit zu verdrängen, schließlich konzentrierte es sich auf die Notwendigkeit des Entspannens.

Was natürlich nicht funktionieren konnte. Sie hatte das Dach gegenüber angeschaut, und dann hatte plötzlich eine Krähe gekrächzt, als sei sie aus dem Schlaf gerissen worden. Sie hatte ein seltsames Gefühl gehabt, die Umwelt schien stumm geworden zu sein, ihr Kopf hatte sich in eine Maschine verwandelt, die zum Stillstand gekommen war. Sie würde doch wohl nicht wieder in einer Depression versinken? So einer wie vor fünf Jahren – nach einem stressigen Frühling und dem brutalen Mord an einer jungen Frau –, in die sie seither immer wieder mit einem Fuß abgeglitten war. Aber sie hatte den Fuß stets noch zurückziehen können, wie durch ein Wunder, und vorher hatte sie jedes Mal spätnachts dagesessen und sich gefragt, ob es ihr auch diesmal wieder gelingen würde. Sie hatte sich ins eiskalte Doppelbett gelegt und sich vage gefragt, ob sie sich wohl jemals wieder normal fühlen würde.

Bixe trank den letzten Schluck Kaffee. Heute fühlte sie sich besser. Es ging wohl wieder aufwärts. Jetzt war sie nämlich wütend, und es war eine Wut, die sich mit dem Bild der hellen Augen vermischte. Sie wusste nicht, woran das lag – und wollte es im Grunde auch gar nicht wissen.

»Fia! Hier ist Mama.«

Sie presste sich den Telefonhörer ans Ohr und rang um Atem. Es kam ihr wie eine Befreiung vor, die Stimme ihrer Tochter zu hören. Wenn sie sich in eine Mama verwandelte, gab es keinen Platz mehr für ihre eigenen Sorgen.

»Das höre ich. Hallo, Mama.«

War das Kind gerade erst aufgewacht? Sie hörte sich seltsam an. »Ich wollte nur gratulieren.«

»Wozu denn?«

Etwas am anderen Ende der Leitung bewegte sich, Papier schien zu rascheln.

»Was heißt hier wozu denn? Du hast heute doch Geburtstag, Alte. Herzlichen Glückwunsch!«

»Wirklich? Das hatte ich total vergessen.« Fia hörte sich wirklich überaus verschlafen an.

»Das hattest du vergessen? Aber liebes Kind ... Deinen eigenen Geburtstag hast du vergessen?«

»Jaaa«, sagte Fia zögernd. »Ich habe noch geschlafen, gestern ist es ein bisschen spät geworden. Aber klar, jetzt fällt es mir auch wieder ein. Ich war nur noch nicht ganz wach. Aber danke, Mama, für die Glückwünsche.«

Wieder raschelte etwas, jetzt weiter weg. War da noch jemand?

»Bist du nicht allein?«

»Ö, doch ... Ich meine, nein.«

Eva-Britt Bixe verschlug es die Sprache.

»Verzeihung, Alte, wenn ich dich unter diesen Umständen geweckt habe ... Falls ich ... Ist das ein Mann oder was?«

»Aber Mama!«

Im Hintergrund war ein Lachen zu hören, und zwar ein dunkles.

»Hast du heute frei?«

»Ja. Jedenfalls bis zum Nachmittag. Ich habe Spätdienst.«

»Pass auf dich auf, Alte. Wir reden später weiter.«

»Küsschen, Mama. Bis dann.«

Bixe lief ein unangenehm heißer Schauer den Rücken hinunter. Hatte die Kleine einen Mann kennen gelernt? Fia, die ewige Junggesellin. Das war eine seltsame Vorstellung. Sicher hatte sie sich das gewünscht, hatte ihrer Tochter damit in den Ohren gelegen, aber nachdem sie nun wirklich eine fremde Bewegung im Hintergrund gehört hatte, sah sie das doch alles wieder ein bisschen anders.

Hoffnungslose Mama. Sie stieg in ihre Schuhe und hörte auf zu denken. An diesem Tag würde ihr das gelingen, auch wenn sie sich doch ein wenig Leid tat. Malte sich die Lippen rot und versuchte den Spiegel anzulachen. Es kam nur eine Grimasse dabei heraus. Sie kniff die Augen zu und zählte bis zehn, dann öffnete sie sie wieder. Doch sie sah dasselbe Gesicht, nur mit noch mehr Runzeln auf der Stirn.

Besser, nicht zu genau hinzusehen, dachte sie. Und im selben Moment waren die Augen wieder da. Verdammt, dachte sie. Schwarze Thermojacke und blaue Augen, was für eine teuflische Kombination. Sie verspürte einen bohrenden Schmerz im Zwerchfell. Besser, nicht zu genau nachzudenken. Aber ihr Gefühl sagte ihr etwas ganz anderes.

Das Haus lag so weit im Westen der Stadt, wie es überhaupt nur möglich war, nur einen Katzensprung vom Meer entfernt. Ein schmaler Kiesweg von vielleicht zwanzig Metern Länge verband Grundstück und Strand. Der Garten war karg und vom ewigen Wind gezeichnet, war in seiner ungekünstelten und kahlen Schlichtheit aber doch schön. Die Fassade war knallrot und hatte grüne Fensterrahmen. Auch das eine hervorragende Kombination, wie sie fand, vor allem zusammen mit den schwarzen Regenrinnen und der mehrfach unterteilten Verandatür. Muss ein Vermögen kosten, dachte sie, so ein Haus.

Die Sonne lugte jetzt hervor. Vielleicht würde der Tag doch nicht so grau ausfallen, wie es zuerst ausgesehen hatte. Im Süden glitten Wolkenfetzen über den Himmel. Weißblau.

Ihre Schuhe klapperten über die unebene Steintreppe. An diesem Tag trug sie die roten Pumps, um dadurch gutes Wetter zu beschwören.

Sie klingelte. Drinnen waren Schritte zu hören. Dann wurde die Tür geöffnet.

»Malin Belin?«

»Ja.« Die schmale, ja, zu magere Frau hob fragend eine Augenbraue. Und zwar eine überaus sorgfältig zurechtgezupfte.

»Kommissarin Eva-Britt Bixe. Ich würde Ihnen gern ein paar Fragen stellen.«

Die Frau hatte sich einen Schmollmund gemalt und die Wimpern dick getuscht. Dazu kamen eingefallene Wangen und tiefe blaulila Löcher unter den Augen. Sie sah aus, als könne ihr schmales Kinn jederzeit nach unten klappen.

»Worum geht es?«

»Ich würde Ihnen gern ein paar Fragen über Ihre Schwester stellen.«

»Ach.«

Das klang eher wie ein erleichterter Seufzer als wie eine Feststellung. Malin Belin öffnete die Tür und bat die frierende Kommissarin mit einer halbherzigen Handbewegung herein.

»Kommen Sie.«

In der Diele war es auffallend heiß, was bedrückend und erstickend wirkte. Bixe schaute sich um. Dunkelroter Teppichboden, beige Tapeten. Irgendwo im Haus tickte eine Uhr. Die Kleiderbügel waren aus braunem Leder und hingen in Reih und Glied unter einer Hutablage aus Messing. Malin Belin ging vor ihr her ins Wohnzimmer, ein schwarzer Rock schwang um ihre Beine. Sie mochte so um die dreißig sein, auch wenn ihre schmale Gestalt sie jünger wirken ließ. Ihre kurzen hellen Haare schwebten wie eine Perücke über dem ebenfalls schmalen Schädel. Die ganze Frau schien aus einem dünnen Faden zu bestehen, der jederzeit in der Mitte reißen konnte. Ihre mageren Schultern zeichneten sich wie Kugeln unter dem schwarzen Pullover ab. Leinen, dachte Bixe. Schweineteure Kleidung und schweineteure Möbel. Und ein schweineteures Haus.

»Ich hoffe, ich störe nicht«, sagte Bixe und setzte sich in den ihr zugewiesenen Sessel mit dem Leopardenmuster.

Die Frau lächelte. Ihre braunen, leicht schräg stehenden Augen funkelten seltsam lebendig.

»Aber nicht doch. Ich bin krankgeschrieben, sitze also sowieso nur hier herum.«

»Wie gesagt, ich würde gern mit Ihnen über Ihre Schwester sprechen.«

»Ja?«

Malin Belin wirkte durchaus nicht überrascht. Sie saß mit geradem Rücken da und faltete ihre blau geäderten Hände auf den Knien. »Ist etwas passiert? Ich meine, haben Sie etwas entdeckt ...« Auch ihre Stimme klang auf fast beunruhigende Weise brüchig.

»Nein, das nicht. Und meine Fragen beziehen sich auch nicht auf den Tod Ihrer Schwester, falls Sie das gedacht haben sollten.«

»Worum geht es dann?«

»Wie viel Kontakt hatten Sie zu Ihrer Schwester?«

»Fast gar keinen. Sie war nicht gerade pflegeleicht im Umgang.«

»Was wussten Sie über sie, über ihr Leben und überhaupt?«

Wieder seufzte Malin Belin, dieses Mal resigniert. »Nicht viel, ich hatte genug mit meinen eigenen Angelegenheiten ...«

Sie senkte den Blick, blickte auf ihre gefalteten Hände, ihre Füße, den dicken weißen Teppich. »Wie gesagt, ich bin schon seit einer Weile krankgeschrieben«, sagte sie dann.

»Ja, das haben Sie erwähnt.«

Bixe versuchte einen neutralen Tonfall beizubehalten, nur die allernotwendigsten Fragen zu stellen. Tatsächlich schien alles im Zimmer Krankheit auszustrahlen. Eine Krankheit, die alles unter ihre Herrschaft gebracht hatte.

»Nun, es geht mir noch nicht wieder besonders gut«, sagte die Frau nun mit ihrer leisen, eintönigen Stimme.

»Ich verstehe.«

»Wirklich?«, fragte Malin Belin an ihr Knie gewandt.

Die Uhr tickte. Ein schweres Ticktack, wie Atemzüge in dem stickigen Zimmer. Es war eine große Golduhr hinten an der Wand, ein schauderhaftes Teil, mit Blumen und Ornamenten und zu allem Überfluss auch noch mit einer kleinen Lampe mit blauem Schirm. Bixe hatte so etwas noch nie gesehen.

»Sie wollte nicht mehr leben«, sagte die Frau und starrte Bixe aus großen Augen an. »Aber ich rede nicht gern darüber.« Sie sprang auf, drehte sich zu einem braun gebeizten Schreibtisch um, riss eine Schublade heraus und griff zu einer zerknüllten Packung Zigaretten.

»Wir haben gehört, dass Malin möglicherweise eine Beziehung mit einem Arzt im Krankenhaus gehabt hat. Wissen Sie zufällig …«

»Ja, natürlich weiß ich das.«

Malin Belin lächelte jetzt nicht mehr, sondern runzelte die Stirn. Das Stillsitzen fiel ihr offenbar schwer, denn sie trat immer wieder mit ihren mit Nylon bekleideten Zehen gegen das Tischbein. Ihre Augen waren schmal geworden, ihr Mund hatte sich in einen geraden Strich verwandelt. Sie sah plötzlich zehn Jahre älter aus.

»Sie wissen also …«

»Es gibt viele Möglichkeiten, eine Katze zu töten.«

»Was?«

Die Frau starrte sie an. Als sie dann weitersprach, quoll Rauch aus ihrem Mund. »Man kann sie erstechen, sie auf einen Baum jagen, ihr die Kehle durchschneiden, sie betäuben. Ja, es gibt sogar dann noch unterschiedliche Methoden, wenn man sie nur erwürgen will.«

Bixe schluckte. »Würden Sie das wollen?«

»Was denn?«

»Die Katze umbringen.«

»Welche Scheißkatze?« Die Frau fuchtelte mit ihrem glühenden Zigarettenstummel in der Luft herum.

»Sie haben eben eine Katze erwähnt.«

»Ich habe davon gesprochen, ein mieses Katzenvieh umzubringen, ja.«

»Würden Sie das wollen?«

»Ja, verdammt, ich glaube schon. Dieses Vieh streicht jetzt jedenfalls nicht mehr vor meinen Fenstern herum, wenn Sie das gedacht haben sollten.«

»Und wo ist es jetzt?«

Die Frau verdrehte die Augen, und ein kleines Lächeln stahl sich auf ihre Lippen.

»Aber es ist doch schon tot. Ansonsten glaube ich, dass wir aneinander vorbeireden. Sie reden doch wohl von Dr. Nyberg, wenn ich mich nicht ganz irre?«

Bixe machte sich hilflos an ihrem Notizblock zu schaffen.

»Also hatten er und ...«

»... Maria ein Verhältnis. Ja, so kann man das sagen. Aber Verhältnis wäre ein zu hübsches Wort. Davon kann doch wohl nicht die Rede sein, wenn der eine Teil ein Ausbeuter ist und den anderen nicht liebt? Nein, er hat sie umgebracht, so einfach ist das. Sie hatte Vertrauen zu ihm, sie hatte Vertrauen zu jedem Idioten, der länger als fünf Minuten mit ihr redete, und wenn er dann – wenn er ihre Erwartungen nicht erfüllen konnte, dann – dann ...« Sie schlug die Hände vors Gesicht. Es war jedoch kein Schluchzen zu hören, sondern nur Schweigen.

Bixe rutschte ein wenig im Sessel hin und her, ihr Mantel kratzte über das Polster. Die Frau sah sie nun mit leerem Blick an.

»Jetzt wissen Sie Bescheid«, sagte sie dann. »Sonst noch was?«

Sie drückte ihre Kippe in einem eleganten Aschenbecher aus Glas aus. Griff dann nicht sofort nach einer neuen.

»Sind Sie ihm je begegnet?«

»Wem? Ihm? – Nein.« Langsam schüttelte sie den Kopf. »Aber ich habe die beiden einmal gesehen, in der Stadt.«

»In der Stadt?«

»Das war abends spät. Aus einiger Entfernung. Ich wusste, wer das war, und ich wollte nicht hingehen und den Abschaum begrüßen müssen.«

»Obwohl es sich um Ihre Schwester handelte?«

»Ja. Wir haben ab und zu miteinander geredet, und sicher habe ich mein Schwesterchen geliebt, aber es war wirklich nicht immer leicht, mit ihr zu tun zu haben.«

Ach, bei der auch nicht?, dachte Bixe.

»Sie setzte sich alles Mögliche in den Kopf«, sagte Malin Belin jetzt wieder mit ausdruckslosem Gesicht. »Sie glaubte an

Spuk und Geister, und ich weiß nicht, was sie sonst noch für seltsame Vorstellungen hegte. Es war nicht immer möglich, auf normale Weise mit ihr zu kommunizieren, jedenfalls nicht in einer Weise, die ich als normal bezeichnen würde.«

»Glaubte sie schon lange an diese … Dinge?«

»Ja, fast ihr ganzes Leben lang. Sie machte auch Kurse, um die Kontaktaufnahme zu den Toten zu lernen und solchen Unsinn. Und dann sprach sie immer von höheren Energien, was immer das nun sein mag, zum Teufel. Ich weiß wirklich nicht, wann es angefangen hat, irgendwann in ihrer Kindheit, glaube ich. So genau weiß ich das nicht, wir haben nicht immer über alles geredet, wissen Sie – außerdem wurden wir als Kinder getrennt. Und ich dachte ja auch, sie würde mit den Jahren klüger werden und sich diese Grillen aus dem Kopf schlagen, aber das ist nicht passiert.«

Bixe nickte. Wollte schon aufstehen.

»Und dann war da diese Scheißkatze«, murmelte Malin Belin.

»Bitte?«

»Und das Geld«, fügte sie ebenso leise hinzu.

»Das Geld?«

»Im Grunde hat er sie erwürgt, mit seinem verdammten Geld.«

Bixe, die schon fast in der Diele stand, machte kehrt. »Ich verstehe nicht.«

»Wer tut das schon?«, fragte die Frau mit einem zerstreuten Lächeln.

»Was hat das Geld mit der Sache zu tun?«, fragte Bixe. Sie versuchte, der Frau in die Augen zu schauen. Deren Blick zu fangen, zu sehen, was dahinter lag, falls das überhaupt zu begreifen war.

»Es gab verdammt viele Haare, und Blut. Überall.« Die Frau zeigte auf die Wand. »Fragen Sie mich, ich weiß es nämlich. Weil ich es getan habe. Hier, genau hier.« Sie zeigte auf den Boden. Auf die Stelle, an der Bixes rote Pumps ihre Absätze in den weichen Teppich bohrten.

»Ihn umgebracht?« Sie hörte, wie ihre Stimme in ein idiotisches Falsett umschlug.

»Die Katze«, erklärte die Frau. »Die hat uns nachts nicht in Ruhe gelassen. Stand vor dem Schlafzimmerfenster und wollte rein. Hat die ganze Zeit geschrien. Ich konnte das nicht ertragen. Und deshalb habe ich ihr den Hals durchgeschnitten.«

23

Sie war in kalten Schweiß gebadet erwacht, die eine Hand auf ihrem Bauch, die andere unbequem in ihrem Nacken. Sie lag auf dem Sofa. Wie war sie dort gelandet? Das Licht, das durch das Fenster fiel, blendete sie, und nun hörte sie es wieder, das, was sie geweckt hatte, den scharrenden Lärm aus der Diele. Sie sprang auf, doch auf dem Weg zum Telefon stolperte sie über ihren Pantoffel, der auf dem Boden lag. Der Morgenrock wickelte sich wie eine Fessel um ihren Körper, sie kam nicht schnell genug weiter, und noch immer hielt der Schlaf ihr die Augen zu, so tief schlief sie sonst nie, sicher lag es an den Tabletten, an die war sie nicht gewöhnt. Sie holte kurz Atem, und beim fünften Klingeln nahm sie ab.

»Ja?«

Am anderen Ende der Leitung war zuerst nur Schweigen zu hören. »Hast du geschlafen?«

Sie fühlte sich erleichtert, war zugleich aber auch auf seltsame Weise enttäuscht. Sie wollte die Sache hinter sich bringen. Sie schaute auf die Uhr, es war erst zwanzig nach neun, aber sie hatte doch das Gefühl, schon eine Ewigkeit geschlafen zu haben.

»Ach, du bist das nur.«

»Wen hattest du denn erwartet? Ich wollte wissen, wie es dir geht. Was macht deine Erkältung?«

»Ich habe wohl schon geschlafen, aber … Ich weiß nicht. Es geht etwas besser. Aber richtig gut geht es mir noch nicht. Gut, dass ich heute zu Hause geblieben bin.«

»Du hörst dich komisch an.«

»Was?«

»Stimmt was nicht?«

Sie versuchte zu lachen, aber hörte, dass es so klang, als habe sie sich einen Lappen vor den Mund geklebt.

»Ich war offenbar eingeschlafen. Ich hatte mich für einen Moment aufs Sofa gelegt, und dabei muss ich eingeschlafen sein.« Sie wurde jetzt langsam wach, und damit erwachte auch ihre Unruhe.

»Ja, wenn das so ist. Ich muss jetzt weiterarbeiten. Aber ich freue mich zu hören, dass es dir schon besser geht. Trink was Warmes und leg dich wieder hin. Schlafen ist nicht verboten, wenn man krank ist.«

»Ja, das werde ich, versprochen.«

»Ich glaub dir nicht.« Jetzt hörte sie sein glucksendes Lachen.

»Das kannst du aber.«

Sie legte auf. Barfuß und mit offenem Morgenrock, den Gürtel schleifte sie hinter sich her über den Boden. Es war warm im Haus, aber sie fror, vielleicht war sie ja wirklich krank. Die Morgensonne schien auf den Teppich. Es würde wohl ein schöner Tag werden, wie geschaffen für einen Spaziergang. Aber sie war dazu gezwungen, im Warmen sitzen zu bleiben und zu frieren. Sie dachte wieder an ihren Traum, den genauen Inhalt hatte sie vergessen, sie war ja schließlich gestört worden, erinnerte sich nur an das Gesicht, an das Wasser, und dann wieder an die Hand. Wem die gehörte, wusste sie.

24

Der Gedanke war ihm plötzlich gekommen, mitten in einem Traum. In diesem Traum hatten er und Rose-Marie sich geliebt, umständlich und heftig, aber er war jung gewesen, sein Körper fest und geschmeidig. Auch Rose-Marie war jung gewesen, mit glatter Haut und festen Oberschenkeln. Die Luft im Raum war gelb gewesen, und er war sich schwerelos vorgekommen.

Als er aufwachte, wusste er zunächst nicht, wo er war, so lebendig war sein Traum gewesen. Dann hatte er Rose-Maries Rücken auf der anderen Seite des Bettes entdeckt, ihre schmalen, mit braunen Flecken übersäten Schultern, die sich unter der Decke abzeichneten, und er hatte sich angeekelt gefühlt. Angeekelt vom Traum und von sich selber, der offenbar in Gedanken die groteskesten Bilder produzieren konnte. Aber eigentlich waren ja nicht die Traumbilder grotesk, sondern die Wirklichkeit. Das eisweiße Zimmer, in dem er schlief, neben einem Wesen, mit dem er nicht einmal mehr die kleinste Gemeinsamkeit hatte.

Das Einzige, was es noch zwischen ihnen gab, waren das triste Laufrad des Alltags und ein Paar verlorene Handschuhe. Weshalb also wurde er von dermaßen idiotischen Träumen heimgesucht?

Sein Ekel wollte auch während des Frühstücks nicht verfliegen. Er trank nur rasch eine Tasse Kaffee, laut schlürfend, und Rose-Marie schaute ihn leicht verwundert an. Danach nahm er seine Aktentasche und ging hinaus zum Wagen.

»Du arbeitest zu viel«, sagte sie vorsichtig, als sie in ihren Pantoffeln in die Tür getreten war.

»Neue Kunden«, erwiderte er und hoffte, dass das als Erklärung durchgehen würde.

Danach hatte er das Gaspedal energisch durchgetreten, um seine Wut zu verjagen, und war über die Garagenauffahrt und dann weiter zur Rosengata geglitten, die sich in zwei gleich breite Straßen teilte, von denen eine in die Stadt führte.

Und jetzt, als er behaglich zurückgelehnt auf dem weichen Ledersitz saß, während der Wagen summte wie eine kleine Mücke, jetzt fiel es ihm wieder ein. Das, was in seinem Traum dabei gewesen war, die ganze Zeit. Ja, so war es doch, einfach genial, natürlich war das die einzige Möglichkeit, die Sache anzugehen. Dass er nicht im Wachen darauf gekommen war, wo er doch während der letzten Zeit Tag und Nacht darüber nachgedacht hatte.

Aber das Gehirn arbeitete eben auch in der Bewusstlosigkeit, und dazu, dass es im Schlaf eine so hervorragende Lösung gefunden hatte, konnte er sich nur gratulieren.

Denn sonst würde das sicher niemand tun, hier war nämlich Mundhalten angesagt.

Der Tag kam ihm vor wie eine Befreiung, die Sonne ließ die Rasenflächen vor Villen und Mietskasernen wunderschön glänzen. Zufrieden schaute er durch die Windschutzscheibe. Natürlich gab es auch noch die eine oder andere Wolke, aber man konnte doch davon ausgehen, dass es ein ungewöhnlich schöner und heller Tag werden würde, ein richtiger Altweibersommertag, dieser Mittwoch Ende Oktober.

Noch vor drei Tagen war es ihm einfach unerträglich schlecht gegangen. Jetzt aber freute er sich über den funkelnden Asphalt, die rostigen Eisenstangen und das knallgelbe Gras, das frech und üppig am Bürgersteig wuchs.

Eigentlich war es eine ziemlich vernachlässigte und heruntergekommene Gegend. Immerhin gehörte ein Teil davon ihm, und es wäre ja nicht unmöglich, diesen Teil wieder in Schwung zu bringen, wenn Zeit und Brieftasche das erlaubten. Aber das eilte nicht – er nahm die Brieftasche vom Vordersitz –, wichtiger war jetzt, diese Sache in Ordnung zu bringen, alles andere würde sich dann schon finden. Wie Spielfiguren, dachte er, wie die Steine in einem Bauwerk. Es galt, ein Gleichgewicht ins Dasein zu bringen.

Er lächelte hinter seiner Sonnenbrille, durch die die weiße Bürotür richtig gediegen aussah. Etwas anderes war es, als er das Treppenhaus betreten hatte, feuchtkalt mit schmutzig weißen Steinen, Boden und Decke gleichermaßen zerschrammt. Aber auch das konnte er ja demnächst in Ordnung bringen lassen. Wenn die Zeit und noch etwas anderes das erlaubten.

Als er sein Zimmer betreten hatte, das, wie immer am Morgen, stickig und muffig war, saß er zuerst lange im Sessel. Es war dunkel, das Fenster ging nach Norden, und die Morgensonne war schon um die Ecke gebogen. Ach, verdammt, dachte er. Das Knacken der Neonröhre verdarb ihm die Stimmung.

Gewinnen oder verschwinden?, dachte er und spielte mit einem Kugelschreiber mit Firmenlogo. Aus dem stinkenden Morast aufschauen oder lebendig darin begraben werden? Die Bilder – ja, die *Bilder* – waren schließlich vorhanden, seit jenem Tag in der vergangenen Woche, aber was hätte es schon für einen Sinn, sich in Details zu vergraben? Es würde nichts ändern, er würde noch kleinlauter aus der Sache herauskommen, und nichts würde passiert sein. Auch diesmal würde niemand etwas getan haben.

Ich muss einen Zaun aufstellen, dachte er. Einen hohen, verdammten Zaun aus Stahl. Und danach muss ich zur Tat schreiten.

Er seufzte tief, beschrieb mit seinem neuen Schreibtischsessel eine halbe Drehung und streckte die Hand nach dem Telefonbuch aus. Seine Hand zitterte, als er das Buch aufschlug.

☆

»Es geht um einen Termin.«

»Jaaaa ...?«

Die Stimme am anderen Ende der Leitung klang fragend, zögernd, vielleicht eine Spur gestresst. Er schnappte unfreiwillig nach Luft, als er sie hörte.

Wie eine Mondlandung, ging es ihm durch den Kopf, nah und fern und unglaublich in ihrer Unwirklichkeit.

»Haben Sie eine Überweisung?«

»Nein, mir ist gesagt worden, das sei nicht nötig.«

Alles gelogen, aber offenbar eine gute Lüge, denn die Stimme am anderen Ende der Leitung stellte eine neutrale Frage: »Worum geht es?«

»Rückenschmerzen.« Das hatte er sich vorher sorgfältig überlegt.

»Wo genau?«

»Ach, im Nacken. Und etwas tiefer.«

»Haben Sie auch Schmerzen in den Armen?«

»Wieso denn?«

»Arbeiten Sie im Sitzen? Am Computer oder so?«

»Ja, stimmt, ich sitze viel am Computer.«

»Und wie lange haben Sie diese Beschwerden schon?«

Die dünne kleine Stimme am anderen Ende der Leitung. Jetzt ärgerte er sich wirklich, er konnte doch nicht den ganzen Tag hier herumsitzen und unnütze Fragen beantworten! Er glaubte, einen leichten ausländischen Akzent zu hören, aber wirklich nicht sehr stark ausgeprägt. Diese neugierige Person lebte auf jeden Fall schon lange im Lande. Aber wie kam dieser Mensch an einen schwedischen Nachnamen?

»Einige Monate, ich weiß es nicht so genau, es hat sich ganz langsam entwickelt.«

»Das ist immer so. Aber es ist gut, dass Sie sich melden, der Sache muss rechtzeitig ein Riegel vorgeschoben werden.«

»Ach.«

»Ja, sonst kann es chronisch werden. Schlimmstenfalls, meine ich. Aber machen Sie sich keine Sorgen, das kriegen wir schon noch klein.«

Er fuhr zusammen. Stellte sich etwas Krummrückiges und Schwächliches vor. Als hätten diese unglückseligen Worte ihm gegolten.

»Das werden wir uns also mal ansehen.«

So, endlich, jetzt nahm die Sache Form an.

»Wann könnten Sie kommen?«

»Äh, jederz… Ja, so bald wie möglich, wenn das geht.«

»Wollen mal sehen … Für heute Nachmittag ist ein Termin abgesagt worden, um eins. Können Sie dann?«

»Das ist ausgezeichnet. Um eins also.«

Wenn seine Hände vorher dünne Eichenblätter gewesen waren, die ein kühler Sommerwind bewegte, dann wirkten sie jetzt eher wie Espenlaub in einem wütenden Herbststurm. Er konnte sie ganz einfach nicht stillhalten. Sie zitterten in seinen Taschen, in denen er wütend nach einem Zahnstocher suchte, während er unruhig zwischen Schreibtisch und Fenster hin- und herlief. Hin und her, während er das flache Dach gegenüber anstarrte und spürte, wie sinnlos alles war, alles, was sich darunter befand. Er wühlte in seinen Taschen und fand endlich einen von diesen verdammten Zahnstochern, voll gesogen mit widerlichem Fluor, andere hatte es nicht gegeben. Er schob ihn zwischen die Zähne, schaute auf den sonnenüberfluteten Parkplatz hinunter und biss so fest zu, dass der Zahnstocher zerbrach.

☆

Als er um Punkt neun Minuten vor eins das Krankenhausfoyer betrat, bereute er den impulsiven Anruf des Morgens fast. Was zum Teufel wollte er hier? Das war doch alles übereilt und nicht durchdacht. Er hatte das Zittern zwar stoppen können – er hatte ganz unten in seiner Aktentasche ein krümeliges Sobril gefunden, sicher hundert Jahre alt, aber ein wenig Wirkung hatte sich doch erhalten, denn das Zittern hatte abgenommen –, stattdessen war sein Rücken jetzt schweißnass. Es war ein kalter, triefender Schweiß.

Verwirrt schaute er sich im Wartezimmer um. Rosa Vorhänge, rosa Teppiche, sogar die Lampenschirme waren in einem grellrosa Farbton gehalten. In einem unansehnlichen und nur halb sichtbaren Flur war ein Garderobenständer versteckt. Dort hingen bereits zwei Mäntel, einer davon ein Damenmantel.

Er ließ sich auf das Sofa sinken, ein hellrosa Teil mit hartem Sitz, und blätterte zerstreut in einer Zeitung. Als er sie drei Minuten später wieder hinlegte, ohne auch nur eine Ahnung von ihrem Inhalt zu haben, entdeckte er, dass es sich um eine Frauenzeitschrift handelte, die Vorderseite zeigte ein mädchenhaftes Gesicht, und darunter stand in roter Schrift: »Fangen Sie ihn mit dem richtigen Lippenstift.« Er konnte ein Lachen nicht unterdrücken.

Er schaute auf die Uhr, er wartete seit einer Viertelstunde, und keine Menschenseele tauchte in dem puppenstubenhaften Wartezimmer auf. Auch hinter den umliegenden Türen – sieben an der Zahl – war nicht das geringste Geräusch zu hören. Still wie im Grab war es hier, nur ein Ventilator war von irgendwoher zu hören.

Aber dann wurde plötzlich eine Tür aufgerissen. Eine hochgewachsene Frau kam zum Vorschein, gekleidet in einen weißen Kittel und weiße Hosen. Sie bedachte ihn mit einem hastigen, mechanischen Lächeln und lief mit einem Papierstapel in der Hand an ihm vorbei. Hinter ihr fiel eine Glastür ins Schloss.

Als habe das Türöffnen die ganze triste Abteilung aus einem tiefen Schlummer gerissen, öffneten sich jetzt nicht weniger als zwei Türen auf dem schmalen Flur, an den das Wartezimmer angrenzte. Eine weitere Frau tauchte auf, eine Patientin, die langsam zum Garderobenständer wanderte. Und dann stand plötzlich er da. Eine hochgewachsene, schmale Gestalt, mit normal großen Muskeln an Schultern und Oberarmen, dunklen Haaren, dunklen Augen, Grübchen in den Wangen, unbeschreiblich adretter Frisur und himmelblauer Arbeitskleidung.

Brav rief er seinen Namen auf. Obwohl kein einziger anderer Arsch hier wartete, weder auf dem Sofa noch in den Sesseln. Na, das gehörte sicher zur Rolle des Arztes.

Er wurde in ein weiteres Zimmer geführt. Buttergelbe Wände. Immerhin hatten sie den Takt besessen, nicht alles rosa auszustatten. Der Boden war blau.

War er es? Er saß ihm gegenüber und erklärte ihm so ausführlich wie möglich, wo der Schmerz saß, wie er sich anfühlte und wie er darauf reagierte. »Es ist so niederschmetternd«, sagte er. »Ihn nie loszuwerden, das ist, das ist …«

»Natürlich«, sagte der Mann und schaute ihn aus den in kreideweiße Haut eingebetteten kleinen braunen Augen an.

Danach musste er sich auf eine harte Pritsche legen, deren Belag aus Krepp-Papier seine nackte Brust kitzelte. Er lag auf dem Bauch, und die Finger des Mannes wanderten vorsichtig über seinen Nacken und seine Schulterblätter.

Du Mistkerl, dachte er. Ich weiß doch, was diese Finger getan haben. Und ich denke dabei nicht an eine wohltuende Massage oder an nette kleine Akupunkturnadeln.

Dieser Gedanke gab ihm Kraft, und fast hätte er wirklich gespürt, wie der Schmerz als wütender Stich in seinen Nacken jagte.

25

»Wann genau hat Nyberg das Geld abgehoben? Und von welchen Summen ist hier die Rede?«

Eva-Britt Bixe griff sich an die Stirn und seufzte. »So genau hab ich mir das noch nicht ansehen können, es gibt irgendwie so viel zu tun, aber warte doch mal ...«

Erik Sander schmunzelte und blätterte. Unter der Decke brummte der Ventilator. »Am zwanzigsten Juli vor zwei Jahren, zweitausend. Eine Woche darauf, noch mal zweitausend. Und ... dann ist erst mal Schluss. Aber warte mal ...«

Sanders Mund klang wie eine Rechenmaschine, wie eine leise surrende und langsam arbeitende. Bixe seufzte noch einmal, sie hatte schließlich nicht den ganzen Abend Zeit.

»Worauf genau soll ich warten?«

»Auf genau das hier«, antwortete Sander rasch. »Dass er am Vierundzwanzigsten jeden Monats viertausendsechshundertachtundvierzig Kronen abgehoben hat.«

»Die Miete und noch etwas dazu«, sagte Bixe.

Langsam löste sich der Nebel aus der Dämmerung vor dem Fenster. Es wurde Abend.

»Aber es ist doch seltsam, dass es immer genau dieselbe Summe war. Seine Miete betrug nur ...«

»Zwölfhundertfünfundvierzig«, sagte Bixe.

»Und hier, noch eine Summe, genau fünftausend, Anfang Oktober vergangenen Jahres.«

»Das kann die Fernsehrechnung gewesen sein, die Autosteuer, was auch immer.«

»Aber jede Woche.«

»Jede Woche?«

Sander nickte. Bixe stand auf und lief wie ein unruhiger Hund im Zimmer hin und her. Ihr Rock spannte um ihre Beine, Himmel, wurde der denn auch schon zu eng?

»Sie war total verrückt, habe ich das schon gesagt?« Sie setzte sich wieder, ließ sich schwer auf den Stuhl fallen.

»Das hast du erwähnt, ja. Du hast heute schon viel gesagt. Ich hoffe nur, der Irrsinn war nicht ansteckend.«

Erik Sander lächelte, sein Blick aber war düster. Vielleicht hatte auch er in den letzten Tagen zu viel gearbeitet. Als ob sie nicht ohnehin schon genug zu tun hätten, hatte ein privates Busunternehmen in der Stadt eine Bombendrohung erhalten. Sie hatten sogar im Kofferraum eines Busses eine selbst gemachte Bombe gefunden. Ein Wunder, dass kein Unglück passiert war. Und jetzt musste Sander zusammen mit Eskilsson der Sache auf den Grund gehen. Was bedeutete, dass Bixe sehr viel Hilfe einbüßen würde.

»Könnte das Geld an Maria Äng gegangen sein, was meinst du?«, fragte Bixe

»Sollten wir ihre Miete überprüfen? Kann es darum gegangen sein?«

»Und die wöchentlichen zweitausend? Und die fünftausend?«

»Irgendwelche Geistesblitze?«

»Auf welchem verdammten Weg? Dem des Irrsinns? Du, ich bin noch nicht ganz sicher, ich meine, ob sie wirklich ein Verhältnis hatten. Ihre Schwester kam mir nicht so ganz zuverlässig vor.«

»Aber sie hat doch gesagt …«

»Sie hat auch von einer Katze gesprochen. Die sie angeblich umgebracht hat. Sie schien alles Mögliche durcheinander zu schmeißen.«

Sander trat von einem Fuß auf den anderen, er wirkte nervös, wie er da am Fenster stand. Sicher bewundert er die Aussicht, dachte Bixe und sah im immer dichter werdenden Nebel Lichter und Dächer und Fassaden der Stadt verschwinden.

»Sie hatte jedenfalls ein tolles Haus, und das hat bestimmt ebenso viel gekostet wie ihre Kleider.«

»Vermutlich sogar noch etwas mehr.« Sanders Wangen sahen im Neonlicht wie immer blass aus. Seine Bartstoppeln wiesen darauf hin, dass er keine Zeit gehabt hatte, sich zu rasieren. »Was denn für eine Katze, übrigens?«

Bixe zuckte mit den Schultern. »Das wüsste ich auch gern. Ich glaube, ich habe nicht viel mehr verstanden als du. Kümmern wir uns also um die Miete? Ängs, meine ich. Machst du das?«

»Sobald ich kann. Aber was ist mit den anderen Summen?«

Sander schaute aus kurzsichtigen Augen seine Unterlagen an. »Du meinst die wöchentlichen?«

»Ja, wohin sind die gegangen?«

»Wann genau hat er damit angefangen?«

»Mit den fünftausend im vergangenen Jahr, am dreizehnten Oktober. Das ist also genau ein Jahr so gegangen.«

»Im Oktober, hast du gesagt?« Bixe war wieder aufgestanden, eine Haarsträhne fiel vor ihr eines Auge, aber das schien sie nicht zu bemerken.

»Ja, wieso …«

»Wieso? Du fragst wirklich noch *wieso?*«

»Was?«

»Denk doch mal nach«, sagte Bixe etwas ruhiger. »Der dreizehnte Oktober. Was ist kurz zuvor passiert?«

»Keine Ahnung …«

»Was ist am zehnten Oktober vergangenen Jahres passiert?« Bixe trommelte mit den Fingernägeln auf der Tischplatte. Sander kratzte sich am Kopf.

»Tja ….«

»Wann wurde Maria Äng bewusstlos auf der Station gefunden? Am zehnten Oktober. Drei Tage zuvor also …«

»Tja, du meine Güte«, rief Sander und fuhr sich nachdenklich über den Dreitagebart.

»Ebenso viele Tage wie dein Kinn kein Rasiermesser mehr gesehen hat, mit anderen Worten.«

»Was?«

»Das sind verdammt viele Fragen.«

Er fuhr sich noch einmal über das Kinn und ließ dann die Finger seine Wange hochwandern. »Der Apparat hat seinen Geist aufgegeben, und ich hatte noch keine Zeit …«

Bixe streifte die Schuhe ab und ließ sich so abrupt im Sessel zurückfallen, dass der umzukippen drohte. »Geh nach Hause und ruh dich aus, Erik, wir haben morgen einen langen und anstrengenden Tag vor uns.«

☆

Was dieser Tag zu bieten hatte, war jedoch noch unklar. Ein Wollknäuel, ja. Ein Wirrwarr von Fragen. Sie hatten irgendwo ein Fadenende zu fassen bekommen. Aber sie konnten den Faden nicht einfach herausziehen, dann würde sich das Knäuel noch mehr verwirren. Nein, sie mussten vorsichtig sein, wie Bixe sagte, langsam zu Werk gehen und dem Faden so ruhig wie möglich folgen.

»Ruhig«, wiederholte Sander. »Hast du ruhig gesagt?«

»Aber du hast es immerhin geschafft, dich zu rasieren«, lachte Bixe. »Das ist ein guter Anfang.«

»Ich habe noch einen anderen Anfang, und der ist genauso gut.«

»Ich bin ganz Ohr.«

»Maria Äng«, sagte Sander.

»Ja?«

»Du wirst es nicht glauben.« Ein kurzes Lächeln huschte über seine Lippen.

»Was denn?«

»Maria Äng hatte unten beim Yachthafen eine Wohnung in einer Bruchbude gemietet. Das Haus war also nicht gerade in tollem Zustand und ist es wohl noch immer nicht, aber es steht noch, und es gehört …«

»Ragnar Hökmark.«

»Genau. Und jetzt hör zu, ihre Miete betrug dreitausendvierhundertunddrei Kronen, was zusammen mit zwölfhundertfünfundvierzig genau die Summe ergibt, die Nyberg an jedem Monatsende von seinem Konto abgehoben hat. Interessanter Zufall, findest du nicht?«

Bixe knabberte nachdenklich an einem Fingernagel. »Ich würde eher von zwei Zufällen sprechen. Gut gemacht, Sander. Das lag sicher am Bart.«

»Eher an dessen Fehlen. Ich habe mir gestern den Rasierer meiner Frau ausgeliehen.«

»Ach, und was machen wir jetzt? Ich möchte mir am liebsten so schnell wie möglich diese Bruchbude ansehen. Kommst du mit?«

»Geht leider nicht. Muss zum Busunternehmen und ...«

»Verdammt.« Bixe biss so fest zu, dass ihr Nagel abbrach. »Verdammt«, sagte sie noch einmal, diesmal lauter.

»Das ist doch nicht meine Schuld.«

»Ich meine ja auch nicht dich, ich meine meinen Nagel.«

»Ach«, sagte Sander erleichtert, wenn auch leicht verwirrt, und ging zur Tür. »Die Adresse liegt vor dir auf dem Tisch. Aber lehn dich da draußen nicht zu fest an die Wände, die sind nicht sonderlich stabil, glaube ich. Zumindest hatte die Wohnungsaufsicht dazu so einiges zu sagen.«

»Hab ich's mir doch gedacht. Du hast dich also informiert?«

»Ja, und ich habe keine schmeichelhaften Auskünfte über ihn bekommen, das kannst du mir glauben.«

»Habe ich denn jemals etwas anderes behauptet?«

26

»Hier auf dieser Seite sind Sie ein wenig steif«, hatte der Mann gesagt. »Es ist klar, dass Sie deshalb Schmerzen haben. Sie müssten Ihre Muskeln trainieren. Aber zuerst müssen wir den Schmerz in den Griff bekommen.«

Den Schmerz? In den Griff?

Der Mann hatte doch keine Ahnung, wovon er da redete.

Zum Ersten hatte dieser Patient nun wirklich nicht die geringsten Rückenprobleme. Das hätte er ja wohl sehen müssen, als Profi, der er war oder als der er sich zumindest ausgab. Und zweitens würde er den wirklichen Schmerz niemals in den Griff bekommen können. Der war angewachsen wie ein Eiszapfen und steckte tief in ihm. Wo genau, wusste er auch nicht so recht. Aber im Rücken saß er jedenfalls nicht, verdammt noch mal.

»Stig, ich kann heute Abend nicht.«

»Was ist denn jetzt schon wieder los?«

»Ja, zum Teufel, ich kann einfach nicht.«

Aus dem Telefon war ein langer Seufzer zu hören. »Du hast Angst gekriegt letztes Mal, was?«

»Ich muss heute Abend arbeiten.«

»Aber die anderen kommen, Berra und Ekberg ...«

»Es geht nicht, habe ich gesagt.«

Noch ein langer Seufzer auf der anderen Seite der Leitung. Danach ein Knacken und dann, wie ein Geschenk von oben, ein plötzliches schrilles Klingelsignal vom Mobiltelefon.

»Du, hier klingelt's. Wenn ich aus irgendwelchen Gründen doch können sollte, dann ...« Er zitterte, als er auflegte. Offenbar hatte sich das Zittern auf Dauer eingestellt. Das Telefon fühlte sich in seiner Hand so schwer an wie ein Eisenstab. Schwarz und gebieterisch ruhte es auf seiner Gabel. Es schien ihn anzustarren.

Der Abend war grau, er wurde einfach nicht richtig schwarz. Mit der Dämmerung senkte sich ein dichter Nebel über den Boden. Die Autoscheinwerfer zeigten ihm nur noch einen jämmerlichen halben Meter. Und einige einsame nackte Büsche, die hier und dort auftauchten wie eine Wand aus verworrenen Knäueln, wenn er um eine Ecke bog oder langsam am Kantstein entlangkroch.

Der Abend war ein graues Loch, es war sieben Uhr, und er war auf dem Heimweg.

Er rieb sich mit dem Handrücken über die Stirn.

Das war der schlimmste Tag, den er je erlebt hatte. Oder zumindest seit langem. Und das Übelste war noch dazu, dass es ihm gefallen hatte. So sehr, dass er auf der Pritsche eingeschlafen war wie ein toter Fisch.

Zuerst hatte der Mann ihn mit einer Salbe eingerieben, die wie ein ganzer Scheiß-Tannenwald geduftet hatte, danach hatte er ihm den Rücken durchgeknetet, einen Zentimeter nach dem anderen. Er war auf dem knisternden Krepp-Papier hin und hergeschoben worden, die rhythmische Bewegung hatte seine Augenlider nach unten gedrückt, und er hatte sich plötzlich auf einem Meer befunden. Auf einem grünen Meer in einem schaukelnden Holzboot, das einen ekelhaften Tannennadelgeruch ausstrahlte.

Mit seiner Seele abzurechnen, dachte er, kann durchaus ein Vermögen kosten. Wenn sich das auch nicht in Geld berechnen lässt. Aber was spielte es schon für eine Rolle? Er war in einer Sackgasse gelandet und wusste, dass er hier nicht weiterkam.

Als er die Augen aufschlug, sah er den blauen Kunststoffboden.

»Sie sind offenbar eingeschlafen«, sagte der Mann, der jetzt an einem kleinen Schreibtisch stand und etwas aufschrieb, während sein dunkler Schopf ihm in die Stirn fiel.

Er spürte plötzlich, wie sehr er diesen Mann hasste. Er streckte seine eingeschlafenen Arme und staunte darüber, dass sein Hass so groß sein konnte. Zugleich war es beruhigend und befreiend, denn die Gewalt seines Hasses ließ alles andere seine Bedeutung verlieren.

Er lächelte, als er den Zettel mit dem nächsten Termin entgegennahm. Schon in zwei Tagen.

»Wir müssen dem Schmerz intensiv entgegenarbeiten«, hatte der Mann ganz routiniert mitgeteilt, »zumindest jetzt am Anfang.«

Sein Rücken tat weh, als er in das knallrosa Wartezimmer zurückkehrte. Er schob ungeschickt und steif die Arme in den Mantel. Beugte sich wie im Krampf vor, um die Knöpfe zu schließen.

Was für eine miese Behandlung. Erreichte doch das genaue Gegenteil.

Auf dem Weg zum Auto hatte er den Zettel in seiner Tasche immer wieder betastet. Noch ein Zettel, noch ein Band, dachte er. Er trug den Mann bei sich wie in einer kleinen Schachtel. Es galt jetzt nur noch, vorher Behandlung und Schmerz zu ertragen.

27

Sie zog den Morgenrock fester zusammen, fror aber noch immer. Eine Tasse Tee würde da vielleicht helfen. Sie war gefangen in einem bösen Traum, aber vielleicht war doch alles nicht so schlimm, wie sie glaubte. Vielleicht würde das Leben auch nach dieser Sache ganz normal weitergehen, und vielleicht war der Brief einfach ein Schreckschuss gewesen, der ohne Folgen bleiben würde.

Sie hatte soeben einen Fuß in die Küche gesetzt, als es wieder klingelte. Diesmal war es ein schärferes Signal, ein eigensinniges, nicht warm und weich wie bisher. Sie hatte das Gefühl, dass ihr ein Metallstab in den Rücken gedrückt wurde. Ihr Herz blieb für eine Sekunde stehen, um in der nächsten wie besessen loszuhämmern, als Ausgleich für den Ausfall sozusagen. Sie fragte sich, wie lange sie es aufschieben könnte, sich zu melden, begriff aber zugleich, dass das Klingeln niemals aufhören würde.

Mit zwei Schritten war sie am Telefon und griff zum Hörer.

Sie starrte zur Decke hoch, und die viereckigen weißen Platten schienen auf sie herabstürzen zu wollen. Seine Stimme war unverändert, und sie fühlte sich zehn Jahre in der Zeit zurückversetzt.

Sie fühlte sich nicht wohl, kniff die Augen zusammen und sah ihn als eilig vorüberhuschendes Bild, sein kantiges Gesicht, die schräg stehenden katzengrünen Augen, den lockeren dunklen Pony. Aber er musste doch älter geworden sein. Ob er wohl noch immer diesen dünnen Schnurrbart trug?

Sie sagte nicht viel, atmete nur lautlos in den Hörer. Er klang unerwartet gelassen, nicht wütend, sondern nur resigniert. Und das überraschte sie. Aber die zehn Jahre hatten ihn vielleicht demütiger werden lassen, auch wenn sie das kaum glauben konnte.

Danach verstummte auch er. Sie hörte seinen angespannten Atem. Er atmete ruckhaft, in mühsam ausgestoßenen Zügen.

Und dann sagte er es.

Großer Gott, wie meinte er das?

Sie fuhr mit einer Handfläche über den Hörer, wie in dem Versuch, ihn zu besänftigen.

»Was kann ich für dich tun?«, fragte sie.

»Was zum Teufel solltest du für mich tun können?«

Er lachte plötzlich. Sie stellte fest, dass sie sich so hart in die Unterlippe gebissen hatte, dass Blut herausquoll.

Sie nahm den Hörer in die andere Hand, wischte sich die freie am Morgenrock ab und setzte sich dann auf den Boden, mit angezogenen Beinen, genau wie früher. Aber sie kam sich anders vor, steifer, sie war nicht mehr jung.

Seine raue Stimme wurde leiser.

»Gib mir ein paar Tage, dann komme ich zurück.«

»Wann?«

Er seufzte laut. »In ein paar Tagen, habe ich gesagt.«

»Wie? Verabreden wir Ort und Zeitpunkt, oder was?«

»Mit dir? Lieber fräße ich meine eigene Kotze auf.«

Sie konnte ein empörtes Aufkeuchen nicht unterdrücken. »Aber ich …«

Plötzlich hörte sie im Telefon ein seltsames Schweigen, nur ein leichtes, leeres Summen war dort noch vorhanden.

Mühsam erhob sie sich vom Boden. Ihre Zunge kam ihr vor wie ein Stück Sandpapier. Langsam ging sie in die Küche, wo sie vor dem Spülstein stehen blieb. Der Boden war kalt, die Sonne aber schien weiß durch das Fenster und ließ Tassen und Teller leuchten, die nach dem Frühstück noch immer auf dem Tisch standen. Sie zog einen Stuhl heran und setzte sich. Legte die Hand auf die Tischplatte, und als sie sie wieder hochhob, war die Hand mit kitzelnden Brotkrümeln beklebt. Sie presste die Finger gegen das Gesicht, ließ sich zurücksinken und schaute zur Decke hoch.

28

»Leider weiß ich nichts, ich war verreist.«

Er rieb seinen Knöchel an seinem anderen Bein und lehnte sich dabei an den Türpfosten. »Geschäftlich«, fügte er mit einem Lächeln hinzu, das eine viel zu weiße Zahnreihe zeigte.

»Darf ich hereinkommen?«

Eva-Britt Bixe wartete nicht auf die Antwort des gelinde gesagt kleinwüchsigen Mannes, der vor ihr stand. Leicht wie ein Federball, dachte sie. Jetzt konnte er nur noch den gerade ausgestreckten Arm sinken lassen, den er wie einen Elektrozaun zwischen sich und den abblätternden Türrahmen gehalten hatte.

»Ja ... Sicher.«

Er folgte ihr in die Wohnung, und aus dem Augenwinkel sah sie einen dünnen Arm, der energisch geschwenkt wurde, in einem fruchtlosen Versuch, den dazugehörigen mageren Körper an Bedeutung gewinnen zu lassen.

»Verzeihen Sie die Unordnung, aber ich hatte noch keine Zeit ...«

Auch seine Stimme klang dünn, fast schon feminin.

Sie standen in dem stickigen sonnigen Zimmer, das scheinbar keine Rollos vor den Fenstern hatte, denn sonst wären sie sicher heruntergelassen worden. Der braune Teppichboden schien zu gleichen Teilen aus Staub und glänzenden Synthetikfasern zu bestehen.

»Ich nutze dieses Zimmer nur als Arbeitsplatz und war wie gesagt drei Wochen verreist ...«

Bixe nickte. Der Mann zog ein Zigarettenpäckchen aus der Brusttasche, doch als er es seiner Besucherin hinhielt, war es leer. Ist auch besser so, dachte Bixe. Der Mann dagegen sah aus, als wäre er am liebsten im Erdboden versunken.

»Himmel, Verzeihung, das wusste ich nicht.«

Jetzt läuft er wohl bis in die Zehen hinein rot an, dachte sie und nahm ungebeten Platz in einem der drei Bambussessel, die um einen runden Tisch mit einer Glasplatte standen. Eine Staubwolke stob vom Sitz auf und wurde im scharfen Sonnenlicht rasch in ihre Bestandteile aufgelöst.

Der Mann, Stig Gunnar Palmkvist, genannt Stig, sank ebenfalls in einen Sessel. Der Sessel ächzte Besorgnis erregend, obwohl Stig nun wirklich nicht viel wiegen konnte. Er hatte seine weißen Hemdsärmel hochgekrempelt, so dass am einen Arm eine riesige Tätowierung zu sehen war, die sich bei genauerem Hinsehen als Anker erwies.

»Sieht aus, als seien Sie zur See gefahren«, lachte Bixe.

Palmkvist streckte den Arm aus und musterte ihn verdrossen. »Ach, das«, sagte er, als habe er das Bild eben erst entdeckt. »Das ist nur eine alte Jugendsünde. Ich habe jahrelang in einer Kneipe gearbeitet, bis vor einem Jahr, um genau zu sein.«

»In einer Kneipe?«

Bixe rutschte in dem unbequemen Sessel hin und her. »Im Oxbollen. Ich hab da die Löffel geschwungen.«

»Als Koch, oder was?«

Der Mann wand sich und krempelte seine Hemdsärmel noch einige weitere Zentimeter hoch. »Äh, meistens – am Tresen und so. Ansonsten ein guter Job. Ich hab mich da wohl gefühlt. Aber etwas Eigenes ist ja doch immer besser, wenn ich das mal so sagen darf. Deshalb habe ich meine eigene Firma gegründet. Noch läuft die Sache ein wenig auf Krücken, aber so langsam scheint doch Schwung hineinzukommen.«

»Was genau machen Sie?«

»Ach, Tischlerei und so. Wissen Sie, ich war ursprünglich Tischler. Aber die Scheiße ist … Ich meine, diese Branche ist verdammt teuer. Man muss Einkaufskanäle finden. Man kann ja für ein paar Stück Birkenholz kein Vermögen auf den Tisch legen.«

»Was genau machen Sie denn so?«

»Was ich mache? Tja, Haustüren zum Beispiel. Schranktüren. Sie wissen schon, wenn die Leute etwas Besonderes haben wollen. Auch Möbel, aber vor allem Hausbau, Teile von Neubauten und so. Wenn jemand ein Gartenhaus haben möchte, na, dann ziehen wir eins hoch. Im Moment habe ich nur einen Angestellten, aber demnächst werden es sicher mehr.«

»Das ist sicher eine ziemlich harte Branche?«

»Na ja, wir gehen die Sache vorsichtig an, ich meine, was Preise angeht und so. Aber solange wir nur zu zweit arbeiten, können wir das Kostenniveau ja drosseln. Ja, ich meine, bei uns gibt es einen, der arbeitet, und dann mich, als – ja, als Chef, wenn ich das so sagen darf.« Er lachte leise, und seine dünnen Schultern bewegten sich dabei auf und nieder.

»Ich hoffe, dass Ihnen das alles gelingen wird«, sagte Bixe lächelnd. »Aber was meinen Besuch angeht, es geht um …«

»Ich weiß.« Stig Palmkvists Lachen schlug in ein angespanntes Hüsteln um. Seine eingefallenen und schlecht rasierten Wangen bebten wie als Nachhall seiner voherigen Redseligkeit.

»Wenn ich das richtig verstanden habe, dann hat sich am fraglichen Abend jemand in dieser Wohnung aufgehalten.«

»Ach?«

Sein unschuldiger hellblauer Blick wanderte zwischen Tisch und Fenster und wieder zurück.

»Am Montag, dem zweiten Oktober. Abends. Waren Sie da hier?«

Palmkvist stand auf, reckte den Rücken, schob die Hände tief in die Hosentaschen und atmete langsam aus. »Na ja, ich arbeite oft noch abends, aber ich weiß nicht, ob ich auch damals …«

»Angeblich war mehr als nur eine Person hier. Ein Nachbar hat Stimmen gehört.«

Palmkvist fuhr sich über die gerunzelte Stirn. »Da muss ich im Kalender nachsehen.«

Er lief zu einem dunkelbraunen Schreibtisch, wühlte im dortigen Chaos herum und zog ein schlichtes blaues Notizbuch hervor. Langsam durchblätterte er die zerknitterten Seiten.

»Haben Sie vom zweiten Oktober gesprochen? Ja, da haben wir uns hier getroffen.«

»Wir?«

»Ja, ein paar Kumpels, die sich hier treffen, zum – Essen und so.«

Bixe verkniff sich fürs Erste die Frage, was unter »und so« zu verstehen sei.

»Wir kaufen ein, brutzeln das zusammen, und dann essen wir. Ja, es ist natürlich ein bisschen eng, aber scheiß drauf, ich meine, es geht ja doch. Es sind immer nette Abende.«

»Wie oft haben Sie solche – Treffen?«

»Höchstens einmal im Monat.«

»Und eben auch an jenem Abend.«

Palmkvist nickte und runzelte die Stirn.

»Waren Sie zu vielen?«

»Wir waren zu viert.«

»Sind alle gleichzeitig gekommen und gegangen?«

»Ich glaube, sie kamen gleichzeitig, ja, das war bestimmt so. So gegen sieben, wir fangen immer um diese Zeit an. Aber wann sie gegangen sind … Ja, Ruben war wohl der Erste, ja, so war das. Berra und Ekberg sind länger geblieben, das weiß ich noch. Eine Stunde oder so. Aber so lange nachher weiß ich das alles nicht mehr so genau.«

»Nein, das ist klar. Und Ihnen ist nichts Besonderes aufgefallen, niemand auf der Straße oder der Treppe?«

Stig Palmkvist schüttelte mit ernster Miene den Kopf. »Ich habe jedenfalls nichts gesehen. Und auch nichts gehört. Alles war wie immer. Aber später … Ja, wissen Sie, nach dem Essen wurde es ein wenig feucht, und deshalb ist meine Erinnerung an diesen Abend nicht ganz so toll, wenn Sie verstehen.«

Bixe nickte.

»Wer waren die anderen?«

»Ach, das waren Berra … Bertil Linér. Und Gustav Ekberg. Ich kann Ihnen die Telefonnummern geben.« Er war schon auf dem Weg zum Schreibtisch.

»Aber Sie haben von vieren gesprochen.«

Sie betrachtete seinen Rücken, während der Mann sich über ein aufgeschlagenes Telefonbuch mit Kaffeeflecken beugte.

»Ja, Scheiße. Ruben war auch dabei. Habe ich das nicht gesagt? Ruben Nilsson – oder nein, ich meine Nilssjö.«

Offenbar hatte er Bixes fragenden Blick bemerkt.

»Früher hat er Nilsson geheißen«, erklärte er. »Aber dann hat er seinen Namen geändert, ich glaube, der andere, neue Name war in seiner Familie auch üblich. Auch Ruben hat früher in der Kneipe gearbeitet, damals habe ich ihn kennen gelernt, aber das ist lange her, und jetzt hat er es wirklich zu etwas gebracht, hat seine eigene Firma und so, und da war der alte Name wohl nicht mehr gut genug.«

Er setzte sich wieder, ein wenig vorgebeugt, als könne Bixe ihn dann besser hören. Gleichzeitig senkte er die Stimme.

»Seine Frau strebt ein wenig nach Höherem, verstehen Sie.«

»Nach Höherem?«

»Ja, ich glaube, sie hatte auf diesem Namenswechsel bestanden. Sie hat es eben gern ein wenig vornehm.« Er verstummte und schaute seine Armlehne an. »Ruben spricht nie viel über seine Vergangenheit, eigentlich weiß ich keinen Pissetropfen darüber, wenn Sie meine Wortwahl entschuldigen.«

»Und wo sehen Sie bei all dem einen Zusammenhang?«

Palmkvist schüttelte düster den Kopf und redete weiter, als habe er nichts gehört. »Ja, sicher waren wir gute Kollegen, damals in der Kneipe, kein böses Wort über diese Zeit, aber er war irgendwie immer schon eigen. Er war ewig lange krankgeschrieben, und danach schien er einfach zu verschwinden. Glitt aus allem heraus, wenn man das so sagen kann. Ich habe ihn nicht gefragt, das hätte ich nie getan, und jetzt sind wir ja wieder so gute Kumpels wie eh und je, aber trotzdem ... Etwas gibt es, das man nicht zu fassen bekommt. Er schien sich die ganze Zeit zu entziehen. Hält sich für sich, wenn Sie verstehen.«

»Und das kann etwas mit dieser Sache zu tun haben?«

Palmkvist starrte sie aus großen Augen an. »Nein, das habe

ich nie behauptet. Ich habe nur gesagt ...« Er verstummte und rieb sich mit Zeigefinger und Daumen sein stoppeliges Kinn.

»Sie kennen Nilssjö also nicht wirklich gut? Wollten Sie das sagen?«

»Ach, kein böses Wort über ihn. Nur seine Frau trägt wohl die Nase ein bisschen hoch. Ruben selber ist total in Ordnung. Ja, meistens jedenfalls.«

»Wie sieht es mit den beiden anderen aus?«

»Genauso, im Grunde. Wir treffen uns ab und zu, wie gesagt, und – essen gut, und ja ...«

Resigniert breitete er die Arme aus, worauf Bixe rasch beschloss, das, was ihr als belanglose Privatangelegenheit erschien, auf sich beruhen zu lassen. Vielleicht spielten sie ja Karten oder wetteten auf Pferde. Sie erhob sich aus dem knackenden Bambussessel.

»Dann danke ich für die Auskünfte.«

Sie streckte ihm die Hand hin, aber der Mann ihr gegenüber schien das nicht zu bemerken, sondern fuhr sich stattdessen mit den Fingern durch die Haare. Schuppen rieselten auf seine Weste. »Sie können gern wiederkommen, wenn Sie noch weitere Fragen haben«, sagte er. »Ich weiß zwar nicht, was ich noch erzählen könnte, aber man weiß ja nie.«

»Auf jeden Fall vielen Dank«, sagte Bixe lächelnd und ging mit klappernden Absätzen die Treppe hinunter.

Das Letzte, was sie sah, ehe Stig Palmkvist die Tür schloss, war der glühende Sonnenstreifen, der von den Bambussesseln zum Rand des dunklen Schreibtisches wanderte. Sie holte tief Atem. Im Vergleich mit Palmkvists Wohnung erschien der alte Fischgeruch des Treppenhauses ihr wie ein sanfter, frischer Frühlingswind.

29

Er hatte wohl schon vor langer Zeit entschieden, dass er für Gerechtigkeit sorgen würde. Die Welt verlangte doch eine Art Gleichgewicht, überlegte er. Das, was an einem Ort passiert, muss an einem anderen aufgehoben werden; das, was einmal passiert ist, muss zu einem späteren Zeitpunkt gesühnt werden. Zwar musste nicht jeder Täter notwendigerweise für seine eigene Handlung bezahlen, aber so war das eben. Die Gesetze des Lebens waren wirklich hart.

Und da er kaum an eine tatkräftige höhere Macht glauben konnte – von gewissen kritischen Momenten abgesehen, das musste er wohl zugeben – war er ja dazu gezwungen, das grausame Gesetz des Lebens in seine eigenen Hände zu nehmen.

Wie er es jetzt getan hatte. Oder zumindest bald tun würde.

Der Gedanke war die ganze Zeit da gewesen, das schon. Seit jenem Februartag vor siebzehn Jahren. Ein Menschenalter war seither vergangen. Ein Jahrhundert, fünftausend Milliarden Lichtjahre, und die Erinnerung war eingekapselt in die beschützende Watteschicht der Zeit.

Ja, verdammt, dachte er. Etwas hatte ihn im Stich gelassen, vielleicht der Mut. So kam es ihm jedenfalls vor an diesem trostlosen Oktoberabend, als die Wacholderzweige hinter dem Zaun an der Garagenauffahrt betrübt zu Boden hingen. Ein leichter gelber Schimmer war hinter dem Küchenfenster zu sehen; vermutlich war Rose-Marie noch auf, stapfte in ihrem Morgenrock umher oder war schon schlafen gegangen und wartete bei brennendem Licht. Seinetwegen. Alles geschah seinetwegen. Aber sie hatte ja auch nichts anderes gehabt, seit jenem feuchtkalten Wintertag.

Mit schweren Schritten ging er auf die Haustür zu, sein Rücken tat weh. Und dabei hatte er doch nie Schmerzen gehabt. Was war dieser Kerl eigentlich für ein Quacksalber? Sollte bei der Ärztekammer angeklagt werden oder wer immer solchen Pfuschern das Handwerk legen konnte.

»Ich bin da, Liebling!«

Er stellte seine Aktentasche ab, zog die Schuhe aus und warf seinen Mantel über eine Stuhllehne. Im Haus war alles still.

»Rose-Marie?«

Vermutlich schlief sie. Er schlich in die Küche. Auf dem Tisch sah er den gelben Notizzettel, ordentlich gefaltet und halb unter eine Vase geschoben. Sicher hatte sie heute ihren Bingoabend. Die alten Damen trafen sich zwei- oder dreimal im Monat im Bingolokal im Karl XI.s väg. Saßen da mit ihrer eisenharten Dauerwelle und ihren schwarzen Handtaschen und starrten kurzsichtig ihre Spielbretter an. Auch eine verdammte Art, sich die Zeit zu vertreiben.

Aber ein genauerer Blick sagte ihm dann, dass das doch nicht der Fall war. Sie teilte zwar mit, dass sie erst gegen acht wieder zu Hause sein würde – allerdings war sie nicht beim Bingo, sondern zum Kaffee bei Hjördis – und dass sein Essen im Herd warm gestellt war. Aber danach hatte sie mit ihrer verschnörkelten altmodischen Handschrift noch das andere geschrieben, das Wichtigere, das Entsetzliche, den Albtraum seines Lebens.

»O verdammt«, rutschte es ihm heraus.

Er rieb sich über die Stirn, kniff die Augen zusammen und ließ sich so wütend auf den gebrechlichen Holzstuhl fallen, dass er für eine Sekunde glaubte, der werde in Stücke gehen. Nach einer Sekunde, als er verwirrt wieder hochschaute, sah er es, eine Wand, eine verdammte schwarze Wand, und er wurde dagegengepresst.

☆

Das war sicher Stig, sonst konnte doch einfach niemand dermaßen blöd sein.

Er zerrieb diesen Namen zwischen seinen Zähnen. Ballte die Faust um den Zettel, als könne er den Mann auf diese Weise vernichten. Stig, ein Teufel ohne Hörner. Falls die Hörner nicht eines Tages doch noch aus dem fast kahlen Schädel wachsen würden. Ihn würde das nicht überraschen, wirklich nicht.

Er hatte offenbar doch nicht die Fresse halten können. Wie zum Teufel konnte man nur so dumm sein? So feige und so verdammt dumm. Eine katastrophale Kombination. Fehlte nur noch, dass er alles erzählt hatte, ehrlich und wahrheitsliebend wie ein hab Acht stehender Pfadfinder. Ach, Herrgott ... Er spürte, wie ihm der Schweiß auf die Stirn trat. Das hier war zu viel, und das noch dazu an ein und demselben Tag. Was würde Rose-Marie sagen? Und, schlimmer noch, was sollte er ihr erzählen?

Sein erster Gedanke war, Stig anzurufen, ihn ordentlich zusammenzuscheißen. Aber dann fiel ihm ein, dass sie ja abends verabredet waren. Zum ersten Mal seit dem – Ereignis. Die anderen waren sicher egal, die hatten ja nichts davon mitgekriegt, was er selber hatte mitansehen müssen. Verdammt ungerecht, wenn man das richtig bedachte. Es hätten doch auch Ekberg oder Berra sein können, die an dem Abend als Erste aufgebrochen waren. Das wäre ihnen nur recht geschehen.

Aber es war nun einmal so. Er seufzte. Sollte er trotzdem anrufen? Bei genauerer Überlegung kam ihm das vor, wie einen weiteren Stein ins Wasser zu werfen. Noch mehr Ringe würden sich bilden, und es waren wirklich schon ausreichend vorhanden. Und vielleicht, aber nur vielleicht, ging ihm jetzt auf, hatte Stig aufgrund irgendwelcher Rachewünsche geplappert. Nur weil er sich für diesen Abend aus dem Karussell ausgeklinkt hatte. Aber zum Teufel, er konnte einfach nicht, diese Bilder würden sich an seine Fersen heften wie ein herrenloser Bluthund. Die Vorstellung, noch einmal in dieser engen Wohnung zu sitzen, mit Rauch und Gestank in der Nase ... O nein, verdammt, nie wieder, das stand jedenfalls fest.

☆

Er hatte so sehr gezittert, dass er kaum auf dem Stuhl hatte sitzen können. Furchtbar gezittert, als er ihr gegenübersaß, wie hieß sie doch noch gleich, Biske, Bickse – verdammt komischer Name jedenfalls. Sie hatte ihn unangenehm scharf angeschaut, hatte da mit ihren roten Schuhen auf seinem abgenutzten weißen Teppich gesessen, während er versucht hatte, den Chef zu spielen, der alles im Griff hat.

So viel hatte er immerhin im Griff, dass er noch wusste, dass er sie schon einmal gesehen hatte. An jenem Morgen, vor dem Haus. Und wie stand es mit ihren eigenen Erinnerungen, die mit ihren Eisenaugen hatte doch sicher gesehen, dass die Angst ihn um den Verstand zu bringen drohte!

Er hatte sich bemüht, seine Hände stillzuhalten, er hatte seinen Kugelschreiber umklammert wie eine rettende Planke. Er hatte ihr offen und ehrlich und fast mit einem liebenswürdigen Lächeln in die grauen Augen geschaut und dabei ihre Fragen beantwortet. Metall, hatte er gedacht, Metall gegen Metall, das größere und stärkere gewinnt.

Danach war er wie eine Stoffpuppe auf seinem Stuhl in sich zusammengesackt. Fast hätte er aufgeschluchzt, in dem Versuch, das Zittern loszuwerden, das er in Schach gehalten hatte, bis es jetzt mit frischer Kraft wieder auszubrechen drohte. Er zwang sich zur Ruhe, bis nur noch einige keuchende Zuckungen folgten. Der frisch erworbene Schreibtischstuhl bebte gleichsam mitleidig unter ihm.

Der Ausbruch ebbte dann endlich ab, und er blieb sitzen, ohne irgendeinen Gedanken fassen zu können. Erst als er merkte, dass seine Beine ihn noch trugen, erhob er sich und ging zur Personaltoilette, um einen Schluck Wasser und ein zerkrümeltes Sobril zu nehmen. Er schluckte so energisch, dass seine Kehle ächzte. Sie war ganz unerwartet aufgetaucht, mit grauen, zurückgekämmten Haaren und einem feuerroten Mund, wie eine überreife Tomate, plötzlich hatte sie vor seiner Tür gestanden und gefragt, ob er der Bewohner sei. Ja, verdammt. Ihm gehörte doch die ganze Bude.

Und jetzt war sie also verschwunden. Das Leben nahm wieder normale Formen an. Schon am nächsten Morgen würde er wieder hingehen, an die *Stelle*. Das war ein seltsamer Gedanke. Aber er musste sich zusammenreißen, vor den Spiegel treten, sich gerade halten, das Kinn heben, seinen Schlipsknoten straffen und seine Jacke zuknöpfen. Seine Haare mit der Hand glatt streichen und die alte übliche Würde zurückgewinnen. Ja, er musste jetzt wieder in seine blanke Rüstung gleiten, wenn das Ganze plangemäß ablaufen sollte.

30

November. Wieder fiel Schnee. Die üblichen dünnen Flocken, leicht wie Sandkörner, die bei der ersten Berührung mit dem Asphalt sofort schmolzen.

Der Garten war grau. Alte Apfelbäume und kahle Zweige, die bis zu einem löchrigen grünen Holzdach reichten. Das Haus war weiß, genauer gesagt war es einst weiß gewesen. Jetzt sah die Fassade eher aus wie eine Landkarte, die schmutzig weißen Stellen bedeuteten Land, der graue Untergrund Meer. Ja, eigentlich schien das ganze Haus jederzeit in seine Bestandteile zerfallen zu können.

Ein frischer Wind vom Meer vermischte sich mit dem Duft von altem Stein und feuchter Erde. Eva-Britt Bixe versuchte sich auf den Schieferplatten zu halten, ein Kunststück, wenn sie deren Zustand in Betracht zog. Immer wieder versanken ihre Absätze im Matsch. Müsste renoviert werden, dachte sie. Alles hier. Oder dem Erdboden gleich gemacht. Vermutlich wurde diese Alternative aber noch längst nicht in Betracht gezogen.

Ragnar Hökmark war keiner, der Arbeitskräfte anheuerte, wenn es nicht unbedingt sein musste.

»Verzeihen Sie die Verspätung«, sagte er atemlos und nahm drei Treppenstufen auf einmal. »Ich musste noch einige Unterlagen durchsehen, und dann hat mich auch noch ein Telefongespräch aufgehalten.«

»Macht doch nichts«, sagte Bixe, die frierend vor der Wohnungstür hin und her gelaufen war. Ein weißer Zettel mit dem Namen Äng war noch immer mit vergilbtem Klebeband in der Ecke befestigt.

Zwanzig Minuten lang war sie in dem kalten, feuchten Treppenhaus von einem Fuß auf den anderen getreten. Was nicht so schlimm war, obwohl sie in Gedanken durchaus mit den Zähnen geknirscht hatte. Sie hatte sich immerhin umschauen können. Und nachdenken. Zwischen den Wänden, von denen die Farbe abblätterte und die mit obszönen Bildern und Wörtern voll geschmiert waren – die Kritzeleien zeugten nicht gerade von üppiger Fantasie –, hatte ein Gedanke Form angenommen. Ein vager, unbegründeter Gedanke. Aber dennoch ein Gedanke, vielleicht der Anfang eines Leitfadens.

»Und verzeihen Sie, dass ich es gestern nicht geschafft habe. Es war alles ein bisschen stressig.«

Bixe winkte ab, als er atemlos diese Entschuldigung vorbrachte. Bitte lieber da um Verzeihung, wo du wirklich einen Grund hast, dachte sie und griff dann zu honigsüßem Lächeln und ebenso honigsüßer Stimme. »Ich weiß ja, dass Sie viel zu tun haben.«

Hökmark zog ein gigantisches Schlüsselbund aus der Manteltasche.

»Ist die Wohnung immer noch nicht wieder vermietet?«

»Nein, das ganze Haus steht leer. Ich versuche gerade, es loszuwerden.«

Kein Wunder, dachte Bixe, während Hökmark sich vergeblich bemühte, den Schlüssel ins Schloss zu stecken. Als er das nicht schaffte, musterte er kurzsichtig das klirrende Schlüsselbund und versuchte sein Glück mit einem anderen. Die blaue Schirmmütze, die an diesem Tag auf seinem Kopf klebte, passte nicht zu seinem teuren Mantel aus erlesenem Tuch. Eigentlich passte der ganze Mann nicht in diese Umgebung, wie ein falsch liegendes Puzzlestück, und das Haus machte ja auch einen Eindruck, als sei sein eigener Besitzer ihm unbekannt.

Er befand sich in einer anderen Atmosphäre, stellte Bixe fest, schwebte wie auf einer Wolke einen halben Meter über dem Boden. Als er auch beim zweiten Versuch die Tür nicht öffnen konnte, fluchte er, rüttelte an der Türklinke, und die Tür öffnete sich mit einem Poltern.

»Ein altes Schloss«, murmelte er als halbherzigen Entschuldigungs- und Erklärungsversuch. Automatisch wischte er sich hinter der Tür die Schuhe ab, obwohl es keine Türmatte gab.

»So so, hier hat sie also gewohnt.« Hökmark blieb mitten in der Diele stehen und schien sich traurig umzusehen. Ein Reklamestapel unter dem Briefschlitz und eine endlose Menge von allerlei Flaschen vor einer weit offenen Schranktür. Im Schrank hingen die Kleider dicht an dicht, auf dem Boden lag ein chaotischer Haufen Schuhe. Weiter hinten in der Wohnung waren ein braunes Cordsofa, ein Drehsessel und ein Couchtisch aus Teakholz zu sehen. Der Boden war von einem rosa Teppichboden bedeckt. Vor dem Fenster hingen schlaffe braun gestreifte Vorhänge.

Wie gut, dass ich keine Asthmatikerin bin, dachte Bixe. Bei Hökmark dagegen, nahm sie an, war nicht die Luftröhre das Problem, sondern die Frage, wie er sich von diesem Elend befreien sollte, ohne zu häufig einen Finger krumm machen zu müssen.

»Ist seit dem vorigen Herbst hier nichts verändert worden?«

Hökmark seufzte. »Leider nein.« Er ließ das Schlüsselbund in seiner Tasche klirren.

»Seit damals war also niemand hier?«

Er schüttelte leicht resigniert den Kopf.

»Alles ist also wie damals?«, fragte sie, ohne auf Antwort zu warten. Vorsichtig ging sie weiter, schaute sich um und nahm nur den muffigen Gestank eines ganzen Jahres wahr. Obwohl weder Fenster noch Türen sonderlich dicht zu sein schienen. Im Winter musste es hier doch schweinekalt sein. Die reinste Mongolenjurte!

»Wer hat in der Wohnung darüber gewohnt?«

Sie starrte eine vergilbte Papierlampe an, die an einer ebenso vergilbten Leitung von der Decke baumelte, genau über dem rechteckigen alten Couchtisch, auf dem eingetrocknete Wasserränder glänzten.

»Die steht schon seit vielen Jahren leer«, sagte Hökmark.

Er wollte die Diele schon verlassen, als Bixe ihn zurückhielt.

»Ich muss erst die Technik herschicken«, sagte sie. »Aber danach können Sie hier machen, was Sie wollen.«

Etwas funkelte in Hökmarks Augenwinkeln.

»Ist es nicht teuer, ein Haus einfach so stehen zu lassen? Ohne Mieteinnahmen oder so?«

Vielleicht war es Einbildung, aber sie glaubte, Hökmarks schwere schwarze Schuhe noch einige Millimeter in den dunkelroten Teppichboden einsinken zu sehen. Auf jeden Fall nahm er die Mütze ab, und ganz bestimmt hatte sich in seinem dicken, dunklen Haaransatz eine ansehnliche Menge Schweißtropfen versammelt.

31

»Arbeiten Sie schon lange als Krankengymnast?«

Er lag wieder auf der Pritsche, zum wievielten Mal wusste er nicht mehr. Er lag auf der Pritsche, und die Luft war weich und der Himmel blau. Oder vielleicht war es auch der blaue Kunststoffboden. Alles schien bei diesen Besuchen auf den Kopf gestellt zu werden. Mit dem Krepp-Papier unter der Brust und den Fingern des Mannes an der vorgeblich schmerzenden Stelle im Rücken versank er immer in eine Art Schlaf.

»Seit … Ja, das sind jetzt fünf Jahre.«

»Und gefällt Ihnen diese Arbeit?«

»Meistens. Manchmal wird es aber auch langweilig. So ist es eben.«

Sicher, sagte er. Vieles ist eben einfach so. Zum Beispiel, dass er jetzt von einem verdammten Quacksalber den ganzen Rücken wund massiert bekam. Denn das war der Mann doch. Die Schmerzen, die früher nicht einmal existiert hatten, wurden immer schlimmer. Seltsam.

»Und was machen Sie selber so? Beim ersten Anruf haben Sie Computer erwähnt.«

»Ach, ich arbeite bei Pilkington. Aber da gibt es ja auch viel Computerarbeit, Bestellungen und so.«

Das war eine gute Idee. So kam es ihm jedenfalls vor, als er es gesagt hatte. Dutzendarbeit, in dieser vor der Stadt gelegenen Fabrik, da könnte jeder Idiot arbeiten, es zu behaupten bedeutete also keine Gefahr.

»Sie arbeiten also im Büro?« Der Mann knetete wie ein wild gewordener Bäcker.

»Ab und zu. Ich springe überall ein, wo gerade jemand gebraucht wird.«

»Sind Sie schon lange da?«

»Schon seit grauer Vorzeit.«

»Dann kennen Sie Pilgren?«

»Was?«

»Henrik Pilgren. Der gehört da sozusagen zum Inventar.« Die Finger des Mannes rotierten wie ein Bohrer über sein Schulterblatt. Was zum Teufel sollte er jetzt sagen?

»Na ja, nicht wirklich, wir sind viele ...«

»Komisch. Ich dachte immer, Henrik sei da so eine Art Stützpfeiler. Er hat doch sogar ...«

»Ach, jetzt weiß ich.« Er versuchte ein Lachen.

»Das habe ich mir gedacht. Ist er noch immer in der Gehaltsabteilung?«

Zum Teufel, konnte der Kerl denn keine Ruhe geben? Oder war das eine verdammte Falle? Er spürte, wie seine Handflächen brannten, spreizte die Finger und entspannte sie wieder. Der Mann hörte plötzlich mit der Bohrerei auf.

»Tun Ihnen die Finger weh?«

»Äh – ja.«

»Dann mache ich es ein wenig behutsamer. Wenn die Muskeln entzündet sind, dann kann es bis in die Fingerspitzen hinein wehtun. Aber das ist kein Grund zur Besorgnis, wissen Sie. Es ist ganz normal. Aber wir sollten vielleicht erst mal ein wenig ruhiger vorgehen.«

Ja, vielleicht.

»Ich glaube sogar, wir machen für heute Schluss.«

Er setzte sich schneller auf als sonst und blieb auf der Pritschenkante sitzen, während er sich sein Hemd anzog. Der Mann notierte bereits den nächsten Termin.

»Leider müssen wir eine Woche aussetzen, ich bin nächste Woche auf einem Seminar. Aber wenn Sie wollen, kann ich bei den Kollegen einen Termin für Sie machen.«

Er schloss den obersten Hemdenknopf und lachte gelassen. »Nein, das ist nicht nötig. Eine Runde Ruhe tut meinen Muskeln sicher auch gut.«

»Dann ist das abgemacht. Wir sind ja in der Behandlung auch schon ein Stück weit gekommen. Vor allem zu Anfang ist Kontinuität das A und O.«

Er nahm den Zettel und zog seine Jacke an. Ganz plötzlich fiel ihm etwas ein. »Ach, Sie fahren auf ein Seminar?«

»Mm.« Der Mann machte sich zerstreut an einigen Papieren auf dem Tisch zu schaffen. »Ja, es geht um mentale Entspannung.«

»Interessant.«

»Das hoffe ich. Und es macht immer Spaß, etwas Neues zu lernen. Solche Gelegenheiten muss man beim Schopf ergreifen.«

»Sicher, da haben Sie wirklich Recht. Gibt es hier in der Stadt dermaßen interessante Kurse?«

Der Mann lachte, und seine bleichen Lippen sahen vor den ein wenig gelben Zähnen noch schmaler aus. »Wie interessant der ist, weiß ich ja noch nicht«, sagte er. »Aber es findet nicht hier statt, sondern in Göteborg.«

»Klingt ja wie Urlaub.«

»Tja, drei Tage im Hotel Gothia sind sicher nicht zu verachten. Mit allen Mahlzeiten und überhaupt.«

»Ach, zu so was möchte ich auch einmal eingeladen werden.« Er steckte den Zettel in die Brieftasche und drehte sich zur Tür um. »Dann sehen wir uns in zwei Wochen.«

»Ja. Und übrigens, wenn Sie Henrik sehen, dann grüßen Sie von Kovinski.«

»Kovinski?«

»So hieß ich früher, ehe ich geheiratet habe und zum Schweden geworden bin. Ich habe früher auch einmal da gearbeitet, bei Pilkington.«

»Die Welt ist manchmal klein.«

»Vergessen Sie nicht zu grüßen.«

»Versprochen. Und gute Reise.«

»Vielen Dank. Und Ihnen ein schönes Wochenende.«

Er zog die Tür hinter sich zu. Holte den Mantel aus der winzigen Garderobe und durchquerte noch eine Tür.

Nicht zittern, nicht zittern. Das war zu seinem Mantra geworden. Die dunkle Steintreppe schien einen Moment lang unter seinen raschen Schritten nachzugeben.

☆

Das Gleichgewicht zurückgewinnen. Das war das Wichtigste, danach strebte er. Und das seit neuestem rund um die Uhr.

Gleichgewicht. Balance. Die Treppenstufen sollten nicht mehr unter seinen Füßen schwanken, die Risse zwischen Gut und Böse sollten sich schließen. Er musste alles gut übertünchen, das war klar. Durfte nicht nur hilflos dastehen und einige armselige Sandkörner hinwerfen, die der Wind gleich wieder wegblasen würde.

Es galt, schon im Planungsstadium konkret und entschieden zu sein. Und sich das richtige Werkzeug zu suchen. Keinen weichen kleinen Besen.

Denn jetzt war er ein Stück weitergekommen, wie Kovinski gesagt hatte.

Als er nun zu Hause im Bett lag, mit brennender Nachttischlampe, deren weggedrehter Lichtkegel zur Decke hochwanderte, und allein, da Rose-Marie an diesem Abend wirklich zum Bingo gegangen war – also, als er nun hier unter der Luxusdecke auf der Luxusmatratze lag, lachte er laut auf und dachte, wenn Kovinski wirklich wüsste, wie weit er schon gekommen war, dann würde er nicht so verdammt ruhig weiterkneten, sondern Hals über Kopf die Treppe hinunterstürzen und so rasch wie möglich einen Ort aufsuchen, an dem er ihn nicht finden könnte.

Wenn er nur wüsste, dieser Scharlatan. Wenn er nur wüsste.

Sein Bauch rundete sich unter der Decke wie ein Kloß. Und er verstummte, das Lachen blieb ihm im Hals stecken, als er an Rose-Maries Gesicht an dem Abend dachte, als sie vom Kaffeeklatsch bei Hjördis zurückgekehrt war.

»Was bedeutet das da mit der Polizei?«

Sie war noch immer in Hut und Mantel gewesen; den Schal hielt sie in einer Hand und ließ ihn über den Boden baumeln.

»Ach ... Ich weiß nicht. Ich hab sie noch nicht erreicht. Aber vorigen Monat habe ich einmal falsch geparkt und ganz vergessen, den Strafzettel zu bezahlen. Das wird es wohl sein.«

»Falsch geparkt? Aber dann schicken die doch sicher nur eine Mahnung, statt gleich anzurufen. Es war sogar eine Kommissarin, Bind oder so.«

Er zuckte über der ausgebreiteten Zeitung die Schultern. Er saß seit einer halben Stunde davor. Und hatte keine Ahnung, was darin stand. »Tja, ich weiß nicht. Aber etwas anderes fällt mir nicht ein.«

Rose-Marie hatte sich zur Wand gedreht, noch immer in Hut und Mantel. Er glaubte zu sehen, dass sie zitterte, wenn das nicht nur sein eigenes Spiegelbild war, das in der Luft bebte.

»Du glaubst also nicht, dass es mit ...«

Ihre Stimme verklang zu einem leisen Flüstern und dann zu nichts. Als sie sich umdrehte, wich sie seinem Blick aus.

»Wenn die nun etwas gefunden haben. Oder jemanden ...«

»Die haben das alles schon längst zu den Akten gelegt«, sagte er.

»Aber es wäre doch trotzdem möglich ...«

Rose-Maries Augen waren groß und rot unterlaufen.

»Aber dann hätten sie mit dir darüber gesprochen. Nein, sicher geht es nur um dieses verdammte Knöllchen. Ich rufe sie morgen so rasch wie möglich an und erkläre ihnen, dass ich das ganz einfach vergessen habe.«

Sie stand noch immer vor dem Spülstein, in unveränderter Haltung, und der Schal hing schlaff in ihrer Hand.

Er seufzte, stand auf und streckte einigermaßen glaubwürdig die Arme aus. »Gehen wir schlafen, ja?«

Sie schüttelte den Kopf und schaute zu Boden.

Und jetzt lag er hier. Auf dem Rücken, die Hände hinter dem Kopf verschränkt. Wie ein König. Oder wie ein Gott, falls es so etwas gibt. So musste sich ein Gott doch fühlen, wenn er die Welt wie eine kleine Tonkugel zwischen seinen Händen knetete.

Eigentlich tue ich das alles ja nur für Rose-Marie, dachte er. Wenn sie nicht wäre, hätte er den ganzen Dreck wohl erzählt. Dieser neugierigen Kommissarin mit den wütenden Augen. Um ihren ewig fragenden Mund zu schließen. Aber ohne Rose-Marie wäre er an jenem Abend sicher viel später nach Hause gegangen, mit den anderen, und dann wäre ihm das ganze Elend erspart geblieben.

Das alles war so verdammt ungerecht!

Na ja, Selbstmitleid half ihm auch nicht weiter. Er musste weiterkämpfen.

☆

»Musst du verreisen?«

»Ja, geschäftlich. Ich muss zu einer Messe in Stockholm.«

»Ach. Den ganzen Weg nach Stockholm ...« Sie wandte sich ab. Schien ihm nicht mehr zu glauben. Als sei seine Glaubwürdigkeit zu glitschiger Seife geworden, die sich nicht mehr fassen ließ.

»Was war nun?«, hatte sie am Freitagabend gefragt, nachdem er nach Hause gekommen war und sich an den Küchentisch gesetzt hatte. Ihre Augen waren ebenso unruhig umhergeirrt wie ihre Finger auf der Tischdecke.

»Was?«, hatte er mit gespieltem Erstaunen gefragt und von seinem zur Hälfte ausgefüllten Totoschein hochgeschaut.

»Das mit der Polizei, meine ich. Du wolltest doch heute anrufen.« Und sie hatte fast gereizt geklungen.

Er hatte lässig gelacht und alles abgetan. »Ach, das. Genau wie ich gedacht hatte. Offenbar hatte ich auch die Mahnung übersehen. Sie scheinen sich im Moment alle Mühe zu geben, den Autofahrern Geld aus der Tasche zu ziehen. Aber ich habe alles erklärt, und jetzt ist die Sache aus der Welt.«

»Ich finde es trotzdem seltsam, dass sie deshalb anrufen.« Nachdenklich schaute sie ihre Fingernägel an. »Schicken die dann nicht den Gerichtsvollzieher?«

»Das dachte ich auch. Aber die Polizei hat wohl nichts anderes zu tun.«

»Glaubst du?«

Und dieses »Glaubst du« hatte den ganzen Ballon zum Platzen gebracht. Er hatte den Totozettel weggelegt und etwas davon gemurmelt, dass bald die Nachrichten anfingen; er hatte es nicht ausgehalten, da am Tisch zu sitzen und sie anzusehen.

Und bei seiner Reise passierte nun dasselbe. Sie glaubte ihm ganz einfach nicht.

»Bleibst du lange weg?«

»Höchstens zwei oder drei Tage. Kommt drauf an, wie interessant das ist. Wenn ich gute Kontakte knüpfen kann, hänge ich vielleicht noch einen Tag dran.«

»Ach. Und wo wirst du wohnen?«

»Ich habe noch nichts gebucht. Aber das findet sich schon.«

Die Spülbürste fuhr spritzend über die Teller, der Hahn tropfte. Während er packte, bückte sie sich nach vorne, als wollte sie mit dem Kopf in dem verdammten Spülwasser untertauchen. Er legte ein Hemd nach dem anderen ordentlich zusammen, am Ende waren es acht Stück, er wollte dort oben wirklich keine Ewigkeit verbringen, aber man wusste ja nie, und vielleicht sollte er besser noch zwei dazunehmen, insgesamt also zehn. Er trat einen Schritt zurück und starrte seine abgenutzte braune Reisetasche an wie ein Künstler, der sein Werk betrachtet. Jetzt fehlten noch eine Jacke und eine Hose, dann wäre alles fertig, und er könnte gleich nach dem Frühstück am nächsten Morgen aufbrechen.

32

»Christer Nyberg hat in Ängs Wohnung wirklich Spuren hinterlassen. Und zwar jede Menge: Hautfetzen, Nagelreste, Haare, Sperma, Speichel, Kleidungs…«

»Danke, das reicht. Dann steht ja wohl so ziemlich fest, dass wir Recht haben.«

»Ziemlich, ja.«

Erik Sander drehte sich um und schaute zufrieden aus dem Fenster. Er sah gut aus heute, im scharfen Sonnenlicht vor der Fensterbank waren seine Wangen sogar rosig angehaucht. Liegt vielleicht an den Fundstücken, dachte Bixe, die sich an diesem Morgen nicht so toll fühlte. Wie übrigens jeden Morgen in letzter Zeit – vielleicht sollte sie sich eine Pause gönnen, sich zwei Wochen freinehmen und nichts tun. Aber, dachte sie, wie sollte das gehen? Im Moment wäre es leichter, ihre hochhackigen Roten auf dem Mond spazieren zu führen.

»Sein Auto ist auch gefunden worden«, sagte sie und versuchte hinter der Handfläche ein Gähnen zu verbergen.

»Das habe ich gehört. Und das war nicht einen Tag zu früh.«

»Fast seltsam, dass es nicht früher aufgetaucht ist. Irgendein Parkplatzwächter hat uns verständigt. Aber der Wagen stand in einer Baulücke hinter dem Bahnhof, und da steht ja allerlei Schrott rum.«

Sie unterdrückte ein weiteres Gähnen.

»Bist du müde?« Sander musterte sie mit einem ausnahmsweise scharfen Blick seiner Teddybäraugen.

»Aber nicht doch.«

»Du gähnst die ganze Zeit, falls du das noch nicht gemerkt haben solltest.«

»Hier gibt es nicht genug Sauerstoff.«

»Das wird besser, wenn wir erst Rollos haben. Ich habe übrigens gehört …«

»Aber im Auto war nicht viel zu holen«, fiel Bixe ihm ins

Wort. Sie fuhr sich langsam über das Kinn, so wie sie es bei bärtigen Männern beobachtet hatte. »Auf jeden Fall nichts Neues«, fügte sie hinzu.

»Und was machen wir jetzt?«

Sie musterte ihn und trommelte mit den Fingernägeln auf der Tischplatte. »Ich weiß nicht.«

»Sollten wir nicht ihre Angehörigen ...«

»Ihre was? Mit der Schwester hab ich doch schon gesprochen«, sagte Bixe.

»Die mit der Katze?«

»Eher ohne.«

»Gibt es sonst niemanden?«

Bixe zuckte mit den Schultern. »Wir sollten mal einen Blick in Maria Ängs Krankengeschichte werfen«, sagte sie. »Einfach sicherheitshalber. Und wie sieht es mit ihrer Vergangenheit aus? Kann sich da etwas verstecken?«

»Etwas, das dann dazu geführt hat, dass Nyberg erpresst wurde?«

»Ja, zum Beispiel. Aber im Grunde glaube ich nicht, dass dabei viel herauskommen wird. Wir wissen, was wir wissen, oder nicht?«

»Wir wissen, was wir wissen müssen, meinst du?«

»Tun wir das?« Bixe schob sich die Brille auf die Stirn. »Wissen wir auch nur annähernd so viel, wie wir wissen müssten?«

Jetzt zuckte Sander mit den Schultern. »Vermutlich nicht. Das Problem ist nur, wie wir die Mauer einreißen sollen, hinter der die Antworten auf alle unsere Fragen versteckt sind.«

»Versuch's mit einem Vorschlaghammer«, sagte Bixe. »Klingt wie der Titel eines blöden Romans, findest du nicht? Wo kann ich den bloß gehört haben?«

»Wenn es doch bloß ein mieser Roman wäre. Aber so, wie die Sache aussieht, müssen wir mit diesem blöden Hammer so richtig zuschlagen.«

»Also dann steh hier nicht rum, sondern mach dich an die Arbeit.«

»An welche denn genau?«

Bixe seufzte. »Was hast du eigentlich in der Ausbildung gelernt? Weißt du nicht, dass das wichtigste Werkzeug des Polizisten hier steckt, hinter seiner Stirn?«

Sander kniff die Augen zusammen, und nach einigen Sekunden stahl sich ein Lächeln auf seine dünnen Lippen.

»Worüber lachst du?«, fragte Bixe.

»Über das, was ich sehe – einen Familienvater, einen Ernährer.«

»Wie meinst du das?«

Er schaute auf. »Keine Ahnung«, sagte er lachend. »Aber das habe ich gesehen, als ich die Augen zugekniffen hatte.«

»Dich selber also«, seufzte Bixe und erhob sich. »Männer sind so egozentrisch.«

»Kann schon sein. Aber ich habe einen anderen gesehen, da bin ich mir sicher.«

»Was versuchst du hier eigentlich anzudeuten?« Sie registrierte widerwillig, dass ihre eine Augenbraue in die Höhe geschnellt war.

»Dass das beste Werkzeug des Polizisten nicht hinter der Stirn sitzt, sondern im Herzen«, sagte Erik Sander und ging zur Tür.

33

Die Aussicht war fantastisch! Wirklich großartig. Die Lichter der Stadt funkelten tief unten wie Sterne. Unnahbar und geheimnisvoll in ihrem leuchtenden Farbmeer. Das Leben war im Moment wirklich erstaunlich, seltsam und merkwürdig und etwas – ja, wirklichkeitsfremd. Ein wenig unwirklich und bisweilen auch einfach beängstigend.

Er ließ seinen Blick durch die Panoramabar des Hotels schweifen. Es war seltsam, sich so hoch oben im Haus aufzuhalten, hinter den riesigen Fenstern, die das ganze Lokal umgaben. Er war eben auf einen unbequemen hohen Hocker vor dem Tresen gestiegen und schwankte nun in dem Versuch, nicht hinunterzufallen, wie ein betrunkener Seemann hin und her, während er sich einen Gin Tonic bestellte. Danach überlegte er sich die Sache anders und bat um einen Whisky. Der Barmann sah ihn an – ein wenig misstrauisch –, schleuderte seinen Pferdeschwanz nach hinten und ließ das Glas über den Tresen auf ihn zugleiten.

Er bezahlte mit einem abgenutzten Geldschein und wandte sich mit scheinbar gleichgültigem Blick dem Fenster zu, unter dem die Welt sich ausbreitete. Nur hier oben schien die Zeit stehen geblieben zu sein, für zwei Stunden, im Rauch und Parfümgestank zwischen den vielen glatt gebügelten Hemden, die sich zwischen den verchromten Hockern drängten. Spröde Klaviertöne glitten wie fließender Honig über den Boden. Das hier war das Leben, noch viel mehr, als sich das wirkliche Leben anderswo abspielte, tief unten auf dem Boden.

Oder auch nicht. Eigentlich hatte es ja an dem Tag vor siebzehn Jahren aufgehört, als die Anemonen an der Hausecke unter dem Schnee einknickten, der über Nacht überraschend gefallen war.

In jener Nacht.

Als das Leben geendet war, um niemals wieder aufzuerstehen. Sicher war er deshalb nicht gläubig: weil es durchaus nicht so war, wie es geschrieben stand. Es gab keine Auferstehung. Das alles war nur Lug und Trug, das konnte sich doch jeder Idiot zusammenrechnen. Er selber hatte es ja gesehen, mit eigenen Augen.

Ich mache das deinetwegen, dachte er. Jemand muss bezahlen. Sie mussten zur Verantwortung gezogen werden, allesamt. Es spielt keine Rolle, wer wofür bezahlt, solange überhaupt irgendwer bezahlt. Sie müssen verdammt noch mal ihre kollektive Verantwortung übernehmen und können sich die Schuld selber zuschreiben, ganz einfach.

Einer weniger, immerhin.

Er staunte darüber, wie lange es her war, dass er sie in Gedanken mit »du« angeredet hatte, deinetwegen, hatte er eben gedacht. Bis vorhin war es ihm so nah vorgekommen, viel zu nah. Aber vielleicht war er endlich zu ihr durchgedrungen, nach all den Jahren. Hatte den Abgrund überbrückt, den die Angst noch wachsen ließ.

Fast mit Tränen in den Augen saß er da hinter seiner dunklen Brille und nippte an seinem Whisky. Dieses Getränk machte ihn offenbar sentimental. Er atmete tief durch die Nase, fuhr sich mit dem kleinen Finger durch den Augenwinkel und dachte, verdammt, so geht das doch nicht. Er war schließlich nicht hergekommen, um sich zu Tränen rühren zu lassen. Ein vorsichtiger Blick durch das Lokal zeigte ihm, dass er noch nicht gekommen war.

Die Frage war vermutlich, ob er überhaupt auftauchen würde. Aber irgendwo musste er ja hingehen, und er hielt sich immerhin im Haus auf. Irgendwo in den achtzehn Stockwerken, zwischen denen die Fahrstühle wie schwerelose Raketen hin- und herjagten. Glänzendes Metall und Chrom. Buttergelbe Teppiche zwischen den vielen weißen Türen. Die Stille wurde nur vom nüchternen Surren der Eismaschine gestört.

Die Fenster seines Zimmers im fünften Stock blickten auf den Korsväg. Scheppernde Straßenbahnen kamen und gingen, eine Kaskade aus immer rollenden Autos, Lastwagen und Bussen. Fröstelnde Menschen, die ein- und ausstiegen. Am Abend waren die Geräusche dann abgeebbt, und irgendwann nach Mitternacht hatten auch Bus- und Straßenbahnverkehr aufgehört. Und er war endlich eingeschlafen, war jedoch um sieben nach fünf schon wieder erwacht, als die erste Straßenbahn über ihre Schienen ratterte. Im dämpfenden Nebel klang das Fauchen der Räder wie eine traurige Geige.

Ein neuer Arbeitstag oder wie er das nun nennen sollte. In dem Badezimmer mit der Fußbodenheizung hatte er sich den Schlaf aus den Augen gespült. Und jetzt saß er hier. Den ganzen Tag lang war er planlos durch die Stadt gewandert. War die Prachtstraße Avenyn auf- und abgeschritten und danach, ohne Stadtplan, oben beim Sahlgrenska-Krankenhaus gelandet – einem scheußlichen roten Klotz mit zahllosen Nebengebäuden. Vielleicht sind die ja da, hatte er gedacht, irgendwo hinter einem der vielen Fenster. Er hatte an der Fassade hochgeschaut und seinen Blick dann zu den am Himmel verstreuten Wolken weiterwandern lassen, er hatte die Hände in die Taschen gesteckt und seinen Spaziergang fortgesetzt. Als er dann endlich, gegen fünf, wieder im Hotel angekommen war, war er hungrig, müde und resigniert gewesen. Der Zimmerschlüssel hatte in seiner Hand gelegen wie ein Bleiklumpen.

Jetzt ging es ihm besser. Eine gebratene Scholle im Hotelrestaurant hatte ihm wieder Mut gemacht. Wieder war ihm nichts unmöglich erschienen. Und später, auf dem Weg zur Bar oben unter dem Dach, hatte seine Laune sich gehoben, als er im Fahrstuhlspiegel – mit ziemlicher Überraschung, denn er war noch nicht daran gewöhnt – im scharfen Lampenlicht einen Mann mit hellbraunen Haaren, getönter Brille und gepflegtem Dreitagebart entdeckt hatte, bei dem es sich seltsamerweise um ihn selber handelte.

☆

Am nächsten Tag ging er in ein Chinarestaurant, in ein reichlich mieses. Das Hähnchenfleisch – oder das angebliche Hähnchenfleisch – sah eher aus wie Geleeklumpen, die mit einer dünnen Schicht Paniermehl überzogen waren oder was das nun sein mochte. Das ganze Gericht schwamm in einer gelblichen Soße, die sich als süßsauer ausgab, die im Grunde aber vor allem nach Essig schmeckte.

Nachdem er weniger als die Hälfte verzehrt hatte, schob er den Teller zurück, ließ sich im Sessel zurücksinken und unterdrückte ein Rülpsen. Er kam sich mehr als nur satt vor, obwohl er solchen Hunger gehabt hatte. Das Dessert würde er auf keinen Fall mehr schaffen, und er wollte es auch gar nicht, nicht für alle Butter in Småland, auch wenn es im Preis inbegriffen war.

Die Kellnerin schaute ihn fragend an, als sie blitzschnell den Teller abräumte und nickte, als er um die Rechnung bat.

»Kein Dessel?«, fragte sie und hob ihre dünn gezupften Augenbrauen.

Er schüttelte den Kopf und sagte nein, und sie trippelte auf ihren hohen Absätzen zur Küche. Leise Plingplongmusik sickerte aus einem versteckten Lautsprecher. Er war allein im Lokal, was im Hinblick auf die Qualität des Essens ja nicht verwunderlich war; total einsam, wenn man von Musik und Ventilator absah. Es war wirklich ein düsterer Ort.

Bald ist Weihnachten, dachte er. Und dann wird das Leben weniger kompliziert sein als jetzt.

Er bezahlte, ohne auch nur fünfzig Öre Trinkgeld zu geben, und dachte dann, dass er sich in der Weihnachtszeit endlich an die Renovierung seines Büros machen würde. Das könnte er dann schaffen, wenn die andere Sache aus der Welt war.

Die Serviererin mit den hochhackigen Sandalen sah ungeheuer verärgert auf, als er das Restaurant verließ. Er ließ die Tür ins Schloss knallen, es regnete ein wenig. Ein leiser Wind fegte über die Straße.

Im Regen ging er los, einfach so, wusste nicht, wohin. Bald hatte er den Järntorg erreicht. Herrgott, war er so weit gegangen, da lag doch noch eine Ewigkeit vor ihm. Er zog seinen Mantel fester zu, rannte bei Rot über die Ampel und hatte gerade den Bürgersteig erreicht, als ein Taxi um die Ecke bog.

»Verdammter Irrer«, murmelte er in seinen Kragen. Es hätte gerade noch gefehlt, wenn er hier überfahren worden wäre. Wo er ohnehin an diesem Tag nur Pech gehabt hatte. Er spuckte zweimal aus – das lag sicher an dieser verdammten Soße – und räusperte sich. Dann bog er in eine schmale Straße ab und stand bald im Stadtteil Haga.

Nein, er konnte wirklich nicht behaupten, dass er vom Glück verfolgt würde. War der Kurs an einen anderen Ort verlegt oder vielleicht in letzter Minute abgeblasen worden? Er kam sich absolut lächerlich vor, jetzt, wo er in diesem scharfen Eiswind stand, noch dazu in dieser Ausstattung. Rose-Marie, die ihn auf dem Handy angerufen und nervös geklungen hatte, hatte er erzählt, das Wetter hier oben in Stockholm sei gut, die Messe verlaufe zufrieden stellend, auch wenn er noch keine dauerhaften neuen Kontakte habe knüpfen können. Er hatte das Gespräch eben beendet, als eine Straßenbahn angescheppert kam. Er hatte auf einem Bürgersteig vor dem Brunnspark gestanden und den Mantelkragen, so wie jetzt, bis zu den roten Ohrläppchen hochgezogen, mit einer Angst, die sein Herz umklammert hatte.

Warum machte er das hier?

Und jetzt hatte er Abend und Magen in diesem Restaurant verdorben. Wo das seiner Rechnung nach doch der letzte Abend sein musste. Die letzte Chance.

Laub schwebte durch die Vasagata. Es war dunkel, es war schon sieben. Dichte Autobänder zogen weiterhin vorbei, auch wenn die ärgste Stoßzeit vorüber war. Er ging und ging, und bei jedem Meter wuchs seine Entschlossenheit. An diesem Abend oder nie! Er rülpste leise und spürte, wie der Essiggeschmack ihm in den Hals stieg.

☆

Er glitt wie eine Katze durch den Flur. Oder wie ein Löwe, lautlos auf dem flauschigen Teppich unter seinen Füßen. Hin und her über den Flur. Es war elf Uhr. Würden die diesen verdammten Empfang denn nie verlassen?

Das wusste er jetzt immerhin. Wo er wohnte. Im vierten Stock, Zimmer 17. Gleich unter ihm selber, komischerweise. Wenn er davon doch nur eine Ahnung gehabt hätte, als er schlaflos in dem breiten Bett gelegen und die Straßenbahnen verflucht hatte. Dass dort, gleich unter ihm …

Er war müde und erschöpft gewesen, als er zum Hotel zurückgekehrt war, und seine Beine waren ihm mindestens so wackelig vorgekommen wie dieses Unidentifizierbare, das er einige Stunden zuvor verzehrt hatte. Vor dem Foyer hatte er fast aufgegeben, krumm und schwach wie ein Greis; so lange Wege ging er sonst nie. Er nahm nämlich das Auto, wenn er irgendwohin wollte. Aber jetzt war er zu Fuß gegangen, vielleicht um seine Gedanken zu klären, und der Wagen stand dort, wo er ihn verlassen hatte, auf dem Hotelparkplatz, und die Stadt war, wie sie eben war: lebensgefährlich mit den vielen sich kreuzenden Straßenbahnschienen und Fahrspuren und Rondells.

Ja, er war müde, als er durch die Glastüren des Hotels schlenderte, sein Blick hatte etwas Trübes, Resigniertes. Aber dann, als er schon den Schlüssel in der Hand hielt und sich auf ein heißes Bad freute, nach dem er einfach ins Bett sinken und den Rest des Abends und überhaupt die ganze Nacht verschlafen würde, da entdeckte er sie. Die kleine Gruppe hinten bei den Fahrstuhltüren, zwei oder drei Männer und vielleicht doppelt so viele Frauen, alle in Hut und Mantel. Ein leises Stimmengewirr, ab und zu ein zufriedenes Lachen, kam wie leichte Rauchwolken zu ihm herübergetrieben. Sie wollten offenbar gerade ausgehen, warteten sicher noch auf jemanden, der sich noch die Zähne putzen musste oder mit dem Rasierer vor dem Badezimmerspiegel stand. In so einer Gesellschaft musste man Rücksicht nehmen und auch die Leute freundlich anlächeln, die man hasste. Das wusste er, denn auch er hatte einmal einer Gruppe von Kollegen angehört, damals in der Küche des Oxbollen.

Er konnte ein Lächeln nicht unterdrücken, als er mit dem schweren Schlüssel in der Hand im Foyer stand. Das war so lange her, er war jetzt sein eigener Herr. Und in diesem Moment hatte er das Gefühl, den Hauptgewinn gezogen zu haben. Gesiegt. Bisher jedenfalls.

Denn wie es nun weitergehen sollte, stand ja doch nicht ganz fest. Als er zu Hause im Bett oder gemütlich zurückgelehnt im Schreibtischsessel das Ganze geplant hatte, war ihm alles viel leichter vorgekommen. Er hatte sich nicht vorstellen können, was es für ein Gefühl sein würde, sich Auge in Auge mit der konkreten Situation wiederzufinden, mitten im wirklichen Spiel. Was also war der nächste Schritt? Seine Gedanken jagten einige Sekunden lang hin und her, verwirrt und vage, dann konnte er sie wieder einfangen. Er machte zwei Schritte in Richtung Fahrstuhl. Immer mit der Ruhe, dachte er. Er war schließlich nicht zu erkennen. Er ging so dicht an die Gruppe heran, dass er oberhalb eines hellen Mantelkragens dunkle Nackenhaare sehen konnte. Das war er, Kovinski.

Im Zimmer blieb er dann auf dem Bett sitzen. In Mantel und Schuhen und allem.

Nächster Schritt. Er ließ seinen Blick zu seiner geöffneten Reisetasche wandern. Er hatte jede Menge Kleidungsstücke mitgebracht. Idiotisch. Er begriff nicht, warum. Vielleicht aus purer Nervosität, dachte er. An sich gab es doch nur einen wichtigen Gegenstand, den er unter einer Ecke des karierten Kofferfutters verstaut hatte, sorgfältig ausgewählt in einigen zitternden Sekunden, als er zweifelnd mit einem Gegenstand in jeder Hand dagestanden hatte. Dann hatte er endlich seinen Entschluss gefasst und hatte sich durchaus nicht für einen weichen kleinen Besen entschieden.

Den Gegenstand, für den er sich entschieden hatte, hielt er jetzt auf dem Gang in der Hand. Zuerst hatte er auf einem Sofa gesessen und geraucht, eine ganze Packung, auch das natürlich aus Nervosität. Seit vielen Jahren hatte er nicht mehr geraucht. Aber er konnte doch verdammt noch mal nicht in einer Raucherecke sitzen und auf Zahnstochern herumkauen. Das würde viel zu sehr die Aufmerksamkeit auf ihn lenken.

Jetzt war sein Hals rau, und ihm war ein wenig schlecht, ob das nun an den Zigaretten lag oder an dem, was ihm bevorstand. Das Hotel schien nicht gerade ausgebucht zu sein: Bisher war der Fahrstuhl erst zweimal vom Foyer her hochgesaust. Einmal war er vorübergejagt, beim zweiten Mal war er stehen geblieben, so wie auch sein Herz, das dann in den nächsten Sekunden gleich in wilden Galopp verfiel. Für einen Moment hatte er geglaubt, tot umfallen zu müssen oder zumindest ohnmächtig zu werden.

Ein Mann hatte den Fahrstuhl verlassen, aber es war der falsche, und sein Herz hatte langsam wieder zu einem normalen Tempo zurückgefunden.

Was danach passierte, würde er später nur mit einiger Mühe rekonstruieren können. Denn was auch immer es gewesen war, es war viel zu schnell gegangen.

Die Fahrstuhltür öffnete sich, plötzlich und unerwartet; er hatte den Lift nicht kommen gehört. Weshalb er mitten auf dem Flur stand. Für einen Moment überkam ihn die Angst; was, wenn er nun erkannt wurde, wenn unter den fremden Zügen sein eigenes Gesicht erahnt werden könnte? Doch er redete sich Mut zu. Packte seinen dünnen Mantelkragen, schob die Brille hoch und verwandelte sich in einen Menschen, der mit dem Schlüssel in der Hand zu seinem Zimmer geht.

Kovinski kam an ihm vorbei und nickte ihm zu wie einem Fremden, mit halb abgewandtem Blick. Er nickte zurück und ließ seinen Blick über die Türen gleiten, ging langsam und gelassen weiter, fast schon zu langsam.

Er schloss die Finger um das Messer in seiner Tasche, machte sich bereit. Sollte er es jetzt tun? Hatte er sein Ziel erreicht? Es wäre so leicht, sie waren hier allein, und die einzigen Geräusche stammten von der surrenden Eismaschine und vielleicht noch vom Ventilator unter der Decke. Aber außer ihren Schritten war kein Geräusch zu hören, das von Menschen stammte. Hier war niemand, der etwas sehen würde.

Er umklammerte den Messerschaft härter und hielt den Schlüssel sichtbar in seiner anderen Hand, für den Fall, dass Kovinski sich umdrehte. Es würde schnell gehen, dazu war er entschlossen, ohne viel Hin und Her. Seine einzige Chance bestand darin, den anderen von hinten zu überrumpeln, anderenfalls könnte er selber überwältigt werden. Wie stark dieser Stier war, konnte doch niemand ahnen.

Die Angst war seltsamerweise verflogen. Sein Herz pochte jetzt beruhigend, die Entschlossenheit schien sein Rückgrat zu festigen. Er hatte den Punkt erreicht, an dem Gerechtigkeit hergestellt werden sollte. Der Sünder sollte zur Rechenschaft gezogen werden. Von diesem Punkt aus konnte er weit blicken, er stand auf einem Gipfel mit wunderbarer Aussicht.

Kovinski ging ruhig auf seine Tür zu und hielt den Schlüssel bereit. Jetzt, schrie es in ihm, jetzt!

Er stand einen halben Meter hinter dem anderen und hatte die Hand schon halb aus der Tasche gezogen, als sich die Fahrstuhltüren öffneten. Wieder. Er fuhr zusammen, sprang rückwärts und blieb unschlüssig stehen, als ihm aufging, dass es jetzt unmöglich wäre, seinen Plan auszuführen. Als die Frau auf ihn zukam, fing er an, in die andere Richtung zu gehen. Wenn er sich nicht irrte, dann gab es auch dort eine Treppe.

»Ich hab sie gefunden«, rief die Frau und hob eine Flasche.

»Sehr gut«, rief Kovinski zurück und steckte den Schlüssel ins Schloss.

Drei Türen lagen nun schon zwischen ihnen. Alles war ruiniert, alles war zum Teufel gegangen. Es gab keinen Gott, es gab nur die sanfte Stimme und diese verdammten Hände, die seinen Rücken geknetet hatten wie einen verdammten Kuchenteig. *Anfangs muss man vorsichtig sein. Tun Ihnen auch die Finger weh? Wir sollten jetzt vielleicht aufhören …*

Lachend verschwanden die beiden anderen auf dem Zimmer.

Er schlug mit der Hand gegen die Wand, o verdammt, dieser verdammte Scharlatan sollte gefälligst allein sein, konnte er das nicht kapieren? So hatte sein Plan ja wohl nicht ausgesehen. Und eine andere Möglichkeit war ihm einfach nicht in den Sinn gekommen. Er hatte es doch mit einem verheirateten Mann zu tun, nicht mit so einem Partylöwen, der mitten in der Nacht in einem knallbunten Hawaiihemd angetanzt kam und eine kichernde Dreiundzwanzigjährige auf sein Hotelzimmer schleppte. Na ja, die Frau war wohl eher dreiundvierzig, und sie war weder schön noch sonderlich nüchtern, ihr schrilles Lachen konnte durchaus jeden Zahnputzbecher auf der ganzen Etage zerspringen lassen. Aber was spielte das für eine Rolle? Sie hatte ihm die Tour vermasselt auf ihren wackeligen Beinen und in ihrem kurzen Rock und mit der Flasche, die sie wie eine Siegesfahne geschwenkt hatte. Wie eine andere Waffe, eine Gegenwaffe. Wenn es einen Gott gab, dann stand der auf der Seite des Feindes.

Und hier stand er selber, wie ein Fragezeichen vor der verschlossenen Tür. Sein Dasein ruiniert, seine Pläne fehlgeschlagen.

Doch damit nicht genug – als er endlich auf sein Zimmer humpelte und sich erschöpft auf sein Bett sinken ließ, ohne auch nur die Decke über sich zu ziehen oder sich von seiner warmen Straßenkleidung zu befreien –, als er sich vor Selbstmitleid zusammenkrümmte, da ging es los. Zuerst eine verdammte Art Disco, gleich unter ihm. Zuerst Musik, oder eher der hämmernde Bass, und danach, als wieder Ruhe eingekehrt war, das andere.

Er machte eine halbe Drehung auf der zerknitterten Bettdecke, streifte den Mantel ab und starrte hellwach zur Decke hoch. Zuerst waren es die Straßenbahnen gewesen, vielleicht auch der eine oder andere grölende Betrunkene. Aber das alles war nichts gegen dieses Knirren und Knarren, dieses rhythmische Jammern, gefolgt vom Stöhnen und Seufzen, das wie stumpfe Geräuschpfeile aus dieser verdammten, miesen Komposition herausragte.

Er presste das Ohr ins Kissen. Der weiche Kopfkissenbezug kühlte seine Wange. Das Zimmer war dunkel, abgesehen vom schwachen Licht der Straßenlaternen und Reklameschilder. Die Uhr zeigte zwei Uhr achtundvierzig. Am nächsten Morgen würde er nach Hause fahren, unverrichteter Dinge.

34

Eva-Britt Bixe schlief, und als sie erwachte, sah sie etwas. Sie sah es mit offenen Augen, trotz der Dunkelheit, aus der ihr Schlafzimmer gerade bestand: schlafende Möbel, Kleider, die wie geschlachtete Tiere über dem alten Korbsessel hingen, der Spiegel, in dem eine leichte Lichtveränderung zu sehen war. Vermutlich kam die vom Hof, das Licht sickerte durch die Rollos, obwohl sie herabgelassen waren. Graues Dunkel, der Boden eines trüben Sees, der Nebel zwischen dicht stehenden Bäumen in einem Wald – es hätte alles Mögliche sein können, was sie da sah, aber es war ihr Schlafzimmer, das wurde ihr klar, als sich die erste unangenehme Verwirrung gelegt hatte, die sie immer empfand, wenn sie mitten in der Nacht erwachte, in unbequemer Lage und schweißdurchtränkt nach ihren allzu intensiven Träumen.

Es war wirklich pechschwarz im Zimmer, nur die roten Ziffern des Radioweckers leuchteten wie kleine wachende Augen in der Nacht. Zwei Uhr achtundfünfzig. Sie drehte sich im Bett um, konnte sich aber von ihrem Traum nicht befreien. Also hatte er doch eine gewisse Wahrheit in sich gehabt, dachte sie. Und das machte ihr Angst, obwohl sie nicht so recht wusste, warum.

Sie hatte von einem Haus geträumt – an dieses Bild klammerte sie sich jetzt, denn es enthielt Details, die sie nicht hergeben wollte –, von einem großen, goldgelben Haus mit Zinnen und Türmen, das ein wenig auch an eine Kirche erinnerte. Sie hatte das Haus durch eine morsche Holztür betreten, die sie mit dem Nagel ihres Zeigefingers aufgestochert hatte. Danach hatte sie sich über einen schmalen, dunklen, tunnelhaften Flur gewagt. Als der endlich hinter ihr lag, hatte sie einen riesigen Saal betreten, mit dünnen, flatternden Vorhängen vor den hohen Fenstern. Alles war ihr beängstigend und gespenstisch vorgekommen. Und dort – wenn sie ihre Blicke auf Kleider und Korbsessellehne richtete, sah sie es wieder vor sich – hatte sie sie entdeckt: die Gesichter, die aus der Zeit aufgestiegen waren und viel älter aussahen, als sie eigentlich sein konnten. Sie hatte gesehen und plötzlich verstanden.

Und nun saß sie aufrecht im Bett, hellwach und verwundert. Erst jetzt wagte sie, sich zu bewegen, jetzt, wo sie die Traumbilder fixiert hatte. Noch immer hingen sie vor ihr, wie an einer Wäscheleine, die in ihren Gehirnwindungen aufgespannt war; dort konnten sie betrachtet und benutzt werden.

Sie stand auf, und ihre Füße waren klebrig vor Schweiß. Ohne Licht zu machen, stapfte sie in die Küche. Ein mattgelbes Leuchten legte sich wie eine Stoffplane über den Küchenboden, als sie die Kühlschranktür öffnete. Geblendet tastete sie zwischen den Lebensmitteln umher, nicht dass es davon solche Mengen gegeben hätte, sondern weil der Schlaf in ihren Augen noch immer ihren Blick trübte. Bald stand sie mit in den Nacken gelegtem Kopf da und ließ das kalte Mineralwasser durch ihre Kehle fließen. Danach konnte sie sich endlich wachrütteln und über das nachdenken, was sie gesehen hatte. Die leere Plastikflasche fiel polternd in den Müllsack unter dem Spülbecken – Eva-Britt Bixe stellte sich dabei Simonssons erbittert zusammengepresste Lippen und den dicken Adamsapfel vor, der vor Empörung auf und ab hüpfte –, dann kehrte sie ins Schlafzimmer zurück. Sie machte Licht, wühlte in den Kleiderhaufen auf dem Korbsessel, fand das Gesuchte und zog sich in aller Eile um.

☆

»Was macht Bixe denn jetzt schon hier?«

Jan Ring, der wie immer genau eine Minute vor acht das Haus betreten hatte, schaute seinen Kollegen neugierig an, so als könne er von dessen Gesicht eine Antwort ablesen. Was er sicher auch gern getan hätte, dachte Sander.

Er selber hätte auch gern eine Antwort erhalten, aber er hatte nicht vor, seine Überlegungen mit Ring zu teilen. Dass dieser nicht informiert wurde, entsprach übrigens den Regeln, doch dass er selber, als Bixes – so sah er das zumindest – engster Mitarbeiter, außen vor gelassen wurde, kam ihm schon weniger verzeihlich vor.

Dieser Morgen war ein Rätsel. Ein Rätsel war auch Kommissarin Bixes verschlossene Miene gewesen, als sie sich in ihrem Zimmer verschanzt hatte, mit auf dem Schreibtisch gefalteten Händen und starr auf ihre Papiere gerichtetem Blick.

»Sie sitzt schon seit vier Uhr morgens hier«, sagte Sander. »Zumindest behauptet sie selber das.«

»Seit vier? Ist etwas passiert?« Ring räusperte sich und hielt dabei die Hand vor den Mund. Sein weißer Hemdsärmel leuchtete unter seinem kobaltblauen Jackett. »Ich meine, mehr als ohnehin schon.«

Sander schüttelte den Kopf. »Nicht, dass ich wüsste.«

»Aber warum sitzt sie da, ohne auch nur hallo zu sagen, wenn jemand kommt?«, fragte Ring.

»Vermutlich ist ihr eine Idee gekommen.« Sander gab vor, in seinen Unterlagen zu suchen, scheinbar gleichgültig, obwohl auch er sich über Bixes Verhalten wunderte. Vor allem hatte er über ihr ungeschminktes Gesicht gestaunt. Nicht dass der Unterschied so deutlich gewesen wäre, ihre Lippen wirkten vielleicht ein wenig blasser als sonst, die Augen etwas weniger stark betont, aber es war die schiere Tatsache, dass sie da mit einem ganz und gar entblößten Gesicht saß, die ihn nachdenklich machte. Dass sie noch dazu, als er ins Zimmer geschaut und gefragt hatte, ob etwas passiert sei, den Blick hob und mit kühlem Lächeln mitteilte, sie sitze schon seit vier Uhr morgens hier, war für ihn nicht weniger verwirrend.

»Wenn ich also ein bisschen müde wirke, dann liegt es nur daran.«

Eine weitere Erklärung hatte sie ihm nicht gegeben.

»Was denn für eine Idee?«, fragte Ring und hängte sein Jackett über den Schreibtischsessel. Auch seine Manschettenknöpfe funkelten.

Sander zuckte mit den Schultern und starrte weiter seine Papiere an. Dieser miese kleine Streber, dachte er. Trotzdem könnte es jetzt glatt passieren, dass er sich mit ihm alliierte. Die Verschwörung der Untergebenen. »Sie denkt vielleicht an das Herz«, sagte er mit tonloser Stimme.

»Was?« Ring war mitten in einem Schritt zwischen Schreibtischsessel und Bücherregal erstarrt.

»Das Herz«, wiederholte Sander.

»Ach so, ja, ich verstehe«, sagte Ring und ließ sich danach hörbar auf seinen Stuhl sinken.

Tust du überhaupt nicht, dachte Sander und sah aus dem Augenwinkel, wie der Kollege nach einem dicken Ordner griff.

Jetzt war Arbeit angesagt. Er selber brachte an diesem Morgen nicht das geringste Konzentrationsvermögen auf. Er wollte nur wissen, was in dem Gehirn vor sich ging, das hinter der Tür zum Nebenzimmer an der Arbeit war. Oder, wie er lächelnd dachte, in dem Herzen, das einer viel zu früh aufgestandenen Eva-Britt Bixe gehörte.

☆

Anders als beim ersten Mal war das Wetter jetzt grau – diesig und feuchtkalt. Als sie aus dem Wagen kletterte, den sie auch diesmal am Straßenrand abgestellt hatte, legten sich kleine wütende Tropfen wie eine schwerelose Haut über ihre Haare und ihre Kleider. Sie zog ihren Mantel fester zusammen, obwohl es nur zwanzig Meter bis zur Tür waren. Eine nicht gerade unüberwindliche Strecke, nicht einmal bei diesem Sauwetter. Aber weit war sie trotzdem, und darum hatte sie auch eine halbe Nacht und einen ganzen Morgen gebraucht, um herzukommen. Stunden, die ihr noch dazu doppelt lang erschienen waren. Das Warten dehnt die Zeit, dachte sie. Aber sie konnte schließlich frühestens um acht irgendwo anklopfen, selbst wenn die Neugier wie Kohlensäure in ihr perlte. Sie hatte einfach warten müssen, bis es hell wurde, und sei es nur, um gefahrlos mit dem Wagen fahren zu können. Bixe fuhr nicht gern im Dunkeln. Außerdem hatten ihr die vergangenen Stunden die Möglichkeit gegeben, in aller Ruhe nachzudenken.

Nicht dass ihre Gedanken revolutionäre Bahnen eingeschlagen hätten. Sie hatte wohl eher das Gefühl, eine Spur gefunden zu haben, die dann zu weiteren Wegen führen würde. Der Hammer hatte ein winziges Loch in die Wand geschlagen.

Sie klingelte, fragte sich, ob jemand zu Hause sei; ein beruhigendes Schweigen prägte die ganze Umgebung.

Die ersten Regentropfen fielen, als sich zu ihrer Überraschung die Tür dann doch öffnete. Eine üppige, blondierte Frau stand vor ihr, mit ausgestrecktem Arm, die Hand auf der Klinke, offenbar bereit, der fremden Besucherin die Tür gleich wieder vor der Nase zuzuschlagen. Kein Wunder, dachte Bixe. Sie selber hätte sich sicher zwei oder drei bissige Wachhunde gewünscht, wenn sie hier gelebt hätte.

Der Regen wurde heftiger, und als sie dann im Haus stand, prasselte er nur so gegen die hohen Fensterscheiben. Der Himmel war dunkelgrau.

»Er kommt gleich«, sagte die Frau mit einem Lächeln, das eher höflich als herzlich war.

Bixe nahm auf dem Sofa Platz, das ihr angewiesen worden war. Hier in diesem Zimmer war es, dachte sie und stellte fest, dass es nicht so gespenstisch war wie in ihrem Traum, sondern nur kalt und unpersönlich und ein wenig langweilig. Sie selber würde sich in so einer Umgebung kaum wohlfühlen können. Das Bonzentum schien an seine Vertreter auch Ansprüche zu stellen, hier konnte man nicht den halben Tag in Morgenrock und Schlafanzug herumlungern oder im Trainingsanzug auf dem Sofa liegen und lesen.

Aber genau so trat er jetzt in die Tür, in einem lockeren grauen Overall mit ausgebeulten Knien und Löchern im Ärmel.

»Guten Morgen. Verzeihen Sie die frühe Störung«, sagte Bixe.

»Das macht doch nichts, ich war gerade im Gewächshaus beschäftigt.«

Die offenbare Lüge hing in der Luft des kühlen und ein wenig muffigen Raumes.

»Ach, Weihnachtsvorbereitungen oder was? Müssen die Hyazinthen heraus?« Bixe lächelte. Nicht so Ragnar Hökmark, wie er ihr dort gegenüberstand, mit glatten sauberen Fingern und einem so unrasierten Gesicht, als sei er vor Wochen zuletzt an einem Spiegel vorbeigegangen und habe seither einen großen Bogen darum gemacht. Aber wer könnte ihm da schon Vorwürfe machen?, überlegte Bixe.

»Ich züchte nichts mehr«, erklärte Hökmark und ließ sich in einen Sessel fallen. »Aber im Gewächshaus musste sauber gemacht werden.«

»Ja, da muss sicher aufgeräumt werden, wie überall.«

Das Schweigen hing zwischen ihnen wie ein schwerer Vorhang. Irgendwo im Haus schlug eine Uhr.

»Ich nehme an, Sie wissen, weshalb ich gekommen bin.«

Hökmark hatte seine Finger fest ineinander verschlungen. Er kam ihr dünner vor als beim letzten Mal, sein verschmutzter Overall schlotterte nur so um seinen Leib. Als er nun wieder den Kopf hob, schienen Abscheu und Gleichgültigkeit aus seinen Augen zu leuchten. Sie fragte sich, welche Empfindung wohl überwog.

»Ehrlich gesagt, ich weiß es nicht. Ich habe dem bereits Gesagten nämlich nichts hinzuzufügen.«

»Ehrlich gesagt«, erwiderte Bixe leise, »sollten Sie vielleicht kurz überlegen, was Sie sagen, ehe Sie das Wort ehrlich in den Mund nehmen.«

Hökmarks Kinn zitterte ein wenig. Er befreite seine Finger, ließ sich auf dem Sofa zurücksinken und schob die Hände in die Taschen. »Ehrlichkeit«, murmelte er. »Sind Sie deshalb gekommen, um darüber zu sprechen?«

»Warum sollte ich nicht?«

Er zuckte mit den Schultern, erhob sich und lief, noch immer mit den Händen in den Taschen, ruhelos über das knarrende Parkett.

»Ist das da auf dem Bild Ihre jetzige Gattin?«, fragte Bixe, als Hökmark gerade den im Weg stehenden kleinen Tisch passierte, auf dem das Familienbild noch immer auf dem dicken gestreiften Läufer thronte.

Ragnar Hökmark hielt inne, als habe jemand ihm die flache Hand auf die Brust gelegt. Er zögerte einige Sekunden, dann hob er den schweren Holzrahmen auf. »Das hier ist Eva«, sagte er. »Und um Ihre Frage zu beantworten, die Tür hat Ihnen Ulrica aufgemacht, meine jetzige Gattin.«

»Achtundzwanzig«, sagte Bixe. »So alt wie Ihre jüngere Tochter.«

Das Bild schrammte leicht über die Tischplatte, als Hökmark es wieder zurückstellte. »Worauf wollen Sie hinaus?«, fragte er.

»Genauer gesagt, so alt, wie sie wäre, wenn sie noch lebte.«

Er setzte sich breitbeinig wieder hin. Dann beugte er sich vor und schlug die Hände vors Gesicht. Der Regen prasselte noch heftiger gegen die Scheiben. Wenn es so weiterginge, würde sie auf der Rückfahrt mit Schwierigkeiten rechnen müssen.

Ragnar Hökmarks Stimme war so leise, dass sie durch das Rauschen des Regens kaum zu hören war. »Wir alle machen uns zum König in unserem eigenen Land«, sagte er.

Bixe musterte ihn schweigend.

»Es gibt nichts, was ich getan habe, und nichts, was ich nicht getan habe. Und doch möchte ich vieles in meinem Leben ungeschehen machen.«

»Angeblich bereut man doch vor allem das, was man nicht getan hat«, sagte Bixe.

»Und wo sehen Sie den Unterschied? Wenn wir uns für eine Vorgehensweise entscheiden, sind wir automatisch dazu gezwungen, auf eine andere zu verzichten.«

»Sie meinen so ungefähr, dass wir nicht auf sämtlichen Hochzeiten tanzen können?«

Hökmark musterte sie scharf.

»Ich rede hier nicht von Hochzeiten.«

»Worüber reden Sie dann, Ragnar Hökmark? Über Familienzusammenhalt und Verantwortung für Kinder?«

Hökmark sprang so plötzlich auf, dass das Zierkissen zu Boden fiel. »Wollen Sie damit andeuten, dass ich die Schuld ...« Seine Gesichtsfarbe hatte sich jetzt vertieft, der hochrote Farbton ging fast schon in lila über. Seine Lippen dagegen waren kreideweiß.

»Ich will nur wissen, warum Sie mir bei unserem letzten Gespräch gewisse Tatsachen vorenthalten haben.«

Hökmark rieb sich über den Kopf. »Weil sie nichts mit der Sache zu tun haben.«

»Wie können Sie sich da so sicher sein?«

»Wollen Sie allen Ernstes behaupten, ich hätte Nyberg umgebracht?«

»Ich will gar nichts behaupten. Ich bin hergekommen, um von Ihnen die Wahrheit zu hören.«

Das Rauschen des Regens hatte sich jetzt ein wenig gelegt. Und unrhythmisches Tropfen vor dem Fenster wies auf eine undichte Regenrinne hin.

»Na gut. Nyberg suchte mich auf, er war verzweifelt, und ich fühlte mich dazu verpflichtet, ihm auf irgendeine Weise zu helfen.«

»Wann war das?«

»Im November vorigen Jahres, gleich nach ...« Er schluckte und strich sich über seine Bartstoppeln.

»Sie wollten ihm also helfen?«

»Ja, er war doch außer sich vor Kummer und ...«

»Waren Sie ihm schon früher begegnet?«

»Nein, das war das erste Mal. Es war an einem späten Nachmittag, er kam in mein Büro, und ich wusste sofort, dass er es war.«

»Obwohl Sie ihm noch nie begegnet waren?«

»Ja, es war etwas an seinem Gesicht, ich weiß es nicht, aber etwas hat mir gesagt, dass er es war.«

»Sie wussten also von seiner Existenz.«

»Ja, durch Malin, meine andere Tochter, sie ...« Noch einmal kratzte er sich am Kopf, als könne er auf diese Weise vergessene Bilder hervorrufen.

»Was hatten Sie von ihm für einen Eindruck?«

Hökmark zögerte ein wenig mit der Antwort. »Er war verzweifelt, das war wohl mein erster Gedanke.«

»Und wissen Sie, warum er das war?«

Hökmark schaute überrascht zu ihr hoch. »Natürlich, es gab doch nur einen Grund ...«

»Den Tod Ihrer Tochter, meinen Sie?«

Der Mann, der Bixe gegenübersaß, nickte langsam und schien zugleich noch tiefer in seinem weiten Overall zu versinken.

»Wie viel Kontakt hatten Sie zu Ihrer Tochter?«

»Nicht viel.«

»Sie und Ihre erste Frau haben sich ziemlich früh scheiden lassen, nicht wahr?«

Wieder nickte Hökmark.

»Und Malin ist bei Ihnen geblieben und Maria bei Ihrer Frau.«

»Ja. Aber meine Frau ist tot, sie …«

»Ich weiß, sie ist bei einem Autounfall ums Leben gekommen.«

»Angeblich.«

»Wie bitte?«

»Es war an diesem Abend nicht einmal glatt, und die Straße war frei – aber sie kämpfte schon seit Jahren mit tiefen Depressionen, und deshalb war es eigentlich kein großer Schock, als es passiert ist.«

»Sie meinen also, dass es kein Unfall war?«

Ragnar Hökmark schüttelte den Kopf. »Aber sicher weiß ich das natürlich auch nicht. Wir können sie ja leider nicht mehr danach fragen.«

»Wie war es möglich, dass Maria bei ihr geblieben ist? Ich meine, wenn sie doch deprimiert war und überhaupt.«

»Sie konnte das selbst entscheiden, Maria, meine ich. Und sie hing sehr an ihrer Mutter. Es war vielleicht dumm von uns, die Mädchen einen solchen Entschluss fassen zu lassen, aber ich habe nicht so viel darüber nachgedacht. Erst nach Evas Tod ging mir auf, dass es Maria offenbar auch nicht so gut ging. Sie schien die Krankheit ihrer Mutter weitertragen zu wollen.«

Sie wollte das nicht, dachte Bixe, sie wurde dazu gezwungen. Was immer der Unterschied sein mochte. Eigentlich ging es hier nur um Wörter und um Eigenschaften, die vererbt oder kopiert wurden. Sie hatte das schon zu oft gesehen. Am Ende war immer das Kind das Opfer. Es passierte nicht zwangsläufig, aber eben sehr oft.

»Woran haben Sie gemerkt, dass es Maria nicht gut ging?«

»Ich habe es erst erfahren, als … Ja, ich hatte nicht viel Kontakt zu Eva und eben auch nicht zu Maria. Aber einige Monate nach der Beerdigung ihrer Mutter kam sie zu mir, und da … Sie kam mir irgendwie abwesend vor, und dann hat sie von einer spiritistischen Séance erzählt, an der sie teilgenommen hatte. Ich begriff ja nicht viel davon, aber sie war wirklich begeistert. Ein wenig zu sehr, fand ich – mir kam das nicht mehr gesund vor.«

»Wie haben Sie dann reagiert, als Sie von ihrem Selbstmord erfahren haben?«

Hökmarks Wangen zitterten. Seine Nasenflügel bebten. »Was glauben Sie denn?«

Bixe gab keine Antwort.

»Ich habe wirklich versucht, Kontakt zu ihr zu halten, aber das wollte sie nicht. Eigentlich glaube ich, dass es an Eva lag. Aber auch wenn ich sie mehrere Jahre lang kaum gesehen habe, so war sie doch meine Tochter.«

»Warum hat sie es wohl getan? Wollte sie wirklich sterben?«

Hökmark sah plötzlich sehr alt aus, er schien seit Bixes erstem Besuch um mehrere Jahre gealtert zu sein. »Ich möchte ja gern glauben, dass sie das wollte«, sagte er. »Aber ich denke auch – dass es an diesem Nyberg gelegen haben kann. Maria war wirklich wie ein kleines Mädchen, sie vertraute jedem, und vielleicht hat er sie im Stich gelassen. Ich weiß es nicht, das sind einfach nur Überlegungen. Sie war sicher nicht gerade stabil. Diese Séancen, die sie besucht hat … Aber ich habe ihr immerhin eine Wohnung besorgt, das war das Mindeste, was ich tun konnte.«

»War das die Wohnung, die ich gesehen habe?«

Hökmark nickte.

»Warum haben Sie ihr keine bessere Wohnung gegeben? Für Sie wäre das doch kein Problem gewesen«, fragte Bixe.

»Das wollte sie nicht, sie hatte sich auf genau diese versteift. Ich hatte im Zentrum eine frisch renovierte Dreizimmerwohnung leer stehen, aber da wollte sie nicht einziehen, ich weiß nicht, warum. Ich habe ihr natürlich auch angeboten, auf die Miete zu verzichten, aber auch darauf ist sie nicht eingegangen.« Hökmark seufzte und ließ sich auf dem Sofa zurücksinken. »Sie war wie jede andere Mieterin, ein Name auf einem

Vertrag, der jeden Monat pflichtschuldig die Miete überwies. Diese Überweisungen waren so ungefähr die einzigen Lebenszeichen, die ich von ihr bekommen habe. Und später habe ich dann natürlich durch Malin so allerlei erfahren.«

»Und dann haben Sie Nyberg eine Wohnung im selben Zustand angeboten.«

»Hm, ja.« Hökmark legte die Hände gegeneinander und fing an, Däumchen zu drehen.

»Warum? Wollte er auch nichts Besseres?«

»Wenn ich ehrlich sein soll, und ich vermute ja, dass Ihnen das lieber wäre ...«

»Ja.«

»Dann hatte ich einfach keine Lust, ihm etwas Besseres anzubieten. Ich nehme an, Sie verstehen, warum.«

»Nicht so ganz. Aber Sie waren sich also sicher, dass er die Ursache ihres – ihres Todes war?«

»Tja ... Er war ja verheiratet und wohnte noch immer in einer eleganten Villa, die er sicher nicht aufgeben wollte. Was glauben Sie, wie eine labile und übertrieben vertrauensvolle Person wie meine Tochter auf so etwas reagiert? Wenn Sie mich fragen, in meinen Augen war er ein seelenloser Teufel.«

»Aber Sie kannten ihn doch kaum. Haben Sie noch andere Gründe für diese Annahme?«

»Reicht das nicht?«

»Warum haben Sie ihm denn überhaupt eine Wohnung überlassen, wenn Sie eine so schlechte Meinung von ihm hatten?«

»Er war ein Mieter, und er bezahlte seine Rechnungen. Ihm eine Wohnung zu verweigern, wo bei mir doch mehrere leer standen, hätte ihm noch mehr Macht eingeräumt. Und ich selber hätte mich in den Kampf mit den Dämonen gestürzt.«

»Aber durch den Kampf wären diese Dämonen vielleicht vernichtet worden. Wollten Sie das nicht?«

»Ich hatte nichts mit ihm zu tun, und wie gesagt, er kam seinen Verpflichtungen ...«

»Aber hat es denn wirklich gereicht, ihm diese Abbruchwohnung zu geben? Waren denn abgeblätterte Wände und ein lebensgefährlich schiefer Balkon genug für einen …«

»So schlimm war der Zustand nun auch wieder nicht.«

»Nicht?«

»Ich hätte den Burschen ja doch niemals umbringen können, so sehr ich ihn auch zu hassen glaubte. Das kann ich Ihnen bei meiner Ehre schwören.«

»Ja, insofern diese Ehre tadellos erhalten ist. Denn natürlich hätten Sie das gern getan, im Hinblick darauf, wessen Sie ihn verdächtigt haben. Vielleicht hätte es ja auch jemand anders übernehmen können, so dass Ihre eigenen Finger sauber blieben?«

Hökmark schaute sie schweigend an, dann schüttelte er müde den Kopf. Sein Blick war so hell wie der eines Geblendeten.

»Sie haben für den fraglichen Abend kein Alibi.«

»Das weiß ich.«

»Wissen Sie auch, dass nachhaltige Wünsche durchaus zur Wirklichkeit werden können, auch ohne unser eigenes Mitwirken?«

»Ich nehme an, dass das möglich ist, ja.«

»Na dann, Ragnar Hökmark.«

Er erhob sich eine Sekunde, nachdem Bixe sich die Tasche über die Schulter gehängt hatte. Der Regen hatte jetzt ganz aufgehört, und an dem vorhin so grauen Himmel waren sogar kleine Sonnenstreifen zu sehen. Ein diesiges Licht fiel auf die Rückenlehnen der dunklen Eichenstühle und zeigte eine dünne Staubschicht.

»Es ist nur«, sagte Hökmark, als er hinter Bixe her in die Diele hastete, »dass ich unschuldig bin. Ich gebe zu, dass ich nicht sonderlich traurig war, als dieser Teufel umgebracht worden ist, aber Tatsache ist, dass ich nicht der Einzige war, der ihn gehasst hat. Sie sollten sich vielleicht noch andere Verwandte seiner – Bekannten vornehmen.« Ein kleiner Speicheltropfen glänzte in seinem Mundwinkel. Bixe schob die Arme in den Mantel.

»Ich möchte auf jeden Fall, dass Sie von nun an jederzeit zu erreichen sind«, erwiderte sie und schloss den obersten Knopf.

»Es ging Ihnen doch um die Wahrheit«, warf Hökmark ein, der jetzt mit geraden Beinen wie ein kleiner Bengel vor ihr stand und die Pantoffeln auf dem roten Teppichboden spreizte.

»Ich komme zurück«, sagte Bixe.

Das Letzte, was sie sah, ehe die Tür geschlossen wurde, war sein bleiches Gesicht, schmal und kränklich mager. Die schrägen Strahlen der Sonne brachten die vielen Pfützen zum Funkeln. Als sie zum Wagen ging, knirschte der Boden unter ihren Füßen. Sie knallte die Tür ins Schloss, ließ den Motor an und schaute zu den sonnenfunkelnden Fenstern des Hauses hoch. Dort oben bewegte sich etwas, ein rascher Schatten hinter einem Vorhang. Die Wahrheit, sagte sie sich, ist nicht immer leicht zu erkennen. Und vielleicht ist das noch schwerer für jemanden, der sich zum König in seinem eigenen Reich gemacht hat.

Aber wer tut das denn nicht, schoss es ihr durch den Kopf, als der Wagen über den löchrigen Weg schaukelte. Wir sind doch alle König auf unserer eigenhändig zusammengebauten Wahrheitsskala. Und wenn wir wirklich der eigentlichen Realität ins Auge zu blicken wagten, dann würde vermutlich jede verdammte Wand einstürzen, nicht nur in den Häusern, die Ragnar Hökmark gehören.

☆

»Du bist also heute Morgen um halb vier aufgestanden, nur um zu Hökmark zu fahren?«

»Ja. Aber ›nur‹ ist nicht das richtige Wort. Ich habe doch allerlei erfahren.«

Erik Sander lachte auf. »Du bist bestimmt ein reichlich spitzer Splitter im Auge dieses Wohnungsbesitzers.«

»Das hoffe ich. Ich gehe jedenfalls davon aus, dass ich ihm einen schönen Schrecken eingejagt habe.«

»Aber du hast ihn nicht in Verdacht?«

»Kein bisschen. Er ist sauber wie ein frisch gebadetes Mutterschaf. Tja, wenn wir von allen Regenrinnen und Balkons absehen, die er den Leuten auf den Kopf zu werfen gedenkt.«

Sander rieb sich das Kinn und erstickte ein Gähnen, während er die Dächer gegenüber betrachtete. Die funkelten im Sonnenschein. »Ich muss sagen, ich war ziemlich überrascht.«

»Darüber, dass er Maria Ängs Vater ist?«

»Ja, und dass du das herausgefunden hast.«

»Die Stirn, weißt du.« Bixe klopfte sich mit dem Fingerknöchel an die Schläfe.

»Aber«, sagte Sander und betrachtete sie zufrieden, »irgendwo in deinem Herzen spürst du ja, dass er unschuldig ist. Denn eigentlich hat er doch alle Motive von der Welt.«

»Nein, er hat nur ein Motiv, nämlich dass er Nyberg nicht leiden konnte und sich gern an ihm gerächt hätte. Er hat übrigens vorgeschlagen, dass wir uns andere Leute ansehen, die mit Nyberg zu tun hatten. Aber das tun wir doch gerade.«

»Haben wir uns denn schon alle vorgenommen? Oder verstecken sich da noch mehr ...«

Bixe tastete mit der Hand über den Tisch, ab und zu schien die Sehnsucht nach einer Zigarette wie ein unkontrollierbarer Reflex ihr Rückgrat zu beherrschen. »Ich weiß es nicht so recht«, sagte sie zögernd und betrachtete ihre Nägel, auf denen noch rote Nagellackreste zu sehen waren. »Ich habe das Gefühl, dass wir die gesuchte Person schon gefunden haben, auch wenn uns das vielleicht selber noch nicht klar ist.«

Sander blickte sie an, ohne mit der Wimper zu zucken. »Aber wer könnte das sein?«

»Weiß ich nicht. Das habe ich doch eben gesagt. Aber jetzt muss ich etwas essen. Ich sterbe gleich vor Hunger. Dieser Mistkerl Hökmark hat mir nicht einmal ein Glas Wasser angeboten, und ich habe heute Morgen das Frühstück ausfallen lassen. Kommst du mit?«

»Zu McDonalds?«

»Das ist mir heute zu weit. Und ich habe gesehen, dass Hahne Lachs auf der Speisekarte hat.«

»Kann ich mir vorstellen. Rosa, oder?«

»Ist Lachs nicht immer rosa?«

»Auf jeden Fall dieser Lachs«, murmelte Sander. »Na gut, dann komme ich eben mit. Aber nur unter einer Bedingung: Du sitzt außen.«

35

Ihr blieb nichts anderes übrig, was hätte sie denn tun sollen?

Aber eigentlich war ihr das Geld egal, darum ging es ihr nicht. Sie bewahrte es in einem braunen Pappkarton mit dem Aufdruck der Malerfirma auf. Den Karton hatte sie in einer Mülltonne auf dem Hinterhof gefunden.

Zuerst hatte sie das Geld in einer kleinen gelben Blechdose versteckt, aber im Laufe der Zeit war die dann zu klein geworden. Die Scheine hatten schon gedroht, den Deckel nach oben zu pressen. Und deshalb hatte sie sich den Karton gesucht.

Nein, eigentlich war das Geld ihr egal. Es war nur ein Mittel, aber das war Geld vielleicht immer – ein Mittel zum Zweck. In ihrem Fall gab es allerdings keinen, es gab nichts, was sie für dieses Geld hätte kaufen können.

Sie wollte nur ihr Dasein unverändert weiterführen.

Sie hatte so lange gebraucht, um es aufzubauen.

Manchmal ärgerte sie sich deshalb fast über die kleinen weißen Umschläge. Sie unterbrachen ihren Alltag. Noch einer, und noch einer. Was in aller Welt sollte sie damit anfangen? Sollte sie sie – wenn irgendwann auch der neue Karton zu klein sein würde – verbrennen? Sie konnte sich nichts kaufen, denn wie hätte sie erklären sollen, woher sie das Geld hatte? War das etwa wie Manna vom Himmel gefallen?

Aber die immer gleichen glatten Scheine, starr und steif und ganz frisch gedruckt, die sie in den Karton presste, bedeuteten ihre einzige Möglichkeit, das Dasein im Rahmen zu halten.

36

Er hatte im Laden Skinnboden in der Klammerdammsgata neue Lederhandschuhe gefunden, die genauso aussahen wie die, die er von Rose-Marie erhalten hatte. Er hätte sie fast übersehen, so versunken war er in seine Gedanken gewesen, als er sich in der Mittagspause zu McDonalds verirrt hatte und dann in letzter Sekunde doch nicht hineingegangen war. Es gab da eine Grenze, und er war verdammt noch mal nicht tief genug gesunken, um sich von Schlachtereiabfällen zu ernähren.

Er hatte also genau solche Handschuhe gefunden. Sie kosteten nicht so viel, wie er gedacht hatte, und das hatte ihn überrascht. Oder vielleicht sogar verärgert? Seit wann war Rose-Marie so geizig? Obwohl sie ja noch nie mit dem Geld um sich geworfen hatte. Sie lebte, als müssten sie noch immer jede Münze umdrehen, die sie in einem Einmachglas oben im Schrank aufbewahrte. Verdammt, dieses Glas gab es doch längst nicht mehr. Und trotzdem sparte dieser Geizkragen, wo es nur möglich war.

Dreihundertneunundvierzig fünfzig. Eine blöde Summe. Und er hatte doch mindestens auf das Doppelte getippt. Na ja, schön waren sie trotzdem, wirklich schön, mit den breiten Fächerstreifen über dem Handrücken und dem weichen, grünroten Futter. Genau dieselben Handschuhe, was für ein Glück, dass er sie gefunden hatte, noch dazu in der richtigen Größe.

Erst draußen auf der Straße, als die kleine Plastiktüte in seiner Aktentasche lag, kam ihm der Gedanke. Dass dieses Paar Handschuhe ja auch ein Risiko bedeuten könnte. Diese Zwillinge der Handschuhe, die in der fraglichen Nacht vor dem Haus gelegen hatten. Wenn sie der Sache jetzt nachgingen, ihn fragten, wo er sie gekauft hatte und wann. Aber andererseits, wie um alles in der Welt sollten sie auf diese Idee kommen? Und wieso hätte er die Handschuhe tragen können, wenn er sie verloren hatte?

Er lachte leise vor sich hin. Wie blöd kann man eigentlich

sein, überlegte er. Doch dann – als er gerade die Straße überquerte und von einem heftig bremsenden Taxi aus seinen Gedanken gerissen wurde – just in diesem Moment ging es ihm auf: Natürlich gab es Handschuhliebhaber, Menschen, die nur eine einzige exklusive Marke trugen. Solche, die, wenn sie ein Paar verloren, sich gleich ein identisches zulegten. Snobs oder Idioten. Es gab sie für alle Kategorien: für Pullover, Hosen, Schuhe, ja, sicher auch für Unterhosen und Socken.

Er spürte, wie ihm der kalte Schweiß über den Rücken lief. Er hatte sich zu dick angezogen, die graue Wolkendecke, die am Himmel drohte, machte die Luft so schwül wie an einem Spätsommertag. Mild und scheußlich war das. Er schlenderte auf den Parkplatz hinter dem alten Gefängnis – auch ein scheußlicher Ort, aber die einzige Gratisparkmöglichkeit in der Stadt –, und die Aktentasche hing ganz besonders schwer in seiner Hand, fand er.

Er lief im Zickzack zwischen den Pfützen durch. Um zu seinem Wagen zu kommen, der heute ganz hinten stand – in der Stadt wimmelte es wohl von Geizhälsen, so überfüllt, wie der Parkplatz war –, musste er sich unter einigen tropfenden Zweigen ducken. Übrig gebliebene braune Blätter schlugen ihm ins Gesicht. Ja, es war verdammt scheußlich hier, kein Wunder, dass es nichts kostete, kein Mensch hätte hier doch bezahlen mögen. Das alte Gefängnis thronte grau und trist hinter einem halb umgefallenen Zaun. Schwarze Gitter vor den kleinen Fenstern. Vor nicht allzu langer Zeit hatten dort noch Menschen gesessen, vor allem Kleinkriminelle natürlich, die größeren Kaliber wurden anderswo untergebracht. Die, die sie zu fassen bekamen, natürlich nur.

Er ließ sich auf den Sitz fallen und wischte die Windschutzscheibe mit dem Ärmel ab. Die vergitterten Fenster starrten ihn an wie Augen. Aber jetzt war das Gefängnis auch von außen verriegelt, und der Hof diente vor allem rauchgierigen Teenies und Kindern mit Sprayflaschen in der Hand als Aufenthaltsort. »Fuck you« hatte jemand mit großen schwarzen Buchstaben an eine Querwand geschrieben. Fuck wen, fragte er sich und ließ den Motor an. Und dann sah er es, dieses verdammte Glotzen hinter dem einen Gitterfenster. Er kniff die Augen zusammen und beugte sich vor. Es musste ein Irrtum sein, dort konnte doch einfach kein Mensch mehr sein. Falls sich nicht irgendein junger Bengel eingeschlichen hatte und ihn wie ein angebundenes Kalb anglotzte. Fuck you, alter Arsch. Besser den Rückwärtsgang einlegen und dieses Sumpfloch hier verlassen – die Reifen rutschten über den durchweichten Kies, und fast hätte er mit dem hinteren Scheinwerfer einen der Bäume gerammt, die wie Wachen den Weg zu verstellen schienen. Er schaltete und kurbelte, und noch einmal musste er zu dem Fenster dort oben hochblicken. Das war jetzt schwarz und leer. Er stieß einen erleichterten Seufzer aus, fast hätte er an seinem Verstand gezweifelt; aber trotzdem hätte er die Gestalt dort oben beschreiben können: bleiche hohle Wangen, hohe Stirn, schwarze Augen, kurzer Pony. Er riss sich zusammen und spürte die klebrige Hitze unter seinem Mantel. Egal, jetzt hatte er den Zaun hinter sich gelassen, und in seiner Aktentasche lagen die nagelneuen Handschuhe. Und natürlich würde ihm kein Arsch auf die Schliche kommen. Außerdem hatte er ja gar nichts getan, noch nicht jedenfalls, und auf jeden Fall nichts, was mit seinen verlorenen Handschuhen zu tun gehabt hätte. Jetzt würde er morgens Rose-Marie wieder mit Handschuhen zuwinken können. Ja, die Sache war immerhin aus der Welt, und das Schönste war: Er brauchte sich keine Erklärung für seine Frau mehr aus den Fingern zu saugen.

☆

Er hatte sein Vorhaben nicht aufgegeben. Durchaus nicht. Es war nur, dass – so viel dazwischen gekommen war. Oder: So viel schien dazwischen gekommen zu sein, seit er auf diese schändliche Weise unterbrochen worden war. Er hatte auch das Gefühl, Glut und Tatkraft verloren zu haben. Sogar die Wut war abgeebbt. Ja, er fühlte sich auf eine seltsame und unangenehme Weise fade, ohne Biss oder Würze. Morgens fuhr er in sich zusammengesunken zur Arbeit und kehrte abends auf dieselbe Weise heim. Das Leben hatte vielleicht sein Ziel erreicht, dachte er. Vielleicht würde es nie wieder besser werden. Vielleicht gab es in diesem Leben keine Gerechtigkeit. Und dann gab es sie zweifellos auch an keinem anderen Ort.

Es war einfach zu scheußlich, wenn er sich das genauer überlegte. Dass das Dasein einfach nur aus diesen verdammten Handschuhen bestand, die er gekauft hatte, um Rose-Marie eine Freude zu machen. Und als er dann nachmittags damit nach Hause gekommen war – na ja, er war ja selber auch nicht in überschäumender Stimmung gewesen –, da hatte sie ihn nur zerstreut angesehen und gefragt: »Hast du neue Handschuhe gekauft? Du gehst ja wirklich großzügig mit dir selber um.«

Er hatte fast das Gefühl gehabt, zwei Meter weit gegen die blöde Dielenwand geschleudert worden zu sein.

»Aber die hab ich doch von dir bekommen, Liebling«, hatte er gesagt und sie aus dem Augenwinkel gemustert, um festzustellen, ob das vielleicht ein Scherz sein sollte oder ob sie wirklich so vergesslich war.

War es – *das* – die Ursache davon? Dieser Gedanke jagte durch seinen Kopf, als er die Handschuhe wie einen Schild vor sich hielt.

Das.

Wo es ihm doch aufs Schändlichste misslungen war, etwas dagegen zu unternehmen. Es war verdammt noch mal seine Aufgabe, er musste dafür sorgen, dass es nie mehr vorkommen konnte.

»Aber Rose-Marie, Herzchen«, er hatte über seinen sanften Tonfall gestaunt. »Das sind doch die Handschuhe – die Handschuhe ...«

»Sich so teure Handschuhe zu kaufen! Du meinst wohl, wir könnten uns alles leisten, was?!«

Verblüfft hatte er sie angesehen und an die Rose-Marie von früher gedacht, deren schmale Finger im Einmachglas oben im Schrank herumgewühlt hatten.

Das auf diese Szene folgende Essen war ebenfalls zum Fiasko geworden; Rose-Marie war in absoluter Gewitterlaune gewesen. Warum, hatte er einfach nicht begreifen können. Am nächsten Morgen war jedoch alles wieder wie immer gewesen, abgesehen natürlich von der Tatsache, dass sie die Handschuhe jetzt vollständig vergessen zu haben schien.

»Was für elegante Handschuhe«, hatte sie beifällig gesagt, als er zur Arbeit gegangen war, wie immer mit Aktentasche und auf dem Weg zum Wagen hinter ihm herwehendem Mantel. »Gut, dass du dir auch mal etwas gönnst«, hatte sie hinzugefügt.

Sie hatte ihm mit einem karierten Küchenhandtuch zugewinkt, während er rascher denn je die Garage verlassen hatte.

Dass du dir etwas gönnst. Was zum Teufel meinte sie damit?

Dieser Satz flimmerte wie ein Reklametext vor seinem inneren Auge vorbei, zog vorüber wie der Bildschirmschoner, den der Mann von der Computerfirma – für eine unglaubliche Summe – zusammen mit allem anderen installiert hatte und der sich nun nicht mehr entfernen ließ, egal auf wie viel Tasten er drückte.

Wie ein Echo hinter dem Trommelfell. Und doch störte ihn vor allem das Wissen, dass er eine Ware erworben hatte, die ihn Ehre und Selbstvertrauen und Gott weiß was sonst noch alles kosten konnte, wenn er nun das Pech hätte, die Idioten von der Polizei ein weiteres Mal auf den Hals zu bekommen. Bei diesem Gedanken lief es ihm eiskalt den Rücken hinunter.

☆

Nun war er also wieder hier. Selbe Zeit, selber Ort: die Pianovängen zur abendlichen Nachrichtenzeit. Auch das Wetter war unverändert: bewölkt und diesig, während ein aufkommender Nebel über die Winterschlaf haltenden Rasenflächen kroch. Sogar in derselben kleinen Parknische hatte er gehalten! Als hätte diese die ganze Zeit auf ihn gewartet. Heute Abend standen hier noch ein grauer Peugeot und ein affiger blauer Fiat, nicht so elegant wie die Autos bei seinem ersten Besuch, als er – das musste er jetzt wohl zugeben – grün vor Neid auf den glänzenden Lack der Motorhauben gestarrt und deren Besitzer gehasst hatte.

Jetzt war er einfach nur verdammt nervös. Nicht weil er abermals einen Entschluss gefasst hatte, nein, das nicht, sondern eher durch die Vorstellung, wie ein alternder Privatdetektiv unter den tropfenden Bäumen sitzen zu müssen, um dann irgendwann einen Blick auf Kovinski werfen zu können. Eigentlich hieß der ja auch ganz anders, hatte einen handfesten schwedischen Namen, der nicht so gut in seine Pläne passte. Pläne, an denen er ständig herumüberlegte.

An diesem Tag war das eher erfolglos gewesen, jeder Gedankenkeim war sofort von irgendeiner verdammten Sense gekappt worden.

Den Wagen ein Stück weit entfernt abstellen und zu Fuß in die Trumpetgata gehen?

Nein.

Einen Umweg machen und aus der anderen Richtung kommen, statt aus der Orgelgata also aus dem Fiolgränd?

Auch nicht.

Ganz einfach vor dem Haus parken und auf den passenden Moment warten?

Nein, das auch nicht.

Als er dann mit dem Gedanken spielte, sich an einer dunklen Hecke entlangzuschleichen und dann vor der Garagenauffahrt auf ihn zu warten, ging ihm plötzlich auf, wie lächerlich das alles war. Trotzdem konnte er darüber nicht lachen, sondern schmollte auf noch kindischere Weise, während er auf seinem einzigen verbliebenen Zahnstocher herumkaute.

Ans Werk gehen. Leise und vorsichtig wie ein Hase unter den Bäumen. Das wäre bestimmt das einzig Richtige, auch wenn es ihm nicht gerade zu passen schien wie Hand in Handschuh, um sich noch bildlicher auszudrücken.

Aber er brauchte sich darüber nicht mehr lange Gedanken zu machen. Plötzlich kam Kovinski über den schmalen Bürgersteig, in der einen Hand schwenkte er eine große Tasche. Er ging mit raschen, zielstrebigen Schritten, natürlich war er absolut fit.

Er ließ den Zahnstocher aus dem Autofenster fallen, öffnete die Tür und stieg vorsichtig aus. Er hatte keine Wahl mehr. Nicht er hatte sich für dieses Schicksal entschieden, das Schicksal hatte ihn gewählt. Und diese Wahl lag nun schon lange zurück, jetzt konnte er nichts mehr daran ändern.

Kovinski lief leise vor sich hinpfeifend weiter, ungefähr zehn Meter vor ihm. Die Straße war leer und, abgesehen vom Fernsehschimmer in einigen Fenstern, schwarz. Wie der Tod selber, dachte er und lenkte seine Schritte hinter dem breitschultrigen Rücken her.

Es tropfte von den Zweigen. Gut immerhin, dass er praktische Schuhe trug; es wäre idiotisch gewesen, hier in den dünnen Herbstschuhen herumzurutschen, die er sonst normalerweise zur Arbeit trug.

Kovinski bog nach rechts ab, und er folgte seinem Beispiel, wurde dann aber langsamer und schien in seiner Tasche etwas zu suchen – die Schlüssel vermutlich –, und auch das tat er ihm nach. Als wäre ich zu seinem Schatten geworden, dachte er.

Und für einen kurzen Moment, unmittelbar ehe es passierte, dachte er auch, dass das Ganze doch idiotisch sei, sein ganzes verdammtes Gerechtigkeitsprojekt, das sich auf diesem Planeten, auf dem sie beide unterwegs waren, doch nicht durchführen lassen würde.

Vorne raschelte etwas. Er stand jetzt fünf Meter hinter ihm auf einem Teppich aus glattem Herbstlaub und versuchte, seine Atemzüge zu dämpfen, nur für einige Sekunden, bis alles vorüber wäre. Kovinskis Mantel leuchtete vor ihm im Dunkeln wie ein Wegweiser, seine weißen Turnschuhe sprangen die Treppenstufen zwischen Auffahrt und Gartenweg hoch. Im Haus brannte kein Licht, abgesehen von der gelben Lampe über der Haustür, und die Bäume wölbten sich über ihnen beiden. Seine eigenen Schritte im Gras waren lautlos.

Jetzt oder nie. Eine bessere Gelegenheit würde sich niemals bieten.

Er schlich die restlichen Meter weiter und machte sich bereit. Mit angehaltenem Atem und schmerzender Brust hob er die Hand. Ein schwacher Windstoß glitt durch die Zweige, eine Krähe krächzte in der Ferne, und er stieß mit aller Kraft vor der halb geöffneten Haustüre die Schere gegen den Rücken in dem weiten hellen Mantel, er stieß die Schere mit einem Zittern, während er die angehaltene Luft hervorstieß, das hier war sein Augenblick, endlich war es so weit, endlich siegte die Gerechtigkeit. Der Mantel wogte über den Rücken, es war so weit, und dann das plötzliche Geräusch, es war so weit, aber nun waren es nicht mehr seine Schritte und auch nicht seine Hand, und er staunte dermaßen darüber, dass er eiskalt zwei Meter entfernt stehen blieb, um dann, und dabei wurde ihm dann schlecht, die bestialisch ausgeführte Tat zu betrachten, mit der er nun wirklich nichts zu tun gehabt hatte.

III

37

»Stabile Seitenlage war also nichts.«

»Aber trotzdem ...«

»... wurde er so hingelegt. Das steckt dem Krankenhauspersonal sicher im Blut. Legt sie in stabile Seitenlage, dann kommen sogar Tote wieder auf die Beine.« Eva-Britt Bixe fuchtelte sich mit einem Blatt Papier vor dem Gesicht herum. Es war stickig im Zimmer, obwohl draußen weiße Schneeflocken die Dunkelheit auflockerten.

»Bald ist Weihnachten«, sagte sie.

»Ja.«

»Mit Freude und Familienfrieden.«

»Und einer neuen Leiche«, warf Erik Sander dazwischen und versuchte, durch ein Räuspern seine belegte Stimme zu klären. »Hatte sie ihn wirklich so hingelegt?«

Bixe legte ihr Blatt hin, ließ sich im Sessel zurücksinken und verschränkte die Arme im Nacken. Die graue Jacke spannte an den Knöpfen. »Das war sicher der Schock. Dann reagieren die Leute doch immer seltsam, nicht wahr?«

Sander nickte und ging langsam zwischen Fenster und Schreibtisch hin und her. »Und danach hat sie einen Krankenwagen geholt.«

»Ja, und die konnten nur noch seinen Tod feststellen.«

»Hat sie es schon begriffen?«

Bixe schüttelte den Kopf. »Sie ist in der Notaufnahme und vermutlich mit Beruhigungsmitteln zugedröhnt. Wer weiß, wann es möglich sein wird, vernünftig mit ihr zu sprechen.«

Sander ließ sich ihr gegenüber auf den Stuhl sinken. Er unterdrückte ein Gähnen. »Gibt es Kaffee im Automaten?«

»Nein, das glaube ich nicht. Ich müsste auch etwas essen, aber wir werden wohl warten müssen, bis Hahne kommt und mit den Kantinenschlüsseln klappert.«

»Dieses eine Mal habe ich Sehnsucht nach ihm. Wann kommt er denn eigentlich?«

»Gegen acht, glaube ich.«

»Acht? Das sind ja noch drei Scheißstunden!«

»Jammer hier nicht rum. Ich bin schon seit über einer Stunde hier. Und du höchstens seit fünfzehn Minuten …«

Sander seufzte und strich sich über seine schütteren Haare. »Fabian hat Windpocken, habe ich das nicht erzählt? Überleg mal, was es für ein Gefühl ist, wenn um Viertel nach vier das Telefon klingelt, nachdem man gerade mal drei Stunden geschlafen hat. Er ist immer wieder davon geweckt worden, dass es so juckt, und ich musste Kartoffelmehl holen und auf den Ausschlag streichen, und danach dann Wasser und dann …«

»Ich habe vergessen, wie das war«, sagte Bixe lachend. »Das ist ein Trost, Erik, man erinnert sich nur an das Lustige.«

»Ja, und sicher ist das gut so. Aber wo wir schon davon reden, was ist mit den Kindern?« Erik Sander sah plötzlich niedergeschlagen aus.

»Die sind bei ihrer Großmutter.«

»Wie gut.«

»Ja, aber die fragen sich sicher, warum sie mitten in der Nacht mit dem Streifenwagen nach Göteborg fahren mussten.«

»Drei und fünf Jahre, war das nicht so?«

»Hm, ich glaube, schon.«

»Dann halten die das vielleicht für einen lustigen Ausflug.«

»Glaubst du?«

Sander fuhr sich nachdenklich über das Kinn. »Nein, eigentlich nicht. Ach Scheiße, die armen Tröpfe.«

☆

Auch das Besprechungszimmer war stickig. Die Uhr über der Tür zeigte Viertel nach acht. Eine defekte Neonröhre blinkte und ging allen auf die Nerven. Ansonsten war nur Geraschel zu hören, ab und zu schrammte außerdem eine Schuhsohle über den Boden.

Bixe trank einen Schluck heißen Kaffee. »Dann haben wir also einen neuen Mordfall.« Sie stellte ihre Tasse hin und schaute sich im Raum um, in dem eine gelinde gesagt gedrückte Stimmung herrschte. »Er ist irgendwann gestern Abend zwischen sieben und zwölf ermordet worden, und zwar wie der erste Tote durch Messerstiche in den Rücken. Diesmal zwar nur mit dreien, aber schon der erste war vermutlich tödlich.«

»Man lernt eben aus seinen Fehlern.« Janne Ring tippte mit einem Kugelschreiber auf die Tischplatte.

»Wir wissen aber nicht, ob wir es mit demselben Täter zu tun haben. Der Stich weist darauf hin, dass es ein anderer gewesen sein kann, aber es kann auch daran liegen, dass es eine andere Mordwaffe war. Ungefähr zehn Meter weiter wurde eine blutige Schere gefunden.«

»Eine Schere?« Katrin Wedholm rutschte auf ihrem breiten Stuhl hin und her, sie saß völlig gerade und wirkte an diesem Morgen ganz besonders klein und düster.

»Ja, ein seltsam kurzes Modell. Immerhin konnten Fingerabdrücke darauf sichergestellt werden, die aber noch nicht ausgewertet sind. Im Boden gab es Spuren von Männerschuhen, Größe 44, mit einem ziemlich ungewöhnlichen Rillenmuster. Ein grober Laufschuh, nehmen wir an.«

»Wir suchen also einen Mann mit Laufschuhen, deren Sohlen ein ungewöhnliches Rillenmuster aufweisen«, sagte Ring. »Sollen wir von Haus zu Haus laufen und ein männliches Aschenputtel suchen?«

»Na ja«, sagte Bixe. »Wir haben noch andere Spuren. Die Aschenputtelsuche können wir uns also noch sparen. Es sieht so aus, als habe der Mörder – falls es sich wirklich um den selben handelt – sich auf Krankenhauspersonal kapriziert. Als Erstes denken wir da doch an Kollegen oder Patienten. Der Zusammenhang zwischen den beiden Toten liegt auf der Hand, der zweite Tote war doch mit Berit Glans verheiratet.«

»Kann der Mörder es in Wirklichkeit auf sie abgesehen haben«, fragte Sander, »und sich dann im Dunkeln geirrt haben? Kann irgendwer in der Orthopädie mit ihr ein Hühnchen zu rupfen gehabt haben? Verrückte gibt es doch überall.«

»Das kann durchaus sein, aber es wäre doch sicher schwer, einen kräftigen Mann wie Andrej Glans mit seiner viel schmächtigeren Frau zu verwechseln.«

»Aber wenn jemand nun wirklich außer sich ist und nur an das eine denken kann ...«

»Sicher, aber etwas sagt mir trotzdem, dass ...«

»Kann Andrej Glans nicht auch Patienten von der Orthopädie gehabt haben?«, fragte Katrin Wedholm und schaute sich durch ihre langen Haare hindurch um.

Bixe biss sich in die Lippen, ein Zeichen dafür, dass sie alles registrierte und irgendwo tief im Hinterkopf gleichzeitig verwarf. Das ärgerte die meisten, da sie nur selten erfuhren, warum. »Das habe ich mir auch schon überlegt. Ich habe Eskilsson gebeten, die Patienten durchzugehen, aber bisher hat er niemanden von der Station gefunden. Jedenfalls nicht unter den Patienten der letzten Jahre.«

»Keine Maria Äng also?«, fragte Sander und seufzte.

»Nein, und auch keinen Ragnar Hökmark. Die Familie Glans lebt übrigens in einem der neuen Häuser im Villenviertel.«

»In dem alten Schrebergartengebiet?«, fragte Ring.

»Ja, als ich klein war, hatten wir dort eine Laube«, sagte Sander. »Und im Garten hat mein Vater Kartoffeln und Zwiebeln gezüchtet.«

»Und deine Mutter Schlangengurken?« Ring lachte kurz auf.

»Was soll daran so komisch sein?«

Wedholm starrte Ring an, und der zuckte übellaunig mit den Schultern.

»Verdammt komisch«, knurrte sie, worauf Bixe zustimmend nickte.

»Jetzt hört doch mal auf ...« Eva-Britt Bixe wurde jetzt lauter und sprach klarer als zu Beginn der Besprechung, als sie ihre

Kaffeetasse noch nicht geleert gehabt hatte. »Ich habe das Gefühl, es mit einer Schar eigensinniger Kinder zu tun zu haben. Aber hier haben zwei Kinder ihren Vater verloren und eine Frau ihren Mann …«

Sofort schwiegen alle.

Bixe schlug mit dem Kugelschreiber auf den Tisch. Ein tadelnder Zeigestock hätte sich auch gut gemacht, dachte sie. »Wo waren wir … Ja … Sicher könnten wir uns vorstellen, dass ein Patient den Mord begangen hat, weil er etwas gegen jemanden oder etwas einzuwenden hatte, aber nicht Andrej Glans hat mit Nyberg zusammengearbeitet, sondern seine Frau. Vermutlich ist sie also der gemeinsame Nenner. Andrej Glans arbeitete außerdem noch nicht lange im Krankenhaus. Er ist zu Anfang der achtziger Jahre aus Russland gekommen, hieß damals Kovinski, hat Berit Glans geheiratet, einen neuen Namen angenommen und eine dauerhafte Aufenthaltsgenehmigung erworben.«

»Wie um Himmels willen hat er das denn geschafft?«, fragte Sander.

»Durch Kontakte, nehme ich an. Nichts ist unmöglich.« Bixe schob sich eine Strähne hinters Ohr. »Er hatte ein Stipendium und hat hier studiert, am Chalmers. Aber das Studium hat er dann abgebrochen und sich bei Pilkington einen Job gesucht. Erst als er Berit Glans schon kannte, hatte er mit der Ausbildung zum Krankengymnasten angefangen.«

»Muss ja ein cleverer Bursche sein«, sagte Sander.

»Und einer, der gezwungenermaßen mit seiner Gattin solidarisch ist«, meinte Ring, dessen Stirn plötzlich eine Menge Falten zierten. »So sehr, dass er sogar im selben Haus arbeiten wollte.«

»Da sagst du vielleicht etwas Wahres.« Eva-Britt Bixes Finger tasteten nach einer fiktiven Zigarettenpackung. »So verdammt solidarisch, dass er zumindest hätte wissen müssen, was Berit Glans wusste.«

»Ja, und was sie wusste, ist doch sonnenklar«, warf Wedholm

dazwischen. »Dass Nyberg ein Verhältnis mit einer Frau hatte, die an einer Überdosis gestorben ist, als sie wegen einer Knieoperation im Krankenhaus lag.«

Bixe stieß einen hörbaren Seufzer aus. Mit einer raschen Handbewegung fegte sie die vor ihr liegenden Papiere zusammen.

»Das ist es doch gerade«, murmelte sie. »Alles stimmt und stimmt doch wieder nicht. Es ergibt einfach keinen Sinn. Denn Nyberg muss doch auch etwas gewusst haben, etwas anderes als dass er ein Verhältnis hatte.«

»Aber davon hat er also wissen müssen?«, lachte Sander.

»Ja, natürlich. Aber was wussten Christer Nyberg und Andrej Glans denn nun eigentlich? Was war so gefährlich, dass sie deshalb aus dem Weg geräumt werden mussten?«

»Ja, was?«, fragte Ring, der trotz seiner vielen Runzeln auf der Stirn vor tauben Ohren sprach, da Bixe in diesem Moment auf ihre Uhr schaute und danach aufsprang. »Besprechung beendet«, sagte sie und hatte mit zwei Schritten die Tür erreicht. »Zeit für den Morgenkaffee.«

»Wollte sie nicht abnehmen?«, fragte Wedholm leise von dem Sessel her, in den sie jetzt dermaßen eingesunken war, als wolle sie für den Rest des Tages dort sitzen bleiben.

»Deshalb hatte sie es doch so eilig.« Sander wandte sich mit schlurfenden Schritten ebenfalls der Tür zu. »Sowie sie merkt, dass ihr Magen knurrt, muss sie sofort in die Kantine stürzen.«

Er blieb in der Türöffnung stehen.

»Kommst du nicht mit?«

☆

Ja, da gibt es etwas, dachte Eva-Britt Bixe, als sie über der Sofakante die Füße aneinander rieb. Etwas.

Wenn dieses Etwas ein Gesicht bekommen könnte, würde sie auch den Rest verstehen.

Aber bisher ahnte sie nur einen Blick, ohne sehen zu können, wem der gehörte.

Wer besaß einen solchen Blick?

Sie legte den Arm über die Stirn und schaute zur Decke hoch. In dem blendenden Weiß dort oben konnte sie fast ein Muster erkennen – Gesicht und Arme und Bewegungen, die aus ihrem eigenen Kopf stammten, wie sie wusste. Und aus ihren Augen – verstohlene Schatten, die in dem vom Glaskörper erzeugten Gewimmel umherglitten. Die sie immer wieder fortzublinzeln versuchte, die aber immer schlimmer wurden, je mehr sie sich darauf konzentrierte.

»Sie müssen alles eine Umdrehung langsamer machen«, hatte einmal ein Arzt gesagt, als sie verzweifelt in seinem Untersuchungssessel gesessen hatte und davon überzeugt gewesen war, vermutlich bald sterben zu müssen und auf jeden Fall bald blind zu werden. »Das sind nur Bläschen im Glaskörper«, hatte er beruhigend hinzugefügt. »Kein Grund zur Beunruhigung. Das kommt einfach von zu viel Stress.«

Danach war sie auf eine griechische Insel gereist, hatte eine Woche lang auf einem Badehandtuch gelegen und sich entsetzlich gelangweilt. Die Flecken hatte sie bei ihrer Heimkehr vergessen. Das Einzige, was sie noch belastet hatte, war das Bewusstsein gewesen, eine ganze Woche lang nichts Sinnvolles geleistet zu haben. Das war ihr mehr als nur betrüblich vorgekommen.

Und jetzt waren diese Flecken also wieder da. Fegende schwarze Vorhänge, die umherglitten wie Fische in einem Aquarium, wenn sie ihren Blick von links nach rechts und wieder zurück wandern ließ.

»O verdammt«, sagte sie und kniff die Augen zusammen.

Als sie die wieder öffnete, sah sie ihn für einen kleinen Moment noch einmal: den Blick. Fremd und gleichzeitig doch bekannt.

Wem konnte der gehören?

Pernilla Nyberg?

Die durchaus einen Grund haben konnte, ihrem Exmann den Tod zu wünschen – Geld, Hass, simple Eifersucht, ja, eigentlich alles. Aber warum hätte sie auch noch Andrej Glans umbringen sollen?

Bixe schüttelte den Kopf, als sie einsam dalag und dem prasselnden Regen vor dem Fenster lauschte. Sie hörte die Tannen rauschen, dann lachte jemand schallend.

Sie streckte die Beine noch weiter über die Sofalehne. Jetzt wurde es dunkel. Da sie an diesem Morgen so ungeheuer früh aufgestanden war, hätte sie schon seit Stunden im Bett liegen sollen, aber ihre Gedanken ließen ihr keine Ruhe. Die jagten ebenso munter umher wie die Flecken in ihren Augen.

Von der anderen Seite der Wand kam noch eine gedämpfte Lachsalve. Bixe seufzte. Wenn sie zwanzig gewesen wäre, oder fünfundzwanzig, oder sogar dreißig, und wie jetzt einsam in ihrem dunklen Wohnzimmer gelegen und den Nachbarn zugehört hätte, hätte sie sich unendlich verlassen gefühlt. Wie eine, die auf der Welt nicht die geringste Rolle spielte, ein Parasit, der sich nur um sich selber kümmerte, ausgeschlossen von allem, was sich vor dem Fenster bewegte. Eine, die in dem sich drehenden Rad keinerlei Bedeutung hatte und weder Freunde noch Verwandte. Sondern nur einen Beruf, in dem sie nicht eine einzige persönliche Beziehung aufbauen konnte. Ihr Anrufbeantworter würde schweigen, niemand sich um sie kümmern. Und wenn sie verschwunden wäre, hätte niemand das bemerkt.

Wie Christer Nyberg, dachte sie.

Der jedoch wichtig genug gewesen war, um von jemandem aus dem Weg geräumt zu werden.

Sie schob sich die Hand wie ein zusätzliches Kissen unter den Kopf.

Inzwischen empfand sie ihre Einsamkeit fast als Befreiung. Es war ihr gleichgültig, dass sie keinen Kontakt zu ihrer Verwandtschaft hatte, abgesehen von ihren Kindern natürlich, aber die waren doch erwachsen und brauchten sie nicht mehr so sehr. Außerdem hatte die kleine Fia einen Mann kennen gelernt, einen gewissen Anders, wenn sie das richtig in Erinnerung hatte. Herrgott, die beiden suchten schon eine Wohnung zusammen, obwohl sie sich doch erst seit ein paar Wochen kannten. Die jungen Leute haben es heute viel zu eilig, dachte sie. Bixe wusste noch nichts über diesen Anders oder über dessen Beruf. Fia kicherte nur geheimnisvoll, wenn sie danach fragte. Das Schicksal der Mütter, hatte sie gedacht und sich danach überlegt, dass ihre Tochter bald nicht mehr um die Ecke wohnen würde, sondern in einer fremden Straße, zusammen mit einem fremden Mann …

Na ja, das war der Lauf der Welt, und sie konnte nichts daran ändern. Die Einsamkeit, stellte sie fest, war ihr jetzt immerhin willkommen und nicht mehr verhasst. Mit fünfundfünfzig hatte sie keine Angst mehr davor, für andere nicht zu existieren.

Aber der Blick?

Begleitet von einer schwarzen Thermojacke vielleicht, die sie seit Wochen nicht mehr gesehen hatte? Nein, das hatte nichts mit dem Fall zu tun, beschloss sie, wirklich nicht das Geringste.

Irritiert setzte sie sich auf, schlug ein Bein über das andere und wackelte rastlos mit den Zehen.

Östen Sjödén?

Aber was hätte der gegen Christer Nyberg und Andrej Glans haben können? Und dieser Kerl war sich doch selber genug. Dass er jemanden umbringen könnte, wäre genauso unvorstellbar wie dass er plötzlich Bescheidenheit entwickelte. Nein, hinter der frechsten Schale verbirgt sich oft das frommste Lamm, dachte sie. Und umgekehrt. Wenn sie in ihren vielen Berufsjahren etwas gelernt hatte, dann das.

Die schönste Schale aber? Wer hatte die?

Sie ging die verschiedenen Gesichter durch. Da Christer Nyberg doch ziemlich isoliert gelebt hatte, war die Auswahl recht gering. Berit Glans, dachte sie. Die wirkte engelhaft genug, um die übelsten Absichten zu hegen. Außerdem war sie der einzige gemeinsame Nenner beider Opfer. Aber ihr Motiv war unbegreiflich. Sie wusste vermutlich allerlei über ihren Arbeitskollegen, aber was hatte das mit ihrem Ehemann zu tun?

Bixe stand auf. Es war längst Schlafenszeit. Wenn ihre Gedanken nur endlich zur Ruhe kämen!

Sie ging in die Küche, drehte den Wasserhahn so weit auf, dass er den rauschenden Regen übertönte, und machte sich eine Tasse Kaffee. Über dem Kaffeeduft, der aus der frisch geöffneten Verpackung aufstieg, dachte sie zum ersten Mal an diesem Abend voller Zuversicht an die kühlen Laken, die im Schlafzimmer auf sie warteten. Heute Nacht würde sie sicher wie ein erschlagener Wackerstein schlafen, vielleicht sogar bis zur Dämmerung.

☆

Aber so kam es dann doch nicht. Eva-Britt Bixe erwachte schon gegen Mitternacht, nachdem sie höchstens eine halbe Stunde geschlafen hatte.

Sie hörte vom Hof her die Lüftungsanlage rauschen. Die wurde nur nachts eingeschaltet. Der Regen hatte aufgehört. Vor den Fenstern, durch die das Licht der grellen Hoflampe fiel – Bixe hatte vergessen, die Rollos herunterzulassen –, sah sie ein Tupfenmuster aus hängen gebliebenen Tropfen.

Ein unerklärliches Muster, dachte sie, wie die Vorsehung.

Sicher hatte sie einen seltsamen Traum gehabt, wenn ihr danach Vergleiche mit der Vorsehung in den Sinn gekommen waren. Sie fragte sich inzwischen immer häufiger, was Gott überhaupt mit den Dingen des Lebens zu tun hatte. Na ja, irgendeine Macht gab es da oben – oder da unten – ja vielleicht, aber warum die meistens erst eingriff, wenn das Unglück schon geschehen war, konnte sie nicht verstehen.

Auf jeden Fall hatte sie etwas erreicht. Ihr war etwas aufgegangen, und als sie ihren Blick geöffnet hatte, hatte es sich bestätigt, wie durch ein – ja, durch ein Eingreifen Gottes.

Vikar Ingemar Wedholm faltete auf dem Schreibtisch die Hände, beugte sich vor und musterte ihn auf eine Weise, die vermutlich Vertrauen erweckend wirken sollte. Doch er wusste ja schon, dass dieser Arsch ihm kein Wort glaubte und dass er ihm noch dazu vollständig gleichgültig war; alles, was Vikar Wedholm vermutlich wollte, war, ihn ans Messer zu liefern, ihm die Bullen auf den Hals zu hetzen.

»Aber lieber Herr Nilssjö ...«

»Nilsson, zum Teufel.«

»Verzeihen Sie, ich dachte ... Mein lieber Mann, versuchen Sie, sich ein wenig zu beruhigen, dann reden wir weiter. Möchten Sie einen Kaffee?«

Er schüttelte den Kopf und betrachtete den Hut, der auf seinem Knie lag. Draußen herrschte ein wildes Schneegestöber. Nur einer der vielen Schachzüge des Teufels – ein Schneesturm, der das sich drehende Rad anhielt und den ganzen bösen Zirkus zum Stillstand brachte. Na ja, das war wohl unvermeidlich.

Wenn er doch nur sicher sein könnte, welcher Seite er diente. Falls nicht beide Seiten zu einer zusammengeschrumpft waren, die gute und die böse Seite in einer Packung. Ein billiger Fang vielleicht, Wert aber gleich null.

»Ich hatte beschlossen, einen Menschen zu töten«, sagte er in einem neuen Versuch, den jungen Geistlichen zum Zuhören zu bewegen.

Denn der stand doch wohl unter Schweigepflicht? Genau das hatte er gedacht, als er vor einigen Stunden den Morgenrock abgestreift und das triefnasse Pisswetter vor dem Fenster gesehen hatte, dass die ja den Mund nicht aufmachen durften; um dann plötzlich, wie im Schein einer einzigen schwachen Lichtflamme, auf diese Idee mit der Kirche zu kommen. In der Kirche, da musste es doch jemanden geben, der ihm Linderung verschaffen könnte, und sei es nur für zwei Minuten, das wäre genug in diesem grauenhaften Höllenbrand, in den er da geraten war.

Ingemar Wedholm hatte ihn zuerst nur angestarrt, mit kaltem Blick, in dem etwas Graues lag.

Angst, hatte er gedacht. Aber es war verdammt noch mal kein Vergleich zu dem, was er selber empfand. Niemand wusste, was es für ein Gefühl war, in einer verdammten Sackgasse festzustecken und eine graue Mauer anzustarren. Es war endlos, und doch ging es dort nicht mehr weiter.

»Was sagen Sie da? Sie wollten jemanden umbringen?« Die dunkle Geistlichenstimme klang anklagend und misstrauisch, ganz anders also, als er gehofft hatte.

»Ja, ich ...«

»Wen wollten Sie umbringen? Und – warum?«

»Das spielt keine Rolle.«

»Aber Sie haben es nicht getan?«

»Nein. Jemand anders ist mir zuvorgekommen.« Jetzt hatte er es gesagt, und in den Augen des Geistlichen leuchteten noch viel stärkere Zweifel auf.

»Was? Hat irgendwer ...«

»Ja. Aber ich weiß verdammt noch mal nicht, wer.« Er starrte seine braunen Schuhe an. Die wiesen noch immer Lehmflecken auf. »Was soll ich jetzt machen?«

Verdammt, wie jämmerlich er sich anhörte. Er hielt Hut und Handschuhe auf den Knien und sah den Mann an. Der war dunkelhaarig und hatte eingefallene, scharf gezeichnete Wangen, eine spitze Nase und reichlich lange Bartstoppeln. Seine schmalen Finger lagen auf dem Schreibtisch wie eine Schranke, die sie trennte, sein Blick irrte über sein Gesicht. Viel hatte der Mann nicht zu bieten. Nur der schmale weiße Kragen wies auf sein Amt hin, darauf, dass er dafür bezahlt wurde, zuzuhören und sich mit Schreibtischfragen zu befassen und sonntags nette kleine Predigten zu halten.

»Ich hätte nicht herkommen sollen.«

»Doch, doch, natürlich ...« Wedholm holte plötzlich Atem, tief aus seinem mageren Bauch. »Es ist nur ... Ich verstehe das nicht ganz. Haben Sie nicht vielleicht Lust, es ein wenig ausführlicher zu erzählen?«

Lust? Nein, irgendeine verdammte Lust hatte er nun wirklich nicht, falls dieser Gnom das glauben sollte. Und erzählt hatte er es doch schon, zum Teufel, dreiundfünfzig Mal bisher, mindestens.

»Ich wollte einen Menschen töten, und als ich dann endlich ans Werk gehen wollte, kam mir jemand anders zuvor.«

Der Geistliche seufzte leise.

»Und Sie sind sich sicher, dass, ja, dass Sie es nicht waren? In kritischen Situationen kann man sich oft einreden …«

»Dann wäre ich doch weggeblieben, verdammt noch mal, wäre nicht hergekommen und hätte alles ausposaunt …«

»Warum gehen Sie nicht zur Polizei?«

»Um mit noch mehr Menschen zu sprechen, die mir nicht glauben? Was?«

»Wenn Sie wollen, kann ich einen Arzt besorgen.«

»Sie glauben mir nicht.«

»Doch, sicher.«

»Sie wissen verdammt noch mal nicht, was es für ein Gefühl ist, wenn man einen Entschluss gefasst hat und dann darum betrogen wird. Jetzt gibt es da sicher Spuren von mir, und ich lande im Knast, und der wirkliche Täter kommt ungeschoren davon.«

»Aber können Sie mir nicht erzählen, warum Sie diesen Menschen umbringen wollten?«

»Das fragen Sie? Sie sind doch hier der Experte für Sünde und Strafe. Irgendwer muss doch für Gerechtigkeit sorgen, und diesmal war das zufällig eben ich.« Er blickte in die Augen des Geistlichen. »Und ich hatte mir das nicht so ausgesucht, das können Sie mir glauben. Das war schon seit langem vorherbestimmt, seit langem.«

Wedholm saß zurückgelehnt in seinem Sessel, und fast konnte man über seinen schmalen Lippen ein Lächeln ahnen. »Aber offenbar ist jemand ermordet worden. Dann ist die Gerechtigkeit ja doch wieder hergestellt worden, zumindest nach Ihren Maßstäben, Ruben Nilssjö.«

»Nilsson habe ich gesagt, verdammt noch mal.«

»Verzeihung …«

Der Geistliche ließ seinen Blick zu den länglichen Fenstern hinüberwandern, vor denen drei vernachlässigte Topfblumen standen.

Kakteen, miese, stachelige Wüstengewächse. Und draußen

rieselte der Schnee und zeichnete dicke Striche vor der Fensterscheibe. Er kam sich wirklich vor wie in einer anderen Welt.

»Ich würde es ja vorziehen, auf andere Weise für Gerechtigkeit zu sorgen«, sagte Wedholm mit ruhiger Stimme.

»Sie brauchen nicht weiterzureden. Ich weiß schon, was Sie sagen wollen.«

»Aber trotzdem wollten Sie einen Menschen ermorden?«

»Dieses Gerede mit der anderen Wange ist Unsinn. Im wirklichen Leben geht das nicht. Aber darüber wollte ich nun wirklich nicht sprechen. Ich will wissen, was ich tun soll. Jetzt, wo die Lage nun einmal so ist.«

»Ich weiß es aber nicht«, sagte Wedholm. »Ich weiß es ganz einfach nicht. Aber wenn ich Ihnen einen Arzt besorgen kann, dann bekommen Sie vielleicht etwas, das Sie ein bisschen ruhiger werden lässt, und danach müssen Sie selber versuchen zu entscheiden, was zu tun ist.«

»Kovinski war auch kein Heiliger, falls Sie das geglaubt haben sollten.«

»Was?«

»Der Mann, den ich nicht umgebracht habe.«

»Ach, der.«

»Nicht diese Hände haben es getan.« Er hob vor dem schmal gebauten Geistlichen die Hände, doch der dachte vermutlich mehr an sein Mittagessen als daran, was sein Besucher soeben gesagt hatte. Jedenfalls schaute er leicht resigniert auf die Uhr.

Fast zwölf. Ja, auch er selbst hatte keine Lust mehr, hier herumzusitzen und tauben Ohren zu predigen. Falls dieser Arsch ihm nicht glaubte, dann sollte er es eben lassen.

Er erhob sich. »Dann vielen Dank«, sagte er trocken.

Seine Sohlen raschelten über den weißen Kunststoffboden des Flurs. Die Neonröhre unter der Decke funkelte wütend.

Aber er fühlte sich trotzdem besser. Keine Scham, keine Schuld. Er hatte es nicht getan. Das wusste er. Und wie er angenommen hatte, konnte nicht einmal ein Mann der Kirche die Wahrheit akzeptieren.

Er hatte das Haus längst verlassen, saß im Auto, hielt Lenkrad und Schalthebel in der Hand. Dann setzte er aus der engen Parklücke zurück, schlingerte mitten auf die Straße und steuerte das alte Industriegelände an.

39

Aber dann hatte das Dasein sich doch verändert.

Nicht so sehr, wie sie zuerst befürchtet hatte, in diesem kurzen Moment hatte sie nicht gedacht, sondern nur gehandelt. Nur eine gradweise Verschiebung hatte stattgefunden.

War die Veränderung also unausweichlich gewesen?

Ja, die Rahmen waren verschoben worden, vielleicht war auch sie selber zu einer anderen geworden, oder zum Teil einer anderen.

Während der vergangenen Zeit, die sie wohl später als Zwischenzeit bezeichnen würde, hatte sie gehofft, dass er nichts merken würde; im Grunde war der Inhalt zwischen den Rahmen doch noch derselbe. Die Routinen waren unsichtbar verlaufende Fäden gewesen, denen sie langsam und zuverlässig gefolgt waren, ohne wirklich darüber nachzudenken.

Die Veränderung zeigte sich erst jetzt, im Nachhinein. Ihr einziger Trost war, dass auch diesmal alles früher oder später zum Normalen zurückkehren würde, oder zum fast Normalen. Wenn die Zeit erst die Möglichkeit gehabt hätte, die Wunde noch einmal heilen zu lassen.

40

»Ich bin klein, mein Herz ist rein, soll niemand drin wohnen als Jesus allein.«

Die Kleinen, eine Gruppe von vielleicht einem Dutzend Fünf- und Sechsjähriger, in ausgebeulten Jeans und geblümten Kleidern, standen im Kreis und hatten die Hände brav gefaltet. Ihre Blicke aber huschten heimlich umher und fanden ihre Ziele, wobei hier eine Zunge herausgestreckt und dort eine entsetzliche Grimasse geschnitten wurde.

Frömmigkeit, dachte Eva-Britt Bixe, ist wohl eher erworben als ererbt, falls es sie überhaupt gibt.

Nach dem Wort »Amen« brach in dem eben noch so braven Kinderkreis das Chaos aus. Alle rannten hin und her, stupsten und stießen einander an, schrien und lachten abwechselnd und bewiesen damit, dass ihre Angst davor, am Schlafittchen gepackt zu werden und sich Wörter anhören zu müssen, die normale ehrliche Beschimpfungen nur noch dumm und harmlos klingen ließen, sich durchaus in Grenzen hielt. Dann verschwanden sie mit ihren wartenden Eltern im immer dichter werdenden Nachmittagsnebel.

Das Schweigen in dem plötzlich leeren Raum wirkte ohrenbetäubend.

»Sind Sie immer bei den Kinderandachten dabei, Ingemar Wedholm?«

»Lass das mit dem Nachnamen, das klingt so förmlich. Und was die Kinderandachten angeht, nein, ich war heute zum ersten Mal hier. Aber eigentlich sollte ich das wohl häufiger tun.«

»Und warum heute?«

»Andrej Glans' Sohn gehört zu dieser Gruppe. Und die Kleinen begreifen nicht, was passiert ist, warum Emil heute nicht kommen konnte. Ich begreife eigentlich auch nicht, warum die Eltern alle darüber gesprochen haben, so kleine Kinder sollte man doch schonen. Aber die Ansprüche der Gesellschaft werden an immer jüngere Altersgruppen gestellt.«

Eine Bemerkung, die Bixe natürlich nicht leugnen konnte. »Es scheint ihnen aber nicht allzu viel auszumachen.« Sie warf einen viel sagenden Blick auf die Haustür.

»Hoffentlich hast du Recht. Aber Abwehrmechanismen können auf allerlei Weisen zum Ausdruck kommen.«

Noch so eine Wahrheit, dachte Bixe. Sie konnte ihm absolut

nicht widersprechen. Die Frage war jetzt nur, was er ihr darüber hinaus zu sagen hatte.

»Du hast mich hergebeten«, sagte sie und schaute sich fragend im Raum um.

Ingemar Wedholm stieß den Atem aus, als handele es sich um Rauch. Er musterte sie aus seinen tief liegenden Augen und mit einem leicht bohrenden Blick, der in ihr sofort den Wunsch erweckte, in eine andere Richtung zu schauen. Seine dunklen Haare waren ihm in die Stirn gefallen und verbargen das eine Auge teilweise. Seine Schultern waren breit, sein Körper durchtrainiert. Der Pullover spannte über seinen Armen und seiner Brust, die schwarzen Jeans saßen wie angegossen.

»Ja. Aber eigentlich war das nicht richtig von mir. Ich …« Er faltete die Hände und blieb vor ihr stehen. Sein Hals über dem weißen Kragen wirkte steif und verkrampft. »Ich weiß ja, dass ich der Schweigepflicht unterliege, aber gleichzeitig …«

»Ja?«

»Katrin hat da etwas gesagt, sonst hätte ich mich wirklich nicht gemeldet.«

»Ach?« Wo hier schon von Schweigepflicht die Rede ist, dachte Bixe. Aber für den Moment war ihr das alles egal.

Ingemar Wedholm ging zu einem länglichen Tisch und setzte sich auf einen der niedrigen Kinderstühle. Neben seinem Ellbogen lagen ein großer weißer Tonklumpen und eine kleine Schere, auf dem Boden ein roter Filzstift ohne Verschluss.

»Irgendwie habe ich das Gefühl, an eurer Arbeit Anteil zu haben. Gott möge mir das hier also verzeihen. Kannst du nicht so tun, als hättest du nicht gehört, was ich gesagt habe, sondern es nur als stumme Bestätigung auffassen, falls es überhaupt irgendeine Wahrheit enthält?«

»Da muss ich zuerst doch erfahren, worum es geht.«

Abermals holte Wedholm laut hörbar Atem. »Gestern hat mich ein Mann aufgesucht«, sagte er. »Er sagt, er habe jemanden getötet.«

Bixe merkte, wie sie die Stirn runzelte.

»Oder nein. Das hat er nicht gesagt. Sein Problem war eher, dass irgendwer den Menschen getötet hat, den er selber umbringen wollte. Ich habe das alles nicht richtig verstanden, ehrlich gesagt. Ich dachte, ich hätte es mit einem Verrückten zu tun, und deshalb habe ich nicht so genau zugehört. Aber nach dem, was ich jetzt erfahren habe, hat er ja vielleicht doch die Wahrheit gesagt.«

»Und was hast du erfahren?«

»Katrin ...« Er räusperte sich. »Also, Katrin hat erwähnt ... Ich hatte schon in der Zeitung darüber gelesen, aber ich wusste nichts über seine russische Herkunft. Aber der Mensch, den dieser Mann umbringen wollte, hatte einen ausländisch klingenden Nachnamen. Und wenn ich mir das genauer überlege, dann war das sicher ein osteuropäischer.«

»Weißt du den Namen des Mannes, der dich besucht hat?«

»Natürlich.« Wedholm schaute mit seinem hellen Blick zu ihr hoch. »Aber muss ich wirklich ...«

»Was glaubst du, warum ich gekommen bin? Um mir Märchen erzählen zu lassen?«

Wedholm schien ganz leicht zu erröten. Er schaute zum Fenster hinüber. Draußen war ein weißer Nebel zu sehen, der die Dämmerung auf seltsame Weise aufhellte.

Er schüttelte düster den Kopf. »Ich kann dir seinen Namen nicht nennen. Ich weiß jetzt, dass es falsch war, dich anzurufen.«

Jetzt konnte Bixe einen Seufzer nicht unterdrücken.

Die Vorsehung, dachte sie, was ist bloß aus der geworden? »Ich kann dich nicht zwingen«, sagte sie. »Ich weiß, dass du nichts sagen darfst. Eigentlich.«

Wedholm stand auf. Schob zuerst eine Hand in die Hosentasche, dann die andere. Danach schaute er Bixe flehentlich an. »Du hast nicht zufällig eine Zigarette?«

»Leider nein.«

Wedholm murmelte etwas, verschwand in der Garderobe und durchsuchte die Taschen einer Jacke, die über einem Stuhl lag.

Dann kehrte er mit leeren Händen wieder zurück. »Es ist kein gutes Gefühl, so etwas mit sich herumtragen zu müssen.«

»Das kann ich mir denken. Aber es gehört zum Job, nicht wahr?«

Wedholm nickte. »Ich wollte es zuerst nicht glauben, aber jetzt habe ich fast den Verdacht, dass er die Wahrheit gesagt hat. Verrückt oder nicht, darüber kann man sicher diskutieren, aber ich habe jetzt, im Nachhinein, doch das Gefühl, dass er wirklich die Wahrheit gesagt hat. Teilweise zumindest.«

Bixe spürte verärgert, dass sie schon wieder die Stirn runzelte, während sie Wedholm bei seiner rastlosen Wanderung zwischen Tisch und Fenster beobachtete. »Kannst du mir überhaupt irgendetwas sagen? Ohne deine Befugnisse zu überschreiten?«

Der Pastor blieb stehen und schien bittend nach oben zu blicken.

Zwischen dir und Gott gibt es ein Dach, dachte Bixe. Aber vielleicht brauchen Geistliche sich mit weltlichen Dingen wie Dächern nicht weiter herumzuärgern.

»Er hatte zwei Namen«, sagte Wedholm.

Sein Blick war plötzlich offener, als wage er jetzt, die Tatsache zu akzeptieren, dass sie vor ihm stand, dass er sie hergebeten hatte.

»Zwei Namen?«

»Ja. Einen hat er genannt, als er angerufen hat, und mit dem anderen hat er sich hier vorgestellt. Beide Namen waren sich übrigens ziemlich ähnlich.«

»Wie ist das möglich?«

»Das weiß ich nicht. Aber es war so.«

»Aber du willst sie mir nicht nennen?«

Ingemar Wedholm presste die Lippen aufeinander und schüttelte den Kopf. »Wollen vielleicht schon – aber ich kann nicht.«

»Danke jedenfalls. Melde dich, wenn du dir die Sache anders überlegst. Ich werde dich nicht hinter Schloss und Riegel stecken, wenn du einmal gegen deine Befugnisse verstößt.«

»Du nicht, nein, aber mein Chef.«

Bixe überlegte drei Sekunden. »Dann möchte ich noch eine Frage stellen«, sagte sie.

»Bitte.« Wedholm lächelte zuvorkommend.

»Kannst du mir irgendwas über Christer Nyberg sagen?«

Wedholm runzelte die Stirn. »Nicht viel. Ich habe nie mit ihm gesprochen.«

»Nie? Nicht einmal auf dem Gartenfest, zu dem ihr eingeladen wart?«

»Was? Gartenfest?«

»Im vergangenen Sommer, ihr wart ...«

Wedholms Miene erhellte sich. »Ach, jetzt weiß ich. Dieses Fest. Nein, da kamen wir nur zufällig vorbei, und dann haben sie uns hereingeholt. Und ein tolles Fest war das nun wirklich nicht. Nein, auch da habe ich kein Wort mit ihm gewechselt.«

»Ich verstehe.« Bixe lächelte. »Das wollte ich nur wissen.«

Blutrünstig, dachte sie, als sie dann auf der Straße stand, das war sie. Eine Wölfin, die versteckte Wahrheiten witterte, um dann ihre Zähne hineinzuschlagen. Scheißpfaffe, war dann ihr nächster Gedanke. Genauso kalt wie der verdammte Nebel. Was das Aussehen betraf, machte er ja echt was her, das konnte sie nicht leugnen, aber er war eiskalt. Sie begriff nicht, wie Katrin mit so einem verheiratet sein konnte.

Rasch lief sie zum Auto, das oben an der Straßenecke stand, und staunte darüber, dass Verwünschungen wie Schrotkugeln durch ihren Kopf flogen. Das sah ihr überhaupt nicht ähnlich. Hatte das Kirchliche eine solche Wirkung auf sie? War es ein kindischer Protest, ein Versuch, sich gegen das zu wehren, wogegen sie sich eigentlich gar nicht wehren durfte: die Schweigepflicht? Abwehrmechanismen können wirklich auf allerlei Weise zum Ausdruck kommen, damit hatte er immerhin Recht gehabt, Katrin Wedholms Ehemann.

☆

»Diese Maria Äng hat sich im Laufe der Jahre ihren Lebensunterhalt offenbar auf allerlei Arten verdient.«

Mit einem Stapel Papiere auf den Knien hatte sich Sander im Sessel zurückgelehnt.

»Wundert mich nicht.« Bixe winkte mit einem Finger, um Sander zum weiteren Blättern anzuregen. »Mich wundert überhaupt nichts mehr. Nicht einmal mein eigenes Verhalten.«

»Denkst du an etwas Besonderes?« Sander schaute auf, hielt aber einen Finger als Lesezeichen zwischen die Blätter.

»Oder auch das Verhalten von anderen«, sagte Bixe.

»Denkst du an etwas Bestimmtes?«

»Ich habe mit Wedholm gesprochen ...«

»Meinst du Katrin?«

»Katrins Mann. Er war ...« Sie biss die Zähne zusammen. »Egal, jedenfalls würde ich meine Seele dafür verkaufen, zu erfahren, was er weiß. Obwohl er unter Schweigepflicht steht und nicht einmal den Mund aufmachen darf, wenn er an ein und demselben Nachmittag von zehn Massenmördern aufgesucht wird.«

»Was passiert«, sagte Sander, »wenn ein Geistlicher, sagen wir, eine Sozialarbeiterin aufsucht und ihr gegenüber erwähnt, was er weiß? Muss diese Sozialarbeiterin dann ebenfalls den Mund halten? Meines Wissens nach stehen doch nur Geistliche unter vollständiger Schweigepflicht.«

»Meinst du, ich soll jetzt auch noch die Sozialarbeiterin spielen? Aber eins hab ich immerhin erfahren.«

»Ja?«

»Dass Wedholms Besucher zwei verschiedene Namen hatte.«

Sander blickte sie fragend an. »Welcher Besucher? Wovon redest du hier? Ich habe doch keine Ahnung.«

Bixe legte eine kurze Pause ein, wie um Anlauf zu nehmen, dann sagte sie: »Also. Ingemar Wedholm hatte Besuch von einem Mann, der behauptete, er habe einen anderen umbringen wollen.«

»War der Mann verrückt?«

»Das dachte Wedholm zuerst auch. Aber dann hat der Mann offenbar einen osteuropäischen Namen erwähnt, und den hatte Wedholm im Zusammenhang mit einem Mord bereits von Katrin gehört.«

»Wo wir schon von Schweigepflicht sprechen«, warf Sander dazwischen.

»Ja, genau. Und Wedholm glaubte dann wohl, Besuch von Andrej Glans' Mörder gehabt zu haben. Und deshalb hat er sich an mich gewandt.«

»Aber er hat dir doch nichts verraten.«

»Doch, etwas, das habe ich doch schon gesagt, nämlich dass der Mann zwei Namen hatte.«

»Und was nutzt uns dieses Wissen? Wo wir diese Namen nicht kennen?«

»Das frage ich mich auch. Und ich bezweifele, dass ... Aber was ist denn damit?« Sie zeigte auf Maria Ängs Krankenbericht. »Was steht da sonst noch?«

»Äh«, murmelte Sander und schaute verwirrt seinen Zeigefinger an. »Äh, ja ... Da steht also, dass sie einige Jahre lang von Prostitution gelebt hat – und ... Nein, mehr scheint hier nicht zu stehen, abgesehen von den Krankheitssymptomen. Kryptische Bezeichnungen, Medikamente, Zeitpunkte, zu denen sie in Behandlung war. Ziemlich viele übrigens. Offenbar hatte sie ein Abo bei der Psychiatrie. Dass das noch niemand erwähnt hat. Und einmal war sie also in der Orthopädie, weil sie am Meniskus operiert werden musste. Seltsam. Sie kommt mir nicht gerade wie ein sportlicher Typ vor.«

»Wer hatte ihr Knie untersucht?«

»CN, das heißt bestimmt Christer Nyberg.«

»Bitte, Erik, steht da sonst wirklich nicht mehr?«

»Was denn zum Beispiel?«

»Das weiß ich nicht. Ich würde gern wissen, wen sie gekannt hat. Andererseits steht so was wohl nicht in einem blöden Krankenbericht.«

»Glaubst du, dass irgendwelche Bekannten von ihr Nyberg erpresst haben können? Willst du darauf hinaus?«

»Ja, ich dachte, wenn es da jemanden gäbe ... Aber wenn du

mich fragst, ob ich das wirklich glaube, dann ist die Antwort nein, das tue ich nicht. Ich möchte es nur ausschließen.«

»Das scheint seit neuestem unsere Aufgabe zu sein. Oder?«

»Was?«

»Auszuschließen.«

»Ausnahmsweise hast du Recht, Erik.«

»Danke für das Kompliment. Und wenn du keine Bekannten von Äng auftreiben kannst, wen schließen wir dann als Nächstes aus?«

»Glans. Ich fahre heute Nachmittag hin.«

»Viel Glück.«

»Aber du musst mitkommen. Und mit den Nachbarn reden.«

»Haben wir das noch nicht getan?«

»Wedholm und Ring waren vorgestern da. Jetzt bist du an der Reihe. Du musst sie dir gründlicher vorknöpfen. Und vergiss nicht Bleistift und Notizblock.«

»Und Radiergummi.«

☆

Als Eva-Britt Bixe den Schlüssel ins Schloss steckte und umdrehte, passierte nichts.

»O verdammt«, knurrte sie in Richtung Armaturenbrett. Sie musterte es aus zusammengekniffenen Augen, als könne sie den Wagen auf diese Weise zum Anspringen bewegen.

»Na los, du alter Schrotthaufen!«

Aber sooft sie den Schlüssel auch umdrehte und so viele Verwünschungen und Schmeicheleien sie durch ihre zusammengepressten Zähne auch von sich gab, es passierte nichts. Der Wagen blieb stumm, und sie stand noch immer an ein und derselben Stelle.

Das war an sich nicht so schlimm, bei der Stelle handelte es sich nämlich um den Parkplatz des Polizeigebäudes, und im Notfall standen Dienstwagen zur Verfügung, doch Bixe fluchte trotzdem noch einmal ausgiebig, ehe sie widerwillig die Tür öffnete und ausstieg.

So kam es, dass sie sich an diesem nebligen Nachmittag zusammen mit Sander zu dem neuen Villenviertel aufmachte. Sie ärgerte sich darüber, nicht zuletzt weil sie vorgehabt hatte, an diesem Tag eine Stunde früher Feierabend zu machen – Fia wollte mit ihrem frisch erworbenen Liebhaber zum Essen kommen –, sondern auch, weil sie nur ungern als Beifahrerin unterwegs war.

»Jetzt beeil dich doch mal ein bisschen«, sagte sie zu einem bleichwangigen Sander, der sich alle Mühe gab, diesen Befehl sofort zu befolgen, zwischen den Fahrspuren hin und her wechselte und auf Kreuzungen schaltete, obwohl ihm das riskant vorkam, aber sie wollte es schließlich so.

»Fia kommt nachher mit ihrem neuen Freund, und ich habe nicht einmal eine Brotkruste in der Speisekammer. Ich muss vor sechs eingekauft haben, und ich habe keine Ahnung, was ich auftischen soll, Himmel, hast du einen Vorschlag?«

»Vor allem würde ich vorschlagen, dass du eine Umdrehung runterschaltest.«

Bixe starrte aus weit aufgerissenen Augen auf die Straße. »Aber es ist schon drei. Was soll ich bloß machen, zum Teufel?«

»Du hättest nicht so lange an deinem Auto herumfummeln dürfen. Das ist doch mausetot. Und das hätte jeder Trottel begriffen.«

»Janne meinte, das sei nur etwas an der Kupplung.«

»Ring, ja. Aber hat es geholfen, dass er eine Dreiviertelstunde lang in die Motorhaube geglotzt hat?«

»Er hat es versucht. Das musst du zugeben.«

»Und entsprechend spät ist es jetzt schon. Das kommt davon, dass man aller Welt Glauben schenkt.«

»Himmel, sei doch nicht so pessimistisch.«

»Ich bin nur realistisch. Aber okay, ich gebe Gas. Schaffst du dann alles?«

»Das mit Glans? Das muss ich doch. Aber jetzt sind wir ja so gut wie da. Das ist schnell gegangen. Du bist ein richtig guter Fahrer, Erik, wenn du dir nur ein bisschen Mühe gibst.«

☆

»Tja, die Karre ist hier ziemlich viel rumgefahren, das muss man einfach sagen.«

»Ein weißer Volvo, haben Sie gesagt?«

»Ja, genau.«

Karl-Erik Bertilsson räusperte sich und schlürfte seinen Kaffee. Da der winzige, mit Rosenknospen besetzte Henkel für seine kräftigen Finger viel zu eng war, packte er die ganze Tasse, deren feine Zerbrechlichkeit in der groben Faust überaus gefährdet wirkte. Sein Kinn zitterte über einem karierten Hemd, dessen obere Knöpfe geöffnet waren und eine schmale dünne Goldkette zeigten. Was überaus ungewöhnlich war, fand Erik Sander, denn der Alte war doch sicher mindestens achtzig.

Der Mann sah jedoch weder gebrechlich noch krank aus. Seine gerade Haltung bewies eher Gesundheit und Energie. Sein Gesicht hatte auffällig wenige Runzeln, und sein brauner Blick war wachsam und klar.

»Ja, diesen Wagen konnte man in letzter Zeit immer wieder hier sehen.« Lilian Bertilsson war der genaue Gegensatz ihres Mannes. Mager und irgendwie verkrümmt saß sie in sich zusammengesunken auf dem weißen Holzstuhl: Vor Nervosität zuckten ihre dünnen, blau geäderten Finger ab und zu auf ihren Knien.

»Das ist Ihnen also beiden aufgefallen?« Erik Sander schaute in die wässrig blauen und ein wenig geröteten Augen, die unter einer runzligen Stirn und zwei farblosen Augenbrauen hervorschauten. Die dünnen grauen Haare waren streng nach hinten gekämmt und wurden im Nacken von einem Schildpattkamm zusammengehalten.

»Ach, ja, natürlich, Herr Kommissar. So wie der rumgefahren ist.«

»Haben Sie gesehen, wer in dem Auto saß?«

»Ein Mann.« Das hatte der Ehemann gesagt, überzeugt und rasch. Die Frau schien noch weiter in ihrer karierten Schürze und ihrer aufgebauschten weißen Bluse zu versinken.

»Können Sie ihn näher beschreiben?«

Bertilsson schaute einige Sekunden zum Fenster, den blau gestreiften, peinlich sauberen Baumwollvorhängen und den drei kränklichen Pelargonien hinüber, die in regelmäßigem Abstand voneinander auf einem sonnengelben Läufer standen.

»Kräftig, grauhaarig. Das Gesicht vielleicht ein wenig rund. Schwer, das aus der Ferne zu beurteilen.«

»Das ist klar. Ist er nie aus dem Wagen ausgestiegen?«

»Nein, er ist nur hin und her gefahren.«

»War das zu irgendeinem bestimmten Zeitpunkt?«

»Nein, zu allen möglichen. Ich habe ihn mittags und auch abends gesehen. An mehreren Abenden. Lange Zeit hindurch.«

»Und am Mittwoch, also am Zweiundzwanzigsten, haben Sie ihn da auch gesehen?«

Bertilsson holte tief Luft, hustete und hakte die Daumen in seine Hosenträger. »Keine Ahnung, leider. Wir wussten doch nicht ...«

»Nein, das wussten wir nicht«, schaltete Lilian Bertilsson sich mit einer Stimme ein, die ebenso zerbrechlich wirkte wie das Service auf dem Tisch.

»Denn dann hätten wir doch ganz besonders gut aufgepasst«, ergänzte Karl-Erik Bertilsson zur Zustimmung seiner eifrig nickenden Frau.

»Wir kannten sie nicht«, sagte diese dann plötzlich.

Das war ein Kommentar, der den Gatten aus irgendeinem Grund dazu brachte, sich zu räuspern und zweimal mit den Fingern auf den Tisch zu trommeln.

»Ich meine«, fügte sie mit verlegenem Lächeln hinzu, während sich ihre zittrige Hand an den Haarsträhnen hinter ihrem Ohr zu schaffen machte, »dass man das ja eigentlich für ziemlich schlimm halten sollte, und das tun wir ja auch, obwohl wir sie im Grunde nicht gekannt haben. Und dann ist es doch nicht ganz so schrecklich. Wenn der Herr Kommissar versteht.«

Doch, das verstand er. Irgendwie zumindest, dachte er. Das Chaos, das sich unter der gepflegten Oberfläche zeigte, hatte er jedoch weniger im Griff.

Er sah die übrigen Nachbarn vor sich, mit denen er an diesem Nachmittag noch reden musste. Und unterdrückte ein Gähnen. Der Kaffee war auch keine Hilfe gewesen – was aber nicht überraschte, schließlich konnte er den Kaffeelöffel beim Umrühren selbst auf dem Tassenboden noch glänzen sehen wie ein Silberfischchen.

Wie viele geheimnisvolle Autos würden sie ihm in den kommenden Stunden wohl noch beschreiben? Bei seinen vorherigen Gesprächsopfern waren gleich mehrere unbekannte Wagen serviert worden, die sich in der Gegend herumtrieben. Genauer gesagt ein nagelneuer Saab und ein etwas älterer Range Rover. Im Letzteren sollte ein »Jüngling aus Afrika« gesessen haben, worauf Sander nicht einmal zum Notizblock gegriffen, sondern nur artig genickt und versucht hatte, ein Gesicht zu machen, als wolle er sich das alles einprägen.

Und jetzt war es also ein weißer Volvo. Man konnte sich immerhin fragen, warum der eine einen Range Rover sah und der andere einen Volvo. Welche unerfüllten Träume versteckten sich hinter den vielen Auskünften, die ihm an diesem Tag bereits erteilt worden waren?

Sander versuchte, keine Grimasse zu schneiden, als er in der drückend stillen Küche mit dem blau gestreiften Flickenteppich und dem mit Porzellan gefüllten Wandschrank, der dieses Bild vom Stillstand des Lebens noch zu krönen schien, den letzten lauwarmen Kaffee trank. Dann sprang er auf, um weitere Kommentare über Aussehen und Wesen des Wagens zu verhindern. Es würde auch nichts ändern, überlegte er, wenn die eine Felge verrostet, der vordere Scheinwerfer lädiert wäre oder der eine Scheibenwischer schief säße. Jetzt wollte er nur noch fort aus diesem Haus.

Er ging schon an dem riesigen Dielenschrank aus dunklem Holz vorbei, dessen Inhalt bei seinen Schritten leise klirrte, als Bertilsson noch einmal seine Stimme hob. »Ach, übrigens …«

Noch mehr Autoscheiß, dachte Sander noch rasch.

»Ich hab die Autonummer, wenn Sie das interessiert.«

Sander fuhr herum, glaubte, ein leises Pst der Frau aufzuschnappen, die offenbar aus einem unerfindlichen Grund die Redseligkeit ihres Gatten zu tadeln schien. Sicher hatte er sich verhört, vielleicht lag alles nur an dem Chaos, das er hinter den runzligen Stirnen des Ehepaares vermutete. Wenn er auch nichts über dessen Form oder Ausmaße wusste. Aber natürlich interessiert mich das, dachte er und sagte: »Ja, bitte.«

Energisch wurde ihm ein Zettel in die Hand gepresst. Den faltete er zusammen, steckte ihn zu dem anderen Schrott in seine Tasche und ging.

☆

Was hatte Christer Nyberg gewusst? Dasselbe wie Andrej Glans? Und wenn ja, wer hatte dieses Geheimnis noch geteilt?

Bixe rieb sich mit den Fingerknöcheln über die Stirn. Es war acht, und ihre Ellbogen waren noch immer auf die Schreibunterlage gestützt. Das Zimmer wurde nur von einer Schreibtischlampe beleuchtet; und die hatte sie so gedreht, dass sie dramatische Schatten an die Wände warf.

Sie hätte jetzt zu Hause sein sollen, dachte sie. Und zusammen mit Fia und dem geheimnisumwobenen Mann bei Kerzenschein ein Festmahl zu sich nehmen. Stattdessen hatte es einen schnellen Hamburger und ein ebenso schnelles Telefongespräch mit Fia gegeben, die gesagt hatte: »Das macht doch nichts, Mama, dann holen wir das eben nach«, die aber doch enttäuscht geklungen hatte.

Daran konnte sie nichts ändern. Im Moment war ihr offenbar kein Privatleben gestattet. Und wieso überhaupt Privatleben? Wann hatte sie je etwas Lustvolleres getan als sich ein Bad und eine Tasse Kaffee zu gönnen, um sich danach erschöpft ins Bett sinken zu lassen?

Und jetzt saß sie wieder einmal im Büro und rieb sich die Schläfen, während unter der Decke der Ventilator rauschte und der fünfte Pappbecher mit Kaffee vor ihr auf dem Tisch kalt wurde.

Was hatten sie gewusst?

Sie erhob sich, trat ans Fenster, schaute auf die glitzernde Oberfläche des Flusses hinunter. Die Trennlinie der Stadt, an der in regelmäßigen Abständen brandgelbes Laternenlicht zu sehen war. Weiter unten ratterte ein Zug vorbei, um dann bald hinter einem Vorhang aus Mietshäusern zu verschwinden.

Sie blieb stehen und ließ ihren Blick durch die Dunkelheit gleiten.

Etwas stimmte nicht. Auch wenn Christer Nyberg und Andrej Glans etwas gewusst haben sollten und wenn dieses Wissen sie das Leben gekostet hatte, so war da doch noch mehr. Ein Blick, ein Gesicht.

Ihre Absätze knallten auf den Boden.

Damit musste sie anfangen. Mit einem Gesicht. Das war der Schlüssel zu allem anderen. Zum Tor der Geheimnisse.

Dann machte sie sich auf den Heimweg, zu Fuß. Die ersten Regentropfen fielen in dem Moment, als sie das Haus verließ.

»Soll ich wirklich kein Taxi holen?«, fragte der wachhabende Kollege, aber sie schüttelte den Kopf.

»Ich hab es nicht sehr weit, und ich muss nachdenken.«

Na ja. Nachdenken. Absolut übertrieben. Ihr Gehirn war reparaturbedürftig, genau wie das Auto. Dieser störrische Schrotthaufen stand übrigens weiterhin auf dem Parkplatz, und deshalb würde sie am Montagmorgen zu Fuß zur Arbeit gehen müssen.

Sie erreichte den Marktplatz, als die Kirchturmuhr neun Uhr schlug. Eine Reihe von freien Taxis stand ihr gegenüber am Straßenrand, und zwei Sekunden lang spielte sie mit dem Gedanken, eins heranzuwinken. Gestärkt von dem Wissen, dass nur noch vier Blocks zwischen ihr und ihrer Wohnung lagen, ging sie jedoch weiter. Es wäre doch mehr als nur albern, wenn sie diese Strecke nicht bewältigte.

Wann war sie eigentlich so bequem geworden? Vielleicht als Gösta mit seinen anspornenden Habseligkeiten ausgezogen war – mit seinen vielen Fußballpokalen und seinen Medaillen von Marathonläufen und Silberkrügen mit eingravierten Jahreszahlen? Mit den Stapeln von Fußballtrikots und verschlissenen Shorts, die den Kleiderschrank verstopft hatten? Nach Göstas Verschwinden war das Leben einfacher geworden, leerer und stummer, das schon, aber auch geräumiger; sie brauchte sich nicht mehr ihren Weg zwischen Möbeln und überflüssigen Gegenständen zu bahnen oder sich darüber zu streiten, wer am nächsten Morgen den Wagen haben könnte. Meistens hatte sich dabei Gösta durchgesetzt – wo er doch so viele Besprechungen bei auswärts gelegenen Terminen hatte – während Eva-Britt sich mit ihrem alten schwarzen Fahrrad zufrieden geben musste. Andererseits war sie damals nicht so dick gewesen wie jetzt. Aber im Moment pfiff sie auf alle überflüssigen Kilos; wenn die Konditorei an diesem Samstagabend geöffnet hätte, würde sie vor dem Schlafengehen zum Kaffee nur zu gern mindestens zwei Stück Kuchen verzehren.

Sie bog in die Brogata ab. In Åhléns Schaufenster waren eine Menge Weihnachtsbäume zu sehen, eine ganze Woche zu früh, zusammen mit kleinen Weihnachtsmännern, die mit törichtem Lächeln auf den leeren Bürgersteig hinauswinkten und ihre Geschenksäcke umklammerten.

Der nachmittägliche Besuch bei Berit Glans hatte bei ihr eine beklommene Stimmung hinterlassen. Sie wusste nicht, ob das einfach daran lag, dass der Mann dieser Frau ermordet worden war – das konnte doch die muntersten Mundwinkel nach unten ziehen –, oder daran, dass Bixe sich dieser Frau gegenüber ein wenig zwiespältig fühlte. Sie sah immer noch die vielen Tugenden, die ihr schon bei ihrer ersten Begegnung an Glans aufgefallen waren. Trotz des Schicksalsschlages war diese Frau tadellos frisiert, saß ihr Rock glatt, waren ihre Augen trocken.

»Die Kinder sind noch immer bei der Großmutter«, hatte Berit Glans als Erstes gesagt, nachdem sie die Tür geöffnet hatte.

»Das muss hart für sie sein«, hatte Bixe erwidert.

»Ich glaube, sie wissen es noch nicht.«

Wie lange kann man so etwas geheim halten, hatte Bixe sich gefragt. Und war diese Geheimhaltung eine Flucht vor dem, was geschehen war?

Berit Glans hatte sie scheinbar völlig gelassen in ein großes Wohnzimmer mit Blick auf ein abschüssiges Grundstück geführt. Durch das Panoramafenster waren immergrüne Büsche und etliche hohe Obstbäume zu sehen gewesen, die vermutlich noch aus der Zeit der Schrebergärten stammten. Im spärlich, aber erlesen möblierten Zimmer standen ein niedriges Ecksofa und ein schmaler, heller Tisch. Ein weißer Sessel mit einer karierten Decke über der Rückenlehne befand sich gegenüber dem Sofa. Glans ließ sich in diesen Sessel sinken und schlug züchtig die Beine übereinander. Nur die winzigen Zuckungen in ihren verschränkten Fingern waren ein Hinweis darauf, dass die Ruhe vielleicht doch nur gespielt war.

Bixe schaute zu dem Klavier an der gegenüberliegenden Wand hinüber, auf dem ein aufgeschlagenes Notenheft zu sehen war. Daneben standen ein leerer Notenständer und ein mit Leder überzogener Hocker.

»Können Sie mir sagen, was am Mittwochabend passiert ist?«

Berit Glans räusperte sich und drehte den Kopf ein wenig. »Ich bin gegen elf nach Hause gekommen«, sagte sie. »Und da fiel mir auf, dass das Haus dunkel war. Ich wusste, dass Andrej um acht zu Hause sein wollte, und da ich so spät dran war, fand ich, er hätte ein paar Lampen brennen lassen können. Das machte er sonst immer.«

»Wo waren Sie gewesen?«

»Bei einer Freundin, zum Geburtstagskaffee.«

»Wie heißt diese Freundin?« Glans riss kurz die Augen auf, nannte dann aber, nun wieder mit dem halb geschlossenen Blick von vorhin, einen Namen, den Bixe sofort notierte.

»Es wurde etwas später als geplant, das kommt ja vor, es war so lustig, und wir kamen ins Plaudern, und die Kinder schliefen, und deshalb hatten wir den Abend für uns …« Sie fuhr sich mit zwei geraden Fingern über die Stirn, ihre Nägel waren kurz geschnitten, zurechtgefeilt und mit farblosem Lack überzogen, so dass die weißen Monde ein wenig leuchteten. »Aber als ich dann nach Hause kam, hatte ich sofort das Gefühl, dass etwas nicht stimmte. Ich machte mir Sorgen und …«

»Warum denn? War es so seltsam, dass Ihr Mann vergessen hatte, einige Lampen anzuknipsen?«

Berit Glans schaute Bixe an, ließ ihren Blick dann aber rasch zu dem leeren Tisch weitergleiten. »Ich weiß nicht. Es war nur ein Gefühl.«

»Was ist dann passiert?«

»Ich sah beim Eingang jemanden liegen, oder genauer gesagt, rechts vom Eingang. Zuerst sah ich nur etwas Dunkles, und ich konnte doch nicht glauben … Als ich dann hinging, stellte ich fest, dass es Andrej war. Ich war einfach … Ich dachte, er sei gestolpert, hätte sich irgendwo den Kopf gestoßen und das Bewusstsein verloren. Ich drehte ihn auf die Seite, ich begreife nicht, warum ich das Blut nicht gesehen habe …«

Sie holte rasch durch die Nase Atem.

»Als er nicht zu sich kam, bin ich ins Haus gestürzt, um einen Krankenwagen zu rufen.«

»Sie haben sonst niemanden gesehen? Ein Auto? Irgendeinen Menschen, der nicht dorthin gehörte?«

Berit Glans schüttelte den Kopf.

»Da sind Sie sich ganz sicher?«

In der nun folgenden kompakten Stille, die an die zwanzig Sekunden vorhielt, war nur das leise Brummen des Kühlschranks aus der nebenan liegenden Küche zu hören.

»Wer, außer Ihrer Freundin, wusste, dass Sie an diesem Abend nicht zu Hause sein würden?«, fragte Bixe dann.

Berit Glans zögerte mit der Antwort, als müsse sie sich das zuerst überlegen. »Soviel ich weiß, niemand.«

»Sie haben es nirgendwo erwähnt, bei der Arbeit, im Kindergarten, ja, wo auch immer, in einem Laden vielleicht?«

»Nein. Nein, warum hätte ich das tun sollen?« Glans saugte

die Wangen so energisch ein, dass ihre Wangenknochen für einen Moment noch höher wirkten.

»Und Sie waren der einzige Gast bei Ihrer Freundin?«

»Ja.«

»Können Sie sich noch an etwas anderes erinnern? An Telefongespräche, Personen? An etwas, das irgendwie außergewöhnlich war und Ihnen aufgefallen ist?«

Glans schüttelte langsam den Kopf.

»Und Andrej hat auch nichts erwähnt, was Ihnen im Nachhinein seltsam vorkommt?«

»Nein. Ich weiß nur, dass er an diesem Abend länger Dienst hatte – das kommt manchmal vor, wenn sie viele Patienten haben, aber dass er mir etwas gesagt hätte – nein.«

Nichts, dachte Bixe, ein seltsam leeres Nichts. »Einige von den Nachbarn haben einige Male fremde Autos hier in der Straße gesehen. Genauer gesagt einen Saab und einen weißen Volvo.«

»Mir ist kein Wagen aufgefallen.«

»Die sollen ab und zu hier herumgefahren sein.«

»Ich weiß nicht einmal, welche Autos die Nachbarn haben. Aber das können doch irgendwelche Ortsfremden gewesen sein, die sich hier nicht auskennen.« Berit Glans löste ihre Finger voneinander und legte sie nun nebeneinander.

»Sicher. Ich wollte nur wissen, ob Sie das auch bemerkt haben.«

»Nein. Im Gegensatz zu Bertilssons, was? Denn die meinen Sie doch sicher. Die haben nichts anderes zu tun als aus dem Fenster zu starren.«

Bixe gab keine Antwort.

»Ich meine nur«, sagte Berit Glans dann, »dass man denen nicht alles glauben sollte, ich glaube, sie sehen bisweilen das, was sie selber sehen wollen.«

Bixe glaubte in Berit Glans' Augenbrauen ebenfalls ein leichtes Zucken zu bemerken.

»Ich meine nur …«

»Sie haben also gar nichts gesehen?«

»Wie gesagt …«

»Wie war Andrej als Mensch? Ist es ihm leicht gefallen, sich – Feinde zu machen?«

Ein seltsam vages Lächeln huschte wie ein Schatten über Glans' Lippen. »Er war die Friedfertigkeit in Person.« Das Lächeln verschwand, und ihr Blick glitt ins Leere. »Haben Sie noch weitere Fragen?«

Sie schien eher mit der Wand zu sprechen als mit Bixe. Ihr Blick war so scharf auf das Nichts gerichtet, als könne sie dort irgendwo, weit hinter der blassen, gelb karierten Tapete, etwas erkennen, das allen anderen verborgen blieb.

Was vermutlich auch der Fall war, dachte Bixe. Gerne hätte sie gewusst, was die andere dort sah. Denn obwohl es sicher nur das eine war – der Mann, den Glans tot im Garten aufgefunden hatte –, so schien doch etwas zwischen ihnen im Raum zu schweben. Etwas, das Bixe nicht erfassen konnte.

»Es gibt also sonst nichts, worüber Sie sprechen möchten?«

Glans riss ihren Blick von seinem Zufluchtsort in der Ferne los. »Was meinen Sie?«

»Egal was. Selbst die unscheinbarsten Details können von Bedeutung sein.«

»Nichts«, murmelte Berit Glans und sah sie so nachdrücklich an, dass diesmal Eva-Britt Bixe diejenige war, die ihren Blick zur Seite davongleiten ließ.

41

Er war nicht gerade das, was man als schön bezeichnet, er war einfach nur beängstigend und seltsam, wie er da langsam voranglitt, in seinem leicht wiegenden Gang, die Hände gerade nach unten hängend, den gesenkten Blick immer wieder umherschweifend, als fühle er sich verfolgt.

Sein breiter, felsenschwerer Bärenkörper war langsam an ihr

vorübergeschritten. Eine Sekunde hatte sie geglaubt, er werde stehen bleiben und vielleicht irgendeine Frage stellen, und aus irgendeinem Grund hatte sie sich gefürchtet. Warum bloß, fragte sie sich später.

Einfach darum, sagte sie sich dann, weil er nicht ins Haus gehörte. Er war ganz selbstverständlich hereingekommen, gehörte aber weder zum Personal noch zu den Patienten.

Susanne Karlöv prägte sich den Mann mit dem wiegenden Bärengang und den gewaltigen Schultern ein, über denen der kahle Kopf wie ein schlaffer Gummiball zu hängen schien.

Albern, hatte sie gedacht. Natürlich kam er nicht ihretwegen, hör auf, dir alles Mögliche einzubilden, und geh wieder an die Arbeit. Es war Mittagszeit, und der Essenswagen war noch nicht gekommen. In solchen Fällen fuhren sie manchmal selber in die Küche hinunter und holten das Essen, damit die Patienten nicht warten mussten.

Aber als sie nun vor dem Fahrstuhl stand, als sie gerade auf den Knopf gedrückt hatte und der Fahrstuhl rauschend vom Keller hochkam, stand er plötzlich wieder da, nur einen Meter von ihr entfernt, die Hände in die Taschen gebohrt, den Kopf über der hellen Jacke seltsam wackelnd. Unwillkürlich war sie zusammengezuckt. Sie hatte die Fahrstuhltür angestarrt, hatte seinen Blick aber trotzdem gespürt.

»Arbeitest du hier?«

Seine Stimme war leise und kaum zu hören. Als wolle er nicht gehört werden. Außer ihnen war niemand dort, nur sie und er. Ihre Angst ließ ihr kalte Schauer über den Rücken laufen. Etwas an diesem Mann, und nicht nur seine stechenden eisblauen Augen, verursachte ihr Unbehagen.

»Suchst du jemanden?«, fragte sie und versuchte, ihre Stimme ruhig klingen zu lassen.

Er kam noch einen Schritt näher, und sie wich automatisch zurück. Er beugte sich so weit vor, dass sie seinen harschen Atem an ihrer Wange spürte.

Und dann stellte er diese seltsame Frage.

Langsam kam der Fahrstuhl näher.

Er zog seine gewaltigen Pranken aus der Tasche und ließ die Finger der einen Hand nachdenklich über das unrasierte Kinn gleiten, in dem sie ein kleines dunkles Grübchen entdeckt hatte. Seine Augen, die von farblosen kurzen Wimpern umrahmt waren, schauten sie an, ohne sich zu bewegen.

Ein Irrer, dachte sie, ein geistig Gestörter. Besser, ihn nicht zu verärgern. Als die Fahrstuhltüren sich öffneten, lächelte sie ihn deshalb strahlend an und zeigte als Antwort auf seine Frage auf die Tür hinter ihr.

Danach ging sie in den Fahrstuhl, hielt den Knopf gedrückt und betete, dass dieser Mann auf der Stelle stehen bleiben würde, an der er gerade stand. Erst als sich die Fahrstuhltüren wie eine schützende Wand zwischen sie geschoben hatten, bemerkte sie, dass sie unter ihren Armen schweißnass war und dass ihr Herz wie wild loshämmerte.

42

»Wer hatte denn überhaupt …«

Bixe schob mit dem Mittelfinger ihre Lesebrille nach oben. Die glitt ihr ärgerlicherweise immer wieder auf die Nase, was Bixe jedoch nicht davon abhielt, mit irgendeinem Kollegen zu sprechen oder im Zimmer hin und her zu laufen; erst als sie sich nun vorbeugte, um einen der riesigen Papierstapel über den Fall Nyberg zu lesen, störte es sie umso mehr. Es war wirklich verdammt nervtötend, offen gesagt, nur halbe Buchstaben in der Zeile lesen zu können, die von dem dünnen Brillenbügel geteilt wurde.

»… etwas darüber gesagt …«, jetzt schaute sie auf, über den Brillenrand hinweg, »ja, entschuldige, ich habe wohl nicht richtig zugehört, wer hatte etwas worüber gesagt?«

»Ich natürlich.« Erik Sander tippte mit dem Finger auf seine karierte Hemdbrust. »Siehst du hier sonst noch jemanden, Eva-Britt?«

Sie schwenkte mit einem Lächeln, das um Entschuldigung bitten sollte, ein Blatt Papier vor ihrem Gesicht hin und her. Er stand auf der anderen Schreibtischseite und stützte sich mit beiden Händen auf die Tischplatte. »Katrin ist heute krank.«

Bixe schaute überrascht auf, nahm die Brille ab und legte sie auf den Papierstapel. »Ach?«

»Mehr weiß ich nicht. Ich habe nicht mit ihr gesprochen.«

»Glaubst du …«

Sander nahm die Hände vom Tisch und wandte sich dem Fenster zu. »Was soll ich glauben?«, fragte er, obwohl er ahnte, dass sie an dasselbe dachte.

Bixe gab keine Antwort.

»Und dann hat eine Frau angerufen.« Er legte eine Kunstpause ein und fragte sich, ob er damit ihre Neugier steigern konnte.

»Weshalb denn?« Bixes Augen sahen an diesem Tag ungewöhnlich klar aus, vielleicht aber spiegelten sie auch nur den selten klaren, leuchtend blauen Himmel vor dem Fenster.

»Das hat sie nicht gesagt. Sondern nur, dass sie etwas erzählen wollte. Hier ist ihr Name. Ich dachte, du wolltest dich selber darum kümmern. Außerdem bin ich voll ausgelastet mit dieser Busfirma …«

Eva-Britt Bixe setzte ihre Brille wieder auf, schob sie nach oben und musterte den Zettel. »Danke, Erik. Manchmal bist du ein Engel.«

Sie schaute auf und sah, dass die Tür langsam ins Schloss glitt. Ein Engel, dachte sie. Umsichtig wie im Traum. An der Stelle, wo er auf dem grauen Plastikboden gestanden hatte, war jetzt nur der scharfe Sonnenschein zu sehen.

☆

Susanne Karlöv saß gerade da, sie schien ihren Rücken so hart gegen die Rückenlehne zu pressen, dass ihr Stuhl jederzeit umkippen konnte. Das dachte Bixe, als sie in der kleinen Küche mit den grün gestreiften Vorhängen saß und versuchte, nicht auf dem Bleistift herumzukauen, den sie aus ihrer Tasche gefischt hatte. Die Aufregung darüber, dass jemand ihr etwas zu sagen hatte, erweckte in ihr immer das Bedürfnis, Finger und Lippen um etwas Langes, Schmales zu schließen. Am liebsten um eine Zigarette.

Karlövs Sitzhaltung beruhte wohl eher auf Nervosität, überlegte Bixe, als darauf, dass sie eine sensationelle Mitteilung zu machen hatte. Bixe wagte ohnehin nicht, sich zu große Hoffnungen zu machen, besser, sich überraschen lassen, als enttäuscht zu werden.

»Also«, sagte Karlöv, »zuerst kam mir das ein bisschen dumm vor, aber ich dachte – ich müsste …«

Bixe legte den Kopf ein wenig schräg, eine bewusste Geste, die der jungen Frau das Reden erleichtern sollte. »Ja?«

Karlöv räusperte sich und hielt sich die Hand vor den Mund. »Es ist ja schon eine Weile her, und vielleicht hat es gar nichts mit – dieser Sache zu tun. Ich weiß nicht, aber ich dachte also …«

Die Frau hatte ein schmales Gesicht, das von einer schlichten hellen Pagenfrisur eingerahmt wurde. Ihre großen dunklen Augen schauten ängstlich unter dem gerade geschnittenen Pony hervor, ihre dünnen, hellrot geschminkten Lippen waren zweifelnd geöffnet.

»Sie können uns die Entscheidung überlassen, ob das, was Sie zu sagen haben, wichtig ist«, sagte Bixe lächelnd. »Wir sind auch nicht böse, wenn es das nicht ist. Das verspreche ich Ihnen. Also, was ist passiert?«

Endlich ließ Karlöv ihre hochgezogenen Schultern sinken. »Na ja.« Sie schaute sich um. »Ich hatte einfach solche Angst.«

»Wovor?«

»Vor einem Mann. Und er hatte etwas an sich, das …« Susanne Karlöv legte eine Pause ein und holte tief Atem. »Das ist zwei Monate her, ich war als Vertretung auf Christer Nybergs Station. Jetzt bin ich nicht mehr da, aber ich hatte diese Stelle für drei Wochen. Und eines Tages, es war so um die Mittagszeit, das weiß ich noch, ich wollte gerade den Essenswagen holen …«

»Und dann war dieser Mann da?«

»Ja, er stand da, und ... Ich weiß ja nicht, ob es etwas zu bedeuten hat, aber ich fand sein Verhalten einfach seltsam.«

»Wann genau ist das passiert? Und wieso fanden Sie es seltsam?«

Bixe nahm wieder den Bleistift aus dem Mund, diesmal legte sie ihn danach auf den Küchentisch. Während sie darauf wartete, dass Karlöv weitersprach, schaute sie sich um. Die Küche, wie der Rest der schlichten Einzimmerwohnung, war geschmackvoll eingerichtet, mit hellen Möbeln und Teppichen. Über dem Spülbecken hing ein Strauß getrockneter Blumen, an der Wand über dem Küchentisch war ein Aquarell in einem schmalen roten Rahmen angebracht, das ein an einem alten Holzzaun lehnendes Fahrrad zeigte. Viele Kleinigkeiten steigerten noch die Gemütlichkeit. Bixe hatte keinerlei Talente in dieser Richtung und beneidete manchmal ihre eher ästhetisch veranlagten Zeitgenossen. Zum Beispiel wäre sie leider nie auf die Idee gekommen, den Deckel eines Marmeladenglases mit einem bunten Stoffstück zu schmücken, so wie es Karlöv bei dem Glas gemacht hatte, das jetzt auf einem roten Metalltellerchen vor ihnen stand. Das Glas stand neben einer Schüssel mit Rosinenbrötchen und wartete auf den Kaffee, der neben dem Herd in einer funkelnden Kaffeemaschine vor sich hinblubberte.

»Ende September habe ich dort aufgehört, und das war ganz kurz davor. Ich hatte eigentlich alles vergessen, bis ich den Mann vorgestern in der Stadt gesehen habe, beim Marktplatz. Und dann ist es mir wieder eingefallen ...«

Sie zog ihre Strickjacke dichter um sich zusammen, wie um sich am Frösteln zu hindern. Gleich darauf sprang sie auf, um den Kaffee zu holen. »Er hatte etwas Seltsames an sich, da bin ich mir jetzt sicher.«

Der dünne Kaffeestrahl lief in Bixes Tasse. Unbewusst musterte sie die Farbe, um mit Hilfe des bloßen Auges zu entscheiden, ob er stark genug war.

»Und Sie glauben, dass es etwas mit Christer Nyberg zu tun hat?«

Karlöv runzelte die Stirn und nippte vorsichtig an dem heißen Kaffee. »Nein, eigentlich nicht. Oder genauer gesagt, ich weiß es nicht. Aber dieser Mann – der kam mir so seltsam vor, und ich dachte, es sei doch sehr kurz davor gewesen – ehe Nyberg ermordet worden ist.«

Das Letzte sagte sie ganz schnell, so als ob sie diese Wörter lieber nicht in den Mund genommen hätte.

»Was war seltsam an diesem Mann?«

»Ich habe ihn gesehen, als ich zum Fahrstuhl ging. Er ging mitten auf dem Flur, ein wenig zögernd, als suche er jemanden. Es war nicht zur Besuchszeit, und ich kannte ihn nicht, deshalb konnte er kein Patient sein. Und zum Personal gehörte er auch nicht. Aber er schien durch den Personaleingang gekommen zu sein, obwohl diese Tür immer abgeschlossen ist.«

»Und er konnte auch nicht von einer anderen Station stammen? Und sich verlaufen haben?«

»Das weiß ich ja nicht, aber ... Aus irgendeinem Grund hatte ich Angst, er schlich so seltsam umher und starrte ... Und dann, und deshalb habe ich bei Ihnen angerufen, dann hat er sich nach Berit erkundigt.«

»Nach Berit Glans?«

Susanne Karlöv nickte, während sie auf einem Stück Brötchen herumkaute. »Ja. Ist Berit hier, fragte er. Und ich wusste zuerst nicht, welche Berit er meinte, ich arbeitete doch noch nicht lange da, aber dann ging mir auf, dass es um die Stationsschwester ging. Aber sie war nicht da, deshalb habe ich ihn zu Nyberg geschickt, den hatte ich eben noch in seinem Zimmer gesehen.«

»Wissen Sie, was er wollte?«

»Keine Ahnung. Ich ging dann in den Fahrstuhl, ich hatte schreckliche Angst, und im Nachhinein kommt mir das ein wenig albern vor, aber er war so – auf irgendeine Weise unangenehm.«

»Und als Sie zurückgekommen sind, war er da noch da?«

»Ich habe ihn jedenfalls nicht gesehen.«

Bixe ließ ihren Blick von den mit Zucker glasierten Brötchen – die sie ausnahmsweise einmal dankend abgelehnt hatte, an diesem Tag hatte sie sich mit dem starken Kaffee begnügt – zu den unterteilten Fenstern gleiten, wo die Sonne durch die verschlungenen Zweige eines Baumes schien, der so dicht vor dem Haus stand, dass er die Glasscheibe fast streifte.

Intuition, dachte sie, ein Gefühl, das sich den Gesetzen der Logik entzieht. Was genau hatte diese junge Frau dazu gebracht, den Hörer abzunehmen und die Polizei anzurufen? Ein kurzes Funkeln in einem Auge, reichte das? Oder etwas Unausgesprochenes in der Stimme des Mannes?

»Können Sie ihn beschreiben?«, fragte sie.

Susanne Karlöv legte ihre Stirn in tiefe Falten. »Groß, mindestens eins neunzig. Und kräftig. Er kam mir vor wie ein großer schlurfender Bär, ja, wirklich.«

Und die Augen, dachte Bixe. Was hatte in denen gelegen?

Und was lag in Karlövs Blick und brachte Eva-Britt Bixe, als sie an diesem Nachmittag nach Hause wanderte – ihr Wagen war jetzt in die Werkstatt geschafft worden und sollte für eine unbestimmte Zeit dort bleiben; der Autoreparateur hatte geseufzt und sich beim Anblick dieser Rostlaube am Kopf gekratzt –, dazu, von etwas überzeugt zu sein, woran sie vorher auch nicht ein einziges Mal gedacht hatte?

»Danke«, sagte sie, als sie Karlövs Wohnung verließ. »Ich glaube, Sie haben uns geholfen.« Und die Frau hatte sie überrascht angeschaut, fast mit Angst in den weit aufgerissenen Augen.

»Das hätte ich nicht gedacht«, sagte sie. »Und ich begreife nicht ...«

»Ich auch nicht«, sagte Bixe.

☆

»Kannst du ihn beschreiben?«, fragte sie und dachte, dass die Verbindung wirklich nicht die beste sei, obwohl es doch nur um wenige Dutzend Kilometer ging und sie in einem technisch fortgeschrittenen Land lebten. An diesem Morgen knackte es bedenklich in der Leitung.

Oder lag es nur daran, dass sie hier mit Gösta verbunden war? Dass sich noch der ruhigste kleine Bach unweigerlich in ein wütendes Meer verwandelte, wenn er zwischen ihnen dahinfloss?

Immerhin besaß *sie* nicht die Frechheit, ihn zu Hause anzurufen und seine Kartoffelchips mampfende Junggeselleneinsamkeit zu stören, oder vielleicht auch einen wilden und für ihn, im Hinblick auf sein Alter und seinen immer weiter anwachsenden Bauch, unbeholfenen Liebesakt mit einer seiner immer jüngeren und immer anspruchsvolleren Bewunderinnen.

Aus dem Telefon hörte Bixe seine morgenraue Stimme.

»Wen meinst du?«

»Diesen Typen, den du ausgerechnet spätabends vermisst hast, weshalb du mich gleich anrufen musstest.«

Gösta stieß kurz die Luft aus. »Ach, den ... Aber der ist längst wieder da.«

»Seit wann?«

»Musst du das genau wissen?«

»Ja.«

»Mal sehen ...« Papier raschelte, die Leitung knackte. »Hier hab ich's, ja, das war vorgestern. Er ist von selber gekommen.«

»Danke. Kannst du ihn beschreiben?«

Der Herr Anstaltsleiter seufzte leise. »Was hast du jetzt für einen Verdacht? Dass ausgerechnet er ...«

»Gar keinen. Und mit dir dürfte ich ohnehin nicht darüber sprechen. Groß und kräftig, breitschultrig, Glatze, Mitte vierzig. Stimmt das?«

»Du weißt doch schon alles. Was hat er angestellt?«

Sie trommelte ungeduldig mit den Nägeln auf dem Schreibtisch.

»Warum fragst du nach ihm? Was hat er mit ...«

»Name?«

»Morgan Grönvall.«

»Danke. Das ist alles. Das ist ja vielleicht eine schlechte Verbindung. Und was machst du so? Rasierst du dich heutzutage im Dienst oder was?«

☆

Ja, was hatte sie auf diese Idee gebracht, wenn nicht eine gewisse Intuition? Sie hatte ins Blaue geschossen und ins Schwarze getroffen. Wenn auch nicht direkt ins Herz, nein, noch nicht. Aber ein Köder war ausgelegt worden, und die ausersehene Beute lag jetzt vor ihr und konnte untersucht werden, bis sich eine unerwartete Öffnung auftat und den weiteren Weg zeigte.

Sie saß ihm gegenüber. Der Anstaltsleiter, genauer gesagt Gösta, stand hinter ihm. Göstas Gesicht zuckte nervös, er schien kein großes Zutrauen zu seiner ehemaligen Gattin und ihren möglicherweise idiotischen Fragen zu haben. Denn normalerweise war der Chef bei routinemäßigen Vernehmungen nur selten dabei.

Eine Leuchtröhre, ein Schreibtisch und ein eintönig rauschender Ventilator. Das war alles, abgesehen von einigen geschmacklosen Bildern, zwei Tischlampen aus grellem Glas und der einen oder anderen kränklichen Topfblume. Ein Keramikaschenbecher kam ihr bekannt vor, sicher stammte er noch aus der Zeit vor der Scheidung.

Sie wusste, dass ihre Ablehnung ganz und gar davon herrührte, dass sonst Gösta im Drehsessel hinter diesem eleganten Schreibtisch saß. Bei allen anderen Besitzern dieses Arbeitszimmers hätte sie den Raum geschmackvoll und gemütlich gefunden. Jetzt sah sie nur Gösta. Oder genauer gesagt seinen alles überlagernden Schatten.

Und da dachte sie noch einmal, dass die himmlische Vorsehung für die Scheidung gesorgt haben musste. Sie warf einen Blick auf Morgan Grönvall, einen Blick, der an Göstas Schmerbauch hängen blieb, er war seit ihrer letzten Begegnung wirklich arg in die Breite gegangen.

»Ungefähr vor zwei Monaten haben Sie die Orthopädie Station in einem Krankenhaus aufgesucht.«

Der Häftling musterte sie gleichgültig. Mit halb erloschenem Blick saß er zurückgelehnt da. Die Wangen in seinem runden Gesicht bewegten sich nicht, nur seine Oberlippe zuckte ein wenig, wie durch ein fast unmerkliches Ticken unter der Haut. Auf seinem Kopf waren dunkle Haarstoppeln zu ahnen.

»Kann man eine Zigarette bekommen?« Er redete gedehnt und schleppend, auf eine Weise, die zu seinem vierschrötigen Leib passte. Seine ausgebleichten Jeans schienen jederzeit aus allen Nähten platzen zu können.

»Ich habe eine Frage gestellt.« Bixe versuchte, sich von ihrem Ärger nicht überwältigen zu lassen.

»Ich auch.« Er blickte sie herausfordernd an. Sie glaubte auf seinen dicken Lippen ein boshaftes Lächeln zu erkennen.

»Gösta«, sagte Bixe. »Du hast nicht zufällig eine Zigarette?«

»Nein.«

Göstas Gesicht sah aus wie aus Stein gehauen, trotz des überflüssigen Fettes, das seine Wangen und sein Kinn erzittern ließ.

Bixe seufzte.

»Bitte, Gösta ...«

»Nein, habe ich gesagt.«

»Gösta, zum Teufel!«

Beide Männer zuckten zusammen, als Bixe so wütend mit der Faust auf den Tisch schlug, dass der Aschenbecher einen kleinen Sprung machte.

»Ja, ja ...« Absichtlich langsam schlenderte er aus dem Zimmer und ließ die Tür halb offen stehen, so dass vom Flur her erregte Stimmen und eilig klappernde Absätze zu hören waren.

Morgan Grönvall legte sich die Pranken auf die Oberschenkel und sagte: »Das haben Sie gut gemacht. Danke«, und bedachte sie danach mit einem zufriedenen Lächeln.

Sie starrte auf ihren Notizblock und dachte an Sjödén. Der war ein Engel im Vergleich zu dem, was ihr hier gegenübersaß. Besser, sie nahm den Stier bei den Hörnern. Bei näherem Hinsehen erwiesen die meisten Stiere sich nämlich als harmlos wie Kälbchen, die zum ersten Mal auf die grüne Weide gelassen worden waren. Sie ging davon aus, dass Grönvall keine Ausnahme sein würde.

Mit der brennenden Zigarette im einen Mundwinkel und mit der Glut zugewandtem Blick – als wolle er sich von der Echtheit der Zigarette überzeugen – murmelte Morgan Grönvall: »Ja.« Worauf er wieder den Blick hob und herablassend lächelte.

Sie spürte, wie ihre Lippen sich vor Anspannung verzogen. »Ja?«

»Ja. Ich war da. Musste sie mir doch schnappen, klar. Es ist nicht leicht, Leute zu finden, die dermaßen abgetaucht sind. Nicht mal Morgan Grönvall fällt das besonders leicht.«

»Von wem reden Sie hier?«

Sein Lachen war von weißem Rauch erfüllt. »Das wissen Sie schon. Sonst hätten Sie nicht gefragt. Berit natürlich. Die junge, schöne Berit.«

Bixe schaute zu Gösta hinüber, der beide Hände in die Hosentaschen geschoben hatte und scheinbar in den Ausblick aus dem Fenster versunken war. Nach den einleitenden Phrasen hatte er offenbar keine Lust mehr, sich den Vernehmungsmethoden seiner Exfrau zu widmen.

»Berit Glans meinen Sie?«

»Ja.«

»Und was wollten Sie von ihr? Sie haben erwähnt, sie sei abgetaucht?«

Grönvall blies einen Rauchkringel zur Decke hoch.

»Unkraut …«

»Würden Sie das bitte erklären?«

»Unkraut vergeht eben nicht so leicht.«

»Was Glans angeht, meine ich.« Bixes Stimme schlug fast ins Falsett um. Wie eine verdammte Lehrerin, dachte sie. Wenn sie nur ein wenig gereizt wird, geht sie sofort auf das rote Tuch los, ohne auf das darunter versteckte Messer zu achten.

»Das meine ich auch.«

»Bitte, erklären Sie das genauer, habe ich gesagt.«

»Berit war also abgetaucht, und deshalb musste ich sie bei

der Arbeit suchen, wenn ich mit ihr sprechen wollte. Ist das denn so verdammt schwer zu verstehen?«

Bixe biss sich in die Lippe. Gösta hatte sich umgedreht, und seine gelinde gesagt gereizte Miene wurde durch ein selbstzufriedenes Lächeln erhellt. Dieser Arsch, dachte Bixe. Rache war offenbar immer gleichermaßen süß. Er legte die Hände auf die Armlehnen des Sessels und beugte sich über die Schulter des Häftlings. »Morgan, jetzt ist Schluss mit lustig. Du bist schließlich nicht hier, um dich zu amüsieren. Also raus mit der Sprache.«

Grönvall ließ sich ein wenig zurücksinken, drückte seine halb gerauchte Zigarette aus und hustete. »Was zum Teufel wollt ihr denn eigentlich wissen?« Plötzlich schaute er sich scheu und suchend um wie ein Tier, so, als könne hinter ihm außer dem Anstaltsleiter noch ein anderer stehen.

»Ich will wissen«, sagte Bixe, »warum Sie an diesem Tag mit Berit Glans sprechen wollten.«

Grönvall seufzte. »Uralte Sünden.«

»Sünden?«

»Tja, sie hatte mir so allerlei versprochen. Aber schon als ich sie nicht erreichen konnte, hatte ich ja gemerkt, dass das alles gelogen gewesen war. Dass sie sich vom Acker gemacht hatte, um das mal so zu sagen.«

»Was hatte sie versprochen?«

»Ach, das bleibt zwischen ihr und mir.«

Bixe holte rasch Luft. »Wenn Sie nicht endlich erzählen, was Sie wissen, können Sie sich noch weitere Jahre hier in diesem Haus einhandeln. Wollen Sie das wirklich?«

Grönvall zuckte mit den Schultern.

»Tja ...«

Bixe erhob sich und ging zum Fenster, an dem eben noch Gösta gestanden hatte. Draußen schwankten große Eichenkronen im Wind. Eine weite Rasenfläche streckte sich unter einem grauen Himmel dahin. In der flachen Landschaft weit hinten auf der anderen Straßenseite ragte ein hoher Fabrikschornstein auf; Rauchwolken stiegen zum Himmel hoch.

Eine der Topfpflanzen ließ zwei trockene Blätter fallen. Ihr Absatz knallte durch die Stille, als sie sich umdrehte. »Ich bin auch nicht zum Spaß hier. Ich will einfach nur wissen, welche Beziehung Sie zu Berit Glans haben. Es ist nämlich so, dass ihr Mann ermordet worden ist.«

Grönvall fuhr zusammen, sein Mund öffnete sich, und sein Gesicht nahm plötzlich einen kränklichen blassgrauen Farbton an. Er richtete seinen eben noch so fahrigen Blick auf sie.

»Was zum Teufel ...« Seine Fingerknöchel, die die Armlehnen umklammerten, waren jetzt ebenfalls weiß. »Was sagen Sie da, zum Teufel? Ist dieser Arsch ...«

Er fuhr sich mit der Hand über den Schädel, wie um die dort nicht mehr vorhandenen Haare zurückzustreichen.

Verschwundene Zeiten, dachte Bixe. Dort lag das Geheimnis. Sie begriff nur nicht, auf welche Weise. Und sie begriff auch nicht, was eine Frau wie Berit Glans mit einem Mistkerl – ja, Mistkerl, wirklich – wie Morgan Grönvall zu tun haben sollte. Das war unbegreiflich.

»Wo waren Sie am Abend des Zweiundzwanzigsten November, also am Mittwoch vor genau einer Woche? Ich weiß, dass Sie nicht hier waren, da Sie sich ja beim letzten Hafturlaub abgesetzt hatten ...«

»O verdammt. Wollen Sie behaupten, *ich* hätte diesen Arsch umgebracht?«

»Ich will wissen, wo Sie an dem Abend waren.«

Er starrte den Boden an. »Ich weiß ja nicht einmal, wer er war«, sagte er mit gedämpfter Stimme. »Und ich wäre doch nie auf so einen Gedanken gekommen, auch wenn ..«

»Ja?«

»Auch wenn er alles für mich kaputtgemacht hat.«

»Was denn?«

»Aber eigentlich war er es ja gar nicht. Er hatte sicher keine Ahnung. Stelle ich mir vor. Diese verdammte ...« Er stützte die Stirn in die Hand und schaute dann mit vagem Blick auf. »Stehe ich jetzt unter Anklage?«

Bixe schüttelte den Kopf. »Nicht, wenn Sie alles erzählen, was Sie wissen. Sonst muss ich die Sache weiterreichen, und das kann dann dazu führen …«

»Na gut.«

Er holte tief Atem und nahm sich eine neue Zigarette.

»Berit und ich hatten vor vielen Jahren so allerlei miteinander zu tun. Wir hatten ein Verhältnis, wenn Sie verstehen. Und danach bin ich wegen Pisskram eingebuchtet worden und sollte diese vielen Scheißjahre absitzen, und wir hatten abgemacht, dass sie auf mich warten würde.«

Er blies Rauch gegen seine Knie. Gösta hatte sich auf einem Besucherstuhl niedergelassen, er saß ebenfalls breitbeinig da und starrte den Boden an.

»Aber das hat sie nicht?«

Grönvall schüttelte den Kopf.

»Und das haben Sie erfahren, als Sie sie im Krankenhaus aufgesucht haben?«

»Sie war nicht da. Sie hatte frei an dem Tag. Aber ich wurde an einen Arzt verwiesen, und den habe ich gebeten, ihr meinen Gruß auszurichten. Außerdem hat er mir ihren neuen Namen und ihre Adresse genannt. Glans. Blöder Name, dachte ich, das weiß ich noch. Wieso war ihr Pettersson denn nicht mehr gut genug? Ich dachte also, dass sie vornehm geworden sein musste. Und deshalb war ich gleich noch wütender.«

»So wütend, dass …«

»Nein.« Dieses Wort fauchte Grönvall geradezu.

»Nicht?« Bixe hob in gespielter Überraschung ihre Stimme.

»Eigentlich wollte ich ihr eins auswischen. Aber dann …« Sein Mund wurde zu einem Strich. Die Zigarette zitterte zwischen Zeigefinger und Daumen.

»Sie sitzen wegen Mordes. Hat Berit das die ganze Zeit gewusst?«

»Verdammt, natürlich.«

»Sind Sie sicher?«

Er zuckte mit seinen breiten Schultern.

»Sie hat es gewusst, das auf jeden Fall. Verdammt, sie war doch dabei, als es passiert ist.«

Bixe schnappte nach Luft. »Berit Glans war dabei, als ...«

»Mmm.«

»Was ist damals passiert?«

Morgan Grönvall schaute zur Decke hoch. »Es war auf einem Scheißboot, weiß der Teufel, woher wir das hatten, es war alles ein einziges Chaos, aber sie, die andere, ist ins Wasser gefallen, und es wurde behauptet, dass ...«

»Nicht *behauptet,* Morgan.« Plötzlich ertönte vom Besucherstuhl her Göstas barsche Stimme, worauf Grönvalls Lippen sich für einen Moment zu einem spöttischen Grinsen verzogen. Bixe machte dem ein Ende: »Und sie hatte versprochen zu warten?«

»Ja.«

»Erzählen Sie, was im Krankenhaus passiert ist, als Sie sie besuchen wollten.«

Er schaute sie abwesend an. Das Kälbchen auf der grünen Weide, dachte sie. Sie hatte Recht gehabt. Stille Wasser sind tief, die stürmischen aber auch. Beinahe zumindest.

»Das habe ich doch gesagt. Ich habe mit so einem Typen geredet. Und der hat mir ihren neuen Namen genannt und ...«

»Woher wussten Sie, wo Sie sie suchen mussten?«

»Ich hatte Gerüchte gehört, dass sie dort arbeitete, aber sicher war ich mir nicht.«

»War das Ihr erster Versuch?«

»Wo hätte ich denn sonst anfangen sollen?«

»Haben Sie dort erzählt, worum es ging?«

Grönvall zog an seiner Zigarette und überlegte. »Ja, sicher. Ich war so verdammt wütend, verstehen Sie. Und als ich dann noch hören musste, dass sie sich einen neuen Namen zugelegt und geheiratet hatte – ja, da bin ich irgendwie ausgerastet.« Er rieb sich mit dem Fingerknöchel über die eine Schläfe. »Wissen Sie jetzt genug? Oder wollen Sie mich noch einmal einbuchten lassen? Nicht, dass das einen großen Unterschied machen würde, ich habe mich schon an dieses Haus hier gewöhnt, verdammt, hier bin ich doch zu Hause. Ich weiß nicht, wo ich sonst hingehen sollte, schon gar nicht jetzt, wo …«

Er drückte die Kippe im Aschenbecher aus und erhob sich. »Kann ich jetzt gehen?«

»Noch nicht.« Bixe zeigte auf den Stuhl.

»Wie hat der Mann reagiert, mit dem Sie im Krankenhaus gesprochen haben?«

»Der? Das weiß ich nicht mehr … Das war ein gerissener Arsch, keine Ahnung, was der so im Kopf hatte.«

»Er hat nichts gesagt?«

»Ich kann mich an nichts erinnern.«

»Und was ist dann passiert? Haben Sie Berit aufgesucht?«

»Ich habe sie angerufen. Gesagt, was Sache war und dass ich bald entlassen werden würde. Hab ihr vielleicht auch ein wenig gedroht. Sie hatte jedenfalls Schiss, das konnte ich hören, und das fand ich gut so.« Er grinste noch einmal, hob die Schultern und lachte. »Sie hat mir sogar einen Haufen Kohle versprochen, wenn ich nur …«

Bixe hob die Augenbrauen. »Ja – was?«

»Wenn ich nur über ihre Vergangenheit den Mund halten würde. Aber es war doch nicht Geld, was ich wollte, verdammt noch mal …«

»Dass sie ein Verhältnis mit einem Mann gehabt hat, der zehn Jahre im Gefängnis gesessen hat, meinen Sie?«

»Was?« Jetzt hob Morgan Grönvall die Augenbrauen. »Was? Nein. Über die Zeit, als sie auf den Strich gegangen ist, natürlich.«

43

In letzter Zeit war es ihr nicht gut gegangen, etwas bedrückte sie.

Das Gewissen konnte es nicht sein, das hatte ihr nie Probleme gemacht. Wenn etwas getan war, dann war es getan und konnte nicht ungeschehen gemacht werden.

Aber alte Zeiten waren wieder da. Bilder zeigten sich, vor allem morgens, ehe sie wirklich erwacht war.

Früher hatte es die anderen Bilder gegeben, aber die hatte sie wegschieben können. Jetzt sah sie das blaue Haus. Immer, aus allen möglichen Perspektiven. Sie sah auch das Tor, durch das er verschwunden war. Das Tor, das in ihr zu einem Loch geworden war. Abends hatten sie dort gespielt, später dann heimlich geraucht und den Jungen hinterhergesehen, die johlend über die Straße gelaufen waren.

Und immer waren sie zu zweit gewesen, sie und diese andere Person.

Ab und zu fragte sie sich, ob sie einen Fehler begangen hatte, irgendwo unterwegs, aber sie wusste wirklich nicht, worin dieser Fehler bestanden haben könnte. Und irren können wir uns doch alle.

44

»Das ist vielleicht ein Wirrwarr«, sagte Bixe, als sie später an diesem Morgen am Schreibtisch saß, ohne Lippenstift und mit ungeschminkten Augen.

»Das sehe ich.« Erik Sanders Stimme klang versöhnlich, irgendwie Moll gestimmt und gedämpft. »Willst du darüber reden?«

»Ja, Scheiße, klar will ich das.« Eva-Britt Bixe presste die Lippen aufeinander, wie um den Lippenstift zu verteilen, den sie an diesem Tag aus Zeitnot oder aus Lustlosigkeit gar nicht benutzt hatte. »Hier sind so viele Hunde begraben, dass sie kaum noch Platz haben«, seufzte sie.

»Wie im Fall Ragnar Hökmark? Da gab es doch auch allerlei Köter, die …«

Ja, Sanders Augen leuchteten verständnisvoll, und sie stellte fest, dass sie das nicht nur nicht zu schätzen wusste, sondern – ein unangenehmer Gedanke – dass sie sich geradezu darüber ärgerte. Sanders vertrauliches Mitgefühl reizte sie an diesem Morgen aus irgendeinem Grund bis zur Weißglut.

»Kommt Katrin heute eigentlich?«, fragte sie und machte sich an irgendwelchen unwichtigen Papieren zu schaffen.

Sander schüttelte den Kopf. »Nein ... Wie bist du auf ihn gekommen?« Sander wollte dieses therapeutische Gespräch offenbar fortsetzen.

»Auf wen?« Bixe hörte, wie gehässig ihre Stimme klang. Aber sie konnte nichts dagegen machen. An diesem Tag nicht.

»Morgan Grönvall oder wie der heißt. Wie zum Teufel bist du auf die Idee gekommen, dass er es sein könnte?«

»Ach, der. Das weiß ich nicht. Ich glaube, es lag daran, dass er eine Prostituierte ermordet hatte. Und dann habe ich ihn mit Äng in Verbindung gebracht, und ... Ja, so war das.«

»Unbegreiflich!« Erik Sander kratzte sich den kahlen Schädel.

»Aber so ganz Recht hatte ich ja auch wieder nicht. Grönvall hatte nichts mit Äng zu tun, wohl aber mit Berit Glans. Seltsam, das muss ich schon sagen. Verdammt seltsam. Es hat mich verwirrt. Hast du ihre Vergangenheit überprüft? Gibt es da irgendwas?«

»Rein gar nichts. Was sie betrifft. Grönvall dagegen füllt ein halbes Archiv, wenn man seine Taten auf Papier ausdruckt.«

»Ja, aber das weiß ich schon.«

»Aber Eva-Britt.« Sander setzte sich auf eine Ecke ihres Schreibtisches, schlug die Beine übereinander und beugte sich zu ihr vor. »Liegt das nicht auf der Hand?«

»Was?«

»Der Zusammenhang.«

»Soll das heißen, dass du hier einen Zusammenhang siehst?«

»Sicher. Und ich wundere mich darüber, dass du den nicht auch für sonnenklar hältst. Ich meine den Zusammenhang zwischen Christer Nyberg und Andrej Glans.«

»Dass beide in der Krankenpflege gearbeitet haben? Aber das tun doch wirklich viele.«

»Nein, dass beide mit Frauen zusammen waren, die früher einmal auf den Strich gegangen sind.«

Bixe musterte ihn nachdenklich. »Zweifellos, das kann etwas zu bedeuten haben. Und Grönvall war im Gefängnis, weil er eine Prostituierte ermordet hatte. Glans war offenbar dabei gewesen. Vorher hatte er nur Kleinkram angestellt, Ladendiebstähle und so was, aber wegen dieses Mordes ist er dann im Knast gelandet.«

»Und wird der Zusammenhang jetzt nicht immer klarer? Ich würde meinen Kopf darauf verwetten, dass ...«

»Hüte dein Haupt, Erik. Und sag mir noch, was Nybergs vom Konto abgehobenes Geld damit zu tun hat. Wem hat er das gegeben, und warum? Es geht hier nicht nur um Maria Ängs Miete, und als Grönvall damals auf der Station aufkreuzte und Susanna Karlöv eine Höllenangst einjagte, hatte er schon längst damit angefangen.«

»Vielleicht war das Geld für jemanden bestimmt, der von seiner Beziehung zu Maria Äng wusste.«

Bixe fühlte sich plötzlich nicht mehr so feindselig gestimmt. Und zugleich fiel ihr ein, dass in ihrer obersten Schreibtischschublade Rouge und ein Lippenstift lagen. Jetzt noch eine Tasse Kaffee, und dann ...

»Aber wer hat davon gewusst? Und weiterhin können wir uns fragen, was an dieser Beziehung eigentlich so gefährlich war. Eine Frau so nebenbei konnte Nyberg doch wohl nicht an den Pranger stellen. Außerdem war seine Ehe nicht die beste. Nein, hier stimmt etwas nicht. Bitte, Erik, gib mir doch mal meine Tasse ...«

Sander reichte ihr die Tasse, sein Blick war so hell wie die langsam erwachende Morgenröte vor dem Fenster. »Das Geld muss ja nicht unbedingt etwas mit dem Mord zu tun haben.«

Bixe presste die Lippen gegen die Tasse. »Ich finde, es klingt nach einem zu unglaublichen Zufall, dass es nichts miteinander zu tun haben sollte. Es waren doch ziemlich auffällige Summen.«

Sander schaute zehn Sekunden lang nachdenklich zur Decke hoch, dann sagte er: »Ich bin mir da nicht so sicher wie du.«

»Aber dann sag mir, aus welchem Grund Grönvall die Männer hätte umlegen sollen. Was hatten die damit zu tun, was vielleicht vor vielen Jahren passiert ist? Damals waren sie doch noch gar nicht mit im Spiel.«

»Aber«, schlug Sander vor, »denk jetzt für einen Moment nicht an das Geld und stell dir vor, dass Morgan Grönvall sich betrogen und verraten vorkam und Genugtuung verlangte. Dass er sich ganz einfach rächen wollte. Wir wissen ja nicht, wie weit auch er mit Maria Äng zu tun hatte, das hat er ja offenbar nicht weiter erwähnt. Aber er könnte doch in seiner Wut beschlossen haben, die Männer zu erstechen, die ihn daran gehindert hatten, zu einer wartenden Frau zurückzukehren und damit ein normales Leben zu beginnen.«

»Morgan Grönvall wirkt aber kaum wie jemand, der sich nach einem biederen Leben im Reihenhaus sehnt.«

Sander breitete die Arme aus. »Das kann man nie wissen. Außerdem hat er vielleicht Nyberg erpresst.«

»Deine Theorie wirkt auf jeden Fall logisch, das muss ich zugeben. Ich kann nur das Motiv nicht richtig erkennen. Es kommt mir ein wenig – ein wenig ... Ich weiß nicht. Etwas sagt mir ...« Sie zeigte auf ihren Kopf, auf dem an diesem Tag hoch oben ein achtlos zusammengesteckter Knoten thronte. »... dass es noch mehr gibt. Mehr als das – etwas, was wir noch nicht gesehen haben – obwohl«, fügte sie hinzu, »ich gleichzeitig das Gefühl habe, dass wir es doch schon gesehen haben.«

45

Noch immer wurde er von seinem Traum verfolgt. In der Zeit unmittelbar danach, als Rose-Marie wie ein Schatten umherglitt und offenbar auch für sich selber unerreichbar war, war der Traum jede Nacht gekommen. Jetzt tauchte er nur noch ab und zu auf, aber jedes Mal war er gleichermaßen intensiv und beängstigend.

Damals war das Haus neu gebaut gewesen. Im Traum aber zerfiel es, gewaltige Steinstücke stürzten von Wänden und Dach, große Löcher bildeten sich, und man konnte ins Innere blicken. Die Welt draußen sah immer noch so aus wie vor langer Zeit, als sie eben erst eingezogen waren, als auf dem Nachbargrundstück eine Scheune gewesen war, hinter der Kühe und Pferde auf der Weide standen. Die Straße war mit Kies bedeckt gewesen, nicht mit Asphalt, und um das Haus wölbten sich die hohen Baumkronen.

Er konnte in seinem Traum die verschwundene Zeit sehen – beängstigend und von unendlicher Schönheit. Im Traum waren die Erinnerungen greifbar und wirklich, doch im Erwachen wusste er dann, dass nichts davon jemals wirklich gewesen war. Was er jetzt sah, wenn er zurückblickte, war weder schön noch beängstigend, es ähnelte den Traumbildern nur schemenhaft. Er hatte nie begriffen, warum die trotzdem jede Nacht zurückkehren mussten.

Jetzt glaubte er jedoch, es endlich ein wenig zu verstehen. Es lag daran, dass das Ende näher rückte. Ein verdammter Untergang stand bevor. Noch ein Schritt – und er könnte verschwinden. Könnte verschlungen werden oder eher in eine wartende Hölle hinabgezogen werden. Und dabei hatte er doch nie an höhere Mächte geglaubt.

Er hatte auch sie gesehen. Die Kleine. Eingehüllt in eine Decke, wie damals, als sie mit ihr nach Hause gekommen waren. Es war mitten im Winter gewesen, der Schnee fiel, und sie hatten noch den alten VW, der so schwer ansprang. Das Kind hatte mit seinen winzigen Fäusten gefuchtelt, hatte sie geöffnet und geschlossen und dann wieder geöffnet, um seinen Finger. Er erinnerte sich an das Gefühl der ersten Berührung wie an ein konkretes Bild: wie an einen Wald und einen See und einen leuchtend blauen Himmel, der kein Ende nahm.

Und dann war er aufgewacht und konnte sich nur noch an die zerfallenden Mauern erinnern. Und hatte begriffen. Das hier war das Ende. Ehe die Mauern endgültig einstürzten.

46

Der Nachmittag war verregneter denn je. Der Regen prasselte auf den Asphalt und hinterließ riesige Pfützen auf dem Bürgersteig.

Wenn sie wenigstens Verstand genug gehabt hätte, etwas anderes anzuziehen als diese hoffnungslosen Pumps. Die leckten wie ein Sieb, ihre Strümpfe waren durchweicht. Aber sie würde ja bald zu Hause sein und sich in ihr übliches Bad sinken lassen, und dann würden nicht nur ihre Füße, sondern ihr ganzer Körper ihre normale Temperatur zurückerhalten.

Es brachte auch nichts, auf dem zwanzig Meter langen Weg vom Parkplatz her einen Regenschirm aufzuspannen. Der Wind würde ihn in wenigen Sekunden in ein spitzes Inferno verwandeln, das ihr und den anderen Passanten durchaus die Augen ausstechen konnte. Falls es überhaupt Passanten geben sollte. Das Villenviertel Hödalen war an diesem Tag – was einen bei diesem Wetter nicht verwunderte – so einsam wie ein Abrissgebiet. Gab es in diesen Häusern denn überhaupt noch Leben? Oder waren alle entweder bei der Arbeit oder verreist? Und lebten hinter diesen Fassaden weder Kinder noch alte Leute?

Ja, das konnte so sein. Diese Häuser waren in den glücklichen, optimistischen sechziger Jahren gebaut worden. Es war eine ausgeprägte Familiensiedlung gewesen, doch die meisten Kinder waren längst ausgezogen. Die Eltern waren noch nicht alle in Rente gegangen, die meisten arbeiteten wohl noch immer für König und Vaterland und für die Erfüllung ihrer Träume. Es war einfach so ein Viertel, in dem niemand je wirklich die ersehnte oberste Sprosse der Leiter erreichte.

Die Häuser besaßen allesamt helle Steinsockel, auf denen die Fassaden in Form von weißen Eternitplatten ruhten. Auf den Dächern glänzten rußschwarze Dachpfannen. Die Gebäude standen paarweise nebeneinander, so dass die Garagen einander berührten. Um sie herum – abgesehen von der asphaltierten Fläche vor Eingang und Garage – wuchsen minimale Rasen. Trotz der inzwischen hoch gewachsenen Bäume, trotz der Veranden und der Beete, die von dem Streben nach Individualität zeugten, wirkten die Häuser bedrückend ähnlich. Gegen braune Haustüren, schmale Fenster und das ganz allgemeine Gefühl von Leblosigkeit war vermutlich kein Kraut gewachsen.

Eva-Britt Bixe schüttelte unter dem Vordach von Haus Nummer 63 die ärgste Nässe ab. Wie viele Türen dieser Art mochte es hier geben? Fünfhundert? Oder noch mehr?

Sie klingelte, hörte das leise Geräusch und dann sich nähernde Schritte. Die Tür wurde geöffnet von einer mageren Frau von Mitte sechzig, mit grauen, zurückgekämmten Haaren und einem dünnen grünen Kleid aus synthetischem Stoff. Ihre Augen waren eingesunken und bleich, ihre Wangen runzlig, ihr Hals sehnig. Ihre blau geäderten Finger lagen locker auf der Klinke. Sie strahlte eine gewisse Trauer aus.

»Frau Nilssjö?«

Die Frau nickte fragend und öffnete den Mund, ohne jedoch etwas zu sagen.

»Ich bin Eva-Britt Bixe und komme von der Polizei. Ich habe Ihren Mann an seinem Arbeitsplatz gesucht, aber als er dort nicht anzutreffen war, dachte ich, er sei vielleicht zu Hause.«

Die Frau verzog Mund und Augen und betrachtete sie einige Sekunden lang skeptisch. »Ruben«, rief sie dann verdrossen und drehte sich halbwegs zu einer länglichen Diele um.

Aus dem Dämmerlicht tauchte ein Mann auf, und die Frau sagte mit aufgesetzter Übellaunigkeit: »Ruben, das ist die Polizei.«

Danach murmelte sie ein leises »Entschuldigung« und verschwand rasch in einem angrenzenden Zimmer.

»Eva-Britt Bixe, ich vermute, Sie erinnern sich an mich.« Sie streckte ihre regenfeuchte Hand aus, und einige Tropfen ihres Ärmels malten Tupfen auf die Türmatte.

»Ja, sicher«, murmelte Nilssjö. »Sicher erinnere ich mich ...«

Bixe ertappte sich bei einem Lächeln. »Verzeihen Sie die Störung, aber … Ich war bei Ihnen in der Firma, und da Sie dort nicht waren, habe ich mir die Freiheit genommen, Sie zu Hause zu belästigen.«

Nilssjö sah unbegreiflich verwirrt aus. »Äh … Möchten Sie nicht hereinkommen?«

»Danke.«

Nachdem sie ihren wirklich triefnassen Mantel aufgehängt hatte, wurde sie durch die Diele in ein verwinkeltes und von der Größe her bescheidenes Wohnzimmer geführt. Trotz Verandatür und zweier Fenster war es dunkel und fast schon trübe. Das kam zu einem gewissen Grad von der Einrichtung – dunkelrote Teppiche und braune Vorhänge, dazu ein schmales Sofa aus den fünfziger Jahren mit den dazu passenden Sesseln, einem ovalen Couchtisch und einem hohen, mit Nippes und Familienbildern voll gestellten Sekretär. Die großen Bilder, die die Wände fast vollständig bedeckten, konnten die Sache auch nicht mehr heller machen. Zu allem Überfluss waren die Fenster, die ja ohnehin schon klein waren, von allerlei Blumen in umfangreichen Töpfen verdeckt. Ganz hinten im Raum, in einer dunklen Ecke, führte eine Treppe in den ersten Stock hinauf.

»Bitte sehr.« Ruben Nilssjö zeigte auf einen rotbraunen Sessel und ließ sich selber aufkeuchend auf der Sofakante nieder. Er presste sich so hart gegen die Armlehne, als erwarte er eine ganze Kompanie, die neben ihm Platz nehmen wollte. »Womit kann ich Ihnen behilflich sein?«

Bixe beantwortete diesen Verkäuferspruch mit einem weiteren Lächeln, obwohl sie ihn ja nicht gerade geschäftlich aufgesucht hatte. »Na ja«, sagte sie. »Mein Auto, ein alter Volkswagen, hat seinen Geist aufgegeben, und ich brauche jemanden, der mich beim Autokauf beraten kann.«

Nilssjö, der bisher steif und mit verspannten Lippen dagesessen hatte, reckte sich ein wenig, und eine leichte Röte stieg in seine schlaffen Wangen. Er hob die eine Hand von der Armlehne und lächelte sogar ein wenig. »Ach so. Sie möchten also …« Er lachte auf, danach fuhr seine Hand an seinen Hals und suchte die

Stelle, an der sicher sonst sein Schlipsknoten saß, wo sich jetzt jedoch ein offener und ein wenig schmuddeliger Kragen befand.

»Ich möchte Sie um Ihren Rat bitten. Ich habe einfach von Motoren und Autos keine Ahnung. Ich würde mich bei einem Autokauf sicher an der Nase herumführen lassen, weil ich eben nichts weiß.«

»Wenn Sie bei mir kaufen, dann können Sie sich sicher fühlen, das verspreche ich Ihnen.«

Nilssjö war jetzt ruhiger, sprach mit einer groben und ein wenig gebieterischen Stimme. Er erhob sich und lief mit den Händen in den Hosentaschen im Zimmer hin und her. Das Parkett knackte unter seinen Schritten, als Begleitung zum dumpfen Ticken einer Wanduhr. Ansonsten war nur ein leises Töpfeklirren aus der Küche zu hören.

»Genau das habe ich mir gedacht«, sagte Bixe. »Ihre Firma kommt mir solide vor. Leider ist das ja nur selten der Fall. Aber was soll ich nun tun?«

»Sie wollen sich ein neues Auto kaufen?«

»Mir bleibt wirklich nichts anderes übrig.«

»Und Sie hatten einen Volkswagen. Ja, ich selbst könnte mir inzwischen nichts anderes vorstellen als einen Volvo. Ich hatte früher auch einmal einen Volkswagen, und der ... der ...« Ruben Nilssjö starrte einige Sekunden lang die Wand an, er blieb stehen und rieb sich plötzlich nervös die Hände. Sein Blick wirkte jetzt gehetzt. »Aber ... äh ... Im Moment könnte ich also nicht ... Entschuldigen Sie mich einen Augenblick.«

Er drehte sich um und war verschwunden. In der Diele wurde eine Tür geöffnet und wieder geschlossen, danach war nur noch das Ticken der Uhr zu hören. Offenbar war Frau Nilssjö mit Spülen fertig. Kurz darauf kam Ruben Nilssjö zurück. In der Hand hielt er einen dicken bunten Katalog. Sein Blick hatte sich wieder beruhigt.

»Bitte sehr«, sagte er und reichte Bixe den Katalog mit ausgestrecktem Arm. »Das sind die neuesten Kleinmodelle. Ich nehme ja an, dass Sie so eins suchen.«

»Da wissen Sie mehr als ich. Ist es lange her, dass Sie diesen VW hatten?«

Nilssjö machte eine lässige Armbewegung.

»Sicher, an die fünfzehn, sechzehn Jahre, glaube ich. Ich ...« Wieder irrte sein Blick in die Ferne, und seine Worte gerieten durcheinander. Er zog seine dünne Wolljacke fester zusammen. Eine vollständig unnötige Geste, denn da sie nicht zugeknöpft war, glitt die Jacke im nächsten Moment über seinem umfangreichen Bauch wieder auseinander.

»Es ist so, dass mein VW uralt ist – ich meine, war. Und ich dachte ...« Sie konnte diesen Satz nicht beenden, denn Nilssjö fiel ihr mit neuer Kraft ins Wort: »Einen Volvo. Das sage ich Ihnen. Da können Sie nicht enttäuscht werden.«

Bixe erhob sich.

»Kommen Sie doch morgen in der Firma vorbei. Ich werde schon um acht Uhr dort sein.« Er lächelte und zeigte dabei die Zähne. Seine dunkelblauen schmalen Augen, die durch kurze farblose Wimpern blickten, musterten sie unverhohlen. Die durch übermäßigen Biergenuss ein wenig geschwollenen und geröteten Nasenflügel zitterten ein wenig, als er seinen Blick geschäftsmäßig und ruhig auf sie richtete.

»Gut. Dann sehen wir uns morgen. Vielleicht kann ich ja eine Probefahrt mit einem Modell machen, das Sie empfehlen.«

»Natürlich.« Nilssjö verlagerte sein Gewicht zwischen Hacken und Zehen hin und her.

»Übrigens«, sagte sie, »ich hoffe nicht, dass Sie erkältet sind? Dass Sie deshalb zu Hause sein müssen? Ich habe von einer neuen Grippe gehört und ...«

»Aber nicht doch. Ich meine – auch ein Kaufmann muss sich doch mal einen freien Tag gönnen können.«

Er brachte sie zur Garderobe. Als sie die Arme in den unangenehm feuchten Mantel schob, merkte sie, dass die Gattin leise herangetreten war. Sie umklammerte ein Küchenhandtuch.

Bixe schaute sich um. Konnte nichts entdecken. Verdammt, wenn überhaupt, dann mussten sie doch hier sein.

Aber im Grunde war es ja auch idiotisch. Ein blöder Schuss ins Blaue. Sie konnten doch überall versteckt sein, in einer Aktentasche, einer Hose, im Wagen. Sollte sie aber unverrichteter Dinge von hier fortgehen? Sie sah Sanders spöttisches Lächeln vor sich. Nein, verdammt, so nicht. »Dann danke ich Ihnen sehr für Ihre Bemühungen.«

»Aber das war doch nicht der Rede wert. Und wie gesagt ...«

In dem Moment, in dem sie die Hand auf die Klinke legte, während sie Frau Nilssjös schweigenden Blick in ihrem Rücken spürte, ließ sie den Schal zu Boden gleiten. Den hatte sie wochenlang in der Tasche gehabt, ohne ihn je zu benutzen. Jetzt flatterte er leicht wie Seidenpapier und mit Hilfe eines freundlichen Windstoßes von draußen – wieder die göttliche Vorsehung, dachte sie – zu Boden und verschwand unter dem Schuhregal.

»Ach ja, das ist aber auch ein Wind ...« Lachend beugte sie sich vor.

»Ach, lassen Sie mich ...« Ruben Nilssjö fuchtelte mit der Hand und tastete fieberhaft den Boden ab. Doch Bixe kam ihm zuvor, war bereits in die Hocke gegangen und untersuchte das schmale Schuhregal.

Und dann entdeckte sie sie. Als sie gerade mit glattem Lächeln den Schal aus seinem zufälligen Versteck zog. »Das sind aber elegante Handschuhe, ich muss schon sagen.«

Sie zeigte auf das Schuhregal, wo sie auf einem Paar grober Schuhe ruhten.

Nilssjö erbleichte. Ihm kippte das Kinn herunter, und sie sah, dass er zitterte.

»Die da ...«

»Ja, wirklich. Ungewöhnlich. Und was für ein bezauberndes Muster. Die wären wirklich ideal für meinen Schwiegersohn. Wo findet man so etwas? Sicher nicht hier in der Stadt?«

Die Frau war plötzlich einen Schritt vorgetreten. Sie wischte sich die Hände an ihrem Geschirrtuch ab. »Ja, die sind wirklich schön. Ich habe sie für ihn gekauft. Ruben hat sie voriges Jahr bekommen. Aber wenn Ihnen die gefallen, dann sehen Sie sich erst mal diese hier an.«

Frau Nilssjö stellte sich auf Zehenspitzen, um an das Hutregal zu kommen und noch ein Paar Handschuhe hervorzuziehen. Sie hielt sie hoch wie eine Trophäe, mit einem leicht stolzen Lächeln. Bixe musste sich alle Mühe geben, um ein Aufkeuchen zu unterdrücken.

»Die hat er auch von mir bekommen. An unserem Hochzeitstag vor einigen Wochen. Die sind doch fast noch schöner.Aber ich muss sagen, er ist undankbar und trägt sie nie. Ich habe sie bisher kaum zu sehen bekommen. Ruben, warum nimmst du die nicht?«

Nilssjö wippte wieder auf den Fußballen hin und her. »Aber Liebling«, sagte er zögernd. »Ich habe einfach Angst, sie zu verlieren, das ist alles.«

Frau Nilssjö verzog zum zweiten Mal an diesem Nachmittag ihre bleichen Lippen zu einem ebenso bleichen Lächeln. Eine Reihe gelber Zähne war zu sehen, und sie kniff ihre Augen zu dünnen Schlitzen zusammen.

»Typisch mein Mann«, lachte sie. »Aber egal, wenn Sie das interessiert, die hier habe ich in Skinnboden in der Klammerdamsgata gekauft. Es ist schon eine Weile her, aber vielleicht führen sie das Modell ja doch noch.«

»Danke, ich werde mich erkundigen.«

»Tun Sie das«, sagte die Frau lächelnd. »Dann macht sich Ihre Mühe doch immerhin irgendwie bezahlt. Es kann doch nicht so lustig sein, die Falschparker bis nach Hause verfolgen zu müssen.«

»Die Falschparker?« Bixe blieb mitten in der Tür stehen. Sie hatte keine Ahnung, wovon die Frau da redete.

»Ja, aber Sie können ganz beruhigt sein. Ich werde schon dafür sorgen, dass es nicht wieder passiert.«

»Sie haben Ihren Mann ja wirklich fest im Griff.« Bixe lachte und öffnete dann endlich die Tür. »Also, vielen Dank. Und wie gesagt, ich komme zurück.«

Sie glaubte, ein leichtes Zucken in Ruben Nilssjös einer Wange wahrzunehmen, als sie in den Regen hinauslief.

☆

»Ja«, sagte die Verkäuferin, eine dunkelhaarige Frau von vielleicht sechzig, hinter deren uraltem Glastresen eine Katze jammerte. Als sie dieses klägliche Geräusch hörte, errötete sie und warf ein: »Valdemar kann nicht allein zu Hause bleiben, und deshalb muss ich ihn mit herbringen.« Sie lächelte und fuhr dann mit dem Satz fort, in dem das Tier sie unterbrochen hatte. »Ja, er war hier, das muss einige Wochen her sein, und hat das letzte Paar gekauft.«

»Das wissen Sie ganz genau?«

»Sicher. Ich kenne ihn doch, Rose-Marie, seine Frau, kauft immer hier. Schon seit vielen Jahren.«

Der Kater jammerte noch einmal. Ein flauschiger weißer Kopf tauchte hinter dem Tresen auf. Um den Hals leuchtete ein hellrotes Halsband mit einem daran baumelnden Herzen.

»Ein Mischling«, erklärte die Frau, wieder mit einem verlegenen Lächeln. »Ein Viertel Siamese, und ... Ja, den Rest weiß ich nicht. Hauskatze, vermute ich. Mögen Sie Katzen, Frau – äh, verzeihen Sie, ich habe vergessen ...«

»Bixe. Ja, Katzen sind nette Tiere. Aber ich wohne mitten in der Stadt, und da ...«

»Ach, das tu ich auch. Deshalb muss er ja mit herkommen, der kleine Valdemar. Kann die Wohnungsluft nicht ertragen, wenn er allein ist. Aber im Sommer fährt er mit aufs Land. Und dann werden andere Saiten aufgezogen.«

Die Frau nahm das wuschelige Tier vom Boden hoch, und Valdemar fuhr angriffsbereit die Krallen aus. Ohne darauf zu achten, bohrte sie ihm die Nase ins Fell.

»Oder, Alterchen? Dann sind Ratten wichtig und nicht mehr Frauchen.«

Bixe trat von einem Fuß auf den anderen. Sie schwitzte in ihrem dicken Mantel, und ihre Füße waren geschwollen. Ehrlich gesagt, hatte sie keine große Lust zu einer Diskussion über Katzen. Also beendete sie so vorsichtig wie möglich die Schmusepause durch eine weitere Frage. »Wissen Sie noch etwas über den Kauf? Hat er sich die Sache lange überlegt, oder wusste er sofort, was er wollte?«

Die Frau schaute sie aus ihren kleinen braunen Nussaugen an. »Er wusste sofort, was er wollte. Handgenähte Handschuhe. Ich hatte nur noch ein Paar in seiner Größe. Sie sind sehr begehrt, und ich konnte nur eine Partie bekommen. Sie stammen aus Italien. Nein, wie gesagt, er hat sie sich nicht einmal angesehen. Ich weiß noch, dass ich das ein wenig seltsam fand.«

»Warum?«

»Weil seine Frau erst kurz zuvor genau ein solches Paar gekauft hatte. In derselben Größe und überhaupt. Für ihren Mann, sagte sie – als Geschenk zum Hochzeitstag.«

»Und dann hat er das gleiche Paar verlangt?«

»Ja.« Die Frau schaute zu Boden. »Oder, Valdemarchen? Du erinnerst dich doch an Onkel Nilsson?«

Der Kater maunzte schrill und schien der Frau in jedem Punkt zuzustimmen.

Bixe schaute sich um. Unter dem alten Glastresen lagen Handschuhe in allerlei Farben und Mustern. Auf dem Tresen waren Schirme und Regenhüte aufgetürmt. Und im restlichen, nicht sonderlich großen Laden standen Stahlgestelle mit gespreizten Armen, an denen jede Menge scheinbar wild durcheinander hängende Taschen angebracht waren. Aber das sah sicher nur für den ungeschulten Blick so aus, dachte Bixe. Bestimmt gab es auch hier eine Struktur. Weder Taschen noch Katzen gehörten zu ihren starken Seiten. »Haben Sie übrigens etwas in Wildleder?«

»Handschuhe?« Das Puppengesicht der Frau hinter der Hornbrille leuchtete auf. Auch die Brille musste ein Überbleibsel aus den fünfziger Jahren sein, überlegte Bixe.

»Nein. Taschen. Ich brauche ein Geburtstagsgeschenk für meine Tochter.«

»Natürlich. Eher eine Einkaufs- oder eine Handtasche?«

Bixe stand wie ein Fragezeichen auf dem braunen Filzteppich, der übrigens dringend eine Runde Staubsaugen hätte brauchen können. Falls es hier dermaßen neumodische Geräte überhaupt gab.

»Was ist denn der Unterschied?«

»Kommen Sie mit, dann werden Sie es gleich sehen.« Die Frau lief eilig im Zickzack durch den verwinkelten Laden. »Der ist sogar sehr groß.«

Wie bei weiß und weiß, dachte Bixe. Reiner weißer Schnee und blauweißer Flieder.

»Was sagen Sie hierzu?« Die Verkäuferin zeigte ihr begeistert ein viereckiges, fliederfarbenes Teil aus Wildleder. Ganz vorn war ein Bild von Pu dem Bären zu sehen.

»Nein, wirklich nicht. Meine Tochter ist gerade neunundzwanzig geworden.«

Die Frau schob sich die Brille an die Nasenspitze und schaute Bixe über den Rand hinweg verblüfft an. »Was? Machen Sie sich nicht lustig über mich. Das kann doch nicht sein. Sie haben eine so große Tochter?«

»Ja.« Bixe versuchte ihre Ungeduld dadurch zu verbergen, dass sie ihren Blick über eine Anzahl anderer Taschen schweifen ließ. »Das wäre vielleicht etwas.« Sie zeigte darauf. »In Schwarz oder Braun.«

»Sicher«, zwitscherte die Frau und verschwand in ihrem synthetischen Rock zwischen den Regalen. »Wir werden schon etwas Passendes für Ihre Tochter finden ... Aber ich hätte doch nie geglaubt – dass Sie ...«

47

Sie liebten sich wie die Tiere, wenn es überhaupt einmal vorkam. Er zerteilte sie in der Mitte, grob und ohne Vorspiel. Schweißnass und mit glänzendem Leib, wie ein nackter Tiger, bohrte er sich in sie hinein, besinnungslos und mit Handflächen, die ihre mehr oder weniger wunden Körperteile noch wunder werden ließen.

Es endete immer damit, dass sie tot zu Boden sank, während er sich erhob und weit hinten im Nebel mit einigen spöttischen Worten verschwand, während sie fror und sich auf dem Teppich zusammenkrümmte – wenn sie sich überhaupt bewegen konnte – und hörte, wie er sich die Zähne putzte und Oberarme und Brust wusch. Vielleicht wusch er sich auch sein Geschlecht, wo er schon einmal dabei war, er wusch sich rein von ihr, um sich an die Nächste zu machen, er jagte weiter, und seine gehässigen Worte waren nicht mehr vorhanden, obwohl sie eben erst mit einer Derbheit ausgesprochen worden waren, von der ihr schlecht wurde.

Die Sonne schien auf den Teppich, und die Staubkörner segelten klein und schwerelos durch den Lichtstrang. Es wirkte irgendwie schmutzig, so, als sei sie selber ein Teil des Schmutzes, wo Krümel und Staub an ihrem Rücken hafteten, zusammen mit den groben Noppen des alten roten Wollteppichs.

Nimm mich, rief ihr Körper, aber er nahm sie nicht wieder. Er kam herein und roch nach Zahnpasta und Rasierwasser und hatte sich schon angezogen, sein schwarzes Hemd, den weißen Kragen. Er schaute sie an wie einen Speichelklumpen, er hatte es entsetzlich eilig, zur Arbeit zu kommen, und er wollte jetzt wirklich keine Schlampe auf dem Wohnzimmerboden liegen haben, die nur ein Paar scheußliche schwarze Socken und einen Pullover trug, den sie nicht mehr rechtzeitig hatte ausziehen können.

»Musst du schon gehen?«, fragte sie.

Er blickte sie fragend an, so kurz, dass sein Blick an ihr vorüberhuschte. »Verdammt, ich müsste schon längst unterwegs sein.«

Seine Stimme klang schrill. Er fuhr herum und hob Gegenstände hoch, er suchte etwas, vielleicht seine Brille, die er zum Lesen brauchte. Er hob Aschenbecher und Bücher und Zeitungen hoch, ließ sie dann einfach zu Boden fallen, wo sie wie ein keuchendes Akkordeon auf den Teppich sanken. Seine Haare, die oben noch nass waren, fielen ihm über die Augen, und er strich sie eilig zurück. Die Hose spannte über den Oberschenkeln, als er mit ungeduldigen Schritten durch das Zimmer lief.

»Hast du sie gesehen?«, fragte er und blieb breitbeinig vor ihr stehen.

Sie stellte sich sein Geschlecht vor wie ein Wesen mit einem eigenen pulsierenden Leben hinter dem ausgebleichten blauen Stoff und wünschte sich, er könne bleiben oder müsse wenigstens nicht gleich danach wieder los. Aber so war es immer, und vielleicht war das eine der Ursachen, aus denen sie ihn behalten wollte, denn nie bekam sie genug von ihm.

Seine Schläge schienen sie zu binden, jedes Mal, wenn seine Handfläche sie traf, wurde der Knoten fester angezogen.

»Was denn gesehen?«, fragte sie mit schwacher Stimme.

»Meine Brille«, sagte er mit hart zusammengepressten Lippen.

»Nein«, sagte sie und setzte sich auf.

Es tat weh, zwischen den Beinen und im Rücken, an den Schultern, wo er sie bei den letzten Zuckungen gepackt hatte, ehe er mit lautem Schrei über ihr zusammengesackt war.

Als er gegangen war und dabei wütend mit der Tür geknallt hatte, und als sie dann einsam in Schweigen und Leere dasaß und den Sonnenstrahl betrachtete, der über Schmutz und Staub auf dem roten Teppich wanderte, holte sie sich sein Bild vor Augen, so, wie sie es vor weniger als einer Viertelstunde gesehen hatte. Der Gedanke an ihn erregte sie, sie kroch mit angezogenen Beinen aufs Sofa, nackt und frierend, und dachte, dass es irgendwann einmal gut werden würde. Denn nur so konnte sie die Angst vertreiben, die eiskalte Furcht, die sich immer dann einstellte, wenn ihr aufging, dass ihr Leben eine restlos wahnsinnig falsche Wendung genommen hatte, von der außer ihr niemand wusste.

☆

Danach saß sie auf dem Sofa und dachte an die Nacht, die erste. Es war Sommer gewesen, und sie hatte bei offenem Fenster geschlafen. Die Hitze war durch das Fenster hereingeströmt, die Vorhänge hatten auf und ab gewogt und doch nur einen Atem hinterlassen, der sich fieberheiß an die Wände klebte.

Sie hatte allein dagelegen und sich Fragen gestellt. Nicht danach, wo er war, sondern was er machte. Jetzt passierte es, das, von dem sie sicher wusste, dass es passieren würde. Wenn sie aufstand und sich ans Fenster stellte, könnte sie vielleicht sogar etwas sehen, aber da verlief doch die Grenze für ihre Selbstquälerei. Es reichte mit den inneren Bildern, Katrin Wedholm konnte sich über mangelnde Fantasie wirklich nicht beklagen, schon gar nicht, wenn es um die Unternehmungen ihres Mannes ging.

Andererseits war auch keine große Fantasie nötig, um diese Bilder lebendig werden zu lassen.

Dieser Teufel, dachte sie, als sie die Beine vom Sofa schwang und barfuß über den warmen Boden lief. Dieser Teufel, wenn sie doch nur genug Kraft hätte, um ihn so sehr zu hassen, dass sie ihn verlassen könnte. Sie war zum Fenster gegangen, hatte die Ellbogen auf die Fensterbank gestemmt, war zwischen den flatternden Vorhängen stehen geblieben und hatte sich gefragt, was dort drüben wohl passierte. Im Haus hinter den dichten Büschen und den vernachlässigten Sträuchern, hinter den Augustbäumen, krumm vor reifen Äpfeln, die bald auf den Boden fallen und verfaulen und bis in den Herbst hinein süßlich stinken würden. Jetzt roch es nach einer anderen Süße, nach üppigem Sommergras und saftigen, dunkelgrünen Blättern. Sie schwitzte, beugte sich weiter vor, in dem tapferen Versuch, einige zufällig vorübergleitende kühle Nachtbrisen einzufangen. Ein Vogel zwitscherte auf dem Gehweg, ein anderer sang auf einem Dach. Der Morgen erwacht, dachte sie, die Nacht schläft ein. Aber wer den Kopf nicht mit anderen Dingen erfüllt hat, kann noch einige Stunden schlafen.

Wie zum Teufel konnte er ihr das antun?

Sie hatte es schon lange gewusst. Seit jenem Tag vor Weihnachten war es ihr klar gewesen, sie hatte es in seinem Gesicht gelesen. Alles war verstummt, als er ins Haus gekommen war, und das Schweigen war von etwas gefüllt gewesen. Und Pernilla hatte dringend nach Hause gemusst. Jetzt wusste sie, warum.

Nicht, dass er vorher wie ein Engel gelebt hätte, aber es war schlimmer, wenn sie wusste, wer es war. Sie kam sich doppelt verraten vor.

Und danach, als ihr aufgegangen war, wie lange das schon so lief. Sie wusste noch, wie er behauptet hatte, übers Wochenende auf ein Seminar fahren zu müssen. Ja, sicher, hatte sie genickt. Aber sie wusste auch noch, wie ihr dann Pernilla begegnet war, die die Gartenschere in der Hand hielt und mit kühlem Lächeln die Rosen von der üppig bewachsenen Mauer im Süden geschnitten hatte. Und sie hatte Katrin aus zusammengekniffenen Augen angestarrt und gesagt, dass Christer wegfahren würde, am nächsten Wochenende, und dass sie sich ausnahmsweise einmal darauf freute. »Ach«, hatte Katrin fragend gesagt und in der drückenden Hitze eine alberne Augenbraue gehoben. Pernillas schmächtiger Leib, als sie in ihrem brandgelben Bikini über die Steinplatten lief, die Arme voller Rosen, die Gartenschere auf dem Boden. Ihr kantiger Knabenkörper mit Hüften und Schultern und Rippen, die unter der Haut hervorragten.

Ich hasse dich, hatte sie gedacht, aber auch dieser Gedanke war etwas, das sie nachts unbewusst als vages Echo gehört hatte. Sie hatte den Gedanken wie einen faulen Apfel über das Gras und die nachtdunklen Büsche geworfen, über den Kiesweg und den weißen Zaun, über den Gehweg und auf die andere Seite der hohen Hecke, die das Grundstück vor Blicken schützte. Sie hatte sich gefragt, ob auch die anderen bei offenem Fenster schliefen, alles andere wäre in einer solchen Nacht unmöglich gewesen, als die Hitze wie ein kranker Vogel die dahinschleichenden Stunden bewachte. Sie hatte versucht, zu dem Fenster hinüberzusehen, und sich gefragt, ob die anderen hinter dem schwarzen Glas überhaupt schliefen.

Sie saß noch immer auf dem Sofa, als die Tür geöffnet wurde. Hörte ihn wieder hereinkommen, hörte, wie er hin und her lief. Sie wurde aus ihren Gedanken gerissen.

»Verdammt«, hörte sie ihn murmeln.

Er hatte offenbar etwas vergessen.

»Was ist los?«

Kaum hatte sie das gerufen, da stand er auch schon im Zimmer, vollständig angezogen, im Mantel und allem.

»Ich habe etwas Wichtiges vergessen«, sagte er und kam auf sie zu.

Und da sah sie, dass er etwas in der Hand hielt. Aber nicht irgendetwas, sondern eine Schere. Überrascht registrierte sie das, und dann holte sie vor Angst ganz schnell Atem und duckte sich, als er die Hand über ihr hob.

48

»Was sagt Ihnen der Name Oxbollen?«

»Nichts.«

»Morgan Grönvall.«

»Wer?«

»Und Stig Palmkvist?«

»Ne...ein.«

»Ruben Nilssjö? Oder Ruben Nilsson?«

Pernilla Nyberg schüttelte immer wieder den Kopf. Nicht einmal, als Andrej Kovinski erwähnt wurde, nickte sie. Erst als Bixe die Namen Östen Sjödén und Berit Glans nannte, konnte sie im Blick der Frau ein gewisses Erkennen entdecken. Aber andererseits war es ja nicht weiter überraschend, dass sie die engsten Arbeitskollegen ihres Mannes kannte.

»Wissen Sie, ob Christer das Oxbollen besucht hat?«

Pernilla Nyberg saß zurückgelehnt auf dem Sofa und machte große überraschte Augen. Bixes Absätze waren in dem weißen Teppich versunken. Sie war außer Atem, da sie die Treppe hochgelaufen war, und in ihrem Stress mochte sie sich nicht setzen.

Noch immer trug sie ihren Mantel, ihre Gedanken waren zur Hälfte unten auf der Straße. Sie kam sich gehetzt vor.

Sie war aus einem Impuls heraus zu Pernilla Nyberg gekommen. Eigentlich hatte sie in die entgegengesetzte Richtung gemusst, aber wie um den entscheidenden Zug hinauszuzögern, von dem sie annahm – oder eher befürchtete –, dass er jetzt folgen würde, war sie zuerst hergekommen.

Wie um sich eine dringend benötigte Denkpause zu gönnen.

Sie sah immer wieder das Gesicht vor sich, deutlicher jetzt, und wollte aus irgendeinem Grund, den sie selber nicht verstand, die Sache vor sich herschieben. Um Augen, Nase und Mund zu einem späteren Zeitpunkt hinzufügen zu können. Falls es einen späteren Zeitpunkt geben würde. Die Zeit drängte, und der Druck, endlich die schuldige Person festzunehmen, verstärkte sich. Außerdem machte es der wachsende zeitliche Abstand immer schwerer, den oder die Richtigen zu finden – oder die Richtige. Das ist wie Ringe im Wasser, dachte Bixe. Die werden immer breiter, um dann zu verschwinden. Bald ist der Wasserspiegel so glatt und leer wie zuvor, dass etwas passiert ist, ist nicht mehr zu sehen, was passiert ist, noch viel weniger.

Die Zeit arbeitete gegen sie und für die Schuldigen.

Sie stand in der Mitte der Wasserringe und versuchte die Kräusel am Horizont zu deuten. Sie hatte geglaubt, jetzt einige Ringe zu verstehen oder genauer gesagt ihr Fehlen, und deshalb hielt sie sich nun in Pernilla Nybergs Wohnzimmer auf und nahm die stickige Luft in sich auf.

Sie hatte das schon früher wahrgenommen. Es war nicht neu für sie und überraschte sie auch nicht, obwohl es erst Viertel nach neun Uhr morgens war. Sie hatte es geahnt, sowie die Tür geöffnet wurde, sie hatte den Verdacht gehabt, als sie in die Diele getreten war, und ihre Ahnungen waren dann von Pernilla Nybergs Blick absolut bestätigt worden. Mit sichtlich erweiterten Pupillen, die ein schlaftrunkener rosa Farbhauch umgab, hatte die Frau die Kommissarin hereingebeten. Auch ihr Arm, stellte Bixe fest, zitterte Besorgnis erregend in dem weiten, traurig verschmutzten Blusenärmel. Beim Ellenbogen befand sich ein großer dunkler Fleck, weiter unten ein zehn Zentimeter langer Kratzer, als sei sie im Kies gestolpert und auf einen spitzen Stein aufgeprallt.

Aber ihre Rede war absolut klar und sicher – wenn das auch das Einzige war.

»Warum wollen Sie das wissen?«, fragte sie.

»Um Christers Mörder fangen zu können«, erwiderte Bixe.

»Aha«, sagte Pernilla Nyberg, und ihr Gesichtsausdruck wurde ein wenig klarer.

Danach senkte sich Schweigen über das helle Wohnzimmer. Nyberg starrte ihre nackten Füße an. An ihren Ohren baumelten winzige Goldtropfen.

»Was haben Sie denn mit Ihrem Arm gemacht?«, wagte Bixe zu fragen.

Pernilla Nyberg schaute ihren Arm an, schob ein wenig ungeschickt den Ärmel hoch und entdeckte etwas, was ihr offenbar bisher entgangen war. Sie lachte düster.

»Ach, das«, murmelte sie und verstummte dann wieder.

»Was haben Sie da gemacht?«, fragte Bixe mit leiser Stimme.

In einem misslungenen Versuch, aufzustehen – vermutlich war wirklich nur ihre Stimme noch stabil –, stieß Nyberg eine leere Flasche vom Tisch. Die kullerte auf dem Teppich unter den Tisch.

»Verzeihung«, sagte sie.

»Wollen Sie nicht erzählen, was Sie gemacht haben?«

Pernilla Nybergs Blick glitt in die Ferne. Sie lachte noch einmal auf. »Er ist einfach so.«

»Er?«

»Mm. Er ist so ...«

»Wie, Pernilla?«

Sie schaute Bixe flüchtig und auch ein wenig misstrauisch an, plötzlich und für einige Sekunden wurde ihr Blick scharf. »Wollen Sie ihn ins Gefängnis stecken? Sind Sie deshalb gekommen?

Mir wäre das recht. Sie können ihn haben.« Sie beschrieb mit dem Arm einen Bogen, als stehe der, von dem hier die Rede war, bereit zum Einfangen hinter einem Möbelstück.

»Von wem reden Sie denn überhaupt?«

»Verdammt, wissen Sie nicht …«

»Sollte ich das?«

Pernilla Nyberg lachte plötzlich laut, so schrill und schallend, dass es die Stille zerriss. Danach schien ihr Gesicht wieder unter einer straffen Maske zu verschwinden.

»Es hat jedenfalls nichts mit Christer zu tun, nur damit Sie das wissen.«

Bixe wartete geduldig auf den nächsten Kommentar, während Nybergs Mundwinkel leicht zuckten.

»Wirklich nicht, das verspreche ich. Ich schwöre es. Es war so schrecklich, wie Katrin behauptet hat …« Sie biss sich in die Lippen, als sei ihr trotz ihrer Verwirrung aufgegangen, dass sie hier ein Wort zuviel gesagt hatte.

Bixe ließ sich in einen Sessel sinken.

»War Katrin hier?«

Pernilla Nyberg nickte.

»Vor kurzem?«

Sie registrierte, wie angestrengt die andere atmete, ihre Brust unter der eng sitzenden weißen Bluse hob und senkte sich in raschem Takt.

»Sie wissen offenbar gar nichts.« Pernilla Nyberg richtete ihren spitzen Blick auf Bixe. Ihre Augen irrten jedoch ein wenig hin und her und schienen auf eine ganz neue Art zu schielen.

»Nein«, sagte Bixe. »Erzählen Sie.«

»Er ist jedenfalls verdammt gut im Bett«, sagte Pernilla Nyberg und lachte noch einmal. »Greift einfach zu, wenn Sie verstehen. Er hat etwas … Ach, ich weiß nicht … Er hat so harte Fäuste, er packt mich … Es ist wie ein Schauder …«

»Kennen Sie ihn schon lange?«, fragte Bixe.

»Ein Jahr oder zwei. Ach, ich weiß es nicht so genau.« Nyberg betrachtete ihr nacktes Armgelenk, als könne sie mit Hilfe der –

übrigens gar nicht vorhandenen – Armbanduhr ausrechnen, wie lange sie den fraglichen Mann schon kannte.

»Und er ist daran schuld?« Bixe zeigte auf Nybergs Arm.

»Mm.«

»War es das erste Mal?«

Nyberg lächelte vage. »Diesen harten Zugriff hat er wohl immer schon gehabt«, sagte sie.

»Dann hat er Sie schon früher geschlagen?«

Sie schüttelte den Kopf und sah plötzlich mutlos aus. »Nein, das würde er niemals tun. Mir würde er das nicht antun, meine ich.«

Ihre Lippen wurden zu einem harten Strich. »Es war ein Versehen«, murmelte sie dann. »Er würde nie, ich weiß ... Er würde ...« Sie verschränkte die Arme, ließ sich auf dem Sofa zurücksinken und schaute vage zur Decke.

»Wer ist er, Pernilla?«

»Das geht Sie nichts an.«

»Weil er verheiratet ist, oder?«

Pernilla Nybergs Wangen zuckten kaum merklich, während sie noch immer den Kopf in den Nacken gelegt hatte und nach oben schaute. Sie schien kurz vor dem Einschlafen zu sein.

»Verdammt ... Ich weiß ja, dass er Katrin einmal geschlagen hat, aber ... er hat es mir erzählt, es wird nie wieder vorkommen, hat er gesagt, und natürlich habe ich ihm geglaubt ...«

Bixes Herz schlug zweimal. Konnte das denn möglich sein?

»Pernilla«, sagte sie. »Reden Sie von Ingemar Wedholm?«

Sie hatte das Gefühl, dass ihre Stimme widerhallte wie zwischen zwei kahlen Felswänden.

»Ich konnte nichts dafür«, nuschelte Pernilla Nyberg mit leiser Stimme. »Ingemar hat einen Blick, der mich verzehrt, und mir war nie jemand begegnet, der mich auf solche Weise liebt ...«

Liebt?, dachte Bixe. Mit einer zehn Zentimeter langen Schramme am Arm. Und, wie ihr jetzt einfiel, mit einem ebenso großen Blutfleck, den sie einmal gesehen hatte.

Als sie dann aufstand, war Pernilla Nyberg auf dem Sofa eingeschlafen – mit halb offenem Mund, während ihre ungetuschten Wimpern über ihren bleichen Wangen zitterten wie Schmetterlingsflügel.

☆

Mit hängendem Kopf und gesenktem Blick saß Katrin Wedholm bewegungslos Bixe gegenüber auf einem Stuhl. Sander hatte sie geholt. Um Viertel nach elf hatte er vor ihrer Tür gestanden, zu seiner eigenen Überraschung mit zitternden Händen, während er sich doch sonst nie sonderlich aufregte, so erfahren, wie er inzwischen war, und er hatte stumm darum gebetet, dass sie allein sein würde.

Das war sie. Sie öffnete im Morgenrock, nachdem sie, sicher im Hinblick auf die aktuelle Lage, zuerst gefragt hatte, wer da sei.

»Erik«, hatte er in so vertraulichem Ton gesagt, wie er nur konnte.

Worauf die Tür sich einen Spaltbreit geöffnet hatte und eine gespenstisch bleiche Katrin ihm gegenüberstand. Widerwillig, wie er annahm. Aber es war nicht ihre Blässe und auch nicht die Schwellung unter dem linken Auge oder die aufgesprungene Oberlippe, die ihn zurückfahren ließ. Was ihm die Sprache verschlug – und zwar so sehr, dass er gleich mehrmals nach Luft schnappen musste –, waren ihre Haare.

»Aber um Himmels willen, Katrin, was hast du denn gemacht?« Das brachte er gerade noch heraus, ehe sie sich weinend zu ihm vorbeugte.

Er blieb in der Türöffnung stehen und hob die Hand. Aber dann hielt er inne, konnte ihr einfach nicht über den Kopf streichen. Er sah die Haarstoppeln, über denen seine Handfläche hilflos schwebte, und plötzlich war ihm einfach nur noch schlecht.

Wie um alles in der Welt konnte irgendwer …

Auch Bixe sah aus wie vom Blitz getroffen, als Sander Katrin mit energischer Miene durch den Flur führte. Keuchend starrte sie zuerst das Auge an, dann den Mund und danach … Sie schluckte und versuchte sich zusammenzureißen, sie war ja trotz allem im Dienst. Wäre Katrin Wedholm nicht ihre Kollegin, dann hätte sie einfach nur nach einer Zigarette gejammert, während sie alle Einzelheiten über Ort und Zeit aufgenommen hätte. Jetzt jedoch musste sie alle Kraft aufwenden, um die einfachsten Fragen zu stellen.

»Warst du schon im Krankenhaus, Katrin?«

Wedholm, noch immer mit gesenktem Blick, schüttelte den Kopf.

»Du weißt doch, dass das sein muss.«

»Ich weiß das ganz genau«, murmelte Katrin Wedholm mit belegter Stimme. »Deshalb war ich doch nicht da. Ich weiß, was dann passiert.«

»Du musst ihn anzeigen.«

Noch einmal wurde der Kopf geschüttelt, und diese Bewegung kam ihr plötzlich fremd und erschreckend vor. »Nein, zum Teufel.«

Wedholm sprach durch zusammengebissene Zähne. Bixe begriff, dass sie nicht die Rolle der strengen Lehrerin spielen durfte, zu der sie hier auf der Wache so oft gezwungen wurde.

»Was hat er getan?«

»Was glaubst du wohl?«

Erst jetzt schaute Wedholm auf, ihr Gesicht entsprach ihrer trüben und zugleich wütenden Stimme.

Ein geprügelter Hund, dachte Bixe.

Ein geprügelter Mensch.

»Aber wie hat das angefangen … Wie konntest du …«

Sogar Bixe verschlug es die Sprache. Ihr war schlecht, sie wollte fort aus diesem Raum. Das hier war zu viel. Mitten in allem anderen noch dazu.

Die göttliche Vorsehung, dachte sie, gibt es nicht.

Dieser verdammte Wedholm!

Ihre Wut ließ sie die Sprache wiederfinden. Sie beugte sich zu Katrin vor. »Wenn du ihn nicht anzeigst, dann kommt er ungeschoren davon.«

Katrin Wedholm blieb stumm und starrte denselben Fleck an der Wand an. Und jetzt hatte Bixe genug.

»Falls Pernilla Nyberg das nicht macht. Wenn ich das richtig verstanden habe, dann hatte sie so einiges mit diesem ...«

Arsch, wollte sie sagen.

Wedholm starrte sie an.

»Misch dich da bloß nicht ein!«

»Wenn du nicht freiwillig erzählst, muss ich mich noch viel mehr einmischen. Das weißt du, Katrin.«

Wedholm nickte widerwillig. »Na gut, mein verdammter Mann hatte – nein, hat ein Verhältnis mit dieser ...«

Bixe stutzte, denn die Wortwahl oder vielleicht der gewichtige Tonfall passten nicht zu ihrer Kollegin.

»Seit wann?«

Wedholm stieß einen hörbaren Seufzer aus. »Seit irgendwann vor Weihnachten, glaube ich. Seit sie sich getrennt haben also.«

»Haben sie sich deshalb scheiden lassen?«

»Ich weiß nicht. Ich weiß nichts darüber. Ich glaube es nicht.«

»Was weißt du eigentlich, Katrin? Über diese ganze Sache? Über den Mord an Christer Nyberg? Was weiß Ingemar?«

»Er war es nicht.«

»Aber wenn er doch mit dessen Frau ...«

Katrin Wedholm beugte sich plötzlich wieder vor und brach in Tränen aus. Ihre Schultern bebten. Bixes Wut verflog, und die andere tat ihr unendlich Leid. Was sollte Wedholm jetzt machen? Und mit welcher Last auf den Schultern? Bixe ließ den Blick über ihrem Kopf schweben. Sie begriff nicht, wie das passiert war. Wie konnte jemand denn bloß ...

»Die Haare«, sagte sie. »Was ist passiert?«

Katrin Wedholm putzte sich die Nase mit dem Pulloverärmel. »Er ...«, begann sie.

»Ja?«

»Hat mich mit einer Schere bedroht, ich sollte das selber machen.«

»Was? Dir die Haare abschneiden?«

»Ja. Aber das wollte ich nicht. Und deshalb …« Ihre Stimme versagte.

»Es muss sehr geblutet haben«, sagte Bixe leise.

»Es blutet noch immer.«

Wedholm zeigte auf ein Pflaster über dem Ohr.

»Sieh doch nur.« Sie löste das Pflaster. Ein hellroter Schnitt war zu sehen. Es war schwer zu sagen, wie tief der war, und Bixe wandte ihren Blick ab.

»Warum?«, fragte sie.

»Darauf gibt es keine Antwort.«

»Natürlich gibt es eine Antwort, aber vielleicht wagst du nicht, die auszusprechen?«

»Er sagt, die Sünde sitzt in den Haaren.«

»Was?«

»Das hast du doch gehört. Und dann … Ach, verdammt, du kannst dir einfach nicht vorstellen, wie schrecklich weh das getan hat.«

»Vermutlich nicht.«

Bixe starrte die Tischplatte an.

»Katrin, hör mir zu. Er ist krank. Du musst …«

»Ich zeige ihn nicht an.«

»Er kann krank genug sein, um jemanden zu töten.«

»Nein. Und ich zeige ihn nicht an.«

»Was zum Teufel, offen gefragt, hat eine Anzeige mit …«

»Ich tu es nicht.«

49

Er hatte immer gedacht, das Nichts sei das Schlimmste – der Zustand, wo alles aufhört und nichts übrig bleibt. Eine Leere größer als der größte Raum, einsamer und stummer.

Als hätte es niemals etwas gegeben, als seien alle Spuren ausgelöscht.

Die Einsamkeit füllte diese Leere wie ein Loch ohne Boden.

Er war gefallen, und unter ihm gab es nichts. Ja, er hatte selber das Nichts erlebt, wie eine blutende Wunde an seinem Leib, und das für das Schlimmste gehalten.

Jetzt wusste er es besser.

Es gab etwas, das noch schlimmer war: festzusitzen in der widerhallenden dunklen Leere, ohne sich daraus befreien zu können.

☆

Es war ein purer Zufall, dass er diese Entdeckung gemacht hatte, und er sah mit eisigem Entsetzen ein, dass er sich geirrt hatte.

Wie versteinert hatte er dagesessen und gesehen und begriffen.

Einige Sekunden lang war ihm schwarz vor Augen gewesen, dann waren bunte Punkte in einem irrsinnigen Wirbel vor seinem Blick umhergetanzt, seine Ohren hatten gerauscht und der Sitz unter ihm geschwankt. Ich verliere noch den Verstand, hatte er nur halb hörbar vor sich hingemurmelt. Großer Gott, ich habe den Verstand verloren, wie ist das möglich, irgendwer treibt seinen Schabernack mit mir, irgendein Teufel …

Er hatte die Hände um das Lenkrad geschlossen. Wenn er an diesem Tag nur nicht dort gewesen wäre. Was hatte er dort denn überhaupt zu suchen gehabt? Dann hätte er es nie erfahren und würde weiter in dem Glauben leben können, dass die Strafe immerhin den Richtigen getroffen hatte.

Aber plötzlich war jemand gekommen, er hatte auf der Straße Schritte gehört, und als er aufschaute, sah er sie. Die Mütze. Tief in die Augen gezogen. Er hatte sie erkannt und plötzlich begriffen.

Als er den Motor ausgeschaltet hatte, hatte er in der eiskalten Luft seinen Atem gesehen.

Dann war ihm eine unerwartete Erinnerung gekommen: wie er einmal durch hohes Gras gegangen war. Das Bild war von einem vagen Licht umgeben, war durch die Zeit nachgedunkelt.

Noch hatte die Sonne geschienen, der Himmel war strahlend blau gewesen, und sie hatte winzige rote Sandalen getragen. Das Gras hatte ihr bis zur Taille gereicht.

Er konnte sich an den Ort nicht erinnern, begriff nur, dass es den noch gab, dass es ihn geben musste, auch wenn er verändert und bis zur Unkenntlichkeit verbaut worden war. Umgebaut zu einer Wohngegend vielleicht, wo nur einzelne Fliederbüsche und alte Apfelbäume noch auf das hinwiesen, was es früher einmal dort gegeben hatte.

Zwei Sandalen, die mühsam und raschelnd durch das hohe Gras gestapft waren.

Rose-Marie hatte sich schon lange einen Schrebergarten gewünscht. Erst nach drei Jahren war einer frei geworden, ein Eckgrundstück, wo die Längswand der Laube nach Süden blickte. Grün war sie gewesen, das wusste er noch. Am Grundstück entlang hatte ein schmaler Kiesweg geführt, der später auf einen noch schmaleren Pfad gestoßen war. Dort waren sie entlanggegangen. So musste es gewesen sein. Aber wo hatte die Laube gelegen?

Sie hatten etwas gesungen, er wusste nicht mehr was, er ahnte nur noch den leisen Klang ihrer Stimme, zusammen mit seiner dunkleren, mit dem Gras, dem Himmel und dem leichten Wind.

Wo waren diese Töne jetzt? Waren sie später im Herbst verweht worden, um dann für immer zu verschwinden? Verschwinden? Es war so verdammt ungerecht, dass nichts mehr vorhanden war, nicht einmal eine Spur.

Das Villenviertel. Tote Grasmatten, wo der Wind eingeschlafen war.

Zu Hause hatte er alle Schubladen durchwühlt, hatte in den alten Papieren gesucht, von denen er einfach nicht wusste, warum sie noch vorhanden waren, einige in Schuhkartons, andere in verschlissenen Reisetaschen auf dem Dachboden. Aber eins war ihm immerhin klar geworden, als er über Papieren und alten zerfetzten Bildern gehockt hatte, dass es genau dort gewesen sein musste. Im südlichen Teil des Villenviertels, das im Jahre 1973 im alten Schrebergartengebiet errichtet worden war …

»Was machst du da?« Rose-Marie hatte Lockenwickler in den Haaren. Ihr Kopf war übersät vor knallrosa Rollen.

»Ach, nichts. Gehst du heute Abend zum Bingo, oder was?«

Ihr Kopf war wieder aus der Türöffnung verschwunden, ihre Schritte waren in der Küche verklungen. »Nein, ich gehe nirgendwo hin«, hatte er sie rufen hören.

Nur zum Steg und hinunter zur Straße und … Das Moor, wo sie gebadet hatten, ob auch das verschwunden war?

Ihm blieb nur noch eins übrig.

Er fasste rasch seinen Entschluss, zog energisch den Mantel vom Garderobenständer in der Diele. Er musste sich von dieser Erinnerung befreien, die an ihm nagte wie Hundezähne an einem zerbissenen Knochen. Er wusste noch nicht, ob das die richtige Lösung war, aber im Moment fiel ihm keine andere ein.

50

»Hast du sie ins Krankenhaus geschickt?«

Bixe ließ sich im Sessel zurücksinken und balancierte zerstreut einen Kugelschreiber auf ihrem Finger.

Sander seufzte tief. »Ja, Scheiße. Am Ende. Aber es war wirklich eine Heidenarbeit. Dass sie nicht begriffen hat, dass sie einen Arzt braucht!«

»So etwas Scheußliches habe ich selten gesehen. Trotz all meiner Jahre in der Branche. Was meinst du?«

»Dass Ingemar Wedholm schlechte Karten hat.«

»Das stimmt nicht ganz. Jedenfalls nicht, was die Morde an Nyberg und Glans betrifft. Er hat für beide Abende ein Alibi.«

Sander machte ein fast beleidigtes Gesicht. »Hast du das schon überprüft? Und bist du sicher, dass es stimmt?«

»Leider. Ich würde ihm die Morde mit großer Freude anhängen. Am ersten Abend hat er noch sehr spät gearbeitet, das bestätigt die Pfarrsekretärin, am zweiten war er bei einem Kurs. Falls nicht die ganze Geistlichkeit hier in diesem Loch mir ins Gesicht lügt.«

»Wir wollen doch hoffen, dass es nicht ganz so schlimm ist.«

Bixe schüttelte resigniert den Kopf. »Hinter der schönsten Schale ..«

Danach ließ sie den Kugelschreiber von ihrem Finger fallen.

»Du hast ihn also immer noch in Verdacht?«, fragte Sander.

»Er ist doch wie geschaffen dafür. Aber vielleicht passt er zu perfekt für diese Rolle. Es wäre zu schön, um wahr zu sein, dass er den Exmann der Frau ersticht, mit der er seine eigene Frau betrügt. Aber sein Motiv wäre doch ziemlich unklar, finde ich. Möglicherweise wusste Christer Nyberg, dass er Katrin und vielleicht auch Pernilla misshandelte. Wir wissen ja nicht, wie lange das schon so geht. Solche Irren können das endlos lange treiben. Sieh dir nur Katrin an, sie will ihn ja schließlich nicht mal anzeigen.«

»Man könnte den Verstand verlieren, wenn man das hört.«

»Das Opfer schützt den Unterdrücker, das ist nichts Neues.«

Sander fuhr sich über den Flaum an seiner Schläfe. »Dann kommt er also ungeschoren davon?«

»Wir haben genügend Beweise, wenn Katrin nur zur Vernunft kommt und gegen ihn aussagt. Und das macht sie vielleicht, wenn sie einsieht, was hier passiert ist.«

»Eva-Britt«, sagte Sander in leiserem und etwas vertraulicherem Ton. »Glaubst du, dass das etwas mit den Morden zu tun hat?«

Bixe zögerte einige Sekunden mit ihrer Antwort. »Ich habe ein Gesicht«, sagte sie dann. »Und selbst wenn das aus irgendeinem Grund nicht alles zu sein scheint, habe ich doch das bestimmte Gefühl, dass dieses Gesicht uns weiterführt.«

»Ein Gesicht?« Sander blickte sie überrascht an.

»Ja. Augen, Nase, Mund, du weißt schon.«

»Wedholms?«

»Nein.«

»Morgan Grönvalls?«

Bixe schüttelte den Kopf.

»Welches denn?« Sander klang ungeduldig.

Bixe lächelte geheimnisvoll.

»Das wirst du noch rasch genug erfahren.«

51

»Gehst du weg? Schon wieder? Du bist doch eben erst nach Hause gekommen.«

Das stimmte nicht. Sie bildete sich allerlei ein. Wurde jetzt verwirrt.

Wann hatte das angefangen? Vor kurzer Zeit? Oder schon längst, ohne dass er etwas bemerkt hätte?

Rose-Marie stand noch immer in der Küche und ließ im Spülbecken die Teller klirren.

»Wohin willst du denn jetzt? Doch nicht geschäftlich? Es ist ja schon Abend.«

»Nur weg«, murmelte er. »Brauche frische Luft.«

Brummend hatte sie sich wieder dem Spülbecken zugewandt – wie viele verdammte Teller konnte es dort denn überhaupt geben? Spülte sie sie immer wieder von neuem, auch wenn sie schon längst sauber waren?

Er zog den Mantel an und öffnete die Tür. Der Abend ließ ihm einen kalten Wind entgegenwehen, und harte Regenstriche schlugen gegen den Asphalt. Er schaute zum Himmel hoch. Rabenschwarz.

Er hustete und klappte seinen Mantelkragen hoch. Der Wind tobte wie Teufelsatem über die Erde.

Er ging über den schmalen Weg zur Garage.

Flieder, dachte er, miese blattlose Zweige. Zwischen Weihnachten und Flieder. Damals war es passiert, als das Schmelzwasser durch die Gossen geflossen war.

Damals war die Zeit stehen geblieben und zu null geworden.

Die Uhrzeiger standen seit damals still, aber ein Teil von ihm war weiter gezwungen worden. Jetzt trat er wieder auf der Stelle, und diesmal würde der Motor nicht wieder anspringen. Es spielte keine Rolle, was er machte.

Oder doch, Rose-Maries wegen, nur ihrer Gesundheit zuliebe, musste er die Sache zu Ende führen. Dafür sorgen, dass nichts durchsickerte. Sie musste beschützt und aus allem herausgelassen werden – der Teufel sollte diese Kommissarin holen –, und deshalb würde er, im Hinblick auf die Lage, in der er sich befand, kein Mittel scheuen.

52

Ja, Erik Sander würde es noch früh genug erfahren. Vielleicht noch am selben Abend, oder eher in dieser Nacht, da die Uhrzeiger dann bereits die Zwölf hinter sich gelassen haben würden. Eva-Britt Bixe würde bis zu diesem Zeitpunkt noch allerlei in die Wege leiten. Mehr als sie im Moment ahnen konnte. Denn zuerst kam jetzt das verschobene Essen mit Fia und deren Freund an die Reihe.

Es war zu viel auf einmal, stellte sie fest, als sie an diesem Nachmittag den Mantel von der Stuhllehne riss, um den Heimweg anzutreten. Einfach viel zu viel. Sie konnte einfach nicht alle Bälle in der Luft behalten. Irgendeiner musste zu Boden fallen. Sie ließ sie fallen, während sie über den Flur und dann die Treppe hinunterlief. Sonja vom Empfang war schon nach Hause gegangen, es war nach halb fünf, Sonjas Schalter war dunkel.

Was blieb, war das Gesicht. Wieder einmal. Die Augen könnte sie jetzt leicht hinzufügen, die sah sie klar vor sich, wenn nicht diese Augen, unvermutet und zu ihrer eigenen Überraschung, von einem anderen Blick gefärbt worden wären. Sie hätte ihre Seele dafür gegeben, zu erfahren, wem sie gehörten. Aber mit ihrer Seele wäre das nicht so leicht, dachte sie. Wer würde dafür schon irgendetwas bezahlen?

Ein kräftiger Wind jagte über den Parkplatz des Polizeigebäudes. Sie konnte einen Dienstwagen nehmen, ein Glück nur, dass einer frei war, sie hatte nicht die geringste Lust, zu Fuß in die Stadt zum Einkaufen zu wandern und dann mit bleischweren Tüten und gedehnten Affenarmen nach Hause zu schlurfen. Besser, alles – sich selber und die Waren – auf den schwarzen Ledersitz fallen zu lassen. Auf dem Weg zu Åhléns fing es dann auch an zu nieseln. Die Fensterscheiben waren übersät von glitzernden Punkten, als sie rückwärts vor dem Eingang in eine Parklücke fuhr.

Sie entschied sich für Filetsteak, frischen Spargel und gebackene Kartoffeln mit Petersilienbutter. Nicht gerade fantasievoll, aber auch für den anspruchsvollsten Gaumen noch attraktiv. Und leicht zuzubereiten, was ein Vorteil war, schließlich war es schon nach sechs – wie um Himmels willen hatte es so spät werden können? –, als sie endlich ihre Haustür erreicht hatte.

Und da hörte sie es zum ersten Mal, dieses seltsam schlurfende Geräusch. Sie hatte ihre Tüten auf den Boden gestellt und wollte gerade den Schlüssel umdrehen, als sie es bemerkte. Dieses leise Schlurfen. Wie Schritte, die ein Stück weiter weg über den Kiesweg gingen. Sie fuhr herum, konnte aber nichts sehen. Die Wolken am Himmel machten den Hof dunkler als sonst, und außerdem, wie sie nun feststellte, hatten zwei Lampen vor den Müllschluckern ihren Geist aufgegeben. Na ja, Simonsson würde das sicher bald entdecken und sie auswechseln. Blöd nur, dass es an diesem Abend passiert war, da das Geräusch – auch wenn sie es als Einbildung ihrer chaotischen Gedanken abtat – sich wirklich nicht so ganz lustig angehört hatte.

Etwas, was, wusste sie nicht, ließ sie die Vorhänge und Rollos im Erdgeschoss sorgfältig schließen, ehe sie in ihr übliches Bad stieg. Im Erdgeschoss gab es nur Küche und Wohnzimmer. Das Bad lag oben, zusammen mit den beiden kleineren Zimmern, von denen sie eins als Schlafzimmer nutzte. Doch obwohl niemand ins Fenster schauen konnte – ohne eine Leiter aufzustellen, was auf jeden Fall auffallen würde –, fühlte sie sich gar nicht wohl in ihrer Haut und konnte sich auch im heißen Wasser kaum entspannen.

Etwas schien sie zu verfolgen. Vermutlich ein Gedanke. Redete sie sich ein. Auch beim Kochen machte ihr etwas zu schaffen. Sie schnitt die Kartoffeln in Scheiben und bestreute die Scheiben mit grobem Salz, sie schälte den Spargel und machte Wasser heiß. Sie gab einen großen Klecks Butter in die Pfanne. Aber auf all das konnte sie sich nicht so ganz konzentrieren. Sie schaute auf die Uhr, es war fünf vor sieben. Sie hatte die Haare gekämmt und Wangen und Lippen rot angemalt. Vor Fias neuem Bekannten wollte sie nicht alt und erschöpft aussehen.

Als sie die Türklingel hörte, zuckte sie zusammen, obwohl sie doch darauf gewartet hatte. Die beiden kamen fast pünktlich, nur wenige Minuten nach der abgemachten Zeit. Sie blieb einige Sekunden stehen, ehe sie zur Tür ging, verfluchte sich und ihr blödes Herzklopfen, das das schrille Klingelsignal ausgelöst hatte. Was war denn nur in sie gefahren? Sie war doch sonst nicht von der nervösen Sorte, und sicher war nicht die Begegnung mit einem möglichen Schwiegersohn an dieser Panik schuld.

Immer mit der Ruhe, Bixe, sagte sie sich, als sie mit einem Küchenhandtuch in der Hand zur Tür ging.

Sie drehte den Schlüssel um und drückte auf die Klinke. Zuerst konnte sie niemanden sehen. Dann löste sich eine Gestalt aus der Dunkelheit.

Eine schwarze Thermojacke, zwei blaue Augen.

O nein, dachte sie entsetzt.

Er stand vor ihr und schien aus dem Nichts aufgetaucht zu sein.

»Bist du das?«, fragte sie ruhig.

Er lächelte und zeigte dabei seine weißen Zähne.

Diese teuflische Kombination, dachte sie. Nein, ich will nicht. Und sie kam sich vor wie ein Kind, das bockig auf den Boden aufstampft. Ich will nicht.

»Guten Abend«, sagte er und überreichte ihr den größten Blumenstrauß, den sie je gesehen hatte. Fast jedenfalls.

»Aber«, stammelte sie.

»Überrascht?«

»Überrumpelt. Und ich kann dich nicht hereinbitten, ich erwarte Besuch.«

Warum hatte sie das Gefühl, gegen eine Wand zu reden? Und warum schien in seinem Mundwinkel ein spöttisches Lachen auf der Lauer zu liegen?

Sie wollte schon die Tür schließen, als sie die andere Stimme hörte, die bekannte und vertraute, die ihrer eigenen Tochter gehörte.

»Mama.«

Fia stand freudestrahlend vor ihr. Ihr rundes Gesicht sah rosiger aus als sonst, und hatte die Kleine sich nicht auch eine neue Frisur zugelegt?

Und dann standen sie beide vor ihr, der Anstreicher und Fia, nebeneinander, wie auf einem arrangierten Portrait, und das vor ihrer Tür.

»Hallo, Fia. Willkommen. Aber wo ist dein Freund ...« Zu ihrer Verärgerung hörte sie ihre abgehackten Worte und zeigte danach auf den ungebetenen Gast, der zu einem dermaßen falschen Zeitpunkt aufgetaucht war.

»Das ist übrigens der Maler, ja, der, der meine Decke gemalt hat ... Er wollte gerade gehen ...«

Jetzt brach Fia in schallendes Gelächter aus. »Du wirst langsam vergesslich. Weißt du nicht mehr, dass du ihm die falsche Adresse genannt hattest? Nein, Mama, jetzt nehm ich die Sache in die Hand.« Sie legte dem Maler die Hand auf die Schulter. »Mama, darf ich vorstellen, das ist Anders.«

☆

Eva-Britt Bixe machte sich nicht gerade mit gierigem Appetit über ihr Filetsteak her. Obwohl es, das behaupteten Fia und Anders zumindest, himmlisch schmeckte. Sie selber merkte nichts von dem angeblich köstlichen Geschmack und der ungeheuren Zartheit. Und den Spargel legte sie beiseite und behauptete, er sei holzig.

Das sichtlich verliebte Paar schaute sie abwartend an, als sie ihr Fleisch fortschob, nachdem sie nur die Hälfte gegessen hatte und als sie danach drei Viertel ihrer Kartoffeln in der Alufolie zerquetschte.

»Ich habe keinen Hunger«, sagte sie, was teilweise auch stimmte, aber vielleicht aus anderen Gründen, als sie anführte. »Die Arbeit ist im Moment so entsetzlich stressig«, erklärte sie weiter und trank den letzten Schluck Wein, das schaffte sie immerhin. »Wir haben zwei Morde und einen Fall von Misshandlung. Und wir können keine Lösung entdecken.«

»Geht es noch immer um Nyberg?«

Der Maler, oder Anders, wie er ja offenbar hieß, richtete seine hellblauen Augen auf sie, und widerwillig registrierte sie den Schauer, der ihr über den Rücken lief. Verdammt, das ist dein angehender Schwiegersohn, Eva-Britt Bixe, jetzt werd endlich erwachsen. Sieh ein, dass du keine fünfundzwanzig mehr bist.

Aber das Schlimmste war nicht, dass die himmelblauen Augen und die schwarze Thermojacke den Arm um Fia gelegt hatten. Nein, sondern ...

»Ja«, sagte Bixe. »Es geht noch immer um ihn.«

»Und ihr kommt damit nicht weiter?«

»Doch, ein kleines Stück, aber wir wissen nicht, wie es jetzt weitergehen soll.«

Nein, das Schlimmste war nicht, dass er mit Fia hergekommen war, sondern dass *sie selber diesen Gedanken gehabt hatte*. Dass sie und er ... Sie war verlegen, ja, sie schämte sich fast, als sie sich klar machte, was sie sich vorgestellt hatte. Fias rundes Gesicht, ihr lachender roter Mund und ihre goldenen Haare passten zu seinen dunklen Locken, seinem die Muskeln zeigenden Baumwollhemd und seinen hautengen Jeans. Dem Lachgrübchen in seiner Wange, der Narbe am Kinn und den Bartstoppeln. Sie schämte sich ihrer Selbstüberschätzung, die ihr eingeredet hatte, er könne etwas an ihr finden. Denn das hatte sie doch geglaubt, auch wenn sie es sich nie wirklich eingestanden hatte?

Irgendwo tief in ihrem Bauch hatte sie dieses Gefühl gehabt. Nicht weil sie es gewollt hätte, sondern weil sie sich wirklich eingebildet hatte ... Sie hatte wohl eine Bestätigung dafür haben wollen, dass sie eine Frau war. Als hätte die unbedingt von einem jungen Mann stammen müssen. Sie fluchte in Gedanken vor sich hin.

»Und jetzt musst du rund um die Uhr arbeiten?«, fragte der Maler und nahm einen Mund voll von dem Apfelsineneis, das sie in aller Eile aufgetischt hatte, mit der Entschuldigung, dass ihr zum Thema Nachtisch einfach die Fantasie fehle.

»Oft noch länger.«

»Mama, du machst dich kaputt. Du musst dir Ruhe gönnen, du auch.« Fia wandte sich mit resigniertem Seufzer Anders zu. »Mama hat immer schon zu viel gearbeitet, verstehst du.«

Die beiden spachtelten wie die Kinder, und beide Portionen verschwanden wie Eis in brennender Sonne. Danach ließ der Maler sich mit zufriedenem Lächeln auf seinem Stuhl zurücksinken.

»Die Decke im Wohnzimmer sieht jedenfalls besser aus als diese hier. Bitte, Eva-Britt, darf ich nicht ...«

»Kommt nicht in Frage. Und jetzt ist es auch nicht mehr wichtig, ich habe keine Sehnsucht mehr danach.«

Sie hätte sich die Zunge abbeißen können.

Ein peinliches Schweigen senkte sich über den Tisch.

»Ich rauche nicht mehr«, erklärte sie dann.

Worauf die anderen sie noch verständnisloser ansahen.

»Deshalb musste die Decke angestrichen werden«, sagte sie. »Denn danach konnte ich in dem Zimmer doch nicht mehr rauchen und die Decke wieder gelb werden lassen. Aber jetzt habe ich keine Sehnsucht nach diesen Giftstängeln mehr, und da spielt es keine Rolle. Ich brauche keinen Ansporn mehr.«

Reichte das als Erklärung? Tilgte es eine peinliche, ungewollt ausgesprochene Zweideutigkeit?

Der Wind ließ die Regentropfen gegen das Fenster prasseln.

»Auf jeden Fall ein verdammtes Wetter«, sagte der Maler, dessen plötzliche Röte so schnell verflogen war, wie sie gekommen war. »Wie gut, dass wir es nicht weit haben.«

Mein angehender Schwiegersohn, dachte sie seufzend. Na ja, das Mädel hat immerhin guten Geschmack. Hat sie den vielleicht von ihrer Mutter geerbt?

☆

Um kurz nach elf standen sie vor der Tür, um sich voneinander zu verabschieden. Fia zitterte in ihrer zu dünnen Jacke, Wind und Regen waren stärker geworden. Der Regen hämmerte nur so auf den Boden.

»Danke für das Essen, Mama.« Fia pflanzte ihrer Mutter einen Kuss auf die Wange. »Und danke für die wunderschöne Tasche.«

»Die gefällt dir also. Ich dachte, sie könnte ein wenig zu schrill sein, so viel rot und lila, aber es ist echte Ware aus den sechziger Jahren, keine Nachahmung.«

Fia strich mit der Hand über das dicke Wildleder.

»Ich finde sie wunderbar. Wo hast du die bloß aufgetrieben? Wenn ich jeden Second-Hand-Laden in der ganzen Stadt durchkämmen würde, würde ich doch keine solche finden, da bin ich mir sicher.«

»Das war auch kein Second-Hand-Laden. Sondern ...« Da hörte sie es wieder, zum zweiten Mal an diesem Abend. Das Schlurfen.

Bixe fuhr zusammen und warf einen Blick in die Dunkelheit.

»Habt ihr das gehört?«

Die beiden schüttelten den Kopf.

»Was denn?« Diese Frage stammte von Anders, und als habe auch er etwas gehört, legte er plötzlich beschützend den Arm um Fias Schulter.

»Ich habe ein Geräusch gehört«, sagte Bixe.

»Mama«, sagte Fia. »Ich glaube, du solltest jetzt schlafen gehen. Das Gehirn abschalten. Wenn du etwas hörst, dann ist das der Wind. Der langt heute Abend überall zu.«

Ja, dachte Bixe, wahrscheinlich hat sie Recht. Wahrscheinlich fühle ich mich nur gehetzt, von der Arbeit, von der Zeit. Vom Kampf, mir selber zuvorzukommen, um das richtige Gesicht zu finden.

Das richtige Gesicht. Und dem würde sie schneller gegenüberstehen, als sie jetzt ahnen konnte.

53

Und nun war auch sie in einer Sackgasse gelandet.

Alles war ihr aus den Händen geglitten. Sie hatte an diesem Abend noch spät aus dem Fenster geschaut, auf die glitzernden Regentropfen und die Silhouetten der Bäume, die brutal umgeknickt wurden. Es war sicher der schlimmste Sturm seit 1969. Sie konnte sich deutlich an den Herbsttag erinnern, denn gleich danach war er gegangen. Der Sturm schien seine Spuren endgültig auslöschen zu wollen. Doch für die Nachbarn hatte das Unwetter ganz konkrete Folgen gehabt: Vom Haus gegenüber war das Dach weggeweht worden, und es war das reine Wunder, dass nicht viel größerer Schaden angerichtet worden war.

Noch wochenlang war überall von dem Sturm die Rede gewesen.

Überall hatten umgeworfene Bäume und zerbrochene Dachziegel gelegen.

Aber von ihm hatte es nicht eine einzige Spur gegeben. Und wenn die anderen über die Büsche sprachen, die mit den Wurzeln aus der Erde gerissen worden waren, dann hatte sie, mit fast zufriedener Miene, ganz still in ihren abgenutzten Holzschuhen im Schneematsch gestanden und sich überlegt, dass der Sturm ihretwegen vorübergezogen war, um seine Spuren zu tilgen. Jetzt war er so weit fortgeweht worden, dass sie ihn niemals wieder finden würden, und mit diesem Gefühl im Hinterkopf begriff sie, dass sie immerhin jemand geworden war, nicht mehr nur eine der zahllosen Rotzgören, die hinter den herun-

tergekommenen blassblauen Holzfassaden aufwuchsen. Und das verlieh ihr – auch wenn das nicht greifbar oder sichtbar war – doch einen um einiges höheren Rang als ihren Spielkameradinnen. Sie war verlassen worden, preisgegeben.

Vielleicht ahnte sie deshalb an diesem Abend, dass etwas Entscheidendes passieren würde. Der Orkan kam ihr vor wie eine Ermahnung. Im sich steigernden Wind, der jetzt über das Haus fegte, der die Dachpfannen scheppern und die Fensterscheiben bedrohlich klirren ließ, hatte sie etwas Vorherbestimmtes gesehen.

Sie drehte sich dem Zimmer zu. Es war so dunkel, dass sie die einzelnen Möbel nur mit Müh und Not erkennen konnte. Sie wusste, dass es nicht angeraten war, an einem solchen Abend das Haus zu verlassen, aber ihr blieb nichts anderes übrig. Das war sie ihm schuldig. Sie musste das vollenden, was sie begonnen hatte, damit die Rahmen wieder ihren festen Platz einnehmen könnten. Entschlossen zog sie sich die Mütze in die Stirn und öffnete die Haustür.

54

»Gösta, ich komme mir alt vor.«

Diesmal knackte die Leitung nicht, seltsamerweise, wenn sie an das Wetter dachte. Der Regen schlug gegen das Fenster, der Wind riss an der Fassade.

»Was ist los?«, murmelte Gösta übellaunig. »Aber zum Teufel«, rief er dann. »Es ist ja schon nach elf.«

»Hast du geschlafen?«

»Nicht doch. Aber zum Henker, ist das Spiel schon zu Ende? Verdammt, ich bin offenbar eingeschlafen. Warte, ich schalte eben den Fernseher aus.«

Noch eine Reihe von Flüchen, die sich mit dem Geräusch seiner schlurfenden Schritte vermischten. Die Schritte entfernten sich und wurden dann wieder lauter. Es klirrte im Telefon.

»Na, was ist los? Um diese Uhrzeit hoffe ich ja doch, dass es wichtig ist.«

»Ist es auch, Gösta. Weißt du, Fia war heute Abend mit ihrer neuen Liebe hier.«

»Ach. Und was ist damit?«

Er schien Papier und Kugelschreiber in der Hand zu haben, um sich Notizen zu machen.

»Hast du gewusst, dass sie einen Mann kennen gelernt hat?«

»Einen was? Eine neue Liebe?« Er stieß ein tonloses Lachen aus. »Ist das ein Wort, das wir kennen sollten?«

Bixe seufzte laut. »Er heißt Anders. Hat sie dir von ihm erzählt?«

»Nein. Aber worauf willst du hinaus? Taugt er nichts, oder was? Rufst du deshalb an, um dich zu beklagen?«

»An ihm ist nichts auszusetzen. Warum sollte es das?« Sie konnte fast hören, wie er gleichgültig mit den Schultern zuckte. Gösta änderte sich eben nie. Warum um Himmels willen hatte sie ihn überhaupt angerufen?

»Aber Gösta, kommst du dir denn nie alt vor? Es ist so ... Es ist ein so komisches Gefühl, wenn das Kind mit einem großen muskulösen Kerl nach Hause kommt. Dann muss man selber doch verdammt alt sein, oder was?«

»Du bist bloß eifersüchtig.«

Scheiß Gösta. Was für eine Idiotie, dass sie gerade ihm ihr Herz ausschütten wollte. Das hätte sie doch wissen müssen. War es vielleicht der passende Abend für solchen Unsinn? Nur konnte sie um diese Zeit sonst niemanden anrufen, und es ging doch immerhin um ihre gemeinsame Tochter. Sie hatte gedacht, dass ...

Aber was sie eigentlich gedacht hatte, war ihr ein Rätsel. Hatte sie wirklich bei Gösta Verständnis oder sogar Trost erwartet? Dann hätte sie auch gleich den Kopf in den Nacken legen und mit der frisch angestrichenen Decke reden können.

Aber jetzt ging, Gösta sei Dank, ihr Selbstmitleid immerhin in Wut über.

»Entschuldige die Störung«, sagte sie trocken. »Ich hätte wissen müssen, dass Mitgefühl nicht gerade deine Stärke ist.«

»Mit dir? Nein, wirklich nicht. Und das alles sieht dir überhaupt nicht ähnlich, wann hast du zuletzt an dein Alter gedacht?«

»Wirf keine Steine, wenn du selber im Glashaus sitzt, Gösta. Das ist zu riskant.«

Sie hörte ein Schnauben am anderen Ende der Leitung. Zeit, um aufzulegen, wenn das Gespräch nicht mit dem üblichen Streit enden sollte. Der ließ sich wohl nie vermeiden, egal wie lange sie geschieden waren.

»Ich wollte dir von Fia erzählen, eigentlich habe ich deshalb angerufen.«

»Nett von dir. Und es hat nicht vielleicht doch Zeit bis morgen?«

»Doch, das war blöd von mir. Aber wenn du demnächst etwas über deine Tochter wissen willst, dann musst du dich selber melden. Gute Nacht, Gösta. Und hoffentlich ist das Spiel gut ausgegangen.«

Sie knallte den Hörer auf die Gabel und stellte zum soundsovielten Mal fest, dass er sich einfach nicht änderte. Aber egal, ihr konnte es jetzt egal sein, und immerhin hatte sich ihre Angst gelegt, und das war ja auch schon etwas. Sie konnte sich ins Bett fallen lassen, ohne gespannt ins Dunkel hineinzulauschen.

Der Wind heulte und rüttelte jetzt mehr denn je am Fenster. Das Glas zitterte unter den Windstößen und verzerrte das Bild der Nachttischlampe wie ein Vexierspiegel.

Besser ohne Grund im Haus als mit Grund draußen zu sein, dachte sie und kroch unter die warme Decke. Sie hatte den Abwasch übersprungen, die Küche sah aus wie nach einem Erdbeben, sie hatte sich nicht einmal die Mühe gemacht, die Teller vom Tisch zu räumen, aber aus irgendeinem Grund hatte sie es unten nicht mehr ausgehalten. Spürte wohl intuitiv, dass ihr Gehirn alle Ruhe brauchte, die es finden konnte. Es war schon ziemlich spät.

Sie zog die Decke über sich und schaltete die Nachttischlampe aus. Das Zimmer wurde stockfinster, sie hatte an diesem Abend nicht nur die Vorhänge besonders dicht vorgezogen, es fehlte ja auch der Schein der Hoflampen.

Erst als sie einschlief oder vielleicht schon eingeschlafen gewesen war, nahm sie es wahr: das Gefühl, nicht allein zu sein. Sie schlug die Augen auf und starrte in die Finsternis hinaus. Etwas schien sie geweckt zu haben. Ein Schlag oder vielleicht ein Klappern. Schwer zu sagen, vielleicht stammte das Geräusch ja auch aus ihrem Traum.

Sie setzte sich auf. Nur Wind und Regen waren zu hören. Und doch hatte sie das Gefühl, dass ein Geräusch von unten sie geweckt hatte. Vorsichtig erhob sie sich, griff nach ihrem Morgenrock und streifte ihn über. Schlich zur Tür. War es wirklich möglich, dass unten jemand war? Ihr Herzschlag hämmerte in ihren Ohren, sie spürte, wie das Blut in einer Ader an ihrem Hals pochte.

Und dann hörte sie es und war sich ihrer Sache sicher: ein leises, ganz leises Knacken dort unten. Im Wohnzimmer, wie ihr schien. Sie stand wie gelähmt in der Tür. Spürte die Angst wie eine kalte Handfläche in ihrem Rücken. Wer konnte dort unten sein? Ein Einbrecher? Oder jemand, der wusste, dass sie, Eva-Britt Bixe, hier wohnte?

Jetzt war wieder alles still. Wanderte der ungebetene Gast da unten auf Wattepantoffeln umher? Oder war da doch niemand? Bildete sie sich das ein, war es nur ... Dann knackte es wieder, noch immer im Wohnzimmer. Mehr passierte nicht. Sie stand minutenlang ganz still in der Schlafzimmertür und wartete. Aber nichts war zu hören, abgesehen von dem einen oder anderen beunruhigenden Knall, den draußen der Sturm verursacht hatte. Die Wände bebten, als ob wütend an ihnen gerüttelt würde. Ein plötzlicher Lärm vom Hof, sicher die Fahrräder, dachte sie. Der Lärm verstummte erst, als er die andere Hofseite erreicht hatte.

Im Wohnzimmer dagegen war weiterhin alles still. Sie wartete noch eine Weile, an den Türrahmen gepresst, und wagte nicht, sich zu bewegen. Ihr Herz hämmerte in ihrer Brust, so laut, dass sie glaubte, einen ganzen Orkan übertönen und die Nachbarn von gegenüber aufwecken zu können. Wenn sie richtig gehört hatte, dann musste dort unten immer noch jemand sein. Sie hatte keine Tür gehört, die geöffnet und geschlossen worden wäre. Auch wenn es zur Zeit – das musste sie wohl zugeben – nicht ganz leicht war, leisere Geräusche als die eines Erdbebens wahrzunehmen.

Gefahr vorüber, überlegte sie und strich sich mit zitternder Hand die Haare aus der Stirn. Kaum hatte sie das gedacht, als das Telefon losschrillte. Sie fuhr zusammen, überrascht von diesem unerwarteten Geräusch, unsicher, ob sie den Hörer abnehmen und damit ihrem möglichen Nachtgast klar machen sollte, dass sie zu Hause war.

Verdammt! War da unten jemand, und wenn ja, wer? Oder war es alles nur Einbildung, Gedankenspinnerei? Genährt von Unwetter und Dunkelheit, vom Sturm, der über den Hof peitschte und die Bäume schüttelte, so dass draußen ein Lärm wie von einem ganzen Meer ertönte.

Beim dritten Klingeln nahm sie rasch den Hörer ab und presste ihn an sich wie einen Rettungsring.

»Ja?«

»Eskilsson, tut mir Leid, dass ich …«

»Schick sofort einen Wagen her!« Das flüsterte sie in die Sprechmuschel.

»Was? Ich wollte nur sagen, dass das Fenster in …«

»Schnell! Nimm Sander mit! Los! Hier ist jemand!«

Dann legte sie auf. Blieb wie gelähmt auf dem Bett sitzen, als könne sie dadurch die Zeit so lange anhalten, bis Sander wie der rettende Engel ins Haus gestürzt käme.

»O verdammt«, murmelte sie.

Dann hörte sie einen so heftigen Knall, dass die Fensterscheiben bebten. Ihr erster Gedanke war: ein Schuss. Entsetzt sprang sie auf und stürzte zum Fenster. Was sie dann sah, raubte ihr fast den Atem. Über dem Rasen, ins Dunkel gehüllt, lag der schöne alte Ahorn. Die Krone hatte das Dach des Müllschuppens zerschmettert.

☆

Der Himmel knurrte, die Erde murrte, Bäume wurden aus dem Boden gerissen. Untergang.

In dieser hallenden finsteren Leere zu sitzen, dachte er, ohne herauszukommen.

Er kniff die Augen zusammen. Seufzte. Hatte das Gefühl, dass sich ihm der Magen umstülpte. Er wäre am liebsten aufgestanden und hätte alles ausgekotzt, die ganze schleimige Brühe.

Dort begann die Hölle, im pechschwarzen Nichts, im Raum des Schweigens.

Aber besonders schweigsam war diese Nacht ja nicht. Und eigentlich auch nicht leer. Dreimal wäre er fast gestolpert, als er sich den Weg durch diese verdammte Diele suchte. Zuerst über einen Schuh, dann über einen voll gestopften Zeitungsständer und schließlich über einen alten Blumenstrauß, der aus irgendeinem Grund in raschelndem Papier auf dem Boden lag.

Und schon da hatte sein Mut ihn auf irgendeine Weise im Stich gelassen.

Jetzt saß er auf dem Boden des Wohnzimmers, wie er annahm. Inzwischen waren nicht nur Mut, sondern auch Motivation verschwunden. Was dann auch die Ideen verfliegen ließ. Er hatte keine Ahnung, wie er weitermachen sollte.

Und jetzt fragte er sich, was er hier machte. Und was zum Teufel Rose-Marie mit der ganzen Sache zu tun hatte. Die ganze Zeit hatte er geglaubt, ihretwegen hier zu sein. Aber was zum Teufel sollte das denn alles?

Er saß auf dem Boden wie ein Häuflein Elend und fragte sich, was das alles sollte, während der Sturm draußen heulte wie ein brünstiger Wolf und es ihm unmöglich machte, den Weg zurückzugehen, auf dem er gekommen war.

Ins Haus zu gelangen war dagegen kein Problem gewesen. Ein

bisschen im Schloss herumstochern, das hatte gereicht. Er hätte nie gedacht, dass es so leicht sein würde.

Und jetzt musste er nur noch sein Vorhaben ausführen, dann wäre die Sache aus der Welt. Seine Hand schloss sich um die Schere.

Aber er blieb sitzen. Und als das Telefon klingelte und dann offenbar jemand abnahm – da sah er ein, wie sinnlos sein Plan gewesen war. Wie gewonnen, so zerronnen, dachte er. Er würde nicht aus der stinkenden Brühe gerettet, sondern lebendig darin ertränkt werden. Ja, lass mich zerrinnen, betete er. Lieber Gott, den es nicht gibt, hilf mir weg von hier.

Und dann brach endgültig die Hölle los.

☆

Die Zerstörung war total. So kam es ihm jedenfalls vor, da die Nacht nicht nur stockfinster, sondern einfach wild und barbarisch war. In seinem ganzen achtundfünfzigjährigen Leben hatte Egon Eskilsson noch kein solches Unwetter erlebt.

Oder vielleicht doch. Den Herbststurm 1969, das fiel ihm jetzt ein, der hatte der Stadtbevölkerung einen Höllenschrecken eingejagt. Und außerdem – mit bitterem Lächeln schüttelte er den Kopf – auf der Wache das Chaos ausgelöst. Rund um die Uhr waren Anrufe eingelaufen, die einen umgestürzten Baum nach dem anderen meldeten. Und weggewehte Dächer und Kühlschränke und Herde, die nicht mehr funktionierten. Um alles hatte die Polizei sich kümmern müssen. Die gegen den lieben Gott oder seinen Widersacher erhobenen Anklagen hatten sie jedoch nicht an den Rettungsdienst weiterreichen können, dessen Mannschaften wie besessen schufteten. Er selber hatte einer Frau gegenübergestanden, die in vollem Ernst behauptete, den Teufel gesehen zu haben, wie er sich mit ihrem Gartenzaun davonmachte. Die Polizei sollte ihre Pflicht tun und solchen Schabernack unterbinden, hatte sie ihm schroff mitgeteilt.

Er würde Sander anrufen, ja, das würde er. Aber zuerst brauchte er eine Tasse Kaffee. So gefährlich konnte das doch alles nicht sein. Bixe hatte sicher ganz tief geschlafen, so verwirrt, wie sie sich am Telefon angehört hatte. Kein Wunder, so hart, wie sie in letzter Zeit gearbeitet hatte. Ja, er würde Sander Bescheid sagen, das musste er schließlich – das Wort der Chefin war Gesetz, auch wenn es im Halbschlaf und mitten in der Nacht gemurmelt wurde –, und danach noch einmal bei Bixe anrufen, nur um nach dem Rechten zu sehen.

Denn bei Bixe konnte doch niemand im Haus sein?

Eskilsson nahm sich eine halbe Tasse Kaffee und leerte sie ganz schnell aus.

Was für ein Blödsinn.

Er lachte so sehr, dass seine Schultern bebten. Dann ging er zum Telefon, saugte die letzten Tropfen Kaffee in sich hinein und hörte auf zu lachen. Seufzte stattdessen tief bei der Aussicht, den armen Sander ganz unnötig wecken zu müssen, noch dazu in einer solchen Nacht.

Er schaute zu den riesigen Papierstapeln hinüber, die er aus Bixes Arbeitszimmer hatte retten können. Ja, was für eine Nacht, dachte er. Eine verdammte Nacht. Typisch, dass er gerade jetzt Dienst hatte. Er seufzte noch einmal, dann wählte er Sanders Nummer.

☆

Erik Sander wachte plötzlich auf. Er war von einem so lauten Getöse geweckt worden, dass er sofort an ein Erdbeben dachte.

Als er dann einigermaßen klar im Kopf war, ging ihm das Absurde des Bildes auf, das ebenso schnell aufgetaucht war, wie es dann in seinem schlaftrunkenen Kopf wieder verblasste, und er lachte fast, als er zu seinem Morgenrock griff und aufstand. Als er gerade den Fuß auf den Teppich gesetzt hatte, kamen die Kinder angerannt. Beide schniefend und außer Atem, als versuchten sie, vor ihren Albträumen davonzulaufen.

»Es donnert«, sagte der Ältere.

»Und blitzt«, fügte der Jüngere hinzu.

Danach stiegen sie auf Papa Eriks strengen Befehl hin leise in das breite Doppelbett. Die Mama schlief, wie immer, tief und ungestört. Henrietta würde auch nicht aufwachen, wenn das Haus einstürzte, wie Sander immer sagte. Das Schniefen verstummte sehr schnell, und die Kleinen atmeten so gleichmäßig wie ihre Mutter. Sander bedachte das Trio mit einem liebevollen Blick, dann ging er zum Fenster.

Vorsichtig hob er das Rollo. Draußen wütete wirklich ein Sturm. Oder noch etwas Schlimmeres, überlegte er. Sogar die Straßenlaternen schienen zu schwanken. Der Lichtschein flackerte ruckhaft über den Radweg und ließ den Asphalt dunkler aussehen als sonst.

Dann entdeckte er plötzlich auf dem Rasen einen riesigen Schatten. Auf den ersten Blick wollte er seinen Augen nicht trauen und kniff sie zusammen, um klarer sehen zu können. Aber die Tatsache blieb bestehen: Die große alte Eiche am Spielplatz war umgestürzt. Sicher war er von diesem Krach geweckt worden. Himmel, wie konnte das möglich sein? Im Boden klaffte jetzt ein kohlschwarzes Loch.

Mit kurzem Schulterzucken, als habe er das alles geträumt, ging er wieder zum Bett und legte sich hin. Doch nun klingelte das Telefon, auf dem Nachttisch mit leisem Summen.

Ein plötzlicher Windstoß schlug gegen die Fensterscheibe, und das Glas schien bersten zu wollen. Wieder klingelte das Telefon und der Jüngste knurrte und drehte sich um. Sander schlug zum zweiten Mal in dieser Nacht die Decke zurück und setzte die Beine auf den Boden. Er nahm den Hörer ab und verließ das Zimmer.

»Ja, Sander.«

Er setzte sich an den Küchentisch, unter die gelbe Metalllampe, die sie vor einer Ewigkeit an einem verregneten Frühlingstag bei IKEA gekauft hatten. Genauer gesagt, damals vor vierzehneinhalb Jahren, als Henrietta und er beschlossen hatten, zusammen in eine Einzimmerwohnung in einem baufälligen Haus am Rand der Innenstadt zu ziehen.

»Hier Eskilsson. Entschuldige die Störung.«

Sander spürte, wie er den Rücken anspannte, etwas in Eskilssons Stimme machte ihn nervös.

»Ist etwas passiert?«

Er warf einen Blick auf die Wanduhr über der Tür. Es war fast eins.

»Ja«, sagte Eskilsson atemlos. »Hier ist ein Unglück passiert.«

»Wo? Auf der Wache?«

»Ein Teil vom Dach ist heruntergekommen, ich weiß nicht, wie viel, und ein scharfes Metallstück hat das Fenster von Bixes Arbeitszimmer eingeschlagen und ist dann auf ihrem Schreibtisch gelandet. Da drinnen herrscht das Chaos. Und den Computer wird sie nicht mehr benutzen können.«

»Ist jemand verletzt?« Sander war aufgesprungen, ohne es bemerkt zu haben.

»Nein, das nicht. Aber ich habe sie angerufen, um zu sagen, dass sie herkommen sollte und ihre Sachen retten, ehe sie weggeweht werden, denn um diese Zeit kriegen wir doch keinen Glaser her, jedenfalls nicht bei diesem Wetter, und sie hat gesagt, wir sollten zu ihr kommen.«

»Zu Bixe? Jetzt?«

»Ja, so habe ich das verstanden. Aber sie klang ein wenig verwirrt, und ich habe nicht so richtig verstanden, was sie gesagt hat. Ich glaube, sie dachte, dass jemand im Haus war, und du solltest mitkommen und ...«

»Was zum Teufel ... Aber worauf warten wir dann noch?«

»Hör mal, ich glaube, sie hatte geschlafen, wir müssen doch nicht ...«

»Das haben nicht wir zu entscheiden. Mach schon. Schick einen Wagen hin. Ich bin in fünf Minuten bei ihr.«

»Aber ...«

»Jetzt mach schon!«

Damit schaltete er das Telefon aus und blieb fünf Sekunden ratlos stehen, um dann, mit einer Effektivität, die überhaupt nicht zu dem Schlaf passte, in den er noch vor fünf Minuten versunken gewesen war, leise ins Schlafzimmer zu gehen und seine Kleider zusammenzuraffen. Ehe er ging, schüttelte er Henrietta wach, küsste sie auf die Wange und sagte, er müsse los.

»Mmm«, antwortete sie nur, drehte sich um und schlief wieder ein.

Nicht einmal ein Erdbeben könnte sie wecken, dachte er, als er hinter sich die Tür zuzog und immer drei Treppenstufen auf einmal nahm.

☆

Sie ging ruhig und methodisch ans Werk. Wie immer. Keine Eile, keine Hektik, nur zielstrebige Effektivität, wie eine Ameise, die ohne zu überlegen ihre Beute zum Ameisenhaufen schafft.

Ja, sie war immer eine Art Arbeitsameise gewesen. Ordnung und Überblick waren die Grundsteine, auf denen ihr Dasein beruhte.

Und deshalb konnten sie auch die Wettermächte nicht daran hindern, ihr Vorhaben auszuführen.

Die Bäume wichen wütend zur Seite, als sie die Straße überquerte. Kein Mensch war an diesem Abend unterwegs. Sie hielt mit der einen Hand ihre Mütze fest und konzentrierte sich auf ihre Schritte, statt zu den beängstigenden Baumwipfeln hochzuschauen, die allesamt in dieselbe Richtung zu streben schienen. Sie wünschte, sie hätte den Wagen nehmen können, aber das wäre zu riskant. Sie durfte absolut nicht gesehen werden, das hier war ihr letzter Zug, danach würde sie nie mehr ein Risiko eingehen müssen. Sie wusste, dass sie sich bisher trotz allem großzügig über die Runden gerettet hatte.

Während der Wind in wilden Wirbeln über den glitzernden Asphalt jagte, tastete sie sich durch die Straßen. Es war weiter, als sie gedacht hatte, wie sie mit für sie ungewöhnlichem Zögern feststellte. Hier und dort musste sie außerdem Schutz vor den Dachziegeln suchen, die aus dem Nichts angeflogen kamen. Einige Sekunden lang ging sie in die Hocke und hielt den Arm vor die Augen. Danach schaute sie wieder auf und sah klar, als habe sie sich Sand aus dem Blick gewischt. Die Nacht war ein Inferno, das war klar. Und sie fing an zu zählen, eins, zwei. Sie zählte ihre Schritte, jeder Schritt war eine Ziffer näher an der, die sie dann endlich befreien würde.

Nach einer Ewigkeit war sie am Ziel. Das weiße Schild, das im Wind bebte, zeigte, dass sie sich in der richtigen Straße befand. Jetzt musste sie nur noch das richtige Haus finden. Atemlos zählte sie weiter: eins, zwei … Ihre Schritte waren ein wenig langsamer geworden, doch noch immer starrte sie die Spitzen ihrer schwarzen Schuhe an. Eins, zwei. Ihre Beine fanden in der Dunkelheit zwischen den Häusern ihren Weg. Ihre Hand umklammerte das Messer in ihrer tiefen Manteltasche.

☆

Etwas sagte Sander, dass er sich beeilen musste. Aber mit dem Wind war nicht zu spaßen. Nicht die göttlichen Mächte gingen in dieser Nacht auf der Erde aufeinander los, sondern die teuflischen. Davon war er überzeugt, als er die Hände so fest um das Lenkrad schloss, dass sie schmerzten. Obwohl er langsamer vorankam als eine sterbende Schnecke, musste er doch den Wagen auf der Straße halten.

Nach zehn Minuten hatte er den Marktplatz erreicht, eine Strecke, die er sonst in der halben Zeit bewältigte. Der Weihnachtsbaum, der offenbar vor kurzem hier aufgestellt worden war, war noch nicht umgeworfen worden, aber Lampen und Sterne hingen wie traurige Fetzen an den wogenden Zweigen. Heruntergefallene Dachziegel klirrten auf dem Bürgersteig, und vor dem Warenhaus Åhlén ragte eine Dachplatte auf wie der Rachen eines riesigen Tieres.

»Verdammt«, murmelte Sander und wich einem plötzlich auftauchenden Ast aus, der mitten auf der Straße landete.

Im oberen Teil der Brogata war alles stockfinster. Die Laternen hingen wie tot an ihren Leitungen, die wie besessen zwischen den Hausfassaden hin-und herjagten.

Die Bestie ist losgelassen, dachte Sander, als er vorsichtig in den Bergsläntsgränd abbog.

☆

Im Traum hatte sie ein großes Zimmer betreten. Es war der einzige leere Raum im Krankenhaus, die anderen waren mehr als voll belegt gewesen; als sie über den Flur ging, starrten sie die Gesichter der Irren an, schienen sie anzuflehen, und sie hatte gedacht, wie entsetzlich es sein musste, hier zu sitzen, zusammengepfercht wie eine Viehherde. Und doch stand auch ihr dieses unausweichliche Schicksal bevor. Im Traum war das selbstverständlich gewesen, doch als sie erwacht war und zu ihrer Erleichterung eingesehen hatte, dass es sich nur um einen Traum gehandelt hatte, hatte sie sich doch nach dem Grund gefragt. Warum war es unausweichlich, dass auch sie den Verstand verlieren und in eines dieser vielen kleinen Zimmer eingesperrt werden würde?

Der Traum hatte ihr den ganzen Tag zu schaffen gemacht, sie hatte sich nicht davon befreien können, und bei der Arbeit hatte sie das Gefühl gehabt, von einem schweren grauen Schatten verfolgt zu werden. Und davon war ihr fast schlecht geworden.

Später am Abend, als sie die ersten Regentropfen an der Fensterscheibe und die ersten Windstöße gehört hatte, hatte sie den Traum für eine Vorahnung gehalten – des Unwetters, aber auch der Stimmung, in die das Unwetter sie versetzen würde.

Aber zu Hause im Wohnzimmer zu sitzen war etwas ganz anderes als über einen windigen Bürgersteig zu wandern. Deshalb hatte sie plötzlich mit dem Gefühl aus ihrem Traum – der Ahnung eines kommenden Untergangs – auf die Klinke gedrückt und verblüfft festgestellt, dass die Tür offen stand. Als ob drinnen jemand gemütlich auf dem Sofa saß und sie erwartete. Und sie, die geglaubt hatte, durch das kleine Glasfenster hoch oben greifen und dann das Schloss aufstochern zu müssen, blieb ratlos stehen. Das passierte ihr immer, wenn ihre Pläne fehlschlugen. Und deshalb umklammerte sie die Waffe in ihrer Tasche besonders hart, als sie durch die bereits offene Tür das dunkle Haus betrat.

☆

Bixe saß auf dem Bett. Sie hatte wieder geglaubt, von unten her ein Knacken zu hören. Sie wagte nicht, sich zu bewegen. Bald würden sie kommen, entweder zu ihrer Rettung oder zu ihrer großen Blamage. Denn vielleicht war da unten ja doch niemand. Vielleicht war es nur der Wind, vielleicht …

Ja, warum um alles in der Welt sollte irgendwer sich in ihr Haus schleichen und sich dann dort unten verstecken? Um auf sie zu warten?

»Die Bixe ist ja das pure Angsthäschen geworden«, würde es am Montag auf der Wache heißen. »Habt ihr schon gehört, dass sie Hilfe gebraucht hat, um sich vor ihren Hirngespinsten retten zu lassen, nachdem im Hof ein Baum umgefallen war?«

Diese Nachricht würde sich wie ein Lauffeuer im ganzen Haus verbreiten, horizontal und vertikal. Wie in einem Kreuzworträtsel, dachte sie. Mit Hohn und Spott gefüllte Kästchen. Aber sie selber schien nicht mehr in der Lage zu sein, irgendein Rätsel zu lösen.

Und dabei hatte sie doch mit Hirn und Herz gearbeitet, überlegte sie. Ihrer Überzeugung gemäß – der Überzeugung, die sich rein intuitiv verstehen ließ, dass, so still es auch sein mochte, dort unten wirklich jemand auf sie wartete.

☆

Es war dunkel im Haus. Nur das Licht einer Laterne warf einen schwachen Schein ins Zimmer und ließ es übersichtlich wirken.

Vorsichtig suchte sie sich zwischen den Möbeln einen Weg. Sie fror nach dem viel zu langen Fußmarsch. Zu ihrer Verärgerung merkte sie, dass sie zitterte, ihre Finger waren steif und eiskalt.

Er schien zu ihr zu sprechen, er schien ihr zu befehlen, dass sie zu ihrem eigenen Besten handeln musste. Er war trotz allem ihr Vater gewesen; und er lebte noch immer in ihr, irgendwo. Das wusste sie aus ihren Träumen.

Dem Paradiestraum: das große gelbe Haus mit den hohen Fenstern. Vor dem Eingang gab es ein Becken mit angewärmtem Wasser.

Doch trotzdem war es ihr einziges Ziel, in ihr Leben wieder Stabilität zu bringen, soweit überhaupt möglich, nach allem, was passiert war. Sie wollte wieder den geraden sicheren Weg einschlagen, von dem sie der Zufall weggerissen hatte. Das war ihr einziges Ziel. Und deshalb befand sie sich jetzt hier, um das letzte Unkraut zu entfernen.

Sie ging tiefer ins Haus hinein, erreichte eine Treppe und ging davon aus, dass die Schlafzimmer oben lagen.

Wie beim letzten Mal trieb sie seine Stimme weit hinten in ihrem Hinterkopf an. Manchmal bereute sie, was sie getan hatte, und dann wuchs die Wut auf ihn an wie eine hohe Mauer. Danach aber hatte sie jedes Mal eingesehen, dass der Schaden bereits geschehen war. Was immer er getan haben mochte, musste doch gegen ihren eigenen vor langer Zeit begangenen Fehlgriff aufgewogen werden.

Sie schob die Tür auf. Die Vorhänge waren geschlossen, das Zimmer kohlschwarz. Sie konnte mit Mühe und Not an der Wand gegenüber ein Bett erkennen. Durch den Lärm des Windes auf dem Dach glaubte sie, vom Bett her leises Atmen wahrzunehmen, auf das sie jetzt zuging.

Jetzt oder nie. Der Schaden war bereits angerichtet. Das hier war die einzige Möglichkeit. Und danach würde sie wieder ihre Ruhe haben. Niemand würde es jemals erfahren.

Sie rieb die Finger aneinander, um sie zu wärmen und geschmeidig zu machen, dann packte sie ihre Waffe und zog sie aus der Tasche.

»Lieber Gott«, flüsterte sie, hob die Hand und schwang sie dann in einem weiten Bogen zurück, um zusätzliche Kraft zu gewinnen.

☆

Die Haustür stand offen. Vorsichtig tippte Erik Sander sie mit dem Zeigefinger an. Schon beim Anblick des aufgebrochenen Schlosses hatte sein Herz wie besessen losgehämmert, und inzwischen schien es seinen ganzen Kopf zu füllen.

Ja, seine Schläfen dröhnten Besorgnis erregend, als er feststellte, dass Bixe nicht so verwirrt gewesen war, wie Eskilsson behauptet hatte. Es hatte wirklich einen Einbrecher gegeben, es hatte …

Zuerst sah er nur die Umrisse einer sitzenden Person. Als er auf dem Teppich im Wohnzimmer stand und versuchte, in dem dunklen Zimmer überhaupt etwas zu erkennen. Dort drüben, inmitten der Dunkelheit, gab es einen noch dunkleren Schatten. Dieser Schatten kauerte so dicht vor dem Heizkörper, dass Sander ihn zuerst fast für einen riesigen Blumentopf gehalten hätte. Bis der vermeintliche Topf sich plötzlich bewegte. Und dann hüstelte.

»Die Hölle ist los«, sagte der Schatten mit leiser Stimme. »Mehr gibt es nicht zu tun.«

Sander schluckte und machte zwei große Schritte zur Seite, um sich an die Wand stützen zu können.

Als das Zimmer plötzlich in weißes Licht gebadet vor ihm lag, sah er zuerst nichts. Danach glitt sein Blick zu der Gestalt auf dem Boden weiter, die den Kopf auf Arme und Knie gepresst hatte.

IV

55

Der Möbelwagen war korallenrot. Als sollte er wirklich laut verkünden, dass hier jemand umzog. Er stand mit einem Hinterreifen auf dem Bürgersteig und verdeckte das Schaufenster der Konditorei Kranz im Bergsläntsgränd.

Die Konditorei hatte eben erst geöffnet, und der Chef hatte schon in aller Frühe eine Menge Girlanden aus rotem Glanzpapier wegschaffen müssen, die der Wind vor die Tür gefegt hatte. Mit erleichtertem Aufseufzen hatte er festgestellt, dass er doch glimpflich davongekommen sei. Weiter hinten auf der Straße löste die Feuerwehr ein gefährlich schief hängendes Plattenstück von einer Hausfassade. Funkelnde Metallleitern waren aufgefahren worden; darunter stand eine Schar von Neugierigen und verfolgte gespannt, was da oben vor sich ging.

Nach dem nächtlichen Sturm wirkte der Morgen ungeheuer ruhig. Als sei die Luft gereinigt worden und jetzt, frisch erwacht und mit rosigen Wangen, um einiges leichter zu atmen. Sogar ein schwacher Sonnenschein wagte sich durch die Wolkenfetzen.

Vor Eva-Britt Bixes Haustür lag ein großes rotes Plastikherz. Es war in der Mitte zerbrochen, sah ungeheuer armselig aus und war nur noch der Schatten des baumelnden Lichtpunktes, den es eine Woche lang vor dem Schuhgeschäft weiter unten in der Brogata gebildet hatte.

Wie hat das bis hierher geweht werden können, dachte sie zerstreut und tippte es mit der Schuhspitze an, vorsichtig, wie eine Bombe, die jeden Moment hochgehen könnte.

Normalerweise hätte ein rotes Plastikherz ihr wohl kaum Angst einjagen können, aber die Nacht hatte sie argwöhnisch werden lassen. Noch immer saß ihr die Furcht in den Knochen, und die Frage war, wann dieses Gefühl sie loslassen würde. Eva-Britt Bixe war in der vergangenen Nacht nicht nur an ihr Alter erinnert worden, sondern auch daran, dass sie sterblich war. Sie hatte sich selber mit einer Schere in der Brust im Bett liegen sehen. Und ein schöner Anblick war das nicht gewesen.

Jetzt saß sie am Küchentisch und konnte ihre Gedanken nicht von dem roten Möbelwagen lösen.

Eva und Erik, hatte sie gedacht. Der Wagen stand mit heruntergelassener Rampe vor deren Tür. Ein bisschen früh zum Ausziehen, sie war doch erst vor wenigen Wochen zum Einzugskaffee bei den beiden gewesen.

Sie trank einen Schluck heißen Kaffee und sah, wie zwei breitschultrige Umzugsmänner ein Sofa hinaustrugen. Nichts hat Bestand, dachte sie, das Leben ist ein trügerischer Traum, der wie der Wind jeder Zeit verfliegen kann.

Und in der Nacht hatte der Wind teuflisch gewütet. Als sie die Treppe heruntergekommen war, außer sich vor Angst, und dann Erik Sanders weißes Gesicht unter der Deckenlampe gesehen hatte. Er hatte hilflos dagestanden und vor sich hingestarrt. Noch immer war sie unsicher gewesen, in wie großer Gefahr sie geschwebt hatte. Erst als sie in der Tasche des Mannes die Schere gefunden hatte, hatte sie sich in ihrem eigenen Blut liegen sehen.

Zehn Minuten später, als die Kirchturmuhr auf dem Marktplatz neun Uhr schlug, ging Bixe aus dem Haus, geschminkt, frisiert und gekleidet in ihren dünnen hellen Mantel. Beinahe wäre sie dabei mit einer atemlosen Lisa zusammengestoßen, die einen großen Korb mit Wollknäueln trug.

»Selbst am Samstagmorgen im Dienst?«, fragte die junge Nachbarin in viel zu munterem Tonfall.

Bixe glaubte einen verlegenen Zug um den Mund der anderen zu sehen, eine Falte, die durch ein zu angestrengtes Lächeln entstanden war.

»Es gibt immer etwas zu tun«, antwortete Bixe leichthin. »Und was ist bei euch los? Habt ihr schon keine Lust mehr, hier zu wohnen?«

Die Nachbarin trat einen Schritt auf sie zu, und ihr Lächeln verschwand. »Nur ich ziehe um«, teilte sie in vertraulichem Tonfall mit.

Danach schwiegen beide für zehn Sekunden, bis Bixe ein angespanntes Lächeln aufsetzte und versuchte, sich so rasch wie möglich aus dieser Situation zu retten. »Na ja, ich muss mich jetzt beeilen«, sagte sie zu ihrer Entschuldigung, worauf sie ihren Mantel zuknöpfte und mit, wie sie selber fand, dämlichem Winken weiterging.

Besser Flucht als Peinlichkeit, dachte sie. Und was Aufbrüche anging, so hatte sie genug davon erlebt, da brauchte sie nicht auch noch die Geschichte einer Nachbarin, die nur eine flüchtige Bekannte war.

☆

»Sie lag in einer riesigen Blutlache da. Wenn sie nur rechtzeitig gefunden worden wäre, dann …«

»Sie ist also verblutet?«

Bixe nickte. »Sieht so aus. Der Stich allein war nicht tödlich, er hat nur verdammt gut gesessen. Wenn man das so ausdrücken kann.« Sie seufzte tief und sagte dann mit leiserer Stimme: »Das Schlimmste ist, dass ich das Gefühl habe, es war unser Fehler. Wenn wir nicht …«

»Wir wussten doch nichts«, fiel Sander ihr ins Wort.

»Nein, aber wenn wir ihn nicht mit auf die Wache genommen hätten, dann wäre er nach Hause gefahren, und dann …«

Wieder wurde sie von einem ungewöhnlich rotwangigen Sander unterbrochen. Sie merkte, dass auch er aufgewühlter war, als er zugeben mochte.

»Was hätten wir denn sonst tun sollen? Und in welcher Situation hätten wir uns anders verhalten sollen? Du hättest ja wohl kaum einen Mann laufen lassen, von dem du wusstest, dass er eine scharfe Schere in der Tasche hatte, eine Schere, die noch dazu für dich bestimmt war?«

Bixe schüttelte traurig den Kopf. Sie schaute das Chaos von Papieren an, das sie zusammengerafft hatte und das jetzt auf Sanders Beistelltisch lag – der Ordner »Nyberg« und andere gelöste und ungelöste Fälle. Vielleicht bisher unbescholtene Männer mit Scheren in der Tasche, dachte sie.

»Du hast Recht«, gab sie zu. »Ich weiß, es ist nur, dass …«

»Das weiß ich auch«, sagte Sander. »Wir können die Zukunft nicht von der Decke ablesen. Wir haben getan, was wir tun mussten. Der Fehler liegt nicht bei uns.«

☆

Das Gesicht. Gelbbleich hatte es im Vernehmungsraum vor ihnen gesessen. Gelbbleich war auch Eva-Britt Bixe an den Wänden hin und her gegangen und hatte sich diesmal wirklich eine Zigarette gewünscht. Der vergangenen Nacht zu Ehren hatte sie dieses eine Mal flache Schuhe angezogen. Genauer gesagt hatte sich das einfach so ergeben. Schweigend hatte Erik Sander diese Schuhe angestarrt und nicht den Mann auf der anderen Seite des Tisches. Sicher ein Abwehrmechanismus. Aus irgendeinem Grund wollte er diesen jämmerlichen, bleichen Mann nicht als Schuldigen sehen.

»Warum, Ruben Nilssjö, sind Sie mitten in der Nacht in mein Haus eingedrungen?« Bixes Stimme klang wie eine scharfe Klinge.

»Sagen Sie Nilsson«, war die einzige Antwort.

Bixe beugte sich zu ihm vor. »Warum sind Sie bei mir eingebrochen?«

Nilssjö – oder Nilsson, wie er aus irgendeinem Grund offenbar lieber genannt werden wollte – seufzte leise. Sander rieb sich am Kinn und schaute zerstreut die Kratzer auf dem Tisch an. Bixe ging zum Fenster und blieb dort stehen. Der Sekundenzeiger an der Uhr über der Tür bewegte sich langsam, und bei jedem Ticken schien der Wind draußen schwächer zu werden.

»Ich wollte Sie umbringen.«

Ruben Nilssjös Worte blieben in der Luft hängen. Bixe, die sich in den Anblick der östlich gelegenen Dächer vertieft hatte, auf denen ein schwaches Morgenlicht zu sehen war, fuhr herum.

»Was?« Und dabei hatte sie sein Gesicht doch eigentlich klar gesehen.

»Ich wollte Sie umbringen«, wiederholte Nilssjö mit derselben tonlosen Stimme.

Eine kurze Pause folgte.

»Und warum haben Sie es nicht getan?«, fragte Bixe.

»Ich wusste plötzlich nicht mehr, wozu das gut sein sollte.«

Bixe starrte ihn an. »Genau das wollte ich wissen. Aus welchem Grund?«

Nilssjö fuhr sich mit zitternden Fingern durch seine schütteren Haare. »Ich wollte Sie umbringen, damit Rose-Marie nichts erfährt.«

»Ihre Frau? Was sollte sie nicht erfahren?«

»Das ist eine verdammt lange und komplizierte Geschichte. Ich weiß nicht …«

»Ja?«, mahnte Bixe ungeduldig.

»Ich will noch immer nicht, dass sie etwas erfährt. Das würde für sie den Tod bedeuten.«

»Was soll sie nicht erfahren?«

Nilssjö zögerte drei Sekunden.

»Dass ich an dem Abend da war.«

»Wo?«

»In der Wohnung.«

Der bisher so adrette Autohändler trug jetzt ein zerknittertes Hemd und bohrte eine Hand in die Tasche. Bixe wusste, dass es dort nur noch eine Schachtel Zahnstocher gab. Als er einen herausgezogen und zwischen seine Schneidezähne gebohrt hatte, sagte er: »Wenn ich alles erzähle, kann ich dann sicher sein, dass meine Frau nichts davon erfährt?«

Bixe schaute kurz zu Sander hinüber, und der nickte resigniert und zuckte fast unmerklich mit den Schultern.

»Ich verspreche, dass Ihre Frau nichts erfährt.« Dabei kreuzte sie in Gedanken die Finger.

Aber Nilssjö schwieg.

Bixe setzte sich. »Wo waren Sie? Und an welchem Abend?«

»Zu Hause bei Stig Palmkvist. Wir haben uns nämlich – häufiger dort getroffen, zu gewissen …« Nicht nur Nilssjös Finger zuckten jetzt, sondern der ganze Mann, und seine gelbbleichen Wangen verfärbten sich plötzlich zu einem tiefen Rot. »Wir haben uns so ungefähr einmal im Monat getroffen, ich und Stig und noch zwei alte Freunde.«

Bixe nickte aufmunternd. Den Anfang kannte sie, nicht aber, wie es weiterging. Ja, sie wusste, dass er dort gewesen war, aber nicht, was er verbarg.

»Wir aßen dann immer gut, wir haben doch vor langer Zeit zusammen im Oxbollen gearbeitet, und jetzt haben wir sozusagen unsere Kochkünste verfeinert …« Wieder rutschte er verlegen hin und her.

»Und Ihre Frau gönnt Ihnen kein leckeres Essen mit guten Freunden, ja?«

Nilssjös Röte erreichte ihren Höhepunkt, und er senkte die Stimme. »Das war nicht alles … Wir haben – wir haben Mädchen dahin mitgenommen.« Er kratzte sich hastig am Kopf und ließ seine Blicke über die Wand zwischen Bixe und Sander huschen.

In dieses Rattenloch, dachte Bixe. Sie ließ sich im Sessel zurücksinken.

»Und dann?«

Nilssjö schaute sie plötzlich an, offenbar erleichtert darüber, dass sie nicht bei diesem peinlichen Thema verharren wollte.

»Dann?«, fragte er verwundert.

»Ja, was ist dann passiert? Etwas muss doch passiert sein. Was hat das mit …«

»Die Handschuhe«, fiel Nilssjö ihr ins Wort. »Sie waren die Einzige, die wusste, dass die Handschuhe mir gehörten. Wie Sie das bemerkt haben, verstehe ich nicht, aber Sie haben es gewusst, nicht wahr? Ist es Ihnen an dem Tag aufgegangen, als Sie in der Firma waren und … Sie waren die Einzige, die mich mit diesem – Tatort in Verbindung bringen konnte. Wenn Rose-Marie erfahren hätte, dass ich dort gewesen war, ich hatte gesagt … Ich hatte immer … Verdammt, ich habe die Handschuhe verloren, als ich dort stand und … Plötzlich waren sie einfach verschwunden.« Sein Gestammel verebbte als leises Gemurmel.

»Sie haben die Wohnung als Erster verlassen«, sagte Bixe.

»Woher wissen Sie das? Von Stig?«

Bixe beantwortete die Frage mit einer Gegenfrage. »Was haben Sie an diesem Abend dort eigentlich gesehen?«

Ruben Nilssjös Gesichtsfarbe hatte inzwischen eine Veränderung von Gelbbleich zu Rot und dann zu Kreideweiß durchlaufen. Hektisch kaute er auf dem bereits zerfaserten Zahnstocher herum. »Etwas – Seltsames. Ich sah jemanden, der angerannt kam. Nein, da war noch jemand, sie waren zu zweit, meine ich, aber dann … Ja, als der eine so weit gekommen war, stürzte er einfach, die Gestalt weiter hinten, meine ich. Ja, verdammt, sie stürzte und blieb liegen, und die andere verschwand.«

»Was waren das für Gestalten? Männer oder Frauen?« Bixe konnte ihre Ungeduld kaum noch verbergen. Doch sie wusste auch, wie leicht ein Erinnerungsbild verzerrt werden kann. Vor allem eines, das schon Monate alt ist.

»Ich weiß nicht«, sagte Nilssjö tonlos. »Ich kann mich nur an einen großen Hut oder an eine Mütze erinnern, die das Gesicht versteckten.«

Etwas im Blick dieses Mannes, dachte Bixe. Etwas Flatterndes, das ihr das Gefühl gab, dass er nur einen Teil der Wahrheit sagte.

Wenn überhaupt.

Die Wahrheit sagen, die ganze Wahrheit und nichts als die Wahrheit. Was könnte die so genannte Wahrheit für diesen Mann sein, dessen Kragen total verschmutzt war und der nicht länger im Chefzimmer saß, um sich um seine Firma zu kümmern?

»Die ganze Wahrheit, Ruben Nilssjö.«

Der Mann schien plötzlich verstummt zu sein. Er schwieg und starrte zu Boden.

»Na gut«, sagte Bixe. »Dann sage ich eben etwas.« Sie erhob sich, und ihre Schuhe schlurften über den Boden, zum Fenster und wieder zurück. Sander sah ihr mit einer Mischung aus Neugier und Skepsis zu. »Was haben Sie gegen Krankenhauspersonal, Ruben?«

Der Mann war womöglich noch bleicher geworden, schwieg weiterhin und starrte noch immer seine Schuhe an.

»Wäre es möglich, dass Sie etwas gegen Menschen haben, die sich um Kranke kümmern?«

Noch immer keine Antwort.

»Haben Sie sich möglicherweise einmal bedroht gefühlt? Vielleicht glaubten Sie, das Personal sei daran schuld, dass Sie damals vor siebzehn Jahren in der geschlossenen Abteilung gelandet sind?«

Nilssjö war auf seinem Stuhl erstarrt. Erik Sander tat er fast ein wenig Leid, während er sich zugleich fragte, welchen Pfeil Bixe als Nächstes abschießen würde.

Aber diesmal entschied sie sich für Schweigen, setzte sich dem Mann gegenüber und fing an, zerstreut in ihren Unterlagen zu blättern. Als das Schweigen nach einigen Minuten wohl zu drückend wurde, hob Nilssjö seine Stimme, doch er sprach noch immer ganz leise. »Sie haben diesen Teufel nie gefunden.«

Das sagte er so leise, dass es kaum zu hören war. »Man glaubt, man verliert den Verstand. Man …« Jetzt starrte er sie beide an, als seien sie die Ursache für das Leid, das vor so vielen Jahren begonnen und das dann nie ein Ende gefunden hatte. Als hätten Bixe und Sander sein Leben in ein Nicht-Leben verwandelt, in ein künstlich beatmetes Dasein.

Die kollektive Schuld. Vielleicht waren ja auch sie mitschuldig, zumindest daran, dass der Täter nie gefasst worden war.

»Ihre Tochter«, sagte Bixe, »damals zwölf Jahre, wurde vergewaltigt und ermordet in einem Wald gefunden, dicht bei dem alten Schrebergartengelände, wo Sie eine Laube hatten. Haben

Sie deshalb, Ruben Nilssjö, nach so vielen Jahren das Gesetz in Ihre eigenen Hände genommen? Und zwei von denen getötet, die in dem Krankenhaus gearbeitet haben, in dem Sie eingesperrt wurden, als Sie den Mörder Ihrer Tochter suchen wollten? War das der Grund?«

Auch Sander war jetzt ungeheuer blass geworden.

Nilssjö hielt sich entsetzt die Ohren zu. »Nein nein nein«, sagte er. »Nein, nein, so war das nicht ...«

»Wie war es dann? Sie sollten uns eine glaubwürdige Erklärung liefern, schließlich haben Sie an beiden Tatorten Spuren hinterlassen.«

Erst jetzt hob Ruben Nilssjö seinen nunmehr ganz hellblauen Blick, der wässrig und trüb war, vielleicht wegen der Tränen, vielleicht wegen des zu frühen Alterns, und sah Bixe ins Gesicht. »Ich war es nicht«, sagte er. »Nicht mal beim zweiten Mal.«

»Beim zweiten Mal?«

»Ja, da hatte ich es tun wollen, aber ich habe es dann doch nicht getan. Es war jemand anderes.«

Bixe starrte ihn überrascht an, doch dann fiel ihr ein, was Ingemar Wedholm gesagt hatte.

»Aber wer?«

»Das weiß ich nicht. Ich weiß nur ...«

»Ja?«

»... wer es beim ersten Mal war.«

Bixe und Sander zuckten zusammen und tauschten in Sekundenschnelle einen Blick, dann riefen sie gleichzeitig in vorwurfsvollem Tonfall: »Warum sagen Sie das erst jetzt?«

»Rose-Marie zuliebe«, erwiderte Ruben Nilssjö gelassen. »Ich wollte nicht riskieren, dass sie es erfährt.«

☆

»Die Frage ist, weshalb«, sagte Erik Sander und bohrte die Hände so tief in die Taschen, dass sie fast die Knie erreichten.

»Tja, nicht wegen Rose-Marie jedenfalls«, seufzte Bixe. »Verdammter armer Tropf.«

»Wer?« Bixe hob fragend die Augenbrauen. »Doch wohl nicht Rose-Marie? Die Alte liegt tot in einem Kühlraum. Sie hat alles schon hinter sich.«

»Sei nicht so verdammt drastisch«, knurrte Sander. »Ich meine natürlich ihren Mann. Verdammter armer Tropf.«

»Ich weiß«, gab Bixe zu. »Verzeih meine Ausdrucksweise, aber sogar Lehrerinnen von frechen Klassen müssen irgendwann mal Dampf ablassen. Nicht einmal ich kann alles runterschlucken.«

»Verzeihung«, sagte Erik Sander.

»Warum zum Teufel stehen wir hier und entschuldigen uns? Weil die Polizei nach siebzehn Jahren den Mörder von Ruben Nilssjös Tochter noch immer nicht gefunden hat?«

»Kann schon sein.«

Bixe schwieg eine halbe Minute, dann sagte sie: »Ja, kann schon sein.«

56

Sie saß in dem tiefen roten Sessel, bleich und verzagt, und nickte einfach nur. Sie musste immer nicken, durfte nicht widersprechen. Alles hinnehmen, egal wie, dachte sie. Das war der beste Weg, wenn das Chaos ausgebrochen war.

Und deshalb fiel die Vernehmung auch ungeheuer kurz aus. Die Kommissarin hatte fast verärgert ausgesehen, als werde sie um ihre Arbeit betrogen.

Es war drei Uhr nachts. Sie hatte einen Fehler gemacht.

Erst danach, als sie mit dem Messer in der Hand da gestanden war und in der Tür jemanden gehört hatte – und ihn verflucht hatte, zuerst ihren Vater, dann die beiden anderen, und das mit einer solchen Wut, dass sie einige Sekunden lang ihre Gesichter miteinander verwechselt hatte –, erst da hatte sie den Zusammenhang durchschaut. Warum sie wussten – dass sie es war, und dass sie deshalb jetzt hier war.

Verdammt … Alles zusammen, dachte sie. Und deshalb hatte sie das Messer nicht losgelassen, sondern es zuerst auf den Teppich und dann auf den Boden und die ganze verdammte Treppe tropfen lassen. Ihre Hand hielt das Messer, doch die Hand, die die Reling gehalten hatte, war abgerutscht und ins Meer gefallen. Sie hatte das Blut der Alten an ihren Fingern, und das Wasser konnte es nicht abwischen.

Ich bin eine Schiffbrüchige, dachte sie und schlug die Beine übereinander. Das bin ich auf jeden Fall.

Die Nylonstrümpfe knisterten. Sie entdeckte einen hässlichen Fleck auf ihrem Rock.

»Ja«, sagte sie, dachte aber zugleich: Ich war es nicht, es ist nicht mein Fehler, nicht ich habe das Boot gelenkt.

57

»War das das Gesicht?«, fragte Sander, als sie später in der verdunkelten Kantine beim Kaffee saßen.

Das Haus war fast leer, nicht einmal Mats Hahne schwenkte an einem Samstagabend um halb sieben sein Geschirrtuch. Er war sicher zu Hause bei Egil. Aber einen Kaffeetisch hatte er doch gedeckt und einen Berg Brote geschmiert. Er wusste, was sie brauchten.

»Ja, das war das Gesicht«, antwortete Bixe nachdenklich und ein wenig düster.

»Wie lange weißt du das schon?«

Sie überlegte einige Sekunden.

»Nun, wirklich gewusst habe ich es nicht, nicht so deutlich. Ihre Züge waren da, aber ich konnte sie nicht unterbringen.«

Sie aßen schweigend. Für einen Tag hatten sie schon viel zu viel gesagt, und mit der Dämmerung hatte sich auch die Erschöpfung über sie gesenkt. Der vergangene Tag hatte ohnehin nicht gerade viel Schlaf geliefert. Bixe rechnete aus, dass sie inzwischen seit fünfunddreißigeinhalb Stunden wach war. Abgesehen von der kurzen Zeit, ehe der Einbrecher sie geweckt hatte.

Majonäse zog sich als dünner Streifen über Sanders Kinn; er entschuldigte sich eilig und fuhr sich mit der Serviette über den Mund. Dann aß er eifrig weiter.

Bixe ließ ihren Blick durch die Glastür auf den Flur gleiten und biss in ein Stück reifen Brie. Die wenigen Lampen lieferten gedämpftes Licht und erreichten damit auch den Rand der Kantine, wo sie saßen. Es war jetzt ruhig hier, niemand war in Eile. Das Fenster in Bixes Arbeitszimmer war repariert worden, und sowie sie die Kraft dazu hatte, konnte sie ihre Papiere wieder einräumen. Dass der Computer nicht mehr funktionierte, spielte keine so große Rolle, im Moment brauchte sie den wirklich nicht.

»Aber für wen?«, fragte Sander noch einmal. Trotz der späten Stunde konnte er dieses Thema wohl nicht aufgeben.

Er legte seine zerknüllte Papierserviette auf seinen leeren Teller, ließ sich zurücksinken und schien rülpsen zu wollen.

»Aus Eigennutz vermutlich.«

»Oder wegen der Kinder?«

»Na ja, vielleicht.«

»Was wird übrigens aus denen?«

Bixe legte ihr Brot weg, hörte auf zu kauen und wischte sich einige Krümel vom Pullover. »Daran will ich gar nicht erst denken«, sagte sie. »Jedenfalls nicht jetzt.«

Irgendwo hinten im Haus klingelte ein Telefon. Es klingelte und klingelte, aber niemand ging hin. Am Ende hörte es wieder auf.

»Da hat jemand aufgegeben«, sagte Bixe.

»Noch jemand«, fragte Sander.

»Sie hat nicht aufgegeben, das war es doch gerade. Sie hat immer noch gehofft.«

»Worauf?«

»Dass nichts über sie herauskommen würde. Überleg doch mal, Erik. Nach all den Jahren hat sie das Elend endlich hinter sich gebracht und geheiratet und Kinder bekommen und sich einen sicheren Arbeitsplatz besorgt, und dann holt ihre Vergangenheit sie doch noch ein.«

»Klingt wie eine miese Schauergeschichte.«

»War es auch. Nur war das Gespenst in dieser Geschichte quicklebendig, ein Mensch aus Fleisch und Blut, Morgan Grönvall. Natürlich fühlt sie sich bedroht. Und der Erste, der alles erfährt, ist Christer Nyberg. Offenbar hat Morgan Grönvall sich nichts verkniffen, so sauer, wie er war, als er sie auf der Station gesucht hat.«

»Aber sie ist ja selber schuld, sie hat angefangen. Wenn sie Nyberg nicht erpresst hätte, dann …«

»Schon möglich. Aber sie hatte eben Dreck am Stecken und war sicher auch noch ihren alten Gewohnheiten treu. Sie sah ihre Chance, als ihr aufging, dass Nyberg etwas mit Maria Äng hatte. Und damit hatte sie ihn im Griff. Genauer gesagt, sein Geld. Nyberg wollte offenbar nicht, dass etwas herauskam, und deshalb hätte er jede Öre hergegeben, um seinen guten Ruf zu bewahren. Oder was immer Berit Glans ihm hätte ruinieren können. Denn wer weiß, was er in dieser Selbstmordgeschichte wirklich für eine Rolle gespielt hat.«

»Du meinst, er war vielleicht …« Sander klappte das Kinn herunter.

Bixe schüttelte den Kopf. »Das habe ich nicht behauptet. Ich meine nur, dass er ja Zugang zum Medizinschrankschlüssel hatte. Und Maria Äng ging es ja wohl nicht so gut, und ich rede hier nicht von ihrem Knie.«

»Du hast da jedenfalls einen Punkt. Aber egal …« Sander stieß ein trockenes Lachen aus. »Berit Glans ist in ihre eigene Grube gefallen. Das Leben ist eben ironisch. Aber dass sie ihn umgebracht hat … Sie hätte ihm doch einfach das Geld zurückgeben können.«

»Das hat ihm vielleicht nicht gereicht. Ich könnte mir denken, dass er sich an ihr rächen wollte. Und er hatte ja den Trumpf in der Hand, er war als Einziger über ihre Vergangenheit informiert und konnte damit als Einziger ihr Dasein gefährden. Sie wusste genau, wie ihre Lage war. Zuerst war er das Opfer gewesen, jetzt war sie damit an der Reihe. Sie hatte sicher nicht damit gerechnet, dass die alten Sünden wieder an den Tag kommen würden. Und jetzt wissen wir, wer die Frau war, mit der er am Tag seiner Ermordung in der Kneipe gesprochen hat.«

Der Teller vor ihnen war jetzt leer. Sander fuhr noch einmal mit dem Zeigefinger über das Porzellan, um sich eventuelle Krümel zu sichern. »Und dann kam der arme Ruben Nilssjö von nirgendwo und brachte ihr alles durcheinander.«

»Offenbar, aber dass er es war, hat sie ja erst zu spät erfahren. Gut, dass er nicht im Haus war. Weniger gut für Rose-Marie Nilssjö ...«

»Ob sie wohl begriffen hat, dass er ihren Mann umgebracht hatte ...«

»Nein, so war das nicht.«

Sander hob eine Augenbraue und runzelte die Stirn. »Was? Wie meinst du das?«

Bixe antwortete nicht sofort.

»Nilssjö hängt schon damit zusammen«, sagte sie dann, »auch wenn er alles abstreitet. Aber er hatte ein Motiv, und – er hat so viele Spuren hinterlassen. Fingerabdrücke auf der Schere und Fußabdrücke im Rasen.«

»Aber es gab ja auch noch andere Fußspuren.«

»Die der Nachbarn, ja. Aber die laufen offenbar dauernd kreuz und quer über alle Grundstücke.«

»Also«, sagte Sander leise, »was glaubst du nun eigentlich?«

»Ich glaube, dass ...« Sie unterbrach sich und seufzte. »Aber spielt es denn überhaupt eine Rolle, was ich glaube?«

»Warum, Eva-Britt, glaubst du nicht, dass er es war?«

»Weil ...« Sie zuckte mit den Schultern. »Ich weiß es nicht. Ich habe nur das Gefühl. Aber das ist vielleicht Wunschdenken, weil mir der Alte einfach Leid tut.«

Aber nein, dachte sie, das war nicht alles. Sie hatte ein Gefühl, das eine Gewissheit war, auch wenn sie vielleicht niemals würde beweisen können, dass sie Recht hatte.

☆

Aber was war schon wahr und was nicht? Im Grunde?

Wie wahr war es, dass Ingemar Wedholm, wenn auch indirekt, an Rose-Marie Nilssjös Ermordung schuld war? Wie wahr war es, dass er in aller Eile Kontakt zu Berit Glans aufgenommen hatte, um gegen seine Schweigepflicht zu verstoßen und von Ruben Nilssjös Geständnis zu sprechen? Und wie gut hatten sie einander eigentlich vor einer Ewigkeit auf diesem Gartenfest kennen gelernt, das Berit Glans so sorgsam unerwähnt gelassen hatte?

Eva-Britt Bixe hatte sich ihre Gedanken gemacht, hatte aber bei den Vernehmungen nur Nicken als Antwort erhalten – allerlei Geständnisse und Nicken, aber nichts, was ihrer Theorie widersprochen hätte.

Die Ordnung selber, als habe diese tatkräftige Frau alle ihre Sünden in einem schwarzen Terminkalender verzeichnet, dachte sie und brachte sogar ein gewisses Verständnis für Östen Sjödén auf, der mit ausschweifenden Formulierungen und Gesten zum Ausdruck gebracht hatte, dass er seine Kollegin nicht übermäßig liebte.

Aber nur ein gewisses Verständnis, denn hier verlief die Grenze, auch wenn Sjödén im Vergleich zu anderen Männern ein freundlicher Engel war. Ingemar Wedholm zum Beispiel, dachte Bixe, als sie sich an diesem stillen Samstagabend auf den Heimweg vorbereitete. Was jetzt wohl aus ihm und aus Katrin werden würde? Sie hatte ihn endlich angezeigt, wenn auch nicht mit großer Begeisterung, und Bixe hielt es für eine Zeitfrage, wann sie diese Anzeige zurückziehen würde. Ingemar Wedholm würde vermutlich ungeschoren davonkommen, dachte sie bitter. Er hatte seine Taten ausgeführt und zugleich die Hände gefaltet und zur Decke geblickt. Nichts war so, wie es aussah. Vielleicht war das die einzige Wahrheit.

Als könne Bixe sich nicht von der Arbeit losreißen, blieb sie an dem großen Fenster stehen. Durch die neue und strahlend saubere Scheibe sah sie, wie die Sonne langsam hinter den Dächern unterging. Im selben Moment, wie auf Kommando, leuchteten die Straßenlaternen auf. Für einen Moment hatte sie eine Ahnung von zeitigem Frühling.

Es wurde schnell dunkel. Die Sonne hing jetzt hinter den blaulila Wolken. Über dem Meer in der Ferne waren hellere Wolkenschichten zu sehen. Die Luft war gelb; Klinkerhäuser und Steinhäuser und graue Plattendächer – alle zeigten einen gelben Schimmer. Von hier oben aus sah die Stadt groß aus, wie ein äußerst lebendiger Ort. Aber sie wusste, dass dort unten zwischen den Häusern alles tot war, einzelne Busse und ein einsamer Mensch auf dem Heimweg von der Arbeit. Ein paar Jugendliche vor dem Imbiss in der Brogata. Jemand führte in einem Park seinen Hund spazieren. Flaneure gingen langsam an Schaufenstern mit Lametta und fröhlichen Weihnachtsmännern vorbei. Das alte Schiff spiegelte sich im Wasser unter den roten Reklameschildern. Ja, von hier oben aus sah alles groß aus. Und doch klein. Falsch dimensioniert. Spielzeughäuser in einer Spielzeugstadt, dachte Bixe. Und irgendwo in diesen unwirklichen Straßen passierten Dinge, die dafür sorgten, dass sie und ihre Kollegen weiterarbeiten konnten, unaufhörlich, Tag für Tag.

Aber sie selber würde jetzt endlich nach Hause gehen. Sie zog sich ihren zerknitterten hellen Mantel über die Schultern. Das Leben, dachte sie. Eine graue Wegstrecke. Ab und zu mit Biegungen, hinter denen sich allerlei verbirgt, dann wieder gerade Strecke. Sie erstickte mit der Hand ein Gähnen und hörte ihre Absätze über den Kunststoffboden des Ganges klappern. Das Leben. Manchmal hat man das Gefühl, dass man nicht noch einen Tag ertragen kann. Dann wieder beißt man die Zähne zusammen und zwingt sich dazu, nicht mehr zu denken. Weiter über die graue Strecke zu gehen. Ein absolut scharfer Typ, dachte sie und riss die Tür zum Parkplatz auf, den sie dann gewohnheitsmäßig überquerte, würde die Sache auch nicht um einen Punkt weniger grau aussehen lassen.

☆

»Warum hast du nicht die Wahrheit gesagt?«

»Haben wir nicht genug? Nach all diesen Jahren?«

Sie schüttelte unsicher den Kopf, schaute den Tisch an, schob den Zeigefinger durch den winzigen Tassenhenkel und trank einen Schluck Kaffee. Nahm ein Plätzchen vom Teller, kaute lange und konzentriert.

»Und endlich haben wir Ruhe vor dieser verdammten Lampe«, sagte er leiser. »Wir brauchen uns nicht mehr zu streiten. Nicht deshalb. Und es ist ja wohl unnötig, wegen solchen Kleinkrams Himmel und Erde in Bewegung zu setzen.«

»Die Lampe, ja, ja … Aber sie ist doch noch da.«

»Sie bleibt aber nicht hier. Was soll sie ganz allein in diesem Riesenhaus?«

»Sie hat doch die Kinder …«

»Sie kann sich das Haus aber nicht leisten. Nicht mit ihrem Gehalt als Krankenschwester.«

Sie nickte langsam. Stellte die Tasse hin, erhob sich und strich ihre geblümte Schürze glatt. Blieb stehen, ihr Gesicht zeigte noch immer Zweifel.

»Aber Karl-Erik, du hättest die Wahrheit sagen sollen. Der Mann wird doch unschuldig verurteilt.«

»Er war verrückt. Nur gut, dass sie ihn eingesperrt haben. Was spielt es denn für eine Rolle, wer es getan hat?«

Sie seufzte und umklammerte ihr Geschirrtuch.

»Das hier ändert gar nichts. Das schwöre ich bei meiner Ehre, kleine Lilian.«

»Deine Ehre ist aber noch nie ein Grund zum Prahlen gewesen.«

»Die dieses verdammten Russen auch nicht.«

Die Uhr tickte, es duftete noch immer nach Kaffee, obwohl sie ihn jetzt ausgetrunken hatten. Der Morgen verging, der

Nachmittag zog herauf. Draußen fielen Schneeflocken so groß wie Untertassen. Über dem Küchentisch hing der Wandbehang, den sie gestickt und am Vorabend spät noch aufgehängt hatte. Es war der Tag vor dem Heiligen Abend.

Ellis
Peters
Die
goldene
Toten-
maske
Roman
GOLDMANN